AHORA HABL
ANTONIO

AHORA HABLARÉ DE MÍ

ANTONIO GALA

© Antonio Gala, 2000

© Editorial Planeta, S. A., 2000
  Còrsega, 273-279, 08008 Barcelona
  (España)

Diseño de la cubierta: Compañía de Diseño

Ilustración de la cubierta: fotos del archivo
del autor y de Antoni Bernad

Primera edición: marzo de 2000

Depósito Legal: B. 6.266-2000

ISBN 84-08-03497-9

Composición: Foto Informática, S. A.

Impresión: A&M Gràfic, S. L.

Encuadernación: Serveis Gràfics 106, S. L.

Printed in Spain - Impreso en España

ÍNDICE

PRÓLOGO

¿Qué libro es éste? Yo no lo sé. Acaso no sea un libro más que por su aspecto. Carece de otra unidad que no sea la de su intención, y aun ésta queda en muchas ocasiones desvaída. Porque, ¿qué intención tiene sino la de recoger episodios sucedidos u opiniones suscitadas por otros episodios, algunos de los cuales ni siquiera tuve la fortuna de que sucediesen? Pero tampoco es una colección de opiniones. Ni mucho menos una biografía: no está escrito en un orden temporal, ni hace apenas referencia a los orígenes ni a la trayectoria de quien lo escribe. Más bien alude a lo que acaeció en torno a él a lo largo de una vida no ya corta.

Tampoco es un memorándum: no consiste en una lista de hechos de los que tenga que acordarme; por el contrario, es una acumulación de hechos de los que me acuerdo. Ni es, desde luego, un vademécum que me haya acompañado y decida yo ahora dar a luz. No contiene las nociones más necesarias de ninguna ciencia y ningún arte, a no ser que la vida —mi vida— arriesgadamente se considerase tal. No he aprendido nada o casi nada a partir de lo que en él se expone. Y, aunque lo hubiese hecho, la experiencia personal es una anotación que se efectúa a lápiz, y que muy poco tiempo basta para borrar, haciéndola inútil hasta para uno mismo.

Es un relato inconexo que sólo con mucha fe ha sido posible reducir a capítulos. Sin embargo, ¿ha bastado la fe? Quizá ella inició la colecta; pero luego la prosiguieron la paciencia y el esfuerzo con que se reconstruyen el paisaje o las flores o los rostros de un

7

puzzle que, al principio, estuvieron dispersos, inconexos y en fichas encima de una mesa: la frágil y enigmática mesa de los recuerdos. No obstante, los recuerdos no son tan inocentes ni tan desvalidos como los fragmentos de un rompecabezas. Son susceptibles de utilizarse como armas defensivas u ofensivas. Y pueden también ser utilizados como ejemplos sonrientes (a mí no me gustan las armas y no entiendo una palabra de ellas), o como pasos oportunos e inoportunos con los que fui haciendo el bastante lamentable camino de mi vida.

Aunque más bien creo que los capítulos en que se agrupa el contenido de este falso libro son muy semejantes a los adobes con que antiguos constructores levantaron sus endebles viviendas. Endebles hasta cierto punto, puesto que subsisten muchas de ellas cuando se han abatido edificios más serios, cuyas primeras piedras se colocaron con duraderos proyectos y muy firmes discursos. Estos adobes de que hablo están hechos, como lo más humano —quizá hasta el hombre—, de barro. Con una alta mezcla de paja volandera, que lo confirma y lo asienta en contra de cuanto podría esperarse. Y con algo de sangre, como aquellos tapiales que caracterizan la arquitectura de los indios de Nuevo México. Y también con otro poco de sal, que alivie el peso y la geométrica identidad de los paralelepípedos y que ayude a distinguir unos de otros.

En definitiva, y eso no me parece mal, será el lector quien tenga que calificar y que clasificar este tomo que ya tiene en sus manos. En tanto que lo juzgue digno de ser denominado de una forma convencional, porque pienso que de todas tiene algo este batiburrillo. Lo escribiré —ya que estas líneas son apriorísticas— con el deseo de divertirme en el bueno y estricto sentido del vocablo, entre una novela y una comedia, o viceversa. Con el propósito de que mi diversión se contagie al lector, y con la vehemencia que cualquier hombre agrega cuando conversa de sí mismo. A eso aspiro, a una conversación con el lector, preguntándole o respondiendo a sus preguntas deshilvanadamente; a una conversación susceptible de ser interrumpida y reanudada, susceptible de comenzar muy lejos del principio o incluso por el fin.

Sea como quiera, mi designio más claro es no tener designio; mostrar facetas íntimas que no formaron parte de libros anteriores;

reclamar la amistad de quien lea éste, contándole aquello que sólo se cuenta a los amigos, entre risas a veces, a veces entre añoranzas no demasiado graves. Porque, en mi vida, ha llegado la hora de jugar un poquito a un juego en el que siempre se necesitan compañeros: el de la evocación y el de la anécdota, alejados de las solemnes categorías que en otros libros me ocuparon. Es una petición de perdón por textos más sesudos; un codazo de complicidad en la sonrisa; una insistencia en la desusada alegría; una invitación a entrar en mi cuarto de trabajo y charlar sin coturnos, o descalzos del todo.

La ventaja de este intento es que, como no se plantea nada claro, si sale con barba, san Antón, y si no, la Purísima Concepción. Que ambos nos tengan, al escribirlo a mí y al lector al leerlo, de su mano. La necesitaremos.

EL AUTOR

EL AUTOMÓVIL Y YO

Si hay pasiones innatas, yo he tenido una: la del automóvil. Mucho más temprana que la de escribir, si escribir es para mí una pasión y no un destino, o sea, una necesidad irrebatible. La distinción ahora la veo clara: la pasión no va de dentro afuera sino al revés: es un choque entre el espíritu y el mundo exterior, y de ese brote brotan chispas. No es que la pasión tenga más fuerza que el deseo, es que tal fuerza se dirige a un objeto ajeno a uno mismo: el automóvil en mi caso. El destino trata de cubrir un objeto interior, y parece más indiferente o atenuado que la pasión porque las llamas de su fervor no se traslucen.

Sea como quiera, desde los tres años sentí la punzante atracción del automóvil. Soñaba con él; entraba en él como en un tabernáculo; él era el mejor procedimiento de callarme. El chófer de casa se llamaba Pepe Romero, y yo, que medía dos palmos, reconocía que, a pesar de ser el envidiado auriga, era más bien bajito. Me tenía un especial cariño de compinche. Me llevaba con él a los recados, y me contemplaba con asombro mientras yo, silencioso y enmimismado, veía desfilar, a un lado y otro, las calles, las laderas y lomas de la Sierra, las tiendas, los escaparates, los mercados...

Luego, el coche, cuando se vulgarizó e inundó las ciudades, ha sido para mí un objeto de horror: contaminante, apeado y deslucido. En él cifra la gente su éxito y sus signos externos. Trata al coche mejor que a su suegra, a su mujer y a sus hijos. Lo ha

11

transformado, subvirtiendo su sentido, en un fin, no en el medio de locomoción que es, e incluso en un instrumento de la muerte. Pero entonces yo veía en él una semoviente casita en la que, a la derecha del chófer, reinaba yo con los pies oscilando desde el asiento del trono.

Debo reconocer que jamás entendí de marcas, sólo de colores. El coche de mi primera infancia era negro. El primero que tuve yo mucho después, verde. El siguiente, de color antracita. El que ahora tengo, blanco ya que no inmaculado... Pero todo eso era secundario, como la velocidad y el mal estado de las carreteras. Nunca me mareé, como algún otro miembro de mi familia, en el coche, y sentía visible desdén por quienes, apenas salidos a las carreteras, vomitaban. Sólo he tenido un perrillo que se mareara, lo cual indica que el mareo no es sicológico, sino puramente físico. Este perro es Zagal, acaso el más querido por mí, al que debo darle unas pastillas que lo atontan y le hacen parecer un enanito drogadodicto, de ojos extraviados y patas vacilantes, durante el viaje y aun después de unas horas.

En aquellos largos veranos, en que a la casa alquilada se llevaba todo el menaje, lo que yo prefería era el trayecto de ida y el de vuelta. La estancia me era casi indiferente. El largo recorrido, sin horario y con pocas etapas, me seducía más que nada en el mundo. Yo iba siempre delante, con el chófer. Detrás, en la cámara de los comunes, se producían las arcadas, las bolsas de papel, las toallas húmedas, los paños mojados en agua de colonia... Yo no miraba por el retrovisor, no volvía la cabeza, no hablaba. Iba pendiente de nuestro movimiento y del caleidoscopio que lo rodeaba.

Cuando crecí un poco, me pasó lo que a mi compañero Troylo después, que dividía las amistades en dos grupos: los que tenían y los que no tenían coche, y mi corazón se inclinaba, como el suyo, del lado del primero. Ignoraba entonces lo que me iba a deparar la vida. En aquel tiempo hice viajes en trenes y autobuses; pero nada comparable a la intimidad del automóvil. Dentro de él, yo era un acompañante ideal, un perfecto copiloto. Podía sostener una amena conversación que entretuviese al conductor si es que era necesario; contar chistes, cosa que, fuera del coche, me horroriza; e incluso llegar —aún llego— a cantar cuplés o rancheras con un oído indescriptiblemente malo, lo cual conseguía que el chófer no tratara de dormitar con tal de defenderse.

Llegó un momento en que disfruté de un amor regular (en el sentido de ajustado y arreglado en las acciones y modo de vivir) y de unos ingresos nada regulares. Vivía en un apartamento de la calle Príncipe de Vergara, entonces General Mola, de Madrid, rodeado de amigos. Había llegado el momento de pensar en el coche propio. Mi amor era una persona hábil, dotada manualmente y fácil de convertirse en buena conductora. Sin embargo, se negó a aprender antes que yo, con el no expresado temor de que, en el más desdichado de los supuestos, tuviera que llevarme a todas partes.

Con tales consideraciones y toda la osadía, decidí yo romper el fuego. Había una autoescuela en la esquina de Serrano con General Oráa. Su nombre era *El moderno*, que me parecía de lo más seductor, por lo cual ingresé en ella repleto de renovada esperanza. Digo esto porque mi primera esperanza automóvil había sufrido un gran revés a los siete años. Por algunas buenas notas, decidió mi padre regalarme una bicicleta. Mis hermanos mayores se pusieron de acuerdo en la marca y en el tamaño del aparato. Yo elegí el color sólo: un bello azul metalizado. ¿Quién iba a imaginar que ellos querían beneficiarse? Eligieron una bicicleta crecedera, como si me tuviese que servir para toda la vida. Con unos corchos en los pedales, yo los alcanzaría perfectamente y podría dirigirla. Ellos se subían y hacían con ella toda clase de proezas; yo lo único que conseguí fue caerme. Salvo que viese un burro con cántaras de leche o una anciana, en cuyo caso volaba hacia ellos sin titubeos y me estrellaba, convirtiendo la calle en un amasijo de accesorios, vieja ululante o leche derramada. Tales fracasos previos tuvieron lugar en la Avenida de Cervantes, al pie de la casa del torero Manolete, a unas horas impropias de primera mañana. Creo que esa es una de las razones por las que detesto madrugar. No tardé más que un par de días en darme cuenta de que yo no estaba hecho para otro móvil que el coche, y cedí a mis hermanos el que ya ellos habían calculado como suyo.

Entré en la autoescuela *El moderno* con ánimo resuelto y pisando todo lo fuerte que podía y que me consentían sus antiguas y sonoras baldosas. El dueño se llamaba don Santiago, y yo era un escritor de teatro (odio las palabras dramaturgo y comediógrafo: ignoro cuál es más desastrosa) que había tenido un éxito sonado, *Los verdes campos del Edén*. Don Santiago había visto la pieza, y no ocultó en principio su predilección por mí. Me designó sucesivamente tres profesores. Hacían todo lo que estaba a su alcance; pero yo no progresaba. Me llevaban a lugares lejanos y solitarios, a urbanizaciones con sólo las calles terminadas. Me decían, por ejemplo:

—Desembrague usted.

Yo, que no tenía ni idea, me defendía a mi manera:

—¿Desembragar? ¿Delante de usted? De ninguna manera. Ni que lo sueñe...

Y otras cosas por el estilo, que les hacían reír. Así que regresábamos a la autoescuela con una amistad nueva y con las carrocerías arañadas.

Transcurrió una semana larga antes de que don Santiago me dijera:

—Don Antonio, tendré mucho gusto en invitarlo a una copa en el bar de la esquina de enfrente.

—Y yo tendré mucho gusto en aceptarla, don Santiago.

La conversación, salvo que parecíamos dos personajes de Azorín, transitaba con bastante equilibrio. Hasta que don Santiago de repente se soltó:

—Nos gustaría, a mí y al resto de la plantilla, que usted se quedara con nosotros toda la vida, don Antonio. Es usted muy simpático y escribe usted muy bien. En el peor de los casos, don Antonio, podía usted ser un reclamo para nuestra autoescuela.

—Con mil amores, don Santiago. Pero ¿toda la vida...?

—Es que usted, don Antonio, no aprenderá nunca a conducir.

—¿Nunca, don Santiago? Se trata de una dura palabra.

—Nunca jamás, que es peor.

—Pero los ejercicios teóricos —yo me defendí— los aprobaría esta misma tarde...

—Es a los prácticos a los que me refiero. Y lo malo no es que usted no aprenda a conducir de ninguna manera, sino que se les está olvidando a los profesores.

No puedo expresar la tristeza que me produjo aquel ominoso vaticinio. En ese anochecer iba a hacerme una entrevista Jesús Hermida para el diario *Pueblo*; le confesé mi tristeza y mi desaliento: no estaba yo para decir chorradas después de aquella grave sentencia condenatoria a perpetuidad.

Pronto me aconsejó alguien que levantara la moral y cambiara de autoescuela. Fui a una de Manuela Malasaña. El dueño era un militar o lo había sido. Me aseguró que ellos estaban especializados en intelectuales cretinos y en gente desechada por otras autoescuelas.

—La competencia nunca tiene razón.

Fue la última frase de su arenga. Sólo cuatro días después me llamó al zaquizamí donde tenía su despacho y me advirtió en voz baja:

—Por primera vez la competencia, en su caso, tiene razón, señor Gala. No puedo tolerar que usted gaste dinero en una actividad de la que no va a obtener fruto ninguno.

Aún ignoro si el militar creyó que me iba a dedicar al taxi. Pero el único consuelo que me quedó fue enterarme, algo más tarde, de que su institución es la que daba el promedio de accidentes más alto de todo Madrid. Sin embargo, dormir sobre la piel del oso que devoró a Abacaba no tranquiliza el espíritu ni ahuyenta los dolores.

Trabajaba por aquellos días en un guión de cine con el director Luis Lucia. Él me notó poco ingenioso una tarde, y me preguntó la causa: tanto su deliciosa mujer como él, sin hijos, llegaron a quererme como si yo lo fuera. Le confesé mi reiterado fracaso mecánico. Se echó a reír, con su risa de cántaro de whisky, y me comentó:

—Si no tienes miedo, yo me comprometo a enseñarte. No tengas cuidado.

Era un hombre de aspecto bronco y de una admirable delicadeza interior. El whisky lo bebía, a escondidas, de una botella que guardaba, tumbada, en el cajón de la mesa de trabajo. Cuando su mujer descubría la botella, que simulaba no ver cada día, y el bajón del contenido, él me echaba la culpa a mí, y le aseguraba que su intención era retirarme poco a poco del alcohol: a mí, que no bebía. Yo, además de no beber, callaba.

Una mañana subimos en el coche de Luis Lucia. Me llevó, desde Cea Bermúdez, a la Universitaria, e hizo toda clase de tropelías: adquiría una velocidad tremenda, frenaba de golpe a unos centímetros de un muro, imprimía giros repentinos e inverosímiles, aceleraba sobre los badenes para que yo me diese con la cabeza en el techo...

—Está bien. Miedo, desde luego, no tienes. Te enseñaré. —Se buscó un todoterreno muy alto, que entonces estaba muy de moda y que era como un púlpito—. Así, sentado más arriba, verás mejor la calle y dominarás la carretera. Te vas a sentir mucho más seguro.

Decidió darme las lecciones en los antiguos Altos del Hipódromo. Desde La Castellana íbamos a subir por Vitruvio, dejando a la derecha el Museo de Ciencias, y no lejos, el monumento, o lo que sea, a Isabel *la Católica*. Allí me entregó los trastes de la alternativa. Me acomodé y me consideré en mi debido sitio. A sus órdenes, puse el coche en marcha.

—Acelera —me gritó de repente.

Yo no había tenido con aquel aparato ni un sí ni un no. Sabía cuál era el papel de cada pedal. Pisé el que correspondía, a fondo. Aquel monstruo, indiferente a mi intención bien manifiesta, dio un salto tremendo y vengativo, y se echó marcha atrás a descender la cuesta de Vitruvio a toda pastilla. Después giró, y fue a dar, rompiendo o torciendo o saltando, qué sé yo, la barandilla del monumento, al lago que rodea la estólida estatua de doña Isabel. Se inmovilizó en una postura indecible: las dos ruedas traseras dentro del agua y, casi en vertical, apoyadas las delanteras en el borde del estanque.

—Pellízcame, porque esto debe ser un sueño —me decía Lucia—. Pellízcame... Un mal sueño...

—Sí; has elegido el mejor sitio para que te pellizque. Está mirándonos medio Madrid. Y riéndose, como mínimo, doscientas tatas y quinientos niños.

Así acabó mi aventura personal. Ocasionó que mis amigos me llamaran Fangio, que me llamaran Fittipaldi, que me llamaran Niki Lauda, al que años después conocí en Ibiza, ya desorejado. Nunca —*nunca jamás* como aseguraba don Santiago— volví a sentarme, ni en broma, ante un volante. No obstante, no he cesado de preferir los amigos con coche y los viajes en él. Y no me ha afligido, a pesar de que en ocasiones he viajado con gente que conducía peor que yo, e incluso sin carné, el temor más ligero.

Debo añadir que, entonces y bastante después, se me repetía un sueño. Yo conducía un nebuloso coche por un nebuloso paisaje. Lo único claro, endemoniadamente claro, era un edificio que se alzaba en mitad de mi trayectoria. Pretendía frenar sin resultado. Una y otra vez. El edificio se acercaba por sí solo. Yo abría la portezuela, sacaba el pie izquierdo y pretendía frenar con él arrastrándolo por la carretera... El firme de ella se comía mis dedos, mi pie entero, la mitad de mi pierna. Todo yo era un muñón impotente y sanguinolento. Al chocar contra el enorme obstáculo despertaba. O moría.

He recorrido La Alpujarra y sus estrechos vericuetos con un loco turbulento al que hubo que sustituir, llegados con vida, en Órgiva. He recorrido Murcia entera, huertas y eriales a través, junto a un conductor de puro oído. He hecho el trayecto de Oporto a Lisboa por el hermoso campo portugués, al que nos habíamos salido desde la carretera.

—Sólo me salí una vez —proclama aún mi querida conductora de aquel día y de muchos otros, llamada Ángela González (Byass para entendernos).

—En efecto, una sola: te saliste en Oporto y volviste a entrar en la carretera llegando ya a Lisboa.

He viajado por Extremadura con una primera actriz que conducía como tal. En esa ocasión vi una mula grande atravesada en el camino. Me pareció una obviedad advertírselo a la actriz, que conducía como pudo haberlo hecho Lady Macbeth. Y chocó con la mula, que permaneció impertérrita, al contrario que el pequeño utilitario.

—¿No veías la mula? —le pregunté recuperada el habla.

—Sí; pero me dije: ¿qué va a hacer una mula en mitad de la carretera? Serán figuraciones mías. Y seguí.

Una tarde tenía que dar una conferencia en Coimbra y rogué a mi conductora preferida que me acercara, después de comer y beber algo, a la universidad. Ya tuve la impresión de que nos pasábamos un poco cuando arrancó una esquina a un banco de granito que llevaba muchos lustros ante el paraninfo; pero fue peor cuando se dispuso, quizá inconscientemente, a subir la amplia escalera del hermoso edificio, sin descender del automóvil.

Se trata, de todas formas, de una persona en exceso amable. Yendo un día al teatro María Guerrero, debo reconocer que atravesamos la marquesina.

—Un momento —le dije—. Si lo que quieres es llegar al patio de butacas en coche, es preferible que recojamos antes las entradas.

Íbamos una tarde casi vencida entre unos y otros pueblos de la Frontera, en Cádiz. Éramos demasiados, opino ahora, para un solo coche. Yo había hecho, en Sanlúcar, la *Exaltación del Guadalquivir*. Conducía esta amiga, con la que más he viajado en mi vida, a la que todavía no había sugerido el cambio de peinado. Nos paró la Guardia Civil.

—El cinturón de seguridad, señorita.

—Se lo estaba diciendo yo desde hace un rato —intervine.

—¿Quizá al mismo tiempo que usted se ponía el suyo, don Antonio? —rió el guardia civil. En efecto, yo, que odio tales cinturones, y fijo el de mi coche con toda la holgura del mundo, me lo encasqueté en cuanto vi a los picoletos.

En ese mismo viaje, todos los coches que venían en dirección contraria nos saludaban cariñosamente. Era de día, no podía ser cuestión de luces. Qué amables son, decíamos.

—Es difícil que te reconozcan a ti, Antonio, entre ocho.

La realidad fue que la carretera se cortaba unos kilómetros más allá. Entonces fuimos nosotros los que advertíamos a los ingenuos de turno con los que nos cruzábamos, cambiado ya el sentido.

Una noche de fines de mayo nos dirigíamos mi amiga y yo, con otro pasajero, camino del Rocío. Al llegar a Sevilla nos dimos cuenta de que la gasolina se había ausentado casi del todo. Para no entrar en la ciudad, cogimos la autovía de Huelva con la certeza de encontrar una estación de servicio. Que si quieres arroz. La única que vimos estaba ya cerrada por la hora. Llamamos al piso de arriba a pedradas, porque la necesidad del combustible era perentoria, y el riesgo de permanecer toda la noche en el vehículo, muy cercano. Nada; allí no había nadie. Estábamos desesperados. Nuestro destino era Matalascañas, unos quince kilómetros más allá de la aldea de El Rocío. Cruzamos, a paso lento para gastar menos, por varios pueblos hasta llegar a Trigueros y, por fin, a la aldea. Allí, entre sudores y suspiros, el coche se estancó. Se acercó a él un periodista de *El Ideal* de Granada —luego ascendería a director del *Córdoba*— con la insana pretensión de hacerme una entrevista. Yo entreví el cielo abierto.

—Si nos das un litro de gasolina por minuto, te concedo un cuarto de hora.

Así fue. Mientras yo contestaba a sus preguntas, mis dos amigos absorbían por un tubo de goma la gasolina del coche de Antonio Ramos Espejo, y la trasegaban al nuestro. Cuando volvieron —no sé cómo harían el cálculo de los quince litros— venían absolutamente borrachos de los vapores emanados. Tanto, que yo creí que se habían bebido el manso, pero no. O sea, que en esta ocasión acepté mi destino habitual: bregar con periodistas, alcaldes, anfitriones, etcétera, mientras mis amigos se divierten... Aunque en el caso citado, más o menos.

Fue en el sexto cumpleaños de Zahira y Zegrí, que en paz descansen, un 21 de febrero. Decidí llevarlos a comer al restaurante del balneario de Carratraca. Me acompañaban un secretario y un joven novelista. La comida, la nuestra y la de los perrillos, fue un éxito. Quizá menos la intervención de un gato blanco y negro que nos alteró el postre y nos hizo buscar a los perrillos por todo el edificio. Decidimos volver a *La Baltasara* por un camino distinto al de la ida. En Ardales, pueblo que saldrá alguna otra vez en estas páginas, nos desaconsejaron usar la carretera de El Burgo por su pésimo estado. Fue suficiente para que la eligiéramos. Llamarle carretera a ese empedrado puntiagudo para faquires habría sido como llamar Amazonas al Manzanares. Avanzábamos apenas, sorteando en ocasiones pedruscos como catedrales en mitad del camino. De pronto sucedió lo que estaba mandado: se pinchó una rueda. Nos apeamos y se dispusieron mis acompañantes a cambiarla. El gato que encontraron en el coche, contrariamente al del balneario, era algo más grueso que un alambre. Y además se quebró. Allí estábamos, eligiendo sitio para pasar la noche: yo me pedí el portamaletas con los perrillos; éstos, creyendo que todavía era su fiesta, corrían por el campo y el maldito empedrado desiertos, en tanto el sol declinaba alargando sus sombras.

Llevábamos algo más de dos horas en aquel horrible lugar, por el que nadie osaba aparecer y donde Cristo dio las siete voces como mínimo. Nuestras almas se esponjaron cuando, muy poquito a poco, vimos aparecer un todoterreno poderoso. Les hicimos señas a sus habitantes, que nos parecieron hermosos como ángeles enviados de Dios. Se bajó el conductor, que no tendría más de treinta años; se dirigió, sin dudarlo, a mí, y me dijo:

—¿Dónde encontraste esos botos tan fantásticos?

—Si me prestas tu gato, te lo digo.

—Eso está hecho.

Fue él quien cambió la rueda, lo cual nos comprometía a ir con el cuidado más meticuloso de la tierra, porque ya no había otra de repuesto. Se lo agradecí y le dije:

—Me los hicieron en Ronda a la medida; pero creo, si eres sevillano, que en Bollullos de la Mitación encontrarás a un zapatero igual de bueno.

Nos estrechamos las manos, y se fue con su magnífico y rotundo coche dejándonos montados en el nuestro con los perrillos, que cayeron dormidos como por el rayo nada más ponerse en el asiento. Fue un muy feliz cumpleaños. Para ellos. Ese día les escribí, mientras desesperábamos esperando, una canción que dice aproximadamente:

Por la alta mar de la yerba,
por la alta mar,
veo a mis perros nadar.

Y en las arenas del sueño,
por la alta yerba del mar,
desde la orilla de espuma
veo a mis perros saltar.

Mis perros, con dulces ojos,
junto a mí vienen y van
por la alta mar de la yerba,
por la alta yerba del mar.

Que todo es uno y lo mismo:
mi palabra y su ladrar,
mis manos junto a sus patas,
sus patas en la alta mar.

En la alta mar de la yerba,
en la alta yerba del mar.

Que todo es uno y lo mismo,
que todo es uno e igual
en la alta mar del amor
y en el alto amor del mar.

Tengo un amigo casi de la infancia, cordobés, malagueño de adopción, que demuestra cómo la amistad puede no basarse en afinidades electivas. Se llama Paco Campos, y es, punto por punto, lo contrario que yo: bondadoso, algo blando, no vehemente, poco o nada apasionado, modoso, enemigo de la coprolalia y muy expresivo de sus afectos. Para colmo, sabe conducir y odia el automóvil. (En el fondo, estoy más seguro de lo segundo que de lo primero.) Volvíamos juntos a Córdoba después de una Semana Santa malagueña. Había recogido a un autoestopista suizo realmente espantoso. A la altura de Monturque, sin dar explicaciones, el coche derrapó, menospreció el asfalto y se dejó caer con brusquedad en un olivar. Continuó su marcha hasta que un viejo olivo la interrumpió entre ese confuso estruendo que tan bien conocen los que hayan sufrido un accidente. Mi amigo salió despedido por su lado y yo le escuché exclamar clarísimamente:

—Por lo menos, yo me salvé.

Me vi inundado por la ira, mientras el suizo gritaba:

—El contacto, el contacto.

Yo salté del coche, agarré una rama que éste había arrancado del árbol, dejé que el suizo se ocupara de la llave de contacto y yo me ocupé de perseguir a mi amigo gritándole:

—Vamos a ver si te has salvado del todo, egoísta, hijoputa. —Y le asesté diversos garrotazos.

Enviamos en otro coche, que paró a auxiliarnos, al autoestopista, y nos quedamos —yo dándole la vara por su falta de generosidad— esperando una grúa.

Este amigo tiene la manía de circular muy despacio. Se conoce que eso le proporciona cierta seguridad. Un atardecer, cerca de la cárcel vieja de Málaga, no se sabe por qué, decidió tomarse un respiro y prácticamente se detuvo. El embite que nos arreó por detrás otro automóvil no puede describirse. Yo sentí y oí el ruido que formaron mis vértebras, en tanto que él murmuraba:

—Es que ya ni yendo despacio puede uno estar seguro.

Por supuesto, desde siempre ha sido partidario de la lentitud. Para ir a una de las últimas Ferias del Campo de Madrid, tardamos, desde Córdoba, tres días. Íbamos con dos muchachas muy guapas destinadas a atender el *stand* de las bodegas de las que la familia de mi amigo es propietaria. Hicimos en Andújar la primera noche, y la segunda, en Aranjuez. En burro habríamos llegado mucho antes. Entramos en la capital en las primeras horas de la tarde del tercer día. Al pasar por la Plaza de España camino de la feria, les dije, señalándoles a las chicas la Torre de Madrid:

—Es el rascacielos más alto de la villa.

Entonces creo que lo era, y ellas deberían haberse asombrado. Pero las dos, como puestas de acuerdo, comentaron arrugando las narices, cosa frecuente entre los desdeñosos cordobeses:

—Pueh yo creí que era mucho máh arta.

O sea, que ni el largo viaje tuvo una liviana recompensa.

Mi amigo bodeguero es dado a ceder el volante a quien lo quiera. Tal hizo volviendo de una fiesta de El Carmen, en El Palo, a mi casa de la Hoya de Málaga. Cogió la dirección un ex actor de cine, muy famoso en su época, que un día en que me atreví a hacerle una sugerencia camino de un mesón de Fuencarral, me anonadó diciéndome lo que casi todos los del gremio:

—Vas con el mejor conductor del mundo.

Aquel día 16 de julio me habían investido Hermano de Honor de la cofradía de pescadores, y aún llevaba puesta la medalla y el cordón. Transitábamos por una ronda reciente. Yo distinguí con toda claridad un coche parado en ella; el del volante, al parecer, no. Nuestro coche se incrustó en el detenido, que trataba de reparar una avería, con lo cual se quedaron ambos definitivamente averiados. Me partí dos costillas, y mis gafas, sin que nadie pudiera explicar por qué, aparecieron debajo del otro vehículo. Los caminos del automóvil, como los del Señor, son inescrutables.

He sufrido bastantes accidentes, dada mi propensión al automóvil y a los conductores sin clasificar, o mejor, fácilmente clasificables de asquerosos. Una noche, saliendo con una amiga mayor del entonces cine Gayarre, de ver una película de Bergman, mi acompañante se quedó tan impresionada que chocó contra un obstáculo tan poco visible como los Nuevos Ministerios. Yo me partí el pulgar derecho, lo que, comparado con aquellas construcciones faraónicas, no es apenas nada.

Precisamente el pulgar derecho es el protagonista de una de mis supersticiones en relación con el automóvil. Cuando atravieso una frontera, sea internacional o nacional, de comunidad autónoma o simplemente provincial, elevo ese dedo en signo de saludo y reclamación de buena suerte. Es divertido hacerlo cuando se va, por ejemplo, a Valladolid, por una carretera que entra y sale, y vuelve a entrar y a salir, de Segovia y de Ávila.

La otra superstición es la búsqueda de capicúas. Ya no

necesito mirar; estoy tan avezado que son ellos los que me saltan a los ojos. Hay itinerarios cortos, Madrid-Pozuelo por ejemplo, en que tropiezo con seis o siete. Considero, en mi reglamento personal, que los impares traen más suerte. Y cuando tropiezo con cuatro sietes o unos o nueves, me llevo un alegrón. Un día, en Las Palmas de Gran Canaria, el dueño de una furgoneta de cuatro sietes me notó tan entusiasmado que me invitó a dar una vuelta por la isla. Fue una vuelta gozosa, aunque estuvo a punto de serlo de campana, por una curva resbalosa en Santa Brígida.

Cuando la campaña andaluza por el Estatuto del artículo 151 de la Constitución, con el fin de equipararse a las comunidades llamadas con desacierto *históricas*, yo debía dar un mitin en el Alcázar de los Reyes Cristianos de Córdoba. Viajaba con unos íntimos amigos, con los que había visitado diversas bodegas del Aljarafe sevillano. Quizá nuestro estado no fuese el más sereno. Llegábamos tarde, y corríamos Cuesta del Espino abajo. A la entrada de la ciudad nos detuvo la Guardia Civil y exigió al conductor, padre de la cantaora Clara Montes, que soplara en un aparatito entonces no muy común. Él era un hombre espléndido de dos metros de altura y uno de anchura. Sopló en el aparato y lo deshizo. Los números, tanto los del aparato como los de la Guardia Civil, se quedaron mirando horrorizados.

—Don Antonio, hacemos lo que usted disponga. Si quiere, lo acompaña este guardia.

Tras un vago gesto mío de gratitud, seguimos nuestra zigzagueante ruta hasta el mitin. A él llegué con Troylo en brazos. En su pechillo de teckel pelirrojo llevaba una pegatina blanca y verde que decía: «Soy un perro andaluz.» Tuvimos un gran éxito.

Hace unas semanas, cuando ya se ha popularizado, quizá en exceso, el aparato que mide, por un soplo, el alcohol ingerido, venía desde Pozuelo de Alarcón con un amigo rigurosamente lleno de whisky hasta las trancas y quizá de algo más. Nos detuvieron los civiles en una rotonda. No encontré otro medio de salvarnos que decirles:

24

—Cuánto me alegra que nos hayan parado. Con razón les llaman a ustedes Benemérito Cuerpo... Este señor me lleva secuestrado.

Rieron, hicieron un indescifrable ademán de saludo, y mi conductor salió echando leches.

Hace años, volvía de Granada a primeras horas de la tarde con un par de amigos. El que conducía hizo un giro sorprendente e indebido, y yo vi con mis propios ojos un camión enorme que nos sobrevoló como una exhalación estrepitosa e inolvidable. El frenazo del conductor dejó medio coche en el asfalto, y su cara se puso mucho más que blanca. Lo sustituyó, cuando conseguimos aparcar, entre el terror de los que habían contemplado el involuntario suicidio, la muchacha que nos acompañaba, que no era otra que Ángela González (Byass para entendernos). Un minuto después vimos, a la derecha, un puesto de la Cruz Roja, donde de seguro nos habrían llevado sin conciencia por lo menos. Sólo hice un comentario:

—El lugar que has elegido para el mortal accidente era el más oportuno.

—De esto —comentó el arriesgado arriesgante— no volveremos a hablar nunca.

Así lo he hecho hasta hoy. Él murió, lejos de mi lado, de un infarto de miocardio no mucho después.

La muchacha que aquel día actuó de suplente usaba moño. Solía conducir de un modo alegre y algo alborotado porque, como se deduce de su nombre, no era ajena a los buenos vinos. Hoy ya ha pasado en eso a la reserva. Entonces alzaba las manos, olvidada del volante, y se colocaba las horquillas que, por lo visto, tenían en su cabeza propensión a perderse. Después de un largo verano de avanzar haciendo eses por Galicia, le dije:

—O te cortas el moño y te dejas una melenita corta y refrescante, o no vuelvo a viajar contigo.

Me hizo caso, y sigue teniendo su melenita rejuvenecedora. Se lo agradezco. A pesar de todo, alguna noche que hemos ido a El Escorial a tomar una copa o a ver alguna representación, reincide en la costumbre inexplicable de volver a Madrid pasando por Navalcarnero.

Ella me traía una vez desde Madrid a *La Baltasara*, con el portamaletas y el asiento trasero transformados en baca, y sobre ella los tres perrillos de entonces: Zegrí, Zahira y Zagal, mis tres mejores zetas. Habíamos hecho un viaje regular, con vomitonas de Zagal, que se marea a pesar de la droga que le pone los ojitos espesos y las patas flojuchas. Recién pasada Cártama, nos detuvo una pareja de picoletos por el lado de la chica. Ordenó vaciar el coche, descubrir lo que había bajo la manta sobre la que dormitaban los perros, descender los humanos, abrir el capó..., es decir, un registro en toda regla.

—Pero ¿a qué viene esto? —exclamé yo con tono ofendido. Sólo en ese momento notaron mi presencia.

—Perdone, don Antonio, no le habíamos visto. Pueden seguir. Es que estamos vigilando, porque han denunciado un tráfico de armas.

—¿Y creen ustedes que los traficantes profesionales de la costa viajan con una mujer sudorosa, dos bastones, tres perros, uno de ellos borracho, un ordenador, una máquina de mecanografía y veintisiete bultos de ropas y de libros?

—Podría ser camuflaje, don Antonio.

—Pues con semejante camuflaje, no sé dónde coño le iban a caber las armas.

Saludaron y seguimos nuestro trayecto en un cochecillo que además renqueaba, no menos harto de viaje que nosotros.

Sólo una vez me he mareado en un coche. Fue un ligero vahído. Un amigo de Cuenca se apeó para hacer una breve gestión y me dejó en su *cuatro latas*, mal aparcado, como rehén y testimonio de que no tardaría. Yo conozco la fragilidad relativa de tal vehículo, pero no que se moviera como un barquichuelo en una tormenta del Pacífico. Aquello se meneaba, ascendía, se hundía... Yo, propenso a los desmayos, creí que era cosa más bien mía. Esperaba con impaciencia el regreso del dueño. Cuando apareció, empezaba a palidecer.

—Este coche se bambolea mucho —le dije.

Se echó a reír y gritó:

—Cinco, estáte quieto.

Por la parte de atrás apareció, sobre los asientos, la enorme cabeza de su mastín de Los Pirineos, tan parecido a Mercedes Vecino. Yo desconocía que se encontraba allí durmiendo, respirando y sacudiendo, sólo con eso, el coche. Del salto que pegó el perro, autorizado por la llamada de su amo, llegó al asiento delantero, y tuve entonces más personal ocasión de calibrar su fuerza, su peso y sus aterradoras dimensiones.

Una noche tuve una experiencia casi religiosa, como la de la canción. Acababa de aterrizar en México D. F. La rueda de prensa del aeropuerto se alargó demasiado, y estaba comprometido para una entrevista en televisión con Jacobo Zabludowsky. Creo que el hotel era el *Four Seasons*, y desde allí no es excesiva la distancia a los estudios. La hora era mala, pero ¿cuál no lo es en esa ciudad loca, superpoblada y tan motorista? Me habían mandado un coche oficial con un chófer llamado Luis: nunca lo olvidaré. Él mismo confiaba en que bastaría el tiempo. Enseguida fue evidente que no. Los coches eran un amasijo inerte, y más aún en la dirección que llevábamos. Llegó a quedarnos sólo un cuarto de hora. El chófer me propuso conducir *a lo cafre*: *si no, no llegaríamos*. Acepté a ciegas. *Lo cafre* era salirse gritando de la fila inmóvil, y acelerar en dirección contraria. Durante quince minutos nos jugamos la vida, no sólo la nuestra, sino en general. Entonces supe por qué los jóvenes gozan con ese juego asesino y suicida. Muchas noches soñé con el absurdo riesgo de esa carrera. De todas formas no llegamos a tiempo a la entrevista.

Cuento estas tontas anécdotas para demostrar que no tengo miedo a montarme en un coche, sin examinar, Dios me libre, a quien nos lleva a él y a mí. Comprendo que el hecho agradabilísimo de montarse lleva consigo la contraprestación de cierto riesgo. Y que, por otra parte, ser un conductor perfecto no garantiza nada. Un buen amigo danés, ya de edad, pintor para más señas, me decía siempre:

—No temas ir conmigo: para que se produzca un accidente hacen falta dos idiotas.

Él murió en un accidente, y puedo asegurar que era muy lúcido. Así como era un mecánico magnífico un actor que representaba, en gira, *La vieja señorita del Paraíso*. En Extremadura, camino de Badajoz, una carretera recta con un solo árbol a la izquierda, y el joven actor se estrelló y se mató contra ese árbol. Ya escribí en algún sitio sobre aquel enigmático y fatídico hecho.

Me han sucedido innumerables peripecias viajando en coche por casi todas las vías de España y por otras muchas de Francia, de Portugal o de Italia. He estado en manos de chóferes que proporcionaban las productoras de cine o de televisión para las localizaciones. Me han invitado a subir a sus vehículos gentes desconocidas, y he aceptado sin pasárseme por la imaginación reclamarles el permiso de conducir. Yendo a la Fiesta de la Vendimia de Montilla, nuestro coche, en cuyo asiento trasero iba yo, flanqueado por dos gruesas maestras de baile vestidas de flamencas, se saltó el arcén, dio varias vueltas por un talud y se detuvo de costado en una viña. Cuando conseguí sacudirme a la más gorda de las maestras, después de rogarle inútilmente que no me aplastara, me puse en pie. La otra maestra, sin conocimiento también, tenía una hermosa diadema de brillantes sobre la frente: en eso se había convertido uno de los cristales. Los numerosos discos que llevábamos para pasar la noche aparecían desparramados entre las cepas. El chófer, sin sentido, volcado sobre el volante. El muchacho que viajaba junto a él, me pareció —y lo estaba— muerto. Yo subí por el talud, mientras, arrastrando el culo, descendía una vieja sin dientes que me preguntaba:

—¿Cuántoh muertoh, cuántoh muertoh?

Y se dejó caer hasta abajo dispuesta a llenarse el delantal de racimos de uvas entrando por el boquete de la alambrada que había abierto el coche. Ya en la carretera, vi un pie que no era de ninguno de nosotros. Luego supe que, al adelantar a un camión, en dirección contraria venía un motorista. Nuestro conductor lo había mandado a la otra cuneta después de seccionarle aquel pie.

Yo tenía fisurado el húmero izquierdo, y pensaba *qué cerca estamos de la muerte*, cuando vi llegar los coches que nos precedían y nos seguían con los alumnos de flamenco de las dos maestras. Las chicas se arrancaban las flores del pelo y daban grandes alaridos; los chicos, la mano en la cadera, como dispuestos a salir por bulerías o por soleares, contemplaban con rostros trágicos aquel campo de Agramante. Nunca he presenciado en la realidad una escena tan andaluza. Alguien nos llevó a un hospital de Montilla. Cruzamos, como una comitiva fúnebre, la batalla de flores, entre carrozas, confetis y la ruidosa alegría de la fiesta. Una sor Purificación muy nerviosa me ofrecía en el hospital una copita de agua del Carmen cada cinco minutos. Yo no tenía ganas de brevajes.

—Pues yo, sí —decía—: lo necesito, tranquiliza muchísimo.

A la media hora sor Purificación estaba completamente borracha y bebía a morro de aquella botella azul oscuro. Entonces comenzó el interrogatorio para el atestado del accidente.

En Madrid tuve otro en una esquina. No fue en la de Macarena con Triana, donde vivo, que tanto los facilita: desde mi estudio escucho bastante a menudo un furioso ruido seguido de una cascada de cristalería. Yo tuve el accidente en el Paseo del Prado con la Carrera de San Jerónimo. Iba sentado detrás. Delante, conduciendo, el secretario, y junto a él un mozo que aprendía el callejero de Madrid. El secretario se hizo un barullo: primero frenó, luego quiso avanzar como una jaca de rejoneo. Pero el toro era un autobús que iba al *Hotel Palace* cargado de extranjeros. Nos embistió y nos metió el cuerno justamente por el lateral donde yo iba. El secretario no ha vuelto a conducir dentro de la ciudad; el mozo, apenas. Y yo me he decidido por el taxi.

Otro accidente en Madrid me ocurrió volviendo de la Dehesa de la Villa, donde íbamos a que Zegrí jugase a la pelota: nunca he conocido un perro más futbolista; en aquella época hubiera sido fichado, sin duda, por el Madrid, de delantero. Llevaba el volante mi habitual amiga, y, de repente, después de un trastazo, vi sentado entre ella y yo a un señor desconocido que resultó ser un ex jesuita. Se abrió el maletero donde iban los perros, y salieron los infelices chillando como locos. Un muchacho de buen aspecto me ayudó a recogerlos. Cuando lo conseguimos, vi a mi amiga con la frente como la de un macrocéfalo, a causa del golpe que se había arreado con el retrovisor. Por supuesto la culpa fue del señor que no respetó un *ceda el paso*. El coche de mi compañera era plateado y precioso. Hasta entonces, claro. Nos quedó el remoto consuelo de que el abusivo señor fue condenado. Por meterse donde no lo llamaban.

Según mi experiencia, el ámbito en el que se desenvuelve Paco Rabal con mayor naturalidad es el de la inverosimilitud. Cada vez que me lo he encontrado, fuera de su trabajo o el mío, ha sido en una circunstancia inverosímil: el despacho de un notario en Totana, el siniestro reservado de una venta camino de Alcalá, comiendo migas en algún sitio imprevisible... Puede que él piense lo mismo de mí, pero en él resulta —yo creo— más notable.

Uno de esos encuentros tuvo lugar en Córdoba hace más de veinte años. Él venía de rodar, con el director italiano Valerio Cota Fabi, algo sobre Colón en Granada, y se detuvo en mi ciudad. Yo pasaba en ella unos días con un escultor precisamente granadino. Nos invitaron a todos a un homenaje que le daban en Puente Genil, su pueblo, al cantaor *Fosforito*, y aceptamos. Fuimos en distintos coches. Rabal y su director con una cordobesita, melosa y algo entrada en carnes, que se había enamorado loca y repentinamente del actor si es que ya no lo estaba. Él se dejó querer durante todo el trayecto. Al llegar a Puente Genil lo sentaron en la presidencia, con lo que la cordobesita vio su gozo en un pozo. Y cuando presenció luego sus coqueteos con las guapas locales —después de haber ido sola con él en el coche y prometérselas tan felices—, tuvo un ataque de histeria que obligó a mi conductor a sacarla de allí y llevársela a llorar a las afueras.

Fosforito cantó como suele, o sea, a la perfección, y el homenaje transcurrió feliz y bien bañado por los excelentes caldos de la tierra. Quizá incluso demasiado bañado. De madrugada, volvíamos a Córdoba, en el *lancia* —juraría que era un *lancia*— de

Paco, el director italiano, el escultor granadino, el actor y yo. De vez en cuando parábamos para que el italiano, enfermo del hígado y con vino hasta la campanilla, echase el bofe en cualquier cuneta. Yo, quizá no mucho más sereno, percibía sin embargo las señales indicadoras: Córdoba 87 km, Córdoba 120, Córdoba 135 km... Dimos la vuelta, entre las grises y yertas luces de la aurora, cuando por unanimidad reconocimos habernos equivocado de dirección: Córdoba 130, Córdoba 153, Córdoba 170... Torcimos alarmados a la derecha: Córdoba 160, Córdoba 175... Sumidos en el colmo del asombro, a la izquierda, y lo mismo... Fue entonces, entre vomitona y vomitona de Cota Fabi ya casi difunto, con el sol bastante alto, anegados de escalofríos y desánimo, sospechosos de una jugada extraterrestre y decididos a vender caras nuestras vidas, cuando tiramos por la calle de en medio, a campo traviesa y a la gruesa ventura. Tres cuartos de hora después atisbamos Córdoba; pero desde el lado contrario al que esperábamos. Nunca entendí ni el cómo, ni el porqué. Y en esas continúo.

Para celebrarlo, tomamos unos anises —machaquitos— en La Victoria, y quedamos en viajar juntos hasta Madrid después de ducharnos. Pero después de ducharme, más clarividente, yo comprendí que debía renunciar a seguir viajando con Paco Rabal. Al menos durante ese mismo día. Un día, por cierto, inolvidable.

Mis accidentes no en todo caso han sido reales y físicos. No siempre me ha servido un coche para gozar, o estremecerme, o abandonarme a manos de amigos sensatos o insensatos, bebidos o no, lo suficientemente intrépidos, ni sólo tampoco para viajar y ver desde él el hermoso y ancho mundo. Recuerdo un sucedido muy especial. Estaba yo de visita en un instituto de segunda enseñanza comarcal que lleva mi nombre. Se halla situado en Palma del Río, el precioso pueblo de Córdoba. Por azar, llegaba allí la marcha de los jornaleros andaluces del campo. Llevaban ya andando muchos días. Caminaban, entre los naranjos, agotados, con vendas en los pies, bajo el calor de septiembre, enjutos y renegridos. Los jefes del Sindicato de Obreros del Campo me pidieron que les dirigiera unas palabras, y acepté desde luego. Por entonces yo, más coqueto y audaz, llevaba siempre una cadena de oro o de plata sobre el pecho. (Poco después un criado infiel resolvió mi coquetería y mi audacia llevándoselas todas: nunca se recuperaron, a pesar de haberse dejado en casa, a cambio, en mi poder, su carné de identidad. La policía y los jueces no anduvieron muy de mi parte. Publiqué un artículo en que daba por bien perdidas las cadenas siempre que ellas fuesen mi anillo de Polícrates: el sacrificio voluntario con que deseamos evitar que se nos impongan males mayores. El ministro de Interior del momento, Barrionuevo, me escribió asegurándome que la recuperación del botín sería cosa de horas. Más de la cuenta han pasado hasta hoy.)

En vista de que me iba a tropezar con tanta pobreza y tanto ruego inútil, con un gesto rápido, oculté la cadena bajo mi camisa. El presidente del SOC, Romero se llamaba, me dijo alzando la voz:

—Sácate la cadena, Antonio, que la veamos tos. Porque a ti te queremoh enjoyao como a nuestrah vírgeneh.

No había un lugar elevado, y me subieron a lomos de un *seiscientos*. Me rodeaban la tribulación y el sacrificio y la humildad y la rebeldía. Me rodeaban el amor que siento por mi gente y el que yo percibía que de mi gente iba hacia mí. La emoción me agarrotó la garganta. Sólo fui capaz de decir:

—Niños míos. —Y repetir ya con la voz mojada—: Niños míos...

Como una ola irresistible, la marcha de jornaleros exhaustos levantó en vilo el coche en cuyo techo me apoyaba, igual que si fuesen los costaleros de un paso de Semana Santa. Pocas veces me he encontrado tan sujeto y tan protegido por el amor de un pueblo del que soy, por quien soy, y al que, hasta la última gota de mi sangre, pertenezco. Y, por si fuera poco, en coche.

LOS ALCALDES Y YO

Con frecuencia me cuestiono por qué he mantenido siempre tan excelentes relaciones con los alcaldes. Pero no porque me extrañe: lo que me extraña es por qué los alcaldes, en general, han tenido siempre tan buenas relaciones conmigo. Entre ellos y yo ha existido y existe una vinculación casi amorosa. Ellos me invitan a pregonar sus fiestas: las fiestas de sus vírgenes, de sus héroes, de sus quesos, de sus vinos...; a inaugurar sus exposiciones agrícolas o sus teatros restaurados; a poner la primera piedra de sus institutos o de sus Casas de la Cultura... Yo me excuso, claro, porque, si no, no podría hacer otra cosa que dedicarme a asistir o presidir una enorme diversidad de actos. Lo cual me haría poseedor de una gran sabiduría humana, pero no podría cumplir mi tarea de escritor, que necesita, aparte de otras cosas, algo de tiempo.

Mi nombre, a causa de los alcaldes, se ha convertido en bastante habitual para calles, plazas, o centros que tengan algo que ver con esa entidad vaga que llamamos *cultura*. Yo soy ya un epónimo suyo, y no al contrario. Sin embargo, no gozo de ubicuidad, o de la ubicuidad que haría falta para estar en demasiados sitios. De ahí que algún alcalde, más cauteloso, ni siquiera me haya comunicado que bautizó con mi nombre determinada avenida. Por ejemplo, siendo alcalde de Córdoba Julio Anguita, le puso Antonio Gala a un bulevar que se había llamado hasta entonces del *18 de julio*. Yo me enteré tiempo después por el remite de una carta. Y se lo agradecí por medio de otra, si bien opuse un leve reparo al fatal precedente. Le preguntaba, poco más o menos, si lo del bulevar lo había hecho para que, en caso de cambiar las tornas, pudiese yo ser enterrado allí mismo en mitad de la calle, y le sugerí que quizá, para aprovechar los rótulos, le habría salido más barato al ayuntamiento llamarle a la avenida del *18 de Julio Anguita*. No creo que le hiciese ninguna gracia.

De mano de alcaldes he recibido desde el Racimo de Oro de Trebujena, entre Sevilla y Cádiz, hasta la Sirena de Oro de Nápoles. Desde las Medallas de Oro de Úbeda o Baeza, hasta la Cabeza de Alejandro en Salónica. Desde el título de Hijo Predilecto de Córdoba hasta el de Adoptivo de Asilah, en Marruecos; desde el Giraldillo de Sevilla hasta la Palmera de Plata de Alicante; desde el Barco de Plata de Roquetas de Mar hasta la Llave de Meco, donde existe un *Teatro Antonio Gala*...

De sus manos he recibido cinco parcelitas en cinco bellísimos cementerios peninsulares a los que había piropeado. Creo que extraordinariamente céntricas y con muy buenas vistas. A los cinco alcaldes les he respondido agradeciéndoselas, y aclarando que —tan poco dado soy a los estrenos— no me importa que el equipo municipal, sin distinción jerárquica alguna, me vaya calentando el sitio. El municipio de Casabermeja tuvo la feliz idea de regalarme no sólo la tumba sino también «el monumento». No hace mucho, en unos carnavales malagueños, se me acercó un joven con un ramo de flores. Comenzó diciéndome que era concejal de Casabermeja, y yo lo interrumpí:

—Caramba, ¿no pueden esperar ustedes un poquito? Qué prisas.

Él se echó a reír y dejó las flores sobre mi mesa.

—Para usted, pero vivo.

Son una gente espléndida.

Un año me dieron la Medalla de Oro de la Feria de Valladolid por culpa de un estreno teatral. Tengo cinco, y cuando las miro, puesto que la cinta que sujeta el oro es morada y con cierto aire vidual y luctuoso, me acuerdo del tango «El músculo duerme, la ambición descansa...», y me identifico con aquella madre que había perdido a sus cinco hijos y lloraba ante las cinco medallas... En esa ocasión habían sido recompensados conmigo el coche *Panda* y una ternera especialmente guapa de no sé qué raza. Le planteé al alcalde si habían pensado que alguien diera las gracias en nombre de los tres premiados. Con toda seriedad, el alcalde me aclaró que el Pleno había aprobado suplicarme y agradecerme que las diera yo. Así lo hice, con la aquiescencia del coche y de la vaca.

Paseando un día ante las murallas de Tarragona, cuya Universidad Laboral iba a visitar, las vi semicubiertas sus doradas piedras por unos árboles de un verde profundo cuyas flores consistían en unas esferillas casi doradas. Le pregunté al alcalde, con intención no del todo mala, cómo llamaban allí a aquellos preciosos vegetales de hoja lanceolada. Reconoció su ignorancia, y consultó al concejal que nos acompañaba, que era naturalmente el de cultura. Tampoco lo sabía. La broma que yo les gastaba convirtió las cañas en lanzas. Sobre todo porque los había plantado el propio ayuntamiento, u otro ligeramente anterior, y porque nos encontrábamos en una hermosa ciudad de nombre romanísimo. Se trataba, por descontado, de laureles. No se lo dije por no molestarlos. Quizá ahora ya lo sepan.

Nada, no obstante, ha alterado mi devoción por los ediles. Ni siquiera un almuerzo que me ofrecieron los de Elda con motivo de sus Moros y Cristianos. Yo tenía en aquel tiempo, si ello es posible, peor salud que ahora. Comía apenas algo a la plancha y unas hojas de lechuga sin condimentar ni partir en un platito aparte. Propenso como soy a los vahídos y otras estupideces, creí que me daba uno cuando vi que la lechuga se movía. Lo comenté con el comensal de mi derecha anunciándole un mareo.

—Fíjese cómo estaré que veo moverse esas hojas.

—Pues ve usted divinamente, porque la verdad es que se mueven.

Debajo de ellas había un enorme —o así me pareció— limaco, que no creo que los de la cocina hubiesen puesto a propio intento, pero que, por lo menos, no habían tenido el buen gusto de quitar. No sufrió por ello nada mi admiración y cariño por los alcaldes ni por su compañía.

Galicia tiene alcaldes muy gentiles. He vivido en ella momentos inolvidables de incógnito, que es acaso lo que más agradezco. No olvidaré dos días en un barco en la ría de Arosa, con un par de amigos. El barco tenía el increíble nombre que define mi vida: *Quéreme algo*. Rompimos, después de largas horas de rigurosa intimidad, el incógnito en casa de Chocolate. Un poco antes, fui a Vigo, a un quehacer que me entusiasma siempre: estar con mis andaluces trasterrados e inaugurar su Casa. En un almuerzo en mi honor tenía al alcalde a mi derecha: un alcalde prudente, con perilla, y una expresión atenta y llena de sorna a un tiempo. La comida la interrumpió una gorda guapa, muy conocida allí, sobre todo por la derecha, llamada Karina, que me traía un hermoso libro de fotos de la ciudad y que le sacudía codazos, al pasar cada página, al alcalde, que me contó luego su surtida y florecida historia, no muy para menores. A punto estuvo de dejarnos a los dos tuertos con su pamela. Fue un experimento que le sirvió de ensayo para, más tarde, dejar casi sin mandíbula a una diputada de izquierdas de un tortazo dado con la mano escayolada.

En un estreno en La Coruña (hace bastante, pues se trataba de un Paco Vázquez muy delgado) me fascinó su primera autoridad, o sea, me pasó lo que a la ciudad le pasa. Camino del Ayuntamiento, tras unos arriates, vislumbré una maceta de barro en bajorrelieve, con el mito de Laocoonte. Encontré el hecho tan subyugante que la ensalcé como un detalle ejemplar. Al regresar a Madrid, la tenía en mi casa. Y aquí sigue.

A una cena con el alcalde de Lugo, asistía un oculista y su mujer. Llegaron los últimos, y el médico traía una gabardina elegantísima de color hueso. Se la ponderé dos o tres veces, interrumpiendo cualquier conversación y viniera o no a cuento. Hasta que su mujer, más sagaz, le advirtió:

—Haz el favor de dársela, porque me temo que tengamos gabardina para toda la cena.

—Es que no vale nada. Me da vergüenza: es de tela lavable y comprada en Galicia.

—Me gusta tal y como es, doctor, no intente rebajarla. Le sacaré partido. Muchas gracias.

Se trata de una gabardina, un tanto Bogart, con la que me ha sacado la cohorte de fotógrafos de los estrenos no pocas veces.

Tampoco me han conseguido enemistar con los alcaldes otras circunstancias no menos adversas. Con el pretexto de un festival de teatro se había decidido otorgarme la Medalla de Oro de Bogotá. No pudo imponérmela el alcalde porque estaba preso; me la impuso una amable señora que se ocupaba de algo así como el turismo. Ese viaje a Colombia fue especialmente aventurero. Coincidía con el 1992, y se conmemoraba el quinto centenario del más o menos Descubrimiento de América. Me habían propuesto un diálogo de una hora en televisión con el maestro Germán de Arciniegas entonces ya casi de noventa años. Arciniegas me telefoneó para suplicarme que, si me daba igual, mantuviéramos el diálogo en su casa en lugar de en un estudio. Me adapté encantado, por su edad entre otras cosas, pero con una condición.

—Que me des un café como Dios manda, porque aquí, con el maravilloso que tenéis, no se puede tomar más que guayoyos a la americana.

La grabación se haría de cuatro a cinco de la tarde, porque a las cinco se iba la luz. Precisamente el alcalde estaba preso porque el dinero destinado a unas presas —de agua esta vez— se había evaporado, y la corriente eléctrica no daba para más. Algo después de las tres se interesó en el hotel por mí un señor de pelo canoso llamado Fabio: jamás lo olvidaré. Como si ya llevásemos media horita conversando, rompió a hablar al verme:

—Buenas tardes. Habíamos pensado en un coche de la casa, que es lo natural; pero resolvimos que era muy arriesgado. Un dirigente propuso entonces un taxi, pero usted es en Bogotá demasiado notorio y era muy peligroso. Yo, en fin, ofrecí el coche de mi cuñado...

Con algo de susto en el cuerpo, y aún sin saber de qué se trataba, lo interrumpí.

—¿Su cuñado, por lo menos, es de confianza?

—Sí, señor. Se llama Ambrosio.

La conversación no dejaba de ser surrealista, sobre todo si se piensa que yo era la primera vez que veía al tal Fabio. Él, sin embargo, lo aclaró muy pronto:

—Usted es que a lo mejor no sabe que tratan de secuestrarlo.

Con los ojos como platos lo miré y le hice jurar que él y su cuñado, aparte de su nombre, tenían la virtud de la honradez; que de ningún modo eran ellos los que se proponían secuestrarme; y que me llevarían por el camino más corto a casa de Germán de Arciniegas.

De charleta con el maestro, pasaban los minutos, y allí nadie me ofrecía mi café. Viendo que rozábamos ya la hora disponible, sentados en un sofá, bajo una monja gorda de Botero, pintor que no es la pasión de mi vida, me atreví a exigirle el cumplimiento de mi condición.

—En ello estamos, mi querido Antonio. Es que mi mujer, que tiene tres años más que yo, quiere ofrecerte el café en la vajilla de nuestra boda, y no sabe con exactitud dónde la tiene.

El café que me dieron, después de nuestra charla grabada para televisión, no era muy bueno; el maestro y su mujer, encantadores. Y, por lo menos, nadie me secuestró.

Con motivo de las Ferias del Libro he entrado en contacto con alcaldes y concejales de cultura o equivalentes de la mitad del mundo.

Hubo una inauguración en Jaén, ciudad que me atrae muchísimo. Llegué el día de antes espantosamente enfermo de mi casquería. Pasé la noche vomitando, y la ceremonia era a las doce del mediodía. Mandé que me prepararan agua de té con mucho hielo para sujetarme lo que aún me quedara en el estómago y procurar no dar el espectáculo. Me encontraba muy mal y sentía un vértigo continuo. El acto se aligeró por mi causa y, al entregarme el alcalde la tijera para cortar la cinta con la bandera andaluza, entre mi mareo, el vaso de agua de té que dificultaba el manejo de la tijera, y la inclinación del alcalde, muy amable y temeroso de mi malestar, acabé por cortar, en lugar de la cinta, la corbata de la autoridad, que era verde también. Los periódicos del día siguiente fueron inapelables: yo estaba como una cuba, seguía bebiendo whisky en vaso largo, y, como consecuencia, había dejado a la autoridad municipal con la corbata castrada.

Otra Feria del Libro que inauguré fue la de una ciudad muy bella, Mérida. Todavía se atravesaba por arriba el puerto de Miravete, cuajado en mayo de jaras en flor. Después de la apertura y de las firmas, cenaba con el alcalde, algún concejal y sus mujeres, en el parador, cuando alguien me cogió la cara con las manos y me besó la mejilla. Era el torero *Paquirri*, que acababa de torear en Cáceres, e iba a pasar la noche, como yo, en el parador donde cenábamos. Se sentó en la mesa de al lado, y, cuando se despidieron los extremeños (el alcalde de Mérida había vivido donde luego yo, en Alhaurín, en la *Huerta del Jorobado*) tomamos una lenta copa Paquirri y yo. Fue la última vez que nos encontramos.

No hace mucho inauguré otra feria en México DF. Fue una ceremonia bastante linda, que iba a ser seguida por una rueda de prensa. En ella, con abundantes periodistas, se presentó el regidor con unas tarjetas de visita que me habían impreso en minuto y medio. En ellas decía *Antonio Gala, escritor*. Yo nunca he tenido tal clase de tarjetas, lo cual es un engorro cuando hay que intercambiarlas y debo escribir mi dirección en el margen de un periódico o en una servilleta de papel. Pero ese día llevaba una de un montoncito que me habían regalado en Canarias. Se la alargué, y me miró estupefacto. La tarjeta decía: *Antonio Gala, acróbata*. Creo que tengo más de eso que de otro oficio cualquiera.

Años antes estuve en México ciudad con un regidor simpático y pintón llamado Carlos Hanke. Habría hecho un buen presidente de la República si no fuese porque, para serlo, se necesitan cuatro apellidos mexicanos. Se trataba del mismo regidor que a un diplomático español, cuando le confió que a los dos días salía para visitar Oaxaca, le recriminó que pronunciase la equis como tal y no como jota. Unos momentos después, el diplomático, herido, le rogó que alguien le pidiera por teléfono un *taji*. Pues bien, este Hanke, tanto aspiraba a la presidencia, que encargó, por lo visto, a unos profesores de la Universidad Nacional, en la que yo estaba impartiendo unas conferencias, o recibiendo un homenaje o algo por el estilo, que investigaran si el apellido Hanke podía tener algún antecedente mejicano. No tardaron en avisarle:

—En el más antiguo anahuac existe la palabra, señor regidor.

—¿Y qué significa? —preguntó encantado el alcalde.

—Hijo de alemanes —le respondió una voz extraordinariamente seria.

No sé qué habrá sido de ese regidor, valioso y muy querido, cuyo sillón no tardó en ocupar Cuauhtémoc Cárdenas: un sillón de los más incómodos del mundo.

También en México, coincidí con otro alcalde, español éste, con el que mantuve, a pesar de todo, muy buenas relaciones. Era Enrique Tierno Galván. Él había ido con una comisión, entre la que se encontraba el actual alcalde de Madrid y su mujer, para regalar a la capital una reproducción en bronce de la Cibeles, instalada precisamente en la plaza de Oaxaca, creo recordar. Intercalo, si se me permite, una breve anécdota de Lali, la mujer de Álvarez del Manzano. Conocedora de mi pasión por los sincretismos, las magias, los fetiches y toda esa parafernalia o esas movidas —no me parece mal usar esa palabra, tan afecta a Tierno—, compró para mí un día unos polvos de Santa Marta para conseguir el amor verdadero. Había que ponérselos, como si fueran de talco, por todo el cuerpo, durante nueve noches.

—Yo ya voy por la tercera —dijo ante mi sorpresa y supongo que la de su marido. Reconozco que a mí me bastó abrir el paquete y oler la mercancía para decidir privarme en adelante del amor verdadero. Creo que cualquier amor hubiese muerto, con aquel polvazo pestilente, durante la primera noche.

A Tierno creo que comencé a tratarlo en la celebración de un centenario de García Gutiérrez en Chiclana. Entre otros, estaba previsto un homenaje en una enorme bodega que a mí, de adolescente, me había concedido un premio de relatos. El homenaje consistía en un recital de Alberti, Fernando Quiñones y yo. Resultó tan divertido como un circo. Recitamos al alimón, nos reímos, leímos poemas de otros sin el menor respeto, bebimos un elogiable fino de la casa, Quiñones me mordía reiteradamente una oreja, Alberti hacía tiempo que no estaba tan relajado y tan bien, hasta que a Fernando lo tuvieron que sacar del escenario, como a Hamlet, sobre el pavés. Acaso nunca se haya hecho tan buena publicidad del vino de aquellas bodegas... Bueno, pues en la primera fila se sentaba, junto al alcalde de Chiclana, el de Madrid. Era, como todo el mundo sabe, un estupendo cínico: la alcaldía le importaba un comino: él era un hombre de Estado, y los dos andaluces del PSOE lo habían degradado a hombre municipal. Ejerció su cargo con la impunidad exenta de comentarios de una reina madre; se arregló para que la culpa de cualquier tropezón la tuvieran los otros, y se reservó sólo el brillo del cargo. Así fue desde su toma de posesión hasta su esplendoroso entierro. A pesar de eso, fue un hombre ejemplar, que siguió representando a Madrid hasta el último minuto de su vida, con su consciente muerte a cuestas.

Al concluir el recital, Tierno me cogió del brazo y me dijo:

—Óigame, Gala, hay un soneto suyo que ha leído y que me ha impresionado grandemente. Corríjame si me equivoco.

A continuación me recitó, entero, el soneto que comienza: «Igual que da castañas el castaño, / mi corazón da penas y dolores.» Se lo agradecí mucho, incluso cuando a lo largo de la cena oí que le decía lo mismo y le recitaba poemas suyos a los otros poetas. Entonces, además, admiré su memoria.

Luego mantuve frecuentes contactos con él, acaso porque sentíamos una recíproca curiosidad. Pregoné las fiestas de San Isidro en su primer año de alcaldía. Tras ese pregón, con una temperatura impropia de mayo y una mañana lluviosa, de la casa de la Panadería Enrique Tierno se llevó mi bastón y me dejó su paraguas. La razón es que ambos, procedentes de Roma, tenían el mismo puño de plata: un diseño de Gucci. El mío me lo había regalado el director de *El Independiente*, el activo y reposado Pablo Sebastián.

El ayuntamiento de Tierno me invitó también a inaugurar la Feria del Libro Antiguo en el Paseo de Recoletos. Cerca de lo que hoy es la Casa de América, es decir, enfrente del estradillo donde nos hallábamos, junto al palacio de Buenavista, que fue de Cayetana de Alba y de Godoy antes que del Ejército, unos empleados municipales, o del gas o del agua, de esos que jamás faltan en Madrid, levantaban un ruido infernal con su taladradora.

—No se nos oirá —le susurré a Tierno que se disponía a hablar—. Mande que callen un cuartito de hora. Veo que son empleados municipales.

—Sería un vano intento. A mí no me obedece nadie de la casa. Resignémonos a oírnos mutuamente y que se fastidien los demás.

Después del rito, me tomó del brazo con aire de intriga, a pesar de que nunca nos tuteamos, y dimos un pequeño paseo entre las casetas. Tierno entendía de libros y también de fotógrafos, muy útiles —ellos y yo— en plena campaña de reelección. Acercó su cabeza a la mía, gesto que aprovecharon los reporteros gráficos, y me preguntó:

—¿Opina usted que Verstringe —que era su contrincante— tiene posibilidades de ser elegido?

Yo, acusando la consonante más fuerte, le respondí:

—*Jorge* Verstrynge *Rojas*... No saldrá: Madrid no tiene cuerpo de jota.

—¿Me permitirá que use esa frase en un mitin que doy dentro de media hora en Vallecas?

Cumplida su misión de hablar en público, ser retratado, y birlarme un chiste, me soltó el brazo y me dejó solo en medio de la feria.

Un día de Reyes, Tierno y su mujer, la encantadora Encarnita, que se esponjaba cuando yo le hacía notar su parecido con Claudette Colbert, le regalaron a mi perrillo Troylo una de las primeras correas extensibles que hubo en España. A Troylo le ponía muy nervioso eso de poder correr de repente más y más deprisa. La estrenamos aquel mismo día. El grupo de mis íntimos, es decir, los de los domingos, y yo, fuimos a los jardines de Osuna a pasear con Troylo, y los patos del estanque, ignoramos por qué, fliparon con él. Todos se enamoraron o algo así, y seguían al perrillo por donde iba: giraban, se detenían, lo miraban extasiados... Entre su nueva correa y los patos, creo que Troylo pasó un inolvidablemente malo día de Reyes.

No mucho después, Encarnita me llamó para preguntarme la dirección de mi veterinario. Quiero decir el de mi perrillo. Se la di, y lo telefoneé a él para advertirlo. Por lo visto, les habían regalado un perro. Yo, siempre nominalista, le pregunté a Encarnita por el nombre.

—Enrique le ha puesto Lord. Dice que es breve y rotundo.

—Y especialmente indicado para un alcalde socialista —le sugerí yo.

El veterinario me telefoneó un par de días después.

—El perrillo está bien y es muy bonito. Sólo les he rogado que le cambien de nombre.

—¿Hasta tal punto te ha chocado a ti también?

—Sí, porque no es perro, sino perra.

Llamé a Encarnita:

—Qué mala memoria tenéis los dos, ¿eh? —Ella se reía—. ¿Qué nombre le habéis puesto a la niña?

—Tara.

—Pues los tarados sois vosotros, que no distinguís los sexos ya.

—No, si es por la hacienda de Escarlata O'Hara.

—Ah, bueno: otro nombre muy indicado para un alcalde socialista.

Cuando me encontré por primera vez con Tierno fue al otorgar el premio de rosas del ayuntamiento. Las rosas, bellas y un poco artificiales, no olían: habían sacrificado, como tanta gente, su alma, o sea, su aroma, a su apariencia. También era jurado, cerca de mí, la infanta Margarita, ciega como todo el mundo sabe, y por tanto bastante incapaz para valorar una flor sin perfume. Sin embargo, ella se empeñaba en olerlas, con lo cual se pinchaba de vez en cuando la dinástica nariz. Las miradas que con tal motivo cruzábamos el alcalde y yo fueron nuestra carta recíproca de presentación.

Luego me llamó, junto a otros escritores y artistas, para elegir el logotipo y el lema de Madrid. El premio era un millón de pesetas para cada apartado. El lema que más me gustó, de cerca de los ochocientos presentados, fue: «Madrid, tuyo.» No era genial, pero sí bastante más exacto que algún otro, como «Madrid, verbenero y marinero», por ejemplo. Recuerdo que un escritor, más caracterizado por su envidia que por su vocabulario, se quejaba —basta que hubiese ganado mi candidato— afirmando que por dos palabras no se podía ganar un millón de pesetas: cosa a la que él ha aspirado siempre.

Una de las últimas veces que vi a Tierno vivo fue para hablar con él del patrocinio que ejercíamos su mujer y yo sobre el recién descubierto *Teatro Cervantes*, de Alcalá de Henares, ciudad tan fraterna de Madrid. En esa ocasión invité al matrimonio a una cena que ofrecía, en *Currito*, Pepe Marín, el dueño de *El Caballo Rojo* de Córdoba. Me había rogado que actuara de anfitrión, y convoqué a los más significativos andaluces de Madrid, que son muchos. («La calle de Alcalá / cómo reluce / cuando suben y bajan / los andaluces»: caracoles, ese garboso flamenco madrileño.) En la mesa de la presidencia, nada destacada, nos sentábamos, aparte de los Tierno, los duques de Alba, los duques de Soria —la esposa del primer matrimonio y el esposo del segundo, andaluces— y mi pareja era Ángela González (Byass para entendernos) López de Carrizosa. La cena consistía en la degustación de dieciocho o veinte platos y cinco o seis postres. Uno de los platos era el rabo de toro a la cordobesa, gloriosa especialidad de Pepe Marín. Desde que vio la carta, Cayetana de Alba, entre las miradas de Tierno y yo, quería saber cuándo le pondrían el rabo, que era al parecer lo que más, o lo único, que le interesaba. Tanto lo preguntó que ya los camareros empezaban a guiñarse con una cierta complicidad.

—¿Cuándo van a ponernos el rabo? —comenzaba a pluralizar la duquesa. Hasta que por fin se lo pusieron—. Siempre me pasa lo mismo, ¿ves? Cuando me ponen el rabo, ya no me gusta.

Tierno me miraba con las cejas levantadas y un exquisito silencio.

Una de las escasísimas fiestas que he pregonado —fui y soy muy reacio a ello— ha sido, a ruego de su alcalde, el Corpus de Granada. Cobré bastante menos de la mitad de lo que suelo; pero, al día siguiente, los periódicos, respondiendo a la adversa fama granadina, se llevaron las manos a la cabeza por considerar aquella cantidad un verdadero robo a mano armada. Poco después apareció *El manuscrito carmesí*, traducido a no sé cuántos idiomas y con más de cincuenta ediciones. Fue mi modo de devolver, con creces, lo que entonces me pagaron. Creo que estamos en paz Granada y yo. Con tan fausto motivo conocí un brote gitano y bellísimo de *la Pitigrilla*, descendiente de aquella flamenquita que actuó en la Alhambra para el rey Abdula. Con sus diecisiete años lo encandiló y ordenó que lo acompañara en el paseo por los jardines a la luz de la luna. El rey iba entre la esbelta muchacha y el intérprete que lo traducía.

—Cuando alzabas los brazos, salían de tus manos palomas. Cuando taconeabas, oía las carreras de mil caballos blancos. Cuando sonreías, cantaban los ruiseñores. Cuando alzabas tu falda, la sangre de mis venas palidecía...

Hasta que la gitana se plantó, y, dirigiéndose al intérprete por delante del monarca, le dijo.

—Hágame usted el favor de decirle que servidora no folla.

Pues su descendiente, en un flamenco en honor mío, se encaprichó conmigo y todo se nos volvía miradas y sonrisas. Era casi una niña, no creo que tuviera más de quince años, pero las bulerías se le daban como a Dios. En un momento dado me levanté, y ella saltó de su silla de anea y vino en busca mía.

—¿Ya te vas?

—No. Sólo voy a hacer pis.

—Háztelo aquí mismo, mozuelo —y alargaba las manos formando un cuenquito moreno.

Esas son las cosas que valen de Granada.

Cuando hablé por primera vez de mi *Fundación para jóvenes creadores*, los alcaldes de tres ciudades andaluzas —Córdoba, Sevilla y Málaga— se lanzaron a ofrecerme su sede. Pensé que debía afincarla en Córdoba, donde se abrió mi mente y donde fui yo mismo joven creador. Debo, no obstante, agradecer a otro alcalde, el de Almagro, que me brindara el Palacio de Valdeparaíso.

(A este alcalde le sucedió algo muy significativo. Era panadero, y un día entró en su tahona un mendigo. En lugar de darle dinero, le dio un pan de a kilo. No tardó ni media hora en presentarse un municipal que venía con un curioso mensaje: el mendigo había ido al ayuntamiento para denunciar a un panadero cuyos panes de kilo no pesaban un kilo completo. De bien nacidos es ser agradecidos.)

El corazón, para ser imparcial, no puede inclinarse con el mismo ángulo ni idéntica intensidad a unas personas, a unos lugares, a unas ciudades que a otros. Siempre recordaré, pongo por caso, la ceremonia en que todos los municipios de la provincia de Málaga, cien en total, me hicieron Hijo Adoptivo suyo, y yo me sentí —a tantos de esos pueblos conozco y amo— su hijo verdadero.

Rojas Marcos, siendo alcalde de Sevilla, tuvo la deferencia de invitarme a presentar el *Día de Sevilla* en la Expo 92. Que Sevilla, tan suya, aplaudiera a un cordobés que la piropeaba en su Plaza de San Francisco me supo a gloria bendita. No me fue posible dejar de sentirme orgulloso. Sobre todo cuando la situación no era fácil ni los sevillanos estaban para bromas. Porque en cuanto yo, recibida su ovación, me senté, le dedicó tal pitada a su alcalde y tales gritos de ¡fuera! que tembló el misterio.

—¿Que me vaya? —clamaba entre el estrépito Rojas Marcos—. ¿Que yo me vaya de Sevilla? Ni muerto.

Parece que ha decidido cumplir lo prometido. O lo amenazado.

No sé por qué causa, poética sin duda, me encontraba en Alcázar de San Juan con su alcalde, muy joven. Me dolía la cabeza y caí en la cuenta de que probablemente la causa era un airazo que nos balanceaba.

—¿Hace siempre tanto aire aquí? —le pregunté al alcalde.

—No, no —me contestó con cierto tono huidizo.

Fue ese tono el que me descubrió que había gato encerrado.

—Entonces, ¿por qué en La Mancha hay por todas, o por casi todas partes, molinos de viento?

El joven edil bajó ligeramente la cabeza.

Estoy satisfecho de haber resuelto una polémica popular,

encabezada por dos alcaldes manchegos: la de La Solana y Consuegra, por la maternidad del azafrán. Mi juicio fue salomónico: *que La Solana sea la madre, y Consuegra, como su nombre indica, la madre política.*

Con una buena risa se acabó la cuestión. En otros casos me habría gustado tener el mismo éxito: en la posible unión de San Sebastián de los Reyes y Alcobendas, verbigracia, que están ya entreverados. Mi propuesta de nombre, Alcobendas de los Reyes, ya que San Sebastianes hay bastantes, a pesar de su histórico postín, no gustó a los del santo asaeteado. Qué le vamos a hacer.

Al principio de la Transición, pasé una semana en Huelva presidiendo el Festival de Cine Iberoamericano. Me llamó la atención todo: la organización, la gentileza y ojos de sus gentes, el respeto por los espectáculos, la asistencia y la afición colectiva, todo. Hasta los bancos de la capital y la provincia. Los ponderé delante del alcalde, que no tardaría en ocupar un altísimo puesto en el poder andaluz, y que me comentaba, con el presidente de la Diputación, ambos de Valverde del Camino, que usaban el adorno afiligranado, muy *art decó*, del hierro con que está hecho el banco, para medir el esplendor de sus penes infantiles, ya en su grosor ya en su longitud. De vuelta a mi casa de Macarena, no pasó una semana sin que recibiera el banco que me regalaban los de Huelva. Iba con una tarjeta del político: *Es la primera vez que un alcalde socialista regala un banco. Todo sea por ti. Un abrazo.* De pasada, recuerdo que, cuando se enteró Tierno Galván de mi dirección —Macarena esquina a Triana— me dijo:

—Todo el mundo va a pensar que usted me ha sobornado para que le cambiara el nombre a las dos calles.

—Nadie que me conozca —le comenté—, porque antes vivía en El Viso, en Darro esquina a Guadalquivir. Lo mío es un *fatum.*

Y cuando vio la casa, al ver las altas tapias y el muro de cipreses, me preguntó:

—¿Tanto miedo tiene usted a los ladrones?

—Sí: a los de mi intimidad —le respondí. Tierno se echó a reír.

Al alcalde de Córdoba, Argentina, lo conocí cuando fui a dar la lección magistral en una universidad de allí, seducido, aparte del nombre de la ciudad, por conocer Altagracia, advocación de la Virgen que siempre me ha parecido admirable, independientemente de que allí trabajara Falla en sus últimos años. (Por cierto, me enteré de que tal advocación, que yo veneraba desde Santo Domingo, no es un invento americano, sino de un pueblo extremeño, ¿cómo no?, llamado Garrovilla, cuyo alcalde tuvo a bien remitirme una estampa de la imagen patrona.) El alcalde de Córdoba me ofreció, después de la habitual rueda de prensa, una copa, y me descubrió el secreto de su serenidad: en una enorme terraza a la que daba su despacho gozaba, distribuido en grandes cajones, de un huertecillo entero: cebolletas, eneldo, perejil y muchas otras hierbas, que cuidaba para cuidarse él del estrés de su cargo. Pocas veces he visto a nadie tan entusiasta de su propia obra. Hicimos unas migas tan favorables que copió la idea de mi *Fundación*, iniciada ya en Córdoba, España, ofreciendo para ella un sanatorio antituberculoso caído ya en desuso.

Con las alcaldesas he tenido unas relaciones tan fructíferas y graciosas como con los alcaldes. Han asistido a lecturas mías o a almuerzos en mi honor, a pesar de no hablarse, por ejemplo, con los presidentes de la diputación, que de seguro les tocarían al lado. Hablo de las alcadesas de Cádiz y de Málaga (todas las conversaciones de la segunda conmigo siempre empiezan: «Mira, Antonio, lo que no puedo perdonarte es que...»). En cuanto a la alcaldesa de Valencia, ya la actual ya la anterior, ni el protocolo ni la política han logrado separarnos un centímetro de más. Una efímera alcaldesa, la de Zamarramala el Día de las Águedas, en que me habían nombrado *home bueno e leal*, fue conmigo muy gentil: procuró quitarme el frío a fuerza de sugestión, el frío que no me quitaba una abundante capa de cachemira que me había regalado el ministro de Cultura de Marruecos, no como tal sino precisamente como alcalde de Asilah, donde fui rector de la Universidad Al-Mutamid.

Siendo Hormaechea alcalde de Santander, un alcalde de buena planta al margen de los líos en que se metiera, me hallaba yo en la Plaza Porticada en un palco contiguo al del ayuntamiento: el de la Universidad Menéndez Pelayo, a la que había ido a hablar de no sé qué. Asistíamos a un concierto, y el alcalde, cuyas relaciones con el Palacio de la Magdalena, sede de aquélla, eran infames, me convidó a una copa de champán. Alargué la mano agradecido, pero él me advirtió:

—No puedo ofrecértela en ese palco, porque no me trato con los mandamases de la universidad. Sal, por favor, al pasillo, y vente a este.

Lo cierto es que no me compensó el champán, ni por el paseo ni por entrar en rencillas provincianas.

De Almuñécar era primer munícipe un hombre del partido andalucista. Ante los piropos que eché a su vegetación y al cuidado y variedad de su arbolado, un día en que inauguré el parquecito que lleva mi nombre y un soneto de La Zubia en cerámica de Fajalauza, me envió a *La Baltasara* un camión con plantas y cepellones. A su cargo iba el encargado de la jardinería municipal, que luego creo que abrió un orquidario en Málaga, y que en aquella ocasión había bebido acaso más de dos copas. Plantó los árboles como si no fuesen a crecer nunca: tres en el lugar de uno: con ello comprobé que el dinero público es más alegre de gastar que el privado. Y a la vez comprobé la fragilidad de la vida humana: un sexitano, que me había mandado plantones de mango y de chirimoya, no pudo recibir mi nota de agradecimiento porque se ahorcó unas horas después de mi visita. Espero que ésta no tuviera que ver con tan fatal decisión.

En el verano del 64, recién llegado yo al teatro con *Los verdes campos del Edén*, mi traductor al italiano, que era el corresponsal de *Il Tempo*, me embarcó en una visita a Ciudad Real, para ver mi obra representada. Se hacía en un local al aire libre, a las afueras de la ciudad, habilitado para los Festivales de España. Nos recibió un concejal al enterarse de mi presencia allí, y nos acompañó a nuestras localidades, que eran las del ayuntamiento. Luego excusó la ausencia del alcalde, que tenía un familiar enfermo. Lo cierto fue que tal ausencia no me sentó ni bien ni mal: me era completamente indiferente. Pero comenzada la representación, se oyó un rebuzno interminable que emborronaba el diálogo.

—¿No dijo usted que el alcalde no podía venir? —le pregunté al concejal.

Sentí que una mano apretaba mi hombro.

—Sí; pero he dejado un momento a mi madre para saludarlo a usted.

En aquel instante habría deseado que me tragara la tierra.

También lo deseé ante otro alcalde y en otras circunstancias. A esa misma comedia, al año siguiente, le dieron el premio Ciudad de Barcelona, que otorgaba el ayuntamiento en un almuerzo muy numeroso con toda clase de autoridades, con gente de la llamada buena sociedad y con los tradicionales aficionados al teatro. Por la noche me dieron una cena muy reducida: calculo que no seríamos más de nueve o diez comensales. Estábamos aún en el consomé cuando el alcalde Porcioles, cuyo acento leridano tumbaba literalmente (siempre me pregunté cómo podría haber sido notario en Valladolid, ciudad tan orgullosa de su castellano), el alcalde, digo, se dirigió a mí contándome algo de lo que no conseguía enterarme ni por lo más remoto. Sólo se me ocurrió una salida que lo trajera un tanto a mi realidad.

—Alcalde —le dije—, fíjese cómo será la gente de Madrid que afirma que el catalán no se entiende. Yo me estoy enterando absolutamente de todo lo que me habla usted.

—Naturalmente —me contestó masticando las palabras—, como que le estoy hablando en castellano.

Tomé una cucharada más del consomé, y me planteé en serio, avergonzado, la posibilidad de devolver el premio. Pero recibirlo me había hecho demasiada ilusión. Ilusión que conservo aún hoy, cuando el teatro en castellano y Barcelona se han distanciado tanto, esperemos que no por mucho tiempo más.

MIS LECTORES Y YO

Cuántas veces me habrán preguntado por qué escribo. Sería más fácil decir por qué no escribo. No escribo para que me quieran, como dicen algunos compañeros mártires. No escribo como procedimiento de ser conocido o famoso o de despertar admiraciones. No escribo ni siquiera para que mi experiencia le sirva a alguien, porque no me sirve ni a mí. No escribo, en último término, ni para ser leído, cosa que puede no suceder con más frecuencia de la que se cree y a más gente de la que nos imaginamos. Creo que escribo porque lo necesito para sentirme vivo. Si se me impidiese hacerlo, moriría: de alguna forma no previsible, pero moriría. A mí no se me ha dado otra opción. No es una vocación para mí, sino un destino. Y debo cumplirlo con un rotulador en la mano: porque, para más inri, escribo todo a mano: mi salto tecnológico más grande ha sido pasar de la pluma estilográfica al rotulador, y me ha dejado exhausto y con una cierta sensación de adulterio. Por eso agradezco enormemente a mis lectores, a quienes no tengo presentes mientras escribo, que me lean y que mantengan cierta fidelidad personal y cierta tendencia a relacionarse con el autor al que han leído. Si mis primeros colaboradores son la soledad y el silencio, los últimos en el tiempo son precisamente los lectores: ellos son quienes concluyen en definitiva el libro.

Para mí escribir es vivir: mi forma intransferible de hacerlo. Comprendo que vivir, en realidad, es meterse hasta los dientes en la vida, en su fruición y en su vehemencia. Ser testigo y declarar, para los que no han sido predestinados a ello, es perder una parte de la vida. Yo sé que cuando vivo como un hombre común, que ama y desama y presencia injusticias y goza y está triste, no lo vivo para contarlo sino que lo cuento para vivirlo más, con mayor intensidad, y para recrearlo de nuevo. El acto de la creación lleva en sí su propia dicha y su propia desdicha, la compañía y la soledad. Lo que sobrevenga luego, sea éxito o fracaso, no afecta esencialmente al creador, ni aminora la soledad sentida ni le presta la compañía sustancial interior que todo ser humano, cada uno de una forma personal, necesita.

Por descontado, no es lo mismo escribir una comedia, en que los personajes hablan como tales y no son sosias de quien la piensa y la traduce; en que son precisos los intérpretes que den su versión, es decir, que la digan con su lengua después de haberse pasado el texto por la cabeza y por el corazón. No es lo mismo, digo, escribir una comedia que una novela, en la que el relato tiene su propio ritmo y su exigencia, y en la que el escritor obedece a una voluntad superior, ejercida por el tema, que marca la forma y rige el vocabulario y los párrafos y los capítulos y el fin. Ni es igual escribir un poema, que en general nos es dado, como una dádiva generosa a veces, impuesta en ocasiones, dictada en otras cuando el creador hace de amanuense, aunque pueda luego volver sobre los versos y corregir en frío. No es igual escribir un artículo, trate de lo que trate: en mi caso, trata mucho de mí, porque acaso soy la persona de la que más sé, aunque no sepa demasiado, y que tengo más cerca; o trata de hechos comunes, a través de una visión individual contados o enjuiciados.

Quizá al no habérseme dado otra opción que la de escribir, la vida, en cuyas manos aspiro a ser un rotulador dócil, me ha regalado la posibilidad de encontrarme cómodo ante cualquier género literario. Siempre que la obedezca. Si me rebelo, si busco imponer mi opinión sobre aquello que debo escribir y cómo, la vida me retira sus poderes y suelo hacer un churro. En la vieja polémica entre lo dionisíaco y lo apolíneo, lo curvo o lo recto, lo mágico o lo reflexivo, el rito o la razón, cada vez doy más crédito a lo que indebidamente ha sido considerado nuestra mitad inferior. Lo animal no se equivoca casi nunca; lo instintivo acierta casi siempre. Mientras lo preternatural, la razón decidiendo en total lucidez y en plena vigilia, yerra a menudo. Al menos, en mi caso. Yo me entrego cada vez más al abandono que supone esperar que llegue la luz, la orden, la sugerencia. Ahí reside para mí la garantía de acierto y la mejor conexión con mis lectores. No tengo otra manera de expresar esa inmediatividad que compruebo que existe entre ellos y yo, esa comunidad de sangre, ese recado que va, como el eslogan de un refresco, del naranjal a los labios.

Yo recibo tal cantidad de cartas de lectores que no bastan dos personas dedicadas a ellas. Tengo un museo que conserva las más originales, incluso las más estrafalarias. Me escriben a mi dirección de Madrid, pero a veces no a la calle Macarena, sino a Virgen de la Macarena, que es otra, o Camarena, o Maracena, o Magdalena, y hasta Drácena... O me escriben a la Sociedad de Autores, o a los diarios en que colaboro o he colaborado, o a las editoriales que me publican... O ponen simplemente, por toda dirección, Córdoba o Madrid o Andalucía. Algunos extranjeros, más desahogados, ponen España sólo, y se encomiendan expresamente a la bondad de los carteros. Los nuestros son muy aficionados a la proeza: cuanto más difícil es su trabajo, con más ahínco lo resuelven. Cuando saben que estoy en *La Baltasara*, aunque la dirección sea la de Madrid, me remiten las cartas a Alhaurín el Grande, y yo se lo agradezco de todo corazón.

El número menor de cartas es el que me da la enhorabuena por tal o cual libro, o las gracias por haber acertado al expresar lo que ellos pensaban y no sabían decir, o las que manifiestan su gratitud porque un texto mío les alivió una pena o les iluminó una tiniebla o los sacó de una depresión o los ha ayudado a salir de un mal paso. El mayor número de cartas viene escrito por lectores que confían en mí lo bastante para contarme que se sienten solos: solos estando acompañados, que es la peor soledad. Es decir, anhelan romper la incomunicación, esa plaga de nuestro tiempo. Si la soledad manchara, no habría suficiente agua en el mundo para lavar su mancha. Esas cartas, no siempre bien escritas y nunca literarias, derraman sangre al salir del sobre. Sus líneas son como las sístoles y las diástoles de un corazón que se exhibe desnudo y no encuentra remedio ni da, con una mano tanteante, con lo que restañaría su hemorragia o cerraría los labios de su herida.

Recuerdo, hace unos años, la carta conmovedora y a la vez serena de una mujer que había perdido a su marido. Él se llamaba Peter. En el fondo, la carta se reducía a decirme que aceptara un perro que había convivido con ella la historia de su felicidad. La mujer había decidido suicidarse. Yo le contesté enseguida: el perro es lo que le quedaba aún de su marido muerto, el importante testimonio de que nada fue un sueño; debía vivir no tan sólo por ella, sino en nombre de quien ya no vivía; debía atender las mañanas azules y las tardes doradas de este mundo con una redoblada atención... Me replicó desde Mallorca dándome las gracias: se encontraba mejor y me haría caso. Unos meses más tarde recibí un paquete no muy grande. Contenía dos grabados del Segundo Imperio enmarcados de una forma exquisita. Y la carta de una amiga de la primera mujer, que había recibido la orden de mandármelos. Mi primera correspondiente, por fin, se había suicidado después de ponerle una inyección letal a su perro, cuyo nombre era Niki.

A veces estos anuncios enlutados no se concretan en cartas de desolación. Hace un par de meses llamaron a casa de una editorial mía; pedían permiso para dar mi número de teléfono a una señora que amenazaba con suicidarse si no hablaba conmigo. Se lo dieron. Fue una conversación atroz. Era una vida cargada de autorreproches, de hondos remordimientos, de responsabilidades no cumplidas. Fue una conversación sin pies ni cabeza, puntualizada por sollozos y llantos. Supongo que la señora, mayor, sólo aspiraba a ser oída. Escuché, y di mi opinión, mi durísima opinión, porque se me antojaba que la culpabilidad ni tiene por qué aminorarse ni tiene que aliviarse con la muerte. La tarde de ese mismo día, directamente a casa, llamó una mujer —me lo anunció el secretario— que planteaba el mismo dilema de atención o muerte.

—¿Otra vez? —le interrogué disgustado por la interrupción.

—Es que no es la misma que esta mañana.

Dos veces en el mismo día era mucho tomate. Le ordené que le rogara que, para reflexionar mejor tanto ella como yo, pusiera por escrito lo que me iba a decir. Pasados tres días, recibí una carta desconyuntada, pero vigente; desde un infierno, pero en él no había ardido aquel papel ni se había consumido aquella alma.

Otras cartas cuentan, bajo un secreto como de confesión, más o menos extrañas novelas vividas que solicitan ser escritas por mí. Casi todo el mundo cree que su vida es una verdadera novela, como si la novela necesitase excesos, apasionamientos, destrozos. Cuentan amores extraconyugales con pelos y señales, desamores amarguísimos, felicidades previas a cualquier tipo de meditación... Yo suelo devolver estas cartas para que el o la remitente tenga la seguridad de mi silencio y el sosiego de que nunca serán utilizadas contra él o ella. Cartas de madres, a espaldas de los hijos, que me solicitan que les aconseje a ellos, o acaso a ellas mismas, sobre un tema candente en su casa. Cartas con poemas no buenos como tales, pero en los que laten unas verdades y unos sentimientos tan auténticos y hondos que ponen la carne de gallina...

O cartas con consultas mínimas, o con relatos cotidianos, o con la necesidad de que un hombre respetado soporte el peso de una confesión descargándose así el alma que la emite. De otro lado hay cartas que pueden resultar graciosas al principio: por ejemplo, de alguien que tiene la certeza de ser hijo o hija mía y brinda datos y fechas y motivos en que se basa tal convencimiento. Yo tengo hijos, o se tienen por tales, con dos o tres actrices, con la duquesa de Alba y con un par de monjas... Más complicadas son las cartas en que quien las escribe me declara su amor. Estas es mejor no contestarlas nunca para no dar lugar a una ristra de disparates, celos y reproches. Suelen venir acompañadas de pétalos secos, menudas piedras de la suerte, ramas de artemisa o de ortiga, fotografías pasadas... Hay una señora mayor, sevillana, de la que no conozco ni el apellido ni la dirección, que me escribe semana tras semana, comentando mi actitud con ella, lo que le he dado a entender en tal declaración, la furia de los celos provocada por una entrevista o un artículo, la airada ruptura que luego queda en nada, el temor a que sus hijos se enteren de *lo nuestro...*

Una de estas corresponsales llevó las cosas demasiado lejos: me denunció judicialmente por quebrantamiento de promesa de matrimonio. Yo ni siquiera la había visto jamás, a pesar de que me había citado con reiteración, en El Retiro por cierto, y desencadenado mi inasistencia un vendaval de apasionados insultos y reproches. Es terrible, y me ha sucedido en numerosas ocasiones, no poder hacer nada —lo contrario sería echar más leña al fuego— por alguien que sufre a causa nuestra, y se desespera, y amenaza con las más desaforadas consecuencias. Se trata de un sufrimiento real y palpitante, venga o no de una imaginación sin base alguna.

Abundan las cartas en que me piden mi parecer sobre tres o cuatro poesías que manda una mujer madura, desde niña atraída por la escritura, y a la que la vida y los hijos la apartaron de ella, y ahora, más libre, vuelve sin poderlo evitar... O mi opinión sobre largos cuentos poéticos de jovencitas trémulas; o sobre novelas escritas por señores ya jubilados, que hacen el recuento de su vida; o de hombres y mujeres más jóvenes, completamente convencidos de que lo escrito por ellos excede de toda comparación con lo que escribe un aficionado... Es muy difícil comentar, opinar, exponer en una breve carta, el resultado de una obligadamente rápida lectura. Nadie es nadie para desanimar un quehacer que ha de tener su recompensa en sí mismo, no en el eco social, como un acto onanista; un quehacer que, en general, busca sin embargo la trascendencia, y el primer paso hacia ella, el resquicio primero de lo que se le antoja al autor un paraíso, es mandar ese producto a un escritor conocido... Creo obligado añadir que conocido por los demás, porque casi ninguno de los que así y esto escriben se han tomado el trabajo previo de leerme a mí, lo cual sí que desequilibra, a fuerza de egoísmo, los platillos de la balanza.

Y en todo caso debe uno tener cuidado con lo que escribe si responde, porque tal respuesta puede ser utilizada ya como prólogo de un libro futuro ya como un atestado de exigencia. De ahí que haya un tipo de cartas que, por norma inquebrantable, me niego a responder. Hay muchachas y muchachos —más éstos que aquéllas— que escriben cuartillas tan sensuales que provocan un cierto malestar y hasta una indefinible excitación. Hubo una serie que procedía de Jabalí Nuevo (Murcia) en que un chico muy joven decía, en cada misiva, qué recorrido haría sobre mi cuerpo, con sus manos, su lengua, su boca y el propio cuerpo suyo. Todos eran trayectos diferentes, y yo acabé por recibirlos como una guía de itinerarios a través de una ciudad desconocida, con parada y fonda al fin de cada uno. Pero, claro, la ciudad era yo.

En bastantes cartas de las llamadas normales se incluye foto de quien la expide «con el fin de que nos vayamos conociendo, porque yo te conozco a ti por tus escritos, pero tú no tienes ni idea de quién ni de cómo soy yo». En otras, aspiran a una foto dedicada «para enmarcarla y tenerla siempre entre las de mis seres más queridos». O sencillamente piden un autógrafo: cada vez hay más coleccionistas de lo que a mí me parece una simpleza. Es curioso ese creciente fervor por los autógrafos: en la calle (yo estoy muy poco en ella, porque suelen empaquetarme dentro de un coche), en los aeropuertos, en las estaciones, en los cines, en los teatros, en los taxis... Y lo peor es que, cuando estás un poco harto y dices a una chica joven, pongo por caso: «No, autógrafos no: prefiero darte un beso», lo común es que la chica reciba el beso sin el menor interés e insista en lo del autógrafo. Pienso yo si será porque lo del beso no se lo va a creer nadie. Y me da pena decirles que lo de la firma tampoco, porque lo mismo puede ser de Napoleón Bonaparte: tan ininteligible es la mía.

Fue precisamente una multitud de remitentes jóvenes la que me movió a aceptar la publicación de mi libro *Poemas de amor*. Me rogaban, después de la *Carta a los herederos*, que accediese porque a través de los poemas iban a conocerme mejor, cosa indudable, aunque yo, que siempre me pongo en lo peor, pensase de soslayo que, por más cortos, los poemas eran de más cómoda lectura que una novela... No es cierto, no lo pensé, se trata de una broma: sé que la gente joven, por reacción frente a una sociedad hostil y monetaria, y habitante de ciudades enemigas, desea refugiarse en su intimidad, de la mano de alguien a ser posible, con su música y su expresión más profunda, que no puede ofrecerle más que la poesía. Eran cartas de esos *herederos*, que contestaban a la mía hacia ellos, diciendo casi todos que dentro de su mente hay más de mí que de su propio padre. Me halaga, por supuesto, pero no sé si arrendarles la ganancia.

No el total de las cartas tienen este cariz. Hay algunas de personas puntillosas, que escriben con ira provocada por opiniones o por declaraciones hechas a periodistas que no siempre han sabido recogerlas. Buena parte de tales cartas son anónimas, y se despachan a gusto con una mala leche que no firma: las rompo sin leerlas del todo; otras dicen no sólo el nombre y la dirección sino la profesión y el teléfono por si me apetece contestarlas. Pero jamás me ha apetecido defender mis pareceres, de los que ya he vivido la razón. Incluso hay cartas de personas que me tenían una honda devoción respetuosa, y que, por cualquier causa, se han desencantado de repente y quieren hacérmelo saber con toda clase de explicaciones... La verdad es que comprendo más su desencanto que su anterior encantamiento, y no me considero causa indudable ni de lo uno ni de lo otro.

Cuántas veces también se me habrá preguntado por qué firmo ejemplares de mi obra en las ferias del libro. Es tópico decir que existen esos segundos vívidos en que se rozan los dedos míos, al devolver el libro firmado, con los dedos del lector, mientras nuestras miradas se entrecruzan. No cabe más en la urgencia de las firmas; pero es ya mucho. Quizá eso y las cartas sean los únicos contactos que un escritor pueda mantener con sus lectores. Y yo gozo con ellos. Sé así quién me lee, quién me ha leído y quién me leerá. La Feria del Libro de Madrid es especialmente significativa. No hay ninguna otra que imponga tan poco respeto, ni posea un espacio y una luz tan hermosos, ni luzca ese aire de verbena enquistada ya y tradicional, ni que una ciudad haya incorporado de tal manera a sus usos y costumbres... El calor o la lluvia, el olor de la tierra y de los árboles y de los churros, el alborotado vaivén del gentío, las familias enteras llenas de suegras, de tetrapléjicos, de cochecitos de bebés, la megafonía anunciando que se ha perdido un niño (yo siempre me pregunto quién lo mantendrá hasta devolverlo en la feria del año próximo)... Todo eso es para mí atractivo, a pesar de que, en el tajo y con la cabeza doblegada, pueda disfrutar menos que nadie de ello.

Los solicitantes de la firma, dentro de la cola de los fines de semana, llegan a veces de muy lejos. Yo les grito que es mentira que hayan venido por mí, y creo que es mentira, pero me hace gracia que se tomen el dulce trabajo de mentirme. Me gusta que un marido pida mi firma para su mujer y viceversa; que la dedicatoria sea para una familia entera, o para un niño que aún no ha nacido pero tienen ya nombre en el enorme o incipiente bombo de la madre. Hay momentos en que se produce una gran tensión:

—Para mi hijo Santiago, muy admirador suyo —me pidió en la última feria un señor con una voz que me obligó a levantar la cabeza y mirarlo—. Ha muerto hoy a las nueve —añadió.

Sólo rompió a llorar cuando leyó la frase de mi dedicatoria.

En Barcelona el último Día de Sant Jordi, un chico me rogó que *Las afueras de Dios* se lo dedicara a su madre, Josefina.

—Murió el mes pasado, y es el único libro suyo que le faltaba. Mientras lo lea yo, lo estará leyendo ella.

Me gusta firmar para matrimonios que se han separado y no están aún seguros de haber obrado con cordura; para novios que buscan la reconciliación con el regalo; para parejas homosexuales que procuran, como si yo fuese tonto, que me dé cuenta de que lo son, y que buscan mi firma como una confirmación de mi aprecio.

—Hemos hecho muchas veces el amor leyendo sus *Charlas con Troylo* —me dijeron un chico y una chica muy jóvenes—. Ahora queremos tenerlas firmadas por ti.

—Que seáis felices. Tenéis la obligación de serlo, de haceros felices el uno al otro.

Me gusta comprobar que, cuando el libro es para una pareja, si es el hombre quien pide la dedicatoria, dice primero su nombre y luego el de ella; si es ella quien la pide, dice primero el nombre masculino.

—El ejemplar de *Poemas de amor* que teníamos era mío; pero se lo llevó él cuando me dejó. Lo leíamos a dos voces, y a veces acabábamos llorando, y otras, en brazos uno del otro... Este ejemplar lo quiero para mí sola yo.

Me hace gracia que, cuando oigo Maite, y pregunto si con i latina o con i griega, me contesten *con i normal*, como si la otra fuera una intrusa enloquecida, o me contesten que como yo quiera. Me gusta escribir los nombres vascos, cuya ortografía cambia de un sitio a otro y de una boca a otra, y tachar el mal escrito y escribir el nuevo, o insertar una hache en Ainhoa, entre la n y la o, o pedir que me aclaren si escribo un hombre con ch, tx o tz... Todo es cuestión de proponérselo, siempre se acaba acertando. Y cuando se sorprenden ante la tachadura, el secretario suele intervenir:

—Más mérito, así es mucho mejor.

Me gusta, aunque no sea siempre confortable o posible, que me pidan dos besos, que me dejen cartas o rosas o mensajes o libros dedicados, que me lleven sus perrillos para que yo los conozca, y, a veces, ponga también su nombre en la dedicatoria. Me gusta que me pidan firmas para conocidísimos futbolistas o para políticos, y que los políticos me las pidan para sus hijos («Vanessa, con dos eses»), o que en las largas colas agotadoras aparezca de pronto una cara conocida mía o conocida de todos, de alguien que ha esperado con paciencia que llegara su turno: desde Federico Mayor Zaragoza a Lorenzo Milá, de Natalia Figueroa a Celia Villalobos... Y me da pena que en ocasiones haya que poner orden en la cola porque un recién llegado frescales quiere jugar con ventaja, o porque una señora se hace la despistada y avanza veinte puestos. Y me da pena que, en ocasiones, alguien sufra un verdadero ataque de pan tierno, y me apriete la mano hasta desconyuntármela, o me clave las uñas o me despeine o me muerda un labio o qué sé yo.

Los asaltos por la calle suelen ser otra cosa. Primero, porque cogen de sorpresa; segundo, porque no está uno oficialmente a tiro, ya que busca lugares solitarios.

—¿Por casualidad no será usted Antonio Gala?

—No sé si lo seré; pero por casualidad desde luego que no: si lo soy, me ha costado muchísimo.

O quizá:

—¿Es usted Antonio Gala?

—A estas horas, ya no.

—Pues mi hija sí dice que es usted, y a mí ya me lo estaba pareciendo.

O también la mujer que le repite al marido por lo bajini, dándole con el codo:

—Mira Antonio Gala... Ese es Antonio Gala... Por ahí va Antonio Gala.

Hasta que el marido le contesta a voces:

—Que sí, coño, lo he visto antes que tú.

Y hay algún imprudente que te dice que le gusta más oírte que leerte. O que no sabe qué elegir: si cómo hablas o cómo escribes. (Yo creo que escribo como hablo: soy el escritor más sincero que conozco, lo cual no es siempre una ventaja. Me paso el folio por la cara y sale lo que en ella hay: sudor o sonrisa o lágrimas o sangre.) O algún o alguna imprudente que prefiere que le firmes en la camisa o en una mano o en sitios más extraños, donde sólo con un rotulador grueso y romo puede escribirse. Tengo ejemplos de lugares más recónditos de lo que un lector corriente es capaz de figurarse que alguien quiera ser rubricado.

Una noche, de vuelta al hotel, muy tarde, en la isla de La Palma, en Santa Cruz, donde tomaba notas para *La regla de tres*, me dijo el sustituto del conserje o el sereno o quien fuera que, desde las ocho de la tarde, me esperaba un muchacho. Debían de ser las dos o dos y media. El muchacho era frágil, rubio, de expresión inteligente y de una modestia convencida de su propio valor. Tenía un nombre vasco, y es probable que lo fuera alguno de sus progenitores. Él había nacido en la isla. Me dio unos folios con poemas, que un vistazo me mostró bien impresos en ordenador y bien encuadernados, y un taco de papeles con lo que me dijo que eran relatos. Lo saludé y quedé en que me llamase a los dos días para hacer algo que detesto: dar mi opinión sobre un trabajo ajeno. Cuando llegué a mi habitación, antes de desnudarme, abrí la entrega del chiquillo. Tanto los poemas como los cuentos estaban escritos en vasco. Perdí el sueño.

Hay encuentros notables y más frecuentes de lo que podría parecer a primera vista. Desde la muchacha que, señalando a su moreno acompañante, me dice sonriendo: *Esta es mi pasión turca*, a la cantidad de Desiderias —deben pasar de treinta— que hay con seis o siete años, a alguna de las cuales he sido presentado por sus madres. Yo le puse ese nombre a mi protagonista por feo, para que el suavón del marido la llamase *Desi, de Desirée*, y las madres se lo ponen a sus hijas por valiente. Claro, que también he conocido como a trece mujeres que me reprochan el haber contado con tanta claridad su historia, porque cada una se confiesa y pregona como la auténtica, genuina e inimitable Desideria Oliván.

Una tarde me dirigía a una casa no lejos de la Puerta del Sol en Madrid desde la mía en Chamartín, y no pasaba por Pío XII ningún taxi. Me hice el fuerte. Me pregunté por qué no cogía yo un autobús como todo el mundo (tengo acumuladas terribles experiencias en los transportes públicos), y lo cogí en la Plaza del Perú. Di una moneda que me pareció suficiente, y el conductor, riendo, me dijo:

—Don Antonio, hace veinte duros que no coge usted un autobús. —Y tuvo la gentileza de invitarme.

Hoy mismo, cuando escribo esto, he recibido una carta de una muchacha llamada María Auxiliadora que estudia en un instituto llamado como yo. O quizá sea yo el que se llama como el instituto. Acaso por eso se ha sentido animada a escribirme que su clase ha decidido hacer en mayo un viaje de fin de curso, que lo que les gustaría era ir a Mallorca porque no la conocen, que si yo les podría buscar alojamiento y hacerles llegar el dinero necesario para viajes, estancias, y algún que otro recuerdo, y que estaban a la espera de mis noticias y a mi disposición. Después de despedirse con un beso, firma y añade una postdata: «En el curso somos cincuenta y tres.» Quizá aproveche mucho más el verano aprendiendo algo de ortografía.

LAS GENTES DEL TEATRO Y YO

Buena parte de mi vida la he consumido en escribir comedias. Siempre me gustó llamar así hasta a los dramas y las tragedias, para no sobrecoger de antemano a los espectadores. He sido, pues, objeto de esa discriminación, no sé si malevolente, que nos clasifica como escritores y autores de teatro, como si escribir para la escena fuese una manera menor de escribir por tratarse de un género menospreciado de la literatura. Lo es, probablemente, para los que no han logrado cultivarlo con tolerable éxito: la Generación del 98 es un brillante ejemplo.

Llegué a él por mi primera obra, *Los verdes campos del Edén*, que recibió el Premio Calderón de la Barca para autores no estrenados. Fue presentada, con una imitación de mi firma, por dos grandes amigos de entonces y de siempre: la pareja formada por Paca Aguirre y Félix Grande. Yo era un muchacho cargado de licenciaturas y promesas, que no había conseguido más que malvivir ante la sorprendida decepción de mis padres. Mi padre, por el que había renunciado a ejercer mi destino de escritor, murió sin que yo hubiese alcanzado el éxito que él daba por seguro en cualquier campo que eligiera. Tan sólo un mes después, sin que nada lo anticipase, puesto que yo ignoraba haber sido presentado al Calderón de la Barca, recibí el premio que obligaba a estrenar la obra en el *María Guerrero*.

La prohibición de una pieza de Dürrenmatt en el Teatro Nacional apresuró el estreno de la mía. Se la calificó de antemano, por una despistada progresía resentida contra quienes no formaban parte material de ella, de «mariconada lírica» y otras lindezas semejantes. Lo cierto es que yo me hallaba muy lejos del mundo de la escena, cultivando la poesía y el cuento, de paso hacia la novela. No frecuentaba cafés, tertulias ni cenáculos, y mi nombre no sonaba sino como el de un *joven poeta*, calificativo bastante destructor y desesperanzado. José Luis Alonso, director del *María Guerrero*, me buscaba sin éxito ante la inminencia del estreno. Nadie le daba razón de mí. Yo no había conseguido sostener el apartamentito de la calle de Prim, junto a las obras del futuro *Teatro Marquina*. En realidad, la primera vez que trabajé en el teatro fue en esas obras, de peón. En el breve tiempo de descanso al mediodía, subía yo a mi apartamento que antes había habitado Rafael Azcona, junto al ocupado por Gustavo Pitaluga, el músico, separado de la actriz Ana María Custodio. Los compañeros de trabajo, que me descubrieron un día, pensaron que era un señorito pitongo y consiguieron que me largaran. Pese a mis esfuerzos, hube de abandonar aquel nido y vivía en una modesta pensión de la calle de Colmenares, sostenido prácticamente por una indescriptible amiga cuyo incógnito he guardado siempre, y que hoy sigue siendo tan afecta a mí como entonces, si no más que nunca.

Paseábamos ella y yo una tarde de mediodía de agosto, calurosa y alegre, por Recoletos, cuando de una mesa del Café Gijón se levantó un hombre joven, bajo, rubiasco y muy simpático.

—Me acaban de decir que eres Antonio Gala.

—Sí.

—Soy José Luis Alonso, y te he buscado sin parar desde que te otorgaron el Calderón. Tenemos que ponernos de acuerdo para los ensayos. Empezarán en Valencia, donde la compañía concluirá las representaciones de *Los caciques*, de Arniches.

Yo no había visto esa comedia ni casi ninguna otra: mi economía era muy restrictiva.

Desde el primer momento, José Luis me pareció una persona admirable y enriquecedora. Me inspiró lo que los ingleses llaman *el amor del cachorro*. Y me vi correspondido por él, que detestaba como yo la cutrez, la cominería y el chismorreo que caracterizaba a gran parte del ambiente teatral, tan sugestivo visto desde fuera. De ese ambiente no sabía entonces nada, y sigo sin saber demasiado. Siempre me produjo repulsión la vida ajibarada de la generalidad de los actores, que no admiten ni conocen otro mundo que el de las bambalinas, ni sienten curiosidad por nada más, despreciando lo que no les afecta de la manera más inmediata y ruin. Ni frecuentaba ni he frecuentado nunca sus guetos, sus cafés, sus camarillas, ni he comprendido sus recíprocas puñaladas traperas ni sus indignidades. Lo que sí aprendí luego fue a quererlos como colaboradores que se apiñan, cuando llega el momento, con los mismos que han desdeñado, y a admirarlos como seres capaces de entregar su vida, con una asombrosa exclusividad, a aquello que constituye o constituyó un día quizá su vocación, pero desde luego es su profesión: tanto que *ser muy profesional* es el mejor piropo con que se elogian los unos a los otros... Sin duda esto ha cambiado. Para peor, yo creo.

Llegué a Valencia, invitado por Alonso, en un autobús, el mismo día que mataron a Kennedy. En Valencia acababa de cantar Raimon y cantaba también El Titi. A los dos admiraba José Luis Alonso, que era capaz de un infinito desdén y de una infinita generosidad. Me contó enseguida que, aburrido de las comedias que le habían dado a leer y que aspiraban al Calderón, había resuelto embarcarse sólo en una más, al tiempo de acostarse una noche en su casa de Serrano, como una vía hacia el sueño. Tomó la titulada *Los verdes campos del Edén*, y se encontró con un texto fresco, jugoso, tan ingenuo que su ingenuidad parecía técnica, y descaradamente nuevo. Desde la mañana siguiente se interesó por el autor. Cuando me encontró en Recoletos se la sabía de memoria.

—Para que Rafaela Aparicio acceda a hacer *La Vieja*, tendrías que agregarle un monólogo entre los que abren la segunda parte en la nochevieja.

Con el dinero del premio, 50.000 pesetas, qué derroche, me compré una máquina de escribir y una botella de coñá, y me encerré en mi cuarto. La máquina aún subsiste, y aún subsiste el odio al olor del coñá y a la resaca que siguió a aquella noche. En claro saqué el monólogo, que al día siguiente le ofrecí al director; él me miró con ojos curiosos y humedecidos, como quien se emociona ante un hallazgo.

En Valencia me trató como un hermano mayor. Me condujo de la mano por la incómoda selva de los actores que presencian la discutible llegada de un muchacho inexperto, con el que se vuelcan anegándolo de consejos resabiados, y al que amagan con colmillos retorcidos. Ya desde los primeros ensayos todos creían en el éxito, y cambió el panorama, como si la blancura de la comedia los hubiese blanqueado también a ellos.

—Yo sé —me dijo Bódalo pasándose varios pueblos— que el niño que nace en el panteón es el Niño Jesús. Por eso dice mi personaje señalando a Julieta Serrano: «¿Veis? Ni paño ni nada», y le acaricia la cara.

Yo me refería a esas manchas frecuentes en las embarazadas, que siempre había oído llamar paño, no a los paños ni a las tocas virginales; pero no lo aclaré. Ya intuía que Bódalo era actor de olfato; que los textos le importaban muy poco; que era capaz de seguir, mientras representaba los domingos, un partido del Real Madrid al mismo tiempo que recitaba de un modo convincente su papel.

La Compañía Nacional había estrenado *Rinoceronte*, de Ionesco, y José Luis dio en llamar así a los actores que la formaban, con los que intentaba no encontrarse en bares ni en espectáculos ni en calles.

—Que vienen los rinocerontes —me decía, y tiraba de mí en otra dirección.

A mí me asombraba comprobar su trato tan delicado con los intérpretes en los ensayos, y su falta de trato fuera del local del teatro. Y me encantaba oírle contar su anecdotario maravilloso; su ironía mezclada con un sentido del humor muy afín al mío; sus experiencias y su sabiduría inigualable; el relato de sus viajes y de sus relaciones con las viejas cómicas ya retiradas o a punto de hacerlo.

Un día, merendando con Irene López Heredia, a la que yo no había visto nunca actuar, pedí un sandwich de jamón y queso. Al ver la loncha de jamón sonrosado, la gran actriz hizo un gesto de asco:

—Tapa eso, por favor. Me recuerda a Mariano Asquerino en calzoncillos.

Asquerino, el padre de María —me aclaró José Luis—, había sido primer actor con Irene y, como era costumbre entonces, amante en consecuencia. Esa misma tarde contó la López Heredia que había sostenido una discusión durante un ensayo con Víctor Ruiz Iriarte por un quítame allá esas pajas sobre su personaje. Tomaron, al salir del teatro *Lara*, un taxi. Y Víctor, que medía no más de un metro y medio, siguió alterado manteniendo su postura.

—Tanto es así —concluyó Irene—, que de repente noté que me estaba gritando *de pie* dentro del taxi.

Si no hubiese sido por el mentor teatral que fue para mí Alonso, acaso no habría persistido en escribir comedias. Él fue quien más y mejor me ha dirigido siempre. Quiso que su nombre se asociase al mío, y siempre estuvo de mi parte en lo que pudo. No pudo, por ejemplo, evitar que la influencia de Calvo Sotelo retirara del cartel, con llenos diarios, *Los verdes campos...*, para estrenar su *Proceso del Arzobispo Carranza*. En cualquier caso, siempre he desconfiado de la sinceridad de los habitantes de ese planeta único; pero siempre he confiado en su entrega total cuando suena la hora del trabajo en común.

El estreno de mi comedia fue un éxito insólito. Entonces las entradas de los estrenos del teatro oficial se repartían entre los cargos de los ministerios, y acababan, en buena parte, en manos de sus chóferes o de sus cocineras. Mi propia madre asistió con unas entradas cedidas o devueltas por el Subsecretario de Obras Hidráulicas.

—No te puedes imaginar el complejo de pantano que he tenido toda la noche.

Fue en ella cuando conocí a los que iban a ser mis colegas: todos amables, aunque quizá no todos convencidos, y más volcados con el director y los actores, que a ellos les atañían, que con un muchachillo que acaso no volviera a obtener un éxito como aquel.

Amo esa obra porque, sólo unos días después de estrenada, por muy insondables caminos, trajo el amor a mi vida: un amor largo y no siempre sereno, del que he escrito en otras ocasiones. Baste decir ahora que no tenía nada que ver con el teatro. Tan conocidos se hicieron la función y mi nombre que, en la renovación de mi carné de identidad, donde siempre había constado mi profesión de *estudiante*, la señora mayor que lo expedía en el distrito de Buenavista, sin consultarme siquiera, puso *escritor*, y así sigue desde entonces.

Con frecuencia he insistido en que yo no me considero un hombre de teatro, como lo puede ser Paco Nieva, al que me unía por aquellos años una implacable amistad. Yo me aburro en los ensayos; me ahogo en los camerinos; me molestan las exageraciones, los elogios sobados o las mentiras o los cotilleos de los actores; y detesto el olor, por fortuna ya desahuciado, de sus retretes. (Lola Membrives me decía, cuando estrenó en Buenos Aires *Los verdes campos...*, que al que no le gustara el olor de las letrinas de los teatros, absolutamente indescriptible, es que no amaba su profesión y debería retirarse.) Debe el lector imaginar el choque que supuso, para un chico que venía de sus estudios más bien soporíferos y de la Cartuja de Jerez, lo que no podía sino calificar de cuchipandeo. Alonso me protegió de todo eso.

A propósito de Lola Membrives, debo relatar algo. Yo no la había visto actuar jamás: tenía una edad provecta comparada con la mía; pero se enamoró de *Los verdes campos...*, y no de uno, sino de dos personajes, los de Amelia de la Torre y Rafaela Aparicio, y decidió doblar en La Argentina. Es decir, a sus ochenta años, se cambiaba al día ocho veces de ropa. Era conducida por su hijo médico, Juan Reforzo, hasta las bambalinas como una anciana encorvada, y al dar el paso hacia la luz de la escena, se remontaba sobre sí misma igual que una virgen andaluza aupada por los costaleros. En el *Palace* de Madrid siempre ocupaba la misma habitación, creo que la 444 o algo así. Una mañana me citó a las doce. Su suite tenía un salón previo y un arco encortinado que daba a la alcoba. Sobre la mesa del salón vi un cubo con hielo y una botella de champán. Un champán que me pareció generoso, contra lo que la gente del teatro decía de ella, y tempranero, pero en fin.

Hablamos de sus éxitos continuos. Me contó sucesos divertidos. Se me grabó uno de ellos. Tuvo, para la obra de Pemán *El río se entró en Sevilla*, una asesora en toques y ritmos flamencos: una gitanita menor de veinte años. La madre la acompañaba siempre e insistía una y otra vez en que doña Lola fuese a su casa un día. Pasado el estreno, lo consiguió. Se trataba de un piso barato y digno. Nada más entrar, estaba el comedor, y, en el testero, un retrato al bromóleo de un señor añoso, panzudo y con reloj de oro de bolsillo.

—Este fue el que deshonró a la niña —dijo la madre con orgullo. Era eso, únicamente eso, lo que quería enseñar a la actriz...

Como a la media hora de llegar yo al hotel, llamaron a la puerta. Lola me obligó a esconderme tras la cortina. Abrió. Entró Ricardo Canales, un galán viejo ya. Como si se hubiesen puesto de acuerdo de antemano, abrieron la botella de champán y representaron la escena de la borrachera de *Pepa Doncel*, de Benavente. Al terminar, como se esperaba de mí, aparecí aplaudiendo. Aplaudiendo sobre todo la gentileza de una actriz muy mayor que había querido exhibir sus credenciales ante un pobre pipiolo.

Me escribía desde Buenos Aires contándome cómo marchaba todo. Conservo sus cartas, en papel de avión, de hermosa y recta letra. A su través se nota un cierto interés cordial hacia mí. Era para ella como Lorca para la Xirgu, me decía. Hasta que en una postdata hizo su declaración apasionada: «Desde ahora, no me llames más Lola, llámame *mi negra*.»

Durante los últimos ensayos en Buenos Aires, a los que asistí (no en el teatro de Lola, que estaba ocupado, sino en el de Luis Sandrini), al final de una parte, mientras decía la última frase, cada día Lola sufría una especie de vahído y se apoyaba en algún elemento del decorado. Tuve que preguntarle qué le sucedía.

—Es que en Argentina, mi niño, es terrible lo que digo. Me da mucha vergüenza.

—Pues ¿qué es?

—Si lo has escrito tú... El personaje dice: «Coge la paloma, cógela por la cola.» Coger aquí tú ya sabes lo que es. Y paloma. Y, para colmo, añades hasta por dónde hay que cogerla.

Coger y paloma y cola allí, como otras palabras en otros países, son tabúes.

Otra grande del teatro, Celia Gámez, proyectó que le escribiese una comedia para pasarse con ella al teatro de verso. Tampoco la había visto nunca, y me invitó, conducido por Trino Martínez Trives, quien la iba a dirigir, al estreno de *Mami, llévame al colegio*, o sea, *Las Leandras* purificada, en el *Teatro Martín*, que yo no conocía. Nos sentaron, para que no me perdiera detalle, en la primera fila, a escasos centímetros de la pasarela. Era septiembre, y Celia salió cantando, por fin, «Por la calle de Alcalá, / con la falda almidoná...». Yo siempre había creído que los *nardos caballero* eran una variedad más grande o mas olorosa de nardos que los otros. Aquella noche me enteré de todo: *Lleve usté nardos, caballero....* Para quedar bien conmigo y que le escribiera una bonita función, al pasar ante mí, me tiró una vara de los que llevaba «apoyaos en la cadera». Me cruzó con ella la cara: un verdugazo en toda regla que me hinchó el ojo izquierdo y la mejilla y la boca. No me hubiera atrevido nunca a escribir para una señora con tal fuerza.

Luego, sin embargo, fuimos bastante amigos. Me regaló unos preciosos gemelos de cuarzo irisado que conservo, y un día de intimidad me contó que el único hombre al que había querido era a Juan Belmonte hijo. Supongo que ese día tocaba Juan Belmonte. Y me advirtió también riéndose:

—Nadie sabe mi edad. Ni yo siquiera. Porque el secreto no está en quitarse años, está en sembrar la confusión.

Ella la sembró y obtuvo excelente resultado.

Una nochevieja cenamos y tomamos las uvas Celia y yo con Luis Sanz, un productor de cine, Mercedes Vecino y su marido, que era un señor inesperadamente serio, y Aurora Bautista, con su fama de trágica y de decente. Nos pusimos de acuerdo en soliviantar a Aurora diciendo barbaridades a cual más gorda, ante las que ella reaccionaba como si se hubiese tragado un sable, y apostamos a ver quién podía sacarle una mala palabra: tan comedida y un poco ñoña era, o lo parecía. Estuvimos todos, en la cena y en las copas después por diversos bares, completamente desaforados. Yo mismo sentía casi un poco de vergüenza ante tanto disparate, o más bien de apuro al comprobar lo mal que lo pasaba *Doña Juana la Loca* y *La tía Tula*, no sé si por lo que decíamos nosotros o por lo que no se atrevía a decir ella.

Al final decidimos, para no traspasar nuestras fronteras, ir a bailar a *Oliver*, un bar muy teatrero. Yo notaba a Aurora silenciosa, meditabunda, hundida, y me negué a seguir dándole la matraca. La saqué a bailar entre las risas de los de la mesa, que me preguntaban dónde iba con mi institutriz y otras bobadas semialcohólicas. Bailamos unos compases y, de repente, parándose en seco, Aurora me puso la mano en el brazo, y me espetó, vocalizando mucho, con voz dramática y mirándome a los ojos como quien dice su frase célebre antes de morir:

—Antonio: ra-ja-del-cu-lo.

Sospecho que era todo lo feo que sabía decir, y cumplió estupendamente con las malsonancias de los otros. Cuando se lo conté, ante el íntimo orgullo de la Bautista redimida, no se lo querían creer. Tuve que repetirlo varias veces, cada una más fuerte y con una risa más nerviosa. Yo inventé, y convencí a los demás, de que la expresión, en Valladolid, dicha en nochevieja, traía mucha suerte. Algo así como desear *mierda, mucha mierda* en un estreno. A partir de ese momento, a todo el que nos encontrábamos le gritábamos ¡Raja del culo! Aurora, al despedirnos, me dio con un beso las gracias.

Mi segunda comedia, *El sol en el hormiguero*, que Marsillach, en una especie de consejo de teatro había calificado de *infumable*, la estrenó Alonso otra vez en el *María Guerrero*. Su éxito y su reparto fueron descomunales. Tenía censurados dieciocho folios; los estudiantes se descolgaban de los palcos gritando ¡*Viva Gulliver!*, personaje invisible que representaba la luz, el futuro, la fuerza que derrocaría el estúpido régimen del Rey; se amotinaron en la universidad algunas facultades... Y a los quince días Manuel Fraga prohibió las representaciones. La protagonizaron Julia Gutiérrez Caba y Narciso Ibáñez Menta, entre una veintena de excelsos actores. Y sucedió algo curioso. Cuando se le mostró a la compañía el vestuario de Narros y los decorados de Chinín Burmann, Ibáñez Menta devolvió, sin decir la causa, su papel. Sentí los ojos de Alonso fijos en mí. Cuando nos quedamos solos, me avisó de que la reacción de Narciso nada tenía que ver con el texto.

—¿Tú quieres que lo haga?

—Sí —contesté—: por la lectura, creo que ha entendido a la perfección su personaje.

—Mañana lo tendrás aquí.

¿Cómo lo consiguió? Bajándole las faldas al traje del Rey y convirtiéndolo en una especie de monarca de la baraja, lo cual le permitía llevar alzas y dignificar así su escasa estatura. Hasta ese punto ha de ser minucioso y sutil el trato con los actores, siempre lleno de sobreentendidos.

En *El sol...* me encontré de nuevo con Tote García Ortega, que llegó a ser una actriz talismán para mí, Rafaela Aparicio, Vivó, y otros fervorosos de *Los verdes campos*... Y me tropecé con Florinda Chico y con Julia Gutiérrez Caba, que se incorporaron a mi obra y a mi afecto. En él ya estaba Amelia de la Torre, que me quiso como a un niño, y que, con Enrique Diosdado, su marido, me sacaba de noche, por lo general a una timba en un piso de La Castellana, donde bebíamos —yo, poco e invitado— y charlábamos hasta la madrugada. De este cariño salió una comedia que continúo adorando, *Noviembre y un poco de yerba*. La escribí, para los dos, en Bloomington, Indiana, cuando cansado del inglés regresaba al castellano como a mi propia casa. Tiene acaso mi mejor idioma. Muy poca gente la entendió. Entre otros, Laín Entralgo, cuya amistad conmigo procede de esa obra, Mario Camus, con el que luego tanto trabajé, y Pilar Miró, que puso verde a un público de teatro *que dejaba caer del cartel una joya*.

No la pudo representar Diosdado, que por conducir en primer actor, tuvo un accidente en que se partió una pierna. Su dirección quizá no fue lo refinada que era necesario, a lo que me tenía acostumbrado Alonso. Su forma de dirigir, parecida a la de Alberto Closas, en *¿Por qué corres, Ulises?*, era machista, vociferante y arrebatada. O sea, exactamente lo contrario de la de Alonso. El fracaso de esa comedia, tan viva hoy en día, y que me he negado a reponer, supuso: primero, que la amistad con Amelia y Enrique se fracturara como la pierna de éste, lo que me llevó al convencimiento de que la gente de teatro sirve para trabajar con ella, no para enamorarse ni amigarse. (Entendí a la perfección aquella letra flamenca: «El hombre que se enamora / de la mujer del teatro / es como el que tiene hambre / y le dan bicarbonato.») Segundo, que el teatro me había hecho un feo injusto cuando yo le mostraba las cicatrices de una guerra que quizá tenía aún demasiado presente, y que unos espectadores así no valían la pena. Me retiré cinco años de ese género. Escribí *Al final esperanza* y *Las tentaciones*, mis primeras series para televisión. Cuando regresé, lo hice en una sala de fiestas, con una obra que llenó noche tras noche más de un año, a través de un texto subversivo, original y de catacumbas. Admiré a todos sus intérpretes, y su título era *Spain's striptease*. Allí, una noche, presenté a dos personas que creí que se conocían: eran Pepa Flores, entonces una desdichada Marisol con quien había cenado, y Antonio Gades.

A esas alturas vino a buscarme una pareja de productores atrabiliarios, desiguales y encantadores, Rosa y Antonio Redondo. Con José Luis de la mano, por descontado. De las obras que había estado escribiendo esos años, decidimos montar, la primera, *Los buenos días perdidos*. Tan poco expertos eran los productores que decidieron, como prueba, leerla en verano a la compañía que entonces representaba *Milagro en Londres* en el *Teatro Goya*, donde la mía iba a abrir temporada. Aquella compañía estaba cansada después de su segunda función, y desinteresada por todo lo que no fuese lo suyo. Recuerdo que María Isbert se durmió y roncó desde el primer momento. La lectura nuestra, en la que conocí a Mary Carrillo, fue otra cosa. José Luis opinaba que el papel de Doña Hortensia, no abrumador ni protagonista, iba a ser rechazado por ella. Al oírmelo leer, lo adivinó hasta su último rincón.

—Tiene carne —me dijo apretándome la mano—. Voy a hacerlo... ¿Te parece que puedo, en algún momento, comer pipas?

A esa mujer yo la he visto comer pipas como nunca creí que pudieran comerse.

Aquella misma noche mis productores y yo nos fuimos a pasar unos días a Estoril. Pero esa es otra historia. Quizá se hable aquí de ella.

Yo no suelo visitar jamás un teatro en que se esté representando una obra mía. Aparte de estupor, tal costumbre causaba antes enfado y resquemor en los intérpretes, que se consideraban preteridos. Tuve que inventar que mi presencia acarreaba malas vibraciones: afonías de primeras actrices, luces desviadas, telones a destiempo, olvido de réplicas... Ahora agradecen que no vaya. Pero, si he asistido a alguna representación, ha sido en el caso de *Los buenos días*... Aunque fuese sólo por ver el duelo diario de Mary Carrillo y Amparo Baró. No me he tropezado jamás con un reto tan equilibrado y evidente. Según el tono con que dijera, al entrar, la Carrillo su primera frase: «Deténte. Titiritera. Saltimbanqui. ¡Guarra!», se sabía quién iba a ganar el duelo en aquella representación. Su estreno oficial se hizo en Córdoba.

—Pero primero vamos a dar un par de representaciones en Badajoz para asentarla —me advirtió José Luis.

—Y antes de Badajoz, para asentarla, ¿por qué no damos otras? Qué raro eres.

—A Córdoba debe llegar inmaculada: es tu ciudad.

Pero Badajoz era la de Juan Luis Galiardo. Él había representado su personaje según las directrices de Alonso. Hasta que se enfrentó con sus paisanos. A ellos quiso ofrecerles una especie de guardia a la manera de Marcello Mastroianni, que nos dejó a Alonso y a mí, y supongo que a sus compañeros de escena, con las patas colgando. No volvió a repetirlo. Y debo decir que pocas veces se da un camino tan ascendente en la interpretación como el suyo. Daba alegría verlo dialogar con Galiana.

Una tarde fui, con el diario *Pueblo* bajo el brazo, a saludar a Mary, cuya amistad creciente ya había comenzado. La encontré llorosa, con los ojos enrojecidos. Pensé que había tenido una gresca con las gemelas. Ella me desengañó: es que se estaba probando unas lentillas.

—Vuelvo enseguida, espera. —Iba al escenario, decía su parte, con una genialidad que arrancaba aplausos a las frases, y regresaba—. Pero no sé si me convienen, las lentillas digo. Claro que pueden ser molestas sólo al principio... No te vayas... —Volvía al escenario, daba su lección y se reencontraba conmigo en el camerino. La tercera vez había dejado yo abierto el diario sobre su mesa de maquillaje. Ella leyó al entrar el gran titular de primera plana y gritó enardecida—: Cámpora va a ser madre.

Cámpora era el presidente argentino a la sazón.

—Mary —le aconsejé—, las lentillas no te convienen. Lo que aquí dice es *Cámpora se va de Madrid.*

Eso la tranquilizó enormemente. Nunca se puso las lentillas.

Al salir de gira sucedió algo triste que a menudo sucede: actores que no quieren viajar o que no han previsto un contrato tan largo. Empezaron las sustituciones. La de Baró fue la más sentida.

—Estás en un trampolín —le recordé yo—: el más alto al que has subido. No vayas a tirarte de él por el lado en el que no hay piscina.

Se tiró. El corazón tiene razones que la razón desconoce; y evidentemente no todas son razonables.

No sé por qué cuento lo que viene a continuación, pero me divierte contarlo. Por esa época me invitó a una cena el doctor Hernando. Yo iba con la Carrillo, y me sentaron entre un joven y la espléndida marquesa de Llanzol. Al joven me lo habían presentado, pero no entendí su nombre. Se lo pregunté, repitiéndole el mío.

—Yo soy Gento —me contestó.

—Yo escribo, ¿y tú?

—Yo, no. Soy Gento.

—¿Estudias Derecho?

—Es que soy Gento.

—¿Algún peritaje quizá? —insistí, rebajando niveles para no herir.

—No, no, soy Gento. —Me volví a Sonsoles y le dije la monomanía de mi vecino.

—Es que es Gento —me aclaró ella. Y ya no quise saber nada más de nadie.

Al despedirme di las gracias al anfitrión y le conté por encima lo ocurrido.

—Es que he querido, como experiencia, ponerte al lado de Gento. Me alegra que os hayáis entendido.

Unos días después, por una caja de cerillas me enteré de quién era Gento. El fútbol, en aquella época, dígase lo que se quiera, fue menos invasor que en esta. Yo sólo he visto un partido, entre el Valladolid y el Celta, que acabó 4 a 1, y tuve que preguntar quién había ganado. Para mi mal, porque ganó el de casa, y por poco me matan. Gente como yo, entonces, podía hurtarse a esa conflagración universal que hoy supone el fútbol.

En el mes de diciembre, sin que tampoco yo la presentase —fue presentada por un jurado, Manuel Diez Crespo— le dieron a *Los buenos días...* el Premio Nacional de Literatura. En el mayo siguiente disfruté de mi muerte clínica, de la que se trata en otro sitio. En septiembre se estrenó *Anillos para una dama* en el Eslava. En diciembre me concedieron el Premio Mayte de teatro. Yo me encontraba demasiado joven para tanto laurel. Luego he aprendido que los laureles gustan de ceñirse a frentes no enteramente despejadas, no desprovistas de pelo y sí de canas. También he aprendido que nada atrae tanto al éxito como el éxito. Y, por último, que, incluido el mundo de la literatura, la envidia es la más corriente moneda de cambio.

Ya desde mis principios había tenido noticia de esto último. Cuando a mi primera comedia (escrita en una máquina prestada, en papeles cebolla sustraídos al *Reader's Digest*, viviendo en una casa como un okupa) le dieron el Premio Calderón de la Barca, me agredieron dos reacciones que quiero transcribir. La primera fue la de un señor de sesenta y tantos años que se presentó —no sé cómo supo que yo vivía allí— en casa de mi compadre Caballero Bonald, donde me había instalado, y me golpeó una vez y otra con un montón de comedias dentro de un cartapacio. Consideraba injusto, y quizá lo era, que con una sola yo hubiese conseguido más que él con treinta. La segunda reacción fue un rebote. Un periodista me telefoneó para pedirme una entrevista. Quedamos en el café Teide. Él me dio sus señas personales: 1,80 de estatura, diecinueve años, traje de terciopelo negro, tez pálida, cabellos oscuros... En realidad, el muchacho era Diego Galán, luego bastante amigo y admirado, pero entonces decepcionante. Él fue quien me advirtió de que el finalista del Calderón estaba en una mesa próxima. Novicio yo, me levanté para saludarlo. Era Agustín Gómez Arcos. El saludo terminó en dos patadas.

—Mira, niño, yo llevo en esto doce años, así que déjame.

Y no estrechó, por supuesto, la mano que yo le tendía.

Los buenos días... me trajo el afecto, apenas defraudado, de Mary Carrillo, que después intervino en otras comedias mías, *¿Por qué corres, Ulises?*, y *La vieja señorita del Paraíso*. (Por puras razones de edad no pudo encarnar a la Águeda de *Las manzanas del viernes*.) En la primera, interpretaba a Penélope. Se estrenó cuando Franco agonizaba y exhibió el primer desnudo español en la escena. Closas, que creía conocer bien a los españoles, afirmaba que, cuando la gente viera a Nausica —Victoria Vera— con los pechos al aire, los hombres se subirían al escenario. Por descontado, no pasó nunca nada. Salvo que los extremistas no entendieron la comedia, quizá la más traducida de las mías y la más representada fuera de aquí. Ellos pretendían que se hablara de política, que se burlase la censura. No comprendieron el mascarón de proa que era Ulises, ni a quién afectaba y aludía la desmitificación de los dioses y los héroes. Pensaban que yo, tan comprometido en otros campos, tenía que pronunciarme a alaridos en el teatro. Una triste equivocación que, por fortuna, no afectó al éxito de público de la obra.

Su estreno siguió al de *Anillos para una dama* y al de *Las cítaras colgadas de los árboles*. ¿Qué decir de *Anillos...*? Rigurosamente desde la primera frase el público rió, braveó, tomó la comedia como cosa suya. Todos los sucesivos actores estuvieron gloriosos durante los tres años que duraron las representaciones y durante las reposiciones que hubo que hacer, siempre alrededor de María Asquerino. Una noche de ensayos generales yo estuve, sin dirigirme a ella a través del director como hubiera sido conveniente, muy duro con María. Quizá no tenía aún ella el papel asumido; quizá yo no conocía aún bien el diferente talante de los diferentes actores. María venía de hacer un teatro menor, y tenía cierto complejo. José Luis me pidió que me disculpara con ella. Lo hice de la siguiente forma:

—Porque toda la profesión te quiere, hasta ahora has sido la pobre María; a partir del día del estreno serás María, esa cabrona.

Ella me entendió a la perfección y me besó con agradecimiento.

Los *Anillos...* debería haberlos dirigido Luis Escobar por tres razones: así lo había pedido; él había escrito *El amor es un potro desbocado*, que trataba de los amores iniciales de doña Jimena y Rodrigo; y se estrenaba en su *Teatro Eslava*. Asistí a los primeros ensayos, y no me encontré cómodo. Luis dirigía aplazando cualquier decisión, improvisaba, descubría sobre la marcha los efectos... Yo no estaba acostumbrado a eso. Hablé con el productor y le pedí que la dirigiera Alonso, discípulo predilecto de Luis, a quien él quería y admiraba. Era muy difícil el cambio, e imposible sin herir la susceptibilidad de Escobar. Decidimos hacer teatro en el teatro: yo estaba convaleciente de mi muerte clínica, me iba a descansar a la Sierra, me oponía al estreno de la comedia por miedo, y sólo me tranquilizaría y consentiría con la presencia de José Luis, en quien tanto confiaba. Escobar, un señor, entendió perfectamente, y aceptó la mudanza. El éxito obtenido me ratificó en lo que imaginaba. El nombre de la Asquerino y el mío se unieron para mucho tiempo.

Con el mismo montaje y el mismo vestuario de Elio Berhanyer, se representó en México y en Venezuela por Amparo Rivelles, y en Argentina por Nati Mistral. Yo estuve en el estreno de México. Fueron a esperarme al aeropuerto Amparo, María Félix y Dolores del Río. Las cámaras de televisión nos agobiaban. Yo, ante una ventanilla de frontera, me volví a ellas y dije:

—Aguarden que convenza a este señor de que estoy vacunado contra la fiebre amarilla. Luego ya seré todo, acreditado y limpio, para los mejicanos.

Ese momento se dio en las televisiones, y los mejicanos me quisieron desde entonces correspondiendo a mi premonitorio cariño. Lo nuestro es ya un viejo amor. Estrenamos en Monterrey y allí nació un contacto duradero, divertido y no sé si muy hondo con Amparo Rivelles. Yo me comprometí a escribir la obra de su regreso a España. Se la leí, pero noté que no le gustaba. Ella quería interpretar a una gran dama, y se figuraba que no le iban a perdonar aquí ni exabruptos ni tacos. Preferí hablar muy claro con ella: más vale una vez colorado que ciento amarillo. Yo tenía razón. La obra, cuántas veces se ha arrepentido Amparo, la estrenó Julia Gutiérrez Caba. Se trataba nada menos que de *Petra Regalada*. Hay actrices que saben equivocarse como nadie.

Anillos... se estaba dando en Barcelona, cuando María sufrió una peritonitis y tuvo que dejar de hacerse. Al día siguiente se me ofreció Amparo para sustituirla. El montaje era similar, y la ropa igual, salvo las mayores tallas de Amparo, que pidió sus trajes a México. Se produjo un milagro de generosidad, que sólo en el teatro se produce. Yo escribí un corto ensayo que titulé *Juego de damas*. Cuando pasó la convalecencia de María, volvió Amparo a Madrid. Es decir, su regreso al teatro de España, a fin de cuentas, lo hizo con algo mío y yo me quedé con ese contacto amistoso para siempre. Y con el de María, a quien admiro más como actriz que como mujer famosa y noctámbula. No hace mucho la vi. Tiene el complejo de haber engordado, o es que ha engordado, y ha perdido oído. Tuve a la vez la ocasión de comprobar las dos cosas. Le hablaba y no me entendía.

—Estás más sorda que nunca —le dije sonriendo.

—¿Yo? Si he adelgazado once kilos —me replicó enfadada.

Recuerdo que me dieron en la Hacienda de los Morales, en México, una cena de despedida. No podía faltar un mariachi, en este caso el de Pedro Vargas. Durante toda mi estancia en México tuve un mariachi al lado. Agotado, al llegar al *Hotel Camino*

Real, apartaba la sábana de la cama para descansar de músicas, y aparecía otro mariachi. En aquella hermosa cena, alguien me preguntó qué ranchera prefería. Yo sugerí una que estaba de moda, *Ojalá que te vaya bonito*. Me la cantaron veintidós veces. Yo dudaba si me iba a ir tan bonito como me deseaban. Me la cantó gente que cantaba, como Rocío Jurado o Lucha Villa o Lola Beltrán; pero también gente a la que nunca había oído cantar yo, como Analía Gadé, Juanito Mondeño el torero, la propia Amparo, o el productor Pepe Gárate. Veintidós veces: nunca me han despedido con tanta reiteración. Imagino que acaso dudaban de que me iría.

Con *Las cítaras colgadas de los árboles* debutó a mi lado una actriz que luego se ha hecho de la casa, Concha Velasco. Ella, sin saberlo, produjo roces decisivos en un cariño de muchos años, el de Chonina Casado de Sáenz de Heredia, esposa de José Luis, el director de cine: nunca perdonó del todo que yo hubiese aceptado a Concha, ligada entonces a su marido. El montaje, también de Alonso, comenzaba con un exacerbado realismo: la matanza de un cerdo casi crucificado, pendiente del telar y abierto en canal. Yo no había asistido en mi vida a ninguna matanza: mis padres se negaron siempre a que presenciásemos un acto tan feroz. Para ilustrarme, unos amigos manchegos repentizaron una en el mes de noviembre. Lloviznaba. Paco Campos, mi amigo del Sur, sujetaba un paraguas para que yo tomara, en seco, mis notas. Oí el desgarrador grito del cerdo: por memoria genética intuyó que aquel día era el de su muerte. Oí la queja ancestral de dolor al recibir la herida del gancho que lo arrastraba... Y me desmayé como estaba mandado. En la noche del estreno hubo gente que, a mi manera, prefirió salirse de sus plateas, incapaces de soportar el durísimo impacto del sacrificio. Eleuterio Población, el arquitecto, entre otros.

Desaparecidos los estrambóticos y mudables productores Redondo, medio arruinados medio desencantados por dos estrenos seguidos con fracaso, *El adefesio* y *El cementerio de automóviles*, mi vida teatral dio un viraje, y me envolvió como autor suyo

Manolo Collado, a la vez productor y director. La censura acababa de prohibir *Suerte, campeón*, que tenían que interpretar Marsillach y Massiel, y Manolo se ocupó de *Petra Regalada*, *La vieja señorita del Paraíso*, *El cementerio de los pájaros* y *Séneca o el beneficio de la duda*. Y se ocupó también de mí. Me sacaba de noche, me acompañaba, se empeñaba en llevarme con la *movida*, a los sitios *in* y a los conciertos de rock o de lo que fuese, y se resignaba a visitarme en casa, a pesar de su alergia al pelo de los perros, que le enrojecía los ojos y le hacía llorar.

Yo, después del *Ulises...*, estuve unos años sin estrenar: me había herido la reacción de ese sabihondo público de los estrenos que no se había enterado de nada. Después, a instancias de Collado, le entregué la *Petra Regalada*. Fue un bombazo. Trataba de los temas de ahora, de las defecciones, de los tránsfugas, de los cambiazos, de los sucios trepas y de la ilusión de los pueblos. Así como *El cementerio...* se refería a la muerte y al riesgo de la libertad, aludiendo al alpargatazo de febrero del 81, *Petra Regalada* se refería a la lucha entre la izquierda y la derecha, y profetizaba, como basta ver leyendo esa y otras obras, y atendiendo a sus fechas, el barquinazo del PSOE y de la esperanza. El pueblo, el niño Tadeo sordomudo, es al final quien tiene la última palabra. Él mata y Petra grita: «La vida empieza ahora, ahora, ahora», cuando han sucedido todas las decepciones, todos los desgarros y todas las sangrías.

La *Petra...* fue tal éxito que otras producciones de la misma casa vivían o supervivían a su costa. Ismael Merlo, actor admirable y hombre vivido y muy ingenioso, las llamaba «los chulos de la Petra», como si fuese un título de Arniches. Uno de esos chulos era *La lozana andaluza*; otro, *Historia de un caballo*. A Juan Diego, por sus ideas, Merlo lo apodaba *la rojaza andaluza*. Juan Diego había enseñado a hacer porros a Camila, Aurora Redondo, que tenía ya más de ochenta años y una agilidad tal, que, en un oscuro breve, cambiaba con Julia todo el escenario. Aurora atribuía su bienestar al hecho de subir y bajar escaleras todo el día, gracias a sus olvidos, en su casa de El Viso. De noche, al terminar la segunda función, tan tarde, tomaba un autobús. Yo la encontraba con mayor vigencia que yo mismo. Hasta el final.

Cuando el estreno de Santander estábamos Julia, su marido, y yo en el Hotel Real, y se nos acercó un alevín de periodista bastante despistado.

—Perdone, siempre me confundo —le dijo a ella—: ¿usted es Irene o Julia?

—No —contestó impertérrita Julia—, yo soy Emilio.

La vieja señorita... fue un aria coreada que escribí por Mary Carrillo. Nos reencontramos con alegría. Los ensayos, por su carácter absorbente, fueron duros. Friccionó, o algo más, con Vicky Lagos. Un día llegaron a mayores, y tuvo que suspender Collado el ensayo media hora para que hicieran las paces. Costó mucho. Al reanudar, Vicky tardó en salir, y Mary se dirigió al patio, al director:

—Manolo, querido, echo en falta no sé qué... ¿No tenía yo al lado algo como muy grande, un armario o cosa parecida? Ahora el escenario está casi vacío... —Se refería a las proporciones de Vicky Lagos. El ensayo se suspendió del todo.

Al final de la temporada, la comedia con éxito y en marcha, yo estaba de jurado en el Festival de Cine de Cannes, y recibí una llamada. Mary, que no se reconcilió nunca del todo con Vicky, había salido echando chispas de escena y se había cortado la mano al romper con ella los cristales de una puerta. Yo interrumpí las representaciones desde Francia, e impuse a Irene Gutiérrez Caba para hacer la turné por España. Siempre me pareció un exceso imperdonable de Mary. Primero, porque su interpretación de *La vieja señorita...* es quizá la más perfecta que yo haya visto nunca sobre un escenario: flotaba. Segundo, porque ella sabe encarnar, cuando lo desea, las virtudes fraternales e igualitarias del teatro. La noche del estreno de *La vieja señorita...*, Flechilla, un avezado regidor muy querido, se equivocó y dio la ejecución antes de tiempo: el escenario estaba vacío, y en la bambalina, dispuesta para salir, Mary, a la que no se había avisado. Flechilla empezó a darse cabezazos contra el muro del proscenio. Mary me miró y se le acercó, dejando vacío el escenario, cuyo decorado perfecto el público aplaudía.

—No seas tonto, Flechilla: esto es teatro. Todo el mundo lo sabe. Aquí no pasa nada. Nunca.

Lo besó en la calva y salió a escena envuelta en una gran ovación.

Para entonces yo había elegido ya mi ciudad fetiche a la hora de estrenar: Bilbao. Mi predilección por ella no ha hecho más que aumentar, y sé que la suya por mí, también. Ahora, mientras escribo, tengo delante una maqueta de plata del teatro Arriaga sobre una peana de mármol con una placa que dice: «Para Antonio Gala, con el cariño de *su* Bilbao.» Estrenar en su Semana Grande ha sido para mí una garantía, dentro de lo poquísimo que en el teatro puede garantizarse. Recuerdo un coloquio tras el estreno de *La vieja señorita...* Había de hacerse, como en todos los casos, en el hotel Ercilla. Tan lleno de asistentes estaban el salón y el vestíbulo, que a mí no me permitían empujar la puerta del ascensor para salir. Se tuvo que modificar el plan. Conmigo a la cabeza, una multitud de 2.000 personas se dirigió andando al teatro Astoria, y allí departimos el público encantado, los actores y yo.

Ya había recogido el papel protagonista Irene Gutiérrez Caba, a la que prometí, en justo pago, escribirle otra comedia. Siempre le preguntaba cómo se le quedaba el corazón después de interpretar dos veces por día, en el peor caso, el personaje tan duro, tan retorcido y tan dominante de Emilia en *El cementerio de los pájaros*.

—Perfectamente —me respondía—. Yo no me llevo ningún personaje conmigo. Cualquiera que sea, me lo dejo colgado en el perchero del camerino. Tengo esa habilidad.

Habilidad que a mí me parecía envidiable; pero que me alejaba un poco de la actriz al saber que no se mezclaba ni se confundía ni se manchaba, o se purificaba, con los personajes que con tal justeza sabía interpretar. Sólo, y no es poco, hacía eso: interpretarlos.

El segundo año que fue *El cementerio...* a Bilbao sucedió el percance de la gota fría. Yo, que al no ser estreno no pensaba asistir, cogí el primer avión que pude. Me dejó en el aeropuerto de Foronda, y me presenté en un coche en Bilbao. La ciudad no ha olvidado mi gesto, tan natural por otra parte, ni mi visita a la

Madre de Dios de Begoña, ni mis paseos por las calles reconociendo edificios y daños. Estaba acodado en un puente sobre la Ría, al principio de una tarde, junto a una vieja bilbaína con un pañuelo en la cabeza. Sin moverse, dijo, como hablando consigo:

—Mírala ahora, tan tranquila...

Después nos besamos y nos dijimos adiós. En Bilbao no hacen falta demasiadas palabras.

No puedo dejar de mencionar a Julián Vinuesa, el empresario de paredes de los teatros bilbaínos a los que iban mis obras. Por afecto conseguí que Chonina Sáenz de Heredia le vendiera el chalé junto al mío, en Macarena esquina a Pío XII. Se lo decoró y se lo recompuso Ángela González (Byass para entendernos): esto demuestra hasta qué punto me he movido siempre en un grupo reducido de amigos. A la mañana siguiente de la cena de inauguración de su casa, salió Julián hacia Bilbao. No llegó nunca. Iba en el avión que se estrelló sin dejar sobrevivientes. Su muerte nos enlutó la vida a muchos. Era un hombre aguerrido, hecho a sí mismo del todo, trabajador al límite y con un núcleo irrebatible de respeto y de afecto que una vez dado no retiraba nunca.

De vuelta de La Argentina, de algún estreno allí, asistí a un ensayo incipiente de *Séneca o el beneficio de la duda*. Me pareció un puro disparate, y pedí al director que organizara una lectura mía a la compañía. Leí la comedia como la había concebido yo: no como una película de romanos, sino como una interpretación irónica del pleito entre la ética y la política, entre la moral y el poder. La compañía gozó con aquella lectura. Todos, menos el director, que, llamándome apenas aparte, me dijo:

—Para hacer lo que tú has leído necesitaría un reparto con sentido del humor y de la sátira. No lo tengo.

—Búscalo —le repliqué.

—Lo he hecho, lo he buscado, y no existe.

Cuando un director quiere dar su do de pecho de grandiosidad es capaz de traicionar cualquier texto. Me sentó tan mal la deformación decisiva de una comedia mía que volví ansiosamente la cara hacia la novela, apartándome de Collado.

Años después estrené, casi a la vez, *El hotelito*, una farsa desgarrada y avergonzadora sobre la deformada interpretación del Estado de las Autonomías, y una de mis comedias predilectas, que me habría gustado que se hiciese mejor, *Samarkanda*. La cuesta abajo de las producciones había comenzado. Fue el empujón que necesitaba para que el teatro dejara de atraerme. Ya se echaba de menos todo: directores, actores, locales, productores... La televisión había hecho su labor de zapa. Todo se había ido deteriorando y desapareciendo. Hasta los técnicos, siempre excelentes colaboradores que, como el amor, trabajaban sin horarios.

Carmen Carmen fue una experiencia encantadora: un musical español, cuidado, mimado, musicado por Cánovas, y lleno de alegría y de una fulgurante y contagiosa gana de vivir. Concha Velasco estaba, en sus cuatro Cármenes, deslumbradora. Yo gocé con su éxito que duró mucho tiempo, pero no con su director, tan eficiente en lo suyo y una de las personas peor educadas que he conocido. El otro musical para Concha, *La Truhana*, me temo que fuese una equivocación desde el principio. A mí me gusta estar acompañado por gente en quien confíe y en quien descanse. Sólo así puedo criticar o sugerir sin que se me rinda pleitesía, se me obedezca y se me haga un absoluto caso. Yo no ordeno jamás: propongo, invito a reflexionar de nuevo. En el teatro como en todo, planteo tal o cual cuestión, no para que se acate sino para que se discuta y de la discusión salga la luz.

El tablao flamenco, que ya no lo es, *Los Gabrieles*, me inspiró una noche, acompañado por Villatoro el pintor, una comedia, *Café cantante*. Fue una prueba dura para las dos actrices del reparto, sobre todo para Nati Mistral, ese poliedro de la magnificencia. Estrenamos en Bilbao, sin que se supiese del todo el larguísimo texto. Ángeles Martín, la segunda, trataba de tranquilizarnos sin lograrlo. El productor, Larrañaga, el mismo que produjo *Los bellos durmientes*, mi comedia dedicada a los jóvenes, aceptó proporcionarle un pinganillo, el adminículo que se instala en una oreja y hace el oficio de apuntador. La víspera del estreno se buscó, de noche, por todo Bilbao. Lo encontraron con grandes dificultades. Y, en efecto, la actriz se negó a ponerse lo que ella había solicitado, horrorizada de que se supiese, *en la pro-*

fesión, que ya debía utilizar ayudas. Aquel estreno salió mejor de lo que pudo. Nati es una personificación clara de lo que significan el tesón, la vocación devoradora, el estilo y la grandeza y la miseria del teatro: el resistirse al tiempo, el transformar el milagro en costumbre, el sudor en perfume, la reiteración en improvisación. Por eso quiero a los actores y los venero y me descubro ante ellos. Ojalá esa calidad no muera nunca, aunque está muy malita. Y cuando los jóvenes escriban su propio teatro para ellos, dirigido e interpretado por ellos, que sepan que sus gestos no han de improvisarse, que son los sucesores de millones de gestos. Y que no están solos porque, miren por donde miren, encontrarán ejemplos de majestad y de humildad.

En noviembre de 1996, creo recordar, el Teatro me rindió en Alicante un homenaje nacional. Consistía, entre otros actos, en una representación de tres actrices y un actor que conducía los textos. Hacían la lectura dramatizada de diversos monólogos de mis obras. Las actrices eran Mary Carrillo, Amparo Rivelles y Concha Velasco. Vestían con ropas claras y vaporosas, ante atriles de metacrilato, y habían ensayado lo suficiente. En el almuerzo previo con las autoridades faltó la Carrillo, que al parecer se encontraba con fiebre o griposa en el hotel. La realidad era que estaba molesta por algo que no recuerdo ahora: un ligero feo que se le había hecho, un gesto que no la complació, o un defecto en el texto que le correspondía, no lo sé. Pero todo el mundo estaba convencido de que gozaba de una magnífica salud. Yo, sin embargo, lo dudé.

Al salir del restaurante, Amparo se empeñó en ir al Teatro Principal para presenciar la puesta de luces, las entradas del escenario y el sonido. Deseaba hacer tiempo hasta la hora de la representación. Yo iba a visitar el museo de mi admirado Eusebio Sempere, al que me acompañó el concejal de cultura. A la puerta aún del restaurante, vi el cartel de un convento en la calle perpendicular a la nuestra. Decía «Esclavas de la Inmaculada» o algo por el estilo.

—¿Por qué no te quedas ahí, y haces tiempo arrepintiéndote de tus pecados? —le pregunté a Amparo en voz muy baja.

Sin variar su expresión, muy seria e imperial, se inclinó a mi oído, y me susurró:

—Porque no me sale del coño.

Yo me eché a reír, a pesar de lo acostumbrado que estoy a las deliciosas salidas de muchas actrices, pero muy en especial de Amparo, una de las personas más divertidas y con la que más me he reído de este mundo.

Por la noche Mary Carrillo se hallaba casi afónica. Las otras dos actrices bajaron su tono, por respeto, para no estar por encima de ella. El espectáculo pasaba casi inadvertido y, en el sentido más etimológico, inaudito. Tanto que yo, como siempre que me enfrento con una circunstancia incomprensible o adversa, sentí necesidad de hacer pis. Estaba en la fila 5, en la butaca del pasillo. Me levanté con la mayor prudencia posible, y salí del patio de butacas. Me pareció estar fuera sólo un momento; pero cuando regresé me estaban buscando para que subiera al escenario. El espectáculo había concluido, y Mary, ya dueña de la situación, me llamaba a voces. Me ofrecieron una escultura; me halagaron con diversas intervenciones amistosas y, de repente, Mary pidió leer un texto suyo sobre Troylo, mi perrillo muerto. Nunca he oído una voz más plena, mejor modulada, más vibrante y presente que la suya. Las otras dos actrices y yo nos mirábamos, entre la sorpresa y la misericordia, comprendiendo cuánto puede dar de sí un enfermo imaginario.

Las manzanas del viernes, una comedia (?) de amor y algunas otras cosas, la escribí para Concha Velasco. En su interpretación tenía que *desconcharse* y meterse dentro de un personaje muy diferente a ella, el más difícil sin duda de toda su larguísima carrera. Todo fue adverso hasta el estreno: un director inútil, un escenógrafo ignorante de cómo viven los multimillonarios, un reparto muy complicado y erróneo al principio, un accidente del tráiler que llevaba los decorados a Bilbao... A partir del estreno, ya dirigido por Paco Marsó, todo se enderezó. Me alegro por la comedia, por Concha, por su marido y por mí. Al debutar en Barcelona, observé que Concha había dejado de ser enteramente el personaje Orosia Valdés para *enconcharse* de nuevo. Quizá porque el público busca siempre a la *actriz*, haga el personaje que haga, y la actriz no es capaz —ni reconoce razones para ello— de luchar contra sí misma y contra el público. Llevarse el personaje —éste, culto, cultivado, elegante, riquísimo, gélido de entrada— a su terreno es una mala tentación del actor, subrepticia en la mayor parte de los casos. Marcar el porcentaje en que el actor y el personaje coexisten o deben coexistir para nuestro enriquecimiento, es duro. Pero el actor lo es no por representar personajes que se le asemejan, sino más cuanto más lejanos sean de sí mismo.

En relación con el teatro, desde mi punto de vista, están los cantantes y los músicos. Pertenecen, con todo, a un género muy diferente. Un día presencié —y nunca he vuelto a hacerlo— un consejo de la Sociedad General de Autores. Todo iba bien, hasta que intervinieron dos músicos, que además eran hermanos. Se agriaron las palabras, y el presidente, el bondadoso Víctor Ruiz Iriarte, no lograba restablecer la paz. Yo me levanté, y ya salía cuando Víctor me gritó:

—¿Dónde vas, Antoñito? —Él, tan pequeño, es la única persona que me ha llamado así: ni siquiera en mi infancia. Y sus colaboraciones en la pequeña pantalla —así se refería a ella siempre— se titulaban *Pequeño estudio*, *Pequeño teatro*, y otros diminutivos.

—Voy a casa —le contesté—. Ya he averiguado lo que venía a aclarar.

—¿Y qué era?

—Que la música amansa a todas la fieras menos a los músicos.

Yo he tenido que colaborar con alguno, siendo como soy muy mal colaborador, lo reconozco. Si me hubiese llamado de apellido Álvarez Quintero, de nombre habría tenido que llamarme Serafín y Joaquín. Un ejemplo: el de mi ópera *Cristóbal Colón*. Me refugié en Jerez, en un sitio secreto, una especie de hotel, para escribirla. Tardé cuatro densos y gozosos días en redactar el texto en verso en el terrado, en la sala de las lavadoras. Su música debía ponerla

Leonardo Balada. El nombre de Balada lo había impuesto López Cobos, que era a quien le gustaba, poco antes de irse, harto, de España a levantar su batuta en Berlín o por ahí. Era evidente la desconexión que existía entre el informalismo, por llamarlo de algún modo, de Balada, a pesar de su apellido, y mi texto, tradicional ante un tema que lo es más que ninguno. Supongo que el mundo judío americano, al que su esposa pertenece, había prometido al músico representaciones en América siempre que la ópera fuese *moderna* y casi cosmonáutica, es decir, el Descubrimiento trasladado al espacio ya hoy. Yo leí, siendo Maragall alcalde, en el Consejo de Ciento de Barcelona, arias de la ópera, cuyo estreno retrasó la leucemia, superada, de Carreras. Allí me hice amigo de Montserrat Caballé.

—Qué pena que luego asesinen tus versos, tan hermosos —me dijo con los ojos empañados.

Cuando Balada venía a mi estudio en verano, por sus vacaciones universitarias, no me apetecía escuchar la música de su *Zapata*, u otra ópera cualquiera suya. Con el bastón desenchufaba el aparato y fingía que se había ido la luz. Él, muy paciente y minucioso, encontraba *la avería*, y vuelta a oír una música que jamás me dijo nada. Hasta que yo insistía en desenchufar.

Con Montserrat, amiga cuanto es posible en una diva, y a la que siempre veo con mucho gozo, grabé, casi improvisando, catorce sonetos de amor míos, con tres guitarras, un bajo, una flauta y un piano, en un precioso estudio de la calle del Álamo, en Madrid. Fueron unos días brillantes de intenso trabajo. Yo salía para una turné editorial americana y no podía ampliarlos: era preciso condensarlo todo. El disco habría sido un éxito seguro; pero el mundo de la música es aún más turbio y enrarecido que el del teatro hoy. Las discográficas deciden. Y, en la de este caso, su niño mimado era José María Cano, del que acababa de grabar Montserrat una canción, *El hijo de la luna*, añadida a sus arias. Cuando José María se enteró de que preparábamos un disco teñido de andaluz, él exhibió su proyecto *Luna*, ópera más o menos andaluza, y la discográfica detuvo la aparición de nuestra obra. Es decir, Montserrat, contra lo que yo creía, ni siquiera con Carlos Caballé era omnipotente en ese campo.

Los músicos y los cantantes, pese a lo que pueda parecer, son lejanos y fríos. Quizá te quieran y te lo digan, pero no te lo aseguran. Están muy pendientes del dinero, salvo que tengan quien lo esté, a pesar de cultivar, como cultivan, al arte más etéreo de todos. Es como si hubiesen perdido la ilusión que al principio los sostuvo. Como si todos hubiesen soñado ser solistas maravillosos y no se hubiesen resignado a ser un violín o un oboe perdidos en la orquesta. Conozco a muy pocos músicos satisfechos de sí y de su obra, y no me parecen desde luego los más inteligentes. Y, en definitiva, con ellos siempre tienes la impresión de estar siendo utilizado.

De ahí que me sorprendiese aún más el humor de Montserrat, su gracia casi sureña o, por lo menos, tan mediterránea. Mientras preparábamos el máster del disco, del que su hermano Carlos no tuvo la gentileza de enviarme una copia, ella tenía la pierna derecha algo afectada, y mientras se preparaba cada grabación se sentaba apoyándola en un escabel. Montserrat es acariciadora, soboncita, y usa el tacto de manera envidiable. Para corresponder a su manera, yo, que soy más bien distante y poco expresivo, me acerqué, y acariciándole la pierna averiada, le dije:

—Pobre piernecita.

—Pobre la otra, que tiene que sostenerme a mí entera y a ésta —me respondió riendo con ese ruido de cántaro que se vacía, con esa risa fresca, jovial y también cantarina que parece salirle del ombligo.

En la grabación del *Soneto de la luna*, que es un acto de amor muy caliente, y que está escrito en azulejos en el parque de mi nombre de Almuñécar, nos acompañaba (ella modulaba a veces, utilizaba una vocal o un sonido de modo escalofriante, hacía juegos de arpegios y gamas irrepetibles, y yo, entre tal lujo, repetía la letra) el más carnal de los instrumentos, el chelo. Montserrat se interrumpió de pronto y se dirigió, con sutil delicadeza, al ejecutante:

—Maestro, ¿usted ha hecho alguna vez el amor? —El músico visiblemente se estremeció.

—Sí, señora —contestó enrojeciendo.

—Pues habrá sido con preservativo —remató, en todos los sentidos, Montserrat.

Ese mismo soneto es uno de los diez que Víctor Mariñas grabó en su disco sobre *Sonetos de la Zubia*, y uno de los que canta, con otros poemas míos musicados por distintos artistas, Clara Montes, la hija de mi amigo Cristóbal.

Una tarde me telefoneó Concha Piquer, a la que yo no alcancé a ver actuar.

—Me han solicitado con frecuencia los derechos para hacer un musical con mi vida. Hasta en Hollywood. Pero nunca he dado mi consentimiento. Ahora estoy dispuesta a darlo con tres condiciones: que el texto y los líricos los escriba usted, que lo dirija Tamayo y que lo interprete mi hija Conchín.

Yo me estremecí; preví los jardines en que podría meterme; no me atrajo el proyecto; no sirvo para escribir por encargo; y me dije que lo mejor era quitármelo de encima, sin darle largas, de una vez para siempre.

—Mire, Concha, yo opino que cualquiera de los personajes a que usted ha dado voz, La Parrala, la Petenera, la Ruiseñora, Lola Puñales, Concha Jazmines, todos, tienen una vida más dramatizable que la de usted, más trágica, más teatral... Porque, en el fondo, lo único que le ha sucedido a usted es que se enamoró de un torero rubio. Y eso nos ha pasado a todos.

Tamayo quería matarme luego. Nunca me he arrepentido de haber obrado así.

LOS MÉDICOS Y YO

Si miro hacia atrás, veo médicos a mi alrededor. No por enfermedad en todo caso, sino porque mi vida se ha desarrollado siempre
entre ellos. Médicos de la familia, amigos médicos que me condujeron a otros médicos... He llegado a estar seguro de que, si
tengo una salud tan impecablemente mala, es por complacerlos,
por demostrarles su utilidad y agradecerles los beneficios que son
capaces de proporcionar.

Una tarde, en un templo de Esculapio, en el Peloponeso, di
las gracias en silencio a todos los galenos que me rodearon, que
me previnieron contra las enfermedades, que me vacunaron,
que me rajaron, que me devolvieron aun en pequeñas dosis la
salud y, de una vez, la vida. Mi padre, médico, presentaba a sus
colegas, vanidoso, a sus hijos; mi padre, paciente de estómago,
nos hizo herederos de su pésima casquería. Ninguno de nosotros
hemos necesitado inaugurar un régimen de comidas. El vinagre,
si lo huelo, me provoca náuseas; los potajes, las berzas, los cocidos, las lentejas, los he probado a tumba abierta, pero no creo
que haya repetido; el pepino, tan fresco, produce en mí funestas
consecuencias; el chocolate me desmorona; una vez comí pimien-
to —tendría cinco años— y todavía me lo toco: supongo que no
es biodegradable... En la infancia nos acostumbramos a regíme-
nes simples y anodinos, un poco insulsos y un mucho de enfermos: en cualquier caso, inofensivos. (Hablo, claro, de un régimen
dietético: el político que padecimos fue todo lo contrario.) Cada

vez que voy a México —los mejicanos creen tener bebidas fuertes, y lo que tienen fuertes de verdad son las comidas—, les digo cuando me ofrecen sus moles y sus tacos:

—Sois tan hospitalarios que siempre acabáis conmigo en el hospital.

Y ellos se ríen incrédulos. Hasta que tienen que pedir una ambulancia.

Cuando en el colegio sacaba notas codiciables, no por empollón sino porque estudiar realmente me atraía; cuando en la disparatada reválida de séptimo me dieron el Premio extraordinario a los catorce años, todos decían:

—Qué buen médico tiene que ser. Que estudie medicina. Cuánto bien puede salir de esa cabeza y de esas manos.

Pero yo no quería. Sólo después de mi tercera licenciatura, ya con veinte años, le dije a mi padre que me gustaría estudiar medicina.

—No. Te conozco. Luego querrás estudiar arquitectura, o a la vez.

Tenía razón. La medicina me gustaba para estudiarla más que para ejercerla; la arquitectura, para lo contrario.

Mi niñez estuvo invadida por los practicantes que auxiliaban a mi padre. Veo ahora sus rostros, su benevolencia y su modestia. Los había de los tipos más variados, aunque todos amables. Hasta cuando, por ser malos o traviesos, se nos castigaba a ponernos inyecciones de alguna vitamina. Yo detestaba la B, que era la más dolorosa. En cuanto empezábamos a bizquear, a la manera de los místicos, lo tomaban como un síntoma de anemia y caían inyecciones a raudales. Los veranos primeros, antes de ir a Ronda o a las playas de Málaga, cuando pasábamos algún mes en Cuéllar, conocí a los primeros médicos fuera de la familia. Eran cuatro.

Un odontólogo, aparatoso en todos los sentidos, que no se resignaba a ejercer en un pueblo, y su mujer mucho menos que él. Un ginecólogo soltero, aficionado a juergas, al que ponían ojos tiernos las mozas casaderas. Y los dos patriarcas: uno, atildado y cortés; otro, tosco y mastuerzo. Ambos tenían una cosa en común nada más: su absoluto desinterés por la Medicina. El primero, llamado Trinidad, aspiraba al sosiego; el segundo, a la alcaldía del pueblo. Los dos tardaron muy poco en conseguir sus aspiraciones, si bien el primero de forma más duradera: porque mientras el segundo salió del ayuntamiento, por incompetencia, poco después de entrar, el primero nunca volvió a salir del cementerio.

Lo que antecede explica que jamás me haya visto envuelto en el carisma de los médicos, y, sin embargo, siempre haya sentido una profunda devoción por sus altas individualidades. (La generalización, para el bien y para el mal, me parece un error que suele beneficiar a los peor dispuestos.) El *sacerdocio*, en que se quiso que la Medicina consistiera, lo han sentido menos médicos de los que lo han aprovechado. Entre otras cosas, porque todos los sacerdocios —por detentadores y más próximos al misterio— corren el riesgo de ponerse al lado de los ricos y de los poderosos. Pero yo he visto y he tratado a auténticos generosos de sí mismos, abnegados e infatigables, obedientes a una llamada que los excedía. He tratado y he visto seres que podían rubricar a cada instante la oración de mi paisano Maimónides: «Que el amor a mi oficio me llene todas las horas; que ni la ruindad, ni la avaricia, ni el deseo de fama o de reputación enturbien mi mente»; gente que ni por la imaginación ha faltado al juramento de Hipócrates. Ellos son los maravillosos, los eternos, los que reciben y transmiten el testigo en esa carrera de relevos milenaria, en pro del hombre, que es la Medicina.

A los siete años me operaron de amígdalas. Ya tenía la costumbre de andar descalzo: la mantengo por encima de todo. Una tía soltera, que pasaba temporadas con nosotros y que no me tenía en mucha estima —la misma que yo a ella—, me vio un día sin zapatos y me advirtió que tendrían que operarme de la garganta. *Ya te enterarás*. Parecía congratularse. Y así fue. Odié a esta tía mucho tiempo. Aún hoy no puedo recordarla con agrado. La operación, tampoco. Recuerdo un aparato que me pusieron para mantener la boca muy abierta e impedirme cerrarla; la infinita impotencia del niño aterrorizado mientras el otorrino charlaba gratamente con mi padre; la intrusión en mi cuerpo de unos afilados y brillantes instrumentos; y una tos, y un chafarrinón de sangre en la bata del médico... Me compensaron con una sobredosis de helados como ayuda para la cicatrización. Desde entonces no me gustan como sería natural.

Yo era un niño lector. Una abuela mía, a la que no conocí, me regaló por delegación una pintura, en cristal del siglo XVIII, de una Virgen lectora: una adolescente suave y bonita que me ha acompañado desde entonces... Caía la luz de la tarde, y yo, perdido en un sillón con los pies columpiándose, continuaba la lectura. El ama, tan protagonista de mi vida, a la que alguna vez tomaba como oyente porque me fascinaba leer en voz alta, clamaba agitando los brazos:

—Este niño va a quedarse ciego. O dejas ese libro o das la luz.

A los doce años, un amigo de casa oculista me recetó unas gafas. Contra toda opinión —los compañeros me llamaban cuatro ojos, gafitas, gato de yeso, carajo vendado y otras monadas semejantes— acepté las gafas encantado, casi como congénitas. Con unas de oro ligeras, no muy distintas de estas con las que escribo, inauguré una mantenida cofradía. Las gafas me endiosaron. Porque siempre quise ser mayor de lo que era. Salvo ahora. Anhelaba esa atención de los adultos unos por otros, preguntándose cada mañana cómo habían descansado, y diciéndose *pues te encuentro algo pálido*. Ellos no se pegaban empujones ni se reían de los demás ni se gastaban bromas asquerosas. Yo quería ser mayor y las gafas me ayudaban: justificaban que no diera saltos mortales ni carreras estúpidas en los recreos, ni me peleara a brazo partido, ni jugara al balón como una fiera. No hace mucho, otro oculista, que revisaba mi visión y mis dioptrías, me dijo con toda la cara:

—Tienes en el iris el arco senil. —Al notar mi alarma aclaró—: Te participo que no siempre viene con la edad: hay personas a las que les sale a los cuarenta años.

—A mí me salió, como tú dices, de nacimiento.

Tengo los ojos de color de miel y un *arco senil*, como le llamaba aquel señor, azulgrisáceo: una combinación un poco rara, qué le vamos a hacer. Dicen que algunos brujos tienen los ojos como yo... Sobre ellos, contaré una anécdota. Se estrenaba en Valencia una comedia mía. El productor decidió poner en la portada del teatro, en lugar del rostro de la protagonista, el mío. Se lo encargó a Atilano, el autor de la cartelería faraónica de los grandes cines de Madrid. Atilano llamó a casa:

—¿Cómo tiene los ojos don Antonio?

El secretario, acostumbrado a toda clase de llamadas raras, contestó con mucha sencillez:

—Mejor, los tiene mucho mejor, gracias.

El resultado fue verme en un gran cartel de tres por dos con los ojos celestes. Me parecí maravilloso.

Al dentista me llevaron sólo para comprobar mi buena dentadura, que por fortuna he seguido conservando. Me habría chiflado que me empastaran una muela, o que me sacaran una del juicio, pero no fue preciso; ahora me alegro: por la muela y también por el juicio: lo único que me faltaba es que me hubiesen sacado un poco del poquito que tengo.

Con los traumatólogos me han unido inmejorables vínculos, a pesar de que no siempre son de lo más exquisito. Claro que los accidentes de coche me han gastado a veces muy malas pasadas: costillas, húmeros, manos, vértebras... Había un traumatólogo que era el correspondiente en Madrid de mi hermano Manolo: una persona encantadora.

—Qué jaula tan buena tienes —decía golpeándome los costados si se trataba de costillas rotas—. Qué fractura tan preciosa, qué suerte has tenido —decía cuando me partí una pierna.

—Hombre —respondí yo dudoso—. La verdad es que sí, porque no me he clavado un rosal del jardín en un ojo ni me he ahogado después en la piscina... Ahora, como suerte suerte, la de no partirse nada.

Sucedió de madrugada. Durante mucho tiempo lo atribuí al

ángel de mi guarda, no a la suerte. Después de una cena en un restaurante semisecreto, una persona me acompañó a mi casa. Su intención era mucho más clara que la mía. Quise darle un respiro a las circunstancias y bajé al jardín a Troylo. El suelo de granito estaba resbaladizo con el relente de la noche. Y en lo resbaladizo resbalé. Por no caerme —no había nadie, no habría hecho el ridículo ante mirada alguna, pero sí a mis ojos—, me mantuve firme a la fuerza, y sufrí un recalcón. Oí yo mismo la rotura. El pie se ennegreció casi de pronto. Tuve que subir a la casa ya descalzo. No se consumó la intención de quien me esperaba con la boca llena de besos y de mieles. En cuanto amaneció, llamé a mi hermano, que detesta con toda la razón diagnosticarme por teléfono. Acertó. El peroné y la tibia... Isabel Aranguren se irritaba:

—Tú, al revés que todo el mundo: todo el mundo se parte la tibia y el peroné.

Yo pensaba: lo dirá por lo de *las señoras delante.*

El traumatólogo de siempre —*Qué fractura tan bonita*— me escayoló. Pero necesité ir a Valencia para dar una charla. Fue un viaje, en coche por supuesto, algo incómodo. Quizá por eso se produjo holgura en la escayola y me causaba un dolor fuerte. Me hicieron una mirilla en ella, y hubo que escayolar de nuevo. Y yo con mi calcetín y mi taco y mis muletas... Por entonces piropeé el paisaje de Tarragona, tan bello, desde Poblet a Santes Creus. Una señora me regaló una parcelita pidiendo a cambio una de mis muletas cuando dejara de usarlas. Yo le escribí proponiéndole un acuerdo distinto en el caso de mandarle las dos... La primera vez que me permitieron pasear por el jardín, Troylo se escapó y yo no pude seguirlo. Estuvo perdido un par de horas mortales. Lo he contado en su libro. Pero no he dicho que Paloma Altolaguirre, entonces esposa de Manolo de la Concha, fue quien lo trajo a casa.

Doy una ligera marcha atrás. Viviendo en el apartamento de la hoy y anteayer calle Príncipe de Vergara, una tarde me empecé a encontrar mal. Había prometido salir a dos pintores, Nieva y Liébana; a cambio, les pedí por favor que vinieran a tomar algo a casa. Es curioso el testimonio que de esa tarde existe. Para distraerme, los dos me dibujaron varias veces. Y en la cara dibujada se ve un dolor creciente. Con buena voluntad equivocadísima, me ponían sobre el vientre bolsas de agua hirviendo. Yo me sentía cada vez peor. Llamaron a nuestro amigo José Luis Barros, pero no dieron con él. Para no dejarme solo, llamaron a continuación a mi amiga más antigua y la más fiel de todas, la Dama de Otoño. Se presentó enseguida, y ellos pudieron irse. Al poco rato telefoneó Barros. Enterado de los síntomas, tocó el timbre de la puerta en diez minutos. Era una peritonitis. Ya tenía vientre de tabla.

—Vamos a ingresarlo ahora mismo. Lo operaré nada más llegar. Prepárale un pijama y un neceser.

La vieja amiga, aturullada, puso en un maletín un par de zapatos de color diferente, uno de ellos de esmoquin, una camisa de seda natural, dos bañadores y una corbata, o sea, el acabóse. El doctor fue preguntándome, hasta llegar al sanatorio, si deseaba confesar, si era alérgico a algún antibiótico, si había sufrido algún episodio del corazón (*Sí, muchos* —pensaba yo—, *demasiados*... Precisamente entonces atravesaba el síndrome de abstinencia de un abandono, temporal como todos. Nunca deseché que la peritonitis fuese una forma de reclamar a voces una presencia). Ingresé directamente en el quirófano. Siempre he envidiado a la gente que va a operarse con tiempo, bien preparada, con toda clase de garantías. Yo he ido cada vez a la carrera... Aunque, antes de ese día lo cierto es que ya había cantado la gallina. La noche antes de salir para el Rocío, un par de meses atrás, tuve un dolor muy fuerte en la parte derecha. Estaba en un flamenco, y recuerdo que me era imposible concentrarme. Me cantaba *el Niño de Utrera*, al que admiraba sobre todo por sus alegrías de Córdoba, y un niño rapado al que esa noche le pusimos el nombre de *Pele*, que él ha engrandecido: iba a acompañarnos en la romería. Yo me calmé el dolor con buscapina, y enmascaré así el mensaje que se me transmitía. Todo fue por mi culpa. Pero, en fin, la Blanca Paloma también accedió a echarme una manita... El caso es que el grito de la peritonitis surtió efecto: se acabó de momento el abandono. Aquella habitación del San Camilo fue un reducto de ternura y casi casi de felicidad. Los amigos, los dos pintores de la agonía, el amor, los colaboradores del cine y la televisión que entonces yo escribía, la vieja amiga que no supo hacer un maletín de urgencia... Y José Luis Barros, lleno de misterio y de boiras gallegas, que ya entraba de un modo definitivo y decisorio en mi vida y en mi muerte.

Y es que, sin hacer rehabilitación de la fractura de la pierna, mientras los médicos me observaban el colon y sus treinta y tantos divertículos; mientras se reían del otro lado de la pantalla de rayos y yo, desde el mío, les llamaba cabrones; mientras un redolor sordo y continuo me amargaba; mientras en una Semana Santa de Málaga yo me retiraba sin ver todos los pasos del miércoles, algo trágico se fraguaba dentro de mí. Un día de mayo del 73, el 21, el mismo en que, unos cuantos años antes, el toro mató a *Joselito* en Talavera, a las tres menos cuarto de la tarde, después de haber comido unas judías verdes rehogadas, antes de llegar al segundo plato, rodeado en la mesa de casa por un decorador, un hermano hospitalario de San Juan de Dios y un director de cine, de repente, sin más explicaciones, se me perforó el duodeno. Y me morí.

Nunca les perdonaré a los comensales invitados ni al mozo que servía la mesa que tuviesen una idea tan miserable de mí. Me levanté con tal ímpetu que cayó la silla al suelo, y me retiré a tientas y sin voz a mi dormitorio. Ellos, al parecer, lo encontraron natural: natural en mí, según me aseguraron luego. El único que se dio cuenta de que algo extraordinario y malo sucedía fue Troylo, que comía en la cocina. Cuando yo me dejé caer en la cama, partido en dos por el dolor de aquel harakiri incruento, de aquella puñalada trapera, el perrillo saltó y me lamía la frente. Lo que recuerdo antes de entrar en coma fue su quejido tenue al lado de mi oreja. Luego, los hechos fueron por un camino, y mi realidad interior, por otro. Todo debió de ocurrir en poquísimo tiempo.

Me hallé en medio de una tiniebla: más que rodeado, asumido por ella. Una tiniebla que se adelgazaba hasta convertirse en un túnel. Me invadió la certeza de que yo tenía que entrar en él y atravesar lo oscuro. El coma, o lo que fuese, me había anestesiado: no sentía dolor, no me sentía. Y, al final del túnel, había luz: una luz tamizada, como el oriente de una perla, no deslumbrante, no cegadora. Y en medio de esa luz, una sonrisa. Era como la del Gato de Chesire, de *Alicia en el País de las Maravillas*. Cuando el Gato iba a aparecer, aparecía primero la sonrisa; después, la boca, los bigotes, la cabeza, el cuerpo, la cola. Y al desaparecer, sucedía lo contrario: al final, sola, quedaba la sonrisa en el aire. Aquello era lo que yo vi. Pero con la consciencia de que no era de un gato. Era una sonrisa acogedora, alentadora, paternal, ancha como un abrazo, y abierta como una comprensión definitiva. Yo intuí que era la sonrisa de mi padre, que sonreía muy poco, y en el que por tanto tenía más valor cualquier sonrisa. Intuí que se trataba de una silenciosa bienvenida...

Yo he leído, como todo el mundo, que su vida, en los últimos segundos, pasa por la mente del agonizante igual que una película. A una velocidad instantánea se encadenan los acontecimientos más trascendentales, aquellos que lo definieron y caracterizaron... En mi caso no fue así. Mi vida se me representó, pero no de manera sucesiva como una historia cinematográfica, sino de manera simultánea, al modo de la historia de la Virgen o del Cristo o de algún santo dispuesta con devoción en las escenas que configuran un retablo gótico. Y además lo que yo vi no tenía nada de grandioso ni de importante ni de significativo según el sentido habitual. Nada de lo que yo hubiese considerado digno de recuerdo en mi vida estaba allí: lo que había eran gestos corrientes, vulgares, habituales... Mi padre enseñándome a cerrar los ojos para buscar el sueño; mi padre enseñándome a sonarme la nariz; unas manos tendiéndome un vaso de agua fresca; mis manos entregándole un don menudo a alguien con boca de rosa; unos dedos apartando de mis ojos unas lágrimas casi infantiles... Y luego ya el olvido de mí y el silencio dentro de mí. Si es que yo todavía seguía siendo yo...

En el exterior, en la realidad exterior, las cosas eran muy diferentes. El hermano hospitalario, Gibby Pitcairn, un anglicano al que yo —vaya faena— había convertido al catolicismo, diagnosticó médicamente lo que había sucedido. En el listín de teléfonos

100

encontró el de Barros. Y Barros, cosa extraña, estaba en su casa y se hizo inmediato cargo de la gravedad. Apenas tardó en llegar. Ya había pedido la ambulancia. Yo vivía en la Colonia de El Viso, en una tercera planta luminosa a la que nunca quise demasiado. Nada más llegar, Barros opinó como el hospitalario; pero se demoraba la ambulancia y yo me encontraba en la frontera, más para allá que para acá. Salió el doctor a la terraza. Troylo le mordía los pantalones y tiraba de él hacia mi dormitorio: había entendido que él era el puente, que su mano era la que tendría que voltear las circunstancias. Emocionado por la actitud del perrillo, Barros bajó nervioso al jardín. La ambulancia tardaba. Troylo volvió a tenderse junto a mí. El hospitalario comprobaba la desaparición de mi pulso. El quirófano estaba preparado en una clínica que yo iba a inaugurar, y que no existe ya, al final de Reina Victoria a la derecha. Me fueron bajando en un sillón dentro del ascensor. Troylo, cuando se cerraron sus puertas, emitió un breve ladrido de despedida, y vomitó antes de que le diese tiempo a entrar. No habría de volver a verlo hasta cuarenta y ocho horas después.

La ambulancia nos condujo tan deprisa a Barros, al hospitalario y a mí, que un guardia, en Raimundo Fernández Villaverde, se quedó con su matrícula y la denunció. Yo, antes, inconsciente, o mejor dicho, mis labios habían susurrado apenas un nombre; el hospitalario le aclaró al doctor a quién nombraba:

—Que se le llame inmediatamente —dijo con expresión nublada.

Al llegar a la clínica telefoneó a mi familia y le comunicó mi estado, por si se oponían a que se me interviniese ya. Mi hermano dio su consentimiento.

—Salgo para Madrid ahora mismo.

Así lo hizo, después de avisar a mis otros dos hermanos. Esto acaecía mientras yo en el quirófano era anestesiado y medicado al máximo: para ponerme en trance de muerte había primero que procurar resucitarme. Fue todo tan deprisa que, a las veinticuatro horas, cuando volví en mí, me encontré con las piernas trabadas por el calzoncillo, que no habían tenido ni tiempo de quitarme.

La noticia había corrido de tertulia en tertulia, por las emisoras, por los diarios. Yo era joven, querido, creo, y suscitador de mucha confianza, que quizá para algunos haya defraudado. Lo primero que recuerdo, pasado un día entero, es la voz de José Luis Barros:

—Estoy aquí contigo. Soy José Luis. Estás bien. Si ahora abres los ojos y no ves, no te preocupes. Hemos tenido que utilizar tantos específicos que puede habérsete secado el líquido ocular... Si eres capaz, haz un esfuerzo y óyeme.

Con un hilo de voz yo respondí.

—Lo que me preocupa no es la vista, es que estoy oyendo a Massiel.

El doctor soltó la carcajada más triunfal que yo he oído nunca.

—La estás oyendo porque está ahí fuera, Antonio, en el pasillo.

Y me besó.

En el pasillo estaba todo el querido mundo que tenía algo que ver con el teatro, con el cine, con la prensa. No se dejó entrar a nadie. Salió Barros, y dio la buena y no muy esperada noticia. A la única persona que se dejó entrar fue a Troylo. Me lamió la mano, emitió unos pequeños ruidos de reconocimiento, se hizo un poco de pis a los pies de la cama y se bebió un bidé lleno de agua en el cuarto de baño: no había consentido ni en comer ni en beber durante todo el tiempo en el que no me vio.

—Sólo voy a pasarte una factura —me dijo José Luis días después—: que cuentes el comportamiento de tu perro. Estoy muy acostumbrado a presenciar el de los familiares de un enfermo. Nunca he visto una desesperación como la suya.

Aquí queda contado.

Siempre he tenido unos cuantos amigos maravillosos. Incluso he tenido maravillosos conocidos. Hay momentos en que se prueba la verdad del oro, por lo general mudo, y la del metal sobredorado, por lo general vociferante. Es bueno que, en cada vida, exista alguna ocasión que los distinga. En la mía, excesiva como en todo, ha habido varias.

A los dos días pedí una máquina para escribir mi colaboración en *Sábado Gráfico*, el periódico más insolente de aquel tiempo. Quedé pesando cuarenta y ocho kilos. Cuando, en mi casa, quien habitaba mi corazón entonces me ayudaba a bañarme, o me bañaba, yo veía unos muslos casi ajenos de delgados y unas piernas lejanas, la derecha de las cuales aún no estaba rehabilitada después de la fractura. Entonces fue cuando se me hizo necesario usar bastón.

La intervención había sido mucho más que a vida o a muerte, drástica y decidida. Interesaba que quedara más que cómo quedara. Metros de intestino fueron sacrificados, resecada gran parte del estómago, eliminado el píloro... Barros se entretenía dibujándome su táctica y también su estrategia. Debería comer muy poco cada dos horas; dormir en una cama inclinada; no beber, por ejemplo, cerveza fría, porque podría sentarme *como un tiro en el más estricto de los sentidos*; no comer verduras que huelen al ser hervidas, y jamás grasa, y jamás carne de cerdo; las endoscopias, es decir, una televisión metida por la boca (no querías caldo, pues toma tres tazas) se harían cada mes, luego cada tres meses. La cicatriz debía exponerla un poco al sol... Me fui a Málaga en cuanto pude, a casa de un amigo de los fijos, Paco Campos. Unos días después, «a oscuras y segura», como San Juan, en secreto y a escondidas de Barros, me fui a los carnavales de Cádiz, que entonces, para eludir la prohibición franquista, se celebraban como Fiestas de Primavera durante el mes de junio. Es decir, me comporté como un imbécil y un irresponsable.

La última endoscopia se me hizo no hace más de un par de años. En el hospital, tan perfectamente surtido de profesionales, de Córdoba. Pasaba por allí en una gira en que, con la orquesta de Manolo Sanlúcar, daba un recital de los poemas de *Testamento Andaluz*, musicados por él. El titular del servicio, muy de agradecer, por consideración a mí, quiso hacerme él en persona la endoscopia, a la mañana siguiente de mi actuación en Córdoba y el mismo día que la de Jaén. Cuando me introdujeron el horrendo y grueso tubo, sólo fino para quien no lo sufre, después de una ligera anestesia, haciéndome tragar la televisión a mí que la detesto, comencé a dar arcadas, se me desorbitaron los ojos y me puse de un hermoso azul amoratado. Todos pensaban que era una dramatización de artista, que la televisión me parecía nauseabunda, y sonreían. Hasta que la enfermera, esposa del jefe, descubrió que el aparato me lo habían introducido por las vías respiratorias en lugar de por las digestivas. Una vez más se comprobó mi poca afición a teatralizar y mi resistencia, que me asombra a mí mismo, al dolor físico. Yo no lo puedo ver en los demás: me vengo abajo, me conmuevo hasta el llanto ante cualquier sufrimiento ajeno: de un perrillo, por ejemplo (nunca los veterinarios han consentido que esté presente yo, así sea para ponerles una simple inyección); pero, si se trata de mí, me muerdo la lengua y adelante.

Otro amigo médico escribió una ponencia para un congreso sobre las varias posibles causas de mis desmayos, que al principio eran muy abundantes. La primera, la bajada de tensión repentina (yo suelo tener 10 de máxima y 6 de mínima, y una temperatura habitual de 35,5 grados: a los 38 me pongo a delirar), o sea, lo que se conoce como una lipotimia. Pero puede ser provocada también por un exceso de trabajo que se le acumule al estómago, que, al estar reducido, reclama ayuda de donde sea: sangre de todo el cuerpo; es decir, si se me da azúcar, puede producir un aumento en ese exceso de trabajo y fastidiar aún más. Y, además, el dulce del remedio es susceptible de provocarme, ante la carencia de píloro y otras barreras, un pequeño coma diabético, con lo cual el remedio es mucho peor que la enfermedad. De ahí mi régimen tan rígido, mi necesidad de descansar después de comer, de estar mucho tiempo recostado —la verdad es que no paso más de ocho horas al día en pie—, y de apartarme de cuanto signifique una perturbación... Pero ¿quién puede obedecer tales y tantas órdenes?

Yo era, de natural, propenso a los mareos. A partir de entonces, las lipotimias fueron tema casi diario. Advertía a quienes más frecuentaba de que, si sucedían, me bajasen la cabeza y me dejasen en paz. Recuerdo que, hace poco, en la cena de un jurado de teatro, sufrí una lipotimia con la alarma de la palidez mortal y el desmadejamiento. Dos actrices encantadoras, a las que quiero mucho, por poco me matan a fuerza de darme agua azucarada. En definitiva, era el resultado de una ostra en malas condiciones, que necesitaba expulsar y no expulsaba. A veces, sin embargo, como a todo el mundo, es un chocolate o un caramelo lo que me salva. Una noche en Pekín, el pobre Terenci Moix, en La Casa de la Amistad, tuvo que remover Roma con Santiago, es decir, Pekín con el Tíbet, para conseguirme unas harinosas y repugnantes chocolatinas: una especie de conguitos envueltos en una arena sucia. Desde entonces, cada vez que viajamos juntos lleva buena provisión de exquisitos bombones. Que, por supuesto, suele comerse él.

En los viajes más largos me acompaña a menudo un médico, muy relativamente joven, al que conozco desde su adolescencia, Enrique Maestre. Tiene el defecto de no hacerme demasiado caso. Al menos, de momento. Una noche en el hotel *La Mamounia*, de Marrakech, yo estaba presintiendo —ya estoy hecho y lo veo venir— un desmayo. Él, por teléfono, a gritos cada vez más exacerbados, por supuesto en castellano, pedía chocolate o azúcar. Lo oía todo el hotel, pero no lo entendía nadie. Me eché a reír ante su creciente griterío y él me creyó ya recuperado. Mi suite comunicaba con su habitación. Dejó la puerta entreabierta para un caso de desgracia, y se acostó. Fue al escuchar su primer ronquido cuando supe que mi lipotimia estaba servida. Anduve hacia su puerta y caí golpeándola con la cabeza. Cuando me recuperé yo estaba aún en el suelo, él aún roncaba, y un chichón era la viva prueba de mi hazaña.

Una tarde, casi una noche, en Damasco, escuchaba una penosa conferencia. Salí porque me hormigueaba la cabeza, según pensé, por el aburrimiento. Estaba en el jardín del local oliendo una dama de noche, y preguntándome cómo se llamaría en árabe. Sólo dos días después volví en mí. Inclinada observándome vi una cabeza desconocida.

—Soy fulano de tal, médico. Me alegro de podérselo decir.

—Los médicos sirios tienen ustedes tan mala fama de envenenadores... —Sonreí lo que pude.

—Le juro que no lo envenenaré. —Sonreía también—. Cuando me llamaron tenía usted cinco y medio de máxima de tensión.

—¿Y de mínima?

—No tenía.

Acaso fue algo que comí o que bebí. Aquel doctor, que había sido alcalde de Damasco, me sacó adelante con un extraño cocido de lentejas veteadas, por supuesto sin aliñar, y mucho yogur cargadito se sal. Durante la convalecencia hablamos en francés. Nunca terminaré de agradecerle.

Una noche, en casa de una cantante, con alguna gente de teatro y con el genial Alberto Portera que ponía como un pingo al hachís, intuí que me desmayaba y huí hacia dentro de la casa. Me metí en la primera habitación oscura que encontré. Al recuperarme, di tanteando la luz. Era un cuarto de baño muy pequeño con los sanitarios, los azulejos y la solería de color verde loro. A punto estuve de volver a desmayarme. Recuerdo con cuánto amor me llevaron hasta mi casa, mucho más preocupados que yo, Lauro Olmo y Pilar Enciso.

Otra noche, en una cena con Amelia de la Torre y Alejandro Casona, sentí el amago, pedí perdón y me fui a los servicios. No me dio tiempo a cerrar del todo, y me arañé una sien con el pestillo. Amelia, que estaba pendiente de mí, llegó corriendo, se arrodilló, me tomó la cabeza entre las manos y se vio la derecha manchada de sangre. El grito que pegó la inigualable tragedianta impidió que siguiera cenando nadie en aquel restaurante con nombre de cuadro de Velázquez.

En la mesilla de noche de todas mis camas —son sólo tres— hay, en un cajón, toda clase de medicamentos y de dulces de urgencia. Y, sobre ella, un telefonillo para advertir, al servicio o a quien sea, de lo malo que me ocurra durante la noche, si merece la pena y me da tiempo. Lo he utilizado muy poquitas veces. He llegado a la conclusión de que lo que tenga que suceder sucederá, y será cuando estemos todos más descuidados. Y basta de desmayos y de tontas secuelas.

No hace mucho me entró la perra de hacer gimnasia y de manejar pesas. Supongo que daba pena verme; pero yo me entrego a lo que hago —age quod agis— con alma y vida. Quizá con demasiadas, aunque sólo tengo unas. Se me produjo un dolor en el hombro derecho. Y, como siempre, telefoneé a mi hermano.

—¿Tú sabes que no te he hecho nunca ni un solo diagnóstico en persona?

—Perdona, pero es que me duele bastante el hombro.

—¿Cómo te duele?

—Pues así, así y así —le expliqué.

—Tienes el síndrome de hombro doloroso.

—No me digas que os hacéis doctores en medicina para repetir lo que os dice el cliente. Por lo menos podíais ponerle nombres griegos. Cefalea o cefalalgia, al dolor de cabeza, hematuria macroscópica o microscópica, a...

—Sabihondo —me interrumpió.

Me dio bastante lata el dolorcito. Sufría, al ducharme, imaginando que ya nunca podría subir el brazo hasta arriba, ni flexionarlo con entera libertad, ni enjabonarme bien la espalda... Creí que me había dado el viejazo, como dicen los mejicanos. Ese verano, en el ejercicio del rectorado de la universidad Almutamid, estaba en Asilah. Durante una inauguración de algo me acompañaba el embajador español, un catalán. Percibió la contracción de mi cara en un momento dado, se interesó amablemente, y le aclaré en dos palabras lo que era.

—Hombro doloroso, en efecto —me dijo—. Se te pasará pronto, no te preocupes. Lo malo es que después te dará en el otro hombro.

—No sé cómo has podido aprobar la carrera diplomática —le interrumpí—. Como los pescadores de Almería dependan de ti...

Fue una mañana después del desayuno, todavía en la cama. Estaban los perrillos encima de mí. Y de pronto sentí un dolor agudo en el esternón poco más o menos. Los perrillos se inmovilizaron y me miraban con ojos muy atentos: ellos olfateaban lo que sentía yo. Me figuré que era un infarto. No fui capaz ni de tocar un timbre ni de apretar la tecla del teléfono interior. Fue pasándose. Pero me propuse ir al cardiólogo. Eminente cardiólogo, Quino Márquez.

—Mi corazón, que tanto se ha excedido... —Entré en su despacho recitando un soneto de los de *La Zubia*.

—Tu corazón se habrá excedido mucho —me dijo al final—, pero lo tienes como un pan.

(No es completamente cierto: tengo una estenosis mitral, una especie de insuficiencia que supongo que caracteriza a la mayoría de los obispos.)

Me dijo lo del pan después de enseñarme mi corazón por una pantallita, ya completo, ya troceado, del derecho y del revés, como si yo entendiese de corazones, hoy tan desprestigiados, y no de amor, del que tampoco entiendo.

—Lo que has tenido —concluyó— ha sido un espasmo esofágico, muy típico de tu situación, y que tiene síntomas muy parecidos a los del infarto.

O sea, una confusión más en una vida llena de confusiones.

Es comprensible que, con relativa asiduidad, me hagan análisis de casi todo. En determinada ocasión decidieron hacérmela en el antiguo Hospital del Rey. Los profesionales de la medicina son tan amables que no sé qué hacer con ellos, y mucho me temo que ellos tampoco sepan qué hacer conmigo.

—¿Tiene prisa? Está a punto de llegar la extractora.

Me asustó la palabra. Imaginé que aparecería una gran máquina espantable. No era así: se trataba de una enfermera deliciosa que había solicitado ser quien me extrajera la sangre porque su padre fue un amigo de mi infancia cordobesa.

—Sáqueme bastante sangre. Que me analicen todo. Hasta el VHS, por favor.

No caí en que VHS es la marca de mi vídeo o lo que sea, y que lo que yo quería decir era el VIH. Antes de llamar a mi mediquillo (lo llamo así por su edad, para diferenciarlo de algún otro, y nunca por desdén), me telefoneó a mí el analista. *Por el gusto de oírlo.*

—Todo perfecto, todo bien. Extraña un poco que, teniendo todo tan bajo, tenga completamente normal el colesterol. (Luego supe que el colesterol bajo equivale a depresiones, agresividad, deseo de suicidio, o sea, que no sabe uno a qué colesterol quedarse.) ¡Ah! —añadió cuando ya iba a colgar—, y en cuanto a VHS como usted lo llama, por descontado, negativo.

Le dije de todo. ¿Por qué *por descontado*? ¿Era yo tan viejo y tan idiota que no podía hacer una vida pecaminosa y promiscua? ¿Tan ajeno estaba al combate que ni siquiera podía perderlo? (Algo así he escrito en mi última comedia, *Las manzanas del viernes*.) El analista, acto seguido, telefoneó a mi médico:

—Hijo mío, cómo se ha puesto Gala porque le he dicho que no tiene sida. No sé cómo lo aguantas.

Aquella alma de Dios no había entendido nada.

Suelo ir a hacerme estas analíticas, como dicen ellos, custodiado por mi médico joven. (Bueno, ya no lo es tanto, dicho sea de paso.) En una ocasión me llevó, ignoro por qué, al Hospital del Aire. El analista era muy simpático y curioso. Preguntó para qué me hacía el análisis, supongo, o supuse luego, que para insistir más en algún resultado. Yo fruncí los labios, me encogí de hombros y giré la cabeza.

—La verdad es que no lo sé... ¿Para qué me hago este análisis, Enrique?

—No vuelvo a acompañarte a ningún sitio —me amenazó al salir—. Contigo el ridículo se tiene asegurado.

En realidad no ha cumplido nunca tal propósito. Incluso alguna vez ha dado su nombre en lugar del mío, para que, si los resultados eran algo llamativos, no trascendiesen fuera del hospital.

Con mi hermano Manolo es lógico que mantenga una relación especialmente íntima. En lo profesional a él suelen sucederle anécdotas muy divertidas, que yo escucho encantado, y que no contaré para dejar que las cuente él, que es mucho más gracioso. Una tarde estaba tomando conmigo el té en mi casa de Madrid. Ante él, descarado, pidiendo su porción de galleta o de pasta, se puso en pie, sentadillo en sus cuartos traseros, Zagal, el guapo. Manolo se echó a reír.

—Dile a este franciscanito que no le conviene adoptar esta

postura. Estos perros teckels tienen un gran peligro en la columna vertebral, tan larga e indefensa.

—Díselo tú —le repliqué.

—Mira, Zagal —empezó a decirle mi hermano obedeciéndome—, nosotros éramos como vosotros, ¿me comprendes? —El perrillo lo atendía sin parpadear—. Pero nos pusimos en pie y ahí empezó lo malo: problemas en la espalda, problemas en la pelvis, problemas en las vértebras... Así que tienes que tener mucho cuidado. —El perrillo volvió la cabeza, me miró y dio un ladrido—. ¿Qué te ha dicho? —me preguntó Manolo, convencido de nuestra comprensión.

—Me ha dicho que de eso vives tú.

—Joder con el perrito —concluyó el traumatólogo.

Hace unos cuatro años tuve que hacer la digestión de un guiso indigerible. Me defraudó alguien que estaba en la primera fila de mi confianza. Reaccioné como suelo: apretando los dientes y echando un telón rápido. Pero, por lo visto, la procesión iba por dentro. Mes y medio después, un sábado por la noche, comencé a percibir un picorcillo en la espalda: *Un mosquito*, me dije: estaba en el campo. El incómodo picor creció, se extendió, parecía la picadura de una avispa después de varias horas. Era extraño más que insufrible. De dentro afuera: un dolor como nunca había sentido, por su calidad más que por su fuerza. Yo soy —lo he dicho— buen sufridor, y estoy convencido de la misión creativa del dolor; pero este me excedía... Me lo diagnosticó la cocinera: era una culebrilla. Un herpes zoster. Mi amiga Ángela, habitual invitada a *La Baltasara*, me acompañó a una farmacia para ver qué podían recetarnos. La boticaria no dudó de lo que se trataba, y una clienta, una mujer gordísima, que estaba presente y ansiosa de meter cuchara, dijo:

—Huy, eso lo tuvo mi marido. Se le curó, aunque tardó bastante, con una mezcla de sal, azufre y pólvora negra.

Yo la miré con furia. Fuimos a una dermatóloga, y puse verde al campo, al pueblo, a las vacas, a la falta de higiene y a Dios Padre.

—No, no; usted no ha *cogido* ese herpes. Los causantes los tenía usted dentro, los tenemos todos: cuando estamos bajos de defensas y no podemos controlarlos, salen a flote y producen eso que usted tiene y que va extendiéndose desde la espalda al pecho.

Mi invitada y yo fuimos a la farmacia más próxima para comprar el tratamiento. La dermatóloga me había preguntado si pertenecía a una sociedad médica o a la Seguridad Social o a lo que fuera. Pertenezco, pero nunca me ha servido de nada: ni para una resonancia magnética, ni para un escáner, ni para una aspirina. No sé ni dónde está mi tarjeta. En la farmacia nos pusieron una caja o dos de una medicina, según la receta, y sacaron la cuenta: era de cincuenta y tantas mil calas. Mi amiga se empeñó en que el mancebo se había equivocado en la cuenta, o en los puntos, o en los ceros. No se había equivocado en nada, y tuvimos que rebañarnos todos los bolsillos. (Una de las cosas que no tengo, o al menos no sé usar, es tarjeta de crédito.)

El viaje de regreso a Madrid fue espantoso; espantosas las curas; espantosos los insomnios; espantoso el tiempo que tardó en desaparecer el herpes y aún siento el lugar de su huella... Pero quizá él me amortiguó el amargo descubrimiento de que *quien creí cerca de mí / era el que estaba más lejos*. Y me convenció, una vez más, de que todo, por lo menos todo lo que a mí me sucede, es pura sicosomática. Hasta coger un taxi.

No creo que lo fuera, sin embargo, una presencia en la piel, que empezó con incómodos pruritos, como un lunar enconado. Era sencillamente un cáncer. El amable dermatólogo, doctor Amaro Sánchez, sí que tenía los pies en el suelo.

—Me dices que el sol te inspira, que te ampara, que serías heliólatra, que te dejas invadir y poseer por él, que es tu lebrel dorado... No puedo prohibirte tomarlo, pero pon mucho cuidado, protégete, contrólalo...

Él mismo se había dado un susto morrocotudo. Pasó su informe al laboratorio con la cara descompuesta. Creyó que era un melanoma. Por fortuna no lo fue y no tuvo importancia. Pero cada seis meses voy a mi revisión; porque los efectos del sol, ay, son acumulativos. Ahora pago las consecuencias de todo el que he tomado, que ha sido exactamente todo...

Por supuesto, no voy a hacer un relato exhaustivo de mis debilidades. Tengo, en la palma de la mano derecha, con la que escribo y la que estrechan con demasiado afecto mis lectores, un síndrome Dupuytren: una contractura de la aponeurosis, que tendré que operarme antes o después... Tengo —lo que nunca esperaba— ciertas alergias improbables, como al polvo del ciprés, por ejemplo, y vivo en una finca cuajada de cipreses... Tengo una dermatitis alérgica de la que ni siquiera se conoce la causa, pero que el sol es lo que la pone completamente rabiosa... Tengo, o temo tener, un principio de alzheimer, porque olvido, ojalá sea por la ley de Ribot, lo más inmediato, lo que acabo de leer o lo que me acaban de decir por teléfono... Me han hecho un electroencefalograma, que está en el museo del Gregorio Marañón. Me pidieron permiso para ello y yo accedí, después de enseñarme, Dios mío, el de Camilo Alonso Vega y el de un asesino de siete personas. La cosa es poco amena y nada aconsejable: cómo te plantan las terminales en el cuero cabelludo, cómo te oprimen la mandíbula... Estando en estas, una enfermera me dijo:

—Don Antonio, yo era muy amiga de un amigo suyo, aquel que se murió en la clínica de...

Yo no podía hablar; mis ojos expresaron tal desolación, que el médico, muy joven, mandó salir a la enfermera. El resultado, según me dijeron, fue muy claro.

—¿Ve usted? Es el encefalograma de un chico de veinticinco años.

—Lo que yo me temía —apostillé—: un gilipollas. Porque esa edad no tengo. Algo podía haber aprendido...

Del corazón y del cerebro me alimento y vivo y sobrevivo. Todo lo demás es accesorio, doloroso en ocasiones; pesadísimo de horarios, de rigideces, de comidas monótonas que he llegado a aborrecer; lineal e invariable como la estancia en el claustro de una orden reformada... Sí sí, pero accesorio. Sólo me salvan y me salvarán, sólo me han salvado hasta ahora, el cerebro y el corazón.

Como colofón de este capítulo me propongo escribir algo sobre los farmacéuticos. Me alimento de ellos y para ellos. No sé por qué la Seguridad Social, a la que pertenezco creo que como autónomo, no me costea ni un paracetamol: seguramente es culpa mía. Mi presupuesto en farmacopea es casi insoportable. Siempre hay alguien de casa camino de alguna farmacia. Y, desde luego, muy simpáticos no son allí.

Recuerdo el día en que se estrenó mi comedia *Samarkanda*. Tengo la costumbre de huir de periodistas, de telefonazos y de críticos la misma noche del estreno. En este caso, no como en otros, tuve que irme muy cerca porque me constreñía una tarea inmediata. Dejé, por tanto, Japón, Suramérica, el Caribe o Asia Central. Me reduje a irme a Miraflores de la Sierra. Pero con una mala pata colosal. Me dieron una habitación donde había dormido, en la víspera de su muerte, *El Yiyo*. Yo soy un insomne congénito perfeccionado por el uso y, para más inri, había olvidado mi sonmífero. Busqué una farmacia de guardia: prometí a quien la atendía mandarle al día siguiente la receta; supliqué una pastilla suelta, media aunque fuera; ofrecí quinientos autógrafos, el oro y el moro: nada. Entre el estreno, *El Yiyo*, el desvelo y mi amable acompañante no pegué ojo. Afortunadamente no todo fue terrible...

Quiero decir que debería de haber una *comunidad de aficionados a la farmacopea* como la hay de los santos y de los difuntos. Yo tengo mala suerte. En el mismo momento en que me entero de que un específico tiene algo, qué sé yo, una mínima dosis de anfeta, por ejemplo —que a veces uso para romper a trabajar—, puedo tener la absoluta certeza de que ese medicamento ha sido retirado. Desde la centramina al optalidón, desde la analgilasa al delgamer, desde el bustaid a la simpatina o al finedal... Es decir, que tengo que trabajar a pelo, lo cual es mucho más sacrificado: nadie te dicta nada. Bueno, en realidad nunca lo hacen, pero uno se ilusiona...

Yo empiezo por tomar diez o doce píldoras en el desayuno: complejos vitamínicos, ginseng, ansiolíticos, unas porquerías carísimas para las pieles cascajosas, etc. A lo largo del día voy tomando precauciones, preventivos y remedios continuos, hasta que llega la noche y tomo los aneuroles, los somníferos, los inductores del sueño, los antiácidos y la biblia en pastas o en pastillas. Lo único que me hace pensar que quizá aún no tenga el alzheimer es que todavía recuerdo las píldoras que tengo que tomar, las cremas o pomadas que tengo que ponerme, los hidratantes que me endoso, cuando me acuerdo y me da tiempo, después de las duchas, y todas las cosas, supongo que inservibles en buena parte, que me hacen de tiernos lazarillos...

Añádase a esto los cuidados exigidos por los perros viejecitos, poco imaginables dado lo sueltos de pluma que son los veterinarios. Sé de perros tanto como de niños, pues sus medicinas son exactamente iguales. Y, en el fondo, a los veterinarios los necesito cada día menos, porque ya he ido aprendiendo.

Me viene a la memoria que, en un congreso de AVEPA, los veterinarios de pequeños animales, me llamaron no sé si para la inauguración o para la clausura. No, ahora caigo, me ofrecieron un premio como persona de la cultura aficionada a la compañía de los hermanos animales. Dije unas palabras de alarma colectiva, y acabé prometiendo susurrar al oído de mi gente menuda que los veterinarios no son tan malos como ellos creen... Me dieron un premio espectacular; era una caja de madera grande y no muy alta. El presidente me aconsejó que la tomara con fuerza, pero yo no sospeché que pesara tanto. Tenía una placa con tres kilos de plata por lo menos. Dudé si era yo solo el que la había pagado con mis consultas; no debió de ser así. Les doy las gracias, en serio.

Reconozco que los médicos se portan conmigo mejor que los farmacéuticos. Sé que infringiendo las normas, algún amigo, ninguno de los aquí nombrados, me dan recetas firmadas en blanco, con la certidumbre de que jamás haré mal uso de ellas. En el bolsillo, con el carné de identidad, llevo siempre una, para que no me suceda lo que en Miraflores. Mis enfermedades son conocidas; sus remedios, también. No tiene maldita la gracia que me haga sabotaje una gente que, en una partecita, vive de mí. Porque es sabido que Hacienda somos todos, pero unos muchísimo más que otros. Me siento en la obligación de aclarar que los boticarios de fuera suelen ser más amables conmigo que los que he tenido la suerte de conocer aquí. En Salónica, pongo por caso, tenía la lengua llagada por un mordisco estúpido (estúpido porque me lo di yo solo), y un farmacéutico me vendió algo: no sirvió para nada, pero se tomó el trabajo de entenderme. Ahora diluyo en la boca, aconsejadas por mi médico, unas maravillosas píldoras contra las llagas. Y en Praga, o en Viena, fui a comprar algo que me aliviara de los ronquidos de mi compañero de viaje, o simplemente que lo asesinara. No me lo vendieron, pero durante media hora se tomaron el trabajo de procurar comprenderme. ¿Y qué consiguen los nuestros? Que yo tenga ocho o diez cajas de distintos somníferos, casi todos inservibles, y que lleve el neceser atiborrado de ellos, por si me sucede lo que la última vez que estuve en Sevilla. A las dos de la mañana pedí una pastillita de nada, y, como hacía falta receta y farmacia de guardia, me pasé leyendo una novela despreciable toda la noche. En Valencia, por el contrario, pusieron en los bajos de mi hotel habitual —¿a quién se le ocurre?— una discoteca. Eran las tres y allí no dormía nadie. Pedí unos tapones de oídos y ni siquiera tuvieron que ir a la farmacia: supongo que con semejante murga se habían convertido en un artículo habitual para el cliente.

Si algún lector experimenta la necesidad de darme un consejo para dormir, que lo haga si quiere. Pero le advierto que he probado toda clase de leches templadas, de baños sedantes, de lechugas cocidas, de valerianas repartidas a lo largo del día, de minúsculas homeopatías, de hierbajos que nos reconcilian con nosotros mismos, y de aguas del Leteo... Apenas me hace efecto ni todo eso ni nada. Pertenezco a una familia insomne. Cuando éramos niños, íbamos al oficio, cerca de la cocina, a las cuatro de la mañana, a tomarnos leche templada —yo creo que con bromuro— que había en un gran termo... Y estaba toda la familia de adultos, que según ellos pasaba por allí, de tertulia. A las cinco ocurría igual. Y a las siete. En aquella casa no dormía nadie. Y aquella tía soltera que, de cuando en cuando nos visitaba, nos hacía la señal de la cruz en la frente diciendo:

—*Procul recedant somnium et noctium phantasmata.*

El ama, que tampoco dormía, saltaba como un rayo.

—Sí, señora. Encima hábleles usted a los niños de fantasmas: lo único que les falta. Éramos pocos y parió la abuela...

Cuando veo a alguien dormir profundamente u oigo decir de alguien que lo hace (los actores de cine se suelen dormir cada vez que se corta el rodaje, y se quedan como unos troncos los minutos que sean), lo envidio y lo detesto con todo mi corazón. Me parece tan desaprensivo como comer caviar delante de un pobre. Y, en este reparto, yo siempre soy el pobre.

LOS PERROS Y YO

Mary Carrillo, actriz y mujer de opiniones muy acertadas y de intuiciones magistrales, ha escrito de mí que en otra vida he sido gato y que dentro de mí lo sigo siendo. Soy —dice ella— muy independiente; juego sólo cuando me da la gana; me dejo acariciar si me apetece; y saco las uñas en el caso de que la situación me desagrade... No sé si dar crédito al criterio de Mary y su certeza. Porque soy, en general, muy amigo de los animales, de los gatos también; pero mi descarada preferencia por los perros me hace poner en tela de juicio un parecer tan peregrino.

Siempre he aconsejado a quienes tienen perros que no hablen de sus experiencias con los suyos a nadie: quienes también los tienen ya conocen sus propias experiencias, y quienes no los tienen no están dispuestos a creérselas. Yo voy a cometer el pecado de hablar un poco de los míos. No ya de Troylo, que está enterrado al pie del olivo del jardín de Madrid, y que fue protagonista absoluto de uno de mis libros más leídos si no el que más. Su muerte desencadenó una especie de piedad nacional. En un país en que el ponderativo para lo malo es *perro* (tiempo de perros, noche de perros, vida de perros, muerte de perro...) y en el que sus habitantes se han llamado recíprocamente perro moro, perro cristiano y perro judío, yo recibí 27.514 cartas de pésame cuando Troylo, de un modo intempestivo, me abandonó por primera y última vez. No quiero contar el síndrome de abstinencia, la constante añoranza, el recuerdo atornillado en mí, la sensación de haber perdido una parte mía... Cualquiera que haya perdido a un ser amado lo habrá sentido de la misma manera. Yo recibo una correspondencia muy numerosa. Un alto porcentaje de ella es de gente que se encuentra sola estando acompañada: cosa de difícil solución porque, si se siente sola estándolo, siempre le queda la esperanza; pero si ya está acompañada, sólo le queda la desesperación... Sin embargo, cada día, entre las demás cartas, se desliza la elegía de alguien que ha perdido a su perro para siempre. A mí, en cierta ocasión, un vasco con nombre de sultana, me llamó *llorón de perros*. Puede que lo sea; pero es algo de lo que no me avergüenzo. El agradecimiento ennoblece al ser humano. Y el primer agradecimiento que se debe sentir es hacia un ser que te diviniza, te enaltece, te declara su amor de modo permanente y su necesidad de ti. Hay quien asegura que la gente perrera somos fascistas dados a exigir la devoción y la obediencia ciega. Yo puedo jurar que no lo soy. He acompañado a mis perrillos hasta su último momento; he sido su médico y su lazarillo, su sonotone y su fisioterapeuta y su criado hasta el final, y no por ello me considero heroico: no he hecho más que pagar, y no como debía, cuánta compañía, lealtad e integridad, cuánta razón de vida me habían dado ellos.

Y también cuántos disgustos he aguantado, de los que luego he conseguido reírme. Troylo, por ejemplo, estaba especializado en cometer atrocidades en el lugar y en el tiempo menos oportunos. En un parador, el de Segovia, después de una charla rogativa, en la que me acompañó Ángela, con el administrador, y dado que Troylo se había transformado, por los artículos de *El País*, en un personaje, me dejaron tenerlo en mi habitación. Cuando el problema se había resuelto, y el gerente, Ángela y yo volvíamos satisfechos la cara hacia el perrillo, nos lo encontramos levantando la pata contra una mesa estilo renacimiento encima de un alfombra blanca. Es decir, el rosario de la aurora.

En un restaurante de la carretera de Andalucía, llamado *La perdiz*, y precedido entonces de unas jaulas con animales, Troylo no llegó a esperar tanto: quizá como venganza de sus congéneres apresados, se hizo pis sin más preámbulos sobre el zapato del gerente, que le había permitido entrar en el comedor. Lo contrario de lo que sucedió en Puerto Lápice, en otro restaurante, cuando al levantarme yo porque no dejaban estar a Troylo, se levantaron conmigo los dieciocho clientes repartidos en distintas mesas. La solidaridad esta vez solucionó el asunto.

Iba con Ángel Aranda, el actor, a descansar un par de días al parador de Nerja. Todo salía fatal. No descansé la primera noche porque había mezclado vino, de Cómpeta y de Frigiliana, y hubo que traer al médico de urgencias. Más normalizado, la segunda noche dejamos en el cuarto a Troylillo, y bajamos a cenar al comedor. Yo había obtenido de la dirección que pusiesen un par de biombos en torno a nuestra mesa para evitar el latazo de los autógrafos. Después de nosotros entró un grupo que habíamos tratado de evitar: el equipo de rodaje de Rodríguez de la Fuente, amigo mío y mucho más de Troylo. Cenábamos con relativa tranquilidad, cuando se levantó la voz gruesa e inconfundible de Félix:

—Mirad quién está aquí: es Troylo, el perro de Gala.

Me vi forzado a asomar la cabeza por encima del biombo, saludar y presentar a mi amigo el actor, de incógnito también. Troylo había salido del cuarto cuando entró la camarera a abrir las camas, y no dudó ni un momento dónde podría encontrarme.

A la mañana siguiente, Aranda lavó al perrillo, que recuperó el tono pelirrojo de Rhonda Fleming en su mejor época. Lo terminó de acicalar con un secador, y bajamos a tomar algo al jardín con césped que rodea la piscina: al fin y al cabo ya estábamos descubiertos. Troylo se adelantó. Lo hallamos rodeado de un grupo de extranjeros que admiraban su gracia, su color, sus ojos sonrientes y egipcios, su rabo como una palmera incendiada... El perrillo se aseguró de que yo estaba contemplando, ufano, la escena, me miró, y estoy convencido que me dedicó lo que a continuación hizo: agacharse en el centro del grupo y depositar sobre el pulido césped un popó tremendo. Los extranjeros no tuvieron más remedio que reírse; yo, no.

Al lector que esté interesado en conocer más a fondo las relaciones entre ese amigo y yo, le aconsejo que lea *Charlas con Troylo*, que son el resultado de once años y medio de convivencia traducidos en un año y medio de inolvidable conversación.

Zegrí y Zahira nacieron juntos en un criadero de Lorca, *El Escarambrujo*, de Paco Martínez Cerro. Vinieron juntos hasta Madrid. Y juntos me llegaron, por encima de las cabezas de miles de personas, el día en que se presentó, en la antigua Casa de Fieras de El Retiro, el libro de Troylo. Había tanta gente y tantos perros que los diez amigos, que tenían que intervenir contando alguna anécdota del perrillo, no pudieron acercarse al micrófono. En realidad, no hubo acto de presentación: sólo esos dos cachorrillos de dos meses justos que se incorporaban a mi vida, después de haber nacido, sin bigotes ni tricornio, el mismo día y a la misma hora en que Tejero daba su zafio golpe de Estado. Me han acompañado mucho tiempo: Zegrí, diecisiete años; Zahira, seis meses más. Tienen sus tumbitas encaladas al fondo del jardín, bajo los ecucaliptos de *La Baltasara*. Y tuvieron en vida cada uno su personalidad muy clara: su forma de reaccionar, de querer, de pedir, de ladrar... Zegrí era bondadoso y pacífico; le gustaba el fútbol más de lo que se puede imaginar; era propenso a sustituir las pelotas por las agallas de los cipreses, y procuraba ganarse el mimo de alguien que jugara con él. Quien lo hizo no ha podido olvidarlo. Zahira era una gatiperra: muy suya, elegante, audaz, buena cazadora, nada partidaria de que sus pensamientos o sus siestas o sus escarceos fuesen interrumpidos. Murió virgen, y quizá eso influyó en su carácter dominador y selectivo. Murió virgen porque era demasiado pequeña para cruzarse sin peligro con un teckel de distinto tamaño. Ambos eran perfectos en su raza. Y me temo que ambos quisieran a otras personas más que a mí. La muerte arrebató a quien Zegrí adoraba; la vida se llevó lejos a quien Zahira más quiso. Con ellos, como con Troylo, yo logré aceptar con dignidad mi papel de segundo. Y he procurado, en los tres casos, que los perrillos olvidaran su pérdida y se consolaran con mi compañía.

Quienes me hayan leído saben que unas nubes ensombrecieron los últimos años de Zegrí. Él, que rejuveneció con la llegada de su hijo Zagal cuando vino a nosotros de cachorro, sufrió luego sus ataques de macho furioso. Y yo con él: las quejas del atacado aún no se han escapado de mi oído. Durante años me ha despertado en plena noche, en mis sueños, el ululato lleno de sorpresa y dolor de Zegrí. Zagal, que era mi predilecto y yo el suyo, ha tenido que soportar regaños, sanciones y hasta un bozal que odiaba. El infeliz Zegrí fue su víctima, y no dudo que, a pesar de todos mis cuidados, su hijo le amargó la vejez. Un veterinario me advertía de que era irremediable, porque uno de los dos tenía que erigirse en jefe de la manada.

—Seamos serios —le repliqué yo—: una manada de tres es muy chiquita. Y, por otra parte, no dude usted que el jefe de la manada soy yo.

No creo que Zahira, que en sus celos desaparecía en el gineceo de mi amiga Ángela, en cuya casa todas son hembras, fuese la causante de tanta desavenencia. Los machos teckels —y ahora tengo dos, Zagal y Rampín— son muy beligerantes, y, por mis observaciones, puedo asegurar que eran celos de mí los que hacían que Zagal se sublevase y le atrajera el parricidio. Podría contar muchos ejemplos de ello, pero hasta hoy mismo me duele su injusticia. En este momento, Zagal, con doce años, está llamando a la puerta de mi estudio. Ahora es él el mayor. Ha mejorado de una horrible leishmaniosis, que le llenó de pupas su cabeza, de amargura los ojos, de peso las patas, de opacidad mate su pelo, de gordura su esbeltez atosigada por corticoides, de lentitud y cojera un salero que castigaron con interminables inyecciones. Se ponía a mis pies y me miraba con los ojos marchitos.

—Tú que todo lo puedes, cúrame.

He dejado irse con una invitada a Ariel, de año y medio, y a Rampín, de siete meses, a pasear por el campo. Zagal viene a reunirse conmigo después de compartir con ellos dos la galleta del té, y con Toisón, cuya historia sé que no he de resistirme a contar. En todo caso, reconozcamos que tiene mérito hacer treinta y dos porciones de una vulgar galleta maría, para darle ocho a cada uno de los cuatro y despertar en ellos así el sentimiento de comunión, el respeto mutuo, el orden, la paciencia ante el turno y la confianza de que para todos hay.

Es decir, ahora tengo cuatro perrillos: después de Troylo no quise concentrar mi inclinación y apego en uno solo. Ellos van y vienen, como un *troupe* de circo, desde Madrid al campo y viceversa. En *La Baltasara* tengo también una enorme cachorra de mastín, que es juguete y capitana a la vez de los dos más pequeños: los conduce por lugares ocultos que hasta yo desconozco y les proporciona una larga serie, y asquerosa, de mandíbulas de animales, de pezuñas y huesos que hay que enterrar para impedir que los encuentren. Y aun así... Quizá a través de sus nombres sea capaz de presentároslos. Empezaremos por la hembra. Como es la única se llama Madame. Es cariñosísima, cobarde, ladra con una voz magnífica que esperemos que, si existe un día un ladrón, lo sobrecoja. Porque, fuera de la voz, creo que, de atreverse él, lo subiría a mi propio dormitorio. Y le abriría la puerta. Ojalá el ladrón no exista y, si existe, no insista.

—Qué nombres tan raros le pone usted a sus perros —me dijo una vez un hombre sencillo y gordísimo.

—Ya tengo un nieto Troylo y una nieta Zahira. A ver si consigo convencer a mi hija de que no copie más los espantosos nombres de sus perros —me advirtió una señora andaluza a la que yo no tenía el gusto de conocer.

No le aclaré que Troylo era el hijo menor de Príamo, rey de Troya, y un personaje hermosísimo de Shakespeare. Zegrí, en árabe, es *el fronterizo*, de la familia de quienes tenían a su cuidado defender la frontera, procedentes de Córdoba, y sustitutos de los abencerrajes. Zahira —ya hay varias niñas así llamadas— quiere decir *la floreciente*, y es el nombre que, frente a Azahara, la ciudad califal y *la florida*, le dio a su ciudad el chulo de Almanzor.

El hombre gordo agregó a su frase de antes:

—Menos mal que Zagal lo entendemos todos.

Tuve que explicarle:

—Sí, pero mi perro no se llama así como un muchacho o un rapaz de ganados, por ejemplo. Se llama por el tío de Boabdil, *el Zagal*, o sea, *el Valiente*.

Y es que su padre, Zegrí, era un poco cobardica. En mi casa de Madrid hay tres escaleras, cada una de un material distinto.

Él fue atreviéndose a subir y bajar la de baldosa catalana, que desciende del vestíbulo al comedor, la cocina y la bodega; tardó en acostumbrarse a la de mármol, que sube a los dormitorios; se resistió mucho tiempo a usar la de madera barnizada, que lleva a mi estudio; y se negó rotundamente, a sus cuatro meses, a arriesgarse por una escalera de caracol de hierro fundido que había en el estudio de un amigo. Su hijo Zagal, sin embargo, nada más llegar a casa se tiró a tumba abierta por las tres escaleras. De ahí su nombre. Pocas veces he visto un teckel tan raro y tan rabudo: sólo yo lo encontraba subyugante y lo subía a hacer el *clin* conmigo. (El *clin* consiste en unos pocos minutos en que yo, por orden médica, descanso tumbado después del almuerzo. Es el único momento en que la casa se congela y no hay ni un ruido. Algo parecido a la siesta de la llave del mandarín chino: cuando se cae la llave de sus dedos, el ruido lo despierta.) El gordísimo Zagal se dormía a mi lado, y procuraba imitarme, como si fuese un mono raro, en todos mis gestos. Tan lindo era que el servicio, para quedárselo, me reprochaba que me lo llevara a mi dormitorio.

—No le va a dejar descansar —me decían el mozo y la cocinera.

Poco a poco, o acaso de repente, se transformó en un perrillo negro y fuego, de tamaño normal, el más hermoso teckel que yo he visto. Con unos ojos brillantes, encendidos de recados y atentos. Con un amor desbordado por mí, tan exigente y excluyente como un amor humano. Aficionado a beber en mi bidé: cuando me encuentra triste o bajo de forma, pone sus manazas de eterno cachorro sobre el borde y me mira:

—¿Cómo vas a estar triste tú, que puedes hacer el milagro de que aquí brote el agua? Dámela de beber, y alégrate.

Supongo que así miraba el pueblo judío a Moisés cuando obtuvo —*mahnahen*— el agua de la roca en el desierto.

Me quedé solo con Zagal a la muerte —no quiero recordarlo, no lo recordaré— de los dos mayores. Un día uno de enero, en *La Baltasara*, una preciosa cocker de los caseros, llamada Juana, naturalmente loca, parió cuatro perrillos. Fue un parto esperado y deseado por mí. Sólo había un macho, ligeramente mayor que sus tres hermanas, y absolutamente negro. Desde que le eché la vista encima quise que fuera para mí. No había tenido trato con esa raza. Sabía que era una raza nerviosa, pero no que fuese completamente orate. Le llamé Ariel, por el genio de *La Tempestad* de Shakespeare. El casero creyó que era una ironía, dada su negrura, hacia el ariel detergente, que, por lo que anuncian, lava muy blanco. Y decidió llamar, en consecuencia, Elena, otro detergente, a la hermana con la que se quedó. Ariel era —es todavía, aunque una chispa menos— un tragonazo. Los primeros meses iba detrás de la cocinera todo el santo día, y yo me sentí preterido. En Madrid estaba todo el tiempo en la cocina haciendo herejías: saltaba a las encimeras; se comía la merluza o la ternera que allí se dejaban; conseguía preocuparme con remordimientos de no darle comida suficiente; era un perro excitado y sin fundamento; no se daba a razones, tanto que pensé que debía quedarse en el campo. A los cinco meses, por un descuido de quien nunca debe tenerlos, hubo que operarlo de estómago para extraerle unos malditos huesos de pollo. El postoperatorio fue un vía crucis... Pero con los meses ha dado un cambio notable. Me parece que sigue siendo un hambrón, pero ahora sé que yo soy el ser que él ha elegido. Cuando lo pelamos el último verano, porque su pijama de rizos le llega hasta el suelo, me pareció muy bello, de una belleza más fina, menos aparatosa que la otra. Tiene el morrillo grueso y sus ojos oscilan entre la tristeza y la alegría. Yo lo comparo, y se lo digo, con Esther Cañadas una vez harta de silicona. Sube gritando, a la hora del desayuno, a mi dormitorio, no sólo por el interés de la galleta compartida. Descubrir que yo sigo allí le emociona día a día. Se aduja sobre mí con una necesidad conmovedora y cuando le digo mírame y me mira, se pone guapo de una forma también conmovedora. No sé si, cuando le crezca otra vez todo el pelo, conservará este aspecto de niño encantador y pedigüeño.

Ariel fue un buen compañero de Zagal. Zagal jugó con él, lo toleró, lo puso de cuando en cuando en su sitio, tramaron travesuras juntos y, con sus ojos parlanchines, si alguna maldad del pequeño me irritaba, pedía la absolución para él. Y eso mismo fue Rampín para Ariel, un permanente compañero de juegos, siempre a dos dedos de convertirse en gresca. Rampín cogió cansado ya y enfermo a Zagal: ya no estaba Zagal para cachorros como no estaba Noé para chubascos.

Rampín fue un regalo del Real Club Canino. El club sabía mi amor por los teckels y me regaló uno perfecto. Me lo entregó un simpático señor desde su criadero de Simancas, no lejos del archivo que tanto he visitado. Cuando lo trajo a casa y abrió la jaulilla en que lo llevaba, apareció una cosa pelirroja, con ojos fumanchúes, largo rabo y manitas gruesas. Miró a su alrededor sin sorpresa ninguna, vino hacia mí y me puso las patas sobre las rodillas. En el criadero lo habían llamado Romeo: lo consideré excesivo. Yo pensaba llamarlo Alfil (soy partidario de los bisílabos agudos que acompasen el nombre a sus oídos), pero me pareció un chulo de tal calibre que pensé: es como el muchacho que chuleó en Roma a *La Lozana andaluza*, que la jaleaba y la protegía. *Te llamarás Rampín*. Empezó a hacer de las suyas desde el primer instante. Y sé también que él sabe que su dueño y su burladero y su refugio y su educador soy sólo yo. Es besucón y tierno y, cuando se le da en el culete, se vuelve como para decirte con sus ojos rasgados: *Te fastidias, que no me ha dolido.* No he conocido nunca un perro tan feliz. Su ladrido, sus movimientos, su desazón, su rabo, sus ojos achinadísimos, todo él emana felicidad. Y es malo como un rayo y rápido como él. No obstante, siempre está dispuesto a hacer las paces, aunque no duren casi nada. En las últimas semanas he descubierto que tiene vocación de escritor: no sé qué será de él.

Fue ese segundo cachorro el que trajo las pruebas de que Zagal estaba demasiado mayor. Pero yo no sabía que no se trataba sólo de un problema de edad. Está lleno de achaques. Ha perdido el vigor, el resplandor, la hermosura con que lo conocí. En él, más que en ningún otro, he observado el deterioro que los demás habrán observado en mí: el encanecimiento de su hocico y sus patas, de su corazón, sus toses que concluyen en una arcada, y, por si fuera poco, el diagnóstico de la leishmaniosis, que impuso un régimen cruel. Por fortuna, harto de medicaciones atosigantes, me negué a proseguirlas, y ha mejorado día a día. Ayer mismo, en el almuerzo, se ha vuelto a poner de pie sobre sus nalguillas: el gesto acostumbrado para pedir su parte del filete o el largo regalo de un tallarín; el gesto que nadie le enseñó y que los difuntos mayores le animaban a hacer para que me congraciase con ellos también y participasen todos de las dádivas.

Pero ahora, a mis pies, más enganchado a mí que ninguno de los otros tres, está Toisón. Tiene cuatro años. Es un *bichón frisé*: blanco, con los extremos de las patas y el labio inferior ligeramente melocotón. Lo conocí hace dos temporadas. Un veterinario lo mandó a *La Baltasara*, a los caseros, grandes aficionados. Jamás hicieron buenas migas. Ellos lo encontraban arisco y asilvestrado; él a ellos, supongo que poco generosos y muy ásperos. Fue de una francesa de la Costa que lo castró primero y lo abandonó luego. No tiene sino quejas de los seres humanos. Un perro de compañía, delicado, de raza pura, hecho a los interiores, dormía a la intemperie, debajo del cochecito del casero, entre la humedad y el barro que ensuciaban su lana muy larga. Los caseros lo apartaron porque les huía cuando era necesario tratarlo contra las garrapatas o las pulgas, y les mordía si querían esquilarlo. Hacía una vida triste en pleno campo. Al encontrarme con él por vez primera sentí una atracción desconocida. Y él por mí. Pasito a pasito fue acercándoseme. Tardó meses en seguirme en el paseo con mis perros. No se acercaba más de veinte metros; cuando yo me volvía para ver si estaba detrás, se detenía; reanudaba la marcha cuando yo lo dejaba de mirar. Casi un año tardó en poner un pie en la casa grande. Si se lo tropezaba allí la casera lo echaba de malos modos. Decidió entrar por la ventana que da al rancho y esconderse entre los pliegues del mantel para que no lo viera. Así se inició nuestra complicidad. La francesa lo había llamado André, los caseros lo llamaban Andrés. Cuando yo retornaba a Madrid, al subirme en el coche, veía al perrillo blanco, todo sucio, mirarme bajo su flequillo con la pena chorreándole de los ojos.

Un día nos visitó Pachi Bores, una amiga sevillana. Ella y Eduardo Osborne, su marido, se entusiasmaron con él. Pachi lo bañó, lo limpió... Nunca he visto un perrillo más aficionado al agua y a los mimos. Yo creo que lloraba de alegría. Cuando esa temporada regresé a Madrid, me propuse llevármelo: ya entraba con libertad en casa. La noche de la víspera, como siempre, saqué un rato a los perrillos para que hicieran pis antes de acostarlos. Creí que no entendía nuestro vocabulario. Lo llamé. Alcé la voz para llamarlo, y él huyó cuesta abajo camino del río. No sabía que él hace sus necesidades sin que nadie lo vea; no sabía que oír una voz fuerte le da miedo. Pensé que quizá era una crueldad sacarlo de su independencia; pensé que se había acostumbrado al campo; pensé que es una tontería juzgar a los seres con nuestras medidas, nuestros cálculos y baremos... Acosté a los perrillos, que entonces eran Zahira y Zagal, y a la mañana siguiente, ante los ojos del *bichon*, pusimos en marcha el coche y lo dejamos.

Un factor desencadenante, como suele suceder, aclaró la situación. A un hijo de la casera le diagnosticaron un tumor cerebral. Lo operaron, pero no mejoró. Su personalidad dio un vuelco, y lo que yo temía que sucediera sucedió. El ser humano es egoísta y a veces hay que saber comprender su egoísmo. El enfermo tenía una mujer y dos hijos. La mujer llegó hasta donde pudo; luego llamó a la madre.

—Yo no me casé con un enfermo. Tenía veintiocho años y era alto y guapo mi marido. Ahora es este gordo que sólo quiere comer y entristece a mis hijos. Quiero que te lo lleves.

Los caseros tuvieron que dejar *La Baltasara* y se llevaron a sus perros. A treinta y cinco kilómetros tenían una pequeña casa y un huertecillo, y allí se dirigieron. Cuando volví yo, no estaba André. Tardó poco en llegar. Fue en enero. Llegó embarrado hasta los ojos, ensangrentadas las patas, perdida la mirada. Ni siquiera podía tener la seguridad de que me encontraría; pero le fue imprescindible intentarlo. Y me encontró. Sentí nudos desde la garganta hasta el corazón. Tenía ácaros en las orejas y toda clase de bichos. No importaba. Me miró largamente, se echó a mis pies y se quedó dormido. Cuando a la siguiente mañana lo lavaron, refulgía como el vellocino de un recental. Lo llamé en alto Toisón y levantó los ojos. Ni un solo segundo ha dudado de que Toisón es su verdadero nombre.

Se trata de un perrillo autista. No comparte los juegos con los otros, o apenas. No le gusta mucho el campo. Está a mi vera de modo permanente. No he conseguido todavía que haga sus cosas al tiempo que los otros y con el gracioso descaro de los otros: se oculta para hacerlas. Aprovecha que yo estoy en mi dormitorio, a cuya puerta espera que despierte. Cuando paseamos, grito el nombre de todos, también el suyo. Hay veces que me olvido de su sitio preciso, y lo llamo y lo llamo, y descubro que, igual que siempre, siempre, siempre, está a cincuenta centímetros de mi pierna izquierda. Tengo la sensación de que, por primera vez en mi vida, soy la droga de alguien enganchado a mí. Sé lo que es el éxtasis no por san Juan o por santa Teresa, sino por los buenos días que, cuando me ve por las mañanas, me da Toisón.

Me confieso muy amigo de los perros y de las personas que los tienen. Quien sea cruel con ellos o los abandone o los menosprecie, no tiene que hacer nada conmigo. He hecho amistades inmortales a través de los perros. He contagiado mi simpatía apasionada, si es que no es una redundancia esa expresión, a mucha gente. He regalado perrillos a quien tenía necesidad de compañía, de confidencias o de sentirse útil. A todos los considero preciosos, expresivos y llenos de ternura que dar y recibir. Todos, catalizadores de relaciones nuestras que hasta nosotros ignoramos. Como el arte, los perros son idóneos para enseñarnos las magnitudes de nuestro corazón y nuestra aptitud de entrega, a menudo velada.

Me emociona verlos por las carreteras, sin amo y sin collar ni nombre propio. Siento un ahogo al ver sus cadáveres atropellados por indiferentes conductores. Admiro a los perrillos intrépidos que habitan y sobreviven fuera de las ciudades, lejos de la mano humana que tal vez tuvieron algún día y que los traicionó. Recuerdo perros de todos los países. Ahora mismo me viene a la memoria uno pequeño, tiñoso, que habitaba en la escalera de un edificio de La Habana. No era de nadie, y era un poco de todos, que compartían con él sus escaseces. Recuerdo, en La Habana también, un setter llamado Don Quijote que abandonó un muchacho que se vino con una beca a España; yo no se lo perdoné. Recuerdo los perros asiáticos, famélicos y dignos, en los que alguna vez se detienen, como una caricia de Dios, las grandes mariposas. Durante una estancia mía en Tokio, harto de ver millón y medio de veces la misma cara, subía a la planta cuarta de unos grandes almacenes y me arrodillaba ante las jaulas de los perros, diferentes todos, todos inconfundibles, todos deseando hallar un amo. Recuerdo una mañana en el criadero de Lorca: una mañana feliz en que vi dos samoyedos de dos meses asomados, en su corralillo, como pulcras señoritas al balcón de su casa. Allí me mostraron a una perrita esbelta casi recién parida, un poco harta ya de dar de mamar a cuatro bocas absorbentes con los dientecillos ya apuntando. Un macho de la camada era un poco más grande y muy parsimonioso. Dejaba que los otros tres mamaran de una fila de tetas, y se apropiaba él de la otra entera. Luego se llamó Zegrí. No otra técnica que esa empleaba Ariel con sus tres hermanillas... Ahora caigo en que siempre empleo el diminutivo en illo o en illa para hablar de mis perros. Un escritor murciano, con el pelo teñido de color fucsia, repetía una tarde en Madrid:

—Claro, tienen que ser perrillos, es más suave. No podía ser perritos ni perricos... Perrillos: qué verdad hay ahí.

Una cocinera andaluza, el primer día de su servicio en casa, me preguntó si era *hora de darle de comer a los perros*.

—No son perros, mujer —le contesté—. Es una palabra demasiado dura y demasiado ácida.

—Pero niños digo yo que tampoco serán.

A la mañana siguiente ya había encontrado la expresión exacta y tan plausible.

—¿Puedo darle de comer *a las criaturas*?

Eso es precisamente lo que son. Como todo aquí abajo.

Y es que cuantos perros conocí me han parecido siempre más listos que el rayo. Siempre tienen razón. Cuando no comprendemos una alarma, un ladrido, una inquietud, basta esperar un rato para comprobar que poseen antenas sensoriales más finas que las nuestras, que son habas contadas. ¿Por qué cualquier perro que oye subir y bajar los ascensores hasta su piso, en un momento dado, quizá a deshora, corre gozoso hacia la puerta, seguro de que en *aquel* ascensor, que suena igual que todos, llega su amo? ¿Cómo encontró el delicado Toisón su camino a *La Baltasara*, atravesando el espeso olor de los limoneros y los naranjos, el acechante peligro de los coches, la temblorosa luz de las noches y los días? Ah, no, el amor no es ciego ni sordo. Al menos no lo es en los perros. Tengo oídas y vistas tal cantidad de historias y de anécdotas que me resisto seriamente a contarlas. Sólo hablaré de un perro que vi en el aeropuerto de Mendoza, Argentina. Un perro blanco y negro, que llevaba dos años esperando a su dueño, un piloto que montó en su avión y jamás volverá. O del perro de un hospital de un pueblo andaluz, sentado y sin comer en la puerta de urgencias, por la que entraron al amo que ya no saldría vivo, ni por ella... No quiero emocionar a nadie ni emocionarme yo. El mundo de los perros está lleno de fervores que nosotros no comprenderemos nunca del todo.

Cualquier hombre hará de su perro cualquier cosa: un héroe, un espía, un defensor del débil, un antinarco, un arma, un homicida... Todo, por amor y obediencia a él. El perro no tiene otra moral ni otro deseo...

Tontos, perrillos tontos, he conocido sólo tres. Una pastor alemán, en Tehoul, cerca de Cannes, en una finca de Teodulfo Lagunero. Se llamaba con un nombre muy de su amo, Libertad. Sólo tenía una pasión, un juego y un capricho: que le tiraran piñas de un pinar de la casa. Daba igual que la piña cayera entre el boscaje, las arenas o el mar. La perra tardaba más o menos, pero regresaba con la piña en la boca. Los invitados solían tirar las piñas donde más tardara en encontrarlas, porque la perra —la *piñetera Libertad* la bauticé yo— era en realidad una pesada. Volvía con la piña en la boca, los ojos bajos, la cola bamboleante, muy delgada, a reiniciar el juego interminable.

En Jávea, en casa de unos jóvenes arquitectos, conocí un alsaciano. Un chico guapo, de un hermoso color. Lo habían encontrado en la playa, abandonado por unos extranjeros. Su magnífica cabeza no disfrutaba de una expresión muy viva. Dentro de casa estaba inquieto, se consumía en deseos de salir. Y fuera, no hacía más que coger una piedra y pedir que se la arrojaran para ir a buscarla muy deprisa. Era casi un cachorro y tenía los dientes ya gastados; un cachorro ludópata al que no interesaban las caricias activas ni pasivas: sólo las piedras que se le tiraban. No sé qué habrá sido de él. Los arquitectos no suelen ser personas con aguante. Por supuesto, tampoco algunos extranjeros.

El tercer perrillo un poquito memo era un dálmata. Lo conocí en un chalé de Jaén propiedad de un pintor. Era verano. El perro se subía al trampolín y saltaba a la piscina. Nadaba lo bastante para llegar al borde opuesto y salir de ella. Corría nuevamente al trampolín, y volvía a tirarse y a reemprender la faena de nadar, salir, correr, tirarse, y así perpetuamente. Me enteré de que, al llegar octubre, había muerto de una pulmonía. Hay, sin duda ninguna, muertes muy anunciadas.

Ahora mismo tengo a mis pies o esparcidos por ahí a mis cuatro perrillos. Duermen. Son las cinco de una tarde apacible. Cuando yo deje de escribir, sin cerrar todavía mi rotulador, sin que hagan ruido al chocar las patillas de mis gafas, los cuatro se pondrán de pie e irán hacia la puerta. Bajarán la escalera alegres y bailarines. El más joven, Rampín, el perrillo feliz, ladrará como quien canta. Es la hora del paseo. Por las mañanas trabajo o leo en la piscina. Los cuatro aguardan a la sombra; Toisón, debajo de mí, al amparo de mi hamaca, en el lugar que antes ocupaba Zagal. De repente, los cuatro correrán hasta la casa, entrando en ella no por donde salieron, sino por el portón próximo a la cocina. Yo no necesito mirar la hora. Es la una menos cuarto, la hora de comer. Unos minutos después volverán a darme las gracias. Su forma es relamerse la trufa del hocico: ese es su gesto de gratitud y de decirme que, en cuanto a ellos, todo está en orden.

Y no quiere esa unanimidad decir que los perrillos sean iguales. No sólo hay diferencias de razas, sino de individuos, y no sólo de sexo. Cada uno mira de una forma propia; ladra de un modo inconfundible, por la voz, por el ritmo; mueve el rabo con una velocidad propia, sea de júbilo o de sorpresa; pide su ración de afecto o de pasta italiana con una insistencia o un gañido o un cabezazo personales... Cada uno tiene su forma de girar la mirada en el paseo y comprobar que lo sigues, o de esconderse para hacer algo prohibido. Cada uno llama la atención de los otros con un procedimiento particular y suyo, o descansa su cabeza en mis rodillas de un modo característico: yo no necesito mirar ni acariciar para distinguir la cabeza de Toisón o de Ariel. Con el pie descalzo acaricio la piel de Zagal o de Rampín, los dos teckels, y distingo cuál es, y sé, a continuación, cómo reaccionará: apoyando su cabeza en mi pie, el primero; lamiéndolo y mordisqueándome los dedos, el segundo. Hasta a mi cama, en el desayuno, se suben de una manera distinta. Me saludan alborozados todos, pero según el ánimo de cada cual y su costumbre... Y empezamos los cinco la jornada con un primer e idéntico deseo: no separarnos nunca. Ningún amor, lo sé, me ha compensado tanto.

LOS PERIODISTAS Y YO

Si periodista es todo el que escribe en los periódicos, yo lo soy. Pero no me considero tal. Creo que, para serlo de veras, se necesita una real consagración a ese trabajo, aunque pueda compatibilizarse con otro, literario o docente, por ejemplo. Me irrita, en consecuencia, la gratuita afirmación de Hemingway: el periodismo es útil al escritor con tal de que sepa dejarlo a tiempo. Opino que el periodismo depura el estilo y, con su exigencia de síntesis, de rapidez y de acierto, mejora cualquier literatura. Es una gimnasia admirable que cualquier creador que juegue con las palabras debería hacer: muscula, estiliza y fortalece. Y además pone las cosas en su justo punto, es decir, da la verdadera estatura y el valor de cualquier obra: servir al día siguiente para envolver la carne o el pescado.

Yo escribí en el diario *Pueblo* de Emilio Romero, aunque nunca he visitado las redacciones, que son el verdadero reducto de los profesionales, como el teatro el de las gentes de teatro. Recuerdo que mandaba artículos desde los lugares donde estaba, como un corresponsal de pacotilla: Norteamérica, Oriente, Italia... Uno de los de esta última comenzaba: «Verona, ciudad célebre por sus melocotones...» Romero me telefoneó recordándome los amores de Romeo y Julieta. A mí me parecía una obviedad; el olor de los melocotones se percibe en el tren, muchísimo antes de llegar a Verona. Estoy convencido de que ningún amor ha olido tanto y tan de lejos.

Hablo del periodismo de periódico, pero *mutatis mutandis* lo que digo sirve para el de radio o el de televisión. Periodistas espléndidos hay que cultivan dos o los tres a un tiempo. A pesar de lo expuesto, yo tengo fama de ser enemigo de la prensa. Necesito aclarar este extremo: como objeto, no soy inaccesible a ella, pero sí soy difícil. No sé si me merezco por ello o no el Premio Limón que amargamente me concedió la Peña Primera Plana. Tal premio se le da a los antipáticos. Al año siguiente me tocó ofrecérselo, y se lo ofrecí (luego no soy tan odioso), a Alfonso Guerra. Poco más o menos, le dije que el limón y la naranja tienen diferentes sabores; que hay naranjas cachorreñas muy ácidas, y limas que son dulces; y, sobre todo, que lo que desparrama y caracteriza al limonero y al naranjo (lo sé bien porque vivo entre ellos) es el azahar: su flor, su heraldo, su suntuoso precedente. Y el azahar, venga de donde venga, huele siempre lo mismo.

Lo que sucede es que, como en todas las profesiones, en la de periodismo hay gente responsable, respetable y respetuosa, y gente que no lo es y posiblemente no llegue a serlo nunca. Supongo que influye en ello el hecho de que también sean responsables y respetables las personas a las que los periodistas se refieren... Sufrimos una invasión de *famosos recortables* sin los que el mundo nada perdería, muy al contrario. Sufrimos una inflación de imbéciles, fomentada, eso sí, por los periodismos amarillos o rosas; pero sobre todo fomentada por quienes quieren vivir a costa de tales periodismos. Por mí se podían llevar a todas esas personillas, juntas, a Dragonera, pongo por caso. Yo respeto los gustos de quienes compran semejante prensa, pero no los comparto ni se me puede obligar a compartirlos. De ningún modo toleraría que se me considerase objeto de ella, por muchos limones que me regalaran. Y ni siquiera he tenido nunca que exigirlo; ha bastado con que se perciba mi actitud: no es tan complicado.

Creo que uno tiene ya bastantes historias personales como para fisgonear en las ajenas, y jamás conseguí interesarme lo más mínimo en los trasiegos amorosos de los otros. Quizá por entender que mejor le iría a hombres y a mujeres si fuesen un poco menos amantes y un poco más hombres y mujeres. Me asombra ver cómo hay revistas, de papel o no, que tratan con tanta naturalidad de personajes remotos, de ligues o de rupturas remotos, de formas de comportamiento que se me antojan selenitas comparadas con las reales nuestras. Leo cifras, sueldos, fiestas, desplantes, divorcios, bautizos, bodas, princesas o príncipes que nada tienen en común con nosotros, es decir, con quienes conozco y conmigo. Penas de amor de misses abandonadas o que abandonan, como si el amor fuese un desodorante, y que luego se dedican a ser modelos, presentadoras, actrices, o simplemente entretenidas, o sea, putas finas... Y me cuestiono si eso puede apasionar a alguien que no sea la propia miss o, todo lo más, el novio que la miss tenía en su pueblo. Y lo triste es que, a esa pregunta, tengo que responder que sí.

Las publicaciones amarillas, las rosas, las verdes, no creo que le hagan ningún bien a la serena y digna profesión periodística. Para eso están los que se ocupan de la publicidad o de la imagen, y no es bueno que esas dos ocupaciones lleguen a coincidir con la de periodista. Para mí, el escritor de periódico no puede ser igual que un saltimbanqui, por mucha prisa que le metan el fax o el teléfono. Yo no ejerzo de crítico —Dios me libre como hasta ahora me ha librado—: no me refiero a la calidad, que será buena o mala según la pluma y el momento, sino a algo más peligroso: a la intención. En nuestro periodismo casi nadie se sienta ya a escribir literatura. Y alguien tan poco recamado como Jean Paul Sartre ha dicho: «No se es escritor por haber elegido decir ciertas cosas, sino por la forma en que se digan.» Si uno opina que los grandes almacenes tienen la obligación de no achabacanar el gusto de su clientela, ¿qué va a opinar uno de los escritores? Yo reconozco que, aparte de pequeño, no soy superficial, sino más bien reflexivo: a la realidad la ingiero y la digiero. Aunque sea odiosísima la comparación, me comporto como un gusano de seda, que saca de sí mismo la hebra sin importarle morir en el capullo. Pienso que la actualidad demasiado rabiosa termina por mordernos y contagiarnos su hidrofobia: ha de contemplarse de manera olímpica, desde lo alto y de lejos, para situarla en su verdadera perspectiva y otorgarle su verdadera dimensión. La literatura de sobresalto no me gusta. Aspiro a escribir para mañana y pasado mañana. Los carnés de baile, las agendas, las cuentas de la plaza —ni de un escritor, ni de Sarah Bernhardt, de quien en cierta ocasión vi unas— no me interesan, ni le interesan a nadie que sea mínimamente interesante. El escritor no debe creer que siempre se le reclama por admiración: a veces se le reclama porque es más barato que pagar un anuncio en un periódico. Pero los cócteles, los saraos y el bullebulle son buenos para un escritor, ellos sí, siempre que sepa dejarlos a tiempo. El auténtico escritor —insisto— no ha de justificarse: todo le servirá, *etiam peccata*; el auténtico escritor, como todo el mundo, puede hacer lo que le salga de las narices. Pero, en general, al escribir, es conveniente que le salga de las narices hacer literatura. Lo demás son chorradas.

Bastaría considerar la multitud de pretendientes que quieren algo de mí, de consultantes, de encuestadores, de necrológicas u obituarios, de agencias, de temas opinables que existen, para excusar tanto mi postura como que tenga que defenderme de ellos. Ese azacaneo de periodistas principiantes que recurren al teléfono desvanece y distrae de cualquier trabajo, y es el enemigo íntimo de cualquier escritor. Sobre política o asuntos de actualidad no necesito hacer declaraciones: tengo mi propia columnilla diaria en *El Mundo*. Sobre mí mismo, he hecho ya tantas que pueden satisfacerse con un archivo aunque no sea demasiado bueno. Sobre mi obra, es lógico esperar a que salga una nueva. Y, más que nada, es intolerable que el periodista que aparece en tu casa o te asalta en algún lugar, no tenga ni la menor idea de ti ni de lo que has escrito, y sólo te conozca precisamente porque algún *colegui* suyo ha publicado un suelto reciente sobre ti.

Recuerdo un día en Málaga. Se inauguraba la Casa del Libro Andaluz o algo muy parecido. La preside Pablo García Baena, tan venerado por mí, y me desplacé desde *La Baltasara* donde vivo total y rigurosamente aislado, sin teléfono oficial ni otra vía de contactos, sólo con una dirección donde puede escribírseme o telegrafiárseme. Cuando llegué al lugar había diez o doce periodistas alevines. Cada uno quería su entrevista y su pregunta. Naturalmente me negué. A la salida, estaba esperándome la más pertinaz.

—Un minutito, don Antonio. Una sola pregunta. —Me dispuse a transigir—. ¿Qué opina usted del libro andaluz?

La respuesta fue todo lo breve que la cuestión merecía:

—¿De cuál?

En Zaragoza, a reiterada petición del Teatro Principal, y en vías de munificencia, puesto que ya había concedido una rueda de prensa en la que nadie dijo ni mu (tanto es así que rogué a la empresa que suspendiera el cóctel, porque nadie se lo había merecido), recibí a dos muchachas que supongo que albergaban el lejano proyecto de estudiar un día u otro periodismo. Estoy convencido de que no tenían ni la menor idea de con quién se jugaban los cuartos. Su actitud y su ignorancia resultaron tan insultantes que las dejé en el salón de mi suite, me fui a la alcoba y cerré la puerta. Yo creo que no sabían ni a qué me dedicaba. Y a esto se añadía el afán de hacer la pregunta más osada y la más impertinente: aprendices de bruja.

En Valencia, antes de un estreno, contesté a varias preguntas en una rueda. Al concluir, un sorprendente muchacho me echó en cara que a su novia no le concediese ni un minuto de entrevista particular. Nunca me había sucedido una cosa tal: mediación amorosa, como la de la Virgen en el mejor de los casos. Entré en su juego y dije que sí.

—Dígame en treinta segundos de qué trata, cuál es el contenido y el mensaje de su obra *Café cantante*. —Siento que el magnetófono se estrellara contra el suelo por el manotazo que le di. ¿Eso es de Premio Limón?

Ultimamente estuve en Úbeda. Ya había despachado a la prensa. Una periodista de Canal Sur quería dos minutos después del acto de la concesión de la Medalla de la ciudad. No se los concedí.

—No importa... —me dijo con lágrimas en los ojos—. No importa que yo haya dejado a mis dos hijos en Sevilla para venir aquí. No importa que yo haya sacrificado mi fin de semana. No importa que haya hecho un largo viaje en balde. No importa que mi marido me reproche que prefiero mi profesión a él... —Por no seguir oyendo tan lacrimógena retahíla, le concedí los dos minutos. En directo.

—¿Qué le diría usted a Francisco Mayor Zaragoza para convencerlo de que hiciera a Úbeda Patrimonio de la Humanidad?

—A ese señor no le diría nada, porque Mayor Zaragoza se llama Federico. —La insensata optó por echarse a llorar.

En Alicante, una periodista, para hacerme una entrevista *en profundidad* como dicen ahora, decidió esperarme, cualquiera fuese la hora a la que llegase a mi hotel y el estado en que me encontrara. Me la tropecé delante de mi puerta en una silla plegable, dormida y roncando. Entré sin hacer ruido. Por la mañana me dijo el secretario que seguía allí. Las dos primeras preguntas que me hizo fueron el lugar y la fecha de mi nacimiento, en este orden. Más o menos contestadas, añadí:

—Y me dedico a escribir... Supongo que con eso tiene usted ya mi documento de identidad. Buenos días. Siento la mala noche que ha pasado por tan poca cosa.

Si hay algún género periodístico difícil, es precisamente la entrevista. Sólo he tenido en una circunstancia la tentación de colaborar con *ABC* o *Blanco y Negro*: se trataba de una serie de entrevistas a personajes auténticamente destacados, desde la reina de Inglaterra al padre Arrupe (éste fue el que suponía para mí el mayor atractivo), pero me consideré incapaz de viajar tanto, incapaz de prepararme tanto e incapaz de obtener un resultado que hiciese honor al proyecto. O sea, me consideré un paupérrimo entrevistador.

De ahí que, cuando he querido entrevistar, lo haya hecho con personajes que forman parte de nuestra historia. La serie se llamó *Citas históricas*, y entrevisté para la *Actualidad Española*, imaginariamente, al Cid, a Isabel II, a Enrique IV y a algunos otros personajes polémicos. No quedó mal el ensayo porque conocía a los entrevistados y sus puntos dudosos, y era comprensivo con ellos y sabía lo que significaron. Quien no esté al tanto de todos esos no datos sino productos de una búsqueda, no debe arriesgarse a hacer una entrevista. Cuando me he oído calificar, muy a menudo, como el «entrevistado ideal», sé que miente o se engaña el que lo dice. El entrevistado baila al son que le toca el entrevistador, y lo mira a los ojos, y recíprocamente se seducen... Si no, todo se reducirá a que uno pregunte lo que quiera y el otro conteste lo que le dé la gana. Pero eso ya no es una entrevista sino un gazpacho tibio.

Yo he disfrutado de entrevistadores espléndidos: Salvador Jiménez, Balbín, Pedro Rodríguez, Jesús Hermida, Nativel Preciado, Cantero, Gironella, Carmen Rigalt, Maruja Torres, Rosa Montero, Rosa Villacastín, Pedro Ruiz, Trialasos, Gabilondo, Del Olmo. Y Jesús Quintero. Y tantos, tantos, tantos. Por descontado que algunas cuestiones planteadas, o algunos comentarios de la entradilla, me resultaron a veces irritantes. Pero me reconocía, de cuerpo entero o de medio cuerpo, allí. Y tuve la sensación de haber colaborado en una obra bien hecha.

Un día, Víctor Ruiz Iriarte me pidió que lo acompañara a televisión: teníamos un asunto común que tratar y lo fuimos haciendo en el camino. Allí lo iba a entrevistar en directo alguien llamado Fernando Gallo, digo bien, Fernando. Nos recibió a la puerta, y subíamos las escaleras hasta el segundo piso.

—Vamos a ponernos un poquito de acuerdo —dijo el amable entrevistador—. Yo sé que usted es escritor; pero me gustaría que me dijera a qué género se dedica con mayor intensidad y frecuencia.

Ruiz Iriarte, que sólo escribía teatro, se volvió y me dijo:

—Vámonos, Antoñito, ¿para qué vamos a perder más tiempo aquí?

Por desgracia, eso es lo que han conseguido numerosos practicantes de una profesión maravillosa: que todo trato con ellos nos suponga tan sólo una sinsorga pérdida de tiempo. O algo peor.

Una chica o mujer de nombre sonoro escribía en el diario *El Mundo* sobre chismes literarios. Era arriesgada y maldiciente. Alguna vez me había metido a mí en sus comentarios, no siempre muy graciosos. De vuelta de un viaje a Aguadulce, donde se me entregó un premio de periodismo, que agradecía más por no merecerlo, quedé con un joven escritor con el que allí había coincidido. Fue a tomar el té conmigo. Era domingo; el servicio no estaba en casa; atendí yo mismo dos llamadas de teléfono: las dos, de temas a los que, de momento, convenía el silencio. Se trataba de mi negativa a que alguien muy conocido escribiera mi biografía, materia sobre la que llevaba dudando algunos meses, y la aceptación de la Medalla de Oro de una comunidad autónoma, cuya concesión se haría pública pasado un par de semanas. Tres fechas más tarde aparecieron publicadas las dos noticias en la sección de la muchacha de nombre sonoro. Entonces comprendí dos cosas: que la firma era un seudónimo del joven escritor, y que yo había perdido un ilusorio amigo. Poner la primicia por encima de la amistad acarrea siempre muy malas consecuencias.

MIS EDADES Y YO

Vuelvo la cara y veo a un niño enfrascado en un libro. Sentado a veces en el suelo con la espalda apoyada en la pared; a veces en un sillón para él desmesurado y en el que se extravía; a veces paseando en una habitación muy soleada, hasta que el peso del libro cansa sus fuerzas infantiles. Vuelvo la cara y veo a un adolescente absorto en un libro. Un adolescente enigmático y reidor al tiempo, secreto y desparpajado al tiempo, que levanta los ojos de las páginas y se le pierden al frente; que sonríe cuando lee y cuando deja de leer, como si no siempre leyese el contenido de su libro. Vuelvo la cara hacia atrás y siempre veo a aquel que un día fui con un libro en las manos, o en un atril delante de sus ojos, o reposado en una mesa. En los momentos en que arreció el temporal y ladró el mundo alrededor con excesiva fuerza; en los momentos en que la envidia, sin que supiese que tal era su nombre, lanzó al aire sus dentelladas, alguna de las cuales acertó con mi corazón, yo me escapé por los sigilosos pasillos de la lectura, y me consolé allí. En los momentos en que no sólo flaqueaba la salud sino que se derrumbó, tumbado o reclinado, amortigüé el dolor con el anodino de un libro en que me sumergía. «Quedéme y olvidéme...» Ahora mismo he apartado un libro para escribir estas líneas sobre un folio con el reverso usado.

¿Recuerda uno su niñez, o las anécdotas que oyó contar de ella a pesar de haber olvidado quién se las contó, de manera que quedan ya de nadie, ya suyas sólo, como si el recuerdo no fuera transmitido sino aflorado? Yo rememoro un traje de cuadritos azules, una blusa de seda cruda con un pantalón mínimo de piqué blanco; pero porque los ensucié con la mancha del dátil prohibido o del paloduz prohibido. Y rememoro una soledad imposible, cuando mi dios, del que yo era su dios, es decir, mi madre, volvió la cara a mirar a otros hijos, o a su marido, o el orden de la casa, o el terrible empellón de la muerte del primogénito... No querría yo regresar a mi niñez, no la viví como un paraíso: eso es un invento de los que luego no fueron felices, y prefieren echar de menos una edad de oro, un refugio de oro que perdieron pero que fue suyo del todo un día...

Mi padre, un hombre de inteligencia clara y un poco reír de puerta ajena, se transformó por la arterioesclerosis tan familiar en una especie de extraño mueble parlante. Yo estaba a su lado día y noche. Su carácter rígido había impedido nuestra comprensión. Cuando la enfermedad lo liberó, me hablaba a mí de mí, me hablaba de *su* niño. Yo lo zarandeaba, lo llamaba al presente, le gritaba *soy yo, y es posible entendernos todavía*. Él, con un gesto amplio, me apartaba y seguía hablándome de mí. Su niño en una boda: era tan rico que lo sentaron los novios entre ellos a presidir la fiesta. Su niño toreando a un pavo con soltura. Su niño que leía a los cuatro años y escribía a los cinco... Una vez muerto, se descubrió en su cartera de bolsillo un papel doblado en cuatro: era la primera cuartilla que su niño había escrito: contaba la historia de un pequeño gato. La escribí un día en que él me había castigado, por travieso o por contestar mal, a no salir ni el sábado ni el domingo. De rodillas en el suelo, apoyado el papel en el asiento de un sofá, en la leonera de los chicos, me dispuse a escribir porque no tenía nada mejor que hacer. Llevaría escritos tres cuartos del papel cuando él entró. Se inclinó para cogerlo. Lo leyó, me miró un momento y dijo en voz baja:

—Puedes salir si quieres.

Fue la primera vez que percibí la utilidad de la literatura.

En general, en la niñez no me encontraba a gusto. Porque nadie me enseñó que la niñez no es el proyecto de otra cosa; que el niño no es un hombre incoado, sino un ser perfecto en sí mismo, se logre el fruto adulto o no. Igual que la flor del almendro no es el heraldo sonrosado del fruto, sino algo hermoso en sí, perfumado y fastuoso anuncio de la próxima primavera. Pero sucedía que a mí los niños, los demás niños, me repateaban: con sus bromas sin gracia, sus empujones, su ininteligible violencia y sus risotadas tontas y a deshora. Yo estaba deseando ser mayor. Tanto que, cuando nació mi hermano pequeño me advirtieron.

—La cigüeña te ha traído un hermanito. ¿Quieres verlo?

—No —respondí—. Quiero ver la cigüeña.

Prefería a los mayores. Me fascinaba que, a la hora del desayuno cuando era en común, se interesasen unos por otros; cómo habían pasado la noche; qué harían durante la mañana... Debía de ser al principio un niño que necesitase acaso más que otros la compañía protectora de los padres. La tuve, pero invisible. Quizá con un poquito de sonambulismo, me levantaba de noche, atravesaba el patio, y me introducía en el dormitorio de mis padres. Me acostaba sobre la alfombra y esperaba dormido el milagro: que unas manos me alzaran y me pusieran a dormir entre los dos. Sin embargo, se tomó la decisión de combatir esa necesidad. Cerraron con llave la puerta de su dormitorio, y entonces yo permanecía dormido ante ella, en el suelo. Luego cerraron las puertas de mi dormitorio, y yo me tumbaba asimismo ante ella, hasta que comprobé que nada adelantaba.

Espiaba a mis padres. Nos decía el servicio que quien no aprendiese a cortarse las uñas por sí mismo no haría el servicio militar. (Cosa por la que yo no sentí nunca el menor interés.) Con todo, cada semana yo acechaba el momento, sólo conocido por mí, en que mi madre secretamente le cortaba las uñas a mi padre, que era por cierto zurdo. Le pregunté si había hecho la mili y, sin saber a qué venía tal pregunta, me contestó que sí. Y me enseñó una foto.

El servicio, no el militar sino el de la casa, era el puente levadizo que conectaba la burbuja hermética, la campana neumática de la casa, con el mundo real. Seguramente sin las criadas y el ama yo habría sido un niño de mentira, sin su vocabulario crepitante y tan atractivo, sin sus arremangamientos, sin su realidad.

—¿Qué es lo que planchas? —Le pregunté un día al ama, que planchaba un sostén.

—El gorrito de las gemelas —me respondió.

Y quedé satisfecho, salvo que desde entonces mi aspiración fue conocer a las gemelas. Ella tuvo a bien mostrármelas un día.

—Cada vez dices más mentiras.

—¿Por qué lo sabes? —le dije sin defenderme.

—Mira las manchas blancas que tienes en las uñas.

—Entonces ¿por eso se las pintan las mujeres?

Y venían las visitas y ponderaban la belleza de mis tres hermanos.

—Qué maravilla, María Adoración. Son impresionantes. Qué contenta debes estar. Qué bellezones. Esta, este, este... —Al llegar a mí, de pasada, decían—: Bueno, este es mono también. —Así aprendí yo el significado conmiserativo del adverbio *también*.

—¿A quién quieres más: a papá o a mamá?

—Los días impares, a mamá; los pares, a papá.

—Este niño es muy raro.

Mi padre me encontró una tarde muy arropado con una manta, y sentado en el suelo, algo a lo que era muy aficionado.

—¿Es que tienes frío?

—No.

—Como te veo con esa manta...

—Por eso no tengo frío.

Me castigaron a comer quince días en mi cuarto por aclarar que Taormina está en Sicilia, lo que les pareció a todos una desconsideración. Yo clavé con una chincheta en mi puerta un cartel que ponía «Se prohíbe entrar sin llamar.» Y para tener más segura mi libertad, coloqué otro debajo: «Se prohíbe llamar.»

Un verano —tendría cinco años— me extravié no sé cómo, ni quién sería el culpable, posiblemente yo, en un pinar de la familia, entre Cuéllar y Valladolid. Qué difícil orientarse en un pinar. Son árboles y árboles idénticos en todas direcciones. Yo los miraba, con su cacharrito de barro para recoger la resina que brota como sangre de una herida. Esperaba que me recogieran; pero nadie sabía dónde ni a qué hora había desaparecido. Y allí estaba yo, lo mismo que un perrillo, curioso al principio; luego, al caer la luz, extrañado de encontrarme por primera vez verdaderamente solo. No creo que tuviese miedo. Sí me sobresaltaban los repentinos vuelos de las torcaces, que producían un sonido de seda rasgada, o los ruidos casi inaudibles y ordinarios del campo, o el frío que, como una capa húmeda, se echaba sobre todas las cosas... Por fin, me acurruqué contra el tronco de un pino y me dormí. Los que salieron a buscarme, con linternas y perros me encontraron.

—¿Estás bien?

—Sí, pero estaba mejor dormido.

Es decir, era un niño perfectamente lógico, aún no contaminado por la falsa lógica de los mayores. Mis hermanos me llamabam Amimé, porque empezaba siempre así todas mis frases. Tuve que ser más dicharachero, más simpático y abierto, más ocurrente que los otros, para compensar mi falta de belleza: era gordito, no tan alto como ellos, con chapetas coloradas y sonriente. Le encantaba al servicio. Pero a mi madre, no. Ella temía mi parecido con los Gala; los demás eran de su rama, parecidos a ella, menos extravertidos, menos apasionados, con mejores maneras. De ahí que se le hicieran cuesta arriba mis gracias y vedase que se me jalearan. Yo era capaz de caricaturizar a cualquiera con una sola palabra.

—Si para eso te sirve el talento que tu padre dice que tienes...

Yo escuché un día a mi padre que le comentaba refiriéndose a mí:

—Mira qué derechillo anda. Tiene un cuerpo tan mono.

—Pero va a ser bajo —agregó ella.

Siempre, ya desde entonces, he opinado que un juego donde no se puede hacer alguna trampa y se deja intervenir sólo a la suerte es una cacería. Mis hermanos, por esa razón, no me dejaban jugar con ellos. Recuerdo un día en que me habían echado del parchís, y yo, en el suelo, contra la pared, quería que me saliese sangre de todas partes, y estar lleno de cardenales para que ellos sufriesen y se arrepintieran de lo que me habían hecho.

El posible miedo que tuviera me lo quitaron pronto. Puede que por predilección, pero tan encubierta y contraproducente, mi padre me mandaba después de cenar por la arqueta de su tabaco. Él mismo se hacía, mezclando labores, sus cigarrillos del siguiente día. La arqueta estaba en la mesa de su despacho. Yo debía atravesar la casa, entrar en la clínica, encender varios interruptores en medio del vacío crujiente de la noche. Tenía la certeza de que, al dar una luz, iba a tropezar con la mano de un muerto. Cantaba bajito, pero no me servía... Y, una vez cogida la arqueta, galopaba hacia donde estaban todos, juntos e iluminados. El ama me miraba y me entendía.

—Esta noche voy a ir yo por la arqueta —decía de cuando en cuando al verme mirar la hora fatal.

—Esta noche irá Antonio, como siempre —contestaba mi padre. Por su expresión frente al ama, comprendí que la arqueta tenía una misión muy especial: la de fortalecerme. Y la cumplió.

Creo que mi adolescencia empezó pronto. Un poquito después de los once años, con el primer amor, justo en el mes de abril, «Cuando cabía el mundo entero / dentro del corazón. / Cuando rompió a cantar / lo que no se sentía con fuerza de decir». Yo había sido un niño transparente. El dédalo furioso y recóndito de la adolescencia me hizo volcarme dentro. Quería reconocerme en los espejos; pasaba más tiempo a solas en el cuarto de baño: cantaba, muy mal, canciones que hablaban de amores imposibles; fomentaba una herida maravillosa, y un área de mi corazón que nadie conocía ni podía imaginar. Quizá los adultos, si se detuvieran de veras ante un adolescente, llegarían a conocerlo, a preverlo, a adivinarlo. Pero no se toman el trabajo.

El adolescente es alguien que quiere crecer sin dejar de tener los derechos y las ternuras del niño. No es un atolondrado Peter Pan, sino alguien que, como Jesús, desea que pase de sí ese cáliz de la búsqueda de él mismo. Cuánto esfuerzo me costaba entrar en un bar con un amigo para apoyarnos mutuamente; sin decirlo, por supuesto, porque yo a él debería darle la impresión de ser un avezado en esas cosas mundanales.

—¿Qué vais a tomar? —preguntaba el camarero casi de nuestra edad, y por tanto, peor para nosotros

—Media combinación —aseguraba yo después de un carraspeo.

—Dulce.

—No, yo muy seca. ¿Tú cómo la quieres? —Me volvía al compañero que me miraba con ojos asombrados.

—También.

Después salíamos del bar con el cuello tieso sin poder ni movernos, y ni se nos ocurría comentar el trabajazo que nos había costado ingerir tal pócima. Yo creo que de aquellos años y aquella resignación procede mi soltura, y me atrevo a decir que mi excelencia, en la profesión de barman que he ejercido, en Nueva York por ejemplo, con éxito.

Una tarde, supongo que tan vivo me sentía, decidí suicidarme. No recuerdo la causa ni si la había. Fui a la Sierra, y con una navajita que adoraba me hice una escabechina en una muñeca. Me até un pañuelo porque la pérdida de sangre y la sugestión y la puesta de sol me daban frío, y yo quería morir, no tiritar. Era diciembre. Bajé a la carretera. Allí me encontró una amiga de casa —gorda, muy generosa, un poco loca— que subía a la Sierra para bajar en su *mercedes* a los piconeros con el saco de picón en la baca. Me vio, y debió de entender todo. Me mandó subir delante, con ella, y me llevó a una confitería. Me convidó a lo que yo quisiera. Estuve a punto de morir, pero de un atracón de bombones: los aborrecí entonces. Jamás repitió a nadie nada de aquello. Ni a mí.

El día que cumplí los doce años, organicé una escena muy teatral. Servían ya el postre de la cena, y le dije al ama:

—Dame unas llaves, porque voy a salir.

Nadie hizo el menor comentario. Esperé un poco, me levanté, fui al baño y recuerdo que me eché mucha agua en el pelo, y me miraba al espejo y me decía:

—No me quieren. Nadie se ha opuesto. Y soy, al fin y al cabo, un niño de doce años.

Volví al comedor, y junto a mi servilleta vi las llaves. Me despedí como si fuese la última vez. Salí a la calle. Era el dos de octubre todavía. No encontré a nadie. No sabía dónde ir. Entré por una perpendicular y me senté en el bordillo de la acera. Dejé pasar el tiempo que me pareció decente: una hora o así. Luego volví a mi casa. Aún estaban todos juntos, debajo de la luz tamizada y caliente. Estuve a punto de echarme a llorar. Nadie me dijo nada.

Cuando quería salir de mí, tropezaba con mis propias barreras. Veía a los otros alejarse, emborronados por la distancia. No me daba cuenta de que era yo el que se alejaba. En el exterior todo seguía igual: el colegio, los paseos, las notas siempre buenas, pero la soledad interior, que sólo conseguía disimular aquel amor infantil aún, en el que se mezclaba penitencia y pecado, castidad y besos entregados a hurtadillas... Las vacaciones, tan largas, siempre fuera, en una playa o en una sierra me eran soportables porque podía leer. Pero me apartaban de la fuente de la compañía y la promesa... Tal privación fue lo que hizo surgir los primeros poemas.

Mi padre solía traernos los jueves a personajes que opinaba que deberíamos conocer: *el Niño de Utrera*, que entonaba como nadie, según él, las alegrías de Córdoba; Manolo *el Malagueño*, que cantaba fandangos, llevando el compás con las uñas sobre la mesa, y los tangos de Málaga, tan graciosos; *La Talegona*, una saetera que llenaba con su voz los balcones de casa en la Semana Santa... Un jueves vino Manolete, callado, feo, respetuoso.

—¿Qué es lo peor en los toros, Manuel? —le pregunté.

—¿Lo peor? No es el vestido que pesa tanto, ni el calor de la hora, ni el público que chilla sin saber por qué, ni los ojos del toro, ni el riesgo de la cogida... Lo peor es que, además de todo eso, hay que estar bonito.

Comprendí perfectamente lo que quería decir.

Me habría complacido saber qué opinaban de mí mis padres y mis hermanos en una época tan llena y tan vacía. Lo escribo, pero no estoy seguro. O quizá se acercaron a mí y yo les puse las manos por delante. Es de ahí de donde nace la fama de lejanía y distancia que me ha rodeado siempre. Por una parte, la necesidad del acercamiento de los otros; por otra, la imposibilidad de recibirlos. Por una parte, la atracción por el quinto sentido, la caricia natural, el contacto físico. Por otra la repulsión por él, el desprecio por quien reconoce que precisa de los otros, el aislamiento requerido...

En todas las actividades artísticas del colegio, estaba yo metido de hoz y coz. Hasta en el coro, no entiendo bien por qué. Se celebraban días maravillosos, fuera de la ciudad, en algún pueblo, donde llevábamos algo de teatro y unas descomedidas ganas de libertad y novedades. En una de estas fiestas, representábamos una estúpida comedia corta en que un abuelo hablaba a sus nietos en versos alejandrinos. El abuelo era yo, con un traje negro y una peluca blanca, y la cara toda llena de trazos para simular arrugas. A continuación, me lavaba y hacía el protagonista, el *Hombre*, en el auto sacramental *La vida es sueño*. Salía desnudo con una piel mucho más grande que la de un gato, y después con un traje del siglo XVII recamado y brillante. *La sombra* era un Pérez Barquero, de los de las bodegas, alto y enlutado bajo un manto, que me seguía siempre. Los cuatro elementos eran como de circo: muy distintos; *la Tierra*, el más gordo de todo el colegio, redondo como un *orbis terrarum*...

Habíamos almorzado, vigilados apenas, en el campo, en la finca de un compañero. Dos gemelos que estaban en mi curso eran los más intrépidos y los más avanzados, no en vano tenían apellido francés. Llevaron una botella de vino fino, que nos bebimos religiosamente. Para eliminar el cuerpo del delito, uno de los gemelos tiró la botella con todas sus fuerzas contra un árbol. Rebotó y me dio entre los ojos. Caí sin conocimiento. Al recuperarlo me encontré con la cabeza sostenida por un profesor que me adoraba. Vi sus ojos agrandados por la preocupación, y oí la voz de quien entonces compartía conmigo el mundo sin que ninguno de los dos lo percibiésemos.

—La herida parece unos labios abiertos.

Me llevaron a un veterinario que me lañó literalmente la herida y me vendó la frente.

—Si no puedes interpretar los papeles, dilo, y se suspende la representación —me dijo con voz grave el profesor.

Yo, que tenía la fuerza que reconocí luego en los actores, me negué. La interpretación, en las dos piezas, fue impecable. Salvo en la escena del sueño provocado del *Hombre*. Al caerme, la *Tierra* dio un grito porque la herida me sangró y manchó la venda. Quien compartía conmigo el mundo no paró de sacarme fotos: en los camerinos, en una especie de corral que había en las traseras del teatro, en el escenario. De aquel día resultaron dos fracasos: la máquina del fervoroso no tenía carrete, y el veterinario me había dejado dentro, incrustada en el hueso, una esquirla del cristal de la botella que el hueso rechazaba. Meses después tuvieron que reabrirme para sacarla. Alguien me hizo un anillo con ella que yo nunca me puse.

Salía alguna noche con los poetas de *Cántico*; pero sólo me hacía caso, por mi insuperable trayectoria estudiantil, Ricardo Molina, que era profesor de una academia. Para los demás era una mascota de buena familia. Hasta mucho después no me tuvieron en cuenta. Aunque Juan Bernier dijera que acechaba mi salida del colegio para presenciar, furtivamente, mi *palidez fingidora de alegría*. Y aunque Miguel del Moral me prometiera que un día iba a pintarme sin párpados, con los ojos de un ofidio que adivinase el pensamiento.

En casa había un reloj de pared al que era necesario darle cuerda. Dos cuerdas: una, al mecanismo de las manecillas; y otra, al mecanismo de la sonería. Si se paraba de noche, había que trasladar la manecilla de las horas con el dedo, de número en número, y dejarlo dar todas las campanadas. Luego, ya puesto a punto, se le daba cuerda con una llave de boca redonda y forma cónica. Mis hermanos mayores habían sido los encargados. Ya no estaban en casa. Era el mes de mayo, y mi padre me dijo:

—Tendrás que darle tú cuerda al reloj.

Él mismo trajo una silla y, con cierta solemnidad, me ayudó a subir. Fue indicándome lo que tenía que hacer: subir los ganchos que fijaban la puerta, encontrar la llave colocada en la parte baja, comprobar la hora exacta, hacer que corriera el reloj hacia ella, y la cuerda por fin: en los dos orificios...

—Bien —me dijo al terminar—. Muy bien. Baja. Ya eres un hombre.

Y me golpeó desde abajo el muslo izquierdo. Fue quizá el último gesto de mi adolescencia. La responsabilidad comunitaria del reloj la empujaba hacia atrás.

Después vinieron, en turbión, los años y la vida como un caleidoscopio. Era un anuncio de la juventud. En un inconcebible examen que se llamaba reválida de séptimo, que se hacía ya en la universidad, cerraba el bachillerato y abría las puertas superiores, a mí me dieron sobresaliente. Pero al ejercicio de Premio extraordinario —éramos muy poquitos y se daba uno sólo— me tuvo que llevar mi ama a Sevilla, porque el colegio se desentendió. Creo que conmigo estuvo desentendido siempre. Ella se quedó en el patio de Maese Rodrigo, en el antiguo edificio de la Compañía de Jesús, hablando con las madres de los niños privilegiados como una madre más. Regresamos por la tarde de Sevilla a Córdoba en un tren lentísimo. Yo, por el madrugón, estaba muy cansado. Al llegar, me acosté sin cenar. Por la mañana, a las nueve, llamaron para comunicar que el Premio me lo habían dado a mí. Mi padre, loco de contento, entró en mi dormitorio y me despertó para decírmelo.

—¿Para eso me despiertas? —le reproché. Sin poderlo evitar, me cruzó con un revés la cara. Así nos amargamos mutuamente la fiesta.

Y empezaron los cursos universitarios. Mi soledad sevillana. Mi rechazo a hacer amigos. Mi permanente buena educación con quienes lo pretendían. Los dos colegios mayores de los que fui expulsado. Del primero, por ponerle cohetes al administrador en varias cenas, y por indisciplina en general. El administrador era el más grande mediocre que yo había conocido. (Una mañana de marzo, un ciervo volador, ese tipo de escarabajo durísimo, rompió un cristal de mi ventana. No pude decirle la verdad a una persona tan pequeña: le dije que lo había roto yo con el codo. No lo dudó.) Del segundo colegio me expulsaron porque les parecía demasiado brillante y perturbaba el nivel medio de los colegiales. Supongo que habría otra razón. Ya estoy acostumbrado a que, en mi vida, haya siempre razones subrepticias: para rebajar mis notas en mis ejercicios de Abogado del Estado, por ejemplo, o para separarme de la Cartuja... Siempre he pensado que Dios es mucho menos prudente que los hombres, religiosos o laicos.

Se acumulaba todo: los estudios simultáneos en Sevilla y Madrid; la sensación de ser el niño bonito por donde aparecía, contradicha por la opinión rigurosamente baja que de mí yo tenía, y que jamás me permitió ser vanidoso; la devoción de los catedráticos por mí: todos aspiraban a que hiciese oposiciones a *su* cátedra, y yo a todos les daba muy buenas esperanzas; el ganarme a los profesores más huesos; el hacer machadas como llevar al examen los códigos, cosa que desencadenó la imitación ajena y la prohibición consecuente: *Gala es Gala...*; y la poesía casi profesional. La fundación de *Aljibe* con Bernardo Carande y Aquilino Duque; la relación con otras revistas, andaluzas y aun más lejanas; la fundación de *Arquero para la Poesía*, con Julio Mariscal y Gloria Fuertes; los viajes, escasos, para dar recitales... Recuerdo uno en Cádiz. Leíamos en un hemiciclo y tuvimos mucho éxito. Nos había recibido Fernando Quiñones que me llevaba algún año, aunque él sólo tenía diecinueve, en la estación. Nos subió a un coche de caballos, y tiraba desde él caramelos a los niños. Nos persiguió toda la chiquillería de Cádiz: nunca he pasado más vergüenza. Nos hospedó en una pensión del puerto, en la misma habitación que cinco marineros daneses malolientes. Yo preferí pasar la noche al raso. Me cedió entonces su cama, y él se fue a dormir sobre una mesa del *Diario de Cádiz*, donde trabajaba. Al meter los pies bajo las sábanas tropezaron con algo: era una carcasa de pollo. A las siete de la mañana me despertó su tía María Teresa:

—Sé que te tengo que despertar a las diez; pero es que quiero saber si te gustan las galletas para desayunar.

Fue cuando empecé a pensar que todo Cádiz estaba loco. Y lo sigo pensando. Me convidó a merendar Pemán.

—Carmen, saca un poquito de jamón para el niño.

—¿Otra vez? —gritó Carmen Domecq, que no era el colmo de la generosidad.

Yo era la primera vez que pisaba aquella casa, y la última. Carmen era muy especial. Muchos años después, en Nueva York, un amigo común nos informaba del número de incendios que se producían por minuto. Ella, asombrada, exclamó:

—¿Y no serán intensionaos?

A él, sin embargo, volví a verlo, muy enfermo ya. Nos recogieron para ver la película *Autopsia*, que ya hacen falta ganas. Al principio, con la dopa para el parkinson, estuvo hasta charlatán, tanto que no dejaba oír a nadie; luego fue decayendo. Entre otras cosas, recuerdo que dijo ceceando:

—La resurrección de la carne yo creo que es un invento de san Pablo: siempre me ha parecido una exageración.

Sospecho que a lo que se negaba él, que enseguida sería o resurrecto o nada, era a pasar toda la eternidad junto a Carmen Domecq en persona.

Después de aquel recital, los poetas gaditanos nos llevaron a cenar con un comandante de navío o algo así, marqués de Arellano, aficionado a la poesía y algo mecenas. Por allí andaban la novia del anfitrión y una hermanita de ella. La hermanita decidió que tenía que acostarse conmigo, y me besaba como quien desahucia. La mayor, la otra, la sustituyó quitándomela de un empujón de encima. Nunca lo hubiera hecho: apareció el marqués y armó un escándalo morrocotudo. Me desafió a pistola a las seis de la mañana. Debía de estar como una cuba, porque a su asistente, llamado Paco, le gritaba:

—Sube el piano al tercer piso, que voy a tocar para este señor antes de matarlo.

Nos dio una cena más bien floja, con mucha sopa, que detesto. Y me decía a voces, aunque estaba a su lado:

—Has entrado en mi casa, has comido en mis manteles, has besado a mi novia... Lo único que te falta es cagarte en mi padre.

Yo tenía dieciséis años. Los gaditanos se encargaron de facturarme a Sevilla en el primer tren. Llegué directo a la universidad. Todavía tenía la boca y las mejillas manchadas con lápiz de labios.

El primer dinero ganado con la poesía me lo consiguió, como es natural, un catedrático de economía, Ramón Carande, padre de Bernardo, que acostumbraba llamarme *el conspicuo*. Era un cheque de tres mil pesetas, que me gasté en libros. Me lo mandaba la revista *Escorial*. Don Ramón agregó un regalo: *Los hijos de la ira*, de Dámaso Alonso. *Para esta promesa que ya desborda en frutos*, decía su dedicatoria en nombre del autor. Cuánto lo quise.

Y el barullo de las milicias universitarias. Y el escaqueo del segundo año de campamento en la revista. Y ver cómo los pobres militarcillos querían salir en ella, aunque fueran insultados. Y el farol, ya de alférez, de ser un civil que venía a civilizar al Ejército. Y la desmadrada respuesta del Ejército. Y las horrorosas oposiciones de Administrativo y Fiscal e Hipotecario, al reverso de cuyos apuntes seguía escribiendo poemas. Y el desquiciamiento de mi alma, partida como santa Engracia, con cada mano atada a la cola de un caballo. Entonces no se usaba la palabra estrés. Yo pensé que estaba triste, desamparado, deprimido, en una perpetua contradicción: la vida, a pesar de los éxitos, había dejado de merecer la pena para mí. Necesitaba serenarme, oír a otros, verlos, callar, callar, callar. E ingresé en la Cartuja de Jerez.

—Cuando le digan a su caridad que en la Cartuja no se come, conteste que no es verdad: se come cuando se puede, y no es conveniente desperdiciar la ocasión —me dijo el maestro de novicios, antiguo magistral de la catedral de Orense, Don Antonio María. No había conseguido culminar en ascética; en mística, no sé. Un día me lo encontré doblado de dolor en la celda del noviciado.

—¿Qué le pasa a su reverencia?

—Que he comido remolacha y me sienta muy mal. Sólo unas lonchas, ya ve...

—Pero ¿por qué lo hace si lo sabe?

—Es que las lonchas de remolacha se parecen tanto al chorizo...

Yo andaba noche y día quebrantando las reglas. Corría por los claustros; no esperaba los diez metros obligados de distancia de otros para abrir mi celda; tuve que atarme los pies con una traba para no galopar; no comía, y ponía *abstinentia* en el torno demasiado a menudo, y como en las comidas se bebía vino de Domecq aguado, al no comer me agarraba unas teas monumentales. Don Pompilio María, que había sido general de los calasancios, me denunciaba en las sesiones de arrepentimientos y faltas a la regla, y bastantes días tenía que tumbarme, como castigo, a la puerta de la iglesia para que me pisaran los demás. Ninguno lo hacía, salvo Don Pompilio, que quería mi bien.

Recuperé en la Cartuja de la Defensión de Nuestra Señora el equilibrio y la paz interior; pero tenía la obligación de entregar al prior cuanto escribía. Don Luis María de Arteche entendió que *mi voz no era su silencio*; que tenía que hablar y escribir y actuar fuera. Como el endemoniado de Gerasa, al que Jesús exorcizó, aunque sus demonios eran legión, y cuando quiso seguirle, se lo negó. *Cuenta lo que el Padre ha hecho contigo*, le ordenó y lo apartó de sí. Vestido con el traje con el que había entrado en la Cartuja, me despedí del prior en el jardín de su celda.

—Te envío, disfrazado de joven Gala, como oveja entre lobos. No nos olvides nunca.

Así salí de aquel convento, desconcertado una vez más, sin saber del todo cuál era mi sitio. Me llevó a la estación de Jerez un isocarro que llamaban su Isotta-Faschini. Al atravesar la barriada, muy popular, que lindaba con el convento —era el mes de julio— todas las radios vomitaban su ruido por las ventanas. Antes de perder el conocimiento, yo ya hecho al silencio, escuché *y sin embargo te quiero*, en una canción de Juanita Reina. De nuevo en Madrid, elegí lo que no tenía más remedio que hacer: escribir y nada más.

Tuve la intención, para la supervivencia, de ejercer algunos oficios: repartidor de una panadería de la calle Monteleón; peón de albañil en la construcción del teatro Marquina; camarero en un bar de Vallecas... Todos terminaron pronto y mal. El que menos duró fue el último. Se abría a las nueve el bar. Ya el dueño, mirándome, dijo:

—Es la primera vez que viene aquí alguien con corbata de seda.

Yo había querido esmerarme en la presentación; aun así, la corbata no era de seda, pero mi aspecto sí. Me callé. Me puse una chaquetilla blanca que me estaba estrecha de hombros; cogí la bandeja redonda de metal y me eché la servilleta al brazo. Tres cuartos de hora después entró una pareja de novios. Se sentó. Me acerqué para preguntarles qué deseaban tomar. No me hicieron ni puñetero caso.

—Tu madre es una arpía que se mete en todo —vociferaba él.

—¿Mi madre?

—Sí, tu madre.

—Pero si es la tuya la que tiene ojos hasta en el cogote, y no la puede ni ver nadie en el barrio.

—A la que no pueden ver...

Volví a preguntar, con igual resultado, qué iban a tomar.

—... es a tu madre, que no se lava nunca la cabeza.

—¿Qué la estás llamando, sucia?

Por tercera vez, pregunté. Y sin esperar más tiré la bandeja contra el suelo. Del ruido que metió me asusté hasta yo. Los novios pegaron un salto y volvieron a quedarse sentados y en silencio. Cuando por la puerta del fondo apareció el dueño, me di por despedido. Cogí mi corbata de seda y me largué. Desde entonces, cuando se acerca un camarero por la comanda, detengo las conversaciones y lo atiendo a él: a él no le importa nada de lo que habla el cliente.

También di clases, en un colegio *bien* de la calle Velázquez, de literatura francesa y de Concilios ecuménicos. Las clases eran seguidas, desde su despacho, por el director. Nunca he servido para enseñar. Y aún peor a adolescentes crueles, que tienen menos interés en aprender que el profesor en que aprendan. Aquello duró apenas un trimestre. Algún alumno especial aún me sigue tratando.

Hubo gente que me ayudó de forma inolvidable. En su casa de Peñagrande me recogió Fernando Quiñones, que trabajaba en el *Reader's Digest* con otros andaluces. Yo los veía trabajar y sentir con una modestia minuciosa. Luego fui un poco de mano en mano, entre amigos que me ayudaban hasta dándome el papel de escribir. El dinero *para camisas*, que me enviaba mi madre nunca quise aceptarlo. Yo ya estaba haciendo lo que quería, no lo que querían ellos: era lógico que, con tanta licenciatura y tanta leña saliera yo solo para delante. Fue mi pequeña calle de la amargura. Hubo un momento en que regresé a Córdoba para acompañar en su muerte a mi padre: tres meses mano a mano con él, una durísima experiencia. De ella regresé más maduro y más abandonado. Al mes siguiente me dieron el Premio Nacional de Teatro

Calderón de la Barca; después, el estreno de *Los verdes campos del Edén*; diez días más tarde, el amor. Si era o no el verdadero, nunca puede saberse: todos ellos lo son: verdaderos y falsos a la vez. Quién no se ha equivocado en esto en más de una ocasión. Toda exageración es quebradiza. Quizá las fruiciones no son buenas.

—Qué sed tengo, qué sed tengo, qué sed tengo... Te dan de beber, y qué sed tenía, qué sed tenía, qué sed tenía...

Eso me repetía mi amor. Con toda la razón. Mi juventud, de teatro y de vida, de intensidad y cines de barrio, de cenar bocadillos y discutir a muerte, de comer mejillones entre náuseas, de huir y retornar, de poner pruebas cada vez más difíciles; mi juventud de entrega y de aventura; de decir una frase de amor sincero que parece bonita, y tomar un papel y anotarla muy profesionalmente, un segundo antes de que me dieran un tortazo; mi juventud de mezclar la creación con el mundo y sus gozos; de que los árboles no me dejaran ver el bosque; mi juventud, entera y verdadera, la viví pendiente de ese amor... *Más o menos*, podría añadir hoy.

La madurez, si es que ha venido, vino mucho después. Una noche Diego Araciel, el vidente, me dijo que en los dos platillos de mi balanza estaban depositados mi obra y el amor; siempre que uno subiera, el otro bajaría. Entonces lo creí, y lo he confirmado siempre. El trabajo comenzó a ser mi consuelo. El tiempo perdido se me clavaba, como un acerico, en el pecho. Tuve la sensación de ser un león en invierno, que se retira a su espelunca con lo vivido ya y suficiente caza. El orden me envolvió. Mi tendencia a la anarquía tuvo que ser contradicha con dureza total. Por otra parte, mi malísima salud me retiró de fiestas y saraos, de artisteos y trasnoches. Comencé a reducir el número de amigos, trabajadores como yo... ¿Qué contar de ese tiempo? ¿Los éxitos? ¿El amor de mis lectores o mis espectadores, que es el que lo ha hecho todo? O quizá mi fracaso: el fracaso de no haber conseguido que el otro platillo de la balanza descendiera... Mi vida fue haciéndose más pública; lo privado pasaba a un segundo, a un tercero, a un cuarto, a un quinto plano. Yo nunca he aspirado a la felicidad. Me interesó más esa cualidad tácita e inaparente que es la serenidad. Entonces empecé a sentirla, y me dejé llevar por ella ni supe ni sé dónde.

Encontré mi verdadero sitio, el que creo verdadero, por un sueño. Soñé un paisaje verde y escalonado, un cielo diáfano, una luz incansable. Soñé también, bajo aquel campo edénico, un nombre: Alhaurín... Presidía un congreso de intelectuales árabes en Marbella (¿Por qué en Marbella? Nunca lo supe: no conozco nada menos intelectual). Le dije a Ángel Aranda, que vivía ya en Málaga, que necesitaba tener algo en ese pueblo. Palideció: aquella misma mañana le habían enviado fotos de un cortijillo que se vendía allí. Me las mostró. Me acompañó hasta allí. Vimos la tierra y la casa. Aquello era bonito, pero demasiado próximo a una carretera y a una central eléctrica. Y el paisaje no era el soñado exactamente. Moví la cabeza, ante la decepción de mi amigo.

—Hay otro Alhaurín más allá —dijo.

Fuimos. Aquel era. La primera finquilla que vimos fue *La Baltasara*. Siempre me he dejado llevar por aquello que no controlamos. A empellones, a veces. A *La Baltasara* me retiro, aquí trabajo, reflexiono, digiero los sonidos aunque poco a menudo se interrumpe el silencio. Veo caer las luces, ascender las luces, rozar con dedos de oro las copas de los árboles, escucho cómo el viento los despeina... Y trabajo rodeado de un orden riguroso, en verano, en invierno, en otoño o en primavera. Con mis perros y algún amigo de cuando en cuando. Aquí tengo la sensación de que no he envejecido, de que no se ha gastado en exceso ese traje de carne que me mantiene en pie. Porque yo no soy el de sus arrugas y sus alifafes, a pesar de no llevarnos mal. La experiencia ha crecido, pero no me devora ni me impone sus criterios de papel de fumar. Más que nunca, nada humano me es ajeno. He dejado un poco de ser yo para ser todos cada día más. No conozco otra manera de sobrevivir. Y no pienso además en la muerte. La vida me invade alrededor, me acucia, me sostiene.

La casera de *La Baltasara* siempre dice:

—Hay que nombre tan feo: pudiendo llamarse *Loh sisnes*, o *La rosaleda* o *Er nenúfas*...

La casera de *La Baltasara* le decía al teléfono *que yo no estaba*, pero sin descolgarlo siquiera. La fuimos enseñando poco a poco.

—Ha llamado la señora que canta, que no viene a comer.

—¿Qué señora? Yo no he invitado a nadie.

—La señora que canta. Pero no va a cantar... Que dice que no canta.

—Pero ¿por qué?

—Ah, eso es cosa de ustedes.

Quien había llamado era Manolo Alcántara, el poeta, desde su Rincón de la Victoria.

—Ha llamado una señora que se llama Teresa desde luego...

—Teresa qué.

—Pues Teresa y una cosa de las carreteras. En el *Caracolillo* hay de eso, pero yo no me acuerdo.

Media hora diciéndole apellidos que tuvieran que ver. Ninguno. Nada.

—Revuelta —dijo el secretario.

—Eso es. Ay, qué malas cabezas. Las de ustedes dos, digo...

—Ha llamado un señor que tengo aquí apuntado. ¿Lo ve usted? Para que luego se queje. —Yo no veía ni entendía nada que no fuesen unos palotes—. Aquí lo dice, don Aurelio Sánchez. Que viene con otro. A quedarse. Todo el fin de semana.

—¿Aurelio Sánchez? Si no conozco a nadie de ese nombre.

—Pues viene. Con el otro, además.

Se trataba de Elio Berhanyer. Y así seguimos. Aprendiendo unos de otros. Y de las flores, que se desperezan y se desenrollan desde el botón redondeado. Y de los árboles, que levantan la frente más dignos que los hombres. Y de los animales, que cumplen con suficiencia su oficio de animales... El guardés llama obispas y ovejas a las avispas y a las abejas.

—Pero ¿cómo llama usted entonces a unos animales que tienen lana y comen yerba y balan?

—Borregas, don Antonio —exclama con los brazos abiertos, comprendiendo mi insuperable ignorancia—. ¿Cómo quiere usted que las llame? Borregas.

—Al alto imperio.

—No sé qué quiere usted decirme —yo me acordaba de Egipto. ¿Al alto imperio...?

—Al alto imperio del mundo, don Antonio —dice alzando las manos.

Entendí: a la intemperie. Así estoy yo ahora. Más abrigado que nunca, más curtido que nunca, más centrado que nunca. A la intemperie.

LOS POLÍTICOS Y YO

Cuando a los catorce y quince años yo daba conferencias en Córdoba y Sevilla con una intrepidez que era lo único asombroso de ellas, había gente que opinaba que haría un político imponente. Por entonces, en el viejo Colegio de los Hermanos de la Salle, teníamos un profesor seglar de filosofía: viudo, enlutado y alto, joven aunque a nosotros no nos lo pareciera. Al final de una de esas estupideces aplaudidas, se acercaba el auditorio a besuquearme y a dar la enhorabuena, más a mi padre que a mí, que entonces era un niño muy normal, al que sólo falseando su actitud podría aplicarse la despectiva calificación de *niño prodigio*. En una de estas oportunidades se acercó a mí el profesor de filosofía y, con un punto de sinceridad en sus ojos azules y estrechando mi mano como si fuese ya mayor, me dijo:

—No sé si sentirme orgulloso de ti o avergonzado de mí.

—Ninguna de las dos cosas, don Julián —repliqué echándome a reír.

En aquel tiempo la política no me interesaba en absoluto, consciente ya de lo que me atraía. Consideraba la política como una renuncia a la vida personal: el conocimiento de que uno podría gobernar a su propio pueblo y hacerlo crecer y apresurarlo, y que en sus manos estaba conseguirlo antes y mejor que en otras cualesquiera, y que, llegada la hora de que surgiese un mejor gobernante, con humildad y rectitud el político le dejaría su sitio y le abriría paso... Era un ingenuo, y quizá lo sigo siendo. Tenía la

161

seguridad de que la política no ejercía sobre mí el menor atractivo (no es extraño: vivíamos bajo la égira de Franco) y no aspiraba a ser (sigo sin aspirarlo todavía) ni ujier de un ministerio... Se me repetía un sueño, no muy a menudo, pero sí lo suficiente para acordarme de él. Era un salón lleno de gente expectante. Yo me hallaba a la puerta de entrada y, con la vana lógica de los sueños, comprendía de pronto que era a mí a quien se esperaba. Al entrar al salón, se ponían de pie los asistentes, y yo avanzaba por el pasillo central, con dificultad, entre aplausos y manos tendidas, inclinada en un saludo la cabeza. Al fondo, un estrado al que subía y, dominando la situación, sin el menor sentido de soberbia ni prepotencia, extendía los brazos y reclamaba silencio... Ahí acababa el sueño. Pero jamás, jamás, hubiese imaginado, ni imaginé de hecho, que era una razón política lo que lo provocaba.

Me rondaban nebulosamente las injusticias de aquel tiempo. Me sublevaban en mi interior. No obstante, me hallaba embargado por la certidumbre de que vivía una época de iniciación, de preparativos, de aprendizaje, y no me era posible desperdiciar ni un minuto de ella. Yo tenía que estudiar, y estudiaba. En la universidad hispalense yo sacaba los cursos con matrículas de honor constantes, e igual sucedía en Madrid. Era tácita o expresamente solicitado por grupos falangistas o carlistas de Fal Conde o del Opus. Yo, sin percibir con nitidez mi reacción ni acaso sus propuestas, los apartaba de mi camino. Esa es una época de mi vida que probó con claridad, igual que otras posteriores, que un impulso, ajeno a mí, me ha llevado. Y ahí se forjó mi convencimiento de que, sin ser llevado, nadie avanza.

Creo que he sido siempre un anarquista comprensivo. Es decir, entiendo que la gente quiera vivir en orden, que haya quienes les quiten los piojos, les regulen la circulación, les hagan coches, les limpien las ciudades, les eduquen los hijos, etc. Pero todo lo que exceda a esas necesidades por todos conocidas, me parece una invasión abrumadora a cambio de la que se paga un aterrador coste. Lo sé bien porque, dado mi fervor por la improvisación y el desorden, tengo que ceñirme con una ortopedia férrea si quiero conseguir algo en mi vida. Opino que esto ha influido mucho en mis relaciones con la política y los políticos.

Cuando llegó el momento de adquirir mi propia voz, y no tardó en llegar, critiqué más que a los políticos, sus actuaciones administrativas respecto a sus conciudadanos. En la época de Franco, en el escenario visible no se hacía política: el mismo autoaclamado *generalísimo* lo aconsejaba. Yo estudié, con sabios maestros, Ciencias Políticas y Económicas en Madrid. Hay un libro maravilloso, que aún me acompaña y que leo a menudo, de Sabine, *Historia de las doctrinas políticas*: en él bebí un agua que me alimentó y sació mi sed y me ha acompañado después como a un camello en el desierto. Tenía amigos de todos los pelajes, pero los más afectos se guiaban siempre por los ideales de la izquierda, que acaso sea la única que goza de verdaderos ideales.

El régimen franquista empieza a asomar la oreja en mi terreno cuando comienzo a estrenar teatro. Entonces la censura, esa especie de *mater et magistra* arbitraria y gruñona, se convirtió en una habitual colaboradora mía. A veces de un modo infantil: en mi tercera comedia se suprimió, además de párrafos enteros, la palabra *puñeta*.

—Pero si me la permitieron en *Los verdes campos del Edén*.

—Por eso. Ya la ha dicho usted una vez, ¿para qué quiere usted repetirla?

Otras veces su intervención fue un seísmo: en *El sol en el hormiguero*, lo prohibido equivalía casi a la cuarta parte. Siempre he sabido que la mejor literatura fue escrita bajo censura: desde el Dante a los rusos. Concretamente en el teatro, la censura, como buena estúpida, promovía una cierta complicidad entre autor y espectadores, a los que les afilaba la sensibilidad de una forma muy particular. De manera que los sobrentendidos actuaban, y la lengua entre dientes del creador era escuchada a la perfección por su auditorio, a veces mucho más allá de lo que aquel había susurrado. La censura preparó bastante bien, contra su evidente voluntad, a los auditorios inmediatamente posteriores. Un ejemplo: *Anillos para una dama* es censurada entera. La caterva plumilla y aciaga de los censores se encontró con un caudillo muerto, una boda en Oviedo, unos anillos, y pensaron: *Esto se refiere, no sabemos cómo, pero se refiere, a Franco y a su mujer con sus collares.* Y, en lugar de prohibirla, la pasaron al ámbito de poder de Carrero Blanco. Con lo cual ya no se trató de si la obra podría o no estrenarse, sino si yo debía o no ser fusilado. Pasó bastante tiempo... Adolfo Suárez fue nombrado director de televisión. Yo empecé mis glorificadas series *Si las piedras hablaran* y *Paisaje con figuras*, llevadas a televisiones extranjeras. De entonces es la anécdota de una cena a la que me invitó Suárez y a la que llegué con unos minutos de retraso. Era para unos suecos, y Suárez me presentó: Éste es el autor de *Si las piedras hablarían.*

Hablarían o hablarasen, rematé yo saludando a los invitados.

Y de entonces también es la invitación de Rosón a ser *el autor para premios* de la casa, encargo que decliné educadamente. Pero aventuré un camino: un compadre mío, José María Rincón, autor muy querido en Prado del Rey, medió en mi defensa y, convencido como estaba yo de que *Anillos...* no había sido juzgada sino sólo condenada, se la pasó a Suárez. Este, que como es natural se asesoraba de una censura mucho más hijaputa que la del teatro, no vio en mi comedia trabas insalvables, y se la envió a Carrero con el informe de sus propios censores. Tal fue la causa de que mi comedia saliese de los sótanos de Interior y pudiese estrenarse en el *Eslava*. Lo cual ratifica qué imbéciles eran las mentes de quienes nos gobernaron, y qué estólidos y variables sus juicios. Hasta el punto de que, en alguna ocasión, Muñoz Grandes y Camilo Alonso Vega, a través de sus mujeres, como inexplicables admiradores míos, si bien heredados de José Luis Alonso, se ofrecieron a mediar entre la censura y yo si llegaba el caso. Nunca utilicé tan alta como temible mediación.

En una cena de los premios Mayte de teatro, poco antes de que se me concediera uno, Eugenio Suárez me mandó, desde su mesa a la mía, después de haber leído en una entrevista mi broma de echar de menos un sueldo fijo, una tarjeta con un camarero. En ella decía: «Te ofrezco un *sueldecito* si colaboras en *Sábado Gráfico*», revista de la que era propietario. Yo taché la palabra sueldecito, escribí encima *sueldazo*, y añadí: «Hablemos.» A la semana siguiente empezó mi colaboración.

164

Fue una revista valiente, contraria a la idea que podría tenerse por su director y sus portadas, con unos colaboradores admirables: Néstor Luján, Álvaro Cunqueiro, el canónigo José María González Ruiz, el cautivador Pepe Bergamín... Mis artículos fueron politizándose porque bastaba seguir la realidad para que así ocurriese. La sección se titulaba *Texto y pretexto,* y se reducía, en general, a hacer un comentario irónico o sarcástico de las noticias que se daban en prensa. Por causa mía la revista fue retirada con cierta reiteración. Y a mí también se me intentó retirar. Los procesos del tribunal de orden público se acumulaban. Si yo hacía algún comentario sobre ellos, se agregaba otro más por desacato: tal me ocurrió con el juez Gómez Chaparro. Se me iba el tiempo en acudir a juzgados y hacer declaraciones. Eugenio Suárez, que debía de estar de mí hasta las narices, a pesar de la propaganda que las prohibiciones le hacían, dio un paso en falso, que me forzó a suprimir mi colaboración.

Una de las presiones más insistentes y mejor pagadas que he recibido fue por entonces: un grupo político-económico, apoyándose en la confianza que yo inspiraba a la gente, me ofreció un platal si en mis escritos tranquilizaba a los lectores y su entorno comentando la inanidad de la energía nuclear: su limpieza, su falta de peligro y el risueño porvenir que significaba. Por descontado, me negué.

Antes de morir Franco, el husmo de su muerte tenía a todo el mundo, aunque por distintas razones, desasosegado. En casa de Fefa Huarte cenábamos, de cuando en cuando, gentes de muy distintas trazas. En una cena con Areilza y Caro Baroja, el primero me sentó a su lado en un sofá.

—Tú eres la persona más progresista que conozco, y estás llamado a liderar a grandes grupos. Me gustaría asegurarte que el propósito de la derecha, de la verdadera derecha, es cambiar en esencia el Estado español. Sólo os pedimos un poco de paciencia: dejad que el tinglado que nosotros, o los más parecidos a nosotros, levantamo, seamos nosotros también quienes lo desmontemos.

Creo que están claros los motivos por los que la sagrada Transición española se hizo tan mal. O tan bien para algunos, por supuesto.

Una mañana de mayo del 74 me vinieron a ver Salvador Pons y Rosón, de TVE. Con la mano en el corazón me garantizaron que la muerte de Franco era cosa de días. La flebitis no le dejaba ninguna posibilidad de salvación. Querían celebrar ese año la fiesta de La Granja con especial esplendor, dado que sería la primera que presidieran, a título de Reyes, los Príncipes de España. Estaban allí para encargarme el texto de un espectáculo en el que debían participar el ballet y la orquesta nacionales y la orquesta de Radiotelevisión.

Me hizo gracia el tema, y enjareté un diálogo entre Scarlatti y Boccherini, los músicos que allí habían compuesto o tocado sus obras, que serían interpretados por primeros actores. Su diálogo se ligaba con el de las dos orquestas y el ballet entre las fuentes de los jardines borbónicos.

Se acercaba la señalada fecha de julio y el Caudillo no había hincado el pico. Llamé a Rosón y Pons y les dije que mi espectáculo no se estrenaba. Creyeron morir. Me suplicaron casi de rodillas, porque, si no, su carrera se había concluido. Invocaron a sus familias, sus creencias, sus méritos y sus futuros. Aludieron a los ensayos avanzados. Se declararon a mi disposición eternamente. Invocaron la certeza, ya oficialmente conocida, de que, en ausencia de Franco, serían los Príncipes los que presidirían el acto... Me encogí de hombros. Les ofrecí la única salida: ofrecer mi trabajo sin citarme, porque no quería verme implicado en semejante lío de vivos y de muertos. Me besaron las manos. Y, en efecto, el espectáculo de estrenó con el título de *Anónimo de La Granja*, como si procediese de un documento manuscrito encontrado en su biblioteca. No obstante, algún espectador cualificado adivinó mi nombre bajo el secreto, cosa nada difícil. Espero que también adivinasen mi intención. Lo cual es más dudoso, sobre todo tratándose, como fue el caso, de Ricardo de la Cierva.

Mi ruptura con *Sábado Gráfico* fue el momento que aprovechó Juan Luis Cebrián para provocar un almuerzo con Alfonso de Cossío, catedrático de Derecho Civil mío en Sevilla, y conmigo. Cossío estuvo conmovedoramente laudatorio. Alegó que no se perdonaría que su mejor alumno no colaborara en la empresa recién inaugurada de *El País*. Por él acepté. Mis primeros artículos —la sección se tituló *El verbo transitivo*— eran largos, trabajados, y defensores de una moral laica. Sus títulos son bien significativos: El Matrimonio, El Divorcio, Los Niños, Las Mujeres, Los Viejos, etcétera. Una colaboración en *El País* que ha durado veinte años. Prefiero no hablar de la causa que la rompió: una confusión intencionada entre la libertad de expresión y las economías personales.

Al franquismo casi póstumo le habíamos cogido el tranquillo, por fin, la mayor parte de los creadores. Para mí, no obstante, faltaba lo peor por llegar. Del artículo *Viudas*, todavía en *Sábado Gráfico*, se hicieron más fotocopias de lo que puede imaginarse nadie. Yo estaba fuera de Madrid, que se había puesto políticamente incómodo para mí. Me concedieron entonces el primer *Premio César González Ruano*, por un artículo titulado *Los ojos de Troylo*. Debía entregárseme en una gran cena en el Ritz. Se me entregó, por miedo, en un almuerzo de seis personas. Arias Navarro, *Carnicerito de Málaga*, pregonó su odio visceral hacia mí, e insinuó que era el momento de levantar la veda. Como en las novelas del XIX, se precipitaron los acontecimientos. *Antonio Gala, serás ejecutado* se convirtió en una pintada demasiado frecuente. Tuve que pedir asilo fuera de mi casa, en cuya puerta aparecían clavadas estremecedoras navajas de barbero. Nunca he sabido elegir refugio, quizá porque no sirvo para refugiarme. Me trasladé, con Troylo, a casa de un amigo que vivía nada menos que en el corazón del barrio de Salamanca. Allí resistí cuatro días: era la *zona nacional*, imbécil de mí. Regresé a El Viso.

Tenía de servicio a un mozo muy fiel y algo mayor, que acababa de salir —yo lo ignoraba— del penal de El Puerto. Ponderé en la prensa su comportamiento conmigo dando su nombre y apellido. Él se hundió.

—Ahora vendrán a buscarme. Hay gente que tiene mucho contra mí.

Me confesó entonces que había cometido una muerte.

—Pero ¿por qué? ¿Qué pasó? —le pregunté: me parecía tan inofensivo como buen bebedor. (Él se esforzaba en excusarse diciendo que lo que tomaba eran optalidones. *¿Y qué necesidad tiene usted de tomárselos con vasos de ginebra?*)

—Que vinieron a buscarme, señor.

—Pero a mí viene mucha gente a buscarme y no les hago nada.

—Sí; pero a mí me encontraron.

Se acostumbró a abrir la puerta con un pistolón de regulares proporciones. Alguna amiga encopetada que venía a visitarme se sintió apuntada por aquello y tardó en volver. Yendo el mozo un día con el perrillo por la calle, les atizaron unos ladrillazos: el hombre sangraba por detrás de la oreja, y a Troylo le acertaron en un anca. La cosa ardía. Cuando se dio el episodio de Elcano por televisión (*Paisaje con figuras*) Luis María Anson, en una revista que dirigía, escribió un editorial, titulado *Un petardista*, contra mí. Se prohibió la serie. Y fue otro Anson, Rafael, bastante más tarde, quien la reanudó. Me propuso seguirla, pero sin mis presentaciones: yo me había señalado en exceso; era mejor que el actor que yo eligiese recitara mi texto. Me negué. Le di cuarenta y ocho horas de plazo para reflexionar. Reflexionó y aceptó: yo era el responsable de lo mío y quería dar la cara.

En aquel primer gabinete posfranquista había dos personas que sentían, creo, vivo afecto por mí. Eran consuegros: José María de Areilza y Antonio Garrigues Díaz Cañavate, respectivamente ministros de Exteriores y de Justicia. Andaban preocupados con el asunto Gala, que se había montado por torpeza y maldad de Arias y de su gente. Yo había escrito, sin velar el tema, sobre la contradicción que suponía hacer presidente del Consejo de Ministros al que, siéndolo de Interior, no había impedido el atentado que llevó a Carrero a los cielos. Los ministros amigos querían suavizarlo todo. La verdad es que tenían además bastantes problemas. Garrigues aspiraba, sobre todo, a librarme de la pila de procesos que me agobiaban. Me dio un número de teléfono y me dijo que tres minutos de conversación con el titular serían suficientes. El titular era Guerrero Burgos, presidente del Club Siglo XXI, jurídico no sé si de la Armada o del Aire y, algo que lo enorgullecía mucho más, duque consorte de Cardona. Su solución fue fabulosa.

—Mándame medio folio arrepintiéndote y desdiciéndote de todo lo que has escrito contra la situación y los protagonistas. Yo me encargo de hacerlo llegar a los periódicos y de que todo acabe en agua de borrajas: no olvides que las circunstancias se han puesto muy negras para ti.

Colgué el teléfono sin despedirme.

La buena voluntad de Garrigues no dio plausibles resultados. Un quince de noviembre me llamó para decirme que me quitara de en medio: el día veinte, *Día del Dolor*, no era aconsejable que anduviese por Madrid ni que me quedase en mi casa. En efecto, como no sirvo para refugiarme, me fui a Toledo —coño, hace falta ser idiota—, y si no me dejé el pellejo allí fue porque Dios no quiso. Insistió el ministro en que desapareciera, y me fui a corregir unas galeradas nada menos que a Guadarrama, otro nido de aguiluchos derechistas. Estaba en el Arcipreste de Hita, sentado a la sombra de una pineda, por la mañana, cuando vi unas sombras acercarse. Debían de ser cuatro. No vi más. Cuando volví en mí tenía puesto un zapato solo: el otro, sin desabrochar, había salido despedido, y el reloj también. El zarandeo debió de ser de abrigo. Me había llevado al campo un bastón de caña de Malaca y puño de asta que, inexplicablemente pesaba mucho. A costa de mis huesos supe la causa de tal peso. Me lo rompieron encima y salió su ánima, y a punto estuvo de salir la mía: una barra de hierro de un centímetro de diámetro. Conservo todavía ese memento: el hierro está doblado de chocar contra mí. Estuve algún tiempo en un hospital y, al salir, todavía llevaba morados los ojos y hematomas por todas partes.

Se acercaba un desfile de la Victoria. Iba a celebrarse el treinta de mayo. Volvió a rogarme Garrigues, a través de uno de sus hijos, que me fuera. Lo llamé.

—¿Adónde me voy? Yo no sé irme.

—Vete a Murcia.

—Pero si no he matado al Rey, ¿por qué he de irme a Murcia?

—No lo sé, Antonio. Porque yo soy de allí...

Era el quince de mayo. Alguien de Cultura organizó, para

que mi salida pasase inadvertida, o paliada al menos, una mesa redonda en Murcia sobre televisión, anunciada para el veinticuatro. Además de mí estaban convocados Martín Ferrand, Tico Medina y José Luis Balbín. Los tres, amigos. (José Luis fue mi primer entrevistador serio para la revista universitaria *La Hora*, y era corresponsal de Televisión en París en uno de mis viajes, y en Praga, en otro.) Poco antes del acto se recibió un telegrama acusándome de rojo y advirtiendo de que había una bomba puesta en el salón por mi causa: no podía celebrarse nada en tales condiciones. Los tres amigos regresaron a Madrid. Yo me quedé en el Hotel Siete Coronas.

Antes de salir hacia Murcia, había escrito, junto con Eugenio Suárez, una carta a Fraga, ministro de Gobernación, haciéndole responsable de lo que me sucediera en unos días que para mí se volvieron de color de hormiga. Telefoneó el ministro tornadizo avisando que sólo si yo no provocaba la atención de nadie y no me exhibía podía garantizarme la seguridad. Decidí ver los museos de Murcia, sospechando con razón que es donde menos gente encontraría y por menos sería visto. Iba a aguardar un par de días más para hacer un viaje instructivo sobre el barroco murciano con el que más sabe de él, Alfonso Emilio Pérez Sánchez, que habría de venir con un clavicordista amigo suyo. El día veintiséis de mayo pasé la mañana en el Museo Salcillo en compañía de un escultor muy de mi intimidad. Disfrutamos en el museo enormemente. De vuelta al hotel, lo vimos abarrotado de gente, que abrió un pasillo para dejarnos atravesar el vestíbulo. Un conserje me rogó que pasase al despacho del director. Sobre una mesa, un gran montón de telegramas. Enfrente, en un sillón, el comisario Conesa.

—Sus amigos —dijo éste— han dado la noticia de que nosotros lo hemos asesinado.

Las posturas no podían estar más claramente definidas.

—¿Cuándo? —pregunté.

—Esta mañana temprano, hacia las nueve.

Mi amigo el escultor, que era el que sabía más de cierto mi indemnidad, resbaló por los azulejos de aquel despacho, y se cayó al suelo. Los telegramas procedían de toda España. Según me contaron, Fraga recibió la noticia por un flash emitido desde San Sebastián.

—Joder, otro Lorca —dijo, y vomitó el desayuno. Algo es algo.

Murcia organizó una salve en acción de gracias ante la Virgen de la Fuensanta porque yo no había sido asesinado allí. No lo olvidaré. Ni olvidaré el titular de *La verdad*, en primera plana, a toda orquesta, «Antonio Gala no ha sido asesinado en Murcia».

A primera hora del día siguiente salimos con Pérez Sánchez hacia Jumilla, invitados por una generosa tía del escultor, directora del instituto. Desde ese momento, cada vez que nos movíamos, íbamos precedidos por un coche de la policía y seguidos por otro, que cambiaba según los puestos, de la Guardia Civil. A buenas horas, mangas verdes. Todo nuestro empeño, en un recorrido que sirvió no sólo para ilustrarme a mí sino a algunos miembros de las fuerzas armadas, fue escaparnos de la protección impuesta, que no nos divertía. Conseguimos burlarla en Águilas, falseando la hora de partida y el destino. Pero nos recobraron pronto y con las caras más largas que nunca. Camino de Madrid, ya en Albacete, también logramos despistar a nuestros ángeles custodios.

Estábamos en el hotel *Los Llanos*, y la cosa empezó mal. El botones que me llevó a mi cuarto, descorriendo las cortinas, me informó:

—Conviene que no salga. En ese parque de enfrente es donde el mes pasado mató un hombre a una pareja de novios.

Veníamos cansados. Tomamos cualquier cosa y nos retiramos, de dos en dos, a nuestras habitaciones. A la mañana siguiente me enteré de algo ocurrido durante la noche. El clavicordista, hijo de un almirante, era prófugo de la mili y estaba *delicadamente* perseguido. Mi nombre y mi búsqueda habían hecho imposible que los suyos continuaran en penumbra. Las listas de todos los hoteles y pensiones de la zona, desde que la policía nos había perdido, obraban en poder de las autoridades.

Todo se convirtió en un sainete cuando el joven músico, en un calabozo, intentó suicidarse tomándose, con un vaso de agua, sus lentillas.

Entramos en Madrid muy custodiados. Acababa de celebrarse el desfile victorioso. La policía dejó dos números en la puerta de mi casa. Lo que ocurrió en adelante fue tragicómico. *Mis* policías tenían que cumplir su encargo gratis y quizá a su pesar; sobre todo viendo que la condesa de Fenosa, vecina mía, disfrutaba de otros dos números muy bien pagados. Es decir, mis guardadores estaban echando chispas por tener que guardar, sin sobresueldo, a un tío que no pensaba como ellos, si es que ellos pensaban. Las consecuencias eran funestas: yo tenía que decir dónde iba, dónde cenaba, cuándo ponía un pie en la calle... Ellos comparecían en las casas anfitrionas antes de la cena, y las dejaban patas arriba para *cerciorarse* de que no había bombas ni armas ni berenjenas en vinagre. La gente dejó, como es natural, de invitarme, menos los cuatro íntimos que ya tenían sus casas destrozadas. Fue cuando hablé con Fraga y le dije:

—Prefiero que se me retiren los guardaespaldas. Ellos me han enseñado la diferencia que hay entre proteger y protejoder.

Y me quedé tan indefenso como estaba.

Mi abandono coincidió con la decisión del Rey de prescindir de Arias. Es curioso cómo, en el libro de Areilza sobre sus cien días en Exteriores, él escribe un exacto y fidelísimo diario. Y llega, al final, a la conclusión de que el Rey lo va a nombrar presidente del Gobierno, mientras los lectores, tan sólo con los datos que él les ofrece, llegan a la conclusión de que el Rey le va a dar una patada en el talle. Se esperaba la decisión real de un momento a otro, y yo estaba invitado a comer en casa de Garrigues hijo, en compañía de unos amigos, su padre y Areilza, que oficialmente estaba en Bilbao, pero tenía puesto el champán a enfriar en la nevera de su casa de la carretera de La Coruña.

Tomábamos café y comentábamos la situación. La televisión transmitía un documental sobre peces, cuando se produjo una interrupción para anunciar el nombramiento de Adolfo Suárez, joven, mutable y esperanzador como el Rey mismo. Dejé de ver a Areilza. Cuando tuve fuerza para alzar los ojos, se me cruzaron con los de Garrigues, inundados de cierta sorna.

—Es el que nos traía los cafés en el Consejo de Ministros. —Después de una pausa todavía no relajada, agregó—: ¿Tú crees que ha leído a Goethe?

—No —dije tras una vacilación.

—¿Y a Cervantes?

—A ese, desde luego que no —contesté convencido—. Pero lo más doloroso es que creo que no es imprescindible haberlo leído.

Alberti, con el que había coincidido gozosamente en una manifestación por La Castellana (*Mira cómo nos quieren, Antonio, mira cómo nos aplaude nuestro pueblo*) había dejado de hablarme por una frase de Santiago Carrillo, dicha en casa de Teodulfo Lagunero, que alguien, quizá el propio Carrillo, me atribuyó:

—Siempre se ha dicho que más vale tarde que nunca; pero en el caso de Alberti más hubiera valido nunca que tarde.

Yo, acordándome de sus somnolencias lógicas en el Congreso, envuelto en camisas caribes, me eché a reír: hay frases que, se compartan o no, tienen una gracia intrínseca. Cuando el PC decidió celebrar su ochenta cumpleaños, me extrañó que se me telefonease para que yo le ofreciera la cena homenaje. Advertí de cuál era nuestra posición, y me respondieron que Rafael estaría encantado. En representación del PC no fue nadie a esa cena. Yo me sentaba a la derecha de Alberti y a la izquierda de Rosa Chacel. Rosa, como persona, no fue nunca santo de mi devoción: era inmisericorde y acaso resentida. Rafael me estaba contando, con todo detalle, cómo salvó los cuadros del Museo del Prado. Me tocó en el brazo Rosa.

—Todo eso es falso: los cuadros los salvó mi marido.

Se entabló una lucha poco dialéctica que acabó, entre los dos ancianos, en una lucha a manotazos recibidos por mí. Logré, no sé cómo, poner paz en beneficio mío. El homenaje fue un éxito. A partir de él, no se me daba trofeo alguno ni estrenaba nada sin que Rafael mandase versos encantadores o me regalara con su presencia. Todavía conservo sus gentilezas. Unos días después de aquella cena, en la toma de posesión de un amigo común en la Academia de Bellas Artes de San Fernando, me lo tropecé, en el salón de espera al estrado, conversando animadamente con Rosa Chacel. Me extrañó, pero me alegré de que mi paz fuese duradera. En el momento en el que se separaron, Rafael vino hacia mí y me dijo en voz baja:

—Antonio, niño, ¿quién es esa vieja?

Comprendí que la cabeza de Alberti no funcionaba tan luminosamente como antes.

Del golpe o alpargatazo se venía susurrando entre los iniciados. La condesa de Ruiz de Castilla en una cena organizada por mí en mi casa dejó caer alguna primicia. A través de los mandos del PC yo me había enterado de que una de las cien personas que tenían en cartel los presuntos golpistas era yo. El día veinte de febrero una voz que reconocí aunque su voluntad no era esa, me dijo por teléfono:

—Usted está entre los quince primeros que los golpistas van a eliminar.

Fue un gran ascenso y un gran honor el que me hacían.

Trabajaba yo en el cuarto piso de mi casa de Madrid, donde tengo mi estudio. Serían las seis y veinte de la tarde. Oí subir con ruido las escaleras y apareció un amigo, Marcos, que entonces vivía en casa y que tenía una ganada fama de mitómano, simpático bromista y embustero.

—Venía en un taxi y he escuchado decir a la radio que ha entrado la Guardia Civil en las Cortes. Hay un golpe de Estado. —Yo lo miraba con una risa en los ojos—. Como supuse que no me creerías he traído al taxista. —Se volvió hacia la escalera—: Suba usted.

El taxista, cualquiera que fuese su ideología, estaba sumamente alarmado.

—Es verdad, don Antonio.

Esa misma noche me entregaban en un local, no sé bien a qué

se dedicaba, el premio Brasilia. Estaba en una de las calles adyacentes a General Perón. Quedamos en recoger a Cristina Ordovás, la condesa, cuya casa, en la esquina de Zorrilla y Marqués de Cubas, estaba a dos pasos del Congreso. Nos esperaba en la puerta. Las fuerzas del orden, por así decir, no nos dejaron pasar más allá. Por azares del sino, al correr de las horas, mi casa se había convertido en un *refugium peccatorum*: mis amigos más íntimos fueron llegando e improvisamos una cena antes de salir por la condesa y por el premio. Mi contestación a todas las llamadas fue titular de una crónica de *ABC* del día siguiente: *Traed armas, yo pongo la cena*. Los que habían llegado por la tarde tuvieron que ponerse ropa mía: Marcos, el del taxista, por ejemplo, que no tenía ropa oscura. El taxista era soltero y pidió quedarse en casa. También lo avituallamos y se le proveyó de ropa. Cuando llegamos al Brasilia se asombraron sus empleados. Era una especie de discoteca pequeña, o cabaré, o algo por el estilo. No había ni un cliente y la entrega del premio se había aplazado como era natural. Tomamos nosotros solos unas copas. Pero Marcos, más ancho que yo, había estallado la costura trasera de mi pantalón, y hubo de ir al guardarropa a que la señora correspondiente se lo remediase. En la televisión de la señora contemplamos la tardía comparecencia del Rey.

Regresamos a Macarena esquina a Triana comentando, entre risas nerviosas y tensiones, las posibilidades de la rabiosa o torpe gente equivocada que trataba de implicar a mucha más. ¿Quién pensaba en dormir? Avanzada la noche, telefonearon desde Televisión para que participase, con Federico Carlos Sainz de Robles y Joaquín Ruiz Jiménez en un programa tranquilizador para la ciudadanía. Me mandaban un coche a recogerme. Marcos, equilibrado tanto como imaginativo, se opuso:

—Ahora llega aquí un coche de no se sabe dónde, te llevan camino de Prado del Rey, y en la Casa de Campo te descerrajan dos tiros y santas pascuas. Tú no te mueves de aquí sin garantías.

Tenía toda la razón. Desde casa confirmamos, llamando nosotros, el proyecto de televisión. Pocas veces he sentido en mis manos tan claro el cariño de mi pueblo y su fuerza y su voluntad.

Para participar en la manifestación por la democracia preferí Sevilla a Madrid: creí que allí sería más útil mi presencia. Y así fue: andando entre mi gente, después del recorrido oficial, por los festolines carnavaleros y la chunga de la Alameda de Hércules... Luego nos fuimos unos pocos amigos a la normalidad: la normalidad insólita del carnaval de Isla Cristina. Allí me enteré, por pura casualidad, de lo que es una raya de coca; no porque la tomara, sino porque los muchachos la pedían y acabó por aclararse lo que pedían.

Se aproximaban las elecciones del 82. Yo, con todas mis fuerzas apoyaba al PSOE. Lo venía haciendo desde tiempo, aunque en ciertos momentos mi confianza en sus líderes, no en sus bases, vacilaba. Felipe González, joven y dinámico elemento, me invitó en el restaurante de María Aroca, en la Plaza de los Carros. Comimos en un velador de mármol un pollo frito *a su manera*, cuya receta se murió sin darme. Creo que ha sido el único pollo frito, el de María, que he comido con gusto. Felipe aprovechó la demora del Rey en ofrecerme un escaño en el Senado para ofrecérmelo él:

—Hemos calculado que en el setenta y cinco por ciento de las demarcaciones te elegirán sin hacer campaña. Será una cosa cómoda y llevadera para ti. Ven con nosotros.

—Estoy con vosotros —le aclaré—; pero no quiero escaño alguno. Primero, porque me encuentro así más en mi sitio. Segundo, porque os seré más útil desde fuera.

Me dio un par de días para reflexionar. No los necesité. Ni ellos tampoco necesitaban ofrecerme nada, absolutamente nada, para que me sintiera afín a ellos y colaborara en su éxito.

En junio del 82, yo en Madrid de paso hacia Venecia, me telefoneó Miguel Boyer para invitarme a una cena en su casa.

—Vienen los andaluces —me insistió.

—¿Todos? —le pregunté riendo.

—Los nuestros, y Paco de Lucía y Manolo Sanlúcar. Muchos. La cita es a las ocho.

Yo madrugaba al día siguiente porque el avión salía tempranito. Las ocho, para julio, me pareció hora de merienda más que de cena; pero mejor, porque podría regresar a casa pronto. Llegué, y Boyer, que vivía en El Viso, me acompañó a un gabinete y se recostó en el quicio de la puerta. Sentados en un sofá, Guerra y González. Me eché a reír después de saludarlos.

—Naturalmente os voy a decir que no.

—¿Por qué? —preguntó González muy serio.

—Porque no debería de haber.

—Lo que yo te decía —intervino Guerra.

Boyer, que estaba *in albis*, nos interrumpió:

—Los andaluces os entendéis por gestos, pero yo no me estoy enterando de nada.

Los andaluces nos echamos a reír. Esa noche se habló del posible primer Gabinete. Cuando llegó el turno de Solana, que, por preparación, apellidos, estudios y tiempo en el partido, era lógico que tuviera un ministerio, alguien mencionó el de Transportes.

—¿Qué queréis, que lo pille un tren? —resolvió Felipe.

En el jardín, tranquilamente, bajo la hermosa noche de verano, Carmen Romero y yo hablamos con exaltación y familiaridad. No sé por qué Carmen tenía la obsesión de los pescadores andaluces, que no era el tema preferido de Felipe. Pero, pese al enardecimiento y a la entrega, aún no habían llegado al Gobierno. Llegaron enseguida.

El día de la glorificación del PSOE, después de cenar en una casa desamueblada, con una poca gente socialista de un modo vago, saludé en el Palace a Felipe y a Guerra. En uno de los primeros almuerzos de La Moncloa comía yo a solas con los anfitriones.

—¿En qué se parece esta mesa a aquella en que te ofrecí el escaño y no aceptaste? —preguntó González.

La mesa de La Moncloa era larga, redondeada en los ángulos.

—No caigo.

—En que ésta es de mármol blanco igual que el velador de María Aroca.

En la sobremesa me habló del carácter de bien público de los acuíferos, de Rumasa, de diversos proyectos... Yo fui un buen oyente, pero no un consejero áulico. Me encontraba un pelín

177

preocupado. Unos días antes, en la embajada argentina, en una discusión sobre los campesinos andaluces, Luis Yáñez la cortó diciendo:

—Con diez millones de votos comprenderás que podemos hacer lo que nos dé la gana.

Nunca he creído que Yáñez haya sido portavoz de nadie, pero sí temí que en aquella ocasión alguien hablase por boca de ganso.

Carmen Romero me parecía una mujer tan bella como ejemplar. He gozado teniéndola invitada en mi casa, y le he agradecido cuando me ha llamado, a Lisboa o a donde fuera, para invitarme a *La Bodeguilla*. Aunque, aparte de la conversación, en ella se ofreciera un flamenco bastante convencional o unos aborrecibles narradores de chistes sevillanos. La precisión con la que su equipo me localizaba, y la urgencia y pasión con que era convocado no se veían, en la realidad, muy justificadas.

Para que España funcione fue un gran eslogan. Pero funcionó mal. En Barcelona me habían dado el trofeo *Los conquistadores*. Lo patrocinaba la casa Longines: una placa de plata y un reloj último modelo. Cometí una galada: entre los míos se llama así a una insalvable metedura de pata, cosa que en mí es frecuente.

—La caja del reloj es una preciosidad —comenté.

—Pero el reloj vale 400.000 pesetas, señor Gala.

—Quizá no deba aceptar regalos de tanto precio.

—Pues yo sí —dijo Amparo Rivelles que me acompañaba.

A mi otro lado estaba Gunilda Bismarck y su fiel divorciado. Ella se hacía cruces porque una persona como yo supiese utilizar los cubiertos de pescado, besar sin besar las manos de las señoras y llevar el traje igual que un *gentleman*. Es decir, equivocaciones muy habituales. España andaba un poco trastornada.

Lo que sucedió en el aeropuerto del Prat, si es que ya se llamaba así, colmó la gota de los desatinos, impuntualidades, baches, vacilaciones y horrores que poblaban el país. *No funciona-*

ba. Escribí en pleno 83, *El bienestar de España*. Concluía así: «Bien sabe Dios, que, si estoy con el socialismo, no es por su imbecilidad. Y que, si todavía tengo un resto de respeto al Estado —el que sea—, es por considerarlo necesario —un mal necesario—, pero por nada más. A mí que no me hablen de esotéricas *razones de Estado*. Ninguna razón de Estado debe ser contraria a mi razón: ha de caber en ella; podrá ser incomprensible, pero no irracional. No tolero que se me engrandezca a fuerza de patadas. Ay, si el Estado pierde sus razones; si pierde su última razón, su exclusiva razón de ser. Un Estado que no mejora la calidad y las condiciones de la vida es, como dijo Jovellanos, una *idea chinesca*: la idea de un fantasma que procura su propio auge, y llama a eso bienestar de España.»

Cuando apareció el artículo yo estaba escondido en Jerez, trabajando en un texto. Allí, contra todo pronóstico, me localizó Javier Solana, entonces, ay, ministro de Cultura, por orden de González. Vinieron a recogerme, en nombre de ambos, el presidente andaluz, Pepote de la Borbolla, y el consejero de Cultura, Torres Vela. Fueron encantadores, amables y andaluces. No obstante, ni ellos ni sus ofrecimientos consiguieron calmar mi decepción. González la había calificado de *rabieta*: una rabieta que ha durado hasta hoy.

—Hemos tenido que surtir demasiados puestos: centrales, autonómicos, provinciales y municipales. Ni teníamos tantos afiliados ni hay tanta gente preparada. En un pueblo de Jaén —me comentaba Pepote, por quien siempre he sentido cordialidad y simpatía, entre risas— ha salido un alcalde cuya única virtud es matar cerdos de un puñetazo.

Ya había desaparecido, por supuesto, de la presidencia andaluza, Escuredo, incurso en feas acusaciones. En un momento dado se trataba de que dimitiera, porque su actitud era fatal para el partido. Fueron Guerra y Felipe a Sevilla a casa de Pepote, su sucesor *in pectore*. A proponerle su suicidio a Escuredo se acercaron Felipe y Pepote. Después de varias horas, regresó el segundo a su casa, donde le esperaba el vicepresidente.

—Qué trabajera nos ha costado convencerlo. El muy hijoputa... —comenzó Pepote.

—¿Cuál de los dos? —comentó Guerra.

Otro ejemplo de habilidad y urgencias localizadoras en beneficio propio me lo dio Narcís Serra, alcalde aún de Barcelona. Me telefoneó a un apartamento secreto de Nueva York para ofrecerme reanudar la tradición de los *Jocs Florals*, que habían desaparecido hacia el 31 y cuyos mantenedores últimos fueron Unamuno y Menéndez Pidal.

—Hay elecciones en Cataluña, ¿no? Y quieres que yo anime a los andaluces, ¿verdad? —Se echó a reír a su manera de gallina de Guinea, y me reconoció que ese era el motivo. La sinceridad siempre me ha movido, incluso conmovido. No sé si el acto resultó fructífero. Un poco cursi, sí. Y la ausencia de Narcís Serra, tan llamativa como descortés.

Por entonces se ejerció sesgadamente sobre mí otra presión. Era el momento en que la locución *tiro en la nuca* estaba muy en boga, referida a un bando u otro: ETA, policía y Gal. Desde las alturas de Interior se me hicieron ofrecimientos muy agradables si yo no insistía en condenar tal procedimiento, «dado que un sesenta y tantos por ciento de los españoles están a favor de la pena de muerte». Hice oídos sordos a la propuesta. No tardó en producirse un hecho insólito a esas alturas del partido: por un artículo titulado *Soldadito español*, contra el servicio militar obligatorio, cuyas fotocopias llenaron los cuarteles, me procesó el Consejo Supremo de Justicia militar. Se armó el consiguiente revuelo. A mí me defendió Cobo del Rosal, entonces colega de despacho de Raúl Morodo, que se puso del todo a mi disposición. En definitiva, ante la reacción popular —y culta— se quedó el juicio en agua de borrajas.

Con Alfonso Guerra yo tenía unas estupendas relaciones. Fue a él a quien entusiasmó mi *Testamento andaluz*, con música de Manolo Sanlúcar y pinturas de Manolo Rivera. Fue él quien, en una insólita combinación de literatura, socialismo y capitalismo, presentó en la sede del Banco de Bilbao en Madrid, mi libro *En propia mano*. (Por esa razón, al no poder quedarme, tuve que dejar grabado un saludo para el estreno en Buenos Aires de mi *Petra Regalada*.) Fue él quien me eligió para entrevistarme en un programa de televisión, que él inició, en el que el entrevistado se transformaba a la semana siguiente en entrevistador. (Yo hablé *en presencia* de Rafael de Paula, y nunca mejor dicho, porque le pude sacar muy pocas palabras al torero.) La entrevista de Guerra se hizo en mi casa. Venía febril, pero nos dio tiempo a entendernos una vez más. Con todo lo que antecede, lo que quiero decir es que la decepción que me produjo el PSOE, que luego se generalizaría en el país, fue muy temprana: no en vano había cerrado el libro *En propia mano* con un artículo de ilusión titulado «Reflexiones sobre un amanecer». Pero todavía conservaba la esperanza, y mis advertencias, fieras en algunos momentos, eran una especie de requiebros amorosos. A quienes no quiero, no me tomo el trabajo de ponerlos verdes.

El aparato, siniestro como todos, del PSOE actuó con mucho temor cerca de mí. Puso a mi alrededor una campana neumática que ensordeciera mis palabras, mis opiniones, mis obras y mis comportamientos. Se condujo desde entonces a lo avestruz, como si yo no existiese. Oficialmente me tachó. Pasé, lo cuento como un hecho notable, de formar parte de los primeros jurados del Príncipe de Asturias y el Cervantes, a no contar para nada. Y lo acepté en aras del único poder que he aspirado a tener siempre: el de decir la verdad en nombre de quienes no pueden, en nombre de la mayoría no sólo silenciosa sino silenciada. El tiempo vino a darme la razón; pero nada más que la razón. No aspiraba a nada más.

Cuando se comete la tropelía del referéndum de la OTAN, se me ofrece encabezar el movimiento del *NO*. Yo, que no he visitado la redacción de *El País* más que tres veces, y una de ellas de paso, le pedí su opinión a Juan Luis Cebrián.

—Si yo estuviera en tu situación, aceptaría.

Lo mío es escribir. Todo lo demás me saca de mis casillas. Con la condición de que, fuese cual fuese el resultado, me devolverían a ellas, acepté. Dada mi mala salud, había que administrarme. Mis mítines fueron en Sevilla, en Valencia, en Santa Coloma de Gramanet, y el que cerró la campaña, en Madrid, refulgente y jubiloso, en el Parque del Oeste.

—La primavera este año se ha adelantado al 12 de marzo, —comencé—, compañeros...

Cantantes que me habían acompañado y precedido en ese mitin cenaron con González aquella misma noche. Hay cosas que no llego a comprender del todo, y lo que no comprendo me produce repugnancia moral. Quizá porque yo sea más derecho que un tiro, y no haya que serlo tanto, y la verdad sea curva...

Todo el mundo sabe cómo se desarrolló el proceso del referéndum. Yo he escrito ya, y quizá escriba más, sobre él. La OTAN ha dado pruebas de su falsedad, de su inutilidad, de su sumisión a USA y de su carestía. Cuando desaparecen los bloques y desaparece el Pacto de Varsovia, como muy tarde, la OTAN debió desaparecer. En fin... A los que votamos *no* y luchamos por el *no* se nos marginó, se nos discriminó, se nos atropelló. Yo callaba. Nunca pensé pedir árnica por mí. Pero la lista de los damnificados era penosa y larga. Algunos artistas no fueron contratados más ni por ayuntamientos ni por provincias ni por autonomías socialistas. No se perseguía a nadie expresamente, pero se le ignoraba. Una gota que colmó el vaso fue la de Carlos Cano. Cité a Guerra una noche en mi casa para cenar a solas. Comprendió lo que le decía. Tomó nota de quienes le decía.

—¿Y tú? —me preguntó—. A mí lo que me asombra es que nos hayas llamado deshonestos. Comprendo que en el calor de un mitin uno se exceda. Pero deshonestos... Antonio... ¿Nosotros?

—Estoy escribiendo sobre el terrible dilema de la ética y el poder. Es una función de teatro que se titulará *Séneca o el beneficio de la duda*. —Guerra frunció, molesto, el ceño—. Irá prologada por Areilza y por Sádaba —frunció el ceño aún más.

—Me refiero a si tú tienes quejas, personalmente, de nosotros.

—Nunca he recibido nada de nada. Nadie ha tenido conmigo el menor detalle.

—¿Qué es lo que te gustaría?

—La dirección de la Academia de España en Roma. —Se aligeró su ceño.

—Haz las maletas.

—Era una broma, Alfonso —dije en voz baja y con cierto pesar—. Tampoco habría aceptado nada de nadie.

Fue esa noche la primera vez que oí hablar de los incontrolables *portadores de maletines* que pedían el quince por ciento de cualquier cosa. Luego las culpas fueron amontonándose. Los socialistas eran los míos. Por eso me dolieron. Por eso me dolía verme obligado a escribir las *Proas* y las *Troneras* de *El Independiente*. Y me dolió el cierre del periódico. Y me dolió, después del luto y de su alivio, tener que volver con las *Troneras* a *El Mundo*. Porque cada año, a los Reyes Magos, les pido para España que mis *Troneras* se hagan absolutamente innecesarias. Y también por eso me es comprensible con facilidad no contar desde hace mucho con las simpatías del aparato del PSOE, y haber sufrido, quizá en legítima defensa, un rechazo brutal.

En ese Ponto Euxino me he desenvuelto con el aplauso y el afecto de la gente que tiene fe en mí. Una tarde en Buenos Aires me paró alguien cerca de La Recoleta.

—¿Usted sabe, amigo Gala, que es usted de las dos o tres personas que gozan de más credibilidad en su país y por tanto en el mío?

—No quiero saberlo. Hago lo que puedo, pero no quiero cargar con una responsabilidad excesiva. Me contento con ser fiel a mí mismo.

Para no sé qué presidente suramericano se dio una cena en El Pardo. Yo acompañé a Pilar Miró, entonces directora de televisión. (Qué mal se portaron con ella.) A la vuelta, Jorge Verstrynge me ofreció su coche y lo acepté. Comenzamos un trato bastante sincero. Estaba divorciado, tenía dos hijos.

—Estoy en busca de una familia.

—En el fondo, yo también debería estar buscando la mía: me encuentro a veces demasiado solo —comenté.

—Pero yo me refiero a una familia política. Porque un hombre como yo no sólo vive *para* la política, sino *de* la política. No es posible vivir con lo que gano en la universidad.

Entendí, entendí, claro que entendí. Lo que no entendí tanto, días después, es que me ofreciera mediar entre Guerra y yo. Primero, porque, en definitiva, Jorge se había transformado en un monaguillo del PSOE que esperaba recibir las órdenes menores. En segundo lugar porque creía, y lo sigo creyendo, que entre Guerra y yo no hacen falta más mediadores que nuestro mutuo respeto y un núcleo de ilusiones comunes.

Con los políticos del PP, que se consideran lejos de mí, he mantenido un trato *puntual*, esa expresión tan corriente entre los gobernantes como deleznable. Al menos, levantaron la sanción sordomuda del PSOE. Esperanza Aguirre me otorgó la Medalla de Oro de las Bellas Artes, lo mismo que, al principio, Borbolla me concedió la de Hijo Predilecto de Andalucía y la de Oro de la Cultura Andaluza, antes de que se cerrara la espita de los reconocimientos. También el mismo Borbolla sufrió la ingratitud de los más próximos. Hay que tener una espalda muy ancha y muy fuerte para cargarse encima de ella la política. De ahí que, cuando Bono, del PSOE, me pidió permiso para otorgarme la Medalla de Oro de Castilla-La Mancha, se lo agradeciera con toda mi alma. Era un recado que entendía. Yo no vivo *de* la política ni *para* la política.

Quizá por eso, cuando el referéndum de la OTAN concluyó, en una última reunión de quienes habíamos participado en la campaña, Tamames pidió que se me rindiera un homenaje nacional en la Casa de Campo. *Un homenaje de despedida*. Lo comprendí muy bien.

—No lo acepto. Y tranquilízate, Ramón. Lo que dije lo digo: no voy a hacerle la competencia a nadie; voy a volverme a mis casillas.

En un programa de televisión, *Esta es su vida*, Gerardo Iglesias volvió a referirse a la deuda que se tiene conmigo y al tema del homenaje nacional. Se lo agradecí mucho, y contesté lo mismo.

—No me desazonéis. Hice cuanto pude, y ahora vuelvo a estar tranquilo en mis casillas.

En ellas sigo; desde ellas escribo estas ligeras páginas, y dentro de ellas haré lo que esté en mi mano por mi país y por mi gente.

Uno de los políticos más interesantes que he conocido, y no puedo terminar este apartado sin nombrarlo, es Gorbachov. Me encontré con él en Moscú, invitado a participar en un simposio por la paz. Nunca a un político lo he sentido tan humanamente próximo, ni me han parecido sus proyectos tan inteligentes, peliagudos y, a pesar de todo, asequibles. Después de Moscú, y ya en privado, nos volvimos a ver en Tallinn (Estonia). Y ratifiqué, a través de mi intérprete Julia, además de su pulcro sentido del humor, cuanto me había parecido de esperanzador en su arriesgadísimo camino. Un oso ruso, bebedor de vodka, lo sustituyó en unos planes que fueron al fracaso. Cuando pasó unos días en España, se le ofreció una cena a la que pidió que yo fuese invitado. Gentes del Gobierno se empeñaron en convencerlo de que no me hallaba en Madrid y de que me irritaban las interferencias en mi trabajo: un tanto a favor del PSOE en su grave campaña de silenciamiento. El embajador ruso me envió una nota personal de Gorbachov lamentando mi ausencia. Mucho más lamento yo la suya en Rusia. Y también la presencia de otros en España.

MIS CASAS Y YO

La casa, para cada uno, es el lugar donde se le espera. Donde se espera al niño, y él lo sabe, con sus botitas embarradas y los pelos revueltos. O donde el niño espera encontrar el juguete recién estrenado y el amable animalito que se alegrará al verlo. O donde el adolescente encontrará la habitación solitaria como él, donde seguir buscándose. O donde el muchacho, aunque no lo crea o finja no creerlo, encontrará el apoyo contra el que rebelarse. O donde el hombre y la mujer son esperados por su pareja y por los hijos, aunque en apariencia no celebren, como les gustaría, su llegada... La casa es el sitio donde cada cual se encuentra consigo mismo, en una intimidad que fuera había perdido: su asiento predilecto, la taza de café o de té, la copa habitual, la costumbre tan sutil que a veces ni es echada de menos, la cama abierta con la almohada de las dimensiones precisas... Y aquellos que tienen más suerte, el amor que sonríe.

Yo he habitado en casas muy distintas. Mías unas, otras, no. Siempre deseé tener la mía, no la de alquiler, no la de paso. Siempre quise tener mis sábanas, mis manteles, mis cubiertos, y luego, mis alfombras y mis cuadros. Por ello me he metido en grandes berenjenales, con la certeza de que el primer paso para salir de un berenjenal es meterse en él.

Sueño alguna noche con la casa donde fijo mi niñez. Quizá hubo alguna más; pero la mía es esa. No fui feliz en ella. ¿O sí lo

186

fui? ¿Para ser feliz hay que tener constancia de la felicidad, o consiste más bien en una vaga monotonía en que las horas se parecen tanto las unas a las otras que basta abandonarse para que la corriente de su río, por inercia, nos lleve? Evoco el patio ancho y cuadrado, con su claraboya de cristales, con las columnas, donde algún hermano, Santi, por jugar con la cabeza tapada, se abrió una ceja. Evoco la sangre de esa ceja, y la solidaridad silenciosa de todos cuando el padre daba una orden general y taxativa, y las quejas divertidas cuando la orden venía de un peldaño inferior... Volvía del sol o de la lluvia, de las hojas crujientes de los plátanos en otoño, en busca del libro ya empezado. Atisbaba a los pacientes de mi padre en la sala de espera, cuya puerta se abría al rellano de la primera planta. Tomaba de pie la merienda, aguardando la llegada de los compañerillos que venían a copiar las tareas. Todavía la muerte no había comenzado la suya... Le dejábamos a mi hermana Dory cigarrones en su dormitorio, o los metíamos en los bolsillos de su bata de casa. Y atendíamos, a veces ya descuidados, su primer grito y sus carreras y sus amenazas...

Era la casa donde nos vestíamos de nazarenos en Semana Santa; desde cuyos balcones veíamos la cabalgata de los Reyes Magos, las procesiones, el entierro de Manolete, los desfiles patrióticos... Todo nos aseguraba que aquel sosiego de estudios y de notas y de tardes libres iba a ser eterno. Los hermanos mayores venían de Madrid en vacaciones y nos hablaban de los estrenos, de los barullos, de las carreras de los estudiantes ante la policía, de los últimos chistes, mientras íbamos quedándonos dormidos...

En Sevilla, durante mi primer año, viví en una pensioncita, a la espalda de la calle Laraña, en la de Goyeneta, cerca de un tostadero de café. Desde la azotea yo miraba los tejados, algunas cúpulas de cerámica rebrillando bajo el sol de la tarde... Doña Antonia y su gato; Lali y el dependiente de los ultramarinos de la esquina: ella entraba a despertarlo, y yo me hacía el dormido para acechar sus besos, sus caricias secretas de buenos días. La ventana de mi cuarto daba a un patinillo interior por donde la luz descendía igual que en una Anunciación. De huéspedes, unos estudiantes de Jerez, dos de ellos muy redichos, y dos futbolistas del Sevilla: uno, de Algeciras, lleno de sortijas y pulseras de oro; y otro, de Linares, el portero, Manolín de nombre. *En Linares murió Manolete / y en Linares nació Manolín...* Yo añoraba mi casa familiar: suele suceder siempre. Cada fin de semana retornaba a ella, con mis libros de derecho y mi carita pálida de niño que nadie creía que fuese ya universitario. Los compañeros, mayores que yo todos, me invitaban a helados para corresponder a mis favores de apuntes o de soplos en los exámenes. Creo que fueron aquellos helados los que iniciaron los males de mi casquería.

Durante los veranos íbamos a casas limpias, preciosas, nuevas para nosotros, que había que descubrir, llenas de recovecos donde esconderse y pasar inadvertidos. Una casa de los abuelos, grande y misteriosa, en Cuéllar, donde nos parecía imposible que mi madre un día hubiese sido niña... Una casa en Ronda, a cuyo jardín daba la puerta de la estancia con balcón que mira al Tajo en la mitad del puente. Yo escribía malos poemas en aquel espacio, donde el ama decía que pasaban su última noche los condenados a muerte. Y las criadas del pueblo murmuraban que los rojos tiraron al Tajo a los señoritos y, cuando los señoritos tomaron la ciudad, habían tirado al Tajo a los tiradores. Hasta septiembre lo pasábamos bien; después, con el mal tiempo, nuestra mejor distracción era ver cómo el viento volaba los sombreros de quienes cruzaban por el puente... Una casa malagueña, en Pedregalejo, con el mar dando la murga noche y día. Veíamos en la playa comer algo maravilloso a los hijos de los pescadores del copo. No queríamos comer más que eso, que eran sosos boniatos, y las algarrobas del caballo del cochero, que las llevaba en un saquito debajo del asiento... Eran casas curiosas, no nuestras, donde se nos esperaba más que en otras, porque en verano llegábamos más tarde, casi de noche... En Ronda, paseábamos por la calle de la Bola; veíamos bañarse en la balsa de Lourdes a los chicos mayores que nosotros; asistíamos a las representaciones teatrales de alguna asociación: *El puñal del godo* y *El divino impaciente*. El protagonista de las dos era un aficionado feo, que a mí me cautivó. Fue la segunda llamada que tuve hacia el teatro.

La primera fue Rambal, en Córdoba. Mis hermanos, más finos, lo consideraban una horterada. Yo me iba con el ama a ver *El mártir del calvario*, *Genoveva de Brabante*, *El conde de Montecristo*, *El jorobado de Lagardère*... Una tarde, a primera hora, me encontré a Rambal y su familia a la altura de la iglesia de Santa Ana: me quedé clavado en el sitio. Por una parte, notaba la diferencia entre los actores y los personajes, tan pobres y tan vulgares los primeros; por otra parte, percibía el milagro del teatro, que magnificaba a semejantes mastuerzos.

En el segundo año en Sevilla comenzaron los colegios mayores. El primero estaba situado no lejos del río. Los de más edad me llevaban a veces consigo —tenía que jurarles el secreto— al Bar Recreo, del puerto, donde paraban marineros y putas. Ellos les liaban a ellas los pitillos de picadura y, al terminar, se los ofrecían para que ellas pusiesen la saliva en la goma.

—Está en buenas manos —decían las putas.

—Pasa a mejores —contestaban los marineros al darles el pitillo ya pegado.

Mi cuarto, luminoso, daba casi al poniente. Escribía con gusto, pero mal. No trataba mucho a los otros colegiales, que, sin embargo, me nombraban cabecilla de todos los tumultos. *El niño este, tan chico...*, decía el cura. Los recuerdo a todos por sus nombres con mucho cariño. A los veinticinco años de concluir la carrera, nos reunimos en el parador de Carmona. Nunca lo hubiera hecho: qué deterioro compartido, cuánto desastre, en qué mujeres, generalmente gordas, se habían transformado las novias tan graciosas... Pasado el tiempo, no hay que ver ya de sopetón a nadie.

Yo controlo bastante las fisonomías. O las controlé, cuando conocía menos gente. Ahora me fastidian los que se acercan de improviso.

—¿A que no sabes quién soy? —Es un coronel, o un señor gordinflas y calvo—. Verás cómo lo sabe —le dice a su mujer—. Venga, dilo. ¿A que lo sabes? A que sí...

—Claro, hombre, que lo sé.

—Pues dilo, díselo a mi mujer. Ella dice que no.

—Eres Imperio Argentina.

—¿Ves como lo sabía? Qué memoria —dice entre carcajadas, que ni la mujer ni yo entendemos.

Adoré el colegio del Buen Aire, en Castilleja de Guzmán. Los jardines, donde luego se rodó *Más allá del jardín*; los chiquillos que cantaban por la aurora; el recital que di en el centro de un estanque; el autobús que nos llevaba y traía a Sevilla... Un mediodía, en el autobús, había una mujer muy deslenguada; llamaba a todo el mundo hijo de puta: al chófer, a la que le rozaba sin querer, a la que la adelantaba con un niño en brazos, al que tenía que salir y le pedía que se moviese... Gritaba y era la triste protagonista de la triste situación, hasta que una señora enlutada, que venía al final, discreta y silenciosa, le dijo a gritos:

—Haga usted el favor de irse a tomar por el culo, tía ordinaria.

Mi celda de la Cartuja, la F, tenía dos plantas: comedor, sala del Ave María, biblioteca, galería para labores manuales, el jardín con su aljibe y, al fondo, el asiento de la contemplación, en la primera. En la segunda, el estudio, el oratorio, el aseo y el dormitorio. Sólo me daba cuenta de lo grande que era cuando tenía que limpiarla con serrín húmedo y una escoba.

—¿Su caridad duerme en el suelo? —me preguntó un día el prior.

—Sí, reverencia.

—Eso se nos ha ocurrido a todos. Vuelva a dormir en la cama: es mayor sacrificio.

En efecto, el colchón estaba relleno con mazorcas desgranadas de maíz, y el cabezal con sus hojas secas, que crujían al primer movimiento. No era absolutamente preciso el *excitator* para despertarme.

En Madrid, aparte de las casas de la amistad, viví en una pensión de familia con mis hermanos, la de la calle Pérez Galdós. Yo estudiaba de noche, y por el balcón, en verano, entraban toda clase de insectos transgénicos (lo he escrito) y subía un olor a leña recién cortada a la hora de llegar el camión para la tahona de enfrente, y luego un olor a pan recién cocido. Hay algunos cuentos que redacté, entre temas de oposición, sobre aquella mesa desordenada y pura. Luego viví en la calle de Colmenares, al lado del Palacio de las Siete Chimeneas y del circo Price. Con el calor, subían los rugidos de las fieras, rasgando los oscuros cielos urbanos y espesos de la ciudad. Tenía un dormitorio y un saloncito: en él fue donde escribí el monólogo que me encargó José Luis Alonso, con mi máquina nueva y con el coñá también nuevo, y me puse malísimo. En él fue donde convertí a Gibby Pitcairn al catolicismo y donde leí el teatro Noh y el Kabuki japoneses, y de donde salí para dirigir el Instituto Internacional Vox, y a él volví cuando las cosas de nuevo se torcieron.

El apartamento de la calle de Prim era luminoso y estricto. Me ayudaron a decorarlo (de ninguna manera puede emplearse este verbo) una amiga colombiana y otra brasileña. Todo se volvía cojines de colores, sillas suecas, un taquillón con talla de servilleta y una camita casta de estudiante. En ese apartamento es donde más amado y sobado he sido, sin embargo. Allí escribí un diario inédito. En él, cada día es dolor de cabeza e insomnio; cada día, la acusación de ser un escritor que no escribe. Viviendo allí dirigí *El árbol*, una galería de arte y club, en la calle Recoletos, que funcionó muy bien. Sólo había un precepto; todo el que entrase tenía que presentarse a los que ya estuvieran. Iban las duquesas a ver beber tinto a los artistas, y los artistas a ver beber whisky a las duquesas. Hasta que se emparejaban. No recuerdo haber entrado en el Café Gijón, que estaba a doce metros de mi casa, más que una noche, en la que conocí a un torero de Albacete muy raro, y una mañana a desayunar. No hay nada que haya detestado más en mi vida que la vida literaria y la bohemia.

Al apartamento de Prim subía mucha gente. Comprobé algo que ya sabía: no sirvo para ligar y no he ligado nunca; es la gente quien me ha ligado a mí. Allí me aconteció una de las desilusiones más grandes que he tenido. Orgulloso de tener *casa puesta*, le pedí a mi madre que me cediese al ama. Consintió. Vino el ama, y noté que se le cayeron al suelo los palos del sombrajo. Se esmorecía. Yo pensaba: «Teniendo al lado el mercado de San Antón, se alegrará enseguida: ella es de hacer amigas.» Le llevaba por la noche a la cama un poco de manzanilla: infusión unas noches, y otras, no. Hasta que un día, harta de darse caramonazos conmigo cada vez que salía al mínimo pasillo, y harta de que la situación le restregase por el morro mi fracaso, el fracaso de quien ella adoraba, me espetó:

—Niño, que si a ti no te importa, voy a volverme con tu madre. Porque una, a su edad, ya no se acostumbra a vivir a lo pobre.

Así lo dijo y lo hizo.

Una tarde, unas primas mías me llenaron la habitación de lilas. Al arreglar la casa la portera, llamada Apolo (de Apolonia: no hay que hacerse ilusiones), abrió con su llave y me encontró sin conocimiento. Las flores me habían envenenado. Morir entonces habría sido una pena. Aún me quedaban casas por recorrer y mucho trecho por el que arrastrarme. Poco después fue cuando me tuve que ir de Madrid y dejé aquel nidillo.

La siguiente casa no fue mía tampoco. Fue un apartotel de la calle Don Ramón de la Cruz. Me mudé a él deprisa y corriendo literalmente, de la noche a la mañana, porque había regresado a la pensión de Colmenares, y a ella no podía llevar a mi amor recién llegado. Era el cinco de enero del sesenta y cuatro. Al traslado me ayudó Mercedes Lazo, una periodista buena amiga. Ahí escribí *El sol en el hormiguero*; conocí el parque de la Fuente del Berro; anduve más que nunca por Madrid; me incrusté entre la gente bonita de la librería Abril... Fui a veces a la revista *Ínsula* (un día —las sillas eran muy cotizadas—, me levanté a decir algo a alguien, y ocupó la mía Ángela Figueras Aymerich; al encontrármela ocupada recordé, en alto y en falso, a Rimbaud: *par delicatesse / j'ai perdu ma chaise*; Ángela, que sabía francés, me la devolvió, pero sin éxito). Y comí sin cesar mejillones, que me horrorizaban, por creer que le gustaban a mi amor, al que también le horrorizaban, y que también creía que me gustaban a mí:

dos años haciendo semejante nauseabundo disparate; dos años dándonos semejante prueba de amor... Veníamos andando desde el centro. Al llegar a mi apartamento, para quitarnos el cansancio, nos descalzábamos, nos despojábamos de la ropa pesada de la calle, la calefacción nos empujaba a quedarnos en paños íntimos, y de ahí a la ducha, y de la ducha a la cama... Y otra vez a comer mejillones.

En una habitación próxima vivía Gabriela Ortega, la recitadora o lo que fuese. Tenía mucho empeño en recitar para mí, que acababa de estrenar *Los verdes campos del Edén*. Una tarde bajé a su cuarto. Me recibió de negro, con un gran manto de gasa negra: se acababa de morir su madre. No sé si recitaba o hablaba por su cuenta. Abrió una botella de manzanilla con la etiqueta blanca y negra. Cuando se hubo animado, pidió a la cafetería por teléfono unas aceitunas.

—Que sean negras, por favor —dije yo—: no vayamos a estropear el cuadro.

Esa fue la época en que Manolo Otero hizo de secretario mío, con su guitarra y sus maderas a medio tallar; en que Jaime Nervo hizo algo de cine, no sé si habrá seguido; en que empezaba la vida vibrante, urgente, multiplicadora de los panes y los peces, con que yo había soñado. A veces mi amor y yo cogíamos autobuses para no ir a ninguna parte y ver por las ventanillas la primavera. A veces íbamos a cines próximos: un atardecer fuimos a uno de la calle de Lista; en la cola alguien me reconoció y vino a pedirme mi primer autógrafo: yo vi reflejarse el orgullo en los ojos de mi amor. Un amor que lloraba alguna noche: mi medida del sentimiento ha sido, con insólita y despreciable frecuencia, hacer llorar... Un amor que enfermaba cada vez que íbamos a emprender un viaje a Cuenca: nunca llegamos a ella juntos. Nunca.

Al año decidí comprar un apartamento. No tenía ni un duro. Por eso fue por lo que lo decidí. Porque seguiría sin tener un duro como no invirtiera el que no tenía. Dudé entre un pisito de la calle Cartagena y un apartamento, que había sido picadero de un señor conocido, puesto en la picota por su mujer legítima. Lo compré por muy poco dinero, pero aun ese poco me trajo de cabeza (y de culo) mucho tiempo. Lo cierto es que no ganaba nada, pero dando algún sablazo que otro —que luego devolví con unción, ya que no con intereses— logré salir adelante. El lugar era tan pequeño que no se podía estar más que abrazados. Ha sido, de todas mis casas, la que más he querido, donde más he querido, y sin duda en la que lo he pasado mejor y peor con mucha diferencia. Fue a ella a la que llegó la mesa de Santa Teresa: una joya como reliquia y como antigüedad, pero muy difícil para encajar las piernas y escribir en ella *Los buenos días perdidos* y *Anillos para una dama*. Vino, por extrañas circunstancias, desde el bloqueo de la embajada alemana en el cuarenta y cinco, adonde había llegado procedente de la Encarnación. Y llegó a mis manos porque, a causa de unos disgustos amorosos, me condenaron a una cura de sueño. Dos amigos míos se comprometieron a conseguir dos cosas: que mi amor volviera y remozar con cosas nuevas el recinto, por llamarlo de algún modo decente. Cuando regresé, una vez bien dormido, después de dos semanas, me encontré en la mesa recién colocada un papel que decía: «A veces no se puede hacer lo que ilusiona. La casa está muy bonita. Adiós.» Y para demostrar que las curas de sueño no sirven para nada, me caí en redondo, me di con las narices en el filo de la mesa y me las partí. Desde entonces, sobre esa mesa, que me ha acompañado de estación en estación, se ha derramado bastante sangre.

Por aquella casita pasó mucha gente, entre otros los que ya vivían en el edificio: Magdalena Imperio Argentina y su hermana Chon; Rafael Amézaga y su mujer que vivían en al ático; Antón García Abril, el músico (que se mudó a un rico chalet de una colonia, en cuyo adosado una niña hacía gamas de solfeo continuamente, por lo que tuvieron que mudarse de nuevo al Soto de la Moraleja) y Julián Mateos, que ocupó su apartamento. Una noche me convidó a una copa y yo le ofrecí mi casa. Vinieron con él Romy Schneider y Melina Mercuri, a quien luego traté como ministra griega. Proyectaban rodar una película en la que Mateos hizo de sordomudo de ojos expresivos. Pasamos unas horas muy gratas. Pero la llamada que yo esperaba, y por la que no podía moverme aquella noche, no llegó. Qué gran amigo y qué grave tormento para el enamorado es el teléfono.

El día de su boda, José Menese vino con su mujer y sus dos cariñosas hermanas. Cantaron y bailaron, hasta que la vecina de abajo, una hija del pintor Aurelio Beruete, llamó a la policía. Vino. Era precisamente el dos de marzo, el Ángel de la Guarda, que es su patrón. Los invitamos y aceptaron —su servicio era relativo— y se alegraron con nosotros. Margarita Beruete volvió a telefonearme:

—He llamado otra vez a la policía, Gala, porque mi araña del salón se bambolea y está a punto de caérseme encima.

—Pues habrá sido a la policía de la oposición; la del régimen está aquí con nosotros.

Subió en camisón enfadadísima. Le dimos un albornoz grande, y se quedó también.

Otra noche fue a cenar Chabuca Granda, que andaba por Madrid, con la condición explícita de que nadie la invitara a cantar. Así fue. Pero molesta porque no se insistía, cogió la guitarra, que había escondido a la entrada, y con sus grandes manos sobre las cuerdas cantó y cantó y cantó. Eran las seis de la mañana, y casi hubo que llamar a la guardia civil para que se la llevara... Allí acudían toda clase de personas divertidas del teatro, del cine, alguna de la literatura. Se improvisaba una comida, en la que al principio nunca faltaban los mejillones, y dejábamos transcurrir la vida joven y cada día inaugurada. Los domingos íbamos con Troylo a almorzar a casa de Mayte, la de Commodore. El perrillo se nos adelantaba y nos esperaba a la puerta. Nadie habría sido capaz de imaginar que un sentimiento así acabara por diluirse, ni que la muerte cumpliese tan a deshora su oficio destructor.

Hasta que no desapareció aquel amor, el apartamento fue mío. Luego lo vendí, firmando la escritura sin mirar, o con la certeza de que estaba vendiendo a bajo precio la mejor parte de mi corazón. Pero no he sido yo mucho de mirar para atrás; más bien soy de telones rápidos y de empezar, sin tardanza, otra función. Que, por descontado, sale igual de mal que la anterior. Cuando se me han resistido más los cálculos, he cambiado de casa, como si eso solucionase algo. A aquella primera, que tiene a la entrada la placa del ayuntamiento de Madrid, diciendo que allí viví *años de intensidad y creación*, que es verdad, a aquel apartamento digo, fue al que llegó Troylo en el 69. Sin embargo, ni la mudanza de casa ni la incrustación de una pequeña vida nueva cambia, en su sustancia, lo que está escrito. Lo que está escrito probablemente por nosotros mismos.

Por fin terminaron la casa de la calle del Darro, en El Viso, una de cuyas plantas íbamos a habitar. La habían hecho a mi gusto, era alegre, daba al jardín por un lado, y por el otro, a Marceliano Santamaría, donde vivían Nati Mistral y Joaquín Vila, su marido. Al lado de la mía, Teñu Arion o Hohenlohe, con la que coincidía cada noche al sacar a nuestros compañerillos: yo, a Troylo, y ella, a su gato gris... Todo estaba bien en aquel piso grande, puesto con la ayuda de Damián Arenas, el pintor Liébana y de muchos. Y, sin embargo, nunca lo quise. No sé qué impresión me producía de rechazo y peligro. En una de sus visitas a España, mi traductora al griego, poseedora de poderes extraños que no gusta de ejercer, se puso a bostezar como una loca. Creí que se aburría y yo estaba ya harto de bostezos.

—Es que te estoy quitando una mala mirada: alguien te envidia y te desea daño.

Cuando me escuchó hablar mal de la casa, hacía tan poco inaugurada, me advirtió:

—No lo digas más. Ella te oye. No va a caerle bien.

Supongo que así fue. En otro piso vivían Manolo de la Concha y Paloma Altolaguirre, en cuyo salón se fraguó el concepto y la pandilla de la *gente guapa*. Reunían amigos con frecuencia y sus fiestas eran muy ruidosas. Una madrugada no tuve más remedio que telefonear. Se puso una doncella:

—Dígale de mi parte a la señora si sabe qué hora es.

Volvió inmediatamente.

—Sí; me ha dicho que son las tres y veinte, señor Gala.

Encima de mí vivía Carmela Fenosa. Era muy peculiar. A veces me inundaba la casa, mandaba a sus pintores para que la restauraran y por último mandaba la factura. Recibía de cuando en cuando a Carmen Polo de Franco. Mi venganza era más sutil que sus inundaciones. Las chimeneas de la casa apenas se usaban o quizá eran puro adorno. Yo encendía la mía, que daba a su salón, y se lo llenaba de humo. Bajaba su mozo.

—Que dice la señora condesa que ya están suficientemente ahumadas.

En ángulo con mi piso tenía el suyo Luis Miguel Dominguín, que vivía con una sobrina suya, Mariví, más conocida luego. Se quedó embarazada, no de él al parecer, y él la echó a patadas, quiero decir a patadas, a través del jardín. Llamar jardín a aquello le pareció a Lucía Bosé una exageración. Una noche de cumpleaños de Ana Castor estábamos a la mesa, con ella y Alfonso Fierro, Rocío Jurado, Manuela Vargas, Lucía Bosé y yo. Yo, con muletas por mi pierna rota. Conté cómo había sido.

—¿Tú no vives donde Miguel? —preguntó la Bosé.

—Sí.

—Y a lo que hay allí, ¿le llamas tú jardín? —dijo con un desdén insoportable.

—Perdona. Yo en italiano sé decir sólo unas cuantas palabras. *Putana*, por ejemplo.

En esa casa de Darro fue donde reunía los viernes a las que yo llamaba mis *hermanas separadas*, como la iglesia a los protestantes. Era un grupo de señoras de la alta sociedad separadas de sus maridos. De ellas aprendí mucho del alma femenina. Todas estaban de acuerdo en que yo tenía una cara muy cordobesa; pero unas pensaban que era completamente hebrea, otras completamente árabe, y otras completamente romana. Así eran en todo... Un día, una de ellas, llamada Raquel, se me quejó en privado de que no la quería lo mismo que a las otras. *Ya estamos con los celos*, pensé yo.

—No digas tonterías, Raquel, te quiero igual.

—No, no —repetía con su acento holandés—; no es verdad.

—Te quiero exactamente lo mismo. ¿Por qué piensas que no?

—Porque a mí nunca me has llamado *tía guarra*.

Tenía razón: yo sólo insulto, y lo hago mucho, a la gente que quiero. A la que no quiero, que la insulte su padre.

En Darro fue donde se inició la costumbre de celebrar con los más íntimos la Nochebuena, la Nochevieja y el almuerzo de los domingos. Eran *los invitados al jardín*, como en algún libro los llamé. Gente que me conocía de primera mano, que sabía mi gana de reír, mi sentido del humor, la Posada del Peine que era mi alma. Aquí es cuando aparece Ángela González (Byass para entendernos) López de Carrizosa, que tanto iba a contar en mi vida.

Pero aquella casa se edificó para ver si, con más espacio, se mejoraba una trabazón deteriorada. No fue así. Mi corazón estaba a la deriva, y yo me equivocaba con frecuencia. Aquellas paredes no ponían de su parte nada, a pesar de los exorcismos de Diego Araciel. Cambió la dirección de mis miradas, se situaron nuevas personas a mi lado, pero ello no abonanzaba mi interior. Me iba a menudo a Málaga, a descansar ¿de qué? Llegaron los grandes éxitos y no me conmovían. Decidí mudarme de casa; pero ya quería tierra, contacto con una tierra mía. Pequeña, como fuese, pero un chalé exento, independiente, sin vecinos, aupado sobre mis solos hombros. Buscábamos por todo Madrid después de los almuerzos de los domingos. Veíamos posibilidades y las anotábamos. Todo eran dudas e ilusiones. Ya, en espíritu, me había ido de El Viso. En el año 79, advertido por María José Loewe, fui a ver una casa en la calle Triana, esquina a la calle Macarena.

La casa la había comprado Julio Iglesias hacía dos o tres años. De momento, la dejó como estaba: tapias caídas, muros derrumbados, vegetación en abandono. Creo que todas las violaciones de Chamartín se producían en ella; luego llegaba la policía y violaba a los violadores. Por dentro era un espanto. Los mendigos españoles, después de dormir en una casa, podían dejarla como estaba hasta la noche siguiente, y seguir ocupándola; no, los inodoros estaban arrancados y arrojados contra los espejos, el parqué achicharrado, las escaleras rotas con hachas, las chimeneas quemadas utilizando como leña pasamanos y todo lo que ardiera. Yo me negué a verla hasta que alguien la adecentara. La operación se hizo con el padre de Julio, de quien yo era algo amigo antes de su salida de España. Nunca a un comprador tan torpe como yo se le ofreció una ocasión semejante.

—A mi hijo, que acaba de firmar un contrato de miles de millones con una discográfica, como comprenderás lo que saque de aquí no le interesa nada. Vende esa casa para pagar unos flecos a Hacienda.

Yo miré a mi asesor, que era Teodulfo Lagunero, un íntimo mío y un hombre de negocios fascinante: el comunista más creador de capital que ha existido nunca, con mucha ventaja sobre los capitalistas. Le ofrecimos a Iglesias dieciséis millones, puesto que Julio la había comprado en diecinueve y la casa se había deteriorado. Un razonamiento de sofista, desde luego.

—Si tienes que consultar con él —apuntillé, ahondando en la vanidad paterna—, hazlo, y mañana me contestas.

—Yo no tengo que consultar con nadie —se alborotó, y dando un puñetazo en la mesa dijo—: la venta está cerrada.

Lagunero, molesto por una habilidad mía que estaba lejos de conocer, clavó la puntilla aún más honda.

—En cuanto a la minuta de su agente, los gastos de notaría y derechos reales, todo correrá por cuenta suya. Y debo dejar claro que, si mi cliente (que era yo) se ablanda en este aspecto, dejo ahora mismo de representarlo.

Bajando la escalera, Teodulfo y yo nos dimos un abrazo: la casa ya era mía.

La obra fue larga y costosísima. Dando un golpe de Estado, aún sin acabar la reforma, me mudé a ella el dieciocho de agosto del 80.

—Que la concluyan a mi alrededor.

En la primera noche que pasé, hubo tres tormentas sobre mi tejado: dos venían de Toledo y otra de Guadarrama.

—Esto está en pleno campo —reflexionaba, y arreciaban los rayos y los truenos—. Vaya una manera de empezar.

Llamaron a la puerta de mi dormitorio. Eran el secretario y Troylo que pedían asilo. Se lo otorgué y estuvimos jugando a la oca hasta la madrugada, cuando la tormenta se deslizó hacia el Norte. Al bajar al comedor contaba los trabajadores, que eran dieciséis, y siempre me salían diecisiete personas.

—¿Quién es el que me sale de más?

—El tonto de Chamartín, que está entusiasmado y pasa aquí todo el día.

La modificación que se hizo del edificio y de su situación (ahora está en Macarena esquina a Triana) fue debida a mi deseo de no dividir el pequeño jardín con la entrada del coche hacia el garaje. Pero no todo el mundo lo recibió con el mismo entusiasmo. Recibí una carta, firmada por unos ochocientos trianeros, en que se me reprochaba la preterición de su querido y biennombrado barrio. Todavía hoy, si paso por Triana, siempre me cruzo con alguna hermosa mujer agitanada, y ya flojita de carnes que, al llegar a mi altura —ay— suspira con pena incontenible mirando de reojo, antes de decirme *buenas tardes, Antonio, hijo, qué penita tan grande...*

Por entonces escribía la serie *Charlas con Troylo*. El perrillo no tardó en adaptarse. Juzgo que sería feliz si consiguió no echar de menos a quien siempre quiso más que a mí. Cuando se dieron por finalizados los trabajos, yo ofrecía cenas un par de veces por semana. Poco a poco me fui reduciendo a los amigos de antes; los de después, más recientes, poco a poco también, dejaron de invitarme. Siguieron vigentes los almuerzos extensibles de los domingos, en los que el servicio, para dejarnos solos, tenía su día libre, y las nochebuenas y nocheviejas, en las que la casa se llenaba de gente de la amistad y del cante y del baile: Rosario, Pilar López, los Pericet, y Quiñones y Cristóbal Montes y todos los perros perdidos sin collar... Más tarde, coincidiendo con la Feria del Libro y mis últimos días en Madrid, se instauró la tradición de dar la noche de san Antonio una cena numerosa, pero de gente afín y nada petulante, servida al aire libre en el jardín.

La fama es una especie de gloria en calderilla, dijo Víctor Hugo. Es como un anticipo de lo que luego no va a serte dado. La mía había crecido: no era la fama de un escritor más o menos leído, sino más parecida a la de un cantante o la de un torero.

Quizá se debe a la televisión, en la que procuro aparecer lo menos posible. Aunque siempre he suscitado el afecto de la gente, de la gente desconocida, que es muy probable que sume al éxito mi desvalimiento, mi generosidad y mi actitud civil. Por algo me llaman el *solitario solidario* y sienten un deseo de protegerme a mí: de proteger al respetado que admiran. Se trata de un atractivo confuso que soy incapaz de analizar y además no me propongo analizarlo. Esa es tarea de un oficio que tiene un feo nombre: el de los comunicólogos. La triste consecuencia, que considero muy poco envidiable, es que ya no me resulta posible hacer fuera de casa casi nada de lo que me apetece. He sido un gran pateador de Madrid; del Madrid de antes conozco cada calle, cada tienda, cada puesta de sol en lugares idóneos... Ahora no puedo pasear sin que se me acose y se me interrumpa el ritmo de la marcha; sin que se me reconozca y se me salude y se me felicite. Viene a ser un homenaje de gratitud frente al que no cabe defenderse, un homenaje que ha de ser recibido con agradecimiento. Pero que me hace ir de puerta a puerta, en coche, empaquetado, como un envío de Seur.

—Es el precio de la fama —me repiten.

—Yo no he comprado nada, no tengo que pagar precio ninguno.

—Si un día desaparece, ya verás cómo lo echas de menos —me dijo un periodista, ya en la decadencia, en Valladolid.

Creo que no lo echaría. Reconozco mi fracaso personal, que quizá al suponerlo es lo que más atrae de mí a la gente. Quise tener un hijo; no lo tuve; tengo millones de hijos, pero de otra manera, como si me hubiesen nombrado director de un interminable orfanotrofio. Quise decir palabras suaves en voz baja a una oreja muy querida; me he tenido que resignar a hablar a gritos a millones de orejas. Ahora me cuesta hablarles de una en una, me cuesta atender de uno en uno a esos hijos del hospicio. Pero mi forma de escribir es muy directa: parece que escribo para cada uno de mis lectores. Presiento que la situación no tiene arreglo, salvo que sea olvidado... ¿Y para quién escribiría entonces? Estoy feliz en una conferencia, en un largo coloquio, en una nutrida lectura de poemas. Pero querría que, al terminar, se abriese una trampilla y me tragara. He sido, consciente y enteramente, de todos en común; me aterra luego distribuirme, repartirme, individualizarlos por separado ya. Y cada día lo llevo peor...

En defensa propia se alzó *La Baltasara*. Lo suficientemente extensa como para no aburrirme en ella; lo suficientemente humilde —se respetó la arquitectura campesina malagueña del XIX— como para no suscitar codicia o celos; lo suficientemente hermosa y variada y llena de frutales como para dar cada día de cada estación un placer diferente... A ella me reduzco con los caseros que cuidan de mí y de ella, con el secretario y mis perrillos. Ningún periodista ha metido las narices allí. Nadie la ha fotografiado para el público, y cuidado que es fotogénica. Sólo algunos *invitados al jardín*, algunos admitidos en mi tabernáculo, han pasado algún día en *La Baltasara*. La casa de huéspedes está separada de la mía, y mis huéspedes saben que sólo a ciertas horas podremos reunirnos. He procurado que mi estudio allí reproduzca el de Madrid, para no perder tiempo en adaptarme... ¿Me encuentro solo en este campo estricto? Sí, me encuentro solo, buscadamente solo; paso solo los días. El inglés tiene dos palabras muy acertadas para referirse a la soledad; *loneliness*, que es una privación impuesta y dolorosa, y *solitude*, que es el aislamiento protector y anhelado, aquella *beata solitudo,* del convento de Fiesole...

Pero ¿por qué ese nombre de *La Baltasara*? Para que se lo impusiera a aquella tierra sucedieron una serie de trabadas coincidencias. Yo había entendido de modo confuso que pertenecía a una familia, los Baltasaros (en Alhaurín el Grande todos tienen un mote), descendiente de una especie de bruja benévola que hubo allí en el siglo XVIII. Cuando para firmar la escritura me la leyó el notario, le oí:

—La finca *El Naranjal*, hoy *La Baltasara*...

—¿Cómo *hoy La Baltasara*?

—Sí, el nombre se lo has puesto tú. Siempre se ha llamado *El Naranjal*, porque fue la primera finca de naranjos que hubo en Alhaurín el Grande.

Me quedé de una pieza. Recordé que, cansado de la situación enfermiza y de los relativos malos modos del teatro, yo le había dicho adiós para dedicarme a la novela, que siempre me había interesado y siempre había pospuesto. Mi adiós, con toda intención, se hizo muy público, con la advertencia de que yo no era como los toreros que se despiden definitivamente cada dos años. Pero, huyendo del perejil, en la frente vino a darme. *La Baltasara* era el nombre de una cómica excelsa del Siglo de Oro, para la que habían escrito los mejores: Lope —*La Baltasara de lascivos ojos...*—, Vélez de Guevara, Rojas... De ella fue de quien se cantó:

> *Todo lo tiene bueno*
> *La Baltasara.*
> *Todo lo tiene bueno,*
> *también la cara,*

porque era frecuente en aquel tiempo que un cuerpazo se viese afeado por unas marcas de viruela en el rostro... Y aquí estaba, dándole nombre a mi retirada del teatro, una famosa cómica. Más aún, Baltasara de los Reyes, en el ápice de la fama, se retiró a la parte de Murcia, a vivir en una cueva que se llamó *de la Cómica*, para entregarse en ella a los asuntos del alma. Fue allí donde se le apareció la Señora de la Fuensanta, no muy lejos de Lorca. Y de Lorca, del alfar de los Lario, vino un mural, de Egea Azcona, asombroso murciano, que embellece el jardín de mi casa. En él se representa una visión, irónica y bella a un tiempo, de *La Baltasara*. Más lazos que me unieran a ella, imposible encontrar.

Está claro que, entre sueños y casualidades, para quien en casualidades crea, he sido conducido a esta última casa, a la que yo pretendí que llegaba por mi propia voluntad y mis pies propios.

Opino que mis casas podrían, sólo con presentarse, contar toda mi historia. He pasado de depender de otros a pisar suelo mío: un suelo que fue creciendo al mismo ritmo que mi capacidad de asimilarlo. Y luego, casi insensiblemente, me he ido aislando, apartándome de lo que un día me divirtió e incluso me enseñó. Ahora puedo reconocer que estoy en la casa sosegada, *sosegada a pesar de todo*; que me rodea la soledad sonora, *soledad a pesar de todo*; y que más que nunca soy, para el mayor número posible de lectores, el solitario solidario. A esto aspiraba. Por esta subida nada fácil quiso ascender mi espíritu. No he llegado a la cumbre. Ni siquiera sé si la hay. No tengo la impresión de haber conquistado nada. Pero sé que me tengo a mí, y eso no es poco.

LAS SUPERSTICIONES Y YO

Cuando a mi padre, dueño de una de las mentes más radiantes que he conocido y de una esencial tolerancia, extrañado algún amigo de verlo respetar una superstición le manifestaba su asombro, él le interrogaba sonriendo:

—Pero ¿qué trabajo cuesta?

Yo soy supersticioso. ¿Quién que piense un momento no lo será? El hombre es débil; anda despacio, por caminos desconocidos, llenos de riesgos que también desconoce; su vida depende de muy frágiles hilos que no están en su mano; sus acciones se reglan —si se reglan— por azares incógnitos; ni sus sentimientos los gobierna él mismo: vienen y van, crecen o menguan sin su conformidad. ¿Cómo opinar que las normas del mundo y de la vida y las del corazón las dispone un ser tan naufragado? ¿Puede alguien, sin temor a equivocarse, asegurar que la ley de la gravedad es más científica que el pánico, entre las gentes del teatro, al color amarillo? ¿Qué entendemos por ciencia? ¿No será una manera, más o menos doméstica, de clasificar o denominar a las repeticiones? ¿No existirán unos principios más altos que ella —tan altos que ni los olfateamos—, que en ocasiones llevan el nombre de milagro y en ocasiones el de superstición? ¿Qué *espíritus fuertes* lo son tanto y tan sin fisura como para no dar entrada a ese rayo de duda que es el comienzo de cualquier conquista, o acaso *reconquista*? ¿No tendremos más secretas facultades de percepción que las que usamos: voces silenciosas, inexplicables antipatías, premoniciones, aversiones largo tiempo mantenidas —hacia personas, hacia lugares, hacia cosas— que acaban por encontrar su justificación? ¿El infinito orbe es tan sencillo como dos y dos son cuatro? O, al contrario, ¿no será tan infinita su sencillez que se nos escapa a causa de una absurda y congénita herencia de prejuicios? ¿Qué se hubiese hecho con los usuarios del teléfono o de la televisión cuatrocientos años atrás, o doscientos, o cien, si hasta a los que *hacen* la televisión española hoy en día estamos todos a punto de quemarlos?

Recientemente dije yo que soy tan supersticioso que el día menos pensado terminaría por hacerme católico. No pretendí lucirme con una frasecita. Pretendí llamar la atención sobre nuestra tendencia a tildar de supersticiosos a quienes tienen unas supersticiones distintas de las nuestras. A las nuestras las designamos de diferentes modos: ideales, devociones, precauciones, prudencias, dogmas, hábitos. Hay que ser más valientes. Hemos de usar su nombre verdadero: *superstición*, aunque con la definición oficial —por lo mismo que el concepto no lo es— yo esté poco de acuerdo. «Creencia extraña a la religión y contraria a la razón.» ¿A qué religión y a qué razón? ¿O es que la religión —cualquiera— no nace para precaver nuestro desvalimiento, como asidero, como pasarela por la que cruzar el foso lleno de cocodrilos que es la vida (o así la vemos, o así nos la enseñan a ver)? ¿O es que la razón tiene unos límites taxativos, inflexibles, tercos? ¿Una madre virgen qué es entonces; una concepción sin concurso de varón qué es entonces; un muerto que resucita qué es entonces? ¿No habrá, pues, algunos artículos de fe opuestos, como se afirma de la superstición, a la razón? Superstición viene de *superstare*, que significa sobrevivir, y es igual que supervivencia: ese fin comprensible y humanísimo al que aspiran, en la otra vida, las religiones y, en ésta, la razón y la ciencia.

A pesar de todo, no soy proselitista en absoluto. Respeto las opiniones ajenas, y recibo sin queja las sonrisas que provocan mis gestos apotropaicos y mis reacciones defensivas ante palabras, movimientos u obras inquietantes. Recuerdo que, hace tiempo, le escribí una carta al presidente de Telefónica, terrible depredadora y todavía enemiga pública, que se empeñaba en llenarnos las aceras de cientos de postes sostenidos por cientos de cables que formaban —y forman— un triángulo rectángulo, es decir el que puede formar una escalera con el suelo y el muro al que accede. Romper ese triángulo es quebrantar la trinidad, tan omnipotente y venerada en muchas religiones. Si uno se descuida, y más si va acompañado de perrillos, que son la quintaesencia de la marcha arbitraria, se cuela de rondón en el mal presagio, y quebranta un espacio sagrado e intangible. Porque no es pasar por debajo de una escalera lo que tiene mal fario, sino atravesar el triángulo y romperlo. Le escribí, digo, al presidente de aquella Telefónica de entonces comunicándole que, si su intención era acabar conmigo, le agradecería que lo hiciese simplemente de un tiro: a los dos nos saldría más barato.

La sal que se derrama es, ante todo, un condenable signo de prodigalidad y de menosprecio de las dádivas naturales. La sal fue tan importante que de su nombre derivó el de salario, transformándose luego en moneda. Por fortuna ya es común que el salero, al ser pedido, no se recoja directamente de la mano que se ofrece sino que debe ser depositado sobre la mesa. Así, quien derrame su contenido cargará con su propia culpa, no con la del vecino.

Los trece a la mesa es una evocación de la última cena cristiana, tras de la cual no murió uno solo sino dos, Jesús y Judas. (En su *Urdemalas* escribió con sabiduría Cervantes:

En dos pecados se ha visto
que Judas quiso extremarse
y fue peor el de ahorcarse
que el de haber vendido a Cristo.)

Convidado a un almuerzo de Belén Marañón, llegué el último de los invitados y conté trece conmigo. Sin dar turbadoras explicaciones, me volví a mi casa. Llegando, me telefoneaba la anfitriona; podía regresar y comer con ella, porque una andaluza, Mercedes Fórmica, había tenido una reacción exacta a la mía, y ya éramos sólo doce.

Si hay culturas y tribus en que una fotografía es un trasunto del robo del alma, ¿qué no significará la rotura del espejo? Un anticipo del propio rompimiento; un empellón que deshace nuestra imagen; la advertencia, o acaso la causa, de penalidades y amenazas sin cuento, parece ser que limitadas a un ciclo de siete años. Con la ilimitación que el número siete representa, claro.

Cualquier nombre que se le dé al reptil odioso debe no pronunciarse sin tocar madera. El reptil fue el tentador del paraíso; la madera, la metáfora del árbol de la vida. Hay muchos amigos que pretenden que ejercer ese continuo antídoto es lo que me mueve a llevar un bastón en la mano: no es cierto del todo. Recuerdo que, en Hong Kong, un diplomático francés me convidó a almorzar en un restaurante típico, muy alejado de nuestras costumbres. Al entrar, me indicó un recipiente que yo, sin gafas, tomé por un acuario con anguilas. No me gusta individualizar de antemano al animal que me voy a comer: me parece que, una vez presentado, es ya como un amigo o como un primo. Pero, por tener la fiesta en paz, me acerqué para elegir mi anguila. No hubo ocasión: se trataba no de un acuario, sino de un terrario. Y yo salí, despavorido, sin dar explicaciones, del restaurante aquel. El francés le comentó al diplomático homólogo español:

—Antonio Gala será un gran escritor, pero educación no tiene ninguna.

La superstición exclusivamente teatral, aunque ahora aceptada en el toreo, de eliminar lo amarillo, tiene su origen en la muerte de Molière: con una bata de ese color tuvo un vómito de sangre representando *El enfermo imaginario*, que por lo visto no lo era tanto. En Francia el color vetado es el malva, y en Italia, el verde, para que quede claro que en todas partes, y en todos los colores, cuecen habas. Yo, osadamente, muy entusiasta del color que quizá signifique más la vida, renegué de tal superstición. Me resigné a que Adolfo Marsillach usase el amarillo en *Canta, gallo acorralado*, mi adaptación de O'Casey. Y, en efecto, fue un fracaso total. Insistí en mi audacia, y en mi casa colgué un cuadro de ese color de tres metros por uno en el testero principal de un salón. Cuando un día, en trance de mudarse, lo vio Antonio Gades, comentó:

—Te dejo decorar mi nueva casa, porque esta me fascina, siempre que quites esa barbaridad.

En el estreno de *Carmen Carmen*, temblábamos todos porque había un decorado y un vestuario de plaza de toros en rojos y amarillos. Fue un memorable éxito, que me ratificó en mi reivindicación.

A veces, lo cuento en relación con lo anterior, recibe uno noticias de supersticiones ajenas. Yo supe, por ejemplo, que García Márquez, creo que inventándoselo, lo cual no es ni recomendable ni amistoso siquiera, abomina de las tunas universitarias y de los mantones de Manila. De mantones estaba cuajado el escenario de *Petra Regalada* y ha sido y es una de mis obras más aclamadas. En cuanto a las tunas universitarias, son tan cargantes que habría mucho que hablar.

Hace algunos años recibí una carta de Domingo García Sabel, esa enciclopedia gallega casada con una hermosa mujer. Se interesaba por una colección de supersticiones andaluzas, y me ofrecía a cambio otra de supersticiones de su tierra. Le mandé lo que quería, pero con una nota:

—Agradezco tu ofrecimiento. Sin embargo, yo tengo ya bastante con mis propias supersticiones como para cargar con las ajenas.

En *La Baltasara* celebro todos los solsticios de verano. Vienen a cenar unos cuantos íntimos amigos, y previamente hemos cortado cincuenta y tantas hierbas de olor, que depositamos en un gran lebrillo con agua, convertido por unas horas en la colonia más excelsa. Parece el milagro de las bodas de Caná. Después de escribir en un papel lo que deseamos que no se repita del año que pasó y, en otro, lo que deseamos que el nuevo nos traiga, descendemos a las hogueras. A ellas se arroja el escrito que representa lo malo, y el de lo bueno ha de dejarse al sereno de la noche mágica, litúrgica y llena de augurios. Es preciso fortalecer las peticiones y los pronósticos favorables saltando por el fuego el mayor número de veces que nos sea posible como signo de fe y de entrega. Y, después de buscar el trébol por el jardín y de arrojarlo o sacrificarlo en las llamas, usamos el agua perfumada para lustrarnos y que desaparezcan nuestros lunares pretéritos y manchas, y disponernos así, inmaculados, para que el futuro nos invada. Es conveniente insistir en los lugares que representen, más que otros, nuestros fervores: la cabeza, el pecho, los oídos, el estómago, etc.

En uno de mis viajes a Cuba, visité el Rincón de San Lázaro, muy próximo a La Habana. Su sincretismo provoca mi más rendida admiración. Una fuente con una imagen de Lourdes recibe las peticiones de los credulísimos cubanos, que doblan siempre sus dioses *orichas* con los santos posteriores. (Un día le dije a Fidel Castro: «Este pueblo, que ha hecho, por sus raíces africanas, la digestión hasta de los jesuitas, estoy convencido de que ya ha hecho la tuya.» Y no me creyó de ninguna manera.) Estábamos en fila ante el agua. Los cubanos se mojaban con ella las partes más necesitadas. Una maravillosa mulata se echaba grandes cantidades en la nuca. Le dio a mi curiosidad una explicación:

—Yo eh que tengo la cabesa atolmentá.

La seguía una cubanita muy joven y muy linda, que se llevó la mano llena de agua a los pechos y a las ingles, levantándose la liviana falda. Su padre, que la acompañaba, le reprochó los gestos.

—Niña —le susurró con voz baja y ronca.

—Cada una se rahca donde le pica, papi.

Yo tengo la costumbre de rezarle a la Luna. Quizá por temor: siempre se reza, en el fondo, a lo que se teme. Al Sol no le rezaría: si yo fuese pagano, sería adorador de su evidencia. Pienso a menudo que las dieciséis cosas que le pido a la Luna no se las pido con el fin de que me las conceda, sino con el de tenerla distraída no concediéndomelas y así evitar que me haga otros daños peores. Se trata de una oración breve, que he recogido en alguna novela y en una obra de teatro. A pesar de ello, todo el mundo me la sigue preguntando. Se le reza a la Luna creciente. (Yo amplío al plazo desde el día siguiente de la Luna nueva, cuando, como una leve uña, pasea brevemente por el cielo.) Hasta que llena. La aprendí de quien la había aprendido de los indios caracas. Ellos, antes, con un real de vellón en la mano derecha, mirando a nuestro satélite, imploraban:

—Con real me dejaste, con real me encontraste: haz que cuando vuelvas, con real me encuentres.

Yo añado, sustituyendo por otra la palabra *real*, hasta quince peticiones más, repetida cada una tres veces. Y aconsejo que se le rece a la Luna en cuanto se la vea, se esté donde se esté y aunque sea de día. Es frecuente que, de no ser así, no se la vea más en esa fecha. Por descontado, no debe haber nada: ni cristal de coche, ni cristal de gafas, ni cristal de ventana, entre nuestros ojos y ella. Hay días en que yo no puedo hacerlo. Veo a la Luna, al descender de un coche, allá en lo alto. Me pide el corazón que me detenga en la acera y le haga mis plegarias. Pero horrorizado con los corrillos que se forman en torno mío y de las peticiones de autógrafos, me veo en la imposibilidad de orar como quisiera. Salvo que un alma buena tranquilice a los circundantes y les pida silencio, lo cual suele resultar bastante ridículo.

Con ternura recuerdo el mes de julio del 69, en el que el hombre pisó la Luna por primera vez. A mí me interesa aún más Grecia, o la Polinesia, o la Patagonia, pero en fin. El perrillo Troylo, nacido el 1 de mayo, por lo que llevaba de segundo nombre el de José Artesano, no tenía tres meses. Nos lo llevamos a casa de un amigo mejor instalado, que nos ofrecía una cena con otras personas. Entre ellas estaba Rosa María Mateo, recién llegada de Burgos, vestida con un decente y elegante traje negro. La retransmisión televisiva era morosa y la estiraban para que a los cosmonautas les diera tiempo a llegar. No sabíamos qué hacer. Habíamos bebido, comido, charlado, elucubrado y desesperado. Mi amor de entonces (y de antes, de mucho antes) y yo nos asomamos a un balcón para ver la Luna verdadera y que yo le rezara. Se reflejaba su luz fría sobre los tejados de Madrid caliente. (Ese amor siempre le tuvo miedo a la Luna llena. Todavía, cuando la veo, me la imagino blanqueando su tumba en La Almudena.) Y de pronto, escuchamos un grito.

—Ha llegado el hombre a la Luna y no lo hemos visto —dije.

—¿Qué más da?

Corrimos al encuentro de los otros. El hombre no había llegado, ni mucho menos, todavía. Era Troylo que, dormidito en el regazo de Rosa María Mateo, tuvo una necesidad imperiosa y dejó correr su pis sobre aquel traje decente y elegante. Entre toallas, risas y regaños, llegó el hombre a la Luna y no lo vimos.

Durante mucho tiempo llevé, colgados de una cadena de plata, una cincuentena de amuletos de todas las culturas. Siempre de plata o, si eran piedras, engastadas en plata. Por desgracia, tuve que abandonar mi costumbre por dos razones: me abultaban tanto en el pecho, que llamaban la atención de todo el mundo, y comenzaron a dañarme las vértebras cervicales. Una sabia reumatóloga malagueña, Magdalena Pérez Bousquier, me prohibió pasear de un sitio a otro semejante carga. Hoy la llevo conmigo cuando voy y vengo de la ciudad al campo, y la tengo al alcance de la mano en la mesa donde trabajo. Asimismo hay a mi alrededor pirámides de cuarzo, o salvillas con las piedras portadoras de suerte: la venturina, el ojo de tigre, el ágata botswana, la turquesa, el lapislázuli... Y a mi espalda, colocados sobre una capillita de cordobán que guarda el Premio Zahira de Oro está el ejército de mis talismanes: la uña de jaguar, un pájaro de cristal color azul (de Carmen Martín Gaite), un pato de madera, una mano de porcelana, la mano de Fátima, la figa brasileira, y otros muchos suficientemente acreditados.

Lo que ahora representa un peso para mí es una bolsa que transporto en el bolsillo derecho de mi pantalón. Imposible de enumerar los amuletos que incluye: desde un cuerno de coral hasta la Cruz de Caravaca; desde un Santiago de azabache a la Dama de Elche; desde una diminuta estrella de mar a una reliquia de sor Ángela de la Cruz; desde un escarabajo egipcio a un opérculo o un hematites, y otra caterva de objetos protectores.

Entre mis bastones hay, por supuesto, una media docena que garantizan suerte: el de Manolete, el que recibí de la hospitalidad vasca, el de los plateros cordobeses... Son los que llevo en situaciones peligrosas o especialmente decisivas. Al final de las cenas de nochebuena, en mi casa se repite un rito: el brindis final hay que hacerlo después de haber tocado con la copa el dado filipino, una o dos veces según el número que cada uno elija, y el sencillo y milagroso bastón de Manolete. Este bastón me lo regaló la madre del torero, Angustias Sánchez. Lo acompañaba una especie de certificado de origen: una fotografía del diestro, en la Plaza del Toreo de México, en febrero de 1947, el mismo año en que lo mató *Islero*. En la foto, Manolete, agotado, con un ramo de flores en la mano derecha, lleva en la izquierda un capote zurbaranesco y este bastón, que le acababan de tirar para agradecer y aplaudir una gran faena. La noticia del regalo la dieron los periódicos. Yo recibí poco después una carta. La escribía un señor mexicano de 93 años: «Creí que la vida no me reservaría ya sorpresas agradables. No obstante, me ha reservado la de ver el bastón, con que homenajeé a unas manos que admiraba, en poder de otras manos que admiro.» Estas palabras cerraban la última historia del bastón.

En cuanto al dado, es de guacanito y nácar. Un hechicero filipino hizo tres: uno lo tiene la viuda de Ferdinand Marcos; otro lo tiene el ex presidente Carter, el de los cacahuetes; y el tercero, lo tengo yo. Cuando no es utilizado descansa en una bolsita de fieltro y sólo aparece en las grandes solemnidades. La Navidad es una; la nochevieja, otra. La ceremonia de la entrada del año es muy estricta en mi entorno. Las doce campanadas han de oírse con el pie izquierdo en alto para entrar en el año con el derecho; llevar algo rojo satisfará nuestra necesidad de amor; algo rosa, de ternura; algo de oro debe de estar dentro de la copa con la que se brinde; las uvas deben comerse sin pelar, tal como las ofreció la tierra. Y a la tierra ha de dedicársele el primer sorbo de la botella con la que hagamos el primer brindis, y a la tierra hay que tocar en cuanto concluyan de dar las doce. Quien tenga un proyecto de viaje o lo desee, habrá de dejar cerca de su cama una maleta a medio hacer. La fortuna la garantiza una moneda incrustada en una ranura hecha sobre el primer tapón de champán de la nueva noche. En la nochevieja del 99, parece que Yemayá sugirió que se vistiese de blanco y se sostuviese, en la mano izquierda, una piedra o cristal rojos. Yo obedecí...

Algún lector pensará sin duda que, con tanto lío, no me quedará tiempo para trabajar. Por el contrario, yo estoy convencido de que, si no tuviera tanto lío, trabajaría peor. Qué estudiante, al que le ha ido muy bien en un examen al que se presentaba con una corbata o una camisa determinadas, no repetirá la misma prenda en otro examen. Qué escritor, al que le favorece cierta luz, cierta posición, cierta hora, o le ha sido fructífero cierto estado de ánimo, no procurará reiterar las circunstancias... Todo el mundo es más o menos supersticioso, aunque no todos lo reconozcan ni todos lo respeten. ¿Quién sería tan rudo que le reprochara a un torero llevar veinticinco medallas de vírgenes o santos bajo la esclavina de su capote de paseo? Va a jugarse la vida en un momento, y eso explica y justifica cualquier precaución; pero ¿no nos jugamos la nuestra a cada instante, y nuestra serenidad y nuestra dicha? Todo lo nuestro está, como la espada de Damocles, sostenido en el aire por un pelo: qué de extraño tiene que deseemos con todas nuestras fuerzas fortalecer tal pelo.

Alguna vez, no obstante, la curiosidad por las supersticiones ajenas ha hecho que me saliera el tiro por la culata. Una tarde de febrero, invitado a cenar en Sevilla, me planté desde Málaga en el Palmar de Troya. Ahora hay un edificio que está entre el Taj Mahal y la basílica del Pilar de Zaragoza; entonces, unas simples paredes techadas con uralita verdeazul. Aquel día había barro por todas partes y, chapoteando en él, diversas señoras que veían cosas sin cesar, señoras con crucifijos pegados en el dedo pulgar, señoras arrodilladas entre golpes de pecho, señoras que descendían de un autobús de Valladolid... Yo estaba en mis glorias; aquello era la Edad Media pura. Me acompañaban unos amigos: Paco Campos, el cordobés, Ángel Aranda, el actor, y Juan Marín, oculista de Troylo.

Nada más llegar quise conocer al mandamás. Me presentaron al obispo padre Clemente. (El vidente aún veía; luego, en Alba de Tormes, perdió los ojos.) Él me remitió al obispo padre Manolo: nariz afilada, ojos verdes llenos de prudencia. Mientras tanteaba nuestra posición, nos sacó fuera, por la parte de atrás, y nos detuvo cerca de una furgoneta. La abrió y nos invitó a lo que quisiéramos: tenía un frigorífico bien surtido. Whisky con coca cola fue lo que yo pedí. Me contó, a grandes rasgos, la historia de la orden desordenada: cómo se conocieron los dos obispos, su diversa procedencia, las visiones primeras, la acumulación de gente joven de muy distintos y problemáticos orígenes...

—¿A qué hora se tiene que ir usted? —me preguntó de pronto.

—No después de las diez, porque ceno en Sevilla.

—Es lamentable: Nuestra Señora no se aparece hasta las doce, cuando se retira el Sacramento. Ella no quiere, de ninguna manera, robarle a su hijo el *show*.

De cualquier forma, entramos en la iglesia (¿qué otra manera habría de llamarla?). Encontramos a un tal Vicente, que me fue presentado, y que daba carreras y faldazos por doquier. Y había seis u ocho jóvenes diciendo misa de espaldas al público, que era escaso. Los amplios hábitos marrones, las capas, la penumbra sólo aliviada por unas luces puestas para alumbrar los altares y que a nosotros nos daban justamente en los ojos, todo tendía a producir una creciente sensación de vértigo. El obispo Clemente dirigía el rezo de su rosario de cincuenta misterios, que se dice muy pronto. Después de cada decena, al gloria le añadía una coletilla: «Gloriosísssimo, divinísssimo y agustísssimo San José», y respondía quien podía: «Ruega por nosotros.» Serían las nueve aproximadamente. De súbito, el obispo bajó de rodillas de su reclinatorio y se acercó, sin incorporarse, al altar donde estaban la imagen de la Virgen y el Santísssimo. El obispo padre Manolo, con una extraordinaria habilidad, me condujo, sin tocarme casi, a metro y medio del vidente. Todos los que estaban allí, incluso los celebrantes, dejaron cuanto tenían entre manos, las formas y los cálices incluidos, y se agruparon alrededor del vidente. Pero yo estaba en primera fila, gracias al obispo Manolo, que me oprimía el hombro derecho con cierta complicidad.

El vidente comenzó a hablar en primera persona con una voz artificialmente femenina.

—Tenéis que obedecerme, hijos míos. Tenéis que hacer mucha penitencia por los hombres... El mundo va muy mal... La iglesia se ha apartado de los caminos y las órdenes de mi Hijo... —Y de repente comenzó a dar órdenes concretas—. Podéis ordenar a Vicente (el de los faldazos) siempre que prometa enmendarse y ponerse más serio, y lo mandaréis a hacerse cargo de la sucursal de Alicante (*sic*)... Las limosnas deberán ser administradas en su total conjunto por el obispo padre Manolo... Hay entre vosotros una persona meritoria (pausa, y apretón en mi hombro del obispo padre Manolo). Quiero que se realice sin demora su consagración epíscopa. —El obispo padre Clemente dio unas cabezadas, se incorporó y se volvió hacia mí. Añadió con su voz—: La señora lo quiere, hermano Antonio.

Yo sentí miedo, debo reconocerlo. Me miraban todos. Mis amigos me habían abandonado; no los veía ya.

—He dejado en el coche mi documento de identidad.

Me encontré ridículo, claro; cuando se produce un milagro, nadie pide un carné. No quiero alargar el relato. Me sacaron, me ataron dulcemente las manos, me revistieron, me desataron las manos con no menos dulzura, se pusieron ante mí, se postraron los sacerdotes restantes, me arrastraron, me besuquearon,... Yo no sé ni en qué estaba pensando. Quizá en la defección de mis amigos, que no me sacaron de allí, intuyendo un peligro grave, y yo también. Es decir, me ordenaron cura y me consagraron obispo a un tiempo. O, como decidió la Señora, realizaron mi *consagración epíscopa*. Durante bastante tiempo me escribieron cartas, convocatorias, invitaciones... Era su hermano en el diviníssssimo y augustíssssimo San José. Nunca les respondí. E hice firme propósito de no meter más las narices en las supersticiones ajenas. Quién me mandaría a mí.

En *La Baltasara* tengo un iconostasio. Dentro de una taca bastante grande en la pared de mi dormitorio, se ha ido acumulando alrededor de un centenar de vírgenes. Son de barro cocido y de factura muy popular. Su tamaño es pequeño, de diez a quince centímetros, aunque las hay mayores. Se trata de imágenes patronas de tal o cual lugar. Comenzaron la historia de esta comuna la imagen del Rocío, la de la Victoria de Málaga, y una muy pequeña, de las Angustias de Granada, a la que sus devotos llaman *la Planchadora*. Esta última se erigió en dominante. Cuando me convencí, la puse como si fuese un capitel, en una columna para proporcionarle un lugar preeminente. Ellas y sus sucesoras aceptaron, con mejor o peor gesto, todas las imágenes que se han ido agregando: la de los Desamparados, la Soledad de la Paloma en bulto, la Moreneta, la Santina, la del Prado, la de los Llanos, la de Nuria, la del Pino, la Candelaria, la de Begoña, la Blanca, y muchas, muchas más. Sin embargo, no admiten a todas. Entre ellas hay serias preferencias, visibles desplazamientos y, ¿por qué no decirlo?, hasta empujones y codazos. La mujer que se encarga de mi supervivencia hay días que me dice:

—Hay que ver, don Antonio, cómo está hoy la corte celestial.

Entre ellas, admitieron algún hombre, pero con mucho tiento: san José, san Francisco, san Antonio, san Expedito, san Pancracio, san Cayetano, san Lorenzo y creo que no más. Un día traje de América al beato Gregorio Hernández: va de blanco, con traje de calle y con un sombrero flexible. Sencillamente se negaron. Se oía, *se oía*, cómo se preguntaban unas a otras quién era aquel intruso. Tuve que retirarlo. Por el contrario, reciben con placer a las vírgenes americanas: la Guadalupana, la Coromoto, la de Lo Vásquez, la del Milagro de León, la Caridad del Cobre, la de Loreto, la de Luzón, la de Iquique, etcétera.

Un día, después de clausurar un curso sobre mi obra en la universidad de Pau, pedí a alguien del claustro que me llevase al muy próximo Lourdes. Me tomaron a broma. Tuve que insistir varias veces. Me llevaron en secreto y un poco avergonzados. Pero su vergüenza se desbocó cuando expresé mi inminente deseo de adquirir una imagen. Tuve que comprármela yo solo. La traje a *La Baltasara*, y la puse en el iconostasio. A la mañana siguiente estaba en el sofá que, en evitación de males mayores, había mandado colocar debajo de la corte. Pensé que era un azar, y volví a colocarla entre las otras. Por la tarde, trabajando en mi estudio, escuché un ruido en la alcoba: era la de Lourdes, a la que un empujón más violento la había tirado fuera del sofá, y estaba hecha añicos. Igual sucedió con la Virgen de Fátima. He llegado a la conclusión de que las imágenes del iconostasio, aparte de que sean más antiguas, creen con firmeza que hubo malos o imperfectos cálculos logísticos, y esas dos vírgenes, que tenían que haberse aparecido en España, por una desacertada puntería acabaron en Francia y Portugal. Eso, para las otras, resulta imperdonable.

Mercedes Milá, hace poco, quiso grabar un programa sobre mi iconostasio alborotado. Le dije lo mismo que a la televisión alemana que me lo había propuesto antes:

—Mis vírgenes pueden ser muy personales, incluso arbitrarias y, a los ojos de algunos, no muy bien educadas. Pero lo son entre ellas, y sus peleas y sus diferencias de ninguna manera las manifestarían ni en público ni para un medio de masas: las resuelven en el mayor secreto y en la sombra: es un ejemplo más de cómo la divinidad sigue escondiéndose.

Entiendo que es aquí donde cabe el capítulo de las videncias. Mucha gente no tiene ni la menor fe en ellas. Yo no sé si la tengo o no, pero haberlas, haylas. Si el común de los mortales usa apenas la novena parte de su cerebro, ¿no habrá nadie que use un poquito más, que logre manejar o entrever a través del tejido inexistente del tiempo, o atisbar por un resquicio de la puerta de hoy el campo confuso del futuro? ¿Quién lo asegura? Comprendo que hay muchos falsos profetas, siempre los hubo: vividores que exprimen a sus crédulos; sinvergüenzas que se aprovechan de la confianza y de la necesidad que todo ser humano tiene de asirse, para no resbalar en el derrumbadero, a un matojo, a una zarza espinosa, a lo que sea. Yo he conocido a varios videntes que no veían más allá de sus narices, y he conocido a otros que se balanceaban entre lo mentido y lo verdadero.

A Diego Araciel, por ejemplo, lo conocí cuando nadie sabía ni quién era. Quizá él mismo no lo supo nunca. Lo despojé de sus oropeles, de sus inventos, de sus desmesuras. Lo acogí en mi casa de El Viso con su humilde cartera donde llevaba un par de calcetines y una naranja. Siempre mantuvo el tipo. Exageraba.

Confundía los sueños lúcidos con los sueños corrientes y molientes, en los que hasta roncaba. Cuando me mudé a aquella casa, la bendijo («En nombre de la tríada inmortal, / que entre el bien y que salga el mal.») rincón por rincón. Le gastábamos bromas. Ese día, a orillas de mi cama, situada en un estrado, había una rinconera china que sostenía un teléfono. Uno de nosotros llamó desde otro teléfono de otra habitación, en el preciso instante en que la asperjaba. Sonó el aparato, y el pobre Diego se dio un susto de muerte. Tanto, que se cayó y mandó a hacer puñetas la rinconera.

Predijo que una persona muy querida por mí (ni siquiera lo predijo, lo vio) se hallaría, casi con noventa años, bajo una extraña pérgola árabe, hojeando periódicos antiguos que habían hablado de mí y que el viento movía. Esa persona murió poco después a los treinta y tres años. «Y tú —añadía— serás alguien de mucha importancia para los árabes. No como un caudillo, pero sí una sólida referencia...» Tardé años en fundar y presidir algo que entonces ni me rondaba por la cabeza: la Asociación de Amistad Hispanoárabe; fui rector de una universidad árabe; escribí *El manuscrito carmesí* y la *Granada de los nazaríes*; traducida al árabe está toda mi obra; he presidido curiosos y trascendentales laudos entre contrarios...

Una noche, de pronto, tuvo la visión de vidas mías anteriores. Yo ya, según una mujer iletrada y vidente también, había sido Pluto. «Pluto, ¿el perro de Disney?», pregunté. «No; un escritor antiguo», respondió. Plauto quería decir. O sea, tengo cierta experiencia de otras vidas. Araciel, si es que así se llamaba, me encontró en la época de Diocleciano. Bueno, también en la gran Roma. Era un tal Silvio, con un hermano gemelo llamado Conscino, nombre poco corriente. Yo, o sea, Silvio, causaba penas de amor porque era guapo, muy atractivo y desdeñoso; penas que curaba, entregándose, el muy cerdo de su gemelo... Y, sin previo aviso, Diego dio un alarido. También vivía ahora el llamado Conscino: era nada más y nada menos que Mayrata O'Wisiedo, una actriz bastante amiga mía. Me pareció una dudosa y feliz coincidencia, que echaba por tierra a mis ojos todo el tinglado. Cuando agregó que además yo había sido una muchacha aristócrata en la época de la Revolución francesa, que no murió guillotinada, qué casualidad, sino atropellada por un tronco de caballos, no se lo creyó nadie.

Sin embargo, después de cenar cierto día, porque se quedaba a cenar con frecuencia, temerosos nosotros de que no comiera, tuvo un *sueño lúcido* extremadamente largo. Tanto, que me contagió, me entró sueño a mí y me iba a retirar. Cuando me despedía, Araciel se quedó en suspenso. Giró la cabeza hacia la puerta de entrada al salón, siguió un trayecto no muy largo, se detuvo su mirada a mi lado y continuó hacia la puerta de salida, que comunicaba con mis habitaciones. Yo le había consultado, con insistencia, qué opinaba mi padre, al que tanto quise sin saberlo, de mi vida y de mí. Nunca me contestó a esa petición. Y tampoco esa noche. Sólo dijo:

—Ha entrado un señor mayor, de muy buena presencia. No se ha fijado en nada más que en ti. Se te acercó. Traía un clavel en la mano, un clavel blanco. Lo ha dejado caer en tu regazo. Te ha acariciado la cabeza, y ha salido después. Pero antes de desaparecer del todo, se ha vuelto y ha hecho un ruido muy raro.

—¿Qué ruido?

—Uno muy raro, quizá no te lo creas, yo no lo esperaba, no sé...

—¿Qué ruido?

—Ha rechinado los dientes, ha sonreído y ha desaparecido.

Yo lo entendí a la perfección. Se trataba de una broma entre mi padre y yo. A la hora de las siestas, de muy niño, yo andaba por los pasillos de la casa trasteando. Mi padre rechinaba los dientes en el sueño. Yo le decía al ama:

—Papá ya está relinchando.

Me equivocaba de verbo, y a mi padre le hacía mucha gracia, y pidió que no me corrigieran.

—Antonio, ¿he relinchado hoy?

—Sí, mucho, has relinchado mucho.

Comprendí aquella noche que Diego Araciel *había visto y había oído*.

Podría contar muchas experiencias: desdichadas unas; otras, que dejan la duda del acierto o de la puntería; otras, escalofriantes, sin pretenderlo, dan en la mitad de la diana.

En Cuba me registraron los caracoles un día. Entre el calor de un cuarto que daba a una azotea, bajo un altillo donde aquel negro grande tenía su cama. Era cocinero de un hotel conocido. Oigo un idioma lujoso y parpadeante, sus erres arrastradas en el interior o convertidas en eles al final de las palabras...

Me preguntó mi nombre con una voz casi infantil, mientras comenzaba a batir entre las manos los caracoles: unas manos finas, fuertes y largas. Enumeraba abstraído nombres de santeros anteriores y mojaba sus dedos en el agua. Luego se signó y mezcló los caracoles con unas monedas. Me signó a mí y mantuvo un instante sus dedos sobre mis labios. Tiró los caracoles varias veces, después me puso una taba y una piedra en las manos y fue pidiéndomelas por un orden secreto, golpeando con ellas los caracoles y tirándolos otra vez. En tanto que los tiraba, murmuraba palabras para mí inconexas, anotaba signos y números en unos papeles... «Elegguá dice que has echado mucha agua en canasta... Que no le hagas más favores a nadie en este mundo, porque has sido gente muy discriminada y todo lo que tienes te ha costado lucha y sufrimiento... Tu porfía es la de la ola y el arrecife. Oggún te ha dado cabeza para dirigir, y San Lázaro vive muy pegado a ti, gracias a él te salvas: te ha librado de mucho, hasta de las malas fierezas: acuérdate del 17 de diciembre... El mundo ha sido malagradecido contigo. Pero Oggún es la escritura, cosa de tu sino... Ahora, *cuando te acuestes a dormil, es a dormil*: lo dice el santo... Hay momentos en que te sentirás muy solo. Porque la mata de higuereta es linda pero si se la corta es hueca y no tiene corazón... *Vas a triunfal*; no dejes que te engañen. Tú sigue manteniéndote en los puestos de mando, que te darán vida para vivir... Muchas veces te has sentado a llorar. Hasta la familia de uno le da con el pie a uno. Elegguá no quiere que te derrumbes... Sal a la calle a pasear, más, más, no trabajes, pasea. La prisión está dentro de tu casa, sal a pasear fuera... Te va amargar pensar tanto. Te va amargar el malestar de lo que estás pensando. Te han hecho muchas brujerías, pero siempre has salido triunfante... Cuidado con un robo en la casa. Ya lo ha habido. Para traer a alguien a vivir ahí tienes que alabarlo mucho. Todos te quieren, pero sacan algo de ti. La casa siempre esté pintada de blanco. Y si en ella te piden una limosna, dala... Hay un personaje que murió sin hacer algo y lo quiere hacer muerto. Dejó unas cosas que tenían que llegar a tus manos, pero nunca han llegado. No descansa su espíritu... La Virgen de Regla te ha limpiado para que el mundo no pueda mancharte... Y el mar... El mar es muy lindo, pero tienes que respetarlo mucho. Llévale ofrendas al mar, llévale caramelos y dulces; pero no te metas dentro de él... Cuando te traigan problemas, párate y mira. Porque tú ya no te llamas Antonio sino Resuelveproblemas... Ponte camisa de tambor, y sal a pasear con ella. Que te vea el mundo, que te agasaje. Que te rindan a tus pies los que tú levantaste. Hay a quien tú le estorbas. Hay quien quiere que desaparezcas y se olvide tu nombre... La Santísima Virgen del Cobre, Oshún, pide que des una fiesta en tu casa. Una fiesta social, en la que no falte *la celvesa*, los capuchinos ni el dulce de almíbar. Reparte lo que quieras en ella. Que venga la gente y baile y *se divielta. Nadie tiene que sabel para qué es*. Pero tú sí: para la Caridad del Cobre. Allí Oshún te alejará a los personajes que vengan pidiendo *amol* que son falsos y efímeros. Cuando acabe, recoge las sobras, ponlas en un papel, desnúdate y te limpias con ellas: las colillas, los dulces, la piel del embutido, todo. Te limpias y las *botas* para las cuatro esquinas. La Virgen del Cobre quiere quitarte lo agrio de tu vida. Y quiere que profundices escribiendo algo de religión. Sigue viajando, dice la Caridad... Que un santero te dé la imagen de Obá, que vosotros llamáis Santa Rita de Acacia (*sic*), ella nos da algo que nos falta para vivir cuando lo tenemos todo. La fiesta te ayudará en el trabajo. Y luego sal, pasea, siéntate en *los palques*... Tienes el corazón vacío. Averigua quién llega a tu casa *a dormil*... Y vístete mucho de blanco. Tú te sientes a gusto en tu casa y en otro sitio donde también trabajas. Pero Elegguá quiere que salgas a la calle, que cojas aire y que respires. Y Obabalá, también: no mires más los defectos en la gente que venga a acercarte a ti; mira bien las virtudes. Abre los ojos y atiende al mundo. Lo que te rodea es falso, pero tú no. Siempre serás cabeza en donde estés. Pero sal, y que el aire te dé en la cara...»

Y salí. Yo, que no me había bañado en el mar desde un susto estúpido que me dieron a los doce años, en cuanto vino la prohibición, al día siguiente me bañé en Varadero. Hay motivos para reírse: el ser humano está reconcomido de contradicciones.

De la gente en quien más he confiado, destaca una gitana de Jerez que se llamaba Amelia y era viuda. Nunca quiso creer que tenía poderes. Y menos aún que sus poderes no distinguían los tiempos. Por ejemplo, a una vecina le daba con cariño la enhorabuena porque su marido había dejado por fin a *esa mujer*. Y cuando el marido de la vecina se liaba después con *esa mujer*, la vecina le hinchaba un ojo a Amelia. Harta de que le pasaran tantas peripecias que no entendía, se vino un invierno a Madrid. Y se negó a *ejercer*, contra viento y marea. Se colocó de limpiadora en un banco. Vivía en un cuartito por San Blas. No podía evitar ver cosas, pero se cosió la boca y se negó a hablar de ellas.

Un día de Reyes fui con la embajadora de un país suramericano a su cuartito. Le llevaba juguetes a sus niños. La embajadora se había puesto muy pesada y no tuve más remedio que presentársela. Yo le hice un gesto a Amelia, dándole a entender que cumpliera nada más. Miró a la embajadora sonriendo:

—Qué bien que esté usted aquí. En España le digo, no en mi casa. Porque le gusta mucho, y ahora se va a quedar usted más tiempo.

—Todo el que nos destinen. —La señora me guiñó un ojo.

—No; por lo suyo digo. —Amelia me miraba dubitativa.

—¿Qué es lo mío? —preguntó la suramericana.

—Lo de su niño, el hijito que va a tener de ese señor tan guapo.

La embajadora le dio a Amelia una torta muy poco diplomática. La embajadora estaba embarazada de un pintor con el que se la pegaba a su marido. La embajadora aún no sabía que estaba embarazada, o quizá aún no lo estaba. Las confusiones de Amelia autorizan a pensarlo.

Unas primas mías daban una fiesta de puesta de largo o despedida de soltera o lo que fuese en una finca próxima a Madrid. Instalaron una verbena. Había de todo, y no podía faltar un puestecito con una bruja de velo y moneditas en el filo.

—Tú, que eres tan raro, conocerás a alguna —me dijeron.

Pensé en Amelia, que no aceptaba un duro sin ganárselo, y la llamé.

—Pero tú no adivines nada, por Dios, Amelia. Tú di cuatro sandeces. Coges la mano de quien sea, o lo miras, y dices lo primero que se te ocurra... Pero no adivines, Amelia, no adivines.

Yo fui acompañando a una asturiana ilustrísima por los cuatro costados, tres de los cuales por lo menos los tenía muy mal educados. Era mona, simpática, ligera y mimadísima. Quiso, sin que yo pudiese disuadirla, ir donde la bruja. Le tendió las dos manos abiertas a Amelia. Yo le hice un gesto de que se la sacudiera.

—¿La izquierda, o la derecha?

—Me da igual, señorita.

La señorita le presentó la izquierda abierta. Vi que Amelia me miraba, respiraba hondo y cerraba con fuerza aquella mano. Mecánicamente negó con la cabeza. La señorita la abrió de nuevo y se la puso delante de los ojos. Amelia se los cubrió con las dos manos suyas.

—Pero ¿qué hace esta mujer? ¿Es que ve sangre o qué? —A Amelia se le escapó un sí de los ojos acobardados—. Vamos, que se va a morir mi padre mañana.

—No, señorita... Su madre, pasado mañana.

Fue la única vez que Amelia no se equivocó en lo del tiempo.

De lo que sí creo que puedo estar seguro es de que esa clase de poderes auténticos, si se usa para ganarse la vida cobrando las consultas, desaparecen gastados como por ensalmo, y dejan con el culo al aire a quienes los tenían.

Vamos a ver, ¿quién no cree en los gafes y en los cisnes, que son exactamente lo contrario?

Bajaba yo una vez con el bailarín Alberto Lorca la escalera del Teatro de la Zarzuela, que tiene un ancho pasamanos de latón. Vimos en el vestíbulo a un escritor, gafe muy acreditado. A mí me entraron las siete cosas.

—Qué mala leche tenéis, coño. Mira que hacerle polvo la vida a ese hombre con semejante calumn...

El chillido que dio hizo que toda la gente de abajo nos mirara. En la palma de su mano izquierda había un largo trazo rojo del que brotaba sangre. Un hilillo del metal, una muesca, nada, una pequeña brizna, le había rajado la mano que se apoyaba en la baranda.

Serán casualidades. Yo prefiero pensarlo así también. Pero el mismo escritor, entrando una mañana en el café Gijón, encendió un cigarrillo, tiró el fósforo y provocó un incendio: la cerilla había caído por la reja que cubre la boca de abastecimiento de carbón.

Todo el mundo conoce historias inexplicables, que pueden atribuirse a cualquier clase de coincidencias arbitrarias. Pero en el fondo de nosotros hay una voz imperceptible que nos aproxima a unas personas y nos aparta de otras, a las que por instinto rechazamos. Hay gente que da suerte (ay, esos jorobados andaluces, a los que las marías les restriegan los cupones de los ciegos por las mañanas) y gente que da mucha suerte pero toda mala. Ningún lector de estas páginas, a solas consigo mismo, me lo negará. Y no lo digo porque yo me crea cisne. Es la gente de mis alrededores la que lo cree. Y algo tendrá el agua cuando la bendicen. Vamos, digo yo.

Siento verdadera pasión por las estrellas fugaces, por sus aparentes segundos de vida en los que tienes que pedir un deseo. Por San Lorenzo, se facilita todo porque sus *lágrimas* son previsibles y las atendemos y las esperamos, y los deseos nos los sabemos de memoria. Una noche, en Rota, en el jardín de la casa de Rosa Vega y de Rafa Vázquez, los dos de dinastías toreras, nos llovieron encima tantas fugaces que yo ya no sabía qué pedir. Me temí que fuese un año malísimo... En la azotea de mi estudio en *La Baltasara* me siento junto a quien esté ese año, con la cabeza apoyada en las tejas, y espero el chaparrón de estrellas que nunca llega. Aunque cuatro o cinco sí que no fallan. ¿Para qué más deseos? El último llanto de San Lorenzo, con Elsa López envuelta en una manta, hacia la una, comenzó a subir en torno a nosotros una niebla suave que fue espesando y agallegó el paisaje de luna nueva. Ni la Sierra de Mijas, tan cercana, era otra cosa que una mancha azul gris. Tengo mucha esperanza. Esa noche deduje que me abruman los excesos.

No sé si es que soy un deseoso, o es que se me conceden muy pocos deseos y me veo precisado a pedir mucho. Pero yo siempre he formulado deseos —modestos, desde luego— con cada primera flor de una especie que me sorprende en temporada, con cada primer fruto que me como, con cada primera verdura (recuerdo una noche en Rennes la tragedia de unos berros que anunciaba una carta pero que fueron inhallables). Y deseo la alegría cuando se derrama el vino, y una mano afectuosa me humedece con él debajo de la oreja. Y deseo lo mejor cuando brindo con mis más prestigiosos bastones, rozando con el cristal la madera y luego el cristal de los amigos. Y deseo la suerte cuando exprimo las catorce gotas de una botella agotada, antes de que los camareros, avergonzados de mí, traigan otra botella sin abrir... Un día, en Brasilia, en un club, no me dio tiempo a evitar que el mozo se llevase la botella vacía. Se la pedí. Logré mis catorce gotas y me dispuse a recibir la buena suerte. Aquel día llegó acto seguido en forma de aquella misma botella vulgar vacía y envuelta en una bolsa de plástico que la dirección del club, generosa y confundida, tuvo a bien regalarme: no sé qué habrían pensado. La procuré olvidar dos veces, y dos veces vinieron a entregármela. «No se olvide, señor»... Y pido lo que se me viene a las mientes, cuando, comiendo codornices, otro comensal y yo tomamos cada uno de un extremo la horquilla de los deseos —es un nombre para uso personal— y tiramos cada uno para un lado: el que se cumple es el deseo de quien se lleva, con su mitad, el nudo de la horquilla.

Avanzada una noche, de improviso, unos amigos y yo, paramos en Ardales (Málaga) para tomar la espuela. Entramos en un bar inevitable por su nombre: *Le petit Trianon*, pequeño y atiborrado de terciopelos rojos. Alguien nos vio avanzar desde el otro lado de la barra, levantó una mano, me señaló y desapareció detrás del mostrador: se había desvanecido. Nunca supuse en mí tal poderío... Cuando volvió en sí, de alguna parte sacó un bastón rústico de acebuche de tamaño normal y otro, muy pequeñito.

—Hace diez días estuvo aquí un pastor de Sierra Yeguas. Me dijo: «Como va a venir la semana que viene Antonio Gala, le das esta cachava que le he hecho con mi cariño y estas manos. Y le das también esta otra para su perro, por si la necesita o por si siente celos.» Se sonrió y salió por esa puerta. Yo no le creí nada. Y dejé aquí los bastones... Lléveselos usted... —Le temblaba la voz.

Debo contar, por fin, lo que me acaeció en mi último reciente viaje a Brasil. Paseaba por São Paulo con el director del Colegio Español y el del Instituto Cervantes. Íbamos a entrar en un mercadillo próximo a la Plaza de la República. Yo llevaba inexplicablemente el llavero de mi casa de Madrid: unas ges de plata concéntricas. Asomaba por el bolsillo de la cintura de mis vaqueros, y uno de mis anfitriones me lo señaló con los ojos. Yo, entendiendo el riesgo que me daba a entender, me encogí de hombros. Entramos en el mercadillo; compré un instrumento de música aborigen, y salimos como a la media hora. Me llevaban a almorzar al edificio Italia, aunque yo pensaba que São Paulo da igual verlo a ras de calle que en un piso sesenta: no es hermoso. Salimos del restaurante casi directamente para el aeropuerto: me esperaban en Brasilia para una cena inmediata a mi llegada y, por tanto, informal. El secretario se encargó de llevar el equipaje al hotel mientras yo me quedé en casa de la agregada cultural, Concha Simancas, cautivadora y algo paisana mía. En un momento dado, eché de menos el llavero: un llavero con las únicas llaves de la puerta de calle, de la principal y de las puertas blindadas, es decir, una pesadez. Ignoraba si eran reproducibles o habría que cambiarlas. Por la noche, el secretario y yo buscamos el llavero inútilmente. Tenían razón los de São Paulo; lo prudente hubiera sido meterlo dentro de un bolsillo.

Al llegar a Madrid, me sofocó de nuevo tener que llamar a la puerta, esperar que la abrieran, no poder entrar ni por el garaje, etc. Al subir a mi habitación, tras saludar a los perrillos, lo primero que hice fue mirar en un cajón muy grande y casi plano —es un cajón de sastre— por si encontraba algún duplicado de las llaves. No lo había. Mandé que inmediatamente el mozo fuera a enterarse en dónde podría remediarse la calamidad. Subió a continuación el secretario, muy serio, y me dijo:

—Dice el mozo que las llaves están donde siempre.

Yo, sorprendido y algo más, repliqué.

—¿Donde siempre?

—Sí, puestas.

—Pues súbelas.

Al instante se presentó con el llavero extraviado, o robado en Brasil, colgando de dos dedos. No dijimos ni una palabra más. No he vuelto a hablar de esto. Hay testigos de lo que sucedió. De Brasil yo creí cualquier cosa. Desde este viaje, más.

Comprendo que hay espíritus reforzados, espíritus que han hecho abundante gimnasia y que no temen nuestros martes y trece, o los viernes si es que son italianos. Les dan igual todas las fechas aciagas. Yo no suelo salir en tales días. Procuro olvidar su mal agüero, y me quedo en paz leyendo y trabajando con mis perrillos alrededor, que se ponen siempre algo nerviosos, no sé si por el día vitando o por mi pertinacia en la inmovilidad. En cualquier caso, como decía mi padre, que era más inteligente y ecuánime que yo: ¿qué trabajo nos cuesta?

LOS ESCRITORES Y YO

El hecho de que no haya conseguido cuajar sino muy pocas amistades íntimas entre los escritores, y aun a estos los trate más bien poco o menos de lo que quisiera, no significa que no haya tenido abundantes contactos con ellos... Yo soy más bien reservado. No porque habite una torre de marfil, sino porque me he pasado la vida, o gran parte de ella, en la *secreta bodega*, aprendiendo o preparándome para escribir o escribiendo. Y cuando salía de ella, me producía más placer hablar de otras cosas, reunirme con otros artistas y descubrir novedades y riquezas en ellos. La prueba es que, cuando me he vinculado a algún escritor, hemos firmado un pacto tácito de no hablar de lo que, en el fondo, nos unía: la afinidad electiva de la literatura; no opinar de lo que el otro hacía; no referirnos a lo que ocupa nuestro telar en esos momentos... Supongo que también ha influido una pudibundez por lo que hago y una gran curiosidad por lo más diferente que hacen los otros creadores. Quizá sea esta la base de la Fundación mía de Córdoba, que tiene el fin de interrelacionar a jóvenes de distintas procedencias y creatividades para provocar una serie de fecundaciones cruzadas siempre muy provechosas: que el escritor sepa cómo crea el pintor y el músico, y el músico, cómo el escritor y el escultor... Y todos aprendan que el arte es una mesa común sobre la que pueden disponerse objetos muy diversos, más o menos costosos, más o menos bellos, pero sin la cual todo sería añicos.

Los primeros escritores de carne y hueso que conocí fueron los del grupo Cántico de Córdoba. Y acaso fueron ellos mismos los que invocaron en mí el distanciamiento, ya que no el rechazo, que me marcó desde entonces. Cada uno de ellos ejercía, más o menos, una profesión de la que vivir. Se reunían por las noches para pasear por Córdoba, contarse sus aventuras amorosas y, como mucho, resolver qué poemas iban en uno de los lentos números de la revista. Yo estaba, pues, de más. Me enorgullecía que me admitieran en aquel amasijo heterogéneo de pintores, orífices, escritores, rastauradores, bordadores y qué sé yo qué más; pero nunca me sentí formando parte de él: humanamente había algo que me separaba de ellos, además de la edad o la posición social, que en una capital de provincias son tan decisivas. Ya he dicho que sólo con Ricardo Molina estaba cómodo, porque, dado que era profesor de letras, hablaba un idioma inteligible para mí, que tenía la edad de sus alumnos.

Contaban entonces una anécdota inmortal de Pablo García Baena. Se conoce que le sobrevino una gran vocación, bastante repentina, y decidió irse al Carmelo, igual que algún otro del grupo a la orden dominicana. Cada mañana iba a misa de siete a San Jacinto, un asilo de ancianos con una capilla recogida y fervorosa para los cordobeses, donde está entronizada la Virgen de los Dolores. Llegaba allí atravesando media Córdoba, con los ojos bajos, aunque a esa hora habría poco que ver. El grupo se enteró de tal cambiazo. De él formaba parte un platero que había sido antes teniente de la Legión. Y una madrugada, harto de vocaciones, se escondió en una esquina de la capilla, y cuando Pablo, prosternado, la cara entre las manos, se encendía en misticismos, se oyó una voz terrible.

—Levanta, puta, que estás perdoná.

Al mismo Pablo le dio tanta risa que comprendió que acaso su vocación no era del todo firme ni inasequible al desaliento.

Recuerdo que a mí me picaba una especial curiosidad: la de oír hablar a los enjutos bebedores cordobeses que, entrevistos por mí, se apoyaban en el mostrador de las innumerables tabernas. Pero así como *el flamenco no come, el flamenco no habla*. Un leve movimiento de cejas quiere decir al tabernero que llene su copa; un movimiento más amplio, que invite a este o a aquel. Pero todo en silencio... Ricardo Molina presumía de poder tirarles de la lengua. Quiso hacer, para mí, de Virgilio en los infiernos. Fue una noche muy fría de diciembre. Yo había ido a pasar las vacaciones. Hicimos una larga ronda de tabernas sin el menor éxito: Molina no había conseguido arrancar una palabra de labios bebedores. Eran casi las tres de la mañana cuando, ascendiendo desde la Ribera, me confesó su fracaso. Me acompañaba ya a casa, cuando en la calle Consolación atisbamos a un hombre agachado con una cerilla encendida en la mano. Ricardo vio el cielo abierto. Me echó una mirada de complicidad y se dirigió al hombre.

—Maestro, ¿qué busca usted?

—Una peseta que se me ha caído —dijo el maestro sin levantar los ojos.

Ricardo insistió como el náufrago que bracea desesperadamente:

—Pero, hombre, una peseta no va a ninguna parte.

—Por eso la estoy buscando aquí —concluyó el hombre dando por terminada la conversación.

Los del grupo traían a los grandes poetas de entonces a dar recitales en el salón de actos de un instituto. Yo fui a uno de Vicente Aleixandre. No saqué nada en limpio. Primero, porque entendía poco de poesía, si es que de poesía entiende alguien; segundo, porque ya entonces opinaba que poesía no es comunicación, o no lo es al principio, sino vía de conocimiento: antes de comunicar hay que saber qué se comunica; y tercero, porque me parecía casi risible la postura de los poetas, tan altaneros conmigo, y tan sumisos con el señor de fuera. Debo reconocer que nunca pertenecí, ni entonces ni después, a la brillante corte de Aleixandre. Siempre lo vi lejano, artificial y paternalista. Me presentaron a él cuando llegué a Madrid, como un acto obligado, igual que si se tratase de la Virgen de la Almudena. No me acuerdo ni de quién lo hizo. Pero no volví más a aquella casa hasta una desgraciada noche en que me llevó Fernando Quiñones. Le caímos como un tiro, porque Quiñones, a pesar de mi recomendación, no había advertido de la visita. El poeta estaba con un portugués, Eugenio de Andrade, que le traía su libro *As maos e os frutos*. Quizá éste opinaba como yo, o se aburría, porque nuestra turbulenta entrada le pareció divertida. Por el contrario, Aleixandre era un frigorífico. Nos invitó a una copa de vino y a unas almendras. Fernando se las comió todas en un momento. Salió la conversación de Lorca, y Fernando, no sé si bebido o tumultuoso de por sí, gritó:

—Bendita sea la madre que lo parió. Hay que ver lo que echó esa mujer por el jigo.

Y, ya en el extremo de la indecencia, se quitó un zapato y me lo tiró riendo a carcajadas. Yo se lo devolví con tan mala puntería que volqué una pantalla de luz. Aquello no tenía arreglo. Nos largamos enseguida porque además ni había vino ya ni almendras. A unos cien metros de la casa, en Reina Victoria, nos alcanzó Andrade, el portugués. Con extrema amabilidad me dedicó el otro ejemplar de su libro, que traía para Dámaso Alonso, y me sugirió que desayunara con él en el Palace a la mañana siguiente. Yo entonces era el ingenuo más grande de este mundo, pero una terrible patada de Quiñones me abrió, aparte de le espinilla, los ojos, y decliné la invitación. Sin duda, yo le había causado mucha mejor impresión al portugués que a Aleixandre.

Otro de los poetas que llevaron los de Cántico fue Dámaso Alonso. Con él conectaba yo mejor y conocía bien gran parte de su obra. Cuando volví a encontrármelo, por descontado, no recordaba haberme visto nunca. Fue en el palacio de la Zarzuela, en una copa ofrecida por los Reyes, antes de la reforma. La reina se había retrasado, y nos tenían, apilados y con mucho calor, en un vestibulillo, al pie de la escalera. Dámaso estaba sentado junto a la mujer de José María Valverde, María Luisa Gefaell, hermana de la mujer de Vivanco. Allí estaban todos. Yo los miraba desde lejos, con la sospecha de que el verdadero fuego de los dioses no era susceptible de arder en semejantes pebeteros. Es decir, seguía siendo un niño. Me acerqué a Dámaso para saludarlo y recordarle nuestra primera presentación.

—Soy Antonio Gala, nos conocimos en...

Él me interrumpió levantándose. Quizá con el esfuerzo se le relajó algún esfínter y empezó a emitir una sucesión interminable de ruiditos.

—Me gusta mucho su literatura —me dijo, mientras su acompañante tiraba de él para que se sentase, no sé si por su edad o para evitar que aquel esturreo le explotara delante mismo de las narices. Junto a una risa interior inevitable, sentí, sin embargo, una gran ternura por el maestro.

En realidad, al único escritor que traté de veras de la generación del 27 fue a Pepe Bergamín, con el que cené un montón de veces. Cada uno de nosotros sentía por el otro una admiración rotunda, extensiva a vida y obra, basada en el sentido del humor, en la ironía hiriente a veces, en la capacidad de construir o destruir con una palabra y en la seguridad de poderlo pasar bien una tarde o una noche sin apoyarse en ideologías fuera de lugar ni en falsas y engrupidas trascendencias.

En Sevilla, en la facultad de Derecho, coincidí con Alfonso Grosso. Ni él ni yo sabíamos que el otro escribía, o acaso sí, pero íbamos por caminos distintos. Más tarde me lo encontré ya situado y aplaudido, y le recordé que, de estudiante, siempre llevaba el dedo índice y el dedo corazón embadurnados con tinta verde. Me miró asombrado, riéndose con una hermosa risa. Y añoramos no haber sido entonces algo amigos.

Cuando descansaba —o me cansaba más— en Málaga, descubrí un grupo de poetas muy jóvenes, junto a los mayores, que aleteaban en torno a Bernabé Fernández Canivell y llevaban la gloria de la ciudad encima: María Victoria Atencia o Alfonso Canales... Entre los muchachos brillaban Pepe Infante y Guillermo López Vera. Eran locos, insensatos como es debido, atiborrados de palabras y empuje. Han tenido destinos muy distintos; pero en mi corazón, cuando los veo, mucho más a Infante que a López Vera, aún son aquellos que eran: Pepe Infante tiene y tendrá siempre un asiento en mi intimidad. Organizaban lecturas en *El Pimpi*, el bodegón de Paco Campos, con Gloria Fuertes a la cabeza, y yo admiraba su entrega al porvenir y su dicha presente entre esa mezcla de lujo y de cochambre que es Málaga, donde Gloria se encontraba a sus anchas. Y allí mismo volví a tropezarme con un compañero de andanzas del campamento de las milicias de Montejaque, Vicente Núñez, exoftálmico y cómico, lleno de resortes, de recursos, a quien hay que escuchar, más que en ninguna parte, en el bar donde recibe, dentro de la Plaza Ochavada de su Aguilar de la Frontera.

Al desembarcar definitivamente en Madrid, iba un poco de casa en casa, acogido, refugiado, exiliado, trasterrado... Hice amistad, a través de Quiñones, con todo el grupo de *Platero* casi íntegro ya en la capital: Serafín Pro y Felipe Sordo, que quizá hayan dejado de escribir, y sobre todo, Pilar Paz Pasamar, que ya había publicado su libro *Mara* y era un poco la amada de todos, aunque luego nos dejó a todos, con razón, por un ingeniero. Cuando, por no tener pasta, no nos veíamos en la cafetería *Yucatán* de la Glorieta de Bilbao, íbamos a casa de Pilar a sentarnos y a charlar. También aparecía, por haber hecho las prácticas de la milicia universitaria en Cádiz, José María Rodríguez Méndez, al que le tiraba más el teatro, y que por entonces escribía, en colaboración con Pilar, una comedia que no llegó a mayores. Con José María he seguido tratándome, con intervalos siempre. Si, con los demás, él se encasqueta la acongojada máscara de la tragedia, conmigo no puede y, apenas nos vemos, acaba por reírse a carcajadas. Es exactamente esa duplicidad, imperceptible a veces, la que me molesta de los escritores. Rodríguez Méndez estuvo mucho tiempo en Barcelona, hasta que regresó a Madrid. Cada vez que lo veo, y es muy de tarde en tarde por desgracia, lo veo con gusto y alborozo.

Algunos años fuimos, los dos, amigos de Pepe Martín Recuerda, más raro que un perro verde, y ocupado de continuo en su amor y en su literatura. Algo doctoral y falazmente severo en él imposibilitó ese desnudo cómodo que exige una amistad normal.

Antes, durante unas vacaciones, el uno o el dos de enero se presentaron en la casa de Córdoba Carmen Martín Gaite y Rafael Sánchez Ferlosio. Lo primero que les dije es que, con unos nombres tan largos, parecían cuatro por lo menos. Lo pasamos muy bien y me regalaron un trenecito de madera que aún conservo. Yo escribí la noticia de su paso por Córdoba cuando el día de Reyes le dieron a Rafael el Premio Nadal por *El Jarama*: para evitarse los nervios de las vísperas es por lo que hicieron aquel viaje. Acababan de perder un niño, y hablaban de que, en Baena, o un sitio así, habían visto jugar a unas cuantas pequeñas; una de ellas, llamada Marta *la Torci*, así la llamaban sus compañerillos, los emocionó. Marta se llamaría la hija que tuvieron a continuación. Con Rafael, después de separarse de Carmiña, no tuve relación; con ella, sí, y continúo. Siempre la he querido con fraternidad y con un respeto interminable, también en lo literario pero en lo humano más aún. Es una niña llena de gracia. Me ha suministrado viejos fetiches suyos, que a ella habían dejado de servirle, y una noche, en el *ABC*, en una cena llena de prosopopeya, poniéndose un abanico ante la cara, me dijo:

—A ti y a mí lo que nos pasa es que tenemos un polvo enconao.

Se hizo un maravilloso silencio alrededor, encabezado por Luis María Anson, que entonces era Ansón.

A los diecisiete años me dieron una beca para la Menéndez Pelayo, a la que luego no he ido mucho, aunque clausuré un curso en su sucursal sevillana. En Santander conocí a bastante gente cuyos nombres hoy no nos dirían nada. Pero yo me moví hacia *La isla de los ratones*, la revista de los autores locales. Me relacioné con Manolo Arce, que me presentó a Benjamín Palencia. Exponía entonces en la sala instalada en el segundo piso de su librería. Palencia me encontró *guapo de una manera muy particular, lo cual es peligroso*. Y me relacioné, por encima de todo, con quien luego he considerado un amigo del alma y un hermano mayor, supongo que a su pesar y el mío, Pepe Hierro. Ellos, Hidalgo y yo, dimos una lectura de poemas en la universidad. Al padre Sopeña le encantaron, infeliz, mis versos. Acaso porque yo almorzaba en su mesa en La Magdalena. Aunque no tenía que agradecerme nada, porque día tras día le gastaba la misma broma: él bajaba de su habitación de hacer la siesta del carnero aún medio dormido; yo le aflojaba la tapa del salero; sin remedio, encontraba sosa la sopa o los huevos o la verdura, y se le vertía toda la sal en el plato.

—Hay que hablar con el director de este centro —repetía mientras apartaba la sal con el cuchillo.

Yo creo que Julio Maruri ya no estaba allí. Le invadió una vocación de carmelita, que quizá suscitó la de García Baena, y se fue al convento con el nombre de fray Casto del Niño Jesús, que ya son ganas. Lo conocí más tarde, en mi apartamento de Prim, cuando vino rodeado por una gente muy peregrina a recoger material para una exposición, en el convento de la *Toison d'or* de Bruselas, sobre Santa Teresa. No sé si aún le quedaba algo del Niño Jesus (él había escrito *Los niños y los pájaros*), pero de Fray Casto, desde luego, no. Era muy simpático, suavón, complaciente, reidor, y me propuso irme con él, a lo que se opuso, en silencio y con toda razón, Pepe Hierro.

Por entonces alternaba con un grupo de jóvenes poetas como yo: Félix Grande, Paca Aguirre (ellos fueron los que falsificaron mi firma y presentaron al premio Calderón de la Barca *Los verdes campos del Edén*), Carlos Sahagún, Claudio Rodríguez —el mejor de todos—, Paco Brines, al que yo calificaba, como un sastre me calificaba a mí en las pruebas, de *superspicaz*, y Eladio Cabañero, una persona llena de afecto y de excelencias. Paca, Félix y yo salíamos casi todos los días. Como no teníamos un duro, nos encontrábamos en el Ateneo, y dábamos grandes paseos o nos dejábamos invitar a merendar por los Escobar, unos hermanos ricos, a la mayor de los cuales, que luego fue presidenta de Amnistía Internacional, no le era yo del todo indiferente. A veces nos íbamos, después de comprarnos cacahuetes, a mi piso de Prim, a comérnoslos despacio con un vasito de vino no menos compartido. Fue una época de amistad nesesitada, que no podré olvidar ni lo deseo.

Quizá entonces más que nunca yo ejercitaba mi sentido del humor como forma de vida e incluso de nutrición y de defensa. Ellos inventaron un juego; tiraban sobre la mesa un libro reciente y yo tenía que repentizar una opinión. Cuánto nos reíamos.

—*La máscara y los dientes*, de Rafael Morales.

—Autorretrato —decía yo.

—*El polvo en los pies*, de Rafael Montesinos.

—Un pecado nuevo —decía yo.— Claro, como Montesinos es tan bajito...

—*Apenas esto*, la antología de Federico Muelas.

—Exagera —decía yo.

Contagiado por Félix, tan libresco, hacíamos una vida de poetas. Asistíamos a las lecturas de los martes en el Instituto Iberoamericano de Cultura, o como coño se llamara entonces, dirigidas por Montesinos, y nos quedábamos luego a tomar unos vinos con el grupo habitual. O asistíamos los jueves a la lectura de poemas del Ateneo, dirigidas por Hierro, en las que lo pasábamos muy bien, porque yo hacía comentarios de los que mis más próximos vecinos se reían, mientras yo me mantenía muy serio, una potestad de la que he gozado siempre. Y ahí estaban las poetisas uterinas; y el gordo Soliman Salom, que me llamaba *Antoño* y que quería perder peso tomándose los adelgazantes no en vez de las comidas sino después de ellas; y Ricardo Zamorano; y la gente que llegaba de Venezuela o de donde fuera, más o menos liada, más o menos poeta...

Fue precisamente Federico Muelas quien me suministró una fuente de ingresos, no tan abundante como la de su farmacia. Me daba la estampita de alguna virgen de algún pueblo, y yo le hacía un soneto pertinente. A través de él, la cofradía me abonaba mil pesetas: menos daba una piedra.

Una tarde, por Chamberí donde vivía, me convidó a un café una recitadora cuyo nombre me viene ahora mismo a la memoria, Carmina Morón. En su casa conocí a Pepe Caballero Bonald. Poca gente me ha causado, de entrada, tan mala impresión. Supongo que, harto de la rapsoda, se arrepentía de haber ido a su casa y lo estaba pagando todo el mundo. Vociferaba, daba golpes, insultaba... Por entonces tenía muy mal vino. *Don Quijote era más Cristo que Cristo*, era su lema de aquella tarde. Luego fraguamos una enorme amistad, sin duda con la colaboración de Pepa Ramis, su mujer, imperturbablemente hermosa, sensata y mallorquina, y con la ayuda de mi admiración intensa por su obra: en esto no estoy seguro de verme correspondido. A mi compadre, en el fondo, siempre le han emborrachado más las palmas que el vino, como a mí.

Existió un grupo de escritores muy cariñoso conmigo que asocio al entorno de César González Ruano. César me llamaba *esa trucha andaluza tan difícil*, y me distinguía con un cordial aprecio, al que era poco dado. En alguna ocasión, viviendo yo aún en Prim y él en Ríos Rosas, coincidíamos de charleta en el café Teide. Una mañana había ido Mery Navascués a saludarlo, y yo le regalé el oído:

—Qué bonitos zapatos, Mery.

—¿Te gustan? —me preguntó echando hacia atrás el cuerpo.

—Sí; pero no te muevas porque te los estoy viendo por el escote.

Escote al que era muy propensa y que le sentaba estupendamente. Mis cosas les hacían gracia a los dos. Incluso a los secretarios que sucesivamente les conocí y con uno de los cuales acabó casándose Mery, a la muerte de César, por lo que decíamos: *Mery Navascués, señora de Fontecha, de soltera, viuda de González Ruano...* De entonces viene mi amistad —no pudo ser muy larga— con Ignacio Aldecoa, tan buen escritor como aficionado a la ginebra; con Josefina, su mujer, a la que Quiñones llamaba *mi tortuguita* y de la que no supe que escribía hasta después; con Manolo Alcántara, tan buen bebedor como Aldecoa y de igual bebida friática; con Salvador Jiménez y alguien más...

Manolo Alcántara y Paula vivían en el Paseo de la Florida. Un día murió de cirrosis un niño de siete años, vecinito suyo. Y yo traté de llevar al ánimo de Manolo que la muerte se había equivocado de puerta; pero no lo conseguí. Ni la amenaza de un falso cáncer, después, ya en el Rincón de la Victoria, en Málaga, tampoco. Ha continuado bebiendo y escribiendo los más esbeltos y acertados artículos... Salvador se retiró a Águilas, como un señor: era un entrevistador magnífico y un rilkeano que aprecié mi primer libro adolescente, *Enemigo íntimo*. El alma de estos dos hombres buenos siempre fue mesurada, nada ambiciosa y extremadamente abierta a sus amigos. A veces aún los oigo contar anécdotas mías entre copa y copa ante distintos mostradores:

—Los animales son nuestros hermanos. Yo he conocido una almeja que salvó la vida de su dueño —asegura Manolo que le conté muy serio una noche.

Yo bebía con ellos, que se morían de risa con mis golpes de ingenio; los respetaba queriéndolos; y lo pasábamos extraordinariamente bien, olvidados de que escribíamos y de qué escribíamos: obsesionados, aunque no mucho y yo más que ellos, con nuestra forma de ganarnos la vida honradamente. Quizá sería preciso confesar que, tanto Manolo como yo, éramos —él levemente, yo no— ayudados por alguna señora. Sé —porque me lo han dicho terceros— que tenían por mí un especial cariño que aún les dura, y que se encontraban a gusto conmigo por mi gracia, por mi insolencia un tanto irresponsble, y por mi desvalimiento, que se preocupaba poco o nada por el futuro... Es decir, me consideraban un joven loco en quien debían tener fe, porque saldría adelante ya en la poesía ya en el relato. Quizá lo que menos imaginaban, tampoco yo, es que los primeros éxitos me vendrían por el teatro.

Íbamos algunos días a tomar copas y reunirnos en Gran Vía 31, en un estudio de fotografía que tenía Concha Lagos, y su marido Mario, persona encantadora y educadísima. Ella llevaba una revista, *Ágora*, donde yo llegué a publicar algún poema muy trascendente. Por allí andaban dos personas modelos, Medardo Fraile, espléndido cuentista, y Meliano Peraile, que hacía algo de todo y con quien alguna vez tome café en el Sajonia, por la calle Arenal, acompañado de Teresa, su novia de antes de la guerra. Entre nosotros había una confianza y una solidaridad que luego me ha sido muy difícil encontrar entre escritores. Quizá, cuando se toca eso que la gente llama éxito, se retrae no el que lo tiene sino la amistad de los otros, de buena fe, por lo que pudiera aparentar de interesada. Pero ellos sabían y sabrán que, para el creador, el éxito o el fracaso son accidentes sobrevenidos, y que el gozo y la desazón corren parejas con la creación misma, que lo es todo para el que crea.

Hubo un grupo de gente atractiva, escritores o no, que se reunían en casa de Carmina de Labra, la encantadora asturiana,

239

en Velázquez: Ángel González, entre otros, antes de irse a Albuquerque, y su paisano García Rico. Pasábamos la noche bebiendo y cantando, y existía una camaradería de vida que a todos nos afianzaba. Yo creo que la mayor parte de ellos trabajaba, poco, en algún ministerio o en algún periódico, y todos éramos muy antifranquistas. Pero lo más importante es que compartíamos un sentimiento vital, traducido o no en libros o en poemas. Cuando pasaban por Madrid, se incorporaban a este grupo algunos catalanes, Gil de Biedma o Marsé, por ejemplo... Pero de todo hace ya no veinte, sino treinta o casi cuarenta años. Recuerdo a un Jaime Gil entusiasta, malicioso y puro a la vez (nada que ver con el que reencontré luego en Barcelona), y un Marsé sobrepasado por todos los que le reodeaban, silencioso y guapito todavía.

Poco después de la muerte de mi padre se me otorgaba, de una manera pública, lo que cualquiera hubiese calificado de vida deseada y exenta, y yo intuí como vida *obediente* todavía. Cuando en diciembre del 63 se estrenó mi comedia *Los verdes campos del Edén*, sufrí un manifiesto empellón. Resistirse a él hubiera sido inútil y suicida. La literatura *profesional* me asaltaba. Los humildes refugios del poema, del cuento, del ocio creativo se vieron conquistados de repente por tropas enemigas: no íntimas ya, no reducidas, no cariñosas, no fraternas... Ignoraba en esa fecha hasta qué punto. El público y la crítica meterían sus narices, pluriformes e inagotables, en cuanto yo escribiera a partir de ahí. La literatura como placer se replegaba, pasaba a ser un modo de vivir.

Pienso que el teatro me separó de mi gente que eran todos los antedichos, y no me acercó a otra, porque los de mi edad que lo escribían no me recibieron con palmas y con ramos ante el deslumbramiento de mi llegada. Sí me recibieron bien los instalados en el Olimpo —pobre— del teatro español. Antonio Buero Vallejo siempre me consideró un *joven corrompido*, no sé por qué, supongo que por mi alegría, tan opuesta a su severidad. Hasta que un día que me repitió *tú eres un joven corrompido*, yo le contesté:

—Y tú una vieja pesada.

Nunca nos hemos llevado inmejorablemente bien. Hay algo en nuestros caracteres que lo impidió desde el primer momento. No así con su mujer Victoria Rodríguez. En el diario *Pueblo*, al terminar una conferencia mía, le pregunté en qué estaba trabajando, dada la lentitud de su escritura, que a mí se me antoja infinita: ya había estrenado hacía años su última comedia.

—Trabajo en una obra sobre la tortura.

—Ah —dije sin mucha mala fe—, si es sobre la tortuga no me extraña que tardes tanto.

Cuando murió Rodero, al que todos queríamos, fui al tanatorio tarde para acompañar a Elvira Quintillá. Ya la había hecho reír, que era mi fin, cuando aparecieron Buero y su mujer. Traía tan malísima cara —de madrugada se le pone más verde de lo habitual— que le dije en broma:

—¿Qué vienes, a quedarte?

Le sentó como un tiro. Nunca ha entendido mi humor y mi resolución de poner el júbilo por encima de todo. Creo que la risa compartida supera en muchos codos al respeto.

En la noche de mi primer estreno me crucé por una escalera del teatro María Guerrero con Víctor Ruiz Iriarte y Pepe López Rubio. Venían hablando muy bien de la comedia, y subían a felicitar a los actores. A pesar de haber salido al escenario a saludar, no me reconocieron. Pero yo siempre les agradecí sus opiniones, tan valiosas para un pricipiante. Fui amigo de ellos, o yo lo creía al menos. Me hacía gracia que se fuesen juntos a El Escorial, a trabajar: yo en aquella época no tenía, como ahora, que moverme de Madrid para encontrar el ambiente apropiado. Cuando me veían por San Lorenzo, me preguntaban:

—¿Has visitado ya el *edificio*?

—No; todavía no he visitado el *adefesio*. —Era un principio de conversación que reiterábamos siempre. Intuí que admiraban lo que yo hacía, a pesar de no tener nada que ver con lo que hacían ellos. Si la amistad no llegó más lejos, fue porque la diferencia de edad era muy grande.

Enseguida intimé con un ser generoso de sí mismo, del que acabé también por ser compadre, José María Rincón. Fue quien me llevó a la televisión en mi primera serie, *Al final esperanza*. Salvo Quiñones, no he conocido a nadie tan vocacionalmente escritor: siempre andaba planeando algo de teatro, adaptando una obra, manejando argumentos que luego se evaporaban en sus manos. Solía ir a cenar a su casa un día a la semana, y bebíamos y nos divertíamos, sobre todo él, orgulloso de mí, mientras Gloria, su mujer, nos miraba encantada...

Una noche en un bar del fin de la Castellana, o quizá exactamente en el bar del *Arriba*, me citó Gonzalo Torrente, que escribía entonces crítica de teatro. Pensé que me iba a hablar del mío y llevaba la humildad preparada; sólo habló del suyo. No me pareció un gallego con la picardía y los recovecos que yo esperaba de él, ni me dio los consejos que, por su mayor sabiduría, también esperaba. Quizá lo conocí en un momento bajo, que luego superó con creces. Quien me cautivó, por simpático y agudo como un fin de raza, fue su hijo Gonzalo Torrente Malvido, al que todo el mundo llamaba Torrente Malvado porque lo era. Hacía una vida superficial y desastrosa, endeudándose él y endeudando a todo el mundo de alrededor. Conmigo era difícil que lo consiguiera porque no tenía más que una biblia poco más o menos. Pero la verdad es que se quedó con mi biblia.

Para presentar un libro del marqués de Santo Floro en el Ateneo, dirigido entonces por mi padrino José María de Cossío, estábamos en la Cacharrería el director, Agustín de Figueroa, la condesa de Campo Alange y Mercedes Fórmica, a la que yo había conocido como mujer de mi querido Llorent Marañón (la primera vez que la encontré después de casarse con Careaga, fui a besarle la mano y la retiró como si le fuese a dar un mordisco). Entró un ordenanza y anunció que Azorín acababa de morirse. A María Campo Alange casi le da un soponcio.

—Qué noticia. Qué horror, cuánta pena... Y así de pronto, sin que nadie lo esperara.

—María, por favor —la consolé—, llevábamos esperándolo veintitantos inviernos.

Por supuesto, se suspendió el acto. He leído —y leo— bastante a Azorín, pero no es un escritor que me caiga simpático. Se le ve demasido la búsqueda del estilo, y el estilo perjudica al escritor, que ha de hacer como el cristal: dejar paso a lo que ha de ser dicho como tiene que ser dicho. No enturbiando el agua para que parezca más profunda: eso lo hacen mejor los búfalos; no cortando la frase para fingir mayor sencillez. Azorín me parece un literato con hipo, y su lectura, un *coitus interruptus*. Su teatro, además, no me gusta nada. Es curioso que, para aprender español, en mis tiempos, los extranjeros solieran leer y anotar a dos escritores levantinos exactamente opuestos: Azorín y Gabriel Miró.

A Mercedes Fórmica la frecuenté y la admiré aún más. Era una mujer de bandera en todos los sentidos. Cuando escribí la segunda serie de *Paisaje con figuras*, casi como homenaje a ella traté el personaje de Ana de Austria, hija de don Juan y abadesa de las Huelgas, y consulté, entre otros, su libro. Mercedes me demandó por plagio. Como si pudiera haberlo entre un libro erudito y un guión de cuarenta minutos para televisión. El tema se resolvió en un almuerzo, al que yo no asistí.

La verdad es que el llegar a tocar pelo bastante joven, y ser en el teatro, hizo que me quedara esperando a los más jóvenes. Pero la muerte de Franco trajo la prueba de lo que yo había avisado por escrito: ni hubo eclosión de la cultura, ni la censura había malogrado la obra de ningún genio de los que se refugiaban tras ella. No hay genios escondidos en los matojos de La Mancha: la Naturaleza no derrocha en vano. Muerto el perro, se acabó la rabia; pero todo lo demás siguió lo mismo: estuvimos los que ya estábamos... Y luego vino la gente nueva que tenía que venir.

Recuerdo que la comunidad de Madrid organizó unas sesiones que se titulaban *Pensar en El Escorial*. Me invitaron a la de teatro. La alcaldesa era guapa, pero no sucedió nada imprevisto, ni nadie dijo nada resolutorio, ni mucho menos trascendental. El almuerzo se servía en una mesa larga. Yo miraba a derecha e izquierda y veía las caras se siempre, con el aburrimiento consabido y la falsa superioridad acostumbrada... Sólo a los pies de la mesa vi un unos ojos negros, interesantes, interesados, que fulguraban atendiendo las memeces que se decían. Pregunté a Gustavo Pérez Puig quién era: no lo sabía. Pregunté a Buero: no lo sabía. Pregunté a un enlace sindical que conocía de la televisión:

—Es el chófer del consejero.

—¿Y quién es el consejero? —le pregunté alarmado.

—Yo —me respondió.

Así fue todo, sobre poco más o menos, en la Transición. Y no creo que haya cambiado mucho en lo esencial. Pienso que los escritores españoles se han tomado la vida —y su vida— demasiado en serio. Como si la literatura influyera mucho en la sociedad, y su modesto eco no fuese breve y muy pronto apagado. Como si escribir fuese un don de lo alto y no un oficio perfeccionable y cotidiano.

Cuando me ocupé de los más jóvenes, de dieciocho a treinta años o así, en mi *Carta a los herederos*, supe los proyectos, los gozos, la obsesión de vivir que los configuraban y que tan semejantes eran a los míos. Y pedí por que no perdiesen el impulso que sólo puede proporcionar la auténtica alegría.

Una primavera viajé con Onetti y Luis Rosales a Canarias para un congreso de escritores. Onetti bebía sólo cocacola, es decir, estaba rehabilitado. En el viaje, alguien le ofreció un whisky que fue nuestra desdicha. Cuando, después de un par de horas, llegamos a Las Palmas, el autor no podía hacer otra cosa que acostarse y, encadenándose los acontecimientos, volver en otro avión al día siguiente. En ese grupo de escritores hubo algo en común de todas formas: la bebida. Yo ya había experimentado el daño que me hacía, y me contentaba con la décima parte de lo que los peninsulares beben en Canarias. No recuerdo con precisión un episodio que sucedió una noche. No menos bebido que los escritores había un grupo de pilotos (el hotel se llamaba precisamente *Iberia*.) Hubo una discusión que fue creciendo. Se voceaba ya. Se manoteaba. Se daban empujones. La cuestión se personalizó entre un piloto chulo y Carlos Barral, quizá no menos. El piloto tiró de pistola y se hizo un solemne silencio. En medio de él, me levanté y me fui hacia el piloto:

—No renovemos una vez más el discurso de las armas y las letras. Cuando en una discusión alguien saca un arma es que ha perdido la discusión o la cabeza. ¿Me da la pistola, o prefiere guardársela usted mismo?

Se acabó el numerito y seguimos bebiendo, por separado, pilotos y escritores. El tema me lo recordó Marsé, tan poco amable conmigo. En La Habana, no hace mucho, tuve la gentileza de escucharlo, ahora que está más gordo.

Con Juan Benet, tan experto en batallas, tuve pocos contactos: los que nos proporcionó una especie de Instituto de la Cultura que se propuso fundar Pío Cabanillas, ayudado por Jesús Aguirre. Lo formábamos doce o catorce creadores de todo el Estado. Benet y yo nos sentábamos juntos en las sesiones preliminares, que a nada condujeron. No se trataba de asambleas sesudas, y yo intervenía, en general, alegrando el cotarro cuando se ponía denso, imposible, politizado y asqueroso. Al salir del ministerio, Benet y yo atravesábamos la Castellana juntos y tomábamos una última copa: ambos vivíamos muy cerca, en El Viso. La última vez que lo vi, me miró con los ojos casi entornados, me golpeó la espalda, y despidiéndose me dijo:

—Te quedan muchas cosas que hacer y que decir. Eres un tío salao.

Quizá uno de los escritores con los que mejor me llevo, a pesar de sus rarezas infinitas, sea Terenci Moix. He viajado con él a muchas partes. Tiene conmigo y con mis bromas la mayor correa: aguanta mis pesadeces y mis chistes más hirsutos, y es generoso como nadie y amigo como casi nadie. Jamás nos hemos preguntado uno a otro qué nos parece lo que hacemos. Sabemos bien que tenemos la carne puesta en el asador, y que lo nuestro, lo más nuestro, es esta tarea vana de escribir. Pero también sabemos ambos ponernos la cruz de este vía crucis donde menos nos duele.

He conocido, por supuesto, escritores de muchos países ajenos a España. Con ellos he mantenido una relación de colegas, respetuosa y poco íntima. De casi todos he obtenido, expresa o tácita, la confirmación de que el trabajo y la constancia son los protagonistas de una vida de creador. Dentro de la que creo a pies juntillas que la inspiración existe, y es ella la que la matiza y la posibilita y la ilumina.

Para entregar un premio Príncipe de Asturias estábamos en Oviedo, entre otros escritores, Juan Rulfo, al que admiraré siempre, y yo. Lo telefonearon, y yo le rogué que hablara desde la misma sala, puesto que le habían llevado el aparato. Me dio las gracias, y, aunque hablaba en voz baja, por mi proximidad no pude evitar oír lo que decía:

—Sí, estoy bien... Son muy amables todos... Es una ciudad muy bonita, muy vieja creo... Esta tarde o mañana me llevarán a ver el Acueducto que es lo más importante de ella...

Quizá nos pasa a todos cuando estamos un poco desentendidos: acabamos por confundir Oviedo con Segovia. Y poca gente más desentendida he conocido que Juan Rulfo, una vez que dejó la bebida.

Recuerdo, en casa de Quiñones, una velada con Borges. Me pasó con él lo que con Salvatore Quasimodo, en una visita a España: impertinente con todos, pidiendo que los libros se los mandaran por correo, y olvidándose los que le dedicaban... Las normas de educación y convivencia son válidas para todos, se sea quien se sea. De ahí que le dijera yo, que no le había llevado nada:

—Sus obras las seguiré leyendo, pero a usted no lo aguanto ni un segundo más.

Y me fui.

Pues bien, Borges esa noche sacó su mostrador de bisutería ya vista bastantes veces. Habló contra el idioma castellano que él tan bien escribía; se sorprendió, o fingió sorprenderse, de que Manuel Machado tuviese un hermano poeta; puso a Cansinos Assens en los cuernos de la luna como si, después de él, nadie supiera nada de nada aquí; volvió a afirmar que había leído *El*

Quijote primero en inglés, y que al leerlo en español le había decepcionado... Es decir, toda la murga que se le disculpa a un joven poeta, no a un maestro, que políticamente tan poco limpio estaba. Entre tanto comía aceitunas sin cesar; las tomaba de dos en dos de un platito. Yo se lo cambié por un cenicero. Las dos primeras colillas que se llevó a la boca nos vengaron.

A Ernesto Sábato no lo conocía. Sí, sus actividades difíciles y suavemente llevadas, en la ley del punto final. Me convidaron los Liberman a una cena con él, con Félix Grande y Paca Aguirre. Sábato llegaba exhausto de una exposición de sus pinturas en París y, nada más aterrizar en Madrid, de una recepción de bienvenida. Según él, no podía ni hablar. Nos pidió perdón por su cansancio. Yo decidí entretenerlo. Estuve simpático y afectuoso: tengo testigos. Y, de pronto, el viejo cascarrabias se encaró conmigo y me reprochó:

—No me dejaste meter ni una sola palabra desde que he llegado.

No añadí ni una más, ni entonces ni cuando lo volví a encontrar en un almuerzo que me ofrecieron en Buenos Aires un grupo de colegas. En él lo pasamos muy bien Bioy Casares, que estaba casi impedido, y yo. A Bioy le recordé su libro de recortes de periódicos y publicaciones, y nos reímos mucho. («La señora de Pérez y sus hijas / comunican al público y al clero / que han abierto un taller de chupar pijas / en la calle Santiago del Estero.») Al despedirse, se inclinó y me dijo en voz baja:

—No es frecuente encontrarse con señores en la triste profesión que cultivamos. Enhorabuena, Gala.

Hay un asunto que no sé si ha influido para que los escritores se sitúen en contra o a favor de mí; que no sé si ha mejorado o empeorado la opinión que de mí, prescindiendo de lo que escribo, tuvieran. Me refiero a que llevo fama de que soy el que más cobra por folio, el que recibe los adelantos más gruesos y el que más exige por actuaciones personales. Carandell suele llamarme *el Vengador*, porque donde otros se conforman, a su pesar, con un cenicerito de plata grabado, yo pido un millón de pesetas.

Voy a explicar por qué. Primero, mis precios suelen ser disuaso-
rios; a mí no me gusta dar recitales ni conferencias: tengo mala
salud, los viajes me cansan y me hacen perder tiempo. Lo menos
que puedo exigir es que, de algún modo, me sean gratificantes.
Segundo, siempre he deseado que a los escritores se nos respete,
y respetar, en una sociedad mercantil y numérica como ésta, es
pagar bien. A nadie se le ocurre invitar a un almuerzo a un arquitecto para que le diseñe una casa, o a un médico para que le diag-
nostique y le opere; sin embargo, con el vago pretexto de la cultura, a un escritor, cualquier concejal lo considera bien pagado
con el abono de sus gastos de viaje y estancia. Hacer turismo no
es trabajar.

Un partido, en unas elecciones, quiso proponerme para presidente de la Junta andaluza. Antonio Burgos escribió una advertencia: sería el presidente más caro de la historia, porque yo
cobraba hasta por mover una mano. Por descontado, no pensaba
aceptar la propuesta; pero me sentó mal la intervención de Burgos, que parece estar de acuerdo con que un escritor perciba die-
tas o acepte que le pongan un estanco sólo por permanecer cerca
de la Torre del Oro. Así se lo solté.

Cuando, casi a la fuerza, di a la imprenta mi antología *Poemas
de amor*, nadie daba un duro por ella. Se han vendido, entre
España y América, algo más de un millón de ejemplares. Puede
que haya abierto el camino a otras poesías mucho mejores que la
escrita por mí; puede que haga multiplicarse las reducidas ediciones —a veces mil ejemplares o menos— que publican las empre-
sas incrédulas y provincianas... Sólo un poeta me dio la enhorabuena, se alegró del éxito del libro, me lo agradeció y vaticinó la
repajolera y jodida envidia de los otros, Rafael Morales.

De todo lo escrito se deduce que puedo ser amigo de otro
escritor prescindiendo de lo que escriba, y que jamás lo que
escriba, por admirable que sea, sin el apoyo de su persona, va a
conseguir que me acerque ni un centímetro a él. Porque entre el
autor y su obra hay una triple posible relación: autores que están
por encima de lo que hacen, es decir, seres dotados espléndida-

mente que escribieron una obra descuidada y mediocre; autores que están al nivel de su obra: García Lorca quizá sea un buen ejemplo en cuanto a la brillantez y al encanto; y autores, por fin, que están por debajo de su obra: Rilke acaso sea uno de ellos, y bien sabe Dios que me cuesta decirlo, pero no me veo yo andando de palique con él por Ronda, por Córdoba o Toledo.

No obstante, el hecho de no tener trato frecuente con escritores no quiere decir, al contrario, que los deteste. Quizá los detestaría más si los tratase. Sólo hay uno con el que no me hablo por motivos reiteradamente fundados. Lo vi venir no hace mucho por el largo pasillo de un teatro. El pasillo estaba solitario y nosotros íbamos en direcciones opuestas. No me arredré lo más mínimo, y continué, presintiendo una vacilación en sus pasos. En el momento en el que nos cruzábamos, él no fue capaz de dejar de decir algo.

—Hola —murmuró con su voz campanuda.

—¿Qué? —le pregunté yo, y seguí mi camino.

No otra cosa he hecho durante toda mi vida: desoír a quienes no merecen la pena y continuar mi camino adelante.

LOS ANIMALES Y YO

Prescindiendo de los perros, con los que me unen lazos fraternos, por el resto de los animales siento un fervor total, independiente de su tamaño y de su aspecto. Un respeto que tiene más de compañerismo que, desde luego, de temor o piedad. Siempre he tenido la impresión de que ellos nos precedieron en la posesión del mundo y de que, con artimañas, los privamos de su primogenitura. Porque me viene a la memoria la historia de Isaac. El primogénito era Esaú, el velludo; Jacob, más hábil o más listo, le cambió la primogenitura por un plato de lentejas (*un plato rojo*, dice la Biblia, pudieron ser tomates.) Y hubo de engañar a su padre, ya ciego, para que lo bendijera, poniendo sobre su cuerpo lampiño la piel de un animal. A su socaire, él y nosotros nos hemos hecho dueños del cotarro. Pero si ya lo somos, si estamos convencidos de que nos han coronado reyes de la creación y ocupamos la cúspide de la escala zoológica, eso nos obligará más reciamente a respetar los derechos de los que ocupan peldaños inferiores y a mantener el orden natural de la escala entera. Me repugna la actitud del hombre con falsa autosuficiencia que mata por matar o para demostrarse a sí mismo, ¿a quién si no?, su dudosa superioridad.

Al pensar que había en las praderas norteamericanas, no hace tanto, sesenta millones de búfalos, y ahora quedan apenas unos miles; al pensar que, a fines del siglo pasado, había allí mismo unos seis mil millones de palomas migratorias, y que en 1914, cuando para más inri empezó la Gran Guerra, murió la última, llamada Martha, en un parque zoológico de Ohio; al pensar que la última bucarda murió en Ordesa este año; al pensar que ya no existen tantas y tantas especies, y que otras se hallan gravísimamente amenazadas de extinción, no puedo evitar que se me pongan los pelos de punta. Porque me hace desconfiar de la racionalidad del hombre y de su sensatez. Porque resucita cada día Caín para matar a Abel. Dos millones de animales salvajes se asesinan al año: ¿por qué? Se suicidan delfines y ballenas, desoyendo las rígidas reglas de la supervivencia: los animales enloquecen, los enloquece el acoso del hombre, la invasión de sus ámbitos, el veneno en sus tierras y en sus aguas, la destrucción de su naturaleza. Cada día, en los laboratorios, muere medio millón de animales bajo las experiencias aterradoras de la vivisección...

Siendo jurado en el Festival de Cine de Cannes, creo que fue Liliana Cavani quien presentó una película que retrataba ese tema. Quebrantando el protocolo, sin poder resistir el dolor que desprendían las imágenes de la pantalla, me levanté y salí. He tratado de ver completo un video filmado en un centro de la Escuela de Medicina de Pennsylvania. En él se reflejan las actuaciones de los investigadores: fuman, bromean, se burlan del espanto de los babuinos, que tienen los cráneos abiertos con martillos y escoplos. La tortura, la angustia, el tormento más que insufrible se refleja en los ojos de aquellas criaturas. Nunca he podio terminar de verlo.

Algunas noches sueño con los ojos limpios de los animales, sus ojos inocentes que sí lloran. Han sido los seres más próximos al hombre, para su bien y para su mal. Han sido presa de caza y base de su alimentación, objetos de culto y compañeros de trabajo. Enemigos temibles o depositarios de un cariño muy particular... Tales relaciones, placenteras o no, son naturales. Pero el hombre ahora no se contenta con ellas: viola la naturaleza y no la ama. Quien haya visto con ojos de verdad humanos las granjas industriales de vacas, de cerdos, de gallinas o de aves comestibles, se habrá escalofriado: la urgencia para que coman y engorden y sean víctimas; las luces eléctricas y las músicas para que pongan huevos o den leche; los alimentos envenenados que se vuelven contra nosotros mismos, y yo me alegro que así sea... Hasta la forma de llevarlos a los mataderos, amontonados en camiones que los hieren y los asfixian y los asesinan... Todo es igual que un terrible e irresponsable holocausto.

Nunca de niño apedreé a un animal, ni corté el rabo de una lagartija, ni até a la cola de ninguno una lata sonora, ni seccioné lo que une a dos animales que se aparean, ni pude contemplar en la cocina cómo se mata un conejo con el golpe seco detrás de las orejas, o una gallina, con un corte hondo en la esfera que forma la cabeza cuando se aprieta el pico contra el cuello... Con siete años me regalaron un abejaruco que me produjo una satisfacción inmensa. Lo cuidé con esmero varios días. Me despedía de él al salir para el colegio, y lo primero que hacía al volver era visitarlo. Mi vida giraba en torno al abejaruco. Pero una mañana, de repente, pensé en su privación de libertad y me embargó un malestar muy grande. Sin dudarlo, salí al balcón de mi dormitorio, abrí la jaula y lo dejé escapar. Él volaba, y mis ojos se llenaban de lágrimas. No lo vi alzarse por el aire... En casa de mis padres siempre había animales. No todos sobrevivían, y eran sustituidos por otros. Mochuelos que se comían las cucarachas y cuyos grandes ojos redondos de topacio veía yo relucir en las despensas. Grillos, que alimentábamos con hojas de lechuga, y entonaban su monotonía y su aburrimiento dentro de unas menudas y preciosas jaulillas. Los mosquitos se evitaban ya con grandes ramas de jazmines sobre las mesillas de noche, ya con un par de camaleones saltando por toda la casa. Unas tórtolas que vivían muy cerca de mi alcoba aparecieron una mañana muertas, con las cabezas calvas: nunca he logrado saber qué sucedió. Pero lo que sí sé es que ni la muerte de las cucarachas y de los mosquitos, ni la cautividad de los mochuelos, de las tórtolas o de los grillos, me hacía ninguna gracia. Mi niñez estuvo poblada y abrumada por aquellas pequeñas desdichas que yo no podía remediar.

(Hace muy poco, en un chiringuito de una playa malagueña, comíamos unos espetos cuando se me acercó un niño con un camaleón muy verde entre las manos.

—Mi padre dice que se lo dé a usted.

Yo entendí divinamente el sobreentendido: el niño me daba su animalito con todo el dolor de su corazón. Por otra parte, no sé qué hubiese hecho con el camaleón sino darle la libertad. Lo rechacé muy agradecido. El niño no tardó en volver.

—Dice mi padre que lo puede usted dejar en una maceta. No necesita sitio, y se come los mosquitos.

Yo sabía todo lo que me decía el padre. Y adivinaba el pesar del niño.

—Quédatelo tú y sé bueno con él y no te le sientes nunca encima...

Me costó Dios y ayuda conseguir que el padre nos dejase en paz al niño, al camaleón y a mí.)

En la casa de mi infancia había palomas en la azotea. Yo me sentaba muy callado entre ellas. Las observaba tratando de comprender cuanto hacían y por qué lo hacían. Era una época mala, años de hambre, y con frecuencia las palomas desaparecían, robadas por gente que las necesitaba más que nosotros y de una forma más nutritiva... Junto a las palomas estaban en sus jaulas redondas los pájaros de perdiz para la caza de reclamo: Perico, Capataz, Madrid, Andaluz... Se les alimentaba muy delicadamente con leche y con almendras, no sé si para que su voz se afinase y creciese; el suelo de sus jaulas era de cuerdas cruzadas, no de alambre...

Un día de febrero me llevó mi padre con él para cazar la perdiz. El puesto era bonito, de un verde húmedo, con la placeta abriéndose entre los árboles. Yo era apenas un adolescente, o quizá ni siquiera. La mañana acababa de abrirse como la cola de un pavo real. Mi pájaro era el mejor, Perico, experimentado y agresivo. Cantó para desvelar a una hembra que no tardó en acercarse y avanzar hacia el puesto cubierto por las ramas. Enseguida entró tras ella un macho muy garboso y erguido.

—Tira —dijo mi padre. Y después de un momento, repitió—: Tira al macho. —Yo había ido con él muy a mi pesar. Me obligaba a matar a un ser tan vivo, por muy bicho que fuese. En la mañana de oro oía el canto del macho subyugando a la hembra—. ¡Tira!

Cerré los ojos después de apuntar y disparé. Acerté y enmudeció el macho sin vida... El macho era Perico: se habían roto o abierto las cuerdas de su jaula, y había salido a cortejar a la hembra que acató su reclamo. Nunca mi padre me llevó más a cazar perdices.

Poco tiempo después me hicieron novio. Es decir, me vi obligado a matar una pieza de caza mayor, e ingresé en la hermandad letal de los cazadores. Fue un jabalí, no lejos de Hornachuelos. Con un cuchillo abrieron el vientre de la pieza, me metieron la cabeza en él y luego me la afeitaron en cruz: era la novatada. Yo había cumplido, como ellos antes, el rito. Tampoco volví a cazar más.

No me gustan los zoos, me parece que en ellos los animales se aburren, y eso es un dato trágico. Me figuro lo que sería de mí sacado de mi ambiente, encarcelado acaso entre árboles y matas simuladas, atendiendo visitas ofensivas. Hago una composición de lugar, y me veo en el suyo. Y siempre se produce la empatía, ese sentimiento de ocupar el sitio de otro y obrar en consecuencia. Unos amigos de Nueva York me llevaron, hace ya muchos años, al zoo del Bronx. No se me irá jamás de la memoria una escena entre tres orangutanes: dos machos, uno de ellos bastante más viejo que el otro, y una hembra. Lo que había ocurrido era evidente: el más joven le había birlado al mayor la pareja. La expresión de éste era tan abrumada y tan digna a la vez, tan irremediable, que suscitaba la compasión más inmediata. Los novios recientes se acariciaban al otro extremo de la jaula. En un momento dado, sin ánimo de revancha o venganza, sólo como una llamada de atención sobre su dolor, el orangután viejo se levantó y dio un golpe ligero a la hembra en el pecho. En aquel golpe estaba contenida toda la derrota y todo el sinsentido que es capaz de acongojar a un amante al que otro sustituye.

En aquel mismo zoo, un poco más adelante, se anunciaba en carteles el ser más peligroso de la creación. Se rogaba prudencia y precauciones. A su lugar conducía un estrecho pasillo. Al fondo de él, un letrero: «Tiene usted ante sí al animal más peligroso.» Debajo un gran espejo reflejaba al propio visitante. Con toda la razón.

Un día me llevó al Circo Price Celia Gámez. Yo ya no era ningún niño, pero ella, ya tampoco una niña, me llevó. A continuación de un número de acróbatas salió a la pista un chimpancé. Con cierta ágil torpeza se quitó un pantalón a cuadros y de tirantes, y se puso un pijama de color rosa. Se tumbó en una cama pequeña, se hizo el dormido y luego, como si recordara algo de repente, cogió un falso teléfono de la mesilla de noche y marcó un número. Mientras metía sus dedos peludos en los orificios numerados, levantó los ojos y tropezaron, en la primera fila, con los míos. Recibí en pleno corazón su mensaje: «Quizá tú estés aquí otro día y yo estaré en tu sitio.» No tuve ánimo suficiente para asistir hasta el final de la representación, y me marché sin despedirme. Lo sé: una ordinariez.

Otro zoo que he visitado está en Tenerife. Tengo un recuerdo cariñoso de él: las caricias de los lomos de los delfines y su mirada sonriente, siempre que todo eso corresponda a lo que yo imaginaba. También tengo un recuerdo poco amable: los ejercicios dificilísimos que unos cuantos pájaros de distintas especies se veían obligados a hacer subiendo y bajando en norias, practicando la aritmética y ejercitando un juego muy parecido al bingo. Y también tengo un recuerdo material: yo mismo, en una foto, entre ocho o diez loros y cacatúas: os puedo asegurar que no sé dónde terminan ellos y dónde empiezo yo. De eso, me congratulo.

Al zoo de Madrid intenté llevar una hermosa tarde de principio de primavera a Troylo. Ya había conseguido que lo dejasen entrar, pero él se negó: el furioso olor a fiera lo echó para atrás; hay que considerar que él ya tenía alguna experiencia en ataques. Entramos mi amiga Ángela y yo. Lo que más nos llamó la atención fue la jaula del *macaco cangrejero*. «Animal peligroso», rezaba también una placa. Pero el peligro que representaba era más sutil. El macaco perseguía a su hembra. La hembra hacía como si, porque era sábado, la hubiese invadido un afán de limpieza, y le enseñaba los dientes cada vez que la pretendía. Desairado el macaco, cuyos gruesos testículos eran de un imposible y exquisito y aterciopelado color turquesa, se apretaba un par de veces su pene, con dos dedos, y soltaba contra la hembra un chorrito de semen. En unos minutos, completamente ajena la hembra a aquellas maniobras, lo repitió no menos de dieciocho veces. Estoy en circunstancias de afirmar que el resto del día tuve que hacer examen de conciencia, y no salí bien parado de las comparaciones.

En Nueva York, una noche fui a visitar a un italiano poderoso que me invitó a cenar. Entraban otros y muy diversos invitados, y cada uno pedía su vitamina: B, C, L, y no sé qué más. El anfitrión me ofreció muy alegre alguna, cualquiera que yo tuviese costumbre de tomar. Le dije que las tomaba con el desayuno, y me sonrió levantando las cejas. Pasamos al comedor. Era todo de cristal; consistía en un acuario que ocupaba el techo entero y las paredes: sólo en dos de éstas, en arco, se abrían dos vanos, para entrar los invitados y el servicio. La cena debo reconocer que fue movida; los peces incansables circulaban sin cesar, subían y bajaban entre luces azules, verdes, malvas... Llegó un momento en que yo me sentí realmente atarantado, y la única gana que tenía era la de que la cena se acabase. Los otros comensales no parecían opinar lo mismo. Me fui en cuanto pude. Por la tarde del día siguiente telefoneé para darle las gracias al dueño de una casa tan espléndida frente al Central Park. No estaba. No había nadie. No cogían el teléfono. Cuando fui en persona a dejar una nota, el portero me confió que el italiano era un gran traficante de droga —de ahí las vitaminas surtidas que la gente pedía— y que había sido detenido esa misma mañana. «No tardará en volver», concluyó. Supongo que me contó el episodio al ver mi cara de avitaminosis. Me figuré el efecto de las luces sicodélicas...

Pero cuento esto porque también me sentí identificado con aquellos peces enclaustrados, vivos, exhibidos en su silencioso ámbito estrecho, mareantes y mareados, produciendo una sensación de claustrofobia difícil de olvidar... Es algo semejante a lo que sucedía en una casa anterior a la actual de Elio Berhanyer. Un testero del comedor era una enorme jaula. No niego que el color y el vuelo del color, distinto en cada ave, eran atractivos. Pero allí enloquecían aquellos infelices animales: la prueba es que cada mañana aparecían uno o dos muertos, asesinados por alguno de los otros... Ahora mismo recuerdo un mercado en Girardot, en Tierra Caliente de Colombia: un mercado de animales. Salí de allí pies para qué os quiero. Era el único modo que hallé de no autorizar todo aquello con mi presencia. Todo aquello que tanto me dolía: la mirada abatida y sin luz de los titíes, las calvas y las plumas sin vida de las guacamayas y de otras aves silvestres, el aire de tanatorio que reinaba por doquiera... Es injustificable lo que el hombre hace con su superioridad y su desentendimiento.

El mismo Elio Berhanyer, en aquella época, tenía en su casa además de varios galgos afganos encerrados de noche en jaulas, un guepardo y un ocelote, que resultó ser hembra: al menos su nombre era Petra. Me enteré de que la forma de domesticar a los guepardos —este venía de Abisinia— consistía en tenerlos encerrados sin permitirles dormir, hiriéndolos con palos y aguijadas, durante treinta días. Después de tan compasivo régimen, su cerebro se resiente, y se abandonan. Si bien creo que no del todo porque, después de una cena, la bailaora Manuela Vargas pidió ver al guepardo, que ocupaba la escasa libertad de que los perros gozaban por el día. La acompañó Elio, el anfitrión. Tardaron en volver. Cuando lo hicieron, él traía una manga del esmoquin destrozada, y la cara de la bailaora era de un exquisito color verde esmeralda.

Cierto sábado, ya habían comenzado entre nosotros las sesiones de amistad sabática, fui a aquella preciosa casa con Troylo. Según se entraba, a mano izquierda, al fondo, estaba encadenada la ocelote. No sé si se hallaría en celo o era simplemente perversa. El caso es que emitía un ronquido suave como el de un gato cuando se le acaricia. Solté a Troylo al entrar, y el muy osado se acercó a curiosear aquella especie de gatazo que ronroneaba: era a él, porque a mí jamás me lo había hecho. El animal salvaje se abalanzó sobre el perrillo y lo cogió, boca arriba, con sus cuatro zarpas: dos en la garganta y otras dos en las ingles del teckel. Se produjo un disturbio en la casa. Tirar del ocelote encadenado era inútil y aun perjudicial: al extremo de la cadena se balanceaban y giraban los dos cuerpos arracimados. El predador no soltaba su presa. Alguien que adoraba a Troylo, con decisión y una pala de jardín, golpeó la cabeza de la ocelote que, atontada, dejó caer el cuerpo de mi Troylo. No hay que decir que el perrillo salió de allí chuleando, como quien exhibe con orgullo una herida de guerra. Paseó muy gallardo entre los invitados durante media hora, pero yo percibí que no era oro todo lo que relucía. El ocelote, en las uñas, guarda un veneno anestesiante o cosa así. Troylo se vino abajo poco a poco. Tenía fiebre y un extraño sueño. Aquella noche durmió metido debajo de mi manta. Tenía varias razones para ello.

Ahora, domesticado él mismo, Elio tiene en su casa cinco gatas y un gato. Las gatas, de diverso pelaje y persas todas, son en apariencia indiferentes. Te miran sin prestarte la menor atención, salvo para ocupar tu silla en cuanto te levantas. A alguna, incluso se la ve antes de llegar sobre la tapia de un vecino: es una muchacha muy ligera de cascos, que jamás se queda embarazada, cuyo nombre es Paulina. Sin embargo, la que pare sin cesar tiene cerca de veinte años o quizá uno o dos más y nunca sale. Que se sepa. Quizá la solución del misterio sea que recibe en su propia alcoba. Es la madre de todas las demás en muy diversos partos... El gato vino de París; se llama Voyou, es decir, Pillete; vivió lujosamente en una *peniche* del Sena; trató toda su vida, que no debe de ser corta, con seres humanos que le hablaban. Las gatas lo odiaron a muerte desde el primer instante. Nosotros lo apoyamos por más civilizado. Nos enteramos del origen de su tragedia de una forma casual: nosotros no tenemos el aguzado olfato de las gatas. Terenci Moix tiene un gato, persa también, llamado Omar. Un día, por teléfono, me dio la noticia de que Omar se había vuelto loco: maullaba, se quejaba, se restregaba contra sus piernas, estaba inquieto y no parecía feliz. Yo me atreví a decirle que Omar era una gata y que estaba encelada. Terenci lo aceptó con la compresión con que acepta cualquier sugerencia sobre el sexo, por complicada que sea. Le propuse cruzar su gata con el bellísimo gato de Elio. Se lo llevaron. El gato no quiso saber nada de Omar. Al cabo de dos día devolvieron a Voyou. Quien lo traía, infeliz, le dijo a Elio que su gato era mariquita. Muy preocupado, Elio lo llevó a un veterinario, que dejó las cosas en su sitio: Voyou estaba castrado.

Cuando las persas vieron llegar, en una lujosa caja de Louis Vuiton, a semejante bellezón de macho, se las prometieron muy felices. A los dos segundos, cuando descubrieron que en casa no tendrían quien las recreara y satisficiera, se declararon sus mortales enemigas. Tanto, que el gato vive en el tercer piso y las gatas en el primero. En caso de coincidir, vuelan las hembras por el aire tratando de atacar a ese ficticio macho hermoso, y el macho huye, bufando atribulado, a las alturas. De cualquier forma, la naturaleza va por delante de nosotros. El otro día he leído que dos buitres machos, nada menos que en el zoo de Jerusalén, han formado una pareja de hecho. Incuban, por turno, falsos huevos, y cuidan crías verdaderas con un amor bien compartido. No nos llevemos, pues, las manos a la cabeza que tan poquito usamos.

Hay en todos los animales que he podido observar de cerca, sin que intervenga mi antropomensura, una ley de comportamientos comprensibles a veces, e incomprensibles otras. Yo acato, en todo caso, lo que no entiendo, y me uno con ellos en aquello que sí. En Viña del Mar he estado casi toda una tarde viendo las amistades y enemistades de una manada de leones marinos, y en Valparaíso no perdí una mañana porque estuve pendiente, sobre la lonja de pescado o su equivalente, de una bandada muy numerosa, y no toda bien avenida, de pelícanos grises...

Ha llegado un momento en que soy incapaz de extinguir una vida. En el campo, los caseros han insistido en tener, dentro de una corraliza, conejos y gallinas. No he dado mi consentimiento. Me considero incapaz. Podría comer huevos, pero comerme a un animal que he conocido y he tratado sería como comerme a alguien de la familia. No es una simple frase lo que digo, es una realidad absoluta. Tengo antipatía a las hormigas, pongo por caso. En *La Baltasara* las hay de todas las dimensiones y tonalidades. Cuando bajo en verano a la piscina, lo primero que hago es sacar a las hormigas que por descuido cayeron en ella, a las avispas, una de las cuales me ha picado anteayer, a las abejas... Corro, por descontado, riesgos: prefiero eso a dejar que se ahoguen. Me alegra ver arañas no desmesuradas cerca del sitio en que trabajo. Me alegra ver moverse por paredes y techos a las dulces salamanquesas.

No comprendo a la gente del campo que sólo quiere, y de qué manera, a los animales que les pueden ser útiles y en tanto que lo sean. El animal es una vida que se cumple, que canta, que vuela, que sufre sin duda o que se siente dichosa bajo el sol o a la amortiguada luz de la luna. Oír el canto de las cigarras y los grillos borda de oro el interludio de la siesta, y de plata las noches. Ver, a la hora de la tregua, a las golondrinas beber sin detenerse el agua del arroyo, o al mediodía a las libélulas; escuchar los graznidos —el paón— de los pavos reales, los ladridos de los perros encerrados en una casa próxima y cruel, que no suenan de ninguna manera igual que los de un perro en libertad, todo lleva a pensar que los animales, con su ánima que los nombra, se manifiestan como son, y que sienten su gozo y su desdicha. Las alondras de la primera mañana, o el arrullo de las tórtolas durante el desayuno, o el canto de los ruiseñores en las zarzas de la acequia, me han convencido definitivamente de que el hombre, si no fuera sordo y tonto y egoísta, sería un benéfico rey de la radiante creación que lo rodea.

No extrañará a nadie que haya doce sociedades protectoras de animales que llevan mi nombre en España. Sí extrañaría si se supiese una contradicción que hay dentro de mí y que debo contar. Desde los seis o siete años yo he ido a los toros. Me llevaban mi padre y Rafael González, *Machaquito*. Ninguno de los dos hablaba nada. Era como si fuesen a un entierro, y en cierto modo iban.

—Buenas tardes, don Luis.

—Buenas, Rafael.

Me ponían en medio y entrábamos en la antigua plaza de Los Tejares de Córdoba. Todo lo que sé de toros y toreo, desde el nombre de los pelajes hasta el de los colores del vestido de torear, desde los pases oportunos al orden riguroso de la lidia, lo sé por esos hombres. Pero no decían nada, salvo que yo les preguntase. Bramaba el graderío, yo miraba a uno y a otro: nada, impertérritos. Alguna vez dejaban caer un párpado como signo de aprobación. Nunca se apasionaron ni en pro ni en contra. Pasaba la tarde, vistosa o aburrida. Era como ir a misa. Se levantaban y me levantaban.

—Adiós, don Luis.

—Hasta otra, Rafael.

Pero me metieron la fiesta —extraña fiesta a la que ni los olés, ni la música, ni el solazo, ni el colorido, ni los alamares, ni el cascabeleo de las mulillas alegra— en la masa de la sangre. Cada vez he ido menos a los toros, hasta que por fin he dejado de ir. En la última corrida en que estuve, dentro del callejón para mayor vergüenza, tenía el toro al alcance de la mano. Le chorreaba la sangre por un costado hasta la pezuña. La estocada lo había degollado y vomitaba sangre. Pero no doblaba. El diestro, poco diestro, lo descabelló seis o siete veces. Mugía el toro de dolor, llenaba el aire, clamaba al cielo en vano. Los peones lo mareaban con los capotes. Y de repente, miró hacia mí con la pureza de todos los animales reflejada en los ojos, pero también con una imploración. Era la querella contra la injusticia inexplicable, la súplica de la muerte frente a la innecesaria crueldad. Su ojo ya velado, exangüe, mártir. Garganta arriba me subió un sollozo. Dobló el toro. Humilló la cabeza, tan bella y tan noble, sobre las patas. Se entregó al cachetero. No quiso saber más... Comprendí que, para llegar a eso, no hay camino excusable. No estoy con Jovellanos ni con los ilustrados; no estoy tampoco con los defensores a ultranza de la tradición a toda costa; no encuentro diferencia entre una corrida mala y una capea de pueblo; entre un torero malo y quien quema a los perros o los ahorca o los despanzurra o los abandona en el verano; entre quien disfruta con la sangre del toro y los conductores que no sólo no evitan sino que procuran el atropello de los animales. Toros embolados, ensogados, enmaromados. Toros muertos a lanzadas, a palos, a pincha-zos, a botijazos. Toros castrados con navajas o despeñados. Toros del fuego y del aguardiente. Un pueblo colérico, que lleva siglos cebándose en los toros... O en lo que sea, porque hay corridas de gallos y peleas de gallos y de perros, o se ahorca a los galgos que pierden la liebre o la carrera, o se cuelgan los gallos boca abajo para degollarlos a la carrera, o se les entierra dejándoles sólo fue-ra la cabeza, para que alguien con los ojos vendados atine y se la siegue... Los toros y los gallos, los símbolos del macho. Los perros, símbolos de la lealtad.

¿Qué diferencia, cuál, aparte del lujo y la ordenanza, entre una cosa y otra? No veo más que una, después de reflexionar mucho, quizá para excusarme ante mis propios ojos: el arte sola-mente. Si lo hay, parece que se comprende todo: los riesgos recí-procos, la sucesión lógica de los pases, del ataque y de la defensa, la bella igualdad de la contienda; hasta el toro da la impresión de que lo entiende así... Pero si no hay arte, y en qué pocas corridas hoy lo hay, debería venir un matarife que acabara con todos a la vez: toro, toreros, peones, picadores, presidente y espectadores si fuese necesario. Sin arte, nada se justifica de esa bronca tragedia que no alegran ni la luz ni los clarines; que no suaviza ni la seda ni el oro; que no aminora ni el clavel ni los puros. Sin arte, tam-poco se justifica esta bronca tragicomedia de la vida... Quizá opi-no así por ser una parte interesada, igual que un drogadicto que, cuando se desengancha, se queda a pesar de ello prendado de su droga. Pero puedo asegurar que estoy en ello. Si hay doce socie-dades protectoras de animales que llevan en España mi nombre, quiero que lo lleven justificadamente. Que no me pase como a doña María Aurelia.

Firmaba yo *El manuscrito carmesí* en Granada en el Corpus. Gran cola —allí con más justificación que en otra parte— y poli-cía municipal aquietando a las turbas. Vino un señor con un recado: *Doña María Aurelia iba a venir.* A partir de ahí, cada cuarto de hora llegaba otro emisario: *Doña María Aurelia estaba al llegar.* Al filo de acabarse la firma, *que viene doña María Aure-lia.* Y vino y se sentó a mi lado como si fuese mi tía o una íntima amiga.

—Quiero que se venga usted a almorzar conmigo. Soy concejala del ayuntamiento, y presidenta de la Sociedad Protectora de Animales de esta capital.

Lo dijo con el mismo tono que si dijera *queda usted detenido*. Me excusé: había quedado con José María Manzanares, el torero. Podía, sin embargo, tomar café con ella hacia las cinco.

—A esa hora, imposible. Tengo que presidir la corrida de toros en nombre del alcalde.

—Pero ¿no es usted de la Sociedad Protectora?

—Amigo mío, el deber es el deber, y la representatividad, la representatividad.

Me la imaginé brindando con champán en el palco. Había llegado la hora de acabar la firma. Me levanté y me fui. No quiero ser como aquella señora.

LAS DROGAS Y YO

La humanidad siempre se ha drogado. Toda y siempre. Busca caminos de comunicación más penetrantes y veloces que los habituales, o caminos de evasión por los que huir de situaciones adversas o dolorosas. Pretende recuperar el paraíso, sustituyendo el terrenal por otro más a mano. Los paraísos artificiales no dejan de ser un recurso, casero y artesano, desacertado o no... Lo que sucede es que el nombre de droga no siempre se le da a lo que se debe. Pueden serlo desde el trabajo, que es mi droga reina, hasta la religión: Marx dijo que era el opio del pueblo; desde el fútbol a las novelas rosas; desde el infierno a la tonante música de Wagner; desde la televisión al internet o las maquinitas... El amor místico conduce al éxtasis —y puede que al orgasmo— que engancha más que un estupefaciente. La Academia, modernizada, define la droga como sustancia o preparado medicamentoso de efecto estimulante, deprimente, narcótico o alucinógeno. Me encantaría saber si hay algo que el ser humano beba, ingiera, sorba, esnife, piense, haga o deje de hacer, que no sea droga. Pero, en general, llamamos droga a aquello que coloca a los demás. A lo que nos coloca a nosotros le damos altas denominaciones virtuosas: deber, heroicidad, devoción, renuncia, amor, amor, amor...

Casi todos los estudiantes, en los últimos días de curso; casi todas las amas de casa en las últimas horas del día, toman pastillas y a lo mejor ni saben que se drogan. Las farmacias exhiben sus anaqueles repletos de somníferos, adelgazantes, alergizantes, ansiolíticos, miorrelajantes, antialérgicos, analgésicos, antitusígenos, es decir, repletos de drogas más o menos disfrazadas. Yo he tenido siempre, como ya digo en otra parte, muy mala pata con estos medicamentos: siempre he llegado tarde, días después de que los retiraran. No he conocido el efecto del antiguo optalidón tomado con coca cola. Me he resignado a no disfrutar más que de un tubo de analgilasa, antigua fórmula; he tenido que conformarme con una última caja de delgamer de una farmacia de pueblo no muy bien informada; a la centramina, que jamás fue santo de mi devoción, también la desterraron... Y no es que yo defienda el efecto creador de tales específicos; pero a alguien cuya finalidad y absorción es el trabajo, un ligero empujón inicial de cualquier tipo o procedencia le viene siempre como anillo al dedo. Ahora tengo que contentarme con el dedo.

No seamos ingenuos. La aversión de la droga en sí es otra herencia de USA. La xenofobia rodeó a las primeras prohibiciones, de las que vienen todas las demás: el opio se asoció con los chinos; la cocaína, con los negros; el alcohol, con los blancos europeos; el hachís y la marihuana, con los hispanos... Así se quedaban ellos, los puros, los *wasp*, sin mancha alguna y como víctimas de los narcoproductores y los narcotraficantes. Precisamente USA, para quien se produce la gran mayoría de la droga, es la que organiza esas monstruosas burocracias contra ella, posiblemente financiadas por ella y quienes la comercializan. La globalización, aparte de la música, la comida y la ropa, ha entrado por la triste drogadicción imbécil. Hemos de reconocer que la globalización de Roma fue mucho más elegante y más hábil.

Se dice que la droga mata. Sí, puede, pero menos que la circulación, que el humo de los coches, que el paro, que las inundaciones, que las catástrofes o accidentes de aviones o trenes, que los terremotos no previstos pero sí previsibles. Y, desde luego, menos que las guerras. Se dice que los drogadictos, yo no sé si lo soy, son antisociales. Yo, también. Porque está claro que antisociales nos hace la sociedad y no la droga. La sociedad, que no dispone de otros caminos para subsistir que los de la explotación y las rivalidades. La sociedad, a la que lo que le preocupa es la delincuencia que la drogadicción pueda producir y que a ella sí le afecta. Y unos Estados, tan cuidadosos padres con sus súbditos que, si descubriesen una droga para hacerlos sumisos, productivos y buenos consumidores, se la endilgarían a mansalva y a troche y moche. Detesto las luchas antidrogas subvencionadas por los narcotraficantes: los más interesados en la prohibición que sube el precio. Detesto que no se vaya contra las causas de las drogadicciones sino contra sus efectos. Detesto que los Gobiernos no se concentren en lo suyo: la seguridad de los ciudadanos, de todos, el desarraigo de la explotación, la simple exposición de los peligros de cualquier droga, sin alarmar ni exagerar ni imponer, la provisión de casas de desintoxicación y de hospitales... Eso es lo suyo. Y a raíz de eso, liberalizar algo tan congénito con el ser humano como la droga, que, bien llevada, es una ayuda espléndida y un elemento multiplicador y enriqueciente.

Yo he sentido, de siempre, una curiosidad grande por la droga y sus arrabales, y he escrito bastante sobre ella. Debo reconocer sin embargo que, hasta el carnaval del 81 no me enteré de lo que era una *raya*. Numerosos muchachos de Isla Cristina me hablaban de ellas, y no sé si hablaban de la de mi pantalón o de la de Portugal, tan próxima a ellos. Un amigo íntimo me lo aclaró, y supe, no sé por qué, que me ponía colorado. Luego utilicé la coca en *Samarkanda*, y he vuelto a hacerlo en mi última comedia, *Las manzanas del viernes,* como algo más frecuente de lo que se cree. A pesar de todo, aquella noche en Huelva me reí pensando que el lema de mi vida había sido *nullum die sine linea*, ni un día sin una línea, lo que no dejaba de ser una equívoca norma de conducta, entre la literatura y la cocainomanía.

En Barcelona, donde fui en cierta ocasión para participar en un programa de Mercedes Milá, llegué cansado al estudio de televisión. Reyes Milá, que llevaba las relaciones públicas, me ofreció un poco de coca. La acepté para sacudirme el cansancio, y me dije cuánto más civilizados y abiertos eran los catalanes. Al cabo de un ratito apareció Reyes con un trozo de algo como pan en un plato y, sobre aquello, un huevo duro. Se había referido a la coca de pascua. Cuando observó mi cara, se echó a reír: había comprendido. A Madrid, para otro programa, llegaba desde Málaga vía Barcelona por no haber podido aterrizar a causa de la niebla. Era noviembre y grabábamos una cena de Nochevieja. Los conductores del programa, encantadores, me dijeron que acababan de venir de Portugal, y que en mi camerino me habían dejado un gallo. No lo vi. Me cambié de ropa y bajé al plató para aprender las luces y el mecanismo de rodaje.

—¿Has visto el gallo? —me preguntaron.

—No —contesté sin darle más importancia.

—Está delante del espejo, mira bien.

Al volver a subir, miré un poco mejor: no era un gallo portugués, era una raya lo que me habían traído de Portugal, cosa bastante lógica. Me dije cuán civilizados y abiertos eran los madrileños.

Recuerdo aquella estúpida y brava ley Corcuera que se llamó *de la patada en la puerta*. Presidí una manifestación contra ella, y desafié a todo el ministerio del Interior a que me detuviera por estar fumándome un porro en mi jardín. Y que conste que no soy nada amigo de los porros: me trastornan. Soy, no obstante, amigo de algunos que han abandonado los cigarrillos corrientes, para prevenirse del cáncer de pulmón, y sólo fuman hachís, con lo cual están ligeramente evadidos todo el día. Pero bueno, allá ellos. Yo, por mi oficio de escritor, tengo el deber moral de estar al tanto de lo que sucede a mi alrededor. Un día le dije a mi médico mayor que iba a tomar mescalina.

—No será sin mí.

—Te invito, está bien. Si tú quieres...

—No, no a tomarla: a estar presente por cautela cuando la tomes tú.

Así lo hicimos y lo cierto es que no tuvo que intervenir para nada mientras yo pisaba y pasaba los umbrales de la percepción.

Una percepción agudizada, deformante, colorista, embellecedora y subversora de perspectivas y distancias.

Cuando he vivido en Nueva York, ha sido cerca de la zona más caliente, la novena entre la 47 y la 48, la zona del *crack* y del *bazuko*, y he paseado y alternado con quienes me tropezaba por allí, sin que me sucediera nada digno de atención. Ni allí ni en Bogotá ni en Caracas. Y, por el contrario, en Santiago de Chile, tan embridada y casta, me robaron quitándome el dinero del bolsillo del pantalón, en presencia de nuestra embajadora, con unas maneras y habilidad envidiables.

Hay otras drogas que no me han producido el esperado efecto. Quizá porque yo, literato al fin, no había leído cuál era, en esos prospectos que los médicos llaman, llenos de optimismo, *la literatura*. El éxtasis no me afectó en absoluto, como no fuese por un hormigueo en mi mano derecha, que ni siquiera llegó a dormírseme. Los hongos que me remitieron desde América, una vez masticados, tampoco me hicieron sentir nada especial: quizá en el viaje habían perdido su virtud. Hubo una temporada en que estuve tentado de hacer, en las selvas colombianas, el duro curso de la purificación con los chamanes, como paso previo a la verdadera iniciación en la subida a la mente universal. Me lo impidieron mi salud y el tiempo. Cuando esto escribo, me siento atraído por una nueva experiencia, la de Ibiza, que se ha transformado en un laboratorio de experimentación de drogas de diseño, actividad delincuente sin duda contra la que sí debiera irse. Ibiza cierra hacia la segunda semana de septiembre sus locales de esparcimiento, llamémoslos así, provocando una última vehemencia e intensidad en su clientela. Me gustaría estar allí y observarlo. O hasta participar si fuese posible y me dejaran, sin llegar al *éxitus*.

He conocido a heroinómanos que llevaban una vida normal. Dos de ellos terminaron por desengancharse después de unos tratamientos —uno, en España, otro, en Nueva York— terriblemente drásticos.

—Si Dios ha inventado algo mejor —me comentaba el mayor—, se la ha quedado para él. Y es que cada uno tiene su droga: la mía es la heroína.

El más joven, también alejado de su adicción, sigue soñando alguna noche que se inyecta o esnifa heroína, y es tal la situación de placer en que lo sumerge, que le viene un orgasmo.

A mí lo que más me ha perturbado quizá sea un narguile que fumé en una ciudad no lejos de Estambul, cuando tomaba las notas para escribir *La pasión turca*. No se ha hecho la miel para la boca del asno.

Un día a la semana, el sábado, ceno con un grupo de íntimos, muy escaso, que constituye un sancta sanctorum inviolable. Nadie puede llevar a nadie sin el previo consentimiento de los otros. No es que se trate de una logia o de una sociedad secreta, ni siquiera de una narcosala: es que, cuando ha ido alguien extraño, la reunión se ha desvirtuado y, hasta que han desaparecido los neófitos, no ha recuperado su carácter liberador y enajenante, con lo cual hemos salido de ella ya entrada la mañana. Si somos cinco, yo he llegado a contar a veces hasta seis conversaciones distintas, lo cual da una idea de la vivacidad, del encuentro y del desencuentro maravillosos entre unos íntimos que arden por contarse las peripecias de la semana o de sus propias interioridades. Entre nosotros existe un Ganímedes, dedicado a proporcionar la ambrosía a los dioses. La ambrosía se la suele proporcionar un funcionario de prisiones. Durante el último diciembre habían decidido adquirirla en un bar de Vallecas. Me lo describieron de tal forma, y el nombre de su dueño, Toniquete, era tan fabuloso, que decidí incluirme yo también para tomar algún apunte. La escaramuza era un martes por la noche. Nadie me telefoneó para advertirme, y me olvidé. En la sesión siguiente les reproché con dureza que no me llevaran. (En realidad no me llevan a nada, ni a un *sex shop*, a pesar de que repetidamente me lo han prometido.)

—Ni siquiera lo contemplamos —me dijeron con una hiriente indiferencia.

—Pero yo quería ir para tomar unos apuntes.

—Claro, como que tú te crees que, viéndote allí, Toniquete no hubiese tomado apuntes también.

Hace bastantes años, cuando estuvo de moda —hoy parece que vuelve—, tuve unos escarceos con el LSD. Evoco con verdadera fascinación las dos primeras veces. Fueron dos éxitos rotundos. Un maestro de ceremonias controlaba la música de los Pink Floid. El lugar era el ático de una casa, acristalado y con una agresiva moqueta granate con lazos y con flores. Éramos tres compañeros: uno de ellos, una muchacha delgada, rubia y guapa. He contado en algún sitio la experiencia, pero transformada en ensueño. Subía y bajaba, como un pecho que respira, el paisaje en que se había convertido la moqueta: un trigal con amapolas bajo un cielo cobalto y un horizonte de álamos. Formaba colinas bajas, cuya voz yo escuchaba. Lo sabía todo al alcance de mi poder y de mi hambre y, sin embargo, mis ojos no se separaban de los de la muchacha, envuelta en un chal negro que destacaba más el dorado de su pelo y el verde de su mirada... Ignoro cuánto duró el trance. Sé que yo, a la vez, como si fuese ubicuo, tenía en la mano una flor de topacios y amatistas vivos que suspiraba, y en cuyas sístoles y diástoles tenía la certeza de que se hallaba la solución del mundo y de sus anchas ciénagas y heridas. Esa flor salvadora me comunicaba, en voz muy baja, el secreto a mí solo, y yo sabía, no sé por qué procedimiento, que la flor-joya y yo sonreíamos.

La tercera experiencia con el ácido fue en un hotel de Estoril. Yo me había ido, solo, a una habitación de la suite que compartíamos un matrimonio y yo: me negué, no por puritanismo, a compartir también las consecuencias. Lo hice voluntariamente, quizá por dar un paso más en la investigación de la droga. El resultado fue un amasijo de dolores, reflexiones deshechas, terrores, espantos y sensaciones repugnantes. Al salir de aquella pesadilla escribí unas líneas, muy deprisa, que transcribo más o menos hoy por vez primera.

«No se puede hablar bien, o sea, con primor, cuando se lleva aún la cruz a cuestas... Yo soy el encargado de proteger el egoísmo ajeno... He tocado el cristal, y es buen amigo. Y a la mañana también: se puede seriamente confiar en ella... Lo importante es *aceptar*. Y agradecer. Ya no hay nada que se nos dé para siempre:

es preciso adquirirlo cada vez... Sin música, sin amigos, sin imágenes, por el tenebroso túnel, he de avanzar a pie y a solas. Y lleno de terrores. Por todas partes veo sangre. Tengo la garganta cuajada de coágulos que no puedo tragar. Y lo peor es que cuanto ocurre es *lógico*... No es posible entrar en el bosque llevando el lobo a la espalda. Y así y todo, cuando se vuelva, si se vuelve, todo será distinto... La madera, que siempre fue mi predilecta, se ha vuelto la mayor enemiga: el parqué, los zócalos de *boiserie*, la cama... Me ha engañado durante mucho tiempo. Ahora sé que quiere acabar conmigo... Hacendosa y gratuita va la hormiga por mi brazo arriba, segura de sí misma... Me acompañaría mucho, en el sentido más esencial, dentro de mi pavorosa soledad, saber que los otros están realmente tan solos como yo. Aunque no se lo crean... La madera me asedia: no debo dejarme matar. Me siento en el suelo y está ella, me recuesto y está, me tiendo en la cama y el cabecero me decapita... Grito. Siento en la boca un nudo de arañas que me impide respirar. Voy a morirme. Está bien. Pero no me gusta mi retrato: es algo más. Sé, no sé cómo, que debo tenerlo porque él ha de mirarme. Parece imposible que, después de esto, podamos volver a mirarnos nunca y a echarnos a reír nunca más. Nunca más: yo ya sé lo que es la Noche del Huerto... Estaba solo y era demasiado pequeño. Todo ha sucedido demasiado pronto, inesperadamente... Pero *tenía* que resistir. Y la madera me declaró la más pérfida guerra, me partía y me desgarraba... Hasta el final. La responsabilidad tiene que arrastrarse *hasta después*, hasta que todo, o sea, yo, haya terminado... Pero ¿y la redención? ¿No va a llegar la redención? Es imposible escupir el nudo de las arañas. Miles y miles de arañas en la boca... Una sensación de angustia física infinita, indecible, que no se deja expresar... Cuando el dolor me mata, cuando adivino que todo va a concluir, es cuando sé, de pronto, que habría podido volar... Pero cuando salga de aquí, ¿me reencontraré, o me habré perdido para siempre?»

Sé que, al hacerse la luz, enfermo y asolado, corrí a buscarme en el espejo. No me reconocí. Se me había quedado la huella de alguien debajo de los ojos. Tenía una manchita más clara, como los poseídos, en el iris del ojo izquierdo. Tardó bastante en desaparecer. Ese mismo día regresé a España.

Sé que nunca más volveré a tomar LSD. Ni hablaré de los efectos que sobrevienen a un mal viaje. Ni opinaré de él en absoluto. Una actriz italiana, objeto también de una mala experiencia, quiso intercambiar impresiones conmigo.

—Mis impresiones son demasiado aciagas como para intercambiarlas con las de nadie. Mejor será que no nos encontremos —le advertí por teléfono.

En *La Baltasara* crecen las dos grandes fuentes de las que se extraen drogas reinas: la brunfelsia, con sus racimos de flores matizadas entre el blanco y el violeta (cuántos setos y arborescencias de ella he visto en Costa Rica), y la datura o estramonio, con sus bellas trompetas blancas, doradas o rosa. Son frecuentes las dos en Andalucía, pero pasan de incógnito. A veces les gasto bromas a los invitados. En un vaso, entre otras flores, mando poner una de estramonio. A la mañana siguiente todos cuentan haber tenido extraños sueños. No en vano los cocimientos de los brotes de datura eran los que hacían *viajar*, de tal modo se llamaba ya, a las brujas de todos los tiempos. A las gallegas, sobre todo. Y aún hoy.

Al concluir mi última estancia en Colombia, me hicieron un registro exhaustivo a la salida.

—¿Con qué se afeita?... Si se le estropeó, ¿ha arreglado su rasuradora aquí?... ¿La ha prestado a alguien?... ¿Quién hizo el equipaje?

Mi secretario, sin duda alarmado —él era el ordenador de la maleta—, dijo mirándome.

—Entre los dos.

Yo callé. Después de la facturación, vino el registro de los bolsos de mano. Todo el mundo sabe que los colombianos son poco amigos de proporcionar coca, por si acaso. Te la brindan sin reservas, pero prefieren excluirse del camino. Yo llevaba un bolso al hombro con los no menos de cincuenta rotuladores de siempre. El aduanero, o como se llamase, no me miró. Sólo vio la ingenuidad de un turista que le ponía delante de los ojos una batería de posibilidades a un lado y otro de un bolso de cuero. Comenzó a abrir los rotuladores, las plumas, los bolígrafos. Hasta que un compañero, que sí se tomó el trabajo de mirarme, le dijo al oído:

—Es un escritor.

La cara de decepción y de tristeza que se le puso al otro aduanero no la olvidaré nunca.

Como no olvidaré la cara de un amigo, arqueólogo que me había acompañado a Fez para mis localizaciones de *El manuscrito carmesí*. Fue a la vuelta, al embarcar el coche en Ceuta. Él traía hachís, al que era aficionado, para darlo más que nada a sus amigos. Paramos ante el ferry. Junto a nosotros, la guardia civil con un perro adiestrado. Me saludaron y llamaron al perro en señal de respeto. ¡*Elviro*! Me hizo tanta gracia el nombre, que yo lo llamé también. El perro pastor se acercó meneando la cola. El arqueólogo me miró entre el odio y el asombro infinito. Yo acariciaba a Elviro. Él se levantó, y del maletero del coche comenzó a sacar ejemplares de su último libro sobre los fenicios y a dedicárselos con su felicitación —era diciembre— a las mujeres de los guardias. Ellos me miraban sorprendidos por el contenido de los libros. Por fin entramos en la panza del barco entre los sudores de mi amigo.

Al llegar a la aduana de Algeciras me hizo jurarle que no le gastaría más bromas. Y no lo hice; pero se nos acercó velozmente una matrona de la aduana con las manos tendidas. Mi amigo, pálido, retrocedía. Yo esperé el abrazo, las caricias y los mimos de aquella mujer gorda que, por no sé qué asunto de un hijo suyo, me besaba las manos.

—Tú podías hacerte rico en un viaje como éste, macho —apostilló, ya en la calle, mi amigo.

En Tetuán nos había ocurrido algo gracioso. En mi habitación del hotel, viendo el atardecer y esperando la hora en que el alcalde iría a recogernos, hizo un canuto bastante cargado y nos dio por reír. Creíamos poder desintoxicarnos antes de que llegara el alcalde; calculamos mal y nos lo anunciaron por teléfono. Salimos espantados, respirando por todas las ventanas del pasillo y muertos de la risa. Tardamos en bajar lo más posible. Eso le dio tiempo al alcalde para concluir su labor comenzada. Nos lo encontramos borracho perdido y absolutamente incapaz de saber si estábamos o no fumados: bastante tenía él con lo suyo.

Hay una expresión —*oye, que es un chéster*— que mis amigos y yo decimos a menudo, ya en sentido positivo ya en el negativo. En el primero, por lo que le sucedió a un compadre mío escritor que, recién casado, fue a impartir un curso en una universidad colombiana. Lo recibieron con todo afecto sus colegas y, aquella misma tarde del día de su toma de posesión de cátedra, le ofrecieron una fiestecita bastante íntima. Apenas llegado a la casa, el anfitrión le alargó una pitillera. Mi compadre tomó un cigarrillo, y no dudó ni por un momento de lo que se trataba: gente progre, Bogotá, comunión de ideas, etc. Prendió el pitillo, aspiró una y otra vez, fue a pasarlo, le hicieron un gesto de rechazo, y se lo fumó íntegro. *Buenas costumbres*, pensó. Enseguida comenzó a carcajearse, a dar saltos, a hacer números y a subirse en los sillones. Hasta que el anfitrión, perplejo al principio y cayendo luego en la cuenta, le advirtió:

—Pepe, que era un chéster.

El segundo sentido fue por lo que sucedió una noche en casa del modisto Miguel Rueda. Entre otros, muy pocos, asistentes, se encontraban Lola Flores y Paca Rico, que contaban sabrosísimas anécdotas de sus vidas, que se podrían calificar de paralelas, convergentes, divergentes o de las tres cosas a la vez. Alguien hizo un porro, que encendió Lola y me pasó a mí luego; yo lo pasé a Paca, que rehusó fumar.

—Si no es tabaco, tonta —advirtió Lola.

—Que no, que no, que yo no fumo de ná.

—Pruébalo, que ya es hora —dijo Lola con mucha autoridad.

Paca la obedeció, y siguió contando ocurrencias de su infancia o de sus viajes a París, donde no hacía *vida marítima* con cierto fulano, o le mandaban cosas por la *vajilla diplomática*. Hasta que, harta de verla fumar sin desprenderse del canuto, exclamó Lola.

—Pásalo, joía Paca, que no es un chéster.

Al fin y al cabo, en todo caso, anillos de humo.

LOS VIAJES Y YO

He viajado mucho. A veces pienso que más de lo que habría querido; a veces pienso que casi todo lo aprendí viajando. No al llegar al punto de destino: al ir hacia él. Creo que el camino significa y enseña más que la posada. Esas personas con las que convives sólo un poco de tiempo; que hablan con la libertad de quien no va a volver a verte; que se vuelven generosas y comprensivas como quien corre contigo una misma aventura; que se inventan unos personajes, que no son ni serán jamás ellas, para complacerse siendo durante unas horas aquellos que soñaron; que narran sin doblez sus desastres y sus fracasos como si tú fueses un confesor laico y condescendiente... Ahora siento pereza por ponerme en marcha. Me comprometo con ilusión a este o aquel viaje y, cuando se acerca la hora, me apena dejar mi casa, mi orden, mis perros, mi trabajo inacabado, mis costumbres, mi régimen y horario de comidas. Me gustaría poder anular el compromiso. Pero basta que ponga un pie en el coche o el avión o el tren, para que resucite todo mi antiguo, mi congénito deseo de novedades, de hallazgos, de singularidades y sorpresas.

Ya se vuela, de un punto a otro de la Tierra, en aviones supersónicos, cuyo aparente propósito es despegar hoy y aterrizar ayer, y corren trenes a 250 kilómetros por hora. Yo no llamo viajar a semejante urgencia; yo lo llamo llegar. Para mí viajar es desplazarse, ya que no a pie, a un ritmo que te permita digerir y contemplar la ruta, no ignorarla. Entre el lugar del que parto y el que alcanzo, hay muchos otros, y todos me interesan. Detesto el viaje de los norteamericanos corrientes, que comen allá donde van su comida y beben su bebida, y no experimentan el menor interés por comprobar qué distinto puede ser un hombre de otro. Detesto el viaje de los que manejan un libro guía que les dice por qué calle llegar a cierto palacio, y cuando dan con él, dicen: «Este es, este», y buscan ya otro, como si el meollo del viaje consistiese en localizar algo y no en penetrarlo y disfrutarlo y gozar de la hermosura de lo no visto hasta entonces.

Por eso yo amaba el coche, que te transporta y te detiene ante la mancha morada de las ipomeas en la cuneta, o ante el silencioso campanario que sirvió de referencia a una alidada de pínula que trazaba la carretera, o ante una boda de pueblo en la que puedes ver de frente a la novia, lo que trae tanta suerte... (Yo he emocionado a muchas casi hasta el desmayo al darles mi enhorabuena, cuando a lo que aspiraba era a que me trajeran buena ventura.) De ahí que no me guste viajar con quienes aspiran a una alta velocidad de crucero, y no se detienen a tomar un café o a mirar un paisaje. Sólo paran, de vez en cuando, en una gasolinera, y entonces dicen: *Tomad aquí lo que queráis*, como si te invitaran a un buchito de gasolina.

Yo digo viajar y me refiero a los autobuses traqueteantes que me mecían de Córdoba a Granada y viceversa. Los llamaba yo *Los amorosos*, porque me conducían al amor. Pero con tanta lentitud que se desenfrenaba el corazón por ver si se les alegraban los motores. Y, sin embargo, a lo largo del trayecto, el mismo corazón cargaba los suyos con la hermosura de la carretera... Digo viajar y vuelvo la cara hacia los trenes admirables, alguno de los cuales yo ya no conocí. En un cartel antiguo de la Feria de la Salud de Córdoba, entre otros dudosos atractivos que forman una larga lista, se promete el reparto de pan a los pobres, y luego el *Sudexpreso de Córdoba (Tren botijo)*. Me imagino a éste fatigado y silbante, sudoroso a finales de mayo, surcando la campiña portentosa, lleno de pueblerinos con abanicos y trajes de domingo, sediento y entretenido y un poco olvidado de su destino a fuerza de jadeos, y también ansioso de llegar para convencerse de que la feria aún no había terminado.

Un tren que sí conocí fue el *Carreta*, que me arrastraba los fines de semana desde Sevilla a Córdoba sobre terribles bancos de madera e indecible alegría, crujiendo y desarmándose, tan despacio que, a lo largo de aquella universitaria adolescencia, me aprendí cada árbol del recorrido, cada vaguada, cada cortijo blanco, cada efecto de la luz en cada mes del año, hasta tener la sensación de que atravesaba una finca de familia... También conocí, con diecisiete años y becado en Santiago, *el expreso de Shangai*, que desembocaba, acaso no siempre, en Compostela, después de más de un día de percances, y en el que daba tiempo de suponer la pasión tensa y extensa de los peregrinos medievales, protagonistas de mi *Santiago Paratodos*, cuya vida entera se reducía al trayecto, cuya única e inabarcable hazaña y su luz y su ensueño y su esperanza eran tan sólo el itinerario.

De pronto, echo de menos el olor y el sabor a almendras amargas de esos enigmáticos combustibles que te ponían perdido de carbonilla, de madrugada, cuando grisea el cielo, y el ritmo anhelante de las ruedas se vuelve taquicárdico, incitando a pensar, sin fundamento, que ya rendíamos viaje. Echo de menos (yo, siempre insomne como el dos de oros) el sueño abotagado de mis vecinos de compartimento: las caras arrasadas, las bocas abiertas, el ronquido tenaz, despatarradas las piernas más de lo prudente, en rebeldía la pelambrera... Un día viajé a Madrid con un novillero de noble dinastía, muy fino él mismo, aunque luego, por sus escasas dosis de valor, acabara de empleado en un banco. Dormía como un muerto. Tuve un ataque de envidia aguda y, fingiendo una urgencia, le dejé caer en lo alto mi maleta desde la red. El hijoputa resucitó un segundo para preguntar si habíamos llegado, y continuó frito...

Echo de menos la distribución de trozos de tortilla y filetes empanados de los compañeros temporales; los biberones o el mamar de los críos y su insoportable descontento; el encargo de custodiar un par de gallinas mareadas y boca abajo; la inquietud de las gordas afanosas colocándose de cuando en cuando bien los grandes pechos; la solidaridad frente al común e inverosímil peligro del viaje; las amistades repentinas pronto olvidadas; los besos improvisados y furtivos cerca de las ventanillas del pasillo; los roces sólo en apariencia casuales; los noviazgos parpadeantes y silenciosos a que daba lugar la odisea...

Luego los trenes cambiaron hasta en España. Se empezaron a dejar de ver las gorras rojas de los jefes de estación y la puntualidad de los guardagujas, las campanas anunciando las salidas, las cantinas de café o bocadillos apresurados... Se dejó de ver aquella vieja de Santa Elena, que empezaba, de madrugada fría, a pregonar los bollitos de leche que se había pasado la tarde amasando y la noche cociendo —*ay, qué bollitos de leche, ay, qué bollitos de leche*—, para acabar diciendo, cuando el tren arrancaba apenas detenido y sin haber vendido ninguno, *ay, qué leche de bollitos*... Se dejaron de ver las paradas en descampado, los perros que corren sin cesar como espoleados por una cita inaplazable, los enfermos que iban de médicos, las parturientas a punto de que les llegara la hora... Poco a poco llegaron los trenes de velocidades subversivas, en los que todo el mundo habla con todo el mundo por un telefonino, probablemente sin pilas, y exponen a voces sus órdenes de vender acciones en la bolsa de Nueva York, o relatan los cuernos que les acaban de poner a sus mujeres. La gente de estos trenes es menos humana y mucho menos interesante que la de ayer...

Yo he viajado en el *Estrella Azul* japonés, pendiente de un monorrail, con un pelmazo de televisión española, ex-cura sin un asomo de dudas, camino de Kyoto. Y me apasionó más el trayecto que la ciudad, de por sí apasionante. Respiré el aire nácar y rosa y gris, los cielos que reflejan la marisma, los tejados rojos y azules, los cementerios mínimos rebosantes de rosados crisantemos, la bruma gateando por los montes, los naranjales entre vallecillos, los bosques de coníferas sobre los arrozales y un monte parecido al Fujiyama, indiferente, al fondo. Ese fue el Japón que más me conmovió: el que desfilaba a pesar de la prisa, modesto y dulce y laborioso y a solas, sin prisa, ante mis ojos.

Y he viajado en el *Flecha Roja* ruso, como una transcripción del tren de Ana Karenina. Íbamos una joven y hermosísima señora y yo en un coche cama lleno de taraceas y luces indirectas y vodka. Y cuando sucedió lo que tenía que suceder, vi desperezarse los paisajes al salir de la niebla, la nieve inagotable e intacta bajo los abedules que seguramente vieron los protagonistas de los cuentos de Chéjov, los abetos de ramas agobiadas y los grandes vuelos de pájaros puntuando la claridad creciente... Pero en la tundra y en las largas estelas japonesas y en las inmensas planicies del *Middle west*, donde también he hecho recorridos gigantescos en tren, he recordado siempre los perezosos trenes de mi infancia, de los que descendíamos con las caras descompuestas y los ojos de príncipes egipcios, ribeteados de negro.

Amo viajar en tren. Este nuestro quizá sea un país de distancias no tan breves como para el coche y de seguro no tan largas como para el avión. Me siento, abro un libro para abandonarlo mientras dure el día, veo cómo la luz abandona poco a poco los campos, presiento las luciérnagas de las primeras bombillas a lo lejos en las casitas solas, imagino lo que sucede en ellas, retorno los ojos al libro no leído, tengo todo el tiempo entre las manos, lo acaricio, lo disfruto; no estoy ya en el trabajo de ayer, tampoco todavía en el de mañana... Amo viajar con el regalo de ese tiempo con el que no se cuenta, ese tiempo de más, esa imaginaria abundancia en la que brota con tanta naturalidad el poema. No es extraño que jamás se termine mi libro *Tobías desangelado*, que al fin es un libro de viajes...

Viajar en avión no me preocupa, pero me deja frío. Me invade la prisa de llegar. ¿Qué hacer en un avión que vuela sobre nubes, o sobre la inexpresiva agua del océano? Ya has leído el periódico, los viajeros no son comunicativos o lo son en exceso, y tampoco su distribución mueve a conversaciones. Además, las de viajeros de avión no suelen ofrecer mucho incentivo... Una vez hice una escala en Ancorage, Alaska, y sentí la inevitable necesidad de salir del aeropuerto. Estaba prohibido. Pero me puse tan latoso como un niño pequeño, y un señor de uniforme me acompañó y salimos. Supe que, de golpe, se me caían las narices al suelo: el frío que hacía fuera era tan grande, que sólo te dabas cuenta cuando habías empezado a reírte, como dicen que se mueren los congelados.

Otra vez, camino de China, en Frankfurt, volando con Lufthansa, tan inflexible y tan decente, me robaron, cuando descendí para la limpieza del avión, dos bastones queridísimos: el de un bisabuelo mío y otro que fue de la reina Victoria. Por descontado, me aseguraron que ellos *no eran españoles* y que, por tanto, mis bastones me estarían esperando, al regreso, en su embajada o en el ministerio de Cultura o quizá en el teatro donde se daba una obra mía... Todavía los estoy esperando. Tuve que comprarme, a mi llegada a Beiying, uno de anciano chino, que se partió por arriba nada más apoyarme. Un cariñoso médico de allí lo recompuso como si fuese un brazo roto.

En USA di, durante un par de meses, una gira de conferencias por diferentes universidades. A menudo coincidía con José Luis Aranguren, tan profundo y ocurrente. Pero sucedió que él, alardeando de conocer el idioma norteamericano, me equivocaba el destino, y yo pedí el divorcio. Redacté un papel que decía: «El portador de la presente nota, deficiente mental, se dirige a (espacio en blanco). Acompáñele, por favor, a la puerta correspondiente.» Desde entonces llegué donde me proponía; no así Aranguren. A mí me bastaba hacer algún gesto un poco convulsivo, contraer la boca, sacudir temblequeando los dedos de una mano, para que una virginal y dulce azafata me subiera en una silla de ruedas y me empujara a mi *gate*. En USA por un tonto dan lo que les pidas. Una mañana viajaba desde Tulsa (Oklahoma) a Sant Louis (Missouri), o al revés, y me encontré en un tránsito, de manos a boca, con Aranguren, que tenía que coincidir conmigo aquella tarde. Al pasar por mi lado en dirección contraria, sentado cómodamente yo en mi silla, le pegué un tirón de la chaqueta. Y él, que ya conocía mi truco, colérico por haberse vuelto a equivocar, me dio con su cartera en la cabeza. Nadie puede imaginarse el escándalo que le armaron, por pegar a un idiota, mi azafata, sus compañeras y el público en general.

Pero si los aviones no me dicen gran cosa, los aeropuertos, menos. Todo tiene un aire de pueblo medio rico, medio evacuado a la vez. Y las salas VIP son espantosas, porque se hallan pobladas de teléfonos móviles, que debían reducirse a ser utilizados en los aseos, puesto que se trata de necesidades urgentes, según se deduce, y molestas para los demás. Quizá sólo algún vuelo por el interior de Venezuela, verbigracia, me ha encantado. Algún vuelo en esas líneas domésticas que están más bien sin domesticar. En ellos los aviones aterrizan en mitad de un campo no lejos de una construcción de tres paredes blancas con un banco corrido, del que se levantan mujeres con niños y animales, como en los autobuses de antes. Aquí sí que el avión cumple una misión de nuestros viejos trenes y nuestros balanceantes autobuses: eso les debería hacer meditar en lo transitorio de la gloria a nuestros engreídos y ufanos pilotos, que creen coger el cielo con sus manos.

Una mañana, también en Venezuela, el fabuloso Reny Otolina, rey de la televisión y de otras muchas cosas, se empeñó en llevarme en su avioneta a Canaima. La avioneta para mí es al avión como la moto al coche: en ellas me encuentro indefenso, sin barreras, aunque sean frágiles, que me amparen del aire y de la muerte. Yo no me asusto jamás en un avión, a no ser que me plantee serenamente por qué y cómo volamos; pero si tuviera que saltar en paracaídas, estoy seguro de que no lo haría. Segurísimo. Por eso no hago caso de las instrucciones sobre los chalecos salvavidas de azafatas y *stewards*. Enumeradas, además, sobre Calamocha, pongo por caso, donde un chaleco inflado sirve como mucho para que el cadáver se desparrame menos. Subí, pues, a la avioneta aquella sin convicción ninguna. Qué razón tenía al haberme hecho tanto de rogar. Otolina viajaba por el cielo como en una moto, de las que tenía una impresionante colección. Sobrevolaba los tepuyes coronados de verdor, los rodeaba, me hacía observar la flora de sus cimas. Yo callaba. Me hizo la gracia, al llegar al Salto Ángel, de pasar por entre la cascada y la roca, aproximadamente un espacio de dos metros. Yo callaba. Volcaba o evolucionaba o dejaba caer el aparato, para agregarle salsa al vuelecito. Yo callaba. Después de mucho más tiempo del necesario, llegamos a Canaima. Al tomar tierra, yo me apeé en silencio, di la vuelta a la avioneta, y le asesté al piloto un enorme tortazo. Él calló. Calló porque había comprendido que en silencio antes le había avisado.

Por otra parte en Canaima yo sólo vi unos mosquitos grandes como gaviotas con los ojos celestes y unos testículos como puños, aunque dicen que son sólo las hembras las que pican. Y también unos loritos verdes, tiernos y absolutamente monógamos que se dejan morir si su pareja les es arrebatada. No debo ocultar que un crepúsculo sobre el lago me hizo morir casi de emoción... Como me hizo casi morir una aventura, también de avioneta, en Puerto Azul, en la costa colombiana. Mi acompañante dejó encendido el bungalow cerca de la playa. Cuando volvimos, yo me taponé los oídos, los ojos, la cabeza, todo; pero tuvieron que llevarme, por las picaduras de los mosquitos, con cuarenta grados de fiebre, al hospital. Esta vez, desde luego, en ambulancia.

Me parece que esos hemípteros tienen algo contra mí. Basta que yo esté en cualquier reunión para que los demás se encuentren a salvo de sus besos. Yo soy su campo de aterrizaje predilecto. Un atardecer, en la Boca de Cangrejo, en Puerto Rico, me encontraba contemplando a una señora gordísima y tersa y guapa y negra llamada Marta Allende, que tenía un puesto de alcapurrias de jueyes y de carne. No vino nadie a comprarle, porque nadie había sino ella y yo. Me preguntaba cómo había llegado hasta allí, con ese volumen enorme y ese peso aterrador. No se movió de un trípode que tenía incrustado en las nalgas. Cayendo el sol, llegaron cuatro mozos, hijos suyos sin duda, que la pusieron en unas parihuelas, la levantaron y se la llevaron como a una santa inmensa. Me dijo adiós con su mano esférica y me anunció:

—Retírese, caballero, mi amol, porque ya llega la plaguita.

Cómo iba yo a suponer que con ese nombre tan cariñoso ella se refería a un aluvión espeso de mimes y jejenes (que luego yo di en llamar *mames* y *majes*), pequeños como puntos suspensivos, que te pican por todas partes —y quiero decir *por todas*— y te dejan hecho un santo Cristo amarrado a la columna. Cuando mis anfitriones vinieron a recogerme, yo estaba dando ya las boqueadas.

En helicóptero me he montado una vez, en USA por supuesto. Y no volveré a hacerlo. Tienes demasiado al alcance de la mano tu trágico destino. Es inútil que me hablen, que rían, que me expliquen. Ni los paisajes me importan un comino desde arriba, ni puedo contestar de otra forma que rezando el Señor mío Jesucristo. Porque una cosa es tomar tierra y otra hartarse. Este año mismo he tenido ocasión de montar en globo para enseñar a los espectadores de televisión la ciudad de Córdoba. Algo lo estropeó y creo que me alegro. Uno no está ya para frivolidades. A ras de suelo, también Córdoba es bella.

Mis viajes por mar no han sido numerosos. He subido a yates petulantes donde lo que se hacía era tomar copas, comer jamón y darse chapuzones. He montado en barcos veleros de sedicentes aficionados a la pesca, a los que les chiflaba encasquetarse una gorra azul en la cabeza. En algún barco que defendía mi incógnito, como aquel de la ría de Arosa, cuyo nombre era *Quéreme algo*, con su marinero llamado Fransisco, que se lamentaba de no tener descendencia y al que, sin darme cuenta, vaticiné una hija de la que me nombró padrino cuando nació once meses después. He montado en barquitas llenas de luz que cruzaban bahías abiertas y celestiales, como la de Cádiz. Me he caído, al saltar de un fuera borda, llegado a Algeciras, a un mar lleno de aceitazo y de mugre, con una bandeja de pasteles en la mano que le llevaba a la abuela de mi anfitrión. Me he montado en toda clase de *ferrys* en Turquía y en Noruega y en otras partes, de *peniches* en Francia, de transbordadores entre las Islas Canarias o entre España y Marruecos...

Viajaba una vez con el cónsul general de este país en España y, al enterarse de que estaba yo, el capitán me convidó a una copa en su camarote. En él le presenté al cónsul y le di la enhorabuena por el barco, bastante nuevo, blanco y cuidado.

—Ahora no es lo que era —me respondió—. Antes daba gusto verlo; pero esta gente africana no respeta nada, son como animales. —Yo le hacía gestos de prudencia mirando al cónsul, pero él continuaba—: Más guarros que nadie... Todo lo derraman, todo lo tiran, todo lo dejan hecho una porquería...

Lo interrumpí con decisión:

—Creo que no ha entendido que nuestro amigo, aquí presente, es el cónsul general de Marruecos en España.

—Ah, perdón, perdón, no había...

—No, no se preocupe: lo que usted opina de nosotros es lo que opinan en Suiza de ustedes, sin ir más lejos.

Un verano hice un viaje por mar más largo. Acepté la invitación de Miguel de la Quadra, y le acompañé, con sus muchachos de la Ruta Quetzal, hasta la isla Guadalupe. Fue un viaje encantador. Yo trabajaba entonces en mi *Carta a los herederos*, y el contacto con los chicos me enriquecía. Además los mayores que viajaban con nosotros estaban llenos de ingenio, de inteligencia y de arte. Bacieros, el pianista, nos dio conciertos suculentos; yo leí poemas de amor a la muchachada, y cada uno hizo lo que supo... Sólo una cosa se salía de lo normal: desde el segundo día de navegación, un marinero marroquí que me había visto en la televisión de su país, cada vez que se cruzaba conmigo, y hacía lo imposible por cruzarse, sin mirarme a la cara, con los ojos bajos, repetía:

—Capitán no sabe, barco se hunde.

Estuve cuarenta y ocho horas sin hacerle caso, a pesar de que a la tercera vez entendí lo que me decía, porque él musitaba para desaparecer luego por cualquier puerta, pasillo o lateral. Llegó a obsesionarme y se lo comenté a Antonio Burgos y Alfonso Ussía, que iban conmigo. Como son unos cachondos de órdago, se rieron mucho y bajaron a la gambuza, como siempre, a comer lomo y beber vinos deliciosos invitados por el capitán o por el sobrecargo. Yo, llegados a Guadalupe, me propuse visitar su espléndido jardín botánico, lleno de heliconios, de anturios, de medinillas, de flores rígidas y solemnes, de pájaros entrometidos y de una vegetación que, si permaneces un cuarto de hora a su lado, te envuelve y te derrumba. Luego, sin perder tiempo, debía tomar un avión a París, donde tenía una cita con la directora de una editorial... Es decir, lo que sucedió con el barco lo supe más tarde. Era cierto lo de *capitán no sabe: barco se hunde*. La bodega estaba inundada y, mientras hacían noche en la isla para zarpar al día siguiente, el barco sencillamente se acostó. Hubo que trasladar a la gente en aviones, y el capitán fue relevado de servicio, Nunca he vuelto a ver al *capitán no sabe* ni comprendo cómo no le di más crédito a aquel enviado del cielo.

La verdad es que el viaje fue muy grato: las conversaciones, saladas y livianas; las amistades creadas y prometidas, fugaces; y todo como debe ser. Incluido el marinero marroquí y excluidos los mandos de la tripulación. Yo dictaba mis colaboraciones diarias por teléfono, aunque era difícil pillar una oportunidad, y tomaba el sol en una cubierta de proa leyendo un libro o departiendo con algún muchacho escabullido de sus obligaciones. Era una pandilla muy bien educada.

No puedo decir lo mismo de una navegación próxima a la isla de Santo Domingo. Un poco aburrido por unos alemanes que se empeñaban en que viera a toda costa no sé qué, fumaba para calmar el hambre... Y de súbito una negra gorda con un bolso interminable me miró como si le hubiese dado un ataque, y me golpeó con el bolsazo.

—No fume —gritó.

No respetó que estábamos al aire libre y que, para la dimensión de sus pulmones, mi enteco cigarrillo no significaba nada. Nunca he visto tan claro el furor ofensivo de los neoconversos, que columbran asesinos por todas partes cada vez que ven un cigarrillo. Yo fumo dos o tres al día y proyecto seguir fumándolos en público, aunque sólo sea para reservarme una parcela de voluntad subjetiva. El santuario y el alcázar no se rinden.

No sé por qué ahora mismo —sí sé por qué— recuerdo un viaje sin ninguna importancia. Se trataba de hablar en Pontevedra invitado por el Colegio de Médicos. (Debo decir que a mí me invitan los colectivos más sorprendentes y variados.) Se sumaron al viaje alguien que entonces estaba a mi vera, el secretario, y la afortunadamente inevitable Ángela González (Byass para entendernos). El trayecto en coche fue admirable. La atención, una vez llegados, perfecta. A Ángela y a mí en el hotel Bahía de Vigo, nos dieron una inapropiada cámara nupcial en la que hasta las cartas de la baraja eran desnudos célebres.

Nos invitó a su casa, a su península, Pin Malvar, por desgracia ya difunto, primo de José Luis Barros, mi salvador. Teníamos un bungalow cada uno, hasta con sauna propia. Pin me interrogó sobre mis relaciones con Ángela, por ver si podía pretenderla, ya que se había enamorado de su aire inglés, de su abrigo a lo Ida Lupino, de sus ocurrencias, de su graciosa sonrisa y sus airosas piernas. A mí me encantó la idea porque, si lograba alcanzar lo que se proponía —él estaba separado—, nos incluiría a todos en su magna generosidad. Le di, por tanto, vía libre, sin advertirle nada a Ángela. Él cometió varios errores: enseñarle a Ángela a su madre y a su suegra que también vivían allí; enseñarle a los doce dobermanns encerrados, salvo por la noche, que guardaban la península; y enseñarle la planta sótano y semisótano de aprovisionamiento de la casa, en que todo indicaba que se temía un asedio: miles y miles de latas, de rollos de papel higiénico, de bodegas de todas las marcas, es decir, un supermercado en toda regla... Ángela se alejó despavorida.

—Cásate —le rogamos todos.

Ella se negó a hablar más del asunto. El maravilloso Pin nos trazó una ruta gallega, que yo, que conozco bien Galicia por amor, consideré muy aconsejable para mis acompañantes. En cada hotel nos encontrábamos un telegrama de bienvenida de Pin; en cada restaurante, ni nos consultaban el menú porque lo había elegido Pin; en cada tienda recomendada, nuestras compras las había abonado previamente Pin... Tuvimos que llamarlo y decirle que reivindicábamos nuestra independencia, no sin agradecer sus infinitas atenciones. Por cierto, el primer restaurante al que acudimos fue el viejo *Vila* de Santiago: después de unos entrantes, apareció, solemne, sobre la mesa, una especie de reptil a medio enroscar bañado en chocolate. Ángela, buena andaluza, volvió a alejarse despavorida, esta vez de la mesa, flanqueada por los otros dos acompañantes. Inútil fue que les gritase que se trataba de una lamprea, exquisito manjar. Fue un día en el que no pudimos comer hasta la noche: tanto asco y aversión les había provocado aquel plato de césares.

LAS ARTES Y YO

El arte más profundo, que no coincide siempre con el más hermético, es la expresión de lo que, de otro modo, no podría expresarse. Trata, a tientas, de poner puertas al campo y de enmarcar el universo. Todo arte es el despliegue de una dominación. Acaso lo que tienen en común todas las bellas artes es que el caudaloso río de la realidad, al percutir en quien las ejerce, hace saltar la deseada chispa, distinta en cada una. Sucede que el arte —la *poyesis*, la creación, en definitiva, la poesía— es como un líquido que adquiere la forma del recipiente en que se vierte, y tal creación revestirá la forma de pintura o escultura o música o arquitectura o literatura, según su dominación se ejerza sobre el color o el volumen o el tiempo o el ritmo o la luz o la palabra. No obstante, todo se construirá con la materia de los sueños, en el noble y no en el empalagoso sentido de la expresión: todo estará hecho de poesía.

Para mí el arte y el amor siempre han tenido una cosa en común: su capacidad de dar a los seres humanos la conciencia de una grandeza que tienen en su interior pero que ignoran. El arte no es algo accesorio en la persona, sino sustancial: una forma de ser. De ahí que sienta cierta repulsa por los aficionados, por quienes toman el arte como un entretenimiento, por los pintores de domingo que se conforman con ejercer una habilidad que nada tiene que ver con la creación. Esto me hace recordar el proceso que tuvo El Greco contra los alcabaleros de Illescas. Yo escribí en su nombre: «Me quisieron cobrar impuestos, aun antes de empezar a pintar *El Hospital*, y yo hube de defenderme y conseguir la exención, demostrando que pintar es como un alquiler de obra que no admite alcabala, como un arrendamiento más que una compraventa.»

Supongo que en todos los seres aparece el arte y su llamada como una vaga inquietud, como una invitación inconcreta a la belleza. Algo les obliga a ver el mundo de una manera diferente a la de los otros. Y quizá esa inquietud no se especifica hasta más tarde, cuando una serie de circunstancias, externas o internas, van trazando el camino. No es que el futuro artista elija, sino que es elegido. Yo mismo, en mi adolescencia, dibujaba muy bien y me desahogaba dibujando. Aún se conservan pruebas de la minuciosidad y perfección de algún dibujo mío a pluma. Sin embargo, nunca fui tentado por la pintura, en el sentido de concretarse en ella mi desazón y mi peculiaridad... Aunque, desde que me recuerdo, siempre he estado rodeado de pintores, y he dirigido galerías para ellos, y he convivido y vibrado con ellos. Y también he asistido al cambio que con el tiempo en ellos se produjo: desde ser personas que modestamente cumplían su oficio sin explicaciones, a ser unos artistas que procuran explicar el punto filosófico de su obra y sus porqués de una forma por lo general muy pesada. Los pintores de antes eran más brutotes, más taciturnos, no digo analfabetos pero cerca, y la curiosidad los apartaba muy poquito de su propio trabajo. Los de ahora son más completos: leen, se inspiran, se razonan, son más literarios y hasta más eruditos...

De todos modos, la dominación en que el arte consiste es un desvalimiento, ya que supone a la vez una iluminación y una tiniebla previa. Crear es conseguir que una centella atraviese la noche; que un rayo rasgue el ancho pecho negro de la noche. En tal epifanía, de donde brota la luz es de la oscuridad. Y no la contradice, sino que la consuma.

La atracción que sobre mí ejerció la pintura desde el principio de mi vida es evidente. Me extasiaba ante un cuadro a poco bueno que me pareciera. Y me sucedía ya con cuatro años, que fue la primera vez que visité, de paso por Madrid, El Prado. No se trataba de una admiración boba sino razonada, aunque de una forma imperceptible por mí mismo... Yo, adolescente, distinguía a la perfección entre los dibujantes de *Cántico*, desde Povedano a Liébana o a Miguel del Moral. Y me gustaban ciertos cuadros o fragmentos de cuadros de éste, y otros no. Yo intuí que, si permanecía en Córdoba, se amaneraría como al final se amaneró Julio Romero, que pintó siempre a la misma señora, cualquiera que fuese la que le había encargado su retrato. Transformarse en una gloria municipal es fácil: basta permanecer fiel a una ciudad, que acaba por recompensar tanta pertinacia con una calle o con una plaza o con una exposición antológica. Llegué a convencer de esto a Del Moral y me encargué de buscarle un estudio en Madrid. Se lo encontré en una casa al final de Hortaleza. Todo estaba resuelto. Pero él no se atrevió a dar el paso. Se quedó en Córdoba, y se murió allí en todos los sentidos.

En Sevilla, conocí al loco desigual de Romero Ressendi, una de cuyas exposiciones fue repudiada por el cardenal Segura que, a su cuadro *Las tentaciones de San Jerónimo*, lo llamó *Las prevaricaciones de San Jerónimo*. Y conocí a Cortijo, la honradez de cuyas mutaciones siempre respeté, y a Carmen Laffon, que entonces empezaba y era ya, no obstante, lo que fue después.

Al llegar a Madrid, caí de lleno entre pintores, que fueron, a grandes rasgos, mis amigos mucho más que los escritores. Desde Constantino Grandío, amante de los perros como yo, a los de la escuela de Vallecas. Con Martínez Novillo pasaba largos ratos ante un café sin despegar los labios. Mi primer retrato me lo hizo Quirós, cántabro despectivo y entrañable a la vez, con el que salía alguna noche, con dieciocho años, y me quedaba dormido a las tantas en el diván de cualquier bar. Más tarde, incluso hasta dormido, muchos pintores jóvenes me han dibujado, y conservo con devoción y nostalgia sus obras. Fernando Somoza, un ser humano ejemplar y un pintor excelente a pesar de la contradicción de su glaucoma, me pintó otro retrato en la parte de viviendas de la Academia de Bellas Artes —se entraba por Aduana—, de la que su suegro era jefe de conserjería. A su mujer siempre le prometí, tanto le gustaba mi retrato, que a mi muerte pasaría a su poder. Nunca dudamos que yo moriría antes, no comprendo por qué.

Poco más o menos por esa época se fragua mi amistad con Daniel Vázquez Díaz. Una antológica suya inaugura mi sala *El Árbol*, y yo iba con frecuencia a su estudio de María de Molina, donde, a la hora de comer, Magdalena, su factótum, le hacía a mis espaldas gestos de que yo ya estorbaba. Pero yo hacía sufrir un poco su tacañería antes de irme. Hasta que un día Daniel, guasón, le dijo a la gobernanta:

—Deja de hacerme gestos y saca lo que haya. Nos lo comeremos entre el niño y yo.

Entonces supe que nuestra amistad estaba sellada con la irrompible prueba de tres o cuatro croquetas. Siempre tuvo conmigo una especial delicadeza y me manifestaba su gracia andaluza, que a veces se esforzaba en encubrir. Volviendo un día de una sacramental, donde habíamos enterrado a otro pintor, Pierre de Matheu, me iban a dejar, los que nos llevaban a él y a mí, en el Café de Levante de la Puerta del Sol, donde había quedado con mi amor de entonces. Me apeé del coche y, sin mirar, cerré de golpe la puerta. La cerré sobre la mano de Vázquez Díaz, que la había sacado para despedirme. No sé qué me entró por el cuerpo, al ver, tumefacta e inflamada instantáneamente, la mano derecha de mi amigo pintor. Con las lágrimas saltadas le pedía perdón.

—No ha sido nada, niño. Un dolorcito y se pasó... No te vayas a poner triste con tu amor. De estas me han pasado a mí muchas... Anda, vete.

Y me acariciaba la cara con su mano herida.

Una vez muerto Daniel, tuve ocasión de comprar una obra suya. Me ofrecieron en Londres un retrato de Modigliani pintado por él, elegante y minucioso pero al fin y al cabo un señor forastero, y un cuadro no muy grande del que él me habló alguna vez. Era de su época de Fuenterrabía, y en él los grises se irisan de repente dando lugar a una paleta rica y sostenida, como si, bajo los cielos vascos y la luz que el pintor buscaba, neutral y plata, se hubieran aparecido y superpuesto los recuerdos de su Huelva. El cuadro, que él llamó ante mí *La barca blanca*, hoy se titula *La barca dormida*, y está, sobre una chimenea procedente del palacio de los Orleans, de Sanlúcar, en el salón de mi casa de Macarena. Cada vez que lo veo, no a menudo, porque a ese salón no entro demasiado, me acuerdo de Daniel Vázquez Díaz, fraternal y paternal a un tiempo, aplaudiendo en los estrenos míos volcado en su palco, que yo le había enviado con mucha antelación, y del que presumía ante sus colegas.

He hecho viajes nerviosos, algo instructivos y bastante divertidos, aunque los pintores no suelan serlo, con muchos de ellos a los que admiraba. He escrito la presentación de las exposiciones de sus cuadros, si bien siempre me manifesté reacio, porque quizá de abandonarme no habría podido hacer otra cosa. Con Pepe Caballero me llevé excepcionalmente bien: siempre tuve la idea de que su obra era la acumulación de todos los pasos que la pintura ha dado en España durante cincuenta años. Le oía contar, riendo, el número de Giraldas y claveles con que había decorado abundantes espectáculos de folclóricas, siempre sin resentimiento y con la más pulcra educación. Una noche, en Budapest, sufrió un ataque de asma o algo respiratorio; tosía y se ahogaba. Marifer Thomas de Carranza le reñía, le reprochaba su irresponsabilidad y su abandono.

—¿Qué habrías hecho sin mí? —le preguntó retóricamente al final.

—Morirme —contestó Pepe, que había aguantado con tacto y paciencia el chaparrón.

Y eso acabó haciendo, aun con ella.

Con Manolo Rivera colaboré en mi *Testamento andaluz*: veinticuatro poemas de veinticuatro lugares andaluces en los que me sentí como una tesela que forma parte de un gran mosaico cuyo dibujo la supera; con la serenidad y la humildad y la perdurabilidad de esa tesela. Sus veinticuatro dibujos fueron acaso los más representativos de su vida. Entendió los textos míos con una intuición mágica. Y más tarde agregó ocho grandes cuadros, de alambres y óleos de colores señeros, uno por cada una de las capitales andaluzas, a las que yo había nombrado con invocaciones de la letanía lauretana: Málaga, *Causa nostrae laetitiae*; Cádiz, *Regina angelorum*; Almería, *Domus aurea*; Huelva, *Foederis arca*; Sevilla, *Mater divinae gratiae*; Córdoba, *Sedes sapientiae*; Granada, *Rosa mystica*; Jaén, *Janua coeli*. (Por cierto, que el alcalde de Granada, que entonces aspiraba a ser la sede de la Universidad árabe en Europa, me presionó para que le adjudicara a su ciudad el nombre de la de Córdoba: entendía que yo se lo había asignado para favorecerla como sede de aquella institución: qué pequeños son los políticos, y cómo creen siempre que los demás tenemos su estatura.) El trabajo con Manolo Rivera, que se entusiasmó desde el primer instante con el proyecto, al que agregamos con acierto a Manolo Sanlúcar, fue un gozo. Nos vimos con frecuencia, y en pocos sitios me he sabido tan querido como en su estudio y en su casa.

A Antonio López lo conocí, en el 63, en una taberna próxima al Teatro María Guerrero. Aún estaba en la escuela o acababa de salir de ella. Yo conocía su pintura y sus personajes tiesos y dulces como de foto antigua. Siempre me ha emocionado —más, me ha compartido— su pintura. Y siempre me sorprendió su afilada finura que simultánea con cierta cazurrería manchega, que tanto se separa de su obra. La última vez que he hablado con él fue en una cena no muy numerosa; al final, el mismo coche nos devolvía a los dos, ya que él vive cerca de mi casa. Me dejó a mí primero; él, contra mi voluntad, se apeó y me acompañó hasta la puerta. Delante de ella me dijo en voz muy baja:

—Antonio, ¿tú podías enseñarme a bailar sevillanas? —Salí huyendo, después de pretextar no sé qué excusa. Pero tardé en reponerme y en dormirme.

Julio Hernández, con quien, junto a Antoñito, había formado parte del Patronato del Museo Español de Arte Contemporáneo, un día, en la Academia de San Fernando, me ponderó un breve texto mío, que dice: «La figuración, en pintura, es siempre ilusoria; más ilusoria, por más empecinada e imprudente, en el hiperrealismo que en ningún otro estilo. La realidad como tal no la procura el arte. El arte participa una realidad ya asimilada empleando, de manera personal, medios convencionales. De esa desoladora dificultad, de esa consciencia de riesgo y de limitación y de denuedo, de esa certeza de manejar realidades artificiales surge la creación humana.»

—Debían tenerlo grabado en la puerta de su estudio todos los pintores: los figurativos, los realistas y los abstractos.

Con Darío Villalva tenía una no muy profunda amistad: respondía entonces a los cánones violentos y bohemios de los pintores de la generación anterior. Como le sucedía a Manolo Viola, manirroto salvaguardado por Laurence, su mujer, sin duda hoy decepcionada.

Yo he sido, desde hace mucho, muy retratado. En un mes de septiembre, una galería barcelonesa hizo una exposición sólo de retratos míos, de los que conservo dos o tres. No fui a la inauguración porque, como me advirtió la Dama de Otoño, habría sido una falta de tacto: como reclamar la comparación entre los cuadros y yo mismo. Liébana y Nieva, tan distintos pintando como parecidos en otras cosas, me han dibujado bastante. Recuerdo que, durante unas semanas de mi vida, lo estaba pasando mal en el apartamento de General Mola, hoy Príncipe de Vergara, porque mi amor había desaparecido. Liébana decidió pintarme un retrato para distraerme. En una de las sesiones, él, meticuloso hasta la exageración y pintor exacto de lo que veía, se sublevó por una llamada de teléfono. Yo alargué el brazo, cogí el aparato y escuché la voz de mi amor. Estaba en Mallorca, me amaba, había querido olvidarme inútilmente, y esa misma tarde llegaría. Yo sólo dije «bien», colgué, y me dispuse a posar de nuevo.

—¿Qué te ha pasado? —gritaba Liébana—. ¿Qué te han dicho? Yo no puedo seguir... Eres otra persona. Qué barbaridad. Qué cambiazo. Se acabó la sesión.

No sabía yo hasta qué punto los ojos, la tirantez de las facciones, la piel, el pelo, podían ser tan comunicativos. Ese retrato está hoy en la Academia de Nobles Artes y Bellas Letras de Córdoba, en la que no estoy yo.

La Junta andaluza, al principio de su existencia, decidió, como si eso pudiera decidirse, nombrar ocho andaluces universales. Presumo, pero no estoy seguro, que cada uno de una provincia. Entre otras atenciones, el nombramiento se haría en una capital distinta de la propia e iría acompañado del retrato de un pintor, sospecho que también universal. Por razones de edad, mi pintor fue Guillermo Pérez Villalta, tan arquitectónico, perfeccionista e inteligente, y recibí el título en el teatro Cervantes de Almería (elegida por mí por ser, entonces y no hoy, *la Cenicienta de la Cenicienta*), donde yo había hablado antes para presentar su Ateneo. Fue un acto noble y sencillo, aunque muy peligroso, porque, dadas las condiciones del edificio, se permitió entrar a muchísimos más almerienses de lo que habría sido aconsejable.

Cuando conocí a Nieva lo suyo era pintar y hacer escenografías. Lo había descubierto, recién llegado de París, José Luis Alonso. Haría luego los decorados bellísimos de *El Zapato de raso*, dirigida por José Luis, y traducida, con el mayor número de cortes posible, por mí. Entonces me regaló una especie de Inmaculada, rodeada de pinceladas como ángeles y con unas increíbles medias negras. Su amistad fue muy enriquecedora para mí durante muchos años. Es un buen ejemplo de cómo puede desvanecerse o atenuarse un hondo sentimiento, a causa de gente que llega de fuera y disturba y distrae y discrimina.

En el tiempo de mis residencias más frecuentes en Málaga traté a Peinado, a Aguilera, a Brickman y algún otro. Había entonces dos pintores *naif* demasiado análogos en temas y en maneras como para que uno no hubiese influido, o suscitado, al otro. Ambos tenían la misma edad avanzada. Eran Manolo Blasco, primo de Picasso, que había sido anticuario frente a la catedral, y María Pepa Estrada, madre de Rafael Pérez, y gran dama andaluza... De todos ellos tengo obras en la casa de Madrid.

Manolo Blasco, casi nonagenario, siempre estuvo empeñado en regalarme un cuadro. Elegí, en su estudio de Torremolinos, uno de los Montes de Málaga, con un cielo turquesa. Él estaba casado con una mujer de pasado relativamente alegre, que lo cuidaba y lo mortificaba. (En un rasgo de generosidad, Manolo quiso regalarle en Granada un abrigo de pieles. Eligió, por más suntuosas, las chinchillas. Cuando ella vio las pieles sueltas, salió chillando de la peletería: *Ratas, son ratas. Me quiere regalar un abrigo de ratas.*) Esa mujer, al enterarse del cuadro que yo había elegido, se sulfuró:

—Tú eres tonto, Manolo. Lo sabía... Ha elegido el mejor, el que más me gustaba, el del cielo turquesa.

De ese color era el cielo de todos sus lienzos. Manolo se contentó con levantar las cejas y los hombros.

Una noche me convidó a cenar María Pepa Estrada en agradecimiento por unas palabras mías dedicadas a su obra. Estaba también el obispo, un señor respetable, y quizá su hijo Rafael. Lo que ocurrió lo he oído luego contar como chiste. Por una indisposición de la doncella, sirvió la mesa la cocinera. Al acercarse con la fuente de sopa a su eminencia, le dijo en voz no tan baja que no oyéramos todos:

—Ajonde su divina majestad, que en el culo es donde está lo bueno.

A partir de ahí, entre miradas cómplices, de las que también su divina majestad participaba, ajondamos todos.

Me es imposible dejar de contar un gozo también carnal que me proporcionó la pintura. Se preparaba en El Prado la que fue memorable Exposición Velázquez. Yo salía de Madrid sin que me diera tiempo a visitarla. El gentil Alfonso Emilio Pérez Sánchez, advertido, me invitó a verla colocar en las últimas horas de una tarde. Me condujeron al salón en cuyo piso reposaba, encristalada, la *Venus del espejo*. La había visto sólo·una vez y quería recrearme en ella: en su pulpa jugosa, en sus formas frutales exhibidas sin misterio, en el misterio de la cara reflejada dentro del marco que el amorcillo sostiene: siempre me ha parecido ver la transcripción de Dulcinea con el rostro de Aldonza... Vi el verde oscuro del velo que cubre el lecho, los menudos pliegues, la perfección de la pintura que casi no lo es... Pero también vi el anca codiciable que, desde pequeño, había anhelado acariciar. No sentía la necesidad de ver más cuadros. Me instalé ante este. Pasé la mano por el cristal que lo cubría... Se detuvieron en su faena los trabajadores, que presentaban y colgaban otras obras en aquella misma sala. Los miré. Nos miramos. Me asaltó la urgencia física de rozar con mi mano el culo de la Venus. Yo mismo oí que mi respiración se agitaba. Alfonso Emilio había salido a atender otros asuntos...

—Toda mi vida he soñado con besarla.

No pedía nada. No osaba pedir nada. Pero, agachado junto al cuadro, yo entero era una súplica. Los obreros debieron ponerse de acuerdo sin hablar. No se refirieron ni al riesgo ni a las compañías aseguradoras, ni al peligro que ellos mismos corrían. Tres de ellos hicieron el breve trabajo. Yo sólo vi cómo el cuadro se inclinaba sobre mí, y lo sostuve con mi cuerpo. Luego retrocedió, y unas manos hábiles hicieron resbalar el cristal sobre el pavimento. Me encontré, sin obstáculos ya, a la altura de la más hermosa carne que haya pintado ninguna mano humana. Acaricié con la mía desnuda la poderosa nalga, infinitamente atractiva. Acaricié la cintura quebrada. Tuve la sensación de que la cara del espejo sonreía. Por fin, besé aquel cuerpo con un beso creo que no del todo casto. Después, suspirando, me incorporé.

—Gracias —les dije.

Los obreros, mirándome a mí, mirándose entre sí, se sonreían.

En otra coyuntura, también Pérez Sánchez me hizo un favor inmenso. Un lunes, cuando cierra el museo, me adentró por pasillos desiertos hasta un salón pavimentado con un mármol rojizo. Al fondo, más oscuro, un alto estudio de pintor. El suelo del salón se prolongaba, sin solución de continuidad, en lo que parecía el suelo de otra habitación. ¿Dónde acababa una y empezaba otra? Tuve que aproximarme más para confirmarlo. Se trataba de *Las meninas*, recién restauradas y aún no expuestas. Daba la impresión de que podría, de una forma milagrosa, adentrarme en él, y, al otro lado del gran bastidor, sin necesidad de espejos, describir la realidad que aquel monstruo pintaba... Más que cualquier otra arte, la pintura me ha enaltecido siempre.

Con la escultura he convivido. Tanto con la oficial de aquel momento, ya lejos por fortuna, como con la rabiosamente extraoficial. Por Juan de Ávalos y Soledad su mujer siempre sentí una extraordinaria simpatía. Aún, cuando nos encontramos en algún estreno, el divinamente conservado escultor, me recuerda mi promesa de posar para hacerme un busto. Recuerdo que, en un viaje en coche a Andalucía, pasé, cerca de Valdepeñas, al pie de la colina en la que se colocó su *Ángel de la Victoria*, al que siempre me gustó llamar el *Ángel de la Guarda de La Mancha*. Acababan de ponerle una bomba. Quedaba de él la estructura de las alas, la cabeza y la espada. Telefoneé a Ávalos para decirle que nunca me había parecido tan elegante, misteriosa y real su escultura. No sé si me lo agradeció.

Unos primos míos me llevaban, de pequeño, a la construcción del Valle de los Caídos, por el que sentía y siento verdadera aversión. Fue allí donde vi por primera vez a Ávalos, amigo de mis tíos y artista de fama universal. Opino, y opinaba, que acaso no era tan ensalzable como parecía entonces ni tan abominable como se empeñaron luego. El arte y la política son cosas muy distintas, y el que no sepa distinguirlas no está autorizado a opinar. En aquel Valle asistí, con Celia Gámez, que quería comulgar inadvertida, a unos preciosos oficios de Sábado de Gloria.

Con Chirino, al que juzgo, en relación a Chillida, como Braque y Picasso, tuve contactos frecuentes en el MEAC y en el Círculo de Bellas Artes. Pero debo reconocer que a la escultura siempre la he considerado una disciplina lejana y caprichosa, en el sentido de emanar rigurosamente del manantial interior de quien la ejerce. (En el mejor de los casos, claro.) Durante años he visto modelar el barro; he soportado la rojizas marcas del barro; he borrado con dificultad sus huellas; he posado para cabezas de ojos ahuecados y fatales; y me he encontrado siempre a gusto en los estudios desordenados y atractivos, un poco húmedos, un poco morgues, un poco alfares, un poco tienda de muebles viejos, en los que uno nunca sabe bien dónde sentarse, dónde curiosear, hasta dónde llevar sus atrevimientos...

No sé si estoy o no distanciado de los más jóvenes plásticos. De todo corazón, espero que no sea así (Antonio Villatoro y José Manuel Velasco y otros que admiro son mis pruebas). Porque mis primeros y principales amigos del arte fueron pintores y escultores. Con ellos me encontré entre los míos, mucho más que con los escritores, salvo que éstos no hablasen de su obra con O mayúscula ni de sus proyectos ni de sus triunfos o esperanzas. Los plásticos siempre me correspondieron mejor. Actuaron con mayor largueza y longanimidad. Aceptaron sin preguntar mis aptitudes. Y marcharon junto a mí por los más intrincados caminos.

La arquitectura, también desde niño ya que mi padre tenía amigos arquitectos, me embelesó y me inquietó a la vez. En aquella época, salvo una aspiración brillante y difusa a la vez, los chicos estudiábamos derecho, arquitectura o medicina, salvo los entorchados de la ingeniería. Con evidente ingenuidad, a los que las matemáticas no nos gustaban ni íbamos para curas, se nos hablaba de los *sacerdocios* que eran la judicatura y la medicina o del *matrimonio entre el arte y la ciencia* que constituía la arquitectura. Quizá por haberme visto obligado a elegir entre tan escasas posibilidades (a mí me habría encantado haber estudiado todas); por haberlas amado y desechado luego por la literatura; por haber convivido con ellas largo tiempo, son tales carreras —administrador de justicia, médico y arquitecto— las que más observé en los oscuros años del pasado y las que vi más asediadas y manchadas por la rutina y por la corrupción.

Hace años inauguré en Málaga la sede de la Agrupación de Colegios de Arquitectos. Se trataba de una tolerable casa de los años veinte situada en Gibralfaro, monte desde el que se domina la ciudad. No es, por supuesto, un monumento nacional, y en Málaga hay edificios de mayor belleza que corren más peligro, pero en fin... Mientras allí elogiaba el inicial propósito de la enmienda de los más jóvenes profesionales —dinámicos, vivos, experimentadores—, llamaba la atención sobre lo que teníamos alrededor: sobresaliendo tras incapaces árboles, numerosos delitos perpetrados por sus antecesores, rascacielos impertinentes, innecesarios, horribles, destructivos... Comprendía que, de momento, la deuda contraída por una profesión no se saldaba con haber recuperado un chalecito. Los jóvenes arquitectos, los de ese día y todos, tendrán que hacernos olvidar no sólo no incurriendo en ella, la sumisa entrega a los propios intereses en la que sus mayores incurrieron. Una entrega sin lucha a la especulación, sin rebeldía, sin conjura valiente en cuerpo vivo, y en espíritu vivo con opiniones colectivas e inamovibles, con la imaginación y los oficios artísticos y el arte que ha de suplir la escasez de medios. La responsabilidad de los arquitectos en el estrago de nuestro país es ilimitada. Basta darse un garbeo para convencerse de que no les importó, salvo alguna excepción, dónde viviría la gente, ni cómo esas viviendas influirían en la sociedad que hoy está ya aquí. A un arquitecto, como a cualquier profesional, se le puede perdonar que sea bobo o que sea malo, pero de ningún modo que se venda.

Recuerdo que, en la galería Mayer, en Lista, que yo dirigía con Eduardo Llorent Marañón, exhibimos como ejemplo y modelo un poblado en Extremadura que Fernández del Amo había diseñado para Regiones devastadas o una institución por el estilo, ya que la generalidad de los arquitectos se desinteresaba de ese magno problema. El riesgo de ellos, acaso de los mejores, es creerse geniales y en la obligación de dejar la huella de su paso por este deleznable mundo. Con lo cual inventan una serie de formas y volúmenes, ajenos a su propia finalidad, y cuya misión es subrayar la impronta y la firma de un arquitecto, aunque en su entorno aquello caiga como una bomba.

He tratado con muchos. Muy pocos tienen la calidad humana que parece que ha de preceder a alguien que trabaja para los humanos. Muy pocos dejan de rebelarse contra los que los antecedieron, así sean sus padres. Muy pocos se ponen al servicio de su obra, y, en definitiva, de quienes van a habitarla o utilizarla. Es decir, por lo general, gozan de una excelente vanidad. Y he podido comprobar, con reiteración, que los más grandes son los que menos aires de grandeza se dan. Como es habitual en todas las profesiones. Porque quienes las emplean para jactarse o para promocionarse son justo los menos valiosos. Recuerdo la impresión que me produjo ver el museo que, aún sin inaugurar, construía Rafael Moneo para la Mérida romana. Lo comenté con su alcalde, y no pasaron dos días sin que el arquitecto, al que no conocía, me telefonease para darme las gracias. *Chapeau*.

El otro día he leído unas declaraciones de Peter Zumthor. Venía a decir: «No quiero formar parte de la historia de la arquitectura, sólo quiero hacer buenas casas... No tengo un estilo, no estoy interesado en las formas sino en el uso del edificio, en la historia de ese uso y en el lugar en el que se construye. Tampoco estoy interesado en ser famoso... Trabajo como un compositor: primero oigo la música en mi cabeza, y luego la escribo. Otros arquitectos componen primero y después oyen lo que otros les tocan.» ¿*Chapeau* o no *chapeau*? Ojalá hubiese muchos arquitectos que obraran y opinaran así.

Con motivo de la creación en Córdoba de mi Fundación para Jóvenes Creadores he tenido que tratar mucho a alguien que admiraba, Rafael de la Hoz. Él tuvo el mérito de hacer inteligible un convento que, desde el XVII, había crecido de forma biológica y anárquica. Por desgracia lleva meses en coma. Lo ha sustituido un hijo de su mismo nombre. Confieso que para mí no es igual. El calor profundo que irradiaba su padre, el humanismo comprensivo que crecía a su sombra, la devoción y la entrega por lo que estaba haciendo, lo acercaba bastante más a mí...

Quizá cuanto digo sobre los arquitectos es consecuencia de haber tenido mala suerte con mis experiencias; pero la sensación que a veces producen de pertenecer a una extraña y vana aristocracia me provoca grima. Ningún creador de veras puede ser engreído; puede quizá pecar de orgullo, porque es planta que la soledad fomenta, pero jamás de vanidad, que, en el fondo, es una actitud mema, porque tiene en cuenta la opinión de quienes lo rodean y busca su aplauso y su complacencia. Y además los busca fuera del lugar en que han de originarse, que es la obra misma.

Acaso la más excelsa de las artes sea la música. Si el ser humano no fuese capaz de percibirla y engrandecer su corazón con ella, estaría incompleto; si un pueblo no hubiera encontrado la suya propia y no cantara y se reflejara a su través, sería un pueblo sin alma. Yo de mí sé decir que no he podido perdonarle al destino que no me hiciera músico. De pequeño, anhelaba ser violinista. Y, un día me enorgulleció que mis padres me dijeran —la noche anterior habían estado en un concierto— cuánto me parecía al director de la orquesta, un ruso joven. Ahora debo resignarme a hablar sobre música, lo cual es desalentador, porque razonarla es difícil, pero razonar su sentido es imposible. Para definirla se precisan términos perifrásticos; aproximarse a ella a través de rodeos. Se la siente, no se la describe: ella es su propia descripción. Sus efectos varían según quien la perciba y según las circunstancias en que las perciba. Mientras las demás artes han de dirigirse sólo a la inteligencia, Orfeo suaviza con su lira hasta la fiereza de los animales. El que escucha como debe la música siente que su soledad se hace sonora y que se puebla de mensajes.

Oí decir un día a Fernando Quiñones que los escritores se dividen en dos grupos: los que se inclinan por la pintura y los que se inclinan por la música. Daba por descontado que las dos aficiones eran incompatibles; yo no lo creo así. He de reconocer que la pintura me ha proporcionado más amigos; pero la música me ha consolado y enardecido más. Me reprocho a veces tomarme una cierta revancha contra los músicos a causa de haber sido privado de lo que ellos gozan. Sin embargo, no puedo dejar de juzgarlos —hablo muy en general— como poseedores de un tesoro que, por la costumbre de tenerlo, no aprecian con el arrebato que yo. Y no me refiero sólo a los compositores sino también a los ejecutantes. Quizá un día todos soñaron ser solistas prodigiosos, y ahora ocupar un lugar perdido en medio de un grupo se les antoja una injusta recompensa a su trabajo y a sus sinsabores. Son, en el fondo, como todos los administradores del misterio, gente de élite que forma parte de un funcionariado. Y esa contradicción los incomoda.

Hay dos datos que definen mi posición ante la música: no suelo ir a los conciertos y no escucho nunca música en compañía. Lo primero, porque no estoy dispuesto a someterme a un programa que ignoro quién lo ha ordenado y por qué, que me hace pasar de Mozart a Beethoven, o de Haendel a Grieg. Lo segundo, porque no soy capaz de considerar la música como el bonito decorado de una conversación, o como el fondo bienoliente de otra actividad. Una vez oí decir en Sevilla que uno o se come el bocadillo o ve a la Macarena, pero no es decente ver a la Macarena comiéndose el bocadillo. Yo oigo música a solas. Creo que si alguien me viese escucharla sacaría conclusiones sobre mí que me niego a compartir, como las que podría sacar quien me viese cuando hago el amor. La música para mí pertenece a la más absoluta intimidad: a ella me abandono sin respetar ninguna regla de conveniencia. No preveo dónde iré con ella, porque ella va a llevarme donde quiera. Todo mi libro *Meditación en Queronea* se escribió con el tercero y el cuarto movimiento de la Tercera Sinfonía de Brahms como base. Pero no mientras los escuchaba sino después, cuando me quedaba, como Tobías, abandonado por el ángel.

Hay una tercera curiosidad: Barce, músico e investigador, escribió un pequeño estudio conmigo como pretexto. Hablaba de la memoria retentiva y la memoria expresiva. Yo puedo transcribir mentalmente pasajes largos de cualquier pieza musical que conozca; no obstante, cuando voy a tararearlos, cuando los voy a manifestar, sale cualquier cosa menos aquel exacto recuerdo. Un día, al rememorar una frase de Berlioz, alguien me dijo:

—A mí también me gusta mucho esa copla de Concha Piquer.

Fue cuando descubrí que, de música, yo debería hablar lo menos posible; no tratar de explicarla nunca; dejar que me invada cuando llegue sin oponer la menor resistencia; y no intentar intimar con ningún músico porque acaban decepcionando. La práctica me ha enseñado qué materialista y pesetera es la mayoría. Sé que tienen que vivir; pero lo mismo les sucede a otros artistas y no son tan impúdicos. El arte más etéreo está, muy a menudo, en unas manos de plomo. A veces músicos muy famosos, cuyos nombres silencio, me han pedido colaboración para una ópera o cualquier otra obra. Por hache o por be siempre, o casi, se ha deshecho el proyecto. No he descubierto en ellos la continuidad fraternal que está en el fundamento de toda colaboración. De ahí que me fascinara cuanto creó sobre mis versos Manolo Sanlúcar; más aún, la manera que tuvo, al grabarla, de utilizar mi voz como si de otro instrumento se tratara. De ahí que me fascinara el amor con que Mariñas musicó mis sonetos de amor...

En cuanto a la danza, el hecho de haberme transformado en un trípode, me exime casi de hablar de ella. Versos míos han danzado Manuela Vargas o Merche Esmeralda o algún grupo de ballet. Pero sólo contaré cómo yo mismo, en raptos de locura, he llegado a bailar.

El primer rapto fue en una boda muy andaluza. Se celebraba, después de cenar, al pie de un tablao. Yo estaba sentado en una indiscreta primera fila. Bailaba gente en unos casos profesional, y en otros no; no siempre bailaban mejor los primeros. De repente, delante de mí y mirándome vi a Enrique el Cojo, maestro de maestros en estricto sentido. Las guitarras tocaban por seguirillas, y él me tendía la mano sacándome. Era el tiempo que yo llevaba cadenas al cuello, nunca he sabido bien por qué. Tomé la decisión sin pensar. Y salí con tanta fuerza, adelantando la cabeza para levantarla luego de pronto, que la cadena se desprendió de mí y salió disparada. Tuvimos un gran éxito, por descontado no a causa de mi baile, ni siquiera del del Cojo creo, sino porque formábamos una pareja ciertamente extraordinaria y minusválida.

El segundo rapto fue en una discoteca japonesa. Había ido acompañando a una mejicana guapa y airosa, llamada Roxana. Como nadie me conocía, me regocijó hacer el ridículo, y salimos a bailar una música completamente disco que ni había oído ni me apetecería volver a oír. Yo, con el bastón apoyado en el suelo, me abandoné sin más sentido que el del ritmo. La muchacha, riendo, me seguía, y evolucionábamos ambos como alrededor de un eje, en torno a mi bastón. El resto de las parejas comenzó a detenerse, a hacer corro y a aplaudirnos. Nos dieron un premio que conservo. Que conservo, por ajeno a mí, con el mismo cariño que el trofeo al mejor autor de canción española, que también me ha sido otorgado junto a Juan Carlos Calderón.

Respecto al cine, llamado el séptimo arte, he tenido con él relaciones prematrimoniales nada más. Lo primero que escribí fue una adaptación de *Pepa Doncel*, de Benavente. Por supuesto, lo hice porque necesitaba pagar aquel apartamento primero de General Mola. Pero me divirtió. Dirigía la película Luis Lucia. Mediado el rodaje, me invitó a una copa, a la que asistiría mucha gente del medio. Antes, rodaban una escena en que Aurora Bautista era besada por Juan Luis Galiardo. Ella, la cabeza recostada en el brazo de un sofá, no dejaba de hacer mohínes, y el director cortaba. Las tomas eran ya demasiadas.

—Pero ¿qué te pasa, Aurora, coño? Con toda esta gente... Pones una expresión como si te mordieran. Te están besando, Aurora.

—Es que Juan Luis me aprieta el hombro y me hace mucho daño.

—Lo hago para motivarme, mujer, perdona —dijo el actor.

—Pues te motivas con tu padre —remató la delicada actriz saliendo del plató.

En realidad, con el director que más he trabajado ha sido con Mario Camus. Juntos hicimos una película para Raphael y otra para Sara Montiel: ese es todo mi caudal. Entre ambas me terminaron de pagar el piso. La segunda sólo la entendió de veras Terenci Moix, al que aún no conocía. Era una especie de antología de todos los disparates acumulados en las películas de Sara. El título era clave. Acababa de estrenarse *Franco, ese hombre*, de Sáenz de Heredia. Nuestra película se presentó como *Sara Montiel, Esa mujer*.

Tampoco puedo olvidarme de Antonio Betancor, tan educado y eficaz; de Claudio Guerin, tan echado de menos; de Pedro Olea, tan inmediato y tan afín... En realidad, son ellos quienes me han enseñado a ver películas, a adivinar lo que sobra, a echar de menos las elipsis que recogen y acentúan el interés del espectador. Voy, por razones obvias, bastante poco al cine, pero suelo ver una película diaria, sobre todo en el campo, en la televisión: más recogida, más intensa, más pequeña también, qué le vamos a hacer: lo que no va en lágrimas, va en suspiros.

La última vez que estuve en una sala fue muy cerca de mi casa de Madrid. Confieso que me gusta comentar lo que veo, y más en esa noche, en que me acompañaba Enrique, el médico, que quería saber mi opinión sobre una cinta que él ya había visto. Cine de barrio, sesión de las diez, poca gente. Tres filas delante de nosotros, una señora ya no joven, sola. En cuatro ocasiones, airada, se volvió para mandarme callar. Por fin lo consiguió. Cuando dieron las luces descubrió con quién se había enfrentado. Vino como un rayo y como una tonta.

—Señor Gala, perdóneme. Usted no sólo puede hablar sino cantar y bailar y todo lo que quiera. De haberlo sabido, me habría mudado de butaca para escucharle desde cerca.

Mi amigo médico la lapidó:

—Es usted una hipócrita.

Cuando voy al cine en Málaga siempre me acompaña mi amigo Paco Campos. Él se suele dormir casi inmediatamente, lo cual no ayuda a sus vecinos porque ronca. Por descontado, lo niega. Pero yo tengo pruebas. Una noche fuimos a ver *Mujeres enamoradas*, que como se sabe es la historia de dos hermanas. Desde luego, estaba doblada. Paco se durmió en el primer diálogo. Cuando lo desperté porque habían dado ya las luces, le reproché su envidiable velocidad para lograr el sueño.

—A mí es que estas películas de tortilleras no me interesan nada.

Pobre Glenda Jackson.

Otra noche fuimos a ver a Diane Keaton en *Buscando a Mister Goodbar*. Como todo el mundo recuerda, la cinta empieza con una mujercita benévola que da clase a muchachos especiales, autistas o retrasados; pero su doble vida la lleva a desenvolverse de noche en peripecias muy contrarias. Cuando Paco se durmió fue en las apacibles clases del principio; cuando despertó, la muchacha estaba siendo ferozmente acuchillada, y saltaba sangre hasta a las butacas. Me miró con horror y dijo:

—No nos habremos cambiado de cine, ¿verdad?

Algo que, tan profundo es su sueño, consideraba altamente probable.

LOS ELEMENTOS Y YO

De los cuatro de los que por norma hablamos, la tierra y el aire son mis predilectos. No es que deteste el agua y el fuego, pero con ellos tengo menos confianza. La tierra la piso, la habito, la contemplo próxima y casi mía, próximo yo y casi suyo; el aire lo respiro, entra en mí, me alimenta... Es decir, mientras no se alteran, son ellos dos hacia los que mi corazón se inclina. Por el contrario, el agua, en un vaso, si tengo sed, me dice muchas cosas; cuando está suelta me parece demasiado indomable. Y el fuego lo es, me lo parezca o no. Cuando oigo hablar de fuegos controlados me dan ganas de echarme a reír o de echarme a llorar.

Yo a la Naturaleza en general, o sea, a la poseedora de los cuatro elementos, le tengo mucha ley. Creo que está hecha a sobreponerse, incluso que ha pasado por trances muchísimo peores que los proporcionados por nosotros hoy en día. En realidad, por cuanto podemos ver o adivinar de ella, no es lo que acostumbramos llamar delicada: ni por su capacidad de resistir lo que le echen o lo que no le echen, ni por sus comportamientos. Tifones, volcanes, maremotos, incendios, epidemias, hambrunas, terremotos, inundaciones, pestes, son sus armas defensivas. Coge a los elementos por el rabo y nos los sacude alrededor de la cabeza como quien lanza un martillo. No le importan que mueran cien mil seres humanos; ella necesita acomodarse, desahogarse, refrescarse, depurarse con una purga drástica. No es tiquismiquis ni mimosa; preciso es reconocer que el hombre tampoco. Ella no tiene idea de medidas: tanto le valen los flamígeros matices de un anochecer como los rosados de un pétalo; tanto los índigos y morados de una sierra como los de un élitro. Alguna vez me he preguntado si será ciega o sorda, o si sentirá acaso la presencia de ese sarpullido llamado ser humano. Me he preguntado si siente amor, o es un incomprensible tren sin maquinista, en el que viajamos y del que descendemos entre una total indiferencia... Y no lo sé. Aunque en alguna circunstancia me ha parecido que la Naturaleza tiene un alma y elige.

No me refiero a sus más aparatosas escenografías. He visto un volcán en erupción; me han sacudido una tempestad en el Atlántico y algunas turbulencias en el aire que han hecho vomitar al personal su primera papilla. Me han salpicado las cataratas del Niágara y las del Iguazú. He contemplado muchos de los hallazgos estelares de la Naturaleza: ese principio de tornado en que el polvo de la tierra asciende y se ensancha en espirales estremecedoras; ese hincharse las olas del mar hasta un extremo inmensurable; ese crecer las cortinas del fuego sin que haya fuerza humana capaz de descorrerlas. He considerado con frecuencia la pequeñez de nuestro poder, inventemos lo que inventemos, si se compara con su furia. Quiero decir que, ante la Naturaleza, a menudo me he quedado sin habla, entre otras cosas porque ella hacía demasiado ruido para que valiera la pena hablar... Pero no me refiero a ninguno de estos lances cuando sospecho un alma en la Naturaleza: me refiero a una impresión de compasiva serenidad, de impertérrita y majestuosa condescendencia, como la de un gigante con un niño al que quiere.

Durante una primavera estuve en la isla de La Palma. Es una isla con forma de corazón que suena a mar como una caracola, o con forma de caracola que late con el antiguo ritmo de un corazón. Desde La Cumbrecita había visto la Caldera de Taburiente; no me pareció bastante. La Caldera no es ni un parque nacional, ni un «vasto anfiteatro», ni una hendidura, ni el cráter de un volcán, ni la cicatriz de un aerolito: es un acontecimiento colosal y asombroso, no sin embargo aterrador. Quise asomarme a ella por el borde de enfrente. A través de extraños caminos polvorientos, entre resistentes pinos cuyas facciones van modificando la soledad y la altura, subí al Roque de los Muchachos. Iba a atardecer. Dejé atrás los observatorios, que parecen observar algo más que los astros. Bajé del coche. Anduve, sobre tostadas piedras sigilosas, hasta alcanzar la vertiente Norte. Corría el aire, pero no se escuchaba; nada se oponía a él ni osaba entretenerlo; su transparencia era indecible y cálida. El cielo, próximo y a la vez inalcanzable. Abajo, vertiginoso, el fondo. «*¿Qué es lo que cae y qué lo que se eleva?*» Había un silencio corpóreo; no una ausencia de sonidos, sino una contundente presencia de lo contrario. Después de un rato, casi amortajado en ese silencio y esa soledad afirmativa y táctil, me sorprendió un rumor: un moscardón revoloteaba junto a mi oreja derecha. Comprendí su embajada: ¿qué hacía allí yo? Estorbaba. No era aquel mi lugar. No es que yo fuese su enemigo, ni podía dañarlo, ni peligraba en él, ni se entendía mi visita como profanación; no, pero ya bastaba. Debía regresar a mi reducto y a mis módicas dimensiones. En aquel borde altivo el moscardón estaba en su sitio; yo, no. Me hice cargo y descendí despacio hasta el nivel del mar...

Sé que yo soy también Naturaleza, y que ella también es, como yo, sobrenatural, por las mismas razones. Si no recibimos con más frecuencia sus mensajes es por torpeza nuestra: en lugar de avanzar en el sentido exacto, hemos retrocedido. Entre vacilaciones, la escucho a veces. No sé si hago lo posible por entenderla más. Pero la amo. Y me gustaría, de todo corazón, que lo supiese. Aunque ni ella ni yo seamos muy mimosos.

La idea del hombre como dominador de la Naturaleza es la base de nuestra cultura; la convicción de que para todas las dificultades habrá una solución tecnológica es la base de nuestra civilización; el cálculo de que cualquier coste, por alto que sea, se distribuirá entre todos, incluyendo las futuras generaciones, es la base de nuestro progreso. Pero las cosas no son como nos gustaría.

Por aspirar a la superhumanidad estamos a punto de acabar con la Humanidad. Si no lo asumimos así, los avances se volverán muy pronto en contra nuestra. El hombre volador se arriesga ya en su cosmos; aspira a determinar el sexo de sus hijos, y a curarlos de enfermedades prenatales; las mujeres estériles optan por ser madres, y las fértiles, no; emborronamos el frío del invierno y el calor del verano; exigimos cualquier alimento en cualquier tiempo, indiferentes a cosechas y ciclos; nos acercamos a la velocidad de la luz, e inventamos armas que ponen en peligro nuestra continuidad y la del mundo. Pero, a pesar de todo, no hemos abolido ni el miedo ni la muerte, desconocemos la paz, nos oprimen las ciudades que construimos para salvarnos, y no nos sentimos más felices que antes.

Yo convivo cada día más con la tierra, cada día sé más de ella y aprendo sus maneras. Por eso decía al principio que la prefería, si es que ella es algo sin los otros elementos: porque ya he avanzado en su ciencia y amor más que en los otros. No hablo de terremotos, que he sentido, sin llegar a sitios más lejanos, en Madrid. (En mi piso pequeño, una noche, escuché tintinear la casa, abrí los ojos y me dio la sensación de que o yo ascendía, o descendían unas estanterías encima de la cama. Me hice cargo enseguida y salí al saloncillo. Allí encontré a una criatura hecha ceniza. A una criatura de Granada que conocía los hechos de primera mano. Cuando yo, con ánimo de bromear le dije: *El terremoto está servido*, ya había salido escaleras abajo.)

De lo que yo hablo ahora es de la tierra que se toma en la mano, se distribuye, se abona o se calienta, es feraz y florece, regala con esplendidez frutos, flores, pequeños animales que de ella viven o del aire. Hablo de la tierra de *La Baltasara*, que se cuaja en naranjas, limones, membrillos, ciruelas, caquis, melocotones, nísperos, albaricoques, bellotas, higos, tunos, qué sé yo; que sonríe entre rosas, glicinas, alteas, lantanas, geranios, hibiscos, calas, dalias, dondiegos, agapantos; que se alza en laureles, tipuanas, jacarandás, morales, catalpas, granados, choricias, mimosas, pimenteros, cipreses... Ese es mi elemento amigo, el asesor, el que me da suaves lecciones. Sé que es la misma tierra que, de golpe, se estremece, coge la escala Richter y la devora de un bocado, y saltan por el aire torres, casas, palacios, y se abren las grietas que engullen pueblos, sembrados, ríos... Es la misma tierra; y quizá yo soy como los hombres adaptables y fieles que, expulsados por una erupción que los puso de lava hasta los dientes, vuelven a edificar su casa en las faldas fértiles de los volcanes, por la sencilla razón de que era allí donde vivían, donde tienen sus muertos y donde se expande su esperanza.

Pero hay temporadas que hasta esta misma tierra reducida y doméstica me sorprende. Ignoro si la alteración será una de sus leyes, o es una enfermedad nerviosa que el hombre le provoca. Hay un tránsito entre el invierno y la primavera que algún año me ha sobrecogido. He bajado al jardín y está desconcertado. Los pacíficos ostentan flores amilanadas; los mirtos hacen gala de una inservible buena voluntad; los agapantos tratan de ponerse al día; los almendros blancos se descubren de una veloz nieve que la lluvia aterró; los rosales exhiben temblorosos su puntual riqueza; el romero, la jara y el espliego dudan a qué carta quedarse; los pinos cabecean mirándose uno a otro; las adelfas fingen indiferencia; la lantana y la buganvilla, desnudas, se acoquinan; los jacarandás no responden para nada a su nombre; los naranjos ignoran si han de dar su azahar... Como si un director de orquesta hubiese enloquecido, y dirigiese sin ton ni son la música, que no es de invierno ya y no es de primavera todavía y tiene de los dos melodías y acordes.

No sé cómo las plantas trabajan en su sigiloso taller de savias y raíces. Pero yo me despierto, como el jardín cada mañana, con la extraña sensación de haber soñado la solución de todo, y de haber olvidado el sueño al despertar. Siento la soledad del jardín contra mi soledad: no alrededor, acompañándola, sino luchando con la mía. Igual que si la habitación donde mejor vivimos se hubiera transformado en una campana neumática donde ya no es factible respirar ni emitir una queja. Y me asalta el temor de que una vez se me extravió algo o dejé de hacer algo —lo más fundamental—, y después hallé cientos de cosas, trabajé en muchas cosas, pero ya distraído, pero ya con la memoria vuelta, y el alma vuelta y pendiente de una alegría jamás recuperable... Estoy —y me parece que lo está el jardín— igual que quien escucha en suspenso un complejo relato, y deja de atender un solo instante: se le escapó un fragmento muy menudo; sin embargo, ha perdido el hilo, y todo es ya un ininteligible laberinto, y cuanto más persiste, el hilo más se enreda... Y me siento entonces como un huésped más del jardín, como posesión suya y paralelo suyo...

Y en otros tiempos la tierra acomete sus notorias lujurias. Todo florece, se entrelaza, copula, trepa y se dispone a fructificar. Despreocupada y altanera ante los espectadores, tumultuosa y delicada, actúa. ¿Es bella? Yo no lo afirmaría. La tierra no es un espectáculo; no da representaciones; no busca el aplauso de los asistentes a sus procesos subrepticios. Día por día, se puede atisbar cómo se desabrocha un botón; cómo se entreabren, y desde dónde, las hojillas del mimbre, o el pimpollo del pino, o el comprimido cáliz de una rosa. Se puede presenciar cómo un minúsculo glande purpúreo se desdobla en la blanca estrella del jazmín; cómo se desenrolla, en lento desperezo, la flor del hibisco, o rompe su redondez la de la jara, precedida de un olor montaraz; cómo, de los confusos sépalos del lirio, surge su esplendor entre verdes espadas... Pero para eso hace falta una paciencia cotidiana, o mejor, un dejar hacer a cada cual su vida —abejas, plantas, pájaros y perros— y cumplir uno la suya. Decir *quién viviera en el campo* no significa nada. Si sólo se viene a descansar, uno se cansa de descansar muy pronto; si no se está preparado para la soledad, uno se despepita por contar lo que observa (como si nunca hubiese sucedido antes), por almacenar anécdotas que les pongan los dientes largos a sus conciudadanos. *El campo*, dicen con ojos extraviados, como si fuese otro planeta... Al campo hay que regresar, no que venir. Hay que buscar lo que hemos extraviado de nosotros; si preferimos ignorar que hemos perdido gran parte de la verdad, mejor es que continuemos sin movernos. Trasladarse a los *pueblecitos* o al *campo* sin el trabajo de buscarse, falsea todo, incluso el tiempo, que parece más grande porque está más vacío.

No os engañéis, amigos de la ciudad: el campo, antes de que

312

pensarais en él, estaba ya en su sitio. No espera a nadie; no se detendrá cuando os vayáis. No os necesita, ni vosotros a él. Quizá ni las verduras y las frutas que os coméis, quizá ni las flores que mandáis o que os mandan por teléfono, procedan ya del campo. El campo es otra historia...

Estoy seguro de que yo no podría vivir en esos países en los que no hay estaciones, en que todo es como una húmeda siesta. Echaría de menos los cambios que me cambian, que me multiplican y enriquecen también. No elijo entre el calor o el frío: los requiero a los dos, y a la lujosa exhibición de la primavera, y al toque de atención del otoño. Porque sé que, para percibir lo que percibo, no se precisa esfuerzo alguno. Más, cualquier esfuerzo sería perjudicial: quebrantaría esta paz imperturbable, este orden instalado aun bajo las amenazas de rayos, de sequías, de avenidas, de incendios, de tormentas...

Porque los otros elementos, a nuestros ojos, no siempre actúan en favor de la tierra. Claro que nuestros ojos son miopes y no ven más allá de nosotros mismos. Recuerdo cómo el río Fahala, un arroyuelo que forma dos lados de *La Baltasara*, durante un mes de octubre, en no más de media hora, sufrió tal crecida, *la brusca* aquí la llaman, que alcanzó los seis metros, llevándose por delante arcos de laurel rosa, bancos de hierro, manantiales, algún centenario eucalipto... Cerca de él había una piedra exenta casi esférica; su diámetro no bajaba de cinco metros. La trajo una riada —me decían— hacia el año 27. Yo sonreía incrédulo. Pero lo cierto es que tal piedra, por su contextura, nada tenía que ver con su entorno. O sea, o la había traído el río o había caído del cielo: yo preferí creerme lo primero. Después de *la brusca* que presencié, la gran piedra, que tenía unos orificios hondos, según yo para depositar los libros de lectura, según algún amigo para conservar frescas las botellas de vino, apareció en medio del cauce, quince metros más abajo de donde estaba. Y lo que llamábamos *la playa*, una poza grandecita rodeada de lajas de piedra grises, también desapareció. Y en los eucaliptos de la ribera los objetos y suciedades arrastradas, aparecieron colgados a seis metros. Un banco mío de hierro fue encontrado en Cártama, diez kilómetros más abajo.

Desde entonces perdí el afecto por el río, como si hubiese sido un pequeño cachorro que me hubiese mordido, gigantesco y hostil de repente. Me sentí, tonto de mí, engañado, timado por él, en quien tenía tanta seguridad. Ahora, muy poco a poco, se reconstruyen los paseos, y vuelvo a acercarme a su agua, casi como un pis de niño por la sequía. Pero ya no le tengo la fe de antes, cuando todo era previsible y el agua ocupaba su lugar, como un árbol, como una sierra o una quebrada. He vuelto a comprobar la fuerza de los débiles: cómo un brote, que el dedo de una criatura puede quebrar, rompe la arrugada y resistente corteza del tronco con la tenacidad de su impotencia; cómo unos gorriones levantan, sin saber la manera, una teja bien firme y cimentada para hacer bajo ella su nido; cómo las hormigas, una tras otra, construyen y reconstruyen su camino, sordas a toda destrucción; cómo el agua reclama lo que es suyo y quizá, por verla nemorosa y bucólica y simple, le fuimos arrebatando...

Y me impresiona el poderío del fuego: una súbita hiedra roja que se enrosca y trepa por los troncos, fortalecidos y alimentados y sostenidos por la sigilosa tarea de los años. Me sobrecoge el fuego, tan indomable, tan destructor, tan inasible... Recuerdo que, en una de las orillas del Fahala, el encargado amontonó residuos de las podas y de los barridos. Decidió prenderlo para destruirlos definitivamente. El fuego se le fue de la mano. Ardió el más espléndido almez del lugar, y a punto estuvimos de arder todos. Ocurrió un poco antes de que se declarara un terrible incendio en la Serranía de Ronda, que oscureció los cielos, los tiñó de color marrón oscuro, y el sol, naranja, apenas se distinguía de ellos como en un fenómeno meteorológico desconocido. Por eso, en la noche de san Juan tenemos que andar con pies de plomo. Las hogueras se hacen en la tercera parata de las que descienden hasta el río, en rasas libres de arbolado, y con materiales que se consuman pronto, para poder saltar sobre ellos y echarles las oscuridades del año que termina con esa noche bruja. Hay que conseguir, con la fe ciega y las ofrendas, que el fuego sea nuestro aliado.

En *La Baltasara* no hay tiempo de aburrirse. Es un valle entre la Sierra de Mijas, la de las Nieves, la Yunquera y la de Coín, una hoya que tiene su microclima y sus particularidades que los partes meteorológicos no prevén. Para el sonido es igual que una cámara de resonancia; para el aire, un pasillo donde se comprime, se recrece y brama. He visto, desde mis ventanas, abatirse los árboles hasta rozar el suelo, doblegarse los cipreses, volar las ramas como con un ataque de locura. He padecido un par de días de terral, que te descompone los nervios y te escuece en las ventanas de la nariz como si estuvieses ardiendo en una sauna; que te abarquilla el papel en el que escribes, desazona a los perrillos que se niegan a salir de la casa, y se mete en los pulmones, al respirar, como si se tratase de un algodón caliente.

Conozco los años de sequía depredadora y los días de lluvia inagotable. Por mí mismo sé cuándo puedo trabajar con satisfacción y longanimidad, y cuándo el trabajo resulta costoso igual que un contador que dejara oír las monedas que gasta. Conozco por mí mismo el poder del fuego, cuando el aire irrevocable me arrastra, y cuando me arrastra el amor por encima de cualquier cortapisa y cualquier prudencia. Conozco la quietud del aire de mi espíritu, en que ni una sola hoja se mueve, como si mi paisaje interior estuviese pintado; y conozco por mí mismo el vendaval que se levanta sin aviso previo, y me empuja no sé bien adónde, pero sí sé que no debo oponer ninguna resistencia, porque sería inútil y arriesgado. Y conozco, por fin, la tierra en la que piso, de cuyo barro estoy hecho, en la que habito ahora y en la que habitaré, más dentro todavía de ella, dentro de poco tiempo. Igual que *La Baltasara* es un microclima, yo soy un microcosmos con mis cuatro elementos, embridados o sueltos según las estaciones, o según los decretos de una voluntad que apenas si controlo.

Pero al alcance de mi mano, como sirvientes esmerados, tengo los surcos de la tierra que me dan de comer sus alcachofas, sus

tomates, sus berenjenas, todos sus frutos, desde la fresa a la gro-
sella, desde el níspero al caqui, la ciruela, la pera, la naranja, el
limón, la granada o el membrillo... Y tengo el fuego que crepita
en la chimenea, en las noches de invierno: vino viejo para beber,
leños viejos para quemar, viejos libros para leer, viejos amigos
para conversar... Y tengo el aire —*Respirar, invisible poema*—
fresco o tibio, que me envuelve como una caricia y refresca el
sudor que él acaso provoca... Y tengo el agua, deshilada en la
ducha, azul en la piscina, transparente en el vaso... Los elementos
que conviven conmigo y me tienden la mano para que ascienda
hasta ellos y los comprenda, y los perdone y me perdonen si no
los comprendo, y acabe por fundirme con ellos en una sola cosa
perdurable.

LAS CIUDADES Y YO

¿Hay alguien que pueda decir, con todo fundamento, que conoce una ciudad? Qué cosa tan ardua: cada hora, con cada luz, bajo la yerta luna como una *noche americana*, bajo los zumos de naranja y fresa de los atardeceres; cada calle, cada rostro representativo, cada actitud de los que esperan un autobús o un amor que se retrasa... ¿Es de los ciudadanos la ciudad? Sólo en apariencia, lo cierto es lo contrario: son ellos los que están sellados con su sello, adjudicados a ella, pertenecientes a ella hasta el final.

Una amiga mía embarazada quiso que su hijo naciera en Córdoba. La ausencia del marido, el trasiego, las urgencias, todo se oponía a un viaje que se presentaba molestísimo.

—Que nazca en Madrid —le decían los familiares—. ¿No es igual?

Mi amiga me miraba pidiéndome que hablara en su nombre...

¿Cómo va a dar igual? Hay ciudades que tachonan los cielos de la vida, a veces tan oscuros. Ciudades que crearon belleza, dirigieron la historia, construyeron, pensaron. Ciudades cuyo nombre tan sólo tiene un prestigio inmarcesible...

Y que conste que Córdoba es y será siempre una desconocida. Eso me alegra. A mis ojos se ofrece, por excelencia, como la ciudad soleada. Como si en ella no lloviese, cuando llueve, de una manera intransitable. Como si, caída la tarde, en diciembre, no hiciese frío. Como si el frío no calase sus cuchillos por las ven-

317

tanas mal encajadas y las puertas no del todo complementarias. Pero sin duda es la ciudad a la que pertenezco. Sería un traidor si no lo reconociese. Siempre he dicho que me habría gustado encontrarme, ya adulto, con tres cosas: la mezquita de Córdoba, cuyo duodécimo siglo fui el encargado de conmemorar, las corridas de toros y la literatura de santa Teresa. Pero en la Mezquita me he hecho pis con dos años; las corridas empecé a verlas con seis, y con siete leía a la santa. Sin embargo, otras actividades, ya adulto, las desarrollé también en Córdoba: en ella he intentado soltarles la lengua a los serios bebedores de sus tabernas; en ella se han abierto mis ojos a la luz del amor y a la de la inteligencia; en ella he previsto la desdicha mientras estaba inmerso en lo contrario...

El paisaje hace al hombre *así* para *este sitio*; baila *esta* danza, bebe *este* vino, canta *esta* canción, habla *este* idioma... La cultura se adquiere por vías respiratorias y por vías lácteas: se respira y se mama. Cultura es lo que se es, cómo se es, por lo que se es y de dónde se es. Yo amo las ciudades; siempre las amaré. A veces, desde lejos, desde el campo que prefiero. Pero las amo: su vocación centrípeta, sus gestos nutricios, su carácter diferente y aun opuesto al de otras. He visto muchas por diversas razones: sentadas al borde de un río, al pie de una montaña, sobre unas colinas, en medio de un oasis... Destruidas unas por guerras reiteradas, o por los cataclismos de la geografía y de la historia, o por la especulación y el afán de dinero, o por arquitectos y alcaldes petulantes que destruyeron lo que otros, enamorados, habían levantado para la eternidad. He visto mansas ciudades milenarias y adolescentes a la vez, predestinadas a mezclarse con otras culturas como cantos rodados; a conjurar o renovar el arte, como sabios mecenas; a simbolizar un cambio de postura en la historia del hombre. Y también ciudades con la misión de aportarse a sí mismas, cumpliendo el durísimo deber de seguir siendo bellas para siempre, sin envejecimiento ni descanso, en un esfuerzo que no debe notárseles porque de él han vivido y seguirán viviendo: Venecia o Sevilla, por ejemplo.

Hace poco se me ha concedido la Medalla de Oro de Castilla-La Mancha. El presidente Bono, con especial delicadeza, dijo mirándome:

—Esta medalla, Antonio, se te concede no por el lugar del que eres sino por quien eres.

El lugar donde nací es un pueblo con un nombre impresionante, Brazatortas. Sólo he estado de forma consciente allí una vez. Era Semana Santa y todo el mundo se hallaba en el oficio del jueves. Algún niño debía de haber dejado, al terminar de jugar, una piedra ante las puertas abiertas de la iglesia. Al acercarme yo, con mucha curiosidad y sin mirar al suelo, le di tal puntapié a la piedra que fue rodando por el pasillo hasta el altar. Todo el pueblo ante el que yo quería pasar inadvertido, volvió unánime la cabeza. Años más tarde, un párroco achulado, cazador y amigo de los ricos, me escribió una carta exigiéndome casi el pago de las puertas de *la casa del Señor*. No sé si sería la misma casa que yo vi. De cualquier modo yo contesté muy escuetamente:

—La casa del Señor no tiene puertas.

A propósito del nombre del pueblo —no quiero dar ninguna idea—, recuerdo que otros lugares han cambiado el suyo. Mazcuernas, por ejemplo, tan bonito, en Cantabria, se llamó Luzmela desde que Concha Espina, inspirándose en él, escribió *La niña de Luzmela*, nombre que para un pueblo es una cursilada. Hace poco volvió, con acierto, a llamarse como se llamaba. Porquerizas de la Sierra era un pueblo de Madrid donde veraneaba bastante gente burguesa. Se avergonzaban de decir el lugar al que iban por ese *horrible nombre*. Alguien influyente consiguió que se llamase Miraflores, que es también cursi. Celoso Chozas, que está muy cerca, le pareció que su nombre era humillante para los nacidos allí, y siguió los pasos de Porquerizas. Eligió a otro influyente entre sus hijos, y se llamó Soto del Real. Una tarde, en un cóctel, me topé cara a cara con el influyente, un arzobispo de cejas pobladas y cara criminosa.

—Creo firmemente —le dije— que Chozas para un pueblo es un nombre más a propósito que el de Casimiro Morcillo para un arzobispo. Quizá debiera usted de haberse cambiado primero el suyo.

No soy partidario de los cambios; no hay que negar a quienes lo pusieron. Quizá Asquerosa hizo bien llamándose Villarrubia del Tabaco; quizá hizo bien Puerto de las Cabras convirtiéndose en Puerto del Rosario, o Arroyo de los Puercos por Arroyo de la Luz. Pero lo cierto es que a mí me gusta Brazatortas más que cualquier melifluidad elegida sabe Dios por quién.

Todas las ciudades andaluzas son una mezcla de misterio y de alegría. Unas tienen el misterio por encima de la alegría, y otras, la alegría por encima del misterio. Unas se exhiben bellas e iluminadas como si las hubiese montado Pepe Tamayo (Granada); a otras hay que descubrirlas porque son más herméticas, y su alma, más recóndita (Córdoba o Jaén). Cuando puse en Madrid mi casa de la calle Macarena hubo ciudades que me mandaron un regalo: el ciprés de un pueblo de la Alpujarra, el olivo cordobés, el banco onubense... Recuerdo que el olivo lo trajeron en un gran camión y habían de meterlo en el jardín por arriba de las tapias, con una grúa. Troylo ladraba ante aquel descabalo sin hacer distinciones: lo enardecían la grúa, el olivo, el camión, los hombres de uniforme sudoroso... Luego se acostumbró y gozaba jugando al escondite tras el olivo centenario. Bajo él se escondió definitivamente. A veces me pregunto si no tendría una premonición de que él sería su monumento.

He querido a muchas ciudades andaluzas y todas me han correspondido. Cuando, librados de la dictadura, se habló de hacer un Congreso de Cultura andaluza con el fervor de los neoconversos, se me encargó a mí el pregón de su prólogo. Era la primera vez que una voz civil se alzaba en la mezquita de Córdoba. Fue en la capilla de Villaviciosa. La sangre ardía; el aplauso y la solidaridad estaban a flor de piel. Yo hablé con la emoción que los emocionados me inspiraban. Al terminar, me levantaron en volandas, me apretaron, me extraviaron el abrigo —era al principio de un dulce abril—, me amorataron el cuerpo, tuvo la policía municipal trabajo para rescatarme convertido en una facha. Una facha satisfecha y cansada. Porque no eran sólo cordobeses los que allí me amaron, sino de toda Andalucía. Yo era entonces su parte más visible. Un periodista de Jaén, Luis Cátedra, muy joven, me dijo cayéndole las lágrimas.

—Todo el mundo te pide. Yo quiero darte este bolígrafo: es lo único que tengo.

También me lo quitaron entre los apretones. Benditos sean.

Todas las ciudades dejan huellas en mí. Ahí está el libro sin rematar *Tobías desangelado*: los viajes de Tobías ya sin el arcángel Rafael, sin el Mancebo ya, ya solo para siempre, con sus ojos abiertos y sus oídos por si un aleteo repentino le anunciara el regreso... No deja de ser curioso que yo llame *ciudades con sexi* a tres que, por lo general, pasan inadvertidas para quienes no nacieron en ellas: Albacete, Palencia y Logroño. Sus gentes, sus respiraciones distintas entre sí, su forma de vivir con la historia o sin ella, sus bodegas y sus bares, sus comidas, su generosidad, han hecho que las sienta muy cerca de mi corazón. Quizá con las ciudades ocurra como con las personas: inspiran en las otras unas sensaciones que dependen, casi más que de ellas mismas, de quienes las frecuentan o contemplan...

En todas las ciudades ocurren incidentes, gratos la mayor parte de las veces. Otras, no. Recuerdo, en la Plaza de San Marcos de Venecia, una paloma agonizante. Con una infinita crueldad, se lanzaban los machos sobre ella para montarla. Yo le puse un poco de comida al lado; ya no podía tragarla; las otras, después de cerciorarse de que moriría, engullían la comida. Cuando volví a pasar no estaba ya. Me pregunté si se la habrían comido las demás. (En Río de Janeiro vi una paloma muerta; cerca de ella, casi encima, se besaban dos jóvenes amantes... En París, un día de mi santo, una paloma, cansada de vivir, se estrelló contra el parabrisas del coche en el que yo iba...)

En una de mis estancias en Venecia, vivía cerca de un pequeño puente anónimo. Una mañana me encontré, en pleno ferragosto, una anciana con un abrigo de piel que daba miedo y un perrillo amarrado con una humilde cuerda. Tres vecinas, sobre el puente, descubrieron mi cara de estupor y de pena, y con esa osadía italiana que cuenta lo que sabe y lo que no, como dirigiéndose al aire para que yo lo oyera, dijeron dos de ellas a la vez:

—*La storia de questa donna e una tragedia continuativa.*

Y luego, una vez yo informado, continuaron chismorreando de sus enormes minucias.

Algo ingrato (¿por qué recordaremos con más intensidad lo peor?) me ocurrió en la aristocrática y dejada Palermo. Asistía a un simposio de las televisiones mediterráneas convocado por la RAI. En una sesión de tarde el ministro de Cultura, De Michelis, que pertenecía a la herejía valdense, lo cual lo agrandaba a mis ojos, si es que era necesario dado su voluminoso tamaño, me advirtió:

—Sé que va usted todas las mañanas al mercado *hortofroticola*. Le aconsejaría que en adelante se abstuviera.

Lo miré y sonreí, sin el menor propósito de hacer el menor caso. Había en el mercado, entre otros vendedores, dos gemelos extraordinariamente donosos, que me atendían con un primor emocionante. Siempre me regalaban una pera, unas cerezas, una manzana roja. Charlábamos unos momentos y yo continuaba. Un par de días después, por la mañana, los gemelos me habían dado una pera de agua que me comí a mordiscos. Al llegar al castillo de Santa Rosalía, la patrona de la ciudad, donde se celebraba el simposio, me aguardaba De Michelis.

—¿Ha vuelto a estar en el mercado, Gala? —Afirmé con la cabeza alegremente—. Pues acaban de asesinar allí a dos hermanos gemelos que, al parecer, habían hablado demasiado.

Sentí removerse en mi estómago la pera recién comida.

He vivido en Roma, de muy joven, en la Via Marguta. Era un verano de pantalón corto y sandalias. Un señor mayor, a quien no reconocí y para quien posé luego, porque era un escultor consagrado, me dijo:

—A ti, en Grecia, te hubieran obligado a andar desnudo.

Pensé que ya lo estaba, como Roma, a pesar de mis bromas de *la chiesa e chiusa*, estaba desnuda entonces para mí, y lo estuvo después cada vez que la visitaba. Pasados los años, una noche cenaba con José María Batllori, el jesuita experto en Borgias. Me comentaba con tristeza de anfitrión que Roma no es lo que era, que a las once de la noche está vacía.

—Lo mismo que Madrid —le dije yo para animarlo.

—Ah, ¿sí? —me interrogó con una mala alegría en la mirada—. ¿Madrid también?

—Sí; en Madrid a las once todavía no han salido.

A los postres le pregunté cuántos cardenales opinaba él que creían en la otra vida.

—Seis —me dijo casi de inmediato. Pero, tras de un largo minuto, añadió—. Bueno, siete.

Qué curioso, dejaron de interesarme todos los demás. Sólo quería saber el nombre de ese séptimo. Al fin y al cabo, Dios ha de ser la cosecha de una siembra de dudas.

He vivido en Florencia, donde por fin hice un amigo, lo cual es un triunfo entre los toscanos. Tan amigos nos hicimos que un día, tomando un capuchino:

—Tengo que confesarte algo —me dijo—. No debo tener secretos para ti. Yo no soy de Florencia, soy siciliano.

—Ahora comprendo —le repliqué riendo—. Cuánto trabajo te habrá costado perder tu propio acento.

Solía sentarme en la Signoria, al pie de la estatua de *Perseo* (ese fue el título que di a mi primer libro, de poemas barrocos), entre los pelotazos de los niños y el guirigay de los turistas. Un florentino me miraba intensamente desde las sillas de un bar. Era moreno, afilado, con mirada taladradora y la sonrisa pendiente de una comisura. Una paloma resolvió la tensión haciéndose sobre él una necesidad. Se levantó. Fue a la fuente del Biancone, y se lavó con su agua. Luego vino derecho hacia mí y me dijo en francés:

—*Les oiseaux...*

—*Les colombes* —puntualicé.

Nos fuimos juntos por el ancho pasillo de los Uffizi que lleva al Arno. Él resultó no ser florentino, ni siquiera italiano. Era un pianista americano, al que yo había oído en disco, que, tras una lesión en las muñecas, reanudaría su gira en Nápoles a los tres días. Yo adiviné su nacionalidad por la desgarbada manera de pronunciar el francés y el italiano. Él no averiguaría la mía hasta después de equivocarse diecisiete veces: España se había borrado de su mente. Comiendo sandía como niños, fuimos andando a Fiesole, entre olivos, donde vimos amanecer a la puerta del convento franciscano. *O beata solitudo, o sola beatitudo.* Aquella noche no fue verdad del todo.

He vivido en Nápoles. He visto a sus niños de tres años, puestos unos zapatos viejos encontrados en algún solar, tender la mano pidiendo una *liretta* sin detenerse para comprobar si había habido suerte: vivir en Nápoles es una forma de sentirse más vivo. En mi primer día, anhelaba que llegase la noche para ir a Santa Lucia. El guardia al que le pregunté el camino me aconsejó que no fuese solo: podrían robarme. Era difícil: no llevaba más que una camisa, unos pantaloncillos y unas zapatillas. Él insistió, y acabó por venir conmigo. Bebimos y cantamos. De madrugada salía yo, no intacto pero sí ileso, con todas mis pertenencias. Al guardia le habían afanado la gorra.

He vivido una temporada en una ciudad que me apasionaba más de lo que hoy me apasiona, Nueva York. En un apartamento de la calle 46, Restorant's road, entre la séptima y la octava. Me acuerdo de que nadie quería llevarme a Harlem, bastante arriesgado en ese tiempo, sobre todo para quienes tenían remordimientos de conciencia. Una noche cantaba Miriam Makeba, y se presentó en casa Ángel Zúñiga, el corresponsal de *La Vanguardia*. Traía un abrigo de visón. Venía a recogerme para ir a Harlem, al concierto.

—Con ese abrigo, no —le supliqué—. No añadamos un reto más al reto.

—Entonces me pondré además esto—. Sacó un collar de perlas y se lo ciñó riendo al cuello.

—No, por favor, basta con el abrigo.

Cenamos con la cantante africana. La escuchamos desde un palco. Todo fue perfecto. Quizá oírnos hablar español y vernos con la Makeba nos libró de la menor sospecha torticera... Unas tardes después fui a Los Claustros, y me encontré de manos a boca con la ermita románica de Fuentidueña, en la que tantas tardes de mi infancia había jugado, escrito, admirado y gozado. Me despedí con mucho pesar de ella, tan lejana y a la vez tan bien acompañada en Nueva York.

Yo, de EE. UU., la quiero a ella y a San Francisco. El resto, menos los desmesurados accidentes geográficos, llámense Gran Cañón o Rocosas o Niágara o atardeceres o inagotables llanuras, no me interesa. En el Middle West puedes estarte muriendo y, en mitad de la agonía, caer en la cuenta de que la mujer que te abraza no es la tuya, ni la cama en que te tiendes ni la casa ni la ciudad tampoco. Todo es intercambiable: casas, camas, mujeres, agonías incluso.

Hace bastantes años, cansado de mi menosprecio por la cultura norteamericana (de la que salvo sus importaciones, las musicales sobre todas), el Departamento de Estado USA me invitó a hacer un viaje donde me mostraría su abundancia. Se trató, más que nada, de visitar aeropuertos. Recuerdo con escalofrío el de Dallas, sin duda pensado para el tercer milenio. Yo, en cada avión, y era eso lo que más visitaba, solía dar dos suspiros: de fingido alivio al sentarme, y, en cuanto despegaba, de fingido terror. Los dos, hipertrofiados. Mi acompañante del Departamento tuvo que rogarme, dado lo alarmistas que son aquellos ciudadanos, que no los asustase más de lo que ya estaban. Por lo visto, desconocen la potestad de asustar que ellos tienen...

Nos echaba una mano un intérprete magnífico. Una tarde, pasadas las ocho, fui a hacerle una consulta a su habitación del hotel. Era un hombre pulcro y hasta refinado. El que me abrió la puerta, por el contrario, era un monstruo borracho que ni me conocía ni se hubiese reconocido él mismo de mirarse a un espejo. Para sustos, los que dan ellos personal e internacionalmente.

También me enseñaron dos glorias nacionales: Hellen Hayes, en Nueva York, ya que yo era persona de teatro (la actriz apareció con el lazo de Isabel la Católica en la solapa de su traje sastre), y Georgia O'Keeffe, la pintora, en Nuevo México. Georgia, que tenía, a sus noventa años, un secretario de veintisiete, no dudó en mandarlo a un recado antes de cogerme la mano y coquetear conmigo recordando la ciudad de Ronda.

En Miami, redimida por su vegetación y su situación geográfica, he sufrido una de las peores cocinas españolas de este mundo y del otro. En una excursión a los Everglades, tan al principio de la creación, me pareció que yo renacía también en esas zonas enfangadas, entre la tierra y el agua, donde aún los elementos, y a punto de decir que los animales, no han sido definidos ni puñetera falta que les hace. Quizá, de vivir en Miami, lo haría ante unas arenas, entre uvas de playa, árboles jorobados y, lejos, unas cuantas casas de un falso modernismo... Pero tuve que visitar a la gente amiga e ilustre que habita en los cayos, y que se esfuerza, en cuanto se enteran de que estoy allí, por hacerme saber qué bien y con cuánto lujo viven.

Amo Canadá porque me sucedió algo increíble. Había asistido a un congreso de teatro en Montreal, tan hermosa fuera del invierno y tan bien plantada. Me parecían en obras todas las fachadas, cargadas de puntales y de plataformas hasta los primeros pisos; más tarde me enteré de que era la solución para las nevadas que cubrían todas sus plantas bajas. Sentí un frío interior. Hice como pude mi equipaje, sin secretario esta vez, camino de Toronto, donde el alcalde, entre rascacielos espejeantes, me recompensó, ignoro por qué, con un separador de oro que ostenta el escudo de la ciudad. Me hallaba visitando el puerto cuando caí en la cuenta de que el manuscrito, es decir, en mi caso el único ejemplar existente, escrito por mi mano en folios del Banco de Bilbao, el solo texto de mi comedia *El hotelito*, que me llevé para corregir, se había quedado sobre mi mesa del hotel de Montreal, mezclado con los miles de papeles y comunicaciones y ponencias del congreso. Esta vez sentí el frío hasta en la médula de los huesos. Telefoneé al hotel de Montreal. Me rogaron que volviera a llamar a la mañana siguiente. Le recé su responsorio a san Antonio, mi santo, cuya fiesta era precisamente ese día, con toda confianza. Nadie consiguió hacer nada por quitarme la tensión durante aquellas horas. Telefoneé tiritando al dar las nueve. Me dijeron que el manuscrito había sido ya remitido a mi dirección de Madrid. Eso es arte, y lo demás es tontería.

He visitado a menudo ciudades de todo el mundo árabe. Bagdad es horrorosa. De la Bagdad clásica nada se encontrará allí que no se lleve de antemano en la cabeza o en el corazón: siento decirlo. Es redonda y, nada más llegar, la vi enmascarada por una tormenta de arena de color naranja. Al día siguiente tenía que poner una corona en la tumba del soldado desconocido. La llevaba conmigo Roger Garaudy. Él iba acompañado de su esposa, a la que yo no conocía: una princesa palestina vestida de negro y envuelta en velos negros. Al volverme, después de dejar la corona, me tropecé con ella. Miré la tumba y dije:

—No sabía que hubiese venido la viuda.

Garaudy soltó una carcajada.

Un día, después de rendir pleitesía al arco solemne y perdurable de Ctesifonte y a Babilonia, llena de restauraciones pero sin el código de Hammurabi auténtico, naturalmente en Londres, me invitó a cenar Saddam Hussein, a quien yo, por su aspecto de albañil de Chamberí, y para que no se me notara en los labios de quién hablaba, le llamé siempre *mi Manolo*. Nada más llegar a palacio me requisaron el bastón y el reloj, supongo que por cuestiones de seguridad. Me senté a la mesa y dije:

—Agradezco la invitación, pero agradeceré aún más que me digan cuándo debo levantarme, ya que me han secuestrado el reloj.

Saddam, oído el intérprete, se echó a reír e hizo un gesto. Un propio me trajo un grueso reloj de oro, grande como un paraguas, pero con un ligero inconveniente: la esfera estaba cubierta por un retrato de Saddam. Nunca he conocido a nadie con más afán por las fotografías: las propias, digo. Mi intérprete, Narmin, hacía una tesis sobre oficios iraníes: en todos los talleres, obradores, dependencias y puestos existía una fotografía de Saddam ejerciendo ese oficio. Daba igual que se tratara de un peluquero que de un vendedor de especias, de un talabartero que de un afilador, de un anticuario que de un orífice... Conmigo fue extraordinariamente amable. Estaba prohibido que un no musulmán visitase la sagrada mezquita de Kerbala, donde yacen los restos del imán chiíta Hussein. Él me autorizó. Llegamos a Kerbala atravesando espejismos del desierto, y yo, entre mis guardaespaldas pisé el sagrado suelo dedicado al santo, cuyo sacrificio conmemora el duelo de la Achoura, seis días durante los que se prohíbe reírse, casarse o hacer el amor. El espacio es tan mágico y tan místico que, de una manera automática, fui a hacer una genuflexión. Afortunadamente mis dos guardaespaldas me sostuvieron en el aire por los codos, y me salvaron así la vida.

Quizá en Amán, en Jordania en general, lo he pasado de modo muy distinto. Iba rodeado de personalidades españolas de todo punto incompatibles: la selección era un ejemplo de lo que no debe hacerse. Entre ese batiburrillo, un alcalde de Sevilla, Manuel del Valle (del *valle de lágrimas* le llamaban allí), de lo más antisevillano: no hablaba por no ofender; si yo le preguntaba por *mi prima*, refiriéndome en confianza a su mujer, se interesaba por qué rama éramos primos: *Qué alegría, no lo sabía, Antonio...* Me acompañó una mañana a una visita que yo tenía prometida al entonces heredero del rey Hussein, que, poco antes de morir éste, dejó de serlo: me refiero a su hermano. Del Valle tenía que ofrecerle la Medalla de Oro de Sevilla que se le había concedido.

—Si hay una tercera guerra mundial —me decía el príncipe—, estoy seguro de que será por motivos religiosos.

Discutimos esa visión tan lógica que, por desgracia, no es improbable, y sobre los falsos refugiados políticos, y sobre temas del momento. Salimos por fin del palacio Del Valle y yo, y le recordé, dándome un golpe en la frente:

—Manolo, que no le has dado la medalla al príncipe.

Y el alcalde, que no había hablado una sola palabra, me contestó:

—Sí, hombre, se la he dejado encima de la mesa.

He estado en Petra, donde la naturaleza se siente complacida de lo que de ella han hecho los hombres. Petra es como un joyero y una joya a la vez. Los nabateos fueron incomparables. Hay ciudades, como ella, que comunican su mensaje en silencio, su esplendor en silencio; pero ella es acaso la más clara de todas. Ver el sol deslizarse por sus piedras listadas o jaspeadas es de una belleza tan inevitable como verlo aparecer cuando tiñe apenas de rosa y oro los muros, las columnas, las torres funerarias de Palmira. Qué duda cabe que el desierto embellece...

En Damasco vive mi traductor al árabe. Es una ciudad a caballo entre su historia y la modernidad. Tiene barrios —el de los cristianos donde se refugió San Pablo ciego, por ejemplo—, que te empujan a otra época; pero sin duda sus habitantes prefieren lo moderno. Aunque los hombres cultivan todos algo más antiguo: lo que yo llamo la *tripa damascena*: un estómago bien redondeado, sin el que ninguno se comería una rosca ni enamoraría a nadie. Recuerdo una de las cenas cerca del río, donde un sirio infinito se prosternó para rezar la oración de la tarde y tuvimos que levantarlo entre seis. Yo he visitado la ciudad varias veces, y sus habitantes están llenos de afecto, o es que yo tuve suerte. A Hamed, su jefe de Estado, lo apodé *el buen pastor* para poder hablar de él sin nombrarlo. A mí me parece alguien que lleva, como le sucedía al arabista Emilio García Gómez, el turbante incorporado: tan grande es la parte superior de su cabeza. Mi traductor, que trabajaba conmigo en el hotel, entendí que formaba parte de una célula no del todo ortodoxa. Por lo siguiente: salimos a media tarde a dar un paseo y tan embebido iba yo en la conversación (llevaba junto a mí a una compañera de viaje encantadora, la catedrática Elisa Molina), que choqué con una jardinera de piedra o de concreto, bastante alta, que hacía de inmenso bolardo allí. Me hundí literalmente la espinilla, y no me caí redondo porque no me dio la gana. Volvimos al hotel, y le dije al traductor que llamase al médico para que echase un ojo a mi herida y a la posibilidad de tétanos.

—A un médico, no. Tendría que dar parte y no nos conviene a ninguno. Una herida, sangre... Tú figúrate...

Bueno, resumiendo, me curaron la herida con saliva. En otra ocasión también hubo que llamar al médico: está contado en otro sitio. Es gente amable, hospitalaria y entregada. Yo siempre he tenido la impresión de que, como andaluz, había llegado a casa de mis abuelos.

—Vengo aquí —comencé una intervención en el Instituto del Teatro— con el nombre de los Omeyas cordobeses en el pecho, el nombre de los Abadíes sevillanos en la boca, el nombre de los Nazaríes granadinos en los ojos, y con la rosa de Al-Andalus en el corazón. Pero ahora pienso que traer una rosa a Damasco es como llevar arena a los desiertos...

Para mí queda como ciudad inolvidable: el caravasar del Coral, las subidas al monte Cesio donde se escucha el ruido de los besos, la tumba de Al Arabi, el murciano, la sonrisa brillante de sus árabes... Y además me proporcionó el placer de cruzar Siria para llegar a Palmira y Alepo. A Alepo me llevó una obligación moral desde la primera vez que leí el *Otelo* y oí sus últimas palabras: me lo había jurado a mí mismo. (Como contemplar el *Mar de Mármara*, los sonidos más hermosos pegados a los labios de mi infancia, adoradora de las aes y enamorada también de *Samarkanda*: esas dos eran mis palabras fetiches. Nada me podría suceder mientras las repitiera.)

Al final de una reciente estancia en México D.F., donde descubrí que existía el estrés que yo negué siempre, una *dama de la alta sociedad* me preguntó cuál sería mi próximo destino de viajero.

—El Cairo —le respondí.

—México, comparado con El Cairo, es Ginebra.

Así es. En el *cairótico* Cairo —esa era la expresión con que bromeaba ante su alcalde— he vivido en muy diversas circunstancias. Una vez fue espectacular, divertido y didáctico, con Terenci Moix: daría para otro libro. Otra vez fui yo solo y de incógnito, sin dar tres cuartos al pregonero de los embajadores.

(Hablo así porque, a un matrimonio muy agradable y algo mayor que representaba a España, lo convencí de que no me invitaran a cenar en el golf sino en un restaurante verdaderamente egipcio, y estuvieron dos días con colitis). Me echaba a andar por Jan Jalili, entre los ojos sombríos de los paseantes, alguno de ellos con una cabra cogida de una oreja; o bajo los balcones transformados en palomares; o admirando los negros y elegantísimos pantalones de los remeros de las falucas; o comiendo higos o dátiles a las orillas del Nilo; o refrescado por la sombra de los sicomoros... En una cena cerca de la Presa de Asuán, donde concluyó el incógnito, cuando me preguntaba el camarero a mí solo si quería vino tinto o blanco, los funcionarios de mi alrededor me atizaban patadas por debajo de la mesa para que pidiera de los dos y poder beber ellos... No obstante, a punto de comenzar el Ramadán, en otra visita, a la que había ido para clausurar un Congreso de Cultura musulmana en la Universidad de Al Azhar, no encontraba ni un poco de whisky para subirme la tensión que se me había desplomado. Tuve que regresar a mi hotel atravesando una ciudad que se tarda horas y horas en recorrer. Llegué ya desmayado.

A primera hora de la mañana, en una de mis estadías, se presentó en mi hotel un miembro del gabinete de prensa del presidente Mubarak. Venía a comunicarme la concesión de la entrevista por mí solicitada. Ni yo había solicitado ninguna entrevista ni Cristo que tal vio; pero se me antojó una ordinariez decirlo. Al día siguiente, un coche me condujo al palacio presidencial. Me encontré solo en una antesala. No aparecía intérprete alguno, y yo no hablo de árabe más que doce palabras, y son tacos. En torno mío, paredes verde agua y oro; melindrosos cuadros franceses con historiados marcos franceses sobre nuevas ricas consolas francesas. Un militar de alta graduación —espero— me acompañó a un salón de color olivino, esa piedra que parece una esmeralda moribunda o difunta. Más consolas fastuosas. Relojes, por supuesto franceses, de bronce dorado y de cristal de roca. Desplazadas, unas rosas bellísimas entre ramas de helecho. El aire acondicionado era excesivo; me alivié pensando en el exterior cálido, donde no es preciso esperar a nadie, porque la vida está presente siempre...

Un servidor, no sé si militar de morralla, me dio a elegir, en una bandeja, carcadé o naranjada. Elegí la exótica infusión de la flor del hibisco; al primer sorbo noté que era cocacola; las esbeltas copas talladas debieron de conocer mejores tiempos y mejores bebidas... No sé por qué, los jefes de Estado son para mí diuréticos. Ante el pavor de dos edecanes (se presume que los invitados no hacen pis) pregunté —naturalmente en francés— por los servicios. Estaban hechos una porquería; quizá fue eso lo que empavoreció a los edecanes. Pero, ya tranquilo, podía aguantar a dos o tres jefes de Estado hasta el almuerzo... Me sirvieron una segunda ronda de copas; ésta, de agua. Por si acaso, no bebí. Con turbante y chilaba, entró un viejo ciego, llevado de la mano por un joven. De cuando en cuando, sacaba de su bolsillo una lata con tapa, escupía, y la volvía a guardar. El lazarillo le hacía fotos que probasen dónde estuvo. ¿Sería mi intérprete? No; no hablaban más que árabe. Luego supe que el viejo era un poeta de un lejano país... Lamentaba perder esta hermosa mañana en una vaciedad, dejar de cruzarme con los amables habitantes de este inhabitable país... Uno de protocolo dijo algo sonriendo. El joven conductor me ofreció, con muda obsequiosidad, un cigarrillo. Nos convidaron a té o café; acaso quedaba más tiempo de espera del que yo temía. (¿Me permitirían escapar?) No fue así: el del protocolo nos llevó hasta un despacho. En él, el gran hombre al otro lado de una mesa...

Avanzamos los tres infelices; él sonríe pensando en otra cosa. Pero sonríe mejor que el de la foto que tiene encima. Nos sentamos. Saco un cuaderno y, en vez de tomar notas de lo que dice y no entiendo, tomo notas de lo que miro. Habla sin aguardar preguntas; en dos o tres ocasiones el poeta gargajoso empieza a hablar, y él lo interrumpe. Procuro ser imparcial en lo que escribo. Es un hombre mediterráneo, apasionado, gesticulante y teatral. Parece un actor italiano, moreno, maduro y atractivo. Es tácito y estratégico; maneja la voz como un ejército envolvente: su autosatisfacción resulta o aplastante o risible. Un hombre sano y fiero bien vestido; puede que le fuera mejor la galabeya que la americana: ésta produce una impresión de artificialidad. En cualquier caso, se le adivina desnudo debajo de la ropa... Cada sumisa interrupción del viejo despierta su impaciencia; me mira con guasa, y mueve ceniceros y lápices, o dibuja en una agenda, o juguetea con ella. Posee anchas y fuertes manos de dedos firmes, uñas cortas y cuadradas, y palmas carnales que denotan su sensualidad. Tiene una muñeca abierta y se la han vendado... No le interesa más que un tema: el del que habla. No quiere interrogantes: ya se los ha hecho él todos... Es lo contrario de un faraón: ni hierático, ni ajeno: se ríe a carcajadas de sus propias ocurrencias; se rasca la cabeza; se toca la nariz; hace muecas; se irrita fingidamente y golpea la mesa... Yo escribo todo lo que veo con minuciosidad... Es indeciblemente mejor que su fotografía.

La entrevista duró casi una hora. No abrí mi boca. Al montar en el coche, el de protocolo me llevó aparte y me susurró, por supuesto en francés: «El Presidente está encantado con usted; por su inteligencia, su atención y su receptividad... El viejo no le ha gustado nada. Tengo el honor de transmitirle su invitación, esta noche, a una cena privada para seguir charlando.» Me fue forzoso tomar un avión a media tarde.

En Rabat recuerdo que me abrieron el museo a destiempo, y que me quedé extasiado ante el retrato en bronce de Juba II. Como me quedé extasiado en ciertas calles, a ciertas horas, entre cierto bullicio que desmiente todo el occidentalismo del resto. En los alrededores del castillo me veo aún hoy, mientras el sol caía, con Salé al fondo acaso... Y he sido feliz y útil en Asilah. En uno de los viajes iba con mi médico joven. Nos retuvieron mucho en el avión. Tanto, que yo pensé si uno de los dos estaríamos fichados, y que sería él. No era así: nos retenían para que nos recibiese el ministro de Cultura en persona, hoy de Exteriores, que, cosa frecuente, se había retrasado. Me quedé un día en *Los Almohades*, de Tánger, despreciado por dos gordos alemanes que me miraban (¿y por qué me miraban?) por encima del hombro. Hasta que por la tarde vieron al ministro y lo vieron esperar unos minutos hasta que yo bajé... Asilah, blanca y azul, quebrados de repente esos colores por unas celosías ocre o una puerta verde... Una tarde iba con el cónsul general de España y una periodista llamada Aurora. Vimos una breve y limpia pintada en mitad de un paredón blanquísimo:

—¿Qué dice? —preguntó la periodista.

Calándose las gafas muy despacio, leyó el cónsul de derecha a izquierda.

—Pone «Aurora tiene almorranas».

Yo creo que me caí de risa. Estuvo bien, por preguntar intimidades. Cerca del mar, comía con frecuencia en el restaurante de Pepe *el Océano*, que ya es llamarse. Y en casa del alcalde he hablado varias veces con el actual rey, entonces príncipe afligido.

En Fez he sido casi feliz cuando localizaba el principio y el final de *El manuscrito carmesí*. Su alcalde, una pequeña persona admirable, me trató como si fuese un rey. Para llevarme a la medina desde el Palais Jamais y darme vueltas por ella, tuve dos ayudas imprescindibles, la de Federico Molina Fajardo, el arqueólogo, y la de un niño de cinco años, que se estrenaba como guía, y a quien le puse de nombre Gabriel, como el arcángel mensajero también para Mahoma.

En la suntuosa Marrakech tuve que huir de un autobús de españoles que, bolígrafo en ristre, me persiguieron, desde La Almenara, por las calles confusas de la medina. Los perdí de vista, pero a costa de perderme yo también. Gracias a cualquier Dios, en esos países siempre estuve sometido —por persona grata, no al contrario— a una discreta vigilancia. Lo cual no quiere decir que los vigilantes no se extrañasen demasiado a menudo de mis comportamientos. Por ejemplo, de mi escasa afición a la Plaza Yemaa El F'naa. A pesar de que tengo el Premio Kutubia...

En Túnez estuve por primera vez en diciembre y la vi nevada. Pisé la nieve al salir del museo de El Bardo y un poco antes de darle un abrazo a Arafat.

—Usted tiene una cara familiar para mí y no sólo por los medios. Se parece a un amigo llamado Antonio de Senillosa, pero él no lleva mantilla.

Más tarde volví y, aunque no se habían colocado aún los muchachos jazmines tras la oreja, Sidi Busaid y Cartago se desperezaban al sol de forma esplendorosa. A quien entonces dirigía la Casa de España con éxito, Ramón Petit, lo volví a encontrar de secretario en la Academia de Roma.

¿Qué puedo contar de Estambul, la ciudad que me flechó desde el primer minuto? Todo mi cariño, o casi todo, lo he puesto en *La pasión turca*: espero que se note. Una de las veces que la visité salí de España advertido por la señorita de facturación de Iberia de que mi pasaporte estaba caducado.

—Le voy a facturar de todos modos, porque siempre estará alguien esperándole, alguien importante quiero decir. Allí se lo resuelven...

Me lo resolvió el cónsul, un Pérez Llorca que se había negado a unir los apellidos. Es decir, mi pasaporte actual está expedido, como corresponde, en Estambul: amor con amor se paga.

No he tenido muchas ilusiones en mi vida. Una ha sido la ciudad de Samarkanda. Allí me fui, a Tashkent, no lejos de Bukhara, en aquel oasis fertilísimo. Viajaba con uno de los poquísimos genios que me ha sido otorgado conocer, el biólogo heterodoxo Faustino Cordón. Bajando la escalerilla del avión me dije: *Actúas a lo tonto, como de costumbre. La única ilusión que te queda y la vas a hundir.* Di la vuelta, hecho un imbécil, para quedarme en el avión. Ya corría por la pista una pandilla de niños con zancos alargándome dulces. Me quedé. Y mi ilusión no se desvaneció, sino al contrario. Aprendí que la belleza es azul. Pasé unos días suspendido, sin poder tocar el abundante polvo con los pies. La historia, la geografía, el esplendor y la grandeza han dejado allí huellas imborrables. Los cementerios, los palacios, los observatorios, hasta el zoco, del que algo malo tengo que contar, los llevo a rastras en mi corazón. En la parte que me traje, porque otra allí se me quedó.

En Samarkanda me planteé qué podía llevarle a la directora del ballet de lo que entonces aún se llamaba Leningrado, que me iba a recibir. Todo el mundo me decía lo mismo; «Un melón». A mí se me antojaba cosa de poco gusto, pero me lo dijeron tanto que compré el melón. Estaba sujeto por aneas trenzadas, con un asa para llevarlo más cómodamente. En el aeropuerto, sin embargo, me lo retiraron y le pusieron una tarjeta de vip para facturarlo.

—Melones con vip —comenté yo— sólo los he visto en este aeropuerto y en España.

El melón, en Leningrado, tuvo un éxito memorable.

De veintiocho grados sobre cero bajé en un par de horas a treinta bajo cero. Me cautivó de San Petersburgo su brillo, mate como de perla enferma, sus cielos nacarados, los palacios de colores imposibles: verde loro, turquesa, fucsia, albero... Me enseñaban El Ermitage y yo no cesaba de mirar por los ventanales. Hasta que la guía, violenta, me recordó que las pinturas estaban dentro.

—Lo que me interesa más a mí no es esto sino lo que desde aquí veo.

Al entrar en la sala española, no obstante, vi a la Virgencita costurera de Zurbarán, sentada en su sillita, alzar la mano para saludarme.

Yo vestía un *capoto alentejano* hasta los pies y llevaba bastón, por lo que a todo el mundo le recordaba al poeta Pushkin. De ahí que me llevaran al palacio Pushkin en restauración. Hacía un frío de muerte. Me negaba a tocarme las orejas por si se me habían caído. Me hice el valiente.

—Esto es muy bonito; pero debe de serlo más cuando toda esa pradera por donde avanza el carro esté llena de verdor en mayo o junio.

—Esa pradera es un lago. En primavera sólo tiene agua —me advirtió la conservadora. Fue el momento en que creí llegada mi hora.

Me gustan las ciudades centroeuropeas, Berlín y el resto de las alemanas, Praga, Viena...; pero no puedo decir que las ame. Viena es un puro vals; no tiene basuras ni procedimientos visibles para recogerlas, ni otras necesidades sórdidas: una ciudad para ricos hecha por los ricos. Praga —es duro de afirmar— era más simpática en su época soviética, y algo menos ladrona. Ahora está llena de coches y de bastante mala educación. No obstante, es imperial de los pies a la cabeza. En una de mis primeras visitas, me sucedieron dos hechos muy curiosos. El primero fue que, ante la temperaturita, quise comprarme un gorro de piel. Los vendía, en una mínima tienda, una antigua condesa. Hablé con ella un ratito, y ella recuperó su antigua elegancia, innecesaria ahora. Luego elegí un modelo de gorro. Ante mi sorpresa, la señora se echó a llorar: mi ignorancia había elegido el gorro ruso y no el checo. Procuré remediarlo enseguida... El otro hecho fue que se celebraba entonces un aniversario de la incorporación de Praga a la Unión Soviética. En mi hotel, cerca de la escalera principal, habían montado una especie de altar escalonado con flores ante un busto de Lenin. El azul con que estaba cubierto, las flores y las candelas me recordaron tanto los altares de mayo que, al pasar ante el armatoste, me santigüé haciendo una genuflexión. Estuve detenido unas horas hasta que se comprobó que concurría a un premio de televisión que, en efecto, me dieron: fue para *El doncel de Sigüenza*, de la serie *Paisaje con figuras*, una obra decididamente pacifista.

Buda me gusta más que Pest, aunque acaso han intervenido en ella demasiados pintores con un refinamiento que no es quizá el del pueblo. Yo viajaba con uno español, Manolo Rivera, y su mujer. Cambió dólares aprisa y a escondidas, y le largaron un montón de papeles de periódicos cubierto con un billete de cinco dólares. Que esto le pase a un granadino es una barbaridad... Veníamos de recogida desde Bulgaria. Allí, en un monasterio próximo a Sofía, nos habían mostrado una colección de bellísimos iconos. Había uno deslumbrante, de blancos sobre blancos, bellísimo, como la Anunciación que existe en la celda veintitantos del convento de San Marcos en Florencia. Rivera, muy poco imaginero, me advirtió señalándomelo.

—Mira este qué elegante, con las figuras rodeando a la virgen muerta.

—Sí, precioso. Sobre todo si tú le llamas virgen muerta a San Dionisio, que es ese de la barba que le llega hasta el coño.

Mary Rivera se hizo pis. Fue una pena, porque llevaba pantalones y lo notamos todos.

Las ciudades inglesas, menos Londres quizá, suelen entristecerme. Se hallan en medio de un campo tolerable y, de repente, ellas apagadas y mustias. Puede que sea injusto, pero no es allí donde me perdería. A pesar de que he tenido siempre la fortuna de ser bien acogido y llevado en volandas. En Londres tuve ocasión de perorar en un palacete que perteneció al príncipe Yusupov, el que, tras muchos esfuerzos y tentativas, logró cargarse a Rasputín, que también pasó una temporada en él, ignoro los motivos. En Londres asimismo, y en algún otro sitio, cultivé una relación con Idris, el aspirante al trono de Libia, casado con una leonesa rubia como las princesas que erotizaban a nuestros califas. Habitaba en una casa admirable, donde se me ofreció un cuarto de huéspedes retirado, lleno de cuadros de árabes corriendo la pólvora montados a caballo o en camello. Cuadros muy semejantes a los que he visto en otras mansiones de conocidos, también muy semejantes entre sí. Hoy, ante la actitud británica, el aspirante habita en Roma.

Hace años fui a recoger un premio a Japón. Siento decirlo, pero no logró interesarme. Sé que es defecto mío. Quizá no estuve el tiempo suficiente, o quizá, si lo hubiese estado, habría muerto. En Sapporo pasé una semana entera. En ella escribí las notas de un libro de poemas, *La falsa ceremonia*, porque viví algo parecido a un amor apresurado y depredador. No olvido los primeros caraokes a que asistí, en tabernas alfombradas de futones; ni la acogida familiar y devota de un realizador de televisión; ni los perrillos saltarines; ni el repelente olor de los restaurantes; ni las galerías comerciales subterráneas contra el frío; ni el primer y único magnetófono que he tenido en mi vida... No olvido al dócil camarero que vino a prevenirme de un seísmo, cosa que, en broma yo le había pedido; ni a los ainos en la isla de Hokkaido, enseñados como los indios de una reserva, misteriosos y velludos, que me inspiraron no sé qué sentimiento de solidaridad; ni olvidaré a los embajadores de España en Tokio, trasladados desde Washington por rechazar una oferta que los habría llevado junto a Franco. Mercedes de Ocio, la embajadora, señora de Merry del Val, me preguntó al verme:

—¿Qué haces tú aquí? En Tokio no hay más que enanos meones.

Después tuve ocasión de comprobar el exabrupto de la diplomática. En los consejos a los que me era obligado asistir, siempre aguardaba la aparición de un joven camarero o de una grácil camarera que prendiese su luz y su ráfaga de vida en medio de aquellas reuniones de impedidos... Pero tampoco olvidaré los baños nebulosos de vapor, despertados de su sueño por siluetas fantasmales. Ni los productos agrícolas, los nabos sobre todo, puestos a secar sobre el tejado de las casas de colores, en los trayectos por el campo... Fue en el aeropuerto de Tokio donde tomé la decisión de cortar aquel extraño sentimiento, súbito y absorbente, que me invadió en Sapporo. Llovía. Y aprovechando los idénticos paraguas de un azul glorioso que repartía la compañía aérea Jal, me perdí entre la multitud. Yo ya no era, en carne viva, sino un paraguas de color azul rey. Es la primera vez, y espero que jamás se repita, que huyo así de un amor, como si una de las dos partes, o las dos, fuésemos delincuentes.

Para reponerme, permanecí un tiempo en Bangkok. El ministro de comunicaciones de allí se empeñó enseñarme a fondo aquello que no era lo más interesante para mí de la ciudad: no la gente, no los mercados terrestres o acuáticos, no el gran río humano, no los rojos hibiscos omnipresentes, no la sonrisa herida y perdurable, no la belleza medio desnuda que hace que todo el mundo parezca un novillero, sino los templos. Llegó un momento en que me salían templos de los ojos, me resbalaban por el pecho y no me cabían más... Busqué el arte hermético y recargado auténtico, y no lo encontré. Una noche le pregunté por él a la reina Sirikit.

—¿Dónde está?

—En Nueva York —me contestó.

Al día siguiente me envió una espada ceremonial del XVIII, pieza deslumbradora que me causó toda clase de problemas cada vez que iba a montar en un avión: fue una época en la que la piratería aérea dio mucho juego... Mi maleta había engordado de una manera incomprensible. Un miembro de la familia real, cuyo nombre traducido era Diosa del río, vino a ayudarme a organizar mi equipaje con toda gentileza. Nunca he presenciado una tarea igual, de destreza y paciencia. Distribuyó todo lo que tenía que caber en la maleta esparciéndolo por la habitación, y fue colocándolo muy lentamente. Como quien arma un puzzle. Se detenía unos minutos, contemplaba lo que aún quedaba fuera, y deshacía lo hecho para comenzar de nuevo. Tardó bastante pero no he llevado jamás un equipaje tan perfecto. Sólo se quedó fuera la curva y bien labrada espada de la reina.

He visitado varias veces Hong Kong. Siempre he sentido la inquietud y la perturbación que produce lo muy ajeno, sus arterias, el incesante trabajo de su gente, que no sé si reflexiona sobre la posibilidad de que no sea compensador... La segunda o tercera vez coincidí con Adolfo Marsillach. Salió de compras como todo el mundo, y volvió entusiasmado con un estuche al hombro. Se trataba de una cámara de vídeo último modelo que además no pesaba nada: esa era la verdad, cogerla a peso sorprendía. Dejó de sorprendernos cuando descubrimos que el estuche estaba vacío. Las gentes de Hong Kong están especialmente dotadas para el timo, aún más si cabe que las que llenan los extensos y vivísimos bazares de Estambul.

En mi primer viaje a Hong Kong había un Larroque como encargado de negocios, con dos auxiliares: uno, Máximo Cajal, fue luego embajador en Guatemala, ya casado con una hija de Álvaro de Laiglesia, y el otro coincidió conmigo —daba yo unas clases— en la universidad de Bloomington (Indiana). Enrique Larroque me convidó a una cena en el patio de su casa: una cena alborotada, ya que el viento tiró dos o tres macetas que, muy a la española, colgaban de la pared. Cuando se calmó el viento, me habló:

—Gala, me han dicho que sales de noche de tu hotel. No debes hacerlo de ninguna manera. Aquí pueden raptarte o matarte porque sí... O para robarte, a veces. Pero no te matan de una manera decente: te sacan los ojos, te desprenden las uñas, te meten pajuelas encendidas por todas partes...

El panorama se presentaba poco halagüeño. La primera noche siguiente me planteé la cuestión con toda seriedad, y, con toda seriedad, me eché a la calle. Me encontré pronto casi perdido en un laberinto de irreconocibles callejuelas. Tenía que saltar sobre cuerpos dormidos, torcer bruscamente, esquivar portalillos o pasajes muy oscuros... Empecé a oír pasos que, con toda probabilidad, me seguían: si me detenía yo, se detenían; aceleraban si aceleraba yo... No me cabía ya duda. Entonces, tan intranquilo como cautivado, atravesé casas de paso donde dormía gente hacinada, tiendas entreabiertas para el amanecer; me escondí, para despistar al perseguidor, tras quicios de puertas más siniestras aún que las callejas... Duró bastante el juego. Por fin, me agarré a una reja y trepé cuanto pude. Apareció un personaje mirando a todas partes. Había conseguido desorientarlo. Muy desasosegado, inesperadamente gritó:

—Señor Gala, señor Gala...

Era un guardaespaldas que me había puesto, seguro de mi desobediencia, el encargado de negocios. No se lo agradecí.

Recuerdo que en Hong Kong tuve un abordaje naval, en medio del olor espeso a pescado podrido, creo que en la bahía de la Repulsa. Un barquito mal conducido se incrustó en el nuestro, mientras los sonrosados turistas americanos, cerrados con ferocidad los cristales de su autobús, nos contemplaban fotografiándonos. De haber muerto, me habría llevado una hermosa visión del mundo obtenida aquella misma mañana. Era el Banco de China y de Singapur, o algo parecido, creado por Norman Foster. Los autores de nuestras catedrales góticas no hubiesen levantado un espacio religioso hoy en día sino de esa manera. Allí me dieron ganas de agradecer, y me enorgulleció que el hombre fuera aún capaz de construir algo de una sencillez y una armonía tan iluminadoras.

De China vi, más o menos, lo que quisieron que viese: la magnitud inimaginable de Pekín; los habitantes que, por la distancia y la forma de vida, se nos antojan demenciados; la ópera como espectáculo de veras popular; los cuatrocientos y pico autores dramáticos que existen sólo en aquella región; un hombre español que tocaba las castañuelas en nuestra embajada, nunca sabré por qué; la ciudad prohibida y amarilla; las atroces murallas, donde el viento me metía la arena en los ojos y casi arrancaba las páginas de mi libro de notas; Xiam y su pagoda vertical como una torre aturdidora, donde quemé bastoncillos de incienso y desde la que vi la gran llanura azul y rosa; un almuerzo vegetariano, junto a un templo, en el que los platos eran imitaciones de croquetas, de albóndigas, de rost beef y otros platos de carne; los seis mil guerreros de arcilla guardándole la tumba al desmesurado emperador; la luz verde sobre los jardines; la llovizna de la que me resguardaba con una sombrilla para escribir mis impresiones; el menú que llaman *pato lacado*, que jamás se acababa, al que me convidó el presidente de la Unión de Artistas, un anciano que sólo deseaba hablarme de París, donde había estudiado música, y que lloraba de añoranza mientras comía...

En un mercadillo casi perdido, no lejos de una asombrosa mezquita de arquitectura islámica influida por la china, compré por veinte duros un reposacabezas de cerámica azul. Representa a una niña que, a su vez, reposa su cabeza en las manos. Cuando lo enseñé en la aduana de salida, se formó una revolución más cultural que la de Mao: el objeto tenía dos siglos y pertenecía al pueblo chino. Me costó Dios y ayuda demostrar que lo había adquirido en plena calle y que, a todas luces, si había culpa, era de los clasificadores de objetos... Hoy lo tengo en mi casa sobre un esbelto mueble bar de barco. Creo que está en su sitio.

En China tenía un buen intérprete, que luego fue secretario de su embajada en Madrid. Un joven cumplidor, alto y rígido. Dadas las muchas atenciones que tuvo con nosotros, se hacía necesario tener una con él. Le pregunté directamente qué es lo que prefería, porque en general no se acierta cuando se regala lo que a uno le gustaría que le regalaran. En efecto, él me sorprendió:

—Una muñeca que diga papá y mamá.

Lo miré intrigado, pensando que a veces se me van las mejores. Nada de eso: hablaba en serio. Estaba casado, y él y su mujer habían perdido una niña. Según no sé qué absurdas leyes, tardarían en poder tener otra. La muñeca aliviaría la depresión de su esposa. Según me confirmó más tarde, así fue.

En Grecia entera, en Atenas, en las islas, hasta en Salónica, siempre, de manera automática, me he encontrado como en casa. Mejor, porque no tenía que preocuparme más que de gozar de su hermosura y no de mantenerla. He vuelto a ejercitar en ellas mis costumbres: ver en los mercados cómo se cuidan los vivos, y en los cementerios cómo cuidan a sus muertos, y en sus parques y jardines, en la vegetación y exuberancia de su flores, ver la calidad de su cultura. Para esto es especial Salónica: sólo quizá algunos quioscos próximos al hotel Alvear de Buenos Aires son comparables a la riqueza de sus puestos floridos. De Atenas en época alta más vale no hablar. Después de las ocho de la mañana, toda entera está invadida de turistas espantosos, es decir, idénticos a nosotros. La habilidad y el arte de la embajadora Cuenca me salvó de ellos a menudo. Terenci Moix, como en todos los sitios donde hemos coincidido, se dedicó en exclusiva a buscar carteles y fotos de películas antiguas. Es una misteriosa afición para comprender la cual aún no me hallo dotado en absoluto.

En Sanáa escribí con largueza. En el Yemen, cualquiera sea el pueblo o la ciudad, y en la capital misma, hay que ir mirando al cielo: el suelo está lleno de residuos y objetos no biodegradables. Masticaban el *qat*, que hincha las mejillas de todos los soldados, los policías, los paisanos, los vendedores y los funcionarios. Recuerdo que, oyendo las lamentaciones de un ministro en un hotel indio, sobre los costos, graves en todos los sentidos, de esa droga, le dije yo, partidario de la liberalización de todas.

—¿Y no pueden arrasar los sembrados de *qat*? ¿No pueden prohibirlo?

—¿Cómo? Él atenúa el hambre, entretiene y dilata las tertulias, hace olvidar las penas, vincula las amistades, conserva las jerarquías domésticas...

—Y es la salvaguarda del Gobierno —le interrumpí—. En ese caso, mejor dejar las cosas como están.

Las aldeas del Yemen, temerosas de las invasiones, se han encastillado en las montañas. Los metales que tiñen de distintos colores sus piedras, las hacen bellas como joyas. Se tiene la certeza de estar viviendo en un mundo distinto, a pesar de los muchachos con kaláshnikov que hacen la guardia por el atigrado desierto que conduce a Saba; a pesar del desdén con que miran lo ajeno; a pesar de las dagas con que subrayan su virilidad; a pesar de que, recién recibido un envío de ropa de Occidente, viese a los habitantes de un pueblo entero vestidos de carnaval: niñas de primera comunión, mujeres de flamenca, hombres con trajes tiroleses o escoceses o de cazadores británicos, ancianas con sobados trajes de noche vaporosos... Como si hubiese pasado por allí Zeffirelli la semana anterior.

He hecho una gira por correctas y nevadas universidades suecas. He llegado hasta Umea, en el límite de Laponia. No sé si allí o en Uppsala, el rector quiso agasajarme con un almuerzo. Los platos eran los convenientes, es decir, los habituales en aquellas latitudes. Pero el postre fue un milagro. Desde que lo leí en la carta que habían improvisado para mí, me alucinó. Se trataba de *El llanto que derrama la sultana sentada ante una alberca, donde ve por última vez reflejada la Alhambra.* Aludía, con leve discreción, a *El manuscrito carmesí.* Yo deseaba que se apresurase la comida para llegar a la sultana. Llegamos por fin. Consistía en un plato lleno de zumo de naranja circundado con gelatina verde. La sultana era una bola de helado de vainilla, en la que habían clavado una peineta de chocolate muy artística. Pocas veces yo, que no soy de comer y tengo un estómago nada agradecido, me he sentido tan halagado. La secretaria de la biblioteca de una de estas universidades escribe, en la actualidad, una tesis sobre un tema tan concreto como «La metáfora en la obra de Antonio

Gala». No sé si habrá mucha diferencia entre la tesis y aquel postre. En mi gratitud, ninguna.

Una mañana, harto de los almuerzos rápidos en Helsinki, me acerqué a un hotel recomendado por un secretario de la Unesco. Ostenta el impropio nombre de *Don Quijote*; debería llamarse —me dije— Sancho Panza para mayor exactitud. Salí enseguida de mi error. Allí comí, o mejor, no comí, una paella consistente en un puñado de arroz nadando en cuatro dedos de grasa de salmón. Me encontré herido en mi concepto patrio, y anulé en consecuencia el pedido de tortilla española. Aquel secretario me había jurado que el cocinero era de Valencia. Lo reclamé. Me respondieron en voz baja que era su tarde libre. *Ojalá las tenga libres todas.* Luego me enteré de que escapó tras reconocerme.

Hay lugares en que, de modo incomprensible y azaroso, se repiten ciertas situaciones. En el aeropuerto de Copenhague, verbigracia, por tres veces he perdido el conocimiento sin saber por qué. Desde la última, procuro dar la vuelta por el sitio que sea. Trato así de eludir, por cuarta vez, el ridículo más internacional.

Conozco América central y meridional. Me han sucedido aventuras y desventuras con policías venales, con ministros, con el mundo del teatro y de la televisión, con la más variada clase de auditorios. He visto hasta aparearse las ballenas, yo, que no me intereso ni por mis propios apareamientos, en la bahía de Samaná, al norte de Santo Domingo. (En realidad, he visto casi toda clase de cópulas.) En Puerto Rico di clases en Río Piedras, y fui padrino del hijo de una gran negra llamada Eugenia.

—Quiero que mi hijo se llame Usmail.

—Ismael —corregí—: es un bonito nombre.

—No, no. Usmail.

—Israel, no deja de ser oportuno. (Estábamos en la Guerra de los Seis Días.)

—Que no, señol: Usmail.

—No existe. Ningún cura se lo querrá poner.

—¿Cómo que no existe? Si está en todas las paltes.

Tenía razón: lo estaba: U.S. MAIL, correo de los Estados Unidos. El niño sigue llamándose así.

De camino para la universidad veía, en una linda casa de madera verde, levantada como un palafito sobre unos postes, a una ancianita inmóvil en una mecedora. Yo la saludaba, y a ella le sonreían los ojos. Una mañana vi la casa destruida por el fuego. Pregunté por la viejecita a un muchacho.

—No sé, aldió. Se conose que le dio peresa y se dejó quemal.

Son lugares en que casi todo tiene una connotación sexual. Reclamar un cuchillo da risa; pedir que te pasen el salero da risa; la cuchara produce espasmos de risa... Todo, menos un postre cilíndrico, alargado que, por si fuera poco, se llama bienmesabe. De eso ya no se ríe nadie.

Un día, mediada la mañana, me dejaron en la playa más tranquila de la isla, la que apodan de los morfinómanos. Estaba completamente solo y leía a Giraudoux. Cerré los ojos intentando quedarme traspuesto, a pesar de que me habían prevenido contra aquel sol, y enseguida sentí una presencia. Abrí el ojo izquierdo y, a la altura de mi muslo, vi un pie enorme. Abrí el derecho, y vi otro pie acompañado de un gran alfange. Supe que iba a morir decapitado y tuve curiosidad por el nombre de mi asesino.

—Junior —me contestó.

No era un nombre cruel. Empecé a sosegarme. Y me sosegué más cuando me aclaró que lo habían enviado mis amigos para que me cortara no la cabeza sino algunos cocos.

Camino de Aguascalientes, en México (país y ciudad que me enajenan, porque allí se agranda España), por la ruta de la droga, en Jalisco, me detuve en un chiringuito de campo y vi los hermosos y lindos colibríes libando en unas cayenas. Ignoro la causa de que los recuerde y de que los albergue en mi corazón. Quizá porque, en aquel comienzo del atardecer, creí que todo en mi vida podía tener remedio.

El pintor Enrique Grau y el organizador del Festival de Cine de Bogotá, cuyo jurado presidía yo, decidieron mostrarme como era debido Cartagena de Indias. Fuimos en una furgoneta que atravesó los paisajes más contrarios e increíbles: La Ciénaga, pero Santa Marta también (no quisiera volver a ella: fui feliz: no hay que tentar la suerte). Antes había ido a Tierra Caliente, por un camino de orquídeas, a la vera del río Magdalena. En una casa donde comíamos entre guacamayas, perros y loros. Nos duchábamos bajo un chorro rotundo y frío. Navegábamos sobre las aguas espesas y marrones, y nos visitaba Barbarita. Barbarita era la gran dueña —su estatura no excedería de uno cincuenta; quizá su anchura sí— del único burdel de Girardot. Sudaba sin cesar, y se frotaba con un pañuelito que apretaba luego, engurruñado, en su mano derecha. Fue a saludarnos y darnos la bienvenida como una autoridad del pueblo, que es lo que era. Tendría —qué difícil calcular— sesenta y tantos años: parecía mucho más vieja o mucho más joven, según. Narraba las veces que le habían robado, y las atenciones que un supuesto novio tenía para ella. Su familia, muy buena, vivía en Pereira, y ella era devota de algunos santos y de no pocas vírgenes; de otros, sin duda, no. Nos invitó a una fiesta en su casa, y sus niñas descansaron para atendernos aquella noche. A mí me dio un botecito con los siete perfumes que consiguen atraer el amor. Debía ponerme su densidad en las muñecas, en las sienes y, estrafalariamente, en el ombligo. No recuerdo que, oliendo de aquel modo, se haya acercado nadie menos de un metro a mí.

A Cartagena entramos por el mar. En un barco cedido por un almirante de la Armada. Allí me dieron una cena y un concierto. Pocas cosas he vivido comparables a aquel acto, tan sofisticado como campechano. Luego, de regreso de las Islas del Rosario, volví a pasar entre los manglares, que son como una tierra arbórea que se mueve, acomodada en la desembocadura del Magdalena. Todo es enorme y tembloroso camino de la tierra firme...

Para mí las ciudades se dividen en dos grupos muy desiguales: aquellas en las que podría trabajar, a las que regresaría siempre, y aquellas en que el trabajo me sería imposible. Venecia, pongo por caso, es de las segundas; Cartagena, de las primeras. En ella me sucedió un percance un Domingo de Ramos. Yo tengo la costumbre, o la superstición si se quiere, de estrenar algo en él. Creo que, si no, no tendré suerte. Se acercaban las doce de la noche y no tenía nada que estrenar. Alguien me ofreció una camiseta de felpa sin usar, pero hacía calor. Durante la tarde me habían mostrado una cañafístula, con su gran tamaño y su terrible hedor. Se quedó sobre un arca que amueblaba la sala en la que estábamos, desde la que veía el mar. Mi secretario y un amigo salieron de repente: los odié por dejarme. A las doce menos cuarto, retornaron con una camisola, sencilla y blanca, que me habían comprado en una playa. Sonreían. Yo la estrené. Luego, cumplido el rito, la dejé sobre el arca.

Al día siguiente quise dar una vuelta por la ciudad. Íbamos a Las Bóvedas, por unos barrios de minúsculos chalés y de paz silenciosa. Una madre y su hija, de la alta sociedad bogotana, quisieron ir conmigo. Nos subimos a un taxi. El olor era atroz: no se iba ni bajando los cristales. Yo comenté, casi agonizando, la falta de higiene del taxista, y nos apeamos antes de lo previsto. Diez pasos más allá, alterado, les tuve que decir a las señoras:

—No era el pobre taxista, erais vosotras, porque yo sigo atufado.

Hicimos compras atormentados por el peste. Regresamos al Morro, y a casa de Alejandro Obregón, el pintor, y al Parador de la Candelaria... Por todos sitios el mal olor... Subimos a una torre del Parador donde había un minúsculo bar con un piano. El pianista olía a demonios. El matrimonio norteamericano dueño del Parador nos invitó a una copa en sus habitaciones. Era la rubia dueña la que olía: al besarle la mano por poco me desmayo... Nos libró su marido para enseñarnos la capilla con la Virgen, y era el marido el que apestaba. Venía Elio Berhanyer con nosotros; estaba tan nervioso por la fetidez que le besó la mano al señor, como si se tratase de un obispo... Un poquito después de salir a la calle se aclaró aquel misterio: el que olía era yo. Llevaba puesta la camisola del Domingo de Ramos. Se había contagiado del espantoso olor a pies de la cañafístula, con la que coincidió en la tapa del arca de la sala desde la que se veía el mar.

Lo he pasado muy bien en nuestra América, la mía por lo menos, y también lo he pasado muy mal. Porque tenemos la obsesión de verlo todo a través de nuestros ojos: la dicha también y la desdicha y las fatigas del sobrevivir. Ellos son, para fortuna suya, otra gente. La gente que oye, ante la catedralita blanca de Caracas, a los predicadores infatuados que hablan de extrañas vidas. La gente que todavía es devota dentro del oro de la gran catedral de la ciudad de México, donde lo más vivo que vi fue una gata rodeada de sus crías. La gente del barrio del Silencio o la Pastora, donde la negra doña María, dotada de grandes poderes ultraterrenos, consiguió separarme de Margot Benaceraf, la directora de cine, y cuando regresé solo a su tienda de frutas y verduras, echó el cierre, se postró ante mí, me quemó con sus ojos como brasas oscuras, y descansó un momento su frente sobre mi mano antes de besarla. La gente del barrio de La Candelaria, en Bogotá. O de Egipto, otro barrio, con sus sanseberias protectoras y su venta de cigarrillos sueltos. Los nativos que, por donde quiera, venden sus jugos de frutas llenos de color y frescura, aunque no quizá de higiene. La gente indiecita, resignada, con sus hojas de coca y una vida interior que nosotros ni percibimos ni entendemos. La gente que hace su patria, equivocada o no, y se juega su vida y la vida de otros para hacerla...

A las ciudades iberoamericanas las quiero tanto que las confundo con mi corazón, como si fuesen yo de otra manera. En Bogotá iba a almorzar a un lugar encantador y antiguo, y el chófer que me llevaba me dijo:

—Es mejor que suba el cristal de la ventanilla.

—¿Por qué? Así entra un poco de aire...

—Pueden quitarle de un tirón los lentes.

—¿Y ahora? —dije guardándolos en el bolsillo de la camisa.

El chófer me miró, ladeó la cabeza. Comprendí que podían intentar quitarme cualquier cosa, incluidos los ojos. Cerré la ventanilla.

Había precedentes. José Luis Gómez, el actor, sentado con su equipaje junto a él en un mostrador bajo, que se ocupaba, dentro del hotel, de los viajes, una vez resuelto su problema, alargó la mano en balde: el equipaje ya no estaba. Agitado ante tamaña inseguridad, Moisés Pérez Coterillo llevaba todo su capital en el bolsillo derecho de su pantalón. Hacía raro, pero no chocaba, verlo a todas horas con la mano metida allí. En el vestíbulo de un teatro tuve que presentarlo a la organizadora de ciertos eventos teatrales. Y él necesitó sacar su mano derecha para saludarla. Fue un segundo y medio. Cuando volvió a meter la mano en el bolsillo, dio un alarido de sorpresa y de queja. Me miró. Miró a la pelirroja sonriente. Todos supimos a un mismo tiempo que le habían robado, que nosotros no habíamos sido, y que jamás encontraría al ladrón.

También en Caracas cuecen habas. Incluso niños y adolescentes. Acababa de entrevistarme una periodista ágil y joven. Yo ya estaba, con un grupo de amigos arquitectos, tratando de comer unas arepas. Se presentó de improviso la periodista y me rogó que le diera para el autobús.

—¿Por qué no me lo pidió antes?

—Porque antes no me habían robado. Ha sido ahora mismo, ahí mismo. Un niño de diez años con una navaja. Yo prefiero los buenos profesionales; a éste he tenido que decirle yo misma lo que tenía que hacer. Miedo me daba de que, en la duda, saliese por la tremenda.

Ya he dicho que a mí nunca me han quitado nada en ningún sitio de mala fama. Sólo en un lugar donde nadie, por lo visto, roba, Santiago de Chile. Con muy buena maña por cierto. La embajadora de España, Jenniffer de Bermejo, que me acompañaba, puede corroborarlo. La verdad es que al día siguiente pusieron policía en la puerta de mi hotel. Fue entonces cuando empecé a sentir miedo.

Pero quizá lo que amo más de las ciudades es su descanso en lo que han sido, su pie puesto en el pasado para tomar impulso hacia el futuro, y la permanencia de la luz... Una tarde en Lisboa nos habían ofrecido un té en un hotel recién abierto y sensatamente suntuoso, situado en una plaza de la parte baja. Al salir, declinaba el sol y era un cántico todo. Parecía que la ciudad entera se había detenido para contemplar su propia belleza y la belleza del ocaso, como dicen que hacen hasta los osos, que se sientan para emocionarse ante el atardecer. Mis acompañantes, Miguel de la Quadra y su mujer, y yo pisábamos de puntillas para no quebrantar el espacio de pudor y de grandeza en que todo se había transformado... Aquella madrugada dejé, en barco, el puerto de Lisboa: roseaban los grises de la aurora, llevados de la mano con ternura hasta un azul infantil. La ciudad se quedaba, varada, sigilosa y llena de deseos, como contradiciendo su voluntad de seguir la aventura tras nosotros...

En Zamora, una tarde, de igual modo, caía el sol sobre el Duero y sus isletas y cuanto alcanzaba la vista era una celebración de alegría. Como en Coria y la isla del Jerte, como en Plasencia y su isla del Tiétar, donde Troylo y yo parecíamos inmortales. Como en Madrid, cuando la plata cae a chorros sobre los índigos de la sierra y los torna morados y enrojece el poniente y seduce las nubes, que sobrepasan la estupidez humana como si no existiese. Como en las tierras de Guadalajara, cuando se conmueven los campos ante tanta pureza, y extensas pinceladas rosas atraviesan el irrepetible azul transparente del cielo. Como en Murcia, cuya luz puntiaguda se quiere meter y colgar de los ojos para que no la olvides nunca...

Todo es distinto bajo una luz distinta. Para ver las ciudades no hay que llevar luz propia. Hay que dejar que la suya nos invada. Que nos envuelva y nos perdone. Porque, ante el resto de los hombres que las construyeron y que las mantienen, todos tenemos mucho por qué ser perdonados.

LAS BEBIDAS Y YO

Acaso alguien, al leer este capítulo o simplemente al verlo enunciado, crea que soy un alcohólico casi anónimo. Estoy en condiciones de tranquilizarlo. Contra los excesos del alcohol me defienden, primero, los defectos de mi propia constitución, y, segundo, el horror que me producen sus efectos en otros.

La historia, bastante zarandeada, entre el alcohol y yo, comenzó a mis ocho años. No sé quién, después de una cena de nochebuena, me invitó a una pequeña copa, no lejos del belén que poníamos con la antelación que nos era posible y también con un imposible amor... Aparecíamos desalados, desatadas las botas, las medias caídas y la lengua fuera. Empezaba el invierno. Media hora después de darnos las vacaciones de Navidad, estábamos pidiendo a gritos que nos bajaran las grandes cajas del desván gatero de la despensa, donde la luz apenas alumbraba. Encima de la zafra del aceite, las orzas de las aceitunas y el tonel del vino. El ama y sus ordenanzas las habían subido allí, hacía ya mil años, en el último enero...

(Dos grupos de figuras, anacrónicos ambos, llamaban principalmente mi atención. La matanza de los inocentes —eso sí era para mí un arcano, porque el Niño llegaba pidiendo guerra y sangre; el Salvador, apenas nacido, tenía que ser salvado— y la posada, donde el posadero, desde un ventano, denegaba la acogida. Ya pensaba yo entonces que acaso la Navidad no sea fiesta para felices; que acaso la Navidad se inventó sólo para los marginados,

352

para los impotentes, para los agredidos; que acaso la Navidad es el consuelo que alguien concede a los desprovistos, a los que —según los ojos de los satisfechos— sirven nada más que para el escándalo, la risa o el escarnio. Los hermanos de oprobio y de desdén, a partir de ese momento, a partir de esa posada que se cierra, tenemos muy buena compañía. Digo tenemos porque ya entonces me imaginaba que, entre ellos, iba yo...)

Alguien, quizá el ama por debilidad y por inconsecuencia, me permitió beberme una copita de anís dulce. Sé que era Machaquito, de Rute, con una borla de la bandera española algo deshilachada en el cuello de la botella. Lo recuerdo hoy como lo recordé en el año 80, en las mismas fechas, con otra persona no menos inconsecuente y sin duda no menos próxima a mi corazón: estuve toda una nochevieja bebiendo anís Machaquito dulce y seco, mitad y mitad, y resignándome previamente a los más espantosos resultados. Pero no fueron, de ninguna manera, los que podían y debían temerse. El día 1 de enero del 81 estábamos como dos rosas. Pero la de Tudor y la de York, porque tuvimos una fuerte agarrada.

Sin embargo, la copa de los ocho años no fue así. Me produjo una somnolencia que acabó con mi nochebuena y, una vez acostado, tal vértigo en la cama, tales oleajes, tales vaivenes que no me quedó otro remedio que girar mi cabeza a la izquierda (siempre he dormido, solo o no, al lado izquierdo de las camas) y volcar sobre la almohada la sabrosa cena tan cariñosamente preparada. Cualquiera comprenderá el asco que le tomé al alcohol. Olerlo sólo me producía náuseas. Durante años y años no probé ni un poquito. Había un malvado niño canario amigo nuestro que, cuando pasaba unos días en casa, tenía la costumbre de beberse todo lo que quedaba en los vasos de la mesa, fuese almuerzo, cóctel o merienda. Verlo nada más me ponía los ojos como platos y el estómago en la boca.

Tuvo que llegar el Ejército y sus claros clarines para que cambiara mi actitud. En el bar de oficiales del cuartel donde terminé mi milicia universitaria de mala manera era inverosímil no beber.

No se podía estar tomando café a todas horas, y a todas horas están los oficiales en el bar. De hombres era tomar coñá malo, acariciando y calentando la copa entre los dedos. Si hay una bebida que detesto es el coñá: su aroma me produce espasmos. Pero lo bebía para estar a la altura de las circunstancias, digamos al nivel para ser más exactos, rodeado de oficiales patateros. Al llegar a casa vomitaba como el niño de ocho años: nada más acostarme, con la misma inocencia y el mismo gesto de volver la cabeza hacia la izquierda. Estaba tan seguro, que apartaba la alfombra antes de reclinarme... Si algo tenía yo contra el Ejército, esa forma siniestra de perder el tiempo delante de una barra bebiéndose la paga me lo hizo más antipático. Yo creo que fue él el que me estropeó la casquería para siempre.

Supongo que a los grandes bebedores se le atenúan con el tiempo los efectos inmediatos de la borrachera y los ligeramente aplazados de la resaca; si no, estoy convencido de que no habría grandes bebedores. Conocí en una ocasión a una señora que presidía el sindicato o la asociación de ganaderos de un país americano. Habíamos sido invitados a cenar en una bodega cordobesa y ella probó todos los vinos, todos los licores, toda combinación que le pusieron por delante. A la mañana siguiente teníamos que ir a una central lechera, de Victoriano Valencia, en Andújar. Íbamos en el mismo coche, y la señora se lamentaba sin cesar.

—Qué noche tan desgraciada. —Tenía un acento que subrayaba la gracia de lo que decía—. No he pegado un ojo, la cama era una canoa en alta mar: se movía y rolaba sin detenerse un momento... Y el dolor de cabeza con el que he amanecido: una corona de espinas igual que un Nazareno... Qué barbaridad. Un asqueroso algodón me llena la cabeza, se me traba la lengua, no calculo bien los movimientos... —Y después de esta perfecta descripción de los males que todos conocíamos, concluyó—: No sé qué comí anoche que me hizo tanto daño.

Cuando llegué a Madrid con una mano detrás y otra delante pasé por muy variados ambientes. Un día a la semana —los jueves, creo— recibía en su casa un pintor salvadoreño, llamado Pierre de Matheu. No tenía mucho dinero pero sí muchas ínfulas. El coñá que nos daba sin duda era de garrafa porque me producía menos asco que el auténtico. O quizá el que empezaba a ser de garrafa era yo. Yo, que, sin un duro y sin haber cenado, me bebía el manso más que otra cosa para alimentarme. Alguna vez incluso, terminada la reunión, salía de la casa con una copa llena, cuyo pie era de cristal negro —la devolvía a la semana siguiente—, con el fin de seguir bebiendo en el taxi o en el coche que me devolvía a casa, fuese la que fuese. Puede que también lo hiciera por causarle admiración —y repulsa— a un americano de la embajada que estaba muy pendiente de mí. O por jugar a cierto malditismo.

Por entonces sucedían dos cosas: la primera que, invitado por su director que creo que era Enrique de Aguinaga, comencé a escribir una serie de artículos en el *Arriba*, por los que me pagaban cincuenta duros, y que giraba *En torno a las bebidas nacionales*. Se han vuelto a publicar alguna que otra vez, y me siguen pareciendo interesantes. En un recorrido por la geografía y por la historia, se establece la relación íntima entre lo que un pueblo bebe y el papel que desempeña. El hecho era que se me consideraba un experto en ingesta —como dicen los médicos— de alcohol... La segunda cosa que sucedía era que, no sé bien la causa, se me invitaba muchísimo tanto a casas particulares como a las fiestas de las embajadas. Yo tenía buen aspecto supongo, era chispeante, lucía lo suficiente, y no abundaban demasiado los solteros con tanto tiempo libre. Como no comía en realidad más que así, de prestado, tenía que darme prisa con los canapés, porque si el alcohol le echaba la pata a la comida me sentía ya con la cabeza pregonada. Fue en esa época cuando nació la calumniosa murmuración de que yo estaba alcoholizado. Juro que no es cierto: es que no comía lo suficiente para neutralizar los efectos del beber.

Lo que sí es cierto es que el alcohol engancha. (No el coñá, desde luego, por lo menos a mí.) Pondré un ejemplo. Por entonces en Madrid había un nuncio de su santidad llamado Monseñor Hildebrando Antoniutti. Era avispado, desenvuelto, con buena labia italiana. Una noche, en una embajada, le pedí que me aclarase cómo la Santa Sede se había portado tan mal con el cardenal Segura, de Sevilla. Había estado en Roma en una visita *ad liminem*, y al volver se pasó por Lourdes; sin que nadie le hubiese advertido, se le nombró un obispo auxiliar, Bueno Monreal, al que, a la vuelta, ya se encontró instalado en Sevilla; y prácticamente se le echó a San Juan de Aznalfarache. Antoniutti sonrió ante mi curiosidad y la satisfizo:

—Es que era incompatible un Gobierno de comunión diaria con un cardenal de excomunión diaria.

El nuncio sabía cómo se las mantuvo de tiesas Segura. Hasta a mí me puso en entredicho, con diecisiete años, por un poema titulado *El vaso* que había aparecido en la revista *Platero*. (Este *vaso* no tenía nada que ver con las bebidas.) Y no valió que un sobrino suyo, que estudiaba en mi curso, le llevase de mí los mejores informes...

Pues bien, un día se celebraba la fiesta nacional de la India, y coincidimos a la entrada Antoniutti y yo. Hice mi genuflexión con la pierna izquierda, como es debido, ante la sonrisa aprobatoria del prelado. Se apartó y dijo.

—Primero, las letras. Pase, Gala.

—Primero, las armas, monseñor. Y no me diga que la Iglesia no las tiene.

Se echó a reír y pasamos casi juntos. Con algo en mi disfavor: al hacer la genuflexión se descosió o desclavó la suela de mi zapato izquierdo. No estaba la Magdalena para tafetanes. O sea, que antes de levantarme cogí la suela y la guardé en el bolsillo de mi chaqueta para tratar de arreglar el desaguisado cuando fuese oportuno.

La fiesta era nutrida y aburrida. No daban nada de alcohol y lo que ofrecían de comida era muy contrario a mis gustos. Deambulaba saludando a los conocidos de otras embajadas, porque las embajadas invitan siempre a los mismos, y alargaba la mano más que la vista a las bandejas de bebidas por si aún quedaba un mínimo de respeto a los no abstemios, no hindúes y no musulmanes. Fracasaba una y otra vez, pero me costaba dar a torcer mi brazo... Hasta que un señor alto, de aspecto desteñido o lavado con lejía, viéndome y adivinando mi estado de ánimo, me hizo con la mano y la ceja un gesto de aproximación. Nos fuimos detrás de unas cortinas, sacó una petaca respetable llena de whisky y me ofreció un par de tragos. Media hora después salíamos, de nuevo juntos, Antoniutti y yo.

—¿Qué le ha parecido Charlton Heston, Gala? —me preguntó.

—No lo he visto. ¿Estaba ahí?

—Era el que le invitó a beber detrás de la cortina.

La curia romana siempre ha sido la mejor informada. Supongo que sólo por caridad no aludió a la suela de mi calzado.

Entonces empecé a dirigir el Instituto Internacional Vox en la Gran Vía. En él organicé cada tarde unas sesiones culturales que se pusieron muy de moda, y yo debía atender a los invitados que, graciosamente, ejercían ya de conferenciantes, ya de recitadores, ya de cantantes, ya de público. Esa tarea me obligaba a acompañarlos en sus libaciones, lo que también me desequilibraba. Al dueño de la institución, que era un listillo imbécil, le parecía mal el sitio en el que yo vivía y, como se le consideraba un buen partido, lo asediaban la dueña de un hotel de la Gran Vía y su hija, ninguna niña ya. Decidió, para que se le facilitasen sus ires y venires, dejar en su poder una prenda. Y la prenda fui yo: me alojé en el hotel. En aquellas fechas rompí violenta y falsamente con un falso y violento amor que me había durado unos meses no más. De acuerdo con la literatura que se le echa a estos percances, sobre todo tratándose de un escritor que no escribía, me lancé al poema con la misma avidez que al martini seco cóctel, que hacía muy bien el dueño de una cafetería de Los Sótanos de San Bernardo, enfrente de mi hospedaje. Cada noche, a solas y en silencio, entraba en el bar, bebía mis martinis y salía, todo lo derecho que me era posible, hasta la acera, donde venía a recogerme el conserje del hotel para evitar males mayores. Una noche estábamos solos ante la barra, en los dos extremos de ella, un mariquita sevillano y yo. Él me tiraba los tejos hablando en alto y haciendo referencias continuas a mí. El dueño del bar, el único que podía escuchar sus alusiones, se encontraba muy violento. Yo miraba mi copa de cono invertido, decía *otro*, y pasaba del resto. En un momento dado, el propietario me advirtió:

—Don Antonio, me parece que no voy a servirle más, porque sería el catorce...

Yo pagué, saludé, y ya iba a salir cuando se me acercó de un salto el mariquita y me largó:

—¿Sabe usté lo que le digo? Que usté, en cuanto haya perdío el misterio, lo ha perdío tó.

Fue una lección práctica que no entra en mis cálculos desatender... En resumen, con o sin misterio, fue una temporada en que bebía más de la cuenta. Por entonces tuve que ir a defender un caso civil a Santander, para lo que me colegió el dueño de Vox. Venía conmigo, como de carabina, un ambicioso abogado que le llevaba sus asuntos, y que vio amenazada su situación con mi presencia. Estábamos invitados a una boda de una chica muy conocida por el todo Madrid, en una finca de Medina del Campo. Yo no debía de tener el cuerpo en condiciones, ni esa noche ni quizá mucho antes, y de ahí que acabara cantando la gallina. El caso es que, sin beber en exceso, recuerdo que perdí el conocimiento o lo que fuese. El abogado, gilipollas y esnob, se imaginó que era una intoxicación etílica salvaje y me sacó a escondidas y a remolque de allí. Al día siguiente gané el caso en Santander, y el que quedó en la cuerda floja fue él, de quien yo estaba hasta el gorro así como de su jefe, que por desgracia era también el mío.

Ruego al lector que separe, como yo ahora los párrafos, mis borracheras de las que no lo son. Y que no deje de suponer, como yo ahora, que se trataba, en primer lugar, de un estado angustioso, en el que alguien hace no lo que quiere hacer sino algo muy distinto, y se reconoce aliquebrado, desmerecido gravemente por la vida, y lo intenta olvidar. Y que tampoco el lector eche en saco roto que mi estado de salud no era bueno; que nunca me he alimentado ni por asomo bien cuando estuve solo; que aprovechar que tenemos un agujero en la cara para echarnos comida dentro me parecía entonces, y me parece ahora, una ordinariez... No sé por qué considero menos ordinario beber que comer, quizá por la monotonía, el aburrimiento y la irredenta fealdad que supone masticar y mover las mandíbulas, lo mismo que las vacas por mucho arte y buena educación que se le eche.

Ahora llega el momento en que fundo y dirijo *El Árbol*, la sala de arte-club de la calle de Recoletos. Allí también tenía que alternar con gente, saludar a decenas y decenas de visitantes, invitar o aceptar ser invitado, sonreír a derecha e izquierda, recibir a pintores que pretendían exponer, consolar a quienes no vendían mucho, desear suerte a los que se despedían... Una vida punto por punto contraria a la que siempre me ha gustado llevar, en contra de lo que mucha gente creía y aún cree. Es decir, también tuve que beber lo mío y lo ajeno en este par de años que duró la experiencia.

La siguiente puñalada trapera fue la borrachera de *la bohème*. Para escribir el monólogo de la segunda parte de *Los verdes campos del Edén* a Rafaela Aparicio, la misma tarde en que me lo pidió José Luis Alonso me compré, qué asco, una botella de coñá cuya marca callo, que se me antojaba lo más rápido para entrar en éxtasis literario, y en la calle de Hortaleza una máquina de escribir, que todavía hace su oficio a trancas y barrancas. Me puse, de hecho, malísimo, aunque escribí el monólogo. La noche sirvió, sin embargo, para tirar por el retrete abajo lo que quedó de la botella, y para que no volviese a probar, ni en broma, un trago de coñá. A pesar de todo, sale, como bebida de toda la escala social, en *Los verdes campos*... Recuerdo que un miércoles, en una escena en que antes ha habido una pelea, para romper la tensión y quitarse el frío, Ana (Amelia de la Torre) tenía que decir (o algo semejante):

—Y ahora, para entrar en calor, tomaremos todos un poquito de coñá.

No sé dónde la llevó su imaginación para que dijera con toda rotundidad:

—Y ahora para entrar en calor, tomaremos todos un coñito de coñá.

Acto seguido llegó —ya lo he contado— el amor tras el éxito, con una semana o diez días de diferencia, y bebíamos, no ya para olvidar, sino para ratificar la hermosura del mundo, y sumergirnos, por encima de las copas, en los ojos recíprocos, que en los nuestros se sumergían. Bebíamos lo suficiente, incluso algo más de lo suficiente. Recuerdo el brillo que se acentuaba en aquellos ojos, de cuando en cuando del mismo verde de la vida, que ya dejaba de ver en su rostro y me los encontraba dentro de la copa. Fueron bebidas felices, porque el alcohol no es un detergente sino un fijativo; no sirve para huir de nada, ni para borrar nada: sirve para subrayar el estado en el que se toma, para acentuar las posesiones o las carencias, para atizar la soledad o ratificar la alegría... Ahora me acuerdo de que, en cartel ya *El sol en el hormiguero*, Florinda Chico, tan guapa extremeña de ojos infernales, que interpretaba, claro, *La extraviada*, nos dijo que ella no había encontrado en su vida más que un afrodisíaco: un vaso que contuviese el cincuenta por ciento de ginebra y el otro de vodka. Nos faltó tiempo para ensayarlo entre bromas: nada más innecesario, en nuestro caso, que los afrodisíacos. En la casa de General Mola nos quitábamos el vaso de las manos. Debíamos de ser un par de idiotas, porque en lugar de afrodisíaco nos sirvió de revulsivo y emético. Cuando concluimos de vomitar, nos dormimos fraternalmente abrazados.

Lo que tenía entonces y tengo hoy claro es que beber no me gusta. He llegado a entender algo de vinos. Soy Embajador de los vinos de Montilla y Cosechero de Honor de los de de Rueda y Cofrade de los de Rioja; puedo enfrentarme con una carta complicada, pero el vino, en realidad, no me gusta: me gustan más la palmas, el momento, la situación, la compañía... En Madrid es raro que se me ocurra beber un fino andaluz, cosa que en Andalucía sí se me suele ocurrir. En el tiempo de que hablo bebía ginebra, que sé que es una bebida friática, pero propensa a ser mezclada. Porque la cerveza me hincha sin ton si son: incluso puedo decir que la bebo ahora un poco más que antes, sobre todo si tiene el punto de amargor que me gusta. (Recuerdo las cervezas de Munich o de Praga, pongo por caso, y comprendo que los estudiantes pierdan la razón, el tino y el curso por ellas.) El caso es que me incliné decididamente por el martini cóctel muy seco, y aprendí a hacerlo con éxito. Hay un Grimaldi, buen amigo y aficionado a esta bebida, que me dijo un día:

—Coges una botella de Beefeater, le extraes un dedalito, lo rellenas con martini dry, la agitas enérgicamente, la metes en el frigorífico y tienes bebida para toda la mañana.

De una manera completamente casual me vi en Nueva York convertido en barman. Y, por vías insensibles e insensatas, comenzaron mis martinis a gozar de cierto renombre, cosa no demasiado extraña en una ciudad que los hace con Tío Pepe, por ejemplo, como los *bloody Mary*. Yo, cargando la suerte, los personalizaba. Para una Rockefeller creé uno con su nombre, y ella convidaba con él a todo el mundo: tenía apenas una gota de un horrendo licor violeta llamado *parfait amour*. A otra señora (más conocida y más esnob, y ahora por si fuera poco, más muerta), le rozaba la bebida con un tenedor que había humedecido con Chanel nº 5, etc. No resulta difícil llegar a ser conocido, o famoso, justo en un campo distinto al que tú cultivas. Un día, con Elena Santonja, grabando en televisión para un programa suyo, la invité, en pleno rodaje, a un martini.

—En Nueva York soy, o era, bastante conocido como barman especialista en ellos.

—En Nueva York serás conocido como escritor.

—No, no; no como escritor: como autor de martinis.

Y en el fondo era cierto, aunque a ella le pareciera increíble. Claro, que también le parecía increíble cocer patatas para hacer salmorejo. Cuando las tuvo cocidas le expliqué ante las cámaras que servían para que, untando el salmorejo, tan fuerte, en sus rodajas, se suavizara y entrase, como un canapé con su pan, más fácilmente y con mayor delicadeza.

No obstante, cuando llegó la muerte clínica no creo que llegase por tanto desorden. O quizá sí, y fuese el duodeno la parte más sensible de mi espantosa anatomía. El caso es que puso un punto y aparte en mi relación con la bebida. Me reduzco ya al whisky mezclado con algo que me lo haga menos hostil. Sólo bebo, y hago, martinis para íntimos amigos y en íntimas celebraciones: aún no he perdido el toque y el estricto sentido de la proporción. Al vaciar no la coctelera sino el recipiente donde lo bato, no sobra ni falta una gota. José Luis Barros, mi cirujano, que me conoce desde los dieciocho años, míos por supuesto, y ha vivido todo lo que acabo de contar, me dijo después de operarme:

—Prefiero que agarres una toña de cuando en cuando a que tomes un solo whisky diario.

Ese consejo tan abierto me marcó al rojo, por liberal y por exacto. Pero me marcó también el ver beber ahora a muchachos jóvenes, de mi edad de entonces, de una forma compulsiva, desagradable y casi mortal: una forma que lleva directamente a la espantosa vomitona. No puedo evitar comprenderlos y tratarlos con cariño; pero hay algo dentro de mí que da, al mirarlos, un paso hacia atrás. Y no les hablo nunca, días después, de que bebieron y cómo, sino de aquello que les hace beber: la insatisfacción, el descontento consigo mismos, el desnivel entre lo que tienen y aquello a que aspiraban, el rielar en lo oscuro de un amor mal correspondido, la sensación de desorden o de fracaso que predomina en su cabeza y en su corazón...

Ahora sólo bebo, con mis amigos de los sábados, un par de tranquilos whiskies, lentos, sin la menor ansia, oyéndolos hablar y desternillarse, viéndolos beber despacio a ellos también, rodeados e insertos en aquella *homonoia* de que hablaba en mi serie de artículos en torno a las bebidas. Por ella brindó Alejandro Magno tras un banquete en Opis: por la comunidad entre persas y macedonios, por la *unión de corazones*, que es lo que significa la fulgurante palabra *concordia*.

EL DOLOR, LA ALEGRÍA Y YO

Al terminar una noche de leer poemas en un extraño recital, se me acercó una señora con los ojos llenos de lágrimas y cogiéndome las manos me dijo:

—Cuánto has sufrido, hijo mío, y cómo haces sufrir cuando lo cuentas.

Lo que le había emocionado eran los *Sonetos de La Zubia*, plenos de amor y desamor, de gloria y de desdicha. Sin embargo, pienso que tales sonetos los escribí en un rapto ajeno a mí, y fui yo el primer sorprendido. Salieron prácticamente de un tirón, con una evidente sinceridad; pero no sé si eran amor sólo o dolor sólo. La herida del torero cogido se cura pronto porque él es joven y porque *tiene* que seguir toreando: es un dolor camino de la vida. Las fatigas que a una mujer le impone el parto están envueltas y amainadas por la ilusión del hijo, aunque todo sea confuso de momento: es otro dolor camino de la vida. Quizá fue así el dolor que me impulsó a escribir esos sonetos, en los que están presentes y simultáneos el deslumbramiento del gozo compartido, la inseguridad del juramento y la fría tiniebla del desvío. Cuántas veces cuánta gente me ha dicho: *Qué suerte poder expresar sus sentimientos, porque, al expresarlos, se libera de ellos.* No querría yo liberarme de ninguna manera, porque no se escribe para olvidar sino para vivir más; pero sí es verdad que un cierto alivio se produce. Como si el dolor, por ejemplo, que el desamor ocasiona, al originar a su vez la utilidad de concretarse en el lamento, se hiciese menos fuerte. O más llevadero. (Una tarde, con cuatro años, me habían regañado con fuerza y me hallaba llorando. Se me ocurrió, para aprovechar y poder enseñar luego mis lágrimas, verterlas dentro de una petunia. Dejé inmediatamente de llorar. Sacar partido de la pena suele anularla.)

Por otra parte, creo haber ya contado que el centenar de sonetos de La Zubia se extravió en una taberna del Albaycín donde me había citado con la persona que los suscitó. Al leerle los versos que le estaban dirigidos, cicatrizó de momento la ruptura, salimos juntos en busca de un lugar más a propósito para que hablaran nuestras manos y nuestros labios, y se quedaron sobre la mojada mesa de la taberna los sonetos, el Galeoto que el destino utilizó para reunirnos... *Galeotto fu il libro e chi lo srisse: quel giorno piu non vi leggemmo avante.* A la mañana siguiente, el tabernero, creyendo que eran papeles sin sentido (y quizá lo fuesen), los había tirado a la basura. Sólo unos ochenta pude reconstruir. Cuento esto para razonar que quizá no hay un dolor moral puro sujeto a la propia acedumbre y sin asomo de esperanzas. Por lo menos, quizá no para el que lo describe...

Después del amor, probablemente sea del dolor de lo que más he escrito. Mis personajes sufren y se consuelan y vuelven a sufrir y quizá mueren en ocasiones de dolor o de amor. Mis personajes y acaso yo también. Para llegar a la soledad repudiada —la *loneliness* inglesa— pocos atajos tan directos como el del dolor. La palabra es, por desgracia, ambigua, como es ambiguo e inexacto hablar por separado de alma y cuerpo. Ya que no me refiero tanto al dolor moral —sentimiento, pena o congoja que se padece en el ánimo— cuanto al dolor físico —sensación aflictiva de una parte del cuerpo por una causa interior o exterior—, aunque los dos suelen estar más imbricados de lo que creemos. Si lográramos diferenciarlos con claridad, podríamos afirmar que el dolor moral es más participable, más susceptible de condolencia o de compasión íntima y auténtica, mientras que el físico es aislador y enajenante: produce un alejamiento por la vía de la soledad; nos deja abandonados y desnudos; nos enfrenta con él mismo sólo y con la amenaza de la que nos advierte, puesto que tal advertencia es el único sentido lógico que parece tener el dolor físico. (Pero ¿por qué entonces ese timbrazo inacabable que significa el dolor crónico? ¿Es que nos avisa de una enfermedad, o es que la enfermedad consiste precisamente en él?)

Cierto que, cuando el dolor —sea el que sea— nos convoca, no hay que escurrir el bulto sino sacarle el máximo partido: abrazarlo y asumirlo y hacerlo sangre nuestra, no pérdida de sangre. Cierto que ningún sufrimiento no asimilado nos hará ni más nobles ni más dignos: el sufrimiento en sí es torpe y feo y humillante como una mala digestión. Porque, en la inescrutable retórica de la vida, actúa igual que una parresia, que transforma el insulto en riqueza y en crecimiento; pero es preciso saber usar esa retórica. La vida verdadera, como Midas, convierte en oro suyo cuanto toca; pero eso sólo sucede cuando se ha convertido en provechosa —casi siempre por generosidad— la soledad desmantelada que provoca el dolor: la trastornadora experiencia sensorial y emocional que se asocia a una lesión potencial o existente de algún tejido nuestro (más que nuestro aún, porque somos él y porque en él consisten nuestras entretelas físicas o morales). Él es quien, a pesar de mi rebeldía, me ha empujado a mí, por el desánimo que implica y por la tentación de rendirse ante la imposibilidad de superarlo.

Mi actitud ante el dolor moral ha sido, creo que siempre, por el contrario, muy valiente. En una ocasión, alrededor de mis cincuenta años, un momento también en los hombres peligroso, por no dejarme hundir, me apoyé con fuerza en el agua inmensa de la pena con el fin de sacar la cabeza fuera de ella, y me hundí todavía más. Hay que darle al dolor su tiempo, guardar las jornadas de duelo para renacer bien. José María Forqué, con el que trabajé en *El sombrerito*, una cinta de televisión que ganó todos los premios de por ahí, creía que yo era un terrible masoquista.

—Por un buen sufrimiento tú das lo que te pidan —solía repetirme.

No creo ser así; pero sé que no rehúyo ni me azoro por lo que tenga que venir. Si la vida me hubiese conducido por caminos más llanos, más aseados y gozosos, no estaría aquí ahora, en esta casa sosegada. Estaría en otra, más opulenta acaso y menos mía, o no habría obtenido el sosiego con que mi azacaneo me ha recompensado. De ahí que a veces, y no de un modo excepcional, me recree en evocar recuerdos muy mordientes. Las ocurrencias venturosas hacen placentera la vida; las que produjeron dolor son la simiente del conocimiento y de la libertad. Siempre desconfié de lo sencillo y de la cuesta abajo, probablemente con razón.

Por ejemplo, recién salido de la adolescencia, aquel primer desastre tempestuoso. El desastre que llevó al solitario que aún no era a esconderse en sí mismo para siempre, tirando a la basura, por inútil, mi libretita de direcciones y teléfonos. Crecí desde abajo, desde allí, desde el estercolero al que me habían arrojado los mismos que me vitoreaban. Fue un hecho depurador que actuó en mí de forma magistral. Sobreviví con mayor fuerza, con la capacidad de ilusión alicortada, con una deslumbrante revelación sobre mí mismo, sobre mi vida —que no iba a ser ningún jardín de rosas—, y también sobre los demás con sus debilidades despreciables y sus prejuicios de granito. Me volví hacia las habitaciones interiores, de cara a la pared para pensar mejor, sofocado por sentimientos de aquella soledad inicial y obligada, por sentimientos de inseguridad, de inquietud, de envidia hacia los que eran diferentes a mí, de ira asimismo y culpa. Era mi *forfait* tenebroso, con el que tendría que viajar en adelante.

Y en adelante sucedió que fui mucho menos vulnerable e indefenso. Había puesto entre el mundo y yo un foso insalvable: rompí los espejismos que me engañaban entre guiños de complicidad, las percepciones deformadas por generosidad mía, las falsas creencias, las realidades que me cercaban ficticias como realidades virtuales... Distinguí el trigo de la paja, y también la cizaña. Me distancié de mi sufrimiento para continuar vivo, y apreté contra el suelo los pies. En eso consistió mi instrucción: aprendí a andar solo, a ser distante, a aceptarme a mí mismo tal como era, no como los otros habían imaginado que yo era, antes y después de aquel suceso. Me examiné con toda la frialdad de que fui capaz: cuanto pensaba, cuanto sentía, cuanto decía, cuanto obraba; mis emociones negativas, mis defectos, mis desventajas, mis errores, mis confianzas excesivas... No para desarraigarlos de mí, corriendo el riesgo de arrancarme el corazón, sino para aprovecharlos en mi beneficio: para desarrollarme más, para desarrollarme mejor, para adueñarme de la estancia apartada e insonorizada de mi libertad.

Ahora estoy en condiciones de asegurar a quienquiera que todo es útil, quizá hasta el gozo, quizá hasta la vida regalada, quizá hasta la ausencia de contradicciones; pero sobre todo el dolor, la siembra oscura que sigue a la llaga casi intolerable del arado. El dolor que envuelve como una segunda piel, y quema desde las uñas a las encías, desde la punta del pelo hasta la planta de los pies. Todo sirve, *etiam peccata*: lo escribió Agustín de Hipona, que supo bien, entre el calor, lo que es pecar y qué es crecer por dentro; que supo bien lo que es esa alquimia misteriosa. Porque hay pecados necesarios que nos desenmascaran, y nos dejan, incontaminados como recién nacidos, en el centro del nuevo amanecer; abandonados frente al nuevo amanecer que es, por fin, el nuestro.

Sólo quien avance bajo el fardo, más o menos agobiante, de sus tinieblas y su sinceridad, bajo el fardo de su verdad más honda (la verdad que no se atreve *motu proprio* ni a decirse a sí mismo, esa que a zurriagazos podrán los demás imponerle), sólo quien avance bajo su peso íntegro y sin disfraz, logrará caminar por el sendero que le llevará a sí mismo: el único sendero en que tropieza uno —yo tropecé— con la paz y el amor, la gratitud y la sonrisa. Y encontrará lo que todos febrilmente persiguen sin dar jamás con ello: la cristalina fuente de la serenidad y la alegría. Una fuente que brota en el mismísimo punto y el mismísimo instante en que se logra la aprobación de uno mismo tal como es, la aprobación de la vida como es, la aprobación del mundo. Un punto y un instante cuya conquista, como se dice de la del cielo, padece violencia.

Pero hay gente que está convencida de que hemos nacido para sufrir, de que el mundo es un *valle de lágrimas*. Siento por ella una gran conmiseración y una invencible antipatía. Siempre me han parecido los peores enemigos de su Dios, sea el que sea. Opinar que para introducirse en el Paraíso hay que pagar una entrada de llanto, opinar que la flamígera espada del arcángel guardián sólo puede abatirse con la aflicción (y mejor si es inútil y además provocada) lo considero la más grave blasfemia. La vida es, por encima y por debajo de todo, alegría. Hay millones y millones de buenas cosas que nos suceden o que podemos gozar y que son gratis: la elegante y grácil dinámica de los animales, su incomparable colorido, el aroma inacabable y tenue de las flores, las luces que ni un solo segundo son idénticas, la belleza con que las reciben los pétalos y los volcanes, las alas de los mínimos insectos y los océanos increíbles... No es un dislate pensar que el Edén verdadero se halla en donde nosotros nos hallamos, aunque existan quienes han decidido no disfrutarlo sino sufrir en él.

El dolor es un hecho; la alegría de la vida, otro. Y ambos son compatibles: compatibles y opuestos. La alegría ha de lamer hasta abatirlos los cimientos del dolor, minarle su terreno, sustraérselo, hacerlo desaparecer, más cada día, de este valle melodioso y refulgente. El *espíritu de sacrificio* es un invento estúpido. El sacrificio, cuando sea imprescindible, se aceptará, pero con alegría. Lo otro, el fanatismo del dolor, me provoca arcadas. He pasado por él y sé lo que me digo. Que nazcamos para sufrir es una infame falacia, la diga quien la diga. Es una aberración y el pecado mayor que puede cometerse contra la vida: el don supremo y el supremo destino. Quien agregue un gramo de dolor inútil al que ya hay en la Tierra será quien más atente contra cualquier Dios que la sostenga. Detesto esas religiones o esas sectas que añaden más dolor al que los hombres han conseguido, por su torpeza y su egoísmo, sembrar a nuestro alrededor. Ellas son responsables de la angustia, de la sombría sensación de culpabilidad que destrozan a tanto ser humano. Y deberán atenerse a las funestas consecuencias de sus funestos fanatismos.

Contra los imbéciles engreídos que, en general, suelen auto-consagrarse administradores del misterio, no cabe mejor respuesta que la risa. No como ruido vano, sino como manifestación de la alegría, como afirmación de nuestra privilegiada condición humana, ya que el hombre es el único animal que sabe reír. No me gustan los refranes por cazurros, por pesimistas y por recelosos; pero hay uno muy sabio: *de quien siempre sonríe y nunca ríe, no te fíes.* Es cierto: en la sonrisa caben la ironía y la preeminencia; en la risa común sólo caben la identificación, la camaradería, la sinceridad, la coincidencia espontánea y también el respeto: ¿o es que a un padre a quien se respete se le seguirá llamando de usted y escondiéndole la risa?

Por lo mismo, aborrezco a los que sienten escrúpulos por reírse a gusto, o se tapan avergonzados la boca cuando lo hacen, o critican a los que ríen —sin necedad— de todo corazón. Leonardo da Vinci, el más alto ápice de la creatividad, dijo que, si fuese posible, se debería hacer reír hasta a los muertos. A los dolientes aburridos y siniestros no los quiero a mi lado. Sé que alguien que ríe no será nunca demasiado peligroso, y que acabará ganando las guerras de este mundo, inventadas por los estreñidos y por los catones. Los *encapotados* musulmanes que penan con la muerte a ciertos escritores han olvidado que en el Corán se lee: *Quien hace reír a sus compañeros merece el Paraíso.* Y los secos calvinistas y adláteres quizá hayan olvidado que aseguró Lutero: *Mi risa es mi espada, y mi alegría, mi escudo.* Ante todos los sucios fanatismos que nos ensombrecen y nos acosan hemos de responder de la misma manera: con el arma letal y juiciosa de nuestras carcajadas.

Se dice, con excesiva superficialidad, que la juventud lleva en sí la alegría. Quizá porque se piensa que lo que la origina es la irresponsabilidad; o la euforia que una salud perfecta produce; o el natural optimismo de quien tiene la vida por delante, y es capaz de comerse el mundo antes de que el mundo se lo coma a él... No obstante, conozco pocos jóvenes alegres; en general, conozco muy poca gente alegre. Como si la sociedad protectora que inventamos, y las ciudades aliadas que nos acogen, amortiguasen nuestro impulso hacia la jocundidad. Porque la vida, el simple y mortal hecho de vivir, es precisamente a la alegría a lo que invita antes que a cualquier otra cosa. *Alacer*, en latín, es a la vez *alegre*, *vivo* y *ágil*.

No me refiero a la alegría orgiástica de los griegos, en que los dioses y los hombres danzaban juntos la gran danza de Pan desenfrenados. Ni, al contrario, a la alegría ascética y fantasmal del cristianismo antipagano, que cerró la mirada a los gozosos adornos de este mundo para fijarla en la visión beatífica del otro. Ni a la alegría libertina, desencadenada del temor al pecado. Ni mucho menos, a la burguesa de quienes, conseguidos los anhelados bienes materiales, se satisfacen con ellos. Ni tampoco me refiero a la de los perseguidores de utopías colectivas, los revolucionarios que aspiran a una unidad humana que todo lo comparta: esta alegría es aplazada y sólo genera un orgulloso contento por el deber cumplido... Me refiero a la alegría a la que todos hemos sido convocados, y que es, por tanto, previa: más sencilla y más complicada al tiempo que cualquiera de las enumeradas.

Es posible que haya unos seres más propensos a ella: seres que no nacen taciturnos y cabizbajos (si es que alguien nace así, y no es que se vuelva así por causas que aún desconocemos y que afectan al hombre desde el mismo momento de echarse a respirar, o antes quizá). Pero tampoco la alegría es identificable con el entusiasmo, ni con la graciosa extraversión, ni con el afán por la fiesta y por la risa. La risa puede ser una manifestación no siempre auténtica y no siempre alegre: al fin y al cabo, en España abunda el humor negro y la fiesta ensangrentada de los toros. Ni tampoco la alegría es identificable con el placer: confundirla con él sería como confundir a Dios con un humilde cura rural sin desbastar, o como confundir el sentido del humor, que ha de teñirlo todo, con un chiste que provoca la carcajada más elemental e inevitable. La alegría no tiene por qué ser irreflexiva, ni pedestre, ni patrimonio de los simples... Es otra cosa; quizá es siempre otra cosa *además*, lo mismo que el amor.

Se trata de algo perfectamente compatible con la sombra de los pesares y con el conocimiento del dolor y de la muerte: cualquier sombra resalta la luz y los contornos de un paisaje. La alegría, contra lo que pudiera pensarse, no es un sentimiento pueril o desentendido: ha de ser positiva, incluso emprendedora de la carrera que lleva a sí misma o a su resurrección. Aunque fracase en ello. Porque si la alegría no lo es *a pesar de todo*, no lo es de veras. Frente a la tristeza, un sentimiento débil y grisáceo y que mancha, ella es un detergente que blanquea y que robustece. Consiste en un estado de ánimo, que puede perderse y también recuperarse; que es anterior y posterior a la pena, y que el más sabio lo hará también coincidente con la pena. *Las penas hay que saber llevarlas con alegría*, dice la protagonista de mi primera comedia, escrita en mi muy primera juventud...

Y es que la alegría, en realidad, es la base y el soporte de todo: la palestra en que todo tiene lugar, y en la que nosotros luchamos, vencemos o nos vencen, y acabamos por *ser* (el hombre *es*, en el fondo, su batalla y asimismo su campo de batalla). De ahí que debamos aspirar a una alegría no ruidosa, no efímera, no tornadiza, sino serena y consciente de sí misma. No podemos permitir —antes la muerte— que alguien nos la perturbe, y menos aún que nos la arrebate: he aprendido bien esa lección. Ella es la principal acompañante de la vida: su heraldo y su adiós, su profecía y su memoria. No hay nada para mí que resulte más atractivo: ni la inteligencia siquiera, ni la belleza. Porque el alegre es ecuánime y mesurado: todo lo pasa por el tamiz de su virtud y lo matiza con ella. Con ella, que representa la aceptación de un orden vital en principio incomprensible; la aliada más profunda de cualquier actividad que colabore en favor de la vida; la superviviente de catástrofes y cataclismos, y de la maldad humana, y de las depredaciones, y de la invencible concatenación de las muertes que hacen sitio a la vida. Es el más dulce fruto de la razón; la prerrogativa peculiar del hombre; la mejor fusión del sentimiento y de la mente, de la zona más alta del ángel y de la más baja del animal: el resumen perfecto. Por nada de este mundo ni del otro debe perderla quien la tiene, ni dejar de recuperarla quienes la hayan perdido. Yo soy una prueba.

Pero la felicidad es otra cosa. Quizá lo que muchos llaman felicidad tienda a llamarla yo serenidad. Para mí, aquélla es un trastorno mental transitorio, una salida de sí mismo, una enajenación y una alteración pasajeras: el hombre no puede habitar en el éxtasis; no puede vivir con los ojos en blanco: ni siquiera en el amor. Por eso se afirma que amar y trabajar *con tiento* llevan a la felicidad. Ni un desordenado amor ni un desordenado trabajo. Ahí están los límites de la prudencia, la virtud de la realidad con los pies en la tierra... O sea, lo contrario de la felicidad, que está fuera de tientos.

La sabiduría es un conjunto de conocimientos dirigidos hacia la vida práctica que culminan en el sosiego. No un sosiego ensimismado como el de un gusano de seda en su capullo, sino procedente del autodominio, de una cierta intuición, y de la experiencia y de la madurez. Yo, si se me permite decirlo, veo sin prejuicios los acontecimientos, al margen de la ofuscación y de la precipitación, y poseo cualidades que se echan de menos en este fin de milenio. Por supuesto que conozco el principio de Píndaro —*sé el que eres*—, y he ido culminando mi mensaje intransferible; pero esto no es la felicidad. Por supuesto que soy coherente (vivo de acuerdo conmigo) y fiel a los principios que respeto; pero esto no constituye la felicidad. Por supuesto que *gozo de mí mismo en mi propia existencia*, y comprendo que hay algo que me excede, y me dirijo a ello, y he escuchado las ofertas del poder y las he rehuido, porque son más efímeras que yo mismo y más contingentes que mis auténticas aspiraciones; pero nada de esto constituye la felicidad. Por supuesto que trato de mantener el equilibrio, en ocasiones tan difícil, entre mi carácter y mis objetivos; pero ni siquiera tal equilibrio es la base de la felicidad.

Hay circunstancias en que percibo con más nitidez mi armonía interna, resultado de tantos resbalones y desarmonías, y he aprendido a esperar sin urgencia y a perseverar sin veleidades. Acaso sea este todo mi caudal, el que prefiero a cetros y coronas, el que está por encima de los tesoros, porque en él no anochece y me vacuna contra cualquier tentación de alargar la mano en busca de los bienes inferiores. Pero a tal conformidad, por la que no siento orgullo, puesto que comprendo que es la obra del tiempo, no se me ocurre darle el nombre de felicidad. A ese esfuerzo prolongado, a ese día a día y gota a gota que, como una erosión de arena o agua, actúa sobre mis desniveles, mis acritudes y mis crispamientos; a esa personal arquitectura que hizo habitable la casa que no lo era, y que plantó en el caos asideros, e iluminó las zonas tenebrosas, no le doy el adorable nombre, tan extranjero a mí, de la felicidad. Son obras que emprendí para andar por mi casa sin tropezar y sin caer: la adecentaron y la hermosearon. Pero la felicidad no se dignó ni siquiera rozar con su hermosa y breve mano la aldaba de mi puerta.

Siempre me lo he repetido, en voz alta y en voz baja. Siempre se lo he repetido a quien amé y respeté: «Vive el presente con la mayor intensidad de la que seas capaz. El pasado es un camino, no siempre recto, para alcanzar el hoy; el mañana, si es que te llega, será una consecuencia que ha de traer entre las manos su propio afán. El presente es tembloroso y casi nada. Se prolonga y estira hora tras hora, y todas hieren, menos la última, que mata. Resárcete de esa dura ley. No sientas remordimientos del pasado; no sientas temor por el futuro. Siente no más el gozo del presente —carnal y lúcido, inevitable e inmediato—, o el dolor del presente, enriquecedor y válido también...

»Y antes de cualquier otra norma, ten ésta en cuenta: no te separes de la vida. No dejes de abrazarte a ella con fuerza: ni por cobardía, ni por pereza, ni por sensatez. Abandónate a la vida, sin que la manche ninguna pasajera tristeza, ningún pesimismo, ninguna sombra tuya. Y pregúntate de vez en cuando para qué estás aquí: quizá estés sólo para averiguarlo. Si puedes, cuando puedas, sé feliz. Pero, aunque no lo seas, no lo olvides: el tesoro del niño está aún próximo a ti; lo tocarás si alargas la mano; no lo disminuyas a tu costa... Te lo repito: no te separes nunca de la vida; por nada de este mundo te separes. Cuando alguien te lo aconseje por prudencia, desóyelo y aléjate de él. La vehemencia es enemiga de la circunspección. Y recuérdalo a cada instante: la obligación más exigible de un ser vivo —la primera— es vivir:

vivir por encima de todo lo demás. La vida es tu oportunidad, la tuya sólo: tus errores, tu inapelable fiesta, tus dudas, tus fracasos, tu muerte intransferible. Tu posibilidad, sólo la vida. Sea o no un sueño. Porque hay que vivir el sueño y hay que soñar la vida apasionadamente.»

EL ROCÍO Y YO

Si escribo sobre el Rocío en estas notas es por escribir sobre Andalucía. El valor crucial del Rocío para mí es haberse convertido en significación de la esencia andaluza. Se trata del total de una suma llena de color, variedad, calles de salsipuedes, reiteraciones, historia y enrevesadas evidencias. El Rocío tiene algo de las ferias y también de las Semanas santas. Las ferias son como una celebración de las cosechas y las recolecciones. Quizá lo inicial en ellas fue el mercado, el chalaneo, el trato con las ganaderías, la oferta de lo conseguido en el campo, desde la uva al trigo, desde la lana a la aceituna... Todo eso se envolvió siempre en adornos festivos, accesorios que se fueron convirtiendo en sustanciales, o que acaso aparecieron así desde el principio, hasta desviar la atención de lo que fue primero en orden cronológico. *Alhaja*, en árabe es una palabra misteriosa que quiere decir lo superfluo que se ha convertido en necesario.

Evolución y unión de los contrarios, digestión de alimentos contrapuestos, espongiario que asume y, en su interior, transforma: eso es Andalucía. Se ha advertido, como una de sus características, la de la ironía entendida al modo de un «redescubrimiento del ser y de la vida, tras una fugaz tangencia imaginaria con el no ser y con la muerte». No podía ser de otra manera, porque se trata de una tierra estratégica donde, en el curso de la Historia, se han desatado y litigado las ambiciones de los poderosos. Es la crónica de Andalucía lo que justifica que ningún otro pueblo de

España sea poseedor de su ironía, de su estar de vuelta, de su desdén de quien todo lo ha tenido; el amor del que sabe que en un sorbo de vino puede insinuarse o ahogarse la felicidad. Por eso en ella se progresa sobre dos rieles, antagónicos a primera vista: el *qué más da* y el *estaría de Dios* que, en el fondo, son sólo dos manifestaciones de la misma certeza: la de que las riendas de la vida no se hallan en nuestras manos; de que la podemos hacer acaso mejor o más ancha, pero nunca más larga; el conocimiento de que la vida se desenvuelve entre un doble paréntesis: el de la contingencia y el de la necesidad, y que ni el más levantado poder de este mundo podrá modificarla en lo inmanente: en lo superficial, sí —es más fácil y, a ratos, fructuoso— pero en lo esencial, no.

De ahí nuestro estoicismo y aun nuestro fatalismo, de un lado; y de otro lado, nuestro gusto por el adorno, por lo festivo, por lo bello. Es la escueta copa de vino y es la tapa. Es el humilde adobe y es la cal que lo decora. Es el riesgo del toreo, y la seda y el oro que lo enjoyan. Es la sangre de los Cristos, y los mantos y los palios chorreados de riqueza. Es la fe de la saeta, y el paganismo de las palmas y el aguardiente. Es el sudor de los costaleros, y el mareante vergel de los pasos. Es el patio recoleto en que se convirtió el *atrium* romano, y el balcón extravertido en gitanillas para que lo vean los extraños como quien tira la casa por la ventana. Es la austeridad de la jeringuilla o del joyo de aceite o de los paredones blanqueados, y es el epicureísmo de la caldereta, de los taquitos de jamón o la acedía, de las arquitecturas barrocas, de los olores espesos y pecaminosos. Es la exageración (por carta de más o por carta de menos: si en una corrida está la plaza medio llena decimos o que no había un alma o que no cabía un alfiler: el caso es no atenerse a los límites reales), es la exageración y es el continuo empleo de los diminutivos: a una anciana se la llamará *niña*; a un niño, *padre mío*. Para ponderar algo se dirá *¡qué lástima!*; para reír la gracia de un chiquillo se dirá *¡qué dolor de hijo!* Sin embargo, para lamentar un desastre se dirá simplemente *estaba escrito, qué le vamos a hacer*.

Porque aquí hemos inventado un arte: el arte del dolor y de la sangre. (Ningún tópico es gratuito. Todos responden a la reiterada quintaesencia de una idiosincrasia: nuestra Semana santa, nuestros toros y nuestro cante jondo.) Nuestra Semana santa más que con la pasión de Cristo tiene que ver con nuestra propia pasión: es una forma de exteriorizarnos, de celebrar las excitantes fiestas de la resurrección y de la primavera, el retorno de las Vírgenes blancas a este mundo. Y nuestros toros son un procedimiento de enfrentar las cosas absolutas —el peligro y la muerte— con las rígidas reglas de un juego. No es sólo ya la amenaza y el calor y el cansancio y el peso de las telas recamadas y el público exigente y el riesgo y el riguroso cánon de la lidia: además de todo eso, como me decía Manolete, *hay que estar bonito*. Y en nuestro cante jondo, cuando se canta a gusto, como afirmó La Piriñaca de Jerez, la boca sabe a sangre. Y la sangre del que escucha se pone de pie, como sus vellos. Y los sonidos que restallan más fuerte son los sonidos negros. Y el duende ha de volverse trágico, pero un momento sólo, para poder volver —sin transición, sin aspavientos— a la copa de vino y al jaleo. Porque aquí la fiesta no es que, además, sea peligrosa, sino que consiste fundamentalmente en eso: en el peligro, en la posibilidad de quedarse prendido en los cuernos de un toro o de una siguirilla, en la apuesta del que va, acaso para no retornar. Pero sonriendo, pero como si no fuese con él, porque quizá la vida no sea lo más importante, a no ser que se la viva a manos llenas, en libertad y con elegancia. He ahí el desdén. He ahí la causa del desdén y de la generosidad y de la ilimitada tolerancia, tan escasa en el resto de los pueblos de España.

Quien pretenda conocer, o aproximarse a lo andaluz tiene que estar curado de espantos y de contradicciones. Una de ellas es ésta: lo que se cumple en el apartamiento y la concentración es lo que, en general, se considera precisamente un espectáculo de una cierta manera: los toros, el cante, el baile y, en idea, la Semana santa. Todo ello está teñido por un matiz ceremonial: una intimidad que se ofrece desnuda y entreabierta; un pudor que cierra los ojos para no ver que es visto (*¿Quién podría decirle qué bien huele / a la rosa, en su tallo ensimismada?*); la sacralización de alguien, que representa a los espectadores y los personifica y los exalta: una soledad rodeada de solidaridad. Y unos espectadores, por lo tanto, no ajenos, no indiferentes, sino participantes. Hasta tal punto que, sin ellos, no tendrían sentido ni la voz, ni el gesto, ni el riesgo, ni el aroma.

Es esa participación, esa presencia activa la que logra otra de las contradicciones andaluzas: inmortalizar lo efímero. (*Lo hiciste sólo un momento, / pero te quedaste en piedra / haciéndolo para siempre*: Juan Ramón.) La emoción estética obra como un buril, y graba en los sentidos y en el ánimo de los asistentes el *pellizco* que no va a volver jamás a repetirse: un quite, un jipío, el vuelo de una muleta, el mecerse de un palio, los dos dedos de una mano recogiendo la cola de una bata. El pueblo andaluz, como pueblo *de vuelta*, conoce la infinita importancia del instante, el portentoso aroma de aquello que no dura: aquello que se tiene la suerte de presenciar y gozar entre el *todavía no* y el *ya no*. La vida no sólo se desarrolla entre la contingencia y la necesidad: además es muy corta. Toda la cultura andaluza se basa en eso: una manera de ver cruzar la vida y ver llegar la muerte. Andalucía es la gran inventora de un arte: el del dolor y el de la sangre. Ella acostumbra poner la belleza en trance de agonía, en un terrible y voluntario riesgo. Y cuando lo supere, vendrá el admirable y aliviado olé. En los toros, en el cante, en el baile, en las Semanas santas...

En pocas ocasiones como en ellas tropecé con nada tan representativo de lo andaluz. Envolventes tal una placenta, por encima y por debajo de cualquier pasatiempo, son pura religión (entendida la palabra en su original sentido, e incluyendo en ella hasta la religión católica, mucho más moderna que esa celebración de primavera). Quien no se sienta arrebatado por su gran riada de hermosura, difícilmente podrá ser amigo mío, porque a mí me afecta de forma medular: anonadante y exultante a la vez. Sevilla, por ejemplo, en el fondo tan cerrada y clasista de ordinario (no hay más que poner un pie en su feria, que sí es un espectáculo), se altera, se enajena, se embriaga como una misteriosa bacante. Por supuesto que hay religión en estas procesiones. Una religión anterior a todas, natural y perpleja, expresada por los medios que la historia ha ido suministrando a cada ciudad, y que cada ciudad —como un conjunto de hombres semejantes—

obtiene de sí misma. Desde la simplicidad de la cal o el azahar, hasta la complicación de las callejuelas o del barroco. Nada hay estático aquí: nada ni nadie. La emoción se produce en el puro movimiento. Un paso quieto, por muy perfecto que sea, es asunto de museos. Por eso el *motor de sangre* de los costaleros es insustituible por la mecánica. La rueda es fría: avanza sin estremecerse. Y la frialdad se contagia; se contagia tanto como el amor. Lo que se brinda en simple espectáculo no encuentra, como mucho, sino admiradores. Lo que se entrega como palpitación y vida atina en la diana del corazón.

Lo simbólico de las Semanas santas andaluzas es tal incesante movimiento: su fervor, su hervor, el paso diferente de cada paso, el temblor de las candelerías y de las saetas, el ávido ir y venir de los espectadores, la vertiginosa mudanza de los olores —del incienso al pescaíto frito, de la flor a los churros—, el vacilante cambio de la luz, de los atardeceres, de los amaneceres, de los mediodías. Y, sobre todo, el movimiento desde el dolor al gozo, de la muerte a la vida. No en balde se está bajo las lunas claras de la primavera, cuando las jóvenes diosas de todas las religiones retornan al mundo, desde los infiernos, triunfantes y deslumbradoras. No en balde las más jaleadas dolorosas se llaman Esperanza. Tras la tensión irresistible de un cante, se produce el respiro y el alboroto. Tras la faena al borde de la muerte, se pasea, vuelto a nacer, el diestro por el anillo, montera en mano, sonriente, devolviendo sombreros. Tras el agobio de las cruces, el esplendor y el poder y la gloria. Tras el tormento, la resurrección siempre. Ante la vida, queda absorta la muerte y olvidada.

Cientos de veces se ha repetido que Andalucía, en la historia, se ha rendido a sus conquistadores con armas y bagajes. Andalucía lo único que ha rendido han sido precisamente sus armas y sus bagajes: con el resto se ha quedado para que lo aprendieran, junto a ella, sus conquistadores, que, acto seguido, pasaban a ser sus conquistados.

Un anochecer esperaba yo en el Portillo sevillano el desfile de la Virgen de la Salud. Una anciana ciega que había cerca de mí reconoció mi voz, pero no me identificaba. Daba, por eso, sobre mi identidad, palos de ciego. La nieta que la acompañaba sonreía con una cara maliciosa y murillesca. La abuela llegó a decir que era futbolista.

—Pero, abuela, si lleva bastón...

Entonces la anciana, a tientas, me cogió la mano y se la llevó a la boca.

—Bendito seas, hijo.

Pasaban ya los últimos cofrades de la hermandad ante nosotros, y se acercaba el trono, encendido y cimbreante. Todos volvimos la cara hacia él. Un silencio, y ya casi nos daba las espaldas la Virgen, bajo su augusto manto gris, cuando la anciana habló en voz muy alta.

—Danos salud a tós, Madre de la Salud. A tós, a nuestro Antonio también, Madre... —Ya casi se perdía el paso; entonces habló más alto aún—. Ah, y que se muera er Gobierno, Madre de mi corasón, tor Gobierno.

No sé qué le habría hecho. Era el de Leopoldo Calvo Sotelo, que no tardó en desaparecer, ya que no en morirse.

En la Semana santa de Sevilla me han sucedido anécdotas de todos los colores, bullas, aprietos, la belleza que lo circunda todo, la alegría que lo levanta todo, la gentileza que todo lo enamora. Pero no se trata de contar nada de eso... De eso y de lo demás tiene mucho el Rocío. Y alguna otra cosa, por añadidura, que en él está muy clara. Pero, por si no lo está lo suficiente, yo diré: primero, que ningún fenómeno sociológico es simple; segundo, que el Rocío es, de antemano, un fenómeno sociológico de sincretismo como la copa de un pino (de un pino del Rocío, claro); tercero, que lo cultural, lo folclórico y lo pagano son conceptos esenciales en él; cuarto, que lo pagano no es lo irreligioso (identificar religión y catolicismo es una deformación profesional de los obispos). El Rocío —como todo lo humano, y el hombre también— es una embriagante mezcla de sagrado y sacrílego, de carnalidad y espiritualidad, de la penitencia del camino y el desmadre de la llegada. El viaje —igual que cualquier *viaje*, el de la droga incluido— es una forma de ascesis. Y el Rocío —así el paraíso para Blake— no es un lugar geográfico, sino un estado de percepción. Quien no la logre, da igual que esté allí físicamente: regresará sin haber bebido: triste cosa.

«Pero ¿no es la Iglesia quien inventó el asunto?» El *asunto* estuvo siempre allí, sobre lo sagrado de las marismas, ese lugar ambiguo entre el mar y la tierra. Estaba ya con los tartesos y con los iberos, como la cara oculta de la luna creciente. La Virgen es sólo un dato más: la personificación de la diosa renaciente, disputada como las hijas de los hombres; pastora y reina intocable, salvo para su tribu adoradora: los almonteños. Es el mito y el símbolo a la vez; el centro de los misterios, donde se funden los azares dionisíacos, oscuros y femeninos de la naturaleza recobrada. La Virgen se erige para sancionar que todo —comer, beber, jugar, copular, danzar, gritar— es manifestación de lo divino; que todo lo natural es sobrenatural y ha de realizarse con espíritu lúdico. Ella representa lo que los ritos mágicos perseguían al principio del hombre: la evitación del mal, cuando el mal no era un problema abstracto, sino tangible: desastres, enfermedades, pérdida de cosechas o de caza, derrotas en combate... *Orgía* significa culto secreto (por eso hablaba de iniciados, conscientes o insconcientes) en que se liberan la espontaneidad y la sexualidad. Y por el cante y el baile y el gesto y el ritmo reiterados se logra la catarsis del pueblo, lo mismo que se logró hace milenios. La *virgen*, en las culturas ginolátricas —¿y qué es la hiperdulía de la Virgen?—, antes del judaísmo y del cristianismo y del islamismo, era la diosa o la sacerdotisa que transmitía el misterio de la existencia a través de su cuerpo; era la mujer que se pertenecía a sí misma, no a un hombre. Tal palabra no tenía nada que ver con la castidad: Afrodita, por ejemplo, era virgen... La Virgen del Rocío es la diosa de Andalucía más que ninguna otra advocación; la Paloma de Pentecostés, antes asexuada, y ahora femenina y blanca. La diosa blanca. La Blanca Paloma. El Rocío es, al tiempo, devoción honda y transgresión, revuelta contra lo rutinario, sublevación frente a la norma, desmelenamiento ante una sociedad —la Iglesia dentro— ortopédica y falsa. En el Rocío concurren las más viejas culturas, porque en él late el corazón auténtico del hombre.

Hay una canción hindú a la diosa virgen, que exclama: «Vuélveme loco con tu amor, madre. / ¿Qué necesidad tengo yo de razón o de conocimiento? Emborráchame con el vino de tu amor, / tú, que robas los corazones de quienes te adoran.» Y un poema de Blake: «Fui al Jardín del Amor / y vi lo que nunca vi antes: / habían construido una capilla en medio, / donde jugaba yo sobre la hierba, / y la puerta de la capilla estaba cerrada / y escrito en ella "No debes"... Donde antes había flores, / sólo vi lápidas y tumbas; / entre ellas rondaban sacerdotes de negra sotana / cercando con zarzas mis gozos y deseos.»

A primera vista, sería algo entre una película de *pioneers*, los sanfermines, el carnaval de Río y una ceremonia de canonización en Roma. Eso para los simples espectadores, no para los participantes. Los participantes son gente muy diversa: todos iniciados de antemano en los misterios; pero muchos de ellos, consciente o inconscientemente, llegan hasta la almendra del misterio.

Porque al Rocío puede uno acercarse como alguien curioso que no va a pasar de lo exterior, que no tiene la voluntad de adentrarse en la verdad última, y que ha llegado, solo o con otros, para ver y para oír. Pero puede uno acercarse como el que va a un comulgatorio, como alguien envuelto ya sin remedio en la maraña de devociones ancestrales y de paradojas que el Rocío supone. Y hay incluso una tercera forma de llegar al Rocío; la más triste: como espectáculo, formando parte de lo que el primer grupo va a ver y oír... La vida, a empujones, me ha llevado a mí a formar parte del tercer grupo. Es por eso por lo que sospecho, en Pentecostés al menos, que no iré a visitar más en su casa a la Blanca Paloma...

Tres veces estuve: la primera, me quedé en las afueras; la segunda, me integré con los demás ya integrados; la tercera, hube de resignarme a que se me admirara como un añadido al conjunto brillante de lo que allí aparece, a que se me aplaudiera, se me tocara, se me considerase como una prueba más de la verdad de aquello: justamente cuando los que así obraban me impedían ya seguir siendo esa prueba...

En estos tres Rocíos me han sucedido tantas cosas... En el primero, me dediqué a observar. Recuerdo una noche entera andando, de casa en casa, de hermandad en hermandad, con los ojos redondos, tomando nota de cuanto veía, con mi manta rociera pendiente desde un hombro hasta el polvo... Nunca olvidaré que fui testigo de un reencuentro: dos muchachos de algo más de treinta años, de la provincia de Sevilla, habían sido amantes hacía ya casi quince. Las presiones sociales, las persecuciones puede decirse, los separaron. Uno de ellos emigró a Bélgica; el otro se casó. Yo asistí, con mi manta arrastrando, a ese choque cuyo estrépito repercutió dentro de mí. Ninguno había vuelto a enamorarse de veras. Y allí estaban, sentados en dos sillas, con una botella y dos vasos de por medio en el suelo, mirándose sin hablar, con los ojos avariciosos y mojados, empeñados con firmeza de piedra en que aquello no desapareciera nunca más de sus vidas, pero conscientes de que desaparecería a la siguiente mañana. La mujer del casado se había quedado en el pueblo con dos niños; el emigrante partiría el lunes para Bruselas. Se habían tropezado de improviso en una encrucijada para volver a separarse. Me lo contaron entre los dos a borbotones, sin dejar un segundo de mirarse. No intervine. Fui un simple testigo. Los dejé ir, de la mano, camino de la iglesia. No sé qué harían después.

En mi segundo Rocío entré hasta lo más hondo que pude. Me escondí, me asombré, tuve la impresión de tocar lo intocable. Sólo a ciertas horas entraba en contacto con lo que la gente entiende que representa mejor al Rocío: aquello que, a menudo, a su vez, se exhibe un rato, para regresar luego a sí mismo. Hablo de los grandes devotos y de las casas conocidas: Rocío Jurado, la Pantoja, Manuela Vargas, Miguel de los Reyes, qué sé yo... Que nadie juzgue a nadie. En la intimidad de cada cual puede encenderse la luz más brillante para la Blanca Paloma; pero de la intimidad no se habla con los otros... Fue en ese Rocío en el que improvisé, entre la algarabía y el enardecimiento, un ballet, una *Fedra*, que luego no sé quién hizo, para Manuela Vargas y El Mimbre, un muchacho espléndido, sobrecogido y muy sensible, hermano de Matilde Coral. Con él luego me he tropezado en Sevilla, ahora que lleva gafas. Fue en ese Rocío donde me bautizaron con vino en la hermandad de Córdoba. Fue en ese Rocío en el que me encontré, delante de la iglesia, en la presentación de las cofradías, a Paquita Rico, casi deshecha en llanto.

—¿Cómo es posible que te siga emocionando de esta forma, después de tantos años, lo que aquí pasa?

—No —me contestó—. Si eh la primera ve que vengo. Lo que me pasa eh que, hijo mío de mi corasón, desde ehta mihma mañana eh er terser borso que me roban...

En mi último Rocío, sin saber cómo ni poderlo evitar, pasé a ser propiedad pública. Los almonteños que se consideran y son los propietarios de la imagen, me invitaron a estar presente en el desfile de las hermandades. Yo iba vestido como siempre: un pantalón, una camisa, un pañuelo en el cuello y un suéter por los hombros. Todos ellos, menos el obispo, iban con traje corto. Vi que no les parecía bien mi atuendo; uno me sugirió que me quitase el suéter por lo menos. Yo sonreí mientras me lo quitaba.

Había hecho fragmentos de camino con distintas hermandades. Presencié la enigmática fe compatible con ciertas clases de juerga, y también la juerga a secas. Las cenas, los rosarios... La luna alumbrando con misericordia los anchos campos secos. Las carretas iluminando el espacio común. La noche, que cae y envuelve sentimientos de todas clases. El cansancio, que se echa sobre el polvo, de cualquier manera, para poder levantarse con el alba...

Al final de ese Rocío, también los almonteños me arrastraron. Los muchachos, que saltan la reja antes del primer rayo de sol, para demostrar que la Virgen es suya, la llevan sobre sus espaldas navegando casi hasta el naufragio: la rigidez del trono se eleva, se bambolea, se derrumba y vuelve a levantarse entre el fervor y el júbilo. Los muchachos, para reconocerse entre la multitud, llevan unas camisas uniformes: de un azul suave, de un pardo casi militar, según los años. Uno me vio, y ellos, que no dejan que nadie toque la imagen, que recogen a los niños y los alzan con sus propias manos, que son capaces de acuchillar a quien se tome confianzas, ellos decidieron recompensarme. Tiraron de mí, y me metieron entre sus cuerpos, bajo la plataforma de la imagen. Tuve un ataque de claustrofobia, de olores densos e irrespirables, de sudor contagioso, agachado entre las piernas de los muchachos, que a su vez se veían oprimidos por más de 100.000 personas...

—Antonio Gala se ha desmayado... Cogedlo.

Manos samaritanas me sacaron; me fueron pasando en alto de unas en otras hasta llevarme a la orilla de aquel mar hirviente. Cuando llegué ya había recobrado el conocimiento. Fue entonces cuando supe que aquel sería mi último Rocío.

Dos días antes, paseando entre la bulla que siempre me rodeaba, resignado y rebelde por tener que esconderme, se me acercó un hombre que llevaba las riendas de un caballo.

—Mi caballo está mal, Antonio, respira mal...

—¿Y qué quieres que le haga? Yo no soy veterinario.

—Que le pongas las manos en los pechos, hombre, por favor.

Me negué. Él insistió. Volví a negarme. Mi amigo Paco Campos, bondadoso como siempre que él no tenga que esforzarse:

—Qué trabajo te cuesta, ponle las manos al caballo y así salimos de esto.

Abrí las manos. Las puse sobre el cabrilleante pecho del animal, un alazán nervioso. Noté en mis palmas el ruido de su respiración... Nos fuimos. Un par de horas después supimos que todo el mundo estaba enterado de que el caballo se había curado. Su dueño, un hombre joven, con sombrero ancho y faja verde, me buscaba para darme las gracias.... Desde ese instante tuve que tocar bebés, simpecados, estampas de la Virgen, rostros tristes o sonrientes; estrechar manos incontables; hacerme a la idea de que me tocaran cientos de otras manos...

—Más vale que nos vayamos a Matalascañas —dijo hasta Paco Campos—. Me parece que la Virgen está un poco molesta contigo.

A la noche siguiente volví, una vez oscurecido y por los arrabales. Estaban las familias ya cenando. Jugaban los niños entre ellos, atolondrados y vociferantes. Uno, de espaldas, huía de los otros y tropezó conmigo. Giró la cara, acaso esperando una colleja. Me miró con un asombro enorme.

—Ay... san Antonio... Machado... —gritó. Y se fue corriendo en busca de su madre.

Estar entre los que, en principio, nos admiran y no saben por qué es un perpetuo ejercicio de humildad. Afortunadamente.

LOS MERCADOS Y YO

Una señora, en un almuerzo, dijo que ella compraba en el mercado de Diego de León. Qué cosa tan sencilla ¿verdad? Pues de ahí en adelante perdí pie; ya no di pie con bola. Toda la tarde se me volvió mercado. Cómo son los recuerdos... Se llaman, con señales misteriosas y mudas, los unos a los otros. Igual que las cerezas: tiras de una, y allá van las demás, enredadas lo mismo que zarcillos... Tengo la sensación de que, en ningún sitio como en los mercados, gocé, reí, curioseé, fui casi feliz. Los mercados han sido mi punto y aparte, mi nota marginal, mi hora de vacación. A ellos fui, cada vez, acompañado por distintas personas. Todas, una tras otra, amantes mías. Gente que me sedujo y, viceversa, me encontró seductor. El amor hace amable todo, hasta los mercados, que no lo necesitan; hasta el infierno, si es que el infierno puede coexistir con el amor. Íbamos al mercado, juntos, a divertirnos, a codearnos con los demás. Íbamos porque todo marchaba bien entre nosotros, y estábamos contentos, y el mercado multiplicaba nuestro encanto. Era una recompensa. Si íbamos de mañana, después volvía yo al trabajo; si por la tarde, nos metíamos en un cine de barrio, entre las desvaídas luces de las calles de invierno, o retornábamos a casa, del brazo, a hacer la cena con lo que habíamos comprado, y el amor con lo que ya teníamos...

En el mercado de Diego de León cerraban ya. Quien entonces me compartía quiso comprar aceitunas. Entramos. Los de los puestos me reconocieron. Intenté retroceder. Mi acompañante me retuvo del brazo: *Te quieren, y tú a ellos. ¿Vamos a estar huyendo siempre?* Entramos. Vimos, contentos, baldear los mostradores y los suelos, retirar a las cámaras el género. Los vendedores, cansados y contentos también, nos abrazaban. Mi acompañante, de mi brazo, compró cosas que jamás habríamos comprado. Al salir, en una diminuta papelería, me regaló un cuaderno infantil. (Es conocida mi pasión, tan frustrada, por las papelerías y cuanto en ellas hay.) *Te lo has ganado*, me dijo, y me besó delante de la dueña. *¿Vamos a casa?*, murmuró. *Pero, ¿el plan no era tomar un martini, cenar y luego ir al teatro?*, pregunté. *Sí; ese era el plan. ¿Vamos a casa?* Me miraba con una luz secuaz flotándole en los ojos. *Sí*, contesté. *Por supuesto*, contesté... No había estrenado el cuaderno de Diego de León. Es verdoso y rayado. El tiempo lo ha descolorido, como a todo. No importa. Me está sirviendo para escribir lo que hoy escribo. Era una pena dejarlo un día más sin estrenar.

En el mercado de la calle Colombia, a un paso de la casa pequeña de Príncipe de Vergara —entonces General Mola—, conocían a quien me compartía aquellos años mucho más que a mí. Los dos éramos jóvenes. Comíamos verduras, mucha fruta, yogures, huevos duros y algunas porquerías: cosas rápidas. Troylo llegó a complicar un poco la cocina; de guisar para él se pasó a guisar para los tres. Cuando venían amigos, dábamos un salto al mercado y traíamos huevos, patatas, perejil, ajos y cebollas. Mi amante preparaba aquellas prodigiosas tortillas que a las visitas tanto entusiasmaban. El color, sobre todo, era un milagro. Yo les ponía los nombres: la tortilla *Verona* era de color lacre; la *Domus aurea*, amarillo tostado; una noche salió una, de alcachofas, tan antracita que la llamé *Pedro Botero*: de ella comieron Laly Soldevila, su marido, no sé quién más... Cuando nos peleábamos y el amor se escapaba, la casa —tan chica— daba miedo: yo me extraviaba en ella, y solo no fui nunca al mercado de la calle de Colombia: ¿qué hacía yo solo allí? Pero, cuando regresaba el amor, olía de nuevo a bosque, y yo escribía poemas, mientras de la cocina —a un metro y medio— brotaba el ruido de los cacharros, y el ladrido de Troylo pidiendo su comida... En ese mercado, sí, solo, solo, en una tiendecita de la entrada, compré las flores para aquel entierro. (Los recuerdos, siempre es igual, se entrecruzan y traban.) *Uy, cuánto tiempo hace que no lo vemos por aquí*, me dijo la florista, agitanada y gorda. *Me he mudado*, dije bajito. *Los famosos siempre están ustedes dando fiestas. Porque tantísimas flores serán para una fiesta, ¿no? Sí*, contesté... No he vuelto nunca más a ese mercado. Estoy seguro de que yo ya no conocería a nadie allí. Ni a mí siquiera me conocerían: al que yo era, digo.

Pero un día, años antes de la muerte, nos fuimos a Almuñécar. Era el mes de febrero. Hablábamos y bebíamos, de noche, en nuestra habitación de un hotel de la playa. Dormíamos a rachas, porque nos parecía que éramos demasiado felices para dormir toda la noche de un tirón. El amanecer nos sorprendía despiertos. Nos levantábamos descalzos, envueltos en la colcha o en una manta grande en que los dos cabíamos. El mar, insomne, lamía la arena debajo del balcón. Una bandada de gaviotas unánimes esperaba no se sabía qué, mirando ya a la derecha ya a la izquierda, hasta que alzaba de repente el vuelo no se sabía por qué. Nos besábamos muy delicadamente a los ojos del mar. Y, antes de volver a la cama, un poco fríos, veíamos, en medio del amanecer gris entero y ya rosa, las gabarras de luces soñolientas. Las veíamos acercarse, acercarse, entre la niebla. Oíamos su ruido... Después, al mediodía, en el mercado como de juguete de la plaza del pueblo, elegíamos entre los pescados que habían traído las barcas. Los elegíamos por sus nombres maravillosos, o por sus reflejos maravillosos. (No consigo acordarme de cómo se llamaba uno, que tenía un dibujo de cuadros escoceses, tan exacto, en las escamas. Era algo aplastado y no muy grande. Sólo en ese mercado de Almuñécar lo he visto.) Los elegíamos, y avisábamos a alguien de un bar próximo. Dábamos una vuelta entre las tapias coronadas de plátanos; o comprábamos cinchas de burro o jáquimas, para decorar no imaginábamos qué; o tomábamos un par de vasos de vino de la costa. Y volvíamos al bar, donde nos esperaban, portentosos y fritos, los pescados.

En los mercados me he tropezado con mi pueblo: voceón, gesticulador y natural. Yo he sido en los mercados natural también. Acaso como en ningún otro sitio. Y rodeado de naturaleza, de sabores, de olores, de la limpia y magnífica suciedad de las cosas naturales... Los mercados de ayer y de siempre... Por la Corredera de Córdoba corre, salta mi infancia. Va hacia mi adolescencia ardiente y casta. Bajo los soportales, a las siete de la mañana sólo había mujeres a medio vestir y hombres callados. El pleno día era un hervor. A las siete de la tarde, todo, un escaparate de brillos y sabores: olivas de Bujalance, vino de Montilla, cobres de Lucena, membrillos de Puente Genil, avellanas de Trasierra, naranjas de Palma... La Corredera popular, tan amable y canalla. Yo, en aquel tiempo, solo... Gritos, amenazas, gritos, peleas que acaban sólo en gritos. La misteriosa gracia hilvanando la tarde con su risa. Las fondas, con un zaguán estrecho y empedrado, bajo la alargada mesa común; al fondo, el patio de zócalos sangre de toro, y las paredes blancas alrededor del pozo. (¿Dónde estará ese adolescente ahora; adónde mirará; qué es lo que busca?) *La Estrella, El Molino Azul, El Toro, Los Azulejos*... Siempre alguien, cabizbajo, comiendo un plato de patatas azafranadas, bajo una litografía de cisnes y señoritas descendiendo por una escalinata, bajo una estampa de san Rafael... (En una de ellas, a mano izquierda, un amplio arco que da paso a dos o tres patios pequeños, enjalbegados, limpios. Ya en el de entrada, el clavero colgado, de donde un viejo grueso y tuerto, con traje de rayadillo, descolgó la llave de la habitación en que, por primera vez, mi cuerpo se encontró con otro cuerpo.) En medio de las cacerolas, de las ollas, de los tiestos, de los pucheros con flores que cubren los balcones, una cacatúa gris y roja. Desde abajo las niñas le gritaban: «Di papá, di papá», y los niños: «Maricón, maricón.» La cacatúa, indiferente, repetía: «Lorito real», como una tonta. Por la calle de la Paja, por Candelaria, por Consolación, por el Trueque, niños con algún trapo azul sobre la carne anaranjada comían sandía o melón sentados en los umbrales... Y la tarde —que luego cayó tan deprisa, tan deprisa— no empezaba nunca a dejarse caer.

A la Romanilla de Granada, que ya no está (¿dónde se van las cosas?, ¿qué hemos hecho con ellas?, ¿qué ha sido de nosotros?), me llevaba mi amor, que ya tampoco está. Allí pesaban el pescado recién traído de Motril, lo exhibían, lo distribuían y daba gusto verlo. Hasta que por la tarde nos duchábamos, riendo y salpicando, olíamos a él. El suelo estaba resbaladizo por el hielo, la sal y las escamas. Había que mantenerse firme, con las piernas un poco abiertas, para no deslizarse. Una mañana sentí que me transportaban. Alguien que discutía un precio, con la cabeza vuelta y una carretilla en las manos, me había atropellado. Y me encontré sentado con un pez espada asomando entre las piernas. Sobre su charol, sentado; sobre su olor fuerte y redondo. *Qué poderío, Antonio.* Y le decía adiós con la mano a mi amor, muertos los dos de risa... (Cuando me fui de veras no le dije adiós.) Aquel día almorzamos pez espada a la plancha... ¿Cómo es posible que, de tanta felicidad —porque así la llamábamos entonces—, sólo nos queden las espadas?

Al mercado de la Encarnación, en Sevilla, iba, entre clase y clase de la antigua universidad, a ver las flores. A veces me comía una clase y me alargaba hasta *El Jueves*. Con un dinero ahorrado me compré una mañana un crucifijo viejo, de ébano y plata. (Lo perdí no sé dónde. Sí sé dónde pero no lo diré jamás...) A ver las flores iba. En primavera, toda Sevilla flores... Y un olor a café, que salía del tostadero de la antigua calle Goyeneta. (Nunca supe por qué ese extraño nombre. Ahora una calle nueva —en la misma Sevilla, quizá la misma no—, tampoco sé por qué, tiene el mío. Pero yo ya no estoy. Pero yo ya no soy el muchachillo que iba a la Encarnación a ver las flores. A éste de hoy lo hicieron *vecino de honor* del barrio de Santa Cruz. A mi pesar. Yo quiero ser vecino a secas; pero eso, al parecer, es más difícil.) Por la Encarnación, entre la bulla y los churros y el azahar y el aguardiente y el incienso, atravesaba el Viernes, ya con toda la luz, la Macarena. Volvía a su casa, harta y esmorecida, tropezando al andar, por el trasnoche. Yo, tropezando al andar por el trasnoche —borrachito de tantas, tantas cosas—, la veía pasar. *«Ay, mis amores primeros / en Sevilla quedan presos»*, escribió Gil Vicente. Y yo también. Ante las flores de la Encarnación. *«Malhaya quien los envuelve.»*

Cada vez que voy al mercado de la Merced en Málaga, alguien me regala una bolsa de jureles. Esas aguas de plata y plomo de la piel de los jureles malagueños...: si no fuesen tan buenos, pena daría tenerlos que freír.

Hace poco, en el mercado de Avilés, una asturiana, con el idioma cantándole en la boca, me gritó: *¿Traes autógrafos, guapín? Mira que han bajao el precio del pescao al enterarse de que estabas tú.* La plaza grande, el orvallo, los hierros oxidados, la carne sonrosada de las mujeres y su andar resuelto...

Un noviembre, en el mercado de Murcia —atascada la memoria, como una mala montura, en un mes de amor y mayo en aquel mismo sitio—, me regalaron media docena de granadas. No las comí: las traje. Poco a poco su piel fue haciéndose de cuero; se mantuvieron hermosas, pero ya artificiales, secas por dentro ya. (¿Como mi corazón? No, no.) Ahora están con unos flotadores de cristal —caramelo y azul y verde—, que compré en un mercado de Almería: de Almería y de amor... Los mercados, de puesto en puesto, de compañía en compañía, de vida en vida.

En Pontevedra, en uno más luminoso que la calle, casi más aseado que la propia mañana, entré a comprar grelos, como abanicos verdes, con quien entonces me compartía. *Qué riquiños los dos,* nos dijo la vendedora: diminuta, mellada, con un pañuelo blanco en la cabeza. *Y él le parece más joven que en la televisión.* ¿Rejuvenece el amor, hermosea el amor? ¿O es simplemente que, cuando amábamos, éramos más guapos y más jóvenes? Es la misma pregunta que me hago pensando en los mercados: ¿eran ellos los que me hacían feliz, o es que, cuando era feliz, iba a ellos? ¿Me sentía acompañado por su gente, dicharachera y maja, o ya iba acompañado de antemano? No lo sé. No sé qué responderme. Pero siempre, siempre, he acabado, más tarde o más temprano, por ir a la compra con quien amé. Como si ante los alimentos de la tierra y el mar, ante los indescriptibles dones naturales, ante las pizarrillas con el nombre y el precio, mi amor se confirmara, y saliera de los mercados pulido y esplendoroso, como dicen que salen los niños del agua del bautismo... Toda el agua es bendita y sagrada; hasta la mineral.

Quizá por eso, los recuerdos que tengo de mercados vistos sin tener un amor a la derecha son recuerdos más literarios, más precisos y lejanos a un tiempo: para contados, no para revividos... Husmeo aún los pesantes olores de los mercados de especias de Bukhara o de El Cairo, veo sus sacos boquiabiertos; veo la cochambrosa riqueza del mercado de Tashkent: los melones acunados, como huevos inmensos, en la paja, y la magnificencia de los frutos secos que me sientan como una coz en el estómago y me resigno a ella... Veo el mercado de Tánger, cerca de la medina; bajo sus escaleras; cruzo entre su disparatada abundancia que impide detenerse o seguir; siento la abrasadora mirada de la gente... Veo el mercado de Kowloon lleno de patos atados y de miradas de un oblicuo aguijón; paseo por San Ángel y la Lagunilla de México, llenos de ágatas, de turquesas con plata, de malaquitas, de obsidianas; por la Pastora de Caracas, donde me hicieron a la medida mi primer liki-liki, con las tiendas asomándose a las aceras, como dispuestas a echar a correr en cualquier momento... Veo muchos mercados, pero los veo sólo, los recuerdo sólo. Sin embargo, los otros —los que vieron mi amor y fueron vistos por mi amor, multiplicados y dorados por él— están en mí. No los veo: soy ellos, y ellos son —fueron— yo. Los mercados de ayer, los mercados de siempre... Los mercados —¿por qué no?— de mañana, donde acudirá el amor en demanda de alimento y de gozo.

El mercadillo de los jueves de Alhaurín el Grande, donde todo se mezcla, bajo los toldos, como en un inmenso centón desordenado: las camisetas con las frutas, la cerámica con las flores... Y allá abajo, abierta como tiene que estar un paraíso, la hoya de Málaga, fértil y empenachada de sierras. Me hace recordar los zocos en las geografías más desiertas, donde llegan las familias enteras sobre animales o en carros como a una fiesta de sociedad, a comprar y vender, a relacionarse para buscarle novio a la casadera o viceversa, con las abuelas puestas y las cabras y las ovejas, todo un mundo sonoro y coloreado en marcha. El zoco de Asilah, donde quise comprarle a una viejecita todo lo que tenía —dos higos chumbos, un grifo y un zapato, el izquierdo— para que pudiera descansar en su casa. Y se me echó a llorar:

—¿Y qué voy a hacer yo en lo que me queda de mañana?

Aquel zoco inverosímil de Marrakech, cerca del cementerio pequeño donde quizá descansa Boabdil. Un zoco lleno de trapos donde se exhibe la dulce mercancía, dulce e inútil a nuestros ojos: canillas viejas, tuercas, tornillos sueltos, ropa raída, cajas rotas, platos desportillados, babuchas con la suela agujereada... Como si alguien quisiese gastarles una broma a los que compran, mientras los que no venden, hieráticos, mirando al aire, aguardan sin ninguna esperanza la hora de estrenarse... El zoco de Fez, el que lleva a la mezquita de los andaluces, donde un tornero me regaló un anillo de madera rodeando, para no salir más, un cilindro bien pulido: lo había hecho ante mí manejando el torno con el pie y mirándome de cuando en cuando a los ojos. Allí compré unos bajoplatos de azófar al hombre que me enseñaba los labrados por él; pero yo los quería lisos, es decir, como antes de que él pusiese su arte y su firma en ellos. Se sorprendió, se sintió humillado, pero me los vendió a pesar de todo... El zoco donde el vendedor de barros cocidos me invitó a fumar en su pipa de kif.

Levanto la nariz y husmeo el corpóreo olor de los puestos en el mercado de Bagdad, en el que todo está exhibido como un retablo de oro, bajo los retratos de Saddam por todas partes. O los olores materializados en el aire del Jan Jalili. O los olores de alimentos terrestres en un mercado de Santo Domingo, o en el de Bogotá, llenos de puestecillos con pañuelos o ropas indias, o en el de Santiago de Chile, donde compré los lapislázulis para todos mis amigos, o en el de São Paulo, lo más bonito de toda la ciudad, donde la vendedora de las frutas escalonadas, que se llama María do Ceu, quiso retratarse conmigo...

He sido feliz en el Gran Bazar de Estambul, plegando y desplegando alfombras, acechando miradas y comportamientos para *La pasión turca*, observando el fingido desinterés de los vendedores y el don políglota de los niños. He sido feliz tomando té de cualquier cosa menos de té: de naranja, de manzana, de pera, de jazmín... Y en el dulce patinillo emparrado donde comía sin fijarme mientras tomaba nota, con alguien que me amaba al lado mío. O el mercado de Egipto, también en Estambul, donde compré ojos de cristal protectores para docenas de personas a una niña que parecía desvalida y huérfana, y era la mejor vendedora que he visto en este mundo.

El bazar de Damasco, lleno de oros y brillos debajo de las velas, y de mujeres gordas inabordables como buques, y de tapices secretos, y de alguien que siempre te aconseja comprar fuera de allí, en tiendas más europeas, más sensatas, más aburridas, quizá camino de la tumba de Saladino, pero no, yo encontré allí lo extraño que buscaba: una alfombra de cinco por tres metros para mi comedor de Madrid, entre el asombro herido del director del Instituto del Teatro, que compró siempre sus alfombras en Londres, más feas y más caras... El bazar de Alepo, cubierto y elegante, casi veneciano, con sus naves como de iglesia gótica, y su furioso vaivén de gente, avanzando entre codazos en medio de la vida, en medio de la más pura expresión de la vida.

Veo el bazar de Samarkanda, dislocado y campesino, donde una mano amiga me dio a comer melón, y luego necesité un servicio, y me señalaron, en el centro un redondel de cemento techado, y entré, quizá más por curiosidad que por urgencia, y los que hacían lo mayor estaban arrimados sin más al círculo más grande, y los que hacían lo menor a un círculo concéntrico más pequeño, sin más también, y olía de una forma disparatada e infernal y no pude aguantarlo, y salí, y vomité... En Samarkanda, Dios...

Veo un mercado bajo una calle elevada en Río de Janeiro, donde compré un alto calzador de piedras finas, que se rompió a la vuelta antes de llegar a casa... O veo San Telmo, en Buenos Aires, donde reí y donde me dio miedo de ser feliz, y alguien me regaló un cenicero de bronce de diez dólares... Veo todos los mercados que vi y acaso los que todavía veré, y soy ellos, y ellos son yo también, porque estamos hechos de lo mismo. Y pienso que muchos amantes, lo sepan o no ellos, irán a los mercados en demanda de alimento y de gozo.

—¿Cómo es posible, Asunción, que calcules con tanta exactitud el quilo de peras? —le pregunté a la frutera que, sin mirar el peso, había cambiado una pera por otra.

—La costumbre, hijo mío, lo mismo que tú sabes lo que tiene que durar un artículo.

LOS AMIGOS Y YO

Tiemblo ante este apartado por miedo a ser injusto. Me regocijo ante él, porque evocaré nombres imprescindibles, facciones de mi rostro, refugios en los que sobreviviré, arriesgados escaladores que no han tenido miedo a extraviarse, espeleólogos intrépidos que descendieron hasta espeluncas mías que ni yo mismo había explorado, seres de amianto y luz que han habitado en mi exigente área de fuego... No hay día en que no me pregunte si no habré nacido para ser sólo amigo. Y sé que serlo no es cuestión de propósitos comunes, ni de barras de bar, ni de conversaciones o cenas de trabajo... He escrito sobre la amistad tanto como sobre el amor. He recibido más de ella que de él. He sido y soy mejor amigo que amante, mejor amigo que amado desde luego.

Montesquieu, más conocido por su separación de poderes, también la proclamó al declarar: *Estoy enamorado de la amistad.* Y es que se trata de un sentimiento que seduce aún más que el del amor. Porque el amor es un milagro que no atiende a razones; no pertenece a la fisiología (eso es el sexo) sino al enigma y a la emoción: de ahí que se le asocie siempre con las divinidades. ¿Y por qué no asociar asimismo con las divinidades la amistad? De las hermanas de Betania, la amistad es Marta, la que se apea del éxtasis para afrontar la cena, mientras María permanece en la imprevisión de una indemostrable providencia. La amistad es quien propone levantar tiendas en el deslumbramiento del monte Tabor transfigurado. La que aspira a no dormirse para acompañar la soledad del amigo en el tenebroso Getsemaní. En el camino de Damasco amoroso, el ciego se derrumba: su lazarillo es la amistad, siempre renovada en la misma medida en la que da: como los panes y los peces, como las hidrias de Caná, llenas hasta el borde, que hacen vino del agua, como las bolsas inagotables de los cuentos...

Si un día acumulase los amigos que me han pasado y por los que he pasado, todos, desde mi desolada niñez, no cabrían en el valle de Josafat, que ha sido doblemente falseado: sus estrictas dimensiones las excede un juicio final, y el designio de Dios excluye tales juicios. Pasan, en ocasiones, los amigos; cumplen su destino de amistad, más o menos largo; vuelven a su quehacer... Se entrecruzan las vidas. No todos los encuentros tienen la misma duración: la intensidad es a veces irresistible. Y, sin embargo, como en el amor, lo que una vez sucede se queda para siempre sucediendo: la amistad, mientras lo es, es eterna, y siempre tiene al recuerdo de su parte. Cuántas noches he soñado con amiguillos de mi infancia. (Cuando se me paró, de un golpe, en un recreo, mi primer reloj, tendría yo siete años. Un compañero se me ofreció para arreglarlo: era, según él, un experto en relojes. Semanas después, a mi reclamo, me entregó una bolsita que guardaba todas, todas las piezas. Su habilidad sabía desmontar, no montar otra vez. *¿Me perdonas? Sí, te perdono. Y cuando se te estropee otro reloj, ¿volverás a dármelo para que te lo arregle? Eso ya no. Entonces es que no me has perdonado...* El que perdona de verdad, olvida. La amistad no tiene por qué ser relojera. Ni útil, en general.) Cuántas noches he soñado con personas a las que no veía más y quise tanto; con gente que me ayudó a levantarme, o se moría de risa con mis cosas, o me alargó el agua cuando corrí el insufrible maratón de mi vida... No; no quiero ponerme falsamente poético. No es preciso. A mis amigos íntimos y a mí nos daría un poco de vergüenza.

La íntima amistad no está reñida con la descortesía, con las buenas maneras o el respeto; pero puede prescindir de ellos, porque lo que exige, de un modo indefectible, es la verdad. Para ser amigo de quien sea, el hombre tiene que haberse preguntado *quién soy, qué quiero, dónde me dirijo*: las respuestas las tenemos dentro del corazón. Y, de la misma manera que el amor no puede edificarse sobre la falsedad (hasta la Iglesia declara nulo un matrimonio donde haya habido *error in persona*), no puede edificarse la amistad auténtica, es decir, la absoluta, sobre reservas, zonas prohibidas, vetos, cotos, y sombras... De ahí que esa amistad tarde en hacerse, porque no se conoce la vida de improviso. *Creo que deberíamos de hacernos íntimos amigos*, me dijo una muchacha de la mejor sociedad española. Yo me contenté con mirarla y sonreír. Es difícil que la amistad se elija: sobreviene...

El otro día miraba a una mujer muy mayor cerca de mí, y pensé: es yo de otra manera; lleva casi cincuenta años junto a mí, sin desfallecer, sin decepcionar nunca, sin flaquear. En muy pocas ocasiones he hablado con ella de asuntos trascendentes; le he contado quizá mis más graves problemas cuando se habían resuelto; ha adivinado la hondura de mis pozos y se ha quedado sentada en el brocal, aguardando por si pedía ayuda, o para empezar, reanudándola, la conversación interrumpida: *Decíamos ayer...* Ella me sostuvo cuando nadie me sostenía y mi camino era impredecible. Es la Dama de Otoño, que no ha leído ni una sola línea del *Cuaderno* que yo le dediqué... Si no somos fieles a nosotros mismos con una fidelidad rigurosa y patente, no podremos ser fieles a lo que hacemos ni a quienes queremos. El que no se conoce es incapaz de ser amigo de otro; el que no quiere conocerse no es digno de tener amigos; el que se engaña engañará a los demás; el que oculta un fragmento de su personalidad defraudará a quienes se le acerquen...

En la amistad hay que convivir cómodamente: los amigos han de garantizar esa comodidad; hay que abandonar las precauciones, los recatos, las desconfianzas; tener la certeza de que nada de cuanto se diga va a ser utilizado en contra nuestra; reposar del ajetreo de fuera, del chismorreo de fuera, de la curiosidad que hurga donde no debe... Sé muy bien lo que es la amistad: he dado pruebas de ella y a mí me las han dado. Junto a quien es mi amigo no quiero resultar brillante ni ser mi personaje, sino yo; quiero ser el amigo que aspira sólo a ser correspondido. Por eso las decepciones, no muchas, de amistad que he sufrido me han dañado más que las decepciones del amor, siempre temidas, siempre amenazantes. Quizá el amante y el amado no llegan nunca a ser un mismo ser, salvo que ambos construyan sobre el resistente solar de la amistad. En cambio, dos amigos siempre tienen una raíz común, como las ramas de un solo árbol que, en último término, producen hojas y flores y frutos semejantes... Por supuesto que caben diferencias: de opinión, de pasado, de actitud, de aspiraciones; pero la amistad, llegado el caso, lo unificará todo, lo comprenderá todo... Hasta que eso no se cumple, la amistad es una vocación, no una realidad.

Es curioso comprobar cómo el amor se perfecciona en la amalgama del matrimonio esté o no legalizado. Cómo los miembros de él se interinfluyen... Tengo matrimonios amigos, de los que no podría jurar si fue ella o él quien se adentró primero en el bosque sorprendente y multiplicador de la amistad. Lo que puedo jurar es que esos matrimonios, a través de mí, han llegado a ser entre sí aún mejores amigos... Teodulfo Lagunero y su mujer Rocío, la que conducía el coche donde se introdujeron en España Carrillo y su peluca: con ellos ceno todos los sábados cuando estoy en *La Baltasara*. Fufo se divierte como un loco con mis barbaridades, sobre todo si van dirigidas contra él: es un vigoroso que rebosa ternura; la nuestra es una amistad muy poco a poco depurada. Pachi Bores y Eduardo Osborne, de Sevilla: ella me ayudó, con su presencia, a escribir *Más allá del jardín*, y se atuvo sonriendo a lo que le siguió sin preguntar por qué... Elsa López y Manolo Cabrera, los canarios, cuya historia inspiró *La regla de tres*, tan llenos de alegría que sufrimos con dificultad mucho tiempo sin vernos, e inventamos viajes urgentes, aunque sean brevísimos, para reencontrarnos y confirmarnos con los ojos... Lola Valera y Luis de la Cruz, los gallegos; Luis fue compañero mío de bachillerato, y yo amigo también de su primera mujer; en este segundo matrimonio hemos puesto casa recíproca cada uno en los terrenos del otro...

Pero nada más lejos de mi intención que inventariar un catálogo de amigos. Existen los solteros, como los casados con cuya mujer no he llegado a intimar. Sea como quiera, cuando nos vemos, reanudamos conversaciones interrumpidas, proyectos aplazados, recuerdos no explícitos y esperanzas que no son olvidables...

Tengo a mi lado un grupo con el que ceno los sábados cuando estoy en Madrid. Son tres hombres tan distintos que, a veces, mirándolos, me planteo qué tienen en común entre sí, y yo con ellos. Gozamos, compartida, de la estricta noche del sábado: en su recinto no dejamos entrar a nadie. Julio Sanz, que tiene un alto puesto en una fábrica alemana de úbulas, no, de bielas, no, tampoco, ¡ya!: de válvulas, y es generoso con todos menos con él, que, una vez bebido, se plantea el enrevesado sentido de la vida para acabar negando que lo tenga; Javier Martín, cuya actividad es un caleidoscopio, y se va y vuelve de un trabajo en otro, y es previsor en exceso, discutidor profesional, rectilíneo y rigurosamente responsable; y Elio Berhanyer, al que me parezco físicamente cada día más, sin duda por el afecto, y con el que no me es necesario hablar para entenderme. Las largas noches de los sábados pasan en un vuelo en su casa, y me dejan en un puro deseo de que llegue la del sábado siguiente.

Pero los domingos me traen un doble regalo. Para el almuerzo, espero en mi casa a quienes me tratan como a un niño poco y mal educado, caprichoso, coprolálico (*Anda, que si te oyeran tus lectores...*): la Dama de Otoño, cuyo nombre real nunca he pronunciado ni lo haré; Ángela González, que me ha hecho y decorado las dos últimas casas en que he vivido —aunque no me refiero sólo a lo material—, que resuelve todos los problemas y con la que he recorrido España entera; Enrique Maestre, algo tornadizo como los zegríes cordobeses, que es al que llamo en este libro mi mediquillo; José Infante, el poeta, río Guadiana de ojos blancos, que aparece, cuando reaparece, incólume e impertérrito... Y los que ya no están. Y los que se agregan, de paso por Madrid, como el pintor Pepe Agost, mi más querida sucursal en París, que me alegra con sus estancias menos frecuentes de lo que me gustaría... Y los amigos de los que se agregan...

Y también el domingo me reserva otra alegría: la regocijada *magna* (*Parva propia magna, magna aliena parva*) en casa de Benito Navarrete, el experto en Zurbarán y en equivocaciones personales. Allí ceno con los de los museos: Alfonso Emilio Pérez Sánchez, de El Prado, Andrés Peláez, del Museo del Teatro, que aprendió a reír antes que a vivir si es que para él no son la misma cosa, y con Juan Carlos Mas, un generoso almogávar, benimerín de Crevillente, que enseña inglés a quien se deja...

Y están los colaboradores: de las editoriales, del teatro, de los periódicos, cuya amistad no es que se olvide sino que hiberna para fortalecerse cuando cada cual se halla haciendo, por separado, su obra. Ymelda Navajo, sin la que no estaría ya en Planeta; Ana Gavín, que aguanta lo inaguantable, y su marido Ricardo Martín, que me retrata lo mejor que le dejo; los Albarrán, Charo y Arturo, en cuya casa, atiborrada de cachivaches infinitos, siempre he encontrado un sitio para sentar mi corazón; Sylvia y Pepe Martín, en los que los años se han detenido y los estreno cada día... Y mis escasos amigos escritores, con los que ni se me ocurre hablar de literatura: hace poco perdí a Fernando Quiñones, a quien conocía desde los quince años y que era siempre como un hermano recién llegado; mi compadre Caballero Bonald y su mujer Pepa, los Pepes, que me están mirando siempre desde lejos; Terenci Moix, ese catalán fino, con quien he hecho viajes maravillosos si es que los hay y no son los maravillosos los viajeros... Y los amigos de la primera hora como Enrique Garrido, un abogado de Córdoba, ya ve usted, con quien aprendí las primeras y las últimas letras del alfabeto y de la fraternidad.

Y están los amigos intuidos, los entrevistos, cuyo flechazo de amistad se produjo en un viaje, cuya dosis se consumió en dos, en siete, en quince días... Un sentimiento perfectible si yo no fuese tan reacio a las cartas... Y los amigos de breve intensidad, cuya hoguera ardió y chisporroteó mientras fue necesaria, que dejan el recuerdo de cierto sabor de melancolía y una tibia añoranza:

unos se perdieron en la muerte y otros por los caminos de la vida, pero formaron parte de la mía y con su presencia levantaron el mundo en que resido, que se quedó levantado después de ellos y en el nombre de ellos, que no digo.

Y están, por fin, quienes atravesaron las ardientes barreras y se introdujeron en mi cerco de fuego y consumieron su vida entre la mía sin distinguir bien dónde empezaba cada una, y me hicieron vivir... Todos pertenecieron al refulgente mundo del arte. Todos se sorprendieron al llegar, y tuvieron la tentación de huir de tanto exceso. Y todos acabaron huyendo, tres de ellos por la puerta de la muerte, los demás a otros lugares más tranquilos... Pero mientras medimos nuestras fuerzas y disfrutamos juntos y soñamos juntos, cada uno soñador y soñado al mismo tiempo, fuimos igual que dioses. Entre el recuerdo de los días mortales y la esperanza de los que no podrán morir, con sus nombres sólo ya entre mis manos, ardiente permanezco.

LOS AMORES Y YO

He escrito tanto sobre el amor que me pregunto a veces si he escrito sobre otra cosa. De ahí que aquí pase sobre él de puntillas. Y sólo me detenga en apuntar cuál ha sido mi posición, la forma de mi espera, el descenso de la dura cuesta abajo del desamor y la certeza de que quien ama gana siempre.

Una vez inventé un juego social menos directo que el de la verdad, entonces muy de moda... Una actriz muy hermosa —más hermosa que actriz— daba una cena de cumpleaños. Al llegar, yo previne que iba a ser un desastre. Había unas cuarenta personas, cada cual de su padre y de su madre. Sin posible argamasa, la fiesta empezaba ya a hacer aguas. La actriz lo intuyó y, para quitar hierro, aún en los aperitivos, sacó una tarta con velas.

—Sois todos muy amigos. Para que no haya dudas, aquí está la verdad: cumplo cuarenta y un años.

Me pareció precioso. Podía no haber dicho la edad o haberse quitado la quinta parte. Su sinceridad me conmovió, y decidí ayudarla. Toqué una campanilla. Se hizo un agradecido silencio.

—Mientras viene la cena —dije—, juguemos a un mismo juego todos. Estamos en casa de una actriz... En el terreno del amor todos somos actores. Al nacer traemos un papel ya repartido: el que nos corresponderá representar. El amor es una comedia, con su protagonista y con su antagonista. En ella hacemos de amantes o de amados. No quiero decir con eso que unos estén todo el día salidos dando saltos como las monas, y otros, imperturbables, boca arriba. El amado es también un poco amante, y el amante, por fortuna, también correspondido. Pero la actitud esencial la tiene cada uno señalada... Charlemos unos con otros, mezclémonos. Dentro de un rato haremos una especie de votación, cada uno sobre el resto, y un escrutinio. Así sabremos democráticamente cómo nos ven los demás en asuntos de amor.

—Pero no nos conocemos —se quejaban.

—Claro que no. Ese es el porqué de este juego... La primera impresión también es válida: no hay que desacreditar las intuiciones. Y además se permiten las preguntas que no sean espantosas. Bien entendido que el papel de amante y el de amado nada tienen que ver con la postura física: es algo interior y más trascendental, algo invariable —pienso yo— hasta la muerte.

Deshechas las iniciales reticencias, se acordó comenzar. Fue un éxito. Poco a poco la gente entró en el juego: se observaba, se interrogaba, se divertía, sacaba conclusiones. La cena tan sólo fue un pretexto para tantearse mejor, para indagarse. Se repartieron papeletas con las listas, se intercambiaron bolígrafos. Y, al final, el recuento. Yo me hice cargo de él. La primera fue la anfitriona. A pesar de su aspecto de mujer objeto, yo sabía que era más amante que amada. Y como tal salió. Era alentador que sus invitados tuviesen tan buen juicio. Y se fue confirmando a medida que aparecían otros nombres. Parejas de las que yo dudaba o en las que los cometidos resultaban confusos, individuos precedidos de una u otra fama, en la votación salían clasificados —por una pequeña mayoría o por una implacable— sin vuelta de hoja. Y, tras reflexionar, acababa por darle la razón a la urna, que me aclaraba lo que yo no había visto.

El último fui yo. Sobre mí no admitía discusión. Desde que me conozco, si es que me conozco, tenía la evidencia de que yo era *el* amante, de que el *logos* de amante que anidaba en la mente de Dios, el arquetipo del amante, era yo. Cuando empezaron a cantarse papeletas, me alarmé. Por una mayoría tan aplastante como inconsecuente se me tachó de amado. Irritado y nervioso, repetía:

—Este juego, como veis, es una idiotez. Lo que no se sabe no se puede sacar a votación. El golpe de vista es un mal golpe...

Pero como la gente estaba convencida de sus dotes adivinatorias, di las buenas noches y me marché a mi casa. Hasta el amanecer no me dormí. Mis convicciones se habían desplomado. *¿Qué es el amante*; *¿qué, el amado?*, me preguntaba. Su diferencia no es de cantidad, sino de calidad. En toda relación amorosa hay, en último término, un devoto y un dios, un esclavo y un amo. Hay quien rompe a hablar y quien responde. El amante tiene mejor prensa: *es el que más sufre, el que pierde más; en el tapete verde se juega entero contra unos cuantos duros: ganar unos duros a costa de la vida no es ganar; es el agente, el provocador, el generoso...* ¿Y si fuese también el exigente; el que, cuando se abre la apuesta, sólo aspira a los duros que el otro arriesga y, una vez ganados, quiere más, más y más? ¿Y si, en un momento dado, el amante tuviese suficiente consigo mismo?: el amado es el pretexto del amor, su motivo; ya está en marcha el sentimiento, ya no es imprescindible; bastan sus huellas: el dolor, el recuerdo, el temblor del recuerdo; él ya fue usado...

Allí estaban Mariana Alcoforado, Gaspara Stampa, Teresa de Jesús, las enormes amantes: no quieren pruebas, les sobra con su amor, con su amor propio de amantes... Llegan, invisten y revisten al amado con prendas que ellos traen: mantos, bordados, oros, velas, como a una virgen andaluza. Cuando aquello se acaba, recogen sus riquezas y van en busca de otra imagen que enjoyar y dorar y adorar. El amante se repone a sí mismo, porque saca la fuerza de sí mismo. El amado, que la recibe de otro, la pierde si se va; pierde su identidad; se deteriora su fe en el mundo y en las promesas infinitas. El amado es irremisible; el reflejo de una luz: el amado depende. ¿Quién es el dios y quién es el idólatra? ¿Quién el verdugo y quién la víctima?

Me iba poniendo de parte del amado. Del seductor seducido, del que incita al contrario con su sola presencia. Se desequilibraban, en la balanza, los pesos de uno y otro. Me analizaba yo: ¿por qué entonces mi postura absorbente, mi exigencia insaciable de plenitud y entrega, ese entrar a caballo en casa ajena? Me contesté ya con el sol en alto. Yo era un amado, y siempre lo había sido; pero con una desatinada capacidad de amor. Cuando llenaban, tacita a tacita, sorbo a sorbo, mi piscina, algo dentro de mí se rebelaba: *Más agua y más deprisa, de esa manera nunca terminaremos*, y adoptaba posiciones de amante frente a amantes de inferior calidad... En definitiva, mi razonamiento fue sencillo: no importa qué se sea, si amante o amado, pero hay que serlo a ultranza, con placer y con desprendimiento. Si no, qué más da el papel. Un papel mal interpretado será una sandez siempre, por muy bien que esté escrito. La vida en eso es igual que el teatro.

Hubo un 29 de diciembre, el del 63, en el que la vida me distrajo de una segunda forma: no con el teatro en el que acababa de entrar, sino con ella misma, o acaso todo sea uno. La Dama de Otoño lo dijo: *Se te da todo junto, siento un poco de miedo*. De un modo súbito se descolgó el amor sobre mis hombros. Fue mucho más que un flechazo: fue un disparo en la sien, un modo repentino de morir y renacer —otra vez morir y renacer— a otro mundo recién inaugurado, ileso, en el que todo recordaba lo que había sido y todo era distinto. Igual que si fuese mirado a través de otros ojos. Y así era. Habría yo cerrado los míos, por innecesarios, si no hubiese tenido la certeza de que la otra persona miraba a través de ellos. Qué catástrofe. Qué gloriosa y ardiente y dorada catástrofe. Qué acogedoras las calles de diciembre, y qué bello Madrid...

No; nunca, nunca, nunca. No habrá nada como eso: la vida convivida. El mundo, como una catarineta girando alrededor, para nosotros, regalo de Navidad para nosotros, Navidad todo el año. No; nunca, nunca, nunca. Luego, la muerte hizo su obra incomprensible. Pero entonces, ay, todavía entonces... No quiero hablar de esto. Quien lo haya sentido no precisa oírlo; quien no, no lo comprendería. Además la lírica no sirve para hablar del amor. Ni el teatro, ni la literatura en general. Puede que sirvan la geometría, la lógica, la ética, la biología, la economía, qué sé yo: todo, menos la lírica. No es posible adjetivar un terremoto que

fuese al mismo tiempo una esferilla de tamo debajo de una mecedora. No es posible enumerar las muertes que caben en un solo
minuto, en un solo segundo. Ni las resurrecciones. La lírica debe
ser entendida con precauciones, con notas marginales, con pru-
dentes interrogantes. Y el amor es una ciencia exacta. Durante
toda mi vida de escritor no creo haber hecho otra cosa que aproximarme a ella. Porque el amor es muchísimo más que un sentimiento: es la pura y única realidad en medio de un mal sueño. El
resto sólo será real si el amor lo toca y lo usa y se limpia la manos
—las delicadas manos— en su tosca textura de invento mal y
nunca terminado. No; nunca, nunca, nunca...

La mayor parte de los lectores de este libro conocerán dos
definiciones que he dado del amor, que conciernen tanto al
amante como al amado. Primera, que el amor perfecto sería una
amistad con momentos eróticos; segunda, que el amor es un trabajo consistente en ayudar a que alguien se cumpla y que, al
hacerlo, nos cumple a nosotros mismos. En las dos definiciones
ha entrado mi experiencia. Siempre he sospechado, y mi experiencia también, que el amor de la rosa en el corazón, el que apenas si pisa el suelo, el del embebecimiento, no dura más de año y
medio. El ser humano no está hecho para vivir con los brazos
abiertos y los ojos en alto; el milagro no tiene día siguiente. Si el
amor no resiste la prueba de retirar los ojos de los ojos amados
para tratar de mirar algo juntos; si no resiste la prueba de que los
brazos se ocupen en otros menesteres que los brazos amados,
mejor será dejarlo, porque no es un amor verdadero, o quizá sí
pero de una forma muy poco habitable.

¿Llamamos amor a demasiadas cosas, o quizá llamamos amor
a demasiadas pocas cosas? No llamamos amor, no sé por qué, a
lo que hacen los perros; pero llamamos amor a casi todo lo que
hacemos nosotros, tampoco sé por qué. O acaso sí; porque
se ha mezclado el amor —como una salsa, como un embellece-
dor, como un digestivo— a tantos y tan aburridos conceptos, que

sobrecoge. La causa es evidente: el amor es algo elástico, laberíntico, polifacético; lo mismo sirve para un roto que para un descosido. ¿Se produce una efímera ceguera, que lo lleva a uno conducido, alterado, vendido? Es amor. ¿Brota una situación ágil, desenfadada, cariñosa, juguetona? Es amor. ¿Siente uno apremios de tocar, de morder, de penetrar? Es amor. ¿Conviven dos personas porque se entienden o porque mutuamente se protegen? Es amor. ¿Hay una compraventa de juventud y belleza a costa de instalación y de seguridad? Es amor. Todo, todo es amor... Yo no lo niego. No soy tan estricto como don Quijote, que se calificaba ante los duques de enamorado *no vicioso*, sino *platónico continente*. Entre otras razones, porque estoy convencido de que, debajo de la manta, por las noches, Platón le pellizcaba las nalgas a Cármides.

No se trata de que yo piense que el amor es una socaliña. Pero sí, por supuesto, que es una de las vías del deseo. Más larga, más adornada, más jugosa; sin embargo, lleva, antes o después, a tocar en la puerta, a entrar, a tomar posesión, a permanecer en exclusiva *in domo sua*. Es una bella manera de apareamiento, semejante a la bella danza nupcial y al bello cortejo, previos a la cubrición, de otros animales.

Cuanto más impulsivo el amor —es decir, cuanto más irracional—, más inmediatamente feliz. Cuanto más reflexivo, calculador y consciente, no es que se haga más *humano*, sino más aproximado a otro concepto que no tiene, en principio, nada que ver con él. Me refiero al concepto de la prostitución. (Prostituir, por etimología, no es más que *poner en venta*.) En él hay muchos grados. Uno, elemental: alguien no tiene qué comer, y presta su cuerpo para que le den. (De comer, digo.) No obstante, el ser humano aspira a mucho más que a la comida. De ahí que existan unos prostitutos que sí dicen su nombre —y por las bravas—, mientras otros hacen lo mismo pensando en otra cosa. Putos son todos (puto y puta significan sólo muchacho y muchacha), sean cuales sean su estatus y su sexo y su edad: cualquiera que finja, por un interés no amoroso, los gestos del amor; cualquiera que consienta, sin deseo, el deseo de otro, para obtener algo distinto del puro —y tan puro: acaso lo que más— gozo carnal. Aquí no cabe la caridad ni la beneficencia: o se hace a gusto, o se es puto, se cobre como se cobre: en dinero, en especie, en esnobismo, en fama, o en peldaños...

La gente que más me conoce duda, con insultante frecuencia, de que yo haya estado enamorado algún día. La Dama de Otoño me lo aseguró, con mayor certeza, en cierta ocasión. Tanto, que yo a veces he acabado por preguntármelo: ¿he amado alguna vez en las condiciones de las que tanto he escrito? *En una noche oscura*, yo me hice los más fieros reproches:

«Recupero mi soledad aquí, en mi dormitorio, encerrado, por fin, a media noche. Pero ¿es ésta la soledad que yo dejé? He traído conmigo el olor de los sitios en que estuve, de la multitud que me aplastaba. Precisaría raerme, como en el *taurobolium* del Apóstata, tanto roce, tanta opresión, tanta exigencia. Pero me han devorado... ¿Dónde estoy? Porque he asistido a actos en que el protagonista no era yo; era alguien imaginado, falso, convencional. Con un bastón y una sonrisa y una presencia de ánimo y un poder que no tengo. O que había perdido al salir de este cuarto... Ni aquel hombre era yo, ni ésta es mi soledad. La que ahora me acongoja es otra: estrujada, manoseada como un billete de banco que no recuerda cuándo fue puesto en circulación. Ésta es una soledad mancillada, que se ha multiplicado por otras mil, por otras cinco mil...

»Pero ¿la mía, la que dejé aguardándome, era mejor o más pura o menos afilada que la que traigo hoy? Mi soledad verdadera, que todos dan por descontada, como una obligación que yo tuviese y que ellos se consideran, por no sé qué privilegio, autorizados a acrecentar. Acrecentar, ¿hasta dónde, hasta cuándo? ¿De qué valió un ofrecimiento tan costoso? ¿Quién de los que han interrumpido mi soledad, de los que han interrumpido taconeando en mi vida hasta hoy mismo, hasta esta misma mañana, me quería? He renunciado a una miniatura por una ampliación que se ha velado... Aquí, en mi dormitorio, a deshora, sin los perros siquiera, qué solo estoy, Dios mío. ¿Para qué tanta soledad? Hierven a estas horas las calles de gente que se busca y se encuentra en otra gente, que tropieza entre sí, y se ríe y se abraza y se acompaña. Habrá por todas partes, fuera de aquí, labios besándose, manos enlazadas. Quizá los mismos labios que besé. Quizá las mismas manos que desatendí... ¿No siempre estuve solo? Me he olvidado de mí. ¿Me expropiaron por causa del bien público? No, no: yo me doné. El solitario solidario...

»El trabajo, el trabajo. ¿Cuál es su fin? No otro que él mismo. Tiñéndolo, anegándolo todo. La suprema aspiración de cada día. ¿Para qué? ¿Es que me cumplo en él? ¿Y qué es cumplirse?... Como en un cine de sesión continua, entre la penumbra maloliente, desasosegado sobre mi butaca, veo a un acomodador levantar su linterna. Me hace gestos, señalando con ella la salida... La caducidad, la vertiginosa caducidad me está desmoronando las paredes. Y yo solo entre ellas. Con verdín en las manos, como el que mancha las tapias desusadas. Sin haber hecho otra cosa que escribir. ¿Y para qué sirve escribir? ¿A quién le sirve? ¿Me sirve a mí? Mi vida es un fracaso. Un fracaso con éxito, que es el peor de todos.

»Cada día con más frecuencia me pregunto: *¿Acaso he amado? ¿Acaso he tenido tiempo de amar?* Aparte de este amor universal, que me ha hecho añicos mi soledad primera, ¿me he concretado en alguien?, ¿se ha concretado alguien definitivamente en mí?, ¿sé lo que es esa águila bicéfala, esa razón de ser inconmovible del amor personal? ¿Es generosidad darse en silencio a todos, o consecuencia de no saber darse a uno solo, a una sola alma a gritos? ¿Reprocharé ahora por este vacío de mi corazón a mis muertos, que no supieron advertirme cuando aún las cosas eran de otro modo? *Tu vida no será un jardín*, me dijo el más querido. Pero no era bastante; no bastaba. Tenía que haber venido, aun muerto, a aclararme esa frase. Esta noche, en este minuto doliente, tendría que comparecer para ayudarme...

»Llega un ruido a través del balcón: el ruido de la vida... ¿Reprocharé a los amores muertos por haberse escapado a perseguir su júbilo y su gloria y su desastre entre otros brazos menos consagrados, más disponibles, más carnales? A los posibles acompañantes, ¿no les doy con la puerta en las narices? *No de uno en uno ya. No de uno en uno.* No hay remedio. Es demasiado

411

tarde para rectificar. Estoy agotado, enfermo, triste y solo hasta el fin. Tuve lo que quería, pero no como lo quería... Me digo y me repito: *Volví cansado. No hay más. Volví cansado. No hay por qué hacer escenas. Mañana estaré bien.* Pero sé que es mentira.»

En cuántas ocasiones he querido ser maestro —vaya un maestro— de novicios para eludir o enmascarar mi responsabilidad de ser ya *el que no ama*. En cuántas ocasiones me he dirigido a *quien no ama todavía*.

«Ahora estás distraído mirando hacia otro lado. Pronto —quizá a ti no te lo parezca, pero muy pronto—, te llamará el amor. Espéralo. Es más fácil de encontrar que de buscar. No lo busques: él llega. Con paso suave, o violentamente. Bueno, creo que violentamente, sea cual sea su paso. Irrumpe. Sobre todo, al principio: cuando se entrega uno como un jarro que se vacía, sin que le quede nada dentro. Así lo deberás hacer. A ciegas. Sin prejuzgar. Sin presentir. Como si fuese a terminarse el mundo —que de alguna manera se termina— y sólo existiera ya el presente. Sin temor ni proyecto. Extraviado y a la vez recuperado. El mundo estará ahí, concreto y a tu alcance; te mirará en los ojos, meterá sus ojos en los tuyos; y tú no verás más. Y, de pronto, abominarás cuanto rodeaba a quien amas antes de llegar tú, antes de que quien amas llegara a ti: a sus padres, a sus hermanos, a sus amigos, porque los quiere. Sin darte cuenta de que tú, por debajo, continúas queriendo a los tuyos también. Sin darte cuenta de que hay muchos modos de querer, y de que el corazón —preparándose para el abandono— deja latentes los cariños anteriores para retornar, aterido, cuando el amor se vaya... Pero eso lo sabrás después mejor, en los días en que el amor —o lo que luego sea— comience a atacar con menos violencia cada vez. Hasta que lo sientas, como lo siento hoy yo, casi un perfume desvaído que uno, inseguro, se esfuerza en percibir.

»El destino es como la luz de las estrellas muertas: ya se ha apagado, y aún la vemos. Hay trenzas que, cortadas, permanecen rubias cuando ya ha encanecido la cabeza que las sostuvo. Por eso te hablo así. La soledad es una viuda de ojos secos y duros, que interrumpe el trabajo del amor. Pero no te preocupes, no presientas. Cuando escuches el disparo de salida —cuanto antes, ya verás—, echa a correr y ama. Poco a poco va siendo más difícil. Y una vez muerto es imposible. Ama... Hoy no sé qué recuerdo. Acaso un amor que tuve y perdí, o que no tuve y deseaba pero que no llegó. Cuando la vida se aleja como una muchacha que pasó cantando, y aún la oímos, y sabemos que no volverá porque la canción no retrocede nunca, entonces a uno lo invade la certeza de que jamás tuvo el amor que esperaba. Porque no existe... Pero eso lo aprenderás después.

»El enamorado es igual que un faquir. Pisa descalzo sobre las ascuas del amor; se acuesta en su cama de clavos; devora sus antorchas. Y, en apariencia, sigue ileso. Ileso y moribundo. Nada de lo que yo te diga hará que te separes de tu propio camino. Por eso me atrevo a decírtelo... La pena es siempre la misma: que todo se acaba antes que la vida una vez y otra. Y que en cada ocasión nos duele menos, porque vamos estando sobre aviso... La amistad es más larga; pero la amistad no es una asignatura del amante. El amor siempre rompe: al llegar tanto como al irse. A sangre y fuego entra; a sangre y fuego sale. ¿Y las reiteradas promesas de eternidad? Alguien cree en ellas mientras las pronuncia; el que las oye, no. Teme que no. Y una noche le asalta la sospecha de haberlo vivido todo ya, de que asiste a una quinta o sexta representación, y es además mentira. Y cerrará los ojos, como yo los cierro ahora. Pero tú sufre, y ábrelos mientras anochece el largo día. Yo te aseguro que quizá el amor ha ido cambiando de objeto y de pretexto, de asiento o de postura, pero ha sido siempre en mi vida el mismo. Habré mirado en una u otra dirección, pero fue el mismo. Lo que ocurre es que ya no recuerdo hacia dónde miraba. Y que tampoco importa...

»No siempre llamamos a la misma cosa amor. Catalogamos, hacemos distinciones, matizamos... O quizá sea que no amé nunca a nadie. Sin embargo, con tal de que te suceda lo que a mí, te bastará en la vida... De niño, yo amé a alguien mayor, con el deseo de envejecer de repente; de mayor he amado a alguien muy joven, con el deseo de que envejeciera. No obstante, nadie puede cambiar a nadie. El corazón se cierra, como un portal, sin ruido. La vida, lo mismo que un niño que sonríe entre lágrimas, se va de nuestra vera. No sabemos por qué. Yo he habitado —te lo cuento por si te sirve— un sueño del que me desahuciaron. Ahora, ante sus puertas, en una calle pública y sonora, miro sus ventanas cerradas. No me siento morir. Sencillamente he dejado de sentirme...

»¿Somos al final los mismos del comienzo? ¿Muere cada uno cuando muere un amor, y renace con otro? ¿Es el amor lo único verdadero —cuanto él tañe y teje y elabora—, y lo demás está configurado con la materia de los sueños? ¿O es todo lo contrario? No lo sé. Sintámonos o no, lo cierto es que morimos. Cada ruptura es una liberación y es un fracaso. Como el opositor que, sacados los temas frente a su tribunal, abandona el examen y se va sonriente a pasear a un parque. Liberado y fracasado a un mismo tiempo. Pero otras oposiciones se convocarán, y habrá de presentarse: ¿qué otra solución tiene?...

»Ahí está, sobre la mesa, el diario que trajo, su aparato de oír casetes sin molestar (o procurando no molestar, al menos)... Todo dura más que el amor y sus naufragios: los restos, en el vaso, de la bebida que bebía, las colillas con que ensuciaba el cenicero... Ya no aspiramos a la ilusión, sino al compañerismo, a que no nos hundan súbitamente el mundo. Pero ni aun esa decisión está en nuestro poder. Alguien, o algo, ha decidido de antemano. No sabemos desde cuándo, desde qué mañana de oro, desde qué siesta calmosa, desde qué luna llena... Todo se va gastando: en qué tono de qué réplica, en qué manera de destrenzar los dedos, de ausentarse a través de qué libro. ¿Cuándo? ¿Casi en el germen, casi en la raíz? Como las rosas *cuna y sepulcro en un botón hallaron*, así el amor. Se desluce, se mustia. A cada instante más deprisa. Hasta llegar a una conversación lúcida y helada en que, igual que si se tratara de una guerra remota o una cuestión ajena, se desanuda el mundo y se desploma... Moribundo e ileso. Nada ha pasado. Sólo el tiempo y nosotros.

»Por eso, cuando ames, ama como si fuese la primera o la última vez, como si fuese la vez única. Es probable que yo no lo entendiera; pero el amor, que nos resucita, nos mata antes de irse. En cada guerra somos otros. Sé, no obstante, leal a tu enemigo. Y acuérdate de mí cuando a tu alrededor divises sólo ruinas. Cuando ni los dioses ni los hombres puedan ya destruirte, porque nada te quede por destruir. Aunque con toda el alma te deseo que, entre esas ruinas, se encuentre tu cadáver. Eso saldrás ganando.»

Me pregunté muy terminantemente si había amado según mis propias normas, mientras tramaba la antología que se iba a convertir en el libro *Poemas de amor*. Era verano, hacía mucho calor. En el estudio de *La Baltasara*, apartado y silencioso, yo releía mis versos... Acabaron por temblarme las manos, los labios y el corazón. Desde hacía años los poemas reposaban silenciosos en una estantería. Y de repente todo se puso en pie. No en general, sino de la manera más precisa imaginable: tal día, a tal hora, en tal lugar, con tal nombre... Aquellos versos estaban amasados con mi vida. Como en el paño de la Verónica, se reflejaban en ellos el sudor y la sangre, las facciones que el sentimiento dilataba o contraía: el júbilo a veces, las menos, el pesar las otras. Eran versos de amor alquitarados despacio en la secreta bodega íntima, semiolvidados ya adrede en la mayoría de los casos. Versos puntiagudos que habían dejado caer, a lo largo de la tarde que expiraba, un chaparrón de dardos contra su autor. O al menos eso pensaba yo...

Si el amor había hablado por mi boca; si lo llamaba y él respondía; si me alzó en sus alas y me atravesó con sus espadas; si me había desgarrado, y me mantuvo desnudo y frío, sin curtirme jamás, sin habituarme jamás a su maltrato; si me había acuchillado y achicharrado; si no me ofreció nada que pudiese compensar, ni remotamente, los dolores causados, ¿por qué yo había persistido en el error? ¿No sería que me traicionaba mi memoria y se me escapaban hoy de ella las ostentosas sesiones que el amor, carnal o no, me había deparado? No; siempre creí que el amor sólo da y toma de sí mismo; no posee ni es poseído; se trata de una entidad autosuficiente y quizá —ahora lo pensaba— más literaria que otra cosa. *De ahí que su arma más duradera sea la literatura, y su poder, siempre el doble filo. Porque, como cualquier otra pasión, se padece y ejerce, se inflige y se soporta. Nos eleva en su éxtasis para* que no rocen nuestros pies la tierra, y nos sumerge luego en la peor letrina. Nos llama con silbos seductores, nos invita al hallazgo de la felicidad, y al llegar sólo oímos el ruido de sus pasos que se alejan... El amor ideal me había timado siempre.

Quizá no amé nunca, me dije. Pero, en tal caso, ¿mi vida se redujo a ese riesgo perpetuo que es la creación? Miré el ocaso de oro y rosa, con matices de dalia, y me pareció en exceso remilgado. Los azules brumosos y grises del levante reflejaban mejor mi estado de ánimo... Cada capítulo de mi historia personal contaba, a su frente, con el nombre de alguien amado. ¿Es que eso no significaba nada? ¿Y el dolor de esta tarde? No sufría porque no hubiese amado, sino por cuanto amé inútilmente... *En serio, ¿crees que amaste a cada persona que inspiró estos poemas, y sobre esa peana de aparente pena edificaste cada libro? ¿No lo escribiste para liberarte? ¿Estarías aún vivo si te hubieses muerto tanto?*

Comprendía la decepción que las concreciones amorosas me produjeron. Siempre me había dejado llevar del majestuoso color de unos ojos, de una tez, de un cabello, de las inflexiones de una voz... Más tarde, nada o muy poco respondía a lo soñado. Pero ¿no era ésa la condena humana? El amor llega sólo para decir que no puede quedarse, y la felicidad, si es auténtica, será a la vez irresistible y fugitiva. Lo comprendía, sí. Y además mi vocación me había llevado a montar escenas teatrales, tormentas en un vaso de agua, separaciones definitivas cada semana y un suicidio mensual. Pero ¿no era ésa la condición congénita al amor? El exceso, la ofrenda retirada, lo quebradizo de las promesas, el áspero cañamazo de los cuerpos, incapaces de sostener mucho tiempo el rapto, la levitación, el arrobo, el embeleso. El corazón humano no está creado para tanto ardor... *«Sin embargo, ah, sin embargo, / siempre hay un ascua de veras / en su incendio de teatro.»*

Con los libros delante, reflexionaba yo sobre aquella ascua. Quizá en ella estuvo el secreto y la sinceridad de mis sentimientos. No es verdad que el poeta sea profeta, desde luego no en sus asuntos amorosos. Yo me engañaba, pero no engañaba. Los versos que destiló el alambique de mi corazón eran veraces y sangraron. La mesa que sostenía hoy mis poemas estaba inundada de sangre. Pero de sangre seca por el calor que despedía el ascua de veras... Y es que el amor de los seres humanos no se inventó ni para ser correspondido, porque tal cosa lo mataría de hartazgo, ni para no ser correspondido, porque tal cosa lo mataría de hambre. Está inventado para ser intenso y breve, o apagado y extenso. La pasión lo arrasa todo, lo devora todo, lo quema todo. Para ello le basta su diminuta ascua de veras.

Hay dos puntos en que quisiera fijarme un poco: ¿se han parecido entre sí todos mis amores? ¿Por qué no he escrito nunca cartas de amor?

Muchos amigos míos, a la primera pregunta contestarían que todos han tenido algo en común: ser un poco siniestros. No alegres y vivarachos como yo, no ávidos como yo, no denodados como yo, sino un tanto sombríos, callados, aprendices, no sé... Yo no estoy tan seguro, pero quizá en este campo sea yo el que menos —o uno de los que menos— sabe de mí. Hoy me vuelvo a plantear esa cuestión a la hora del té. La bandeja que me suben trae una taza nada más... Lo sirvo. Me lo sirvo. Me gustaría quizá preguntarle a alguien: ¿Solo, con un poco de leche, o con limón? Pero no hay nadie aquí. ¿Echo de menos una compañía? No estoy seguro. Esta mañana resbalaron mis ojos, no sé por qué, sobre algo que a fuerza de verlo ya no estaba. Eran los pequeños marcos ovalados con las fotografías de las personas que, poco o mucho —¿quién sabe?, ¿quién lo mide?—, me acompañaron con su amor. Esos rostros, ¿tienen algo en común? Quizá sus bocas gruesas... No, tampoco: nada en común. Ni la sonrisa; ni el modo, divertido o irónico, de mirar a la cámara; ni los esbeltos cuellos, cuya piel... Nada, salvo quizá su paciencia conmigo, las asemejó. ¿Querría que alguna de ellas compartiera hoy mi té? (Las manos, sí. Las manos largas, que partirían este pastel con lentitud, desentendidas, hormigueadas por la urgente caricia...) No, no querría. Ellos, mis amores, saben que sigo siendo tan roñoso para el azúcar como siempre, cuando tenían que traerse de la calle sus terrones o sus sobrecillos.

El que amó esos rostros —en los que la armonía, distinta en cada uno, dominaba— no soy ya yo. Con dificultad comprendo la desasosegante pasión que me inspiraron. La recuerdo, pero con el mismo recuerdo impersonal de un párrafo leído. Evoco gestos, voces, risas, esplendores nocturnos. Cada rostro cuenta en voz baja su propia historia; pero no me emociona oírsela más de lo que me emocionaría cualquier asunto ajeno. Me atañe remotamente; me produce curiosidad más que nostalgia; no me enardece, ni me duele. ¿Es que soy duro de corazón? ¿Es que soy olvidadizo? Me parece que no. ¿Será que las distintas pleamares emborronaron las huellas en la arena? No; las distingo; sé de quién es cada una: ellas me han hecho como soy. O acaso no, porque, ya lo he dicho, el amor no cambia a nadie. Si fuese dueño de cambiarnos, no tendríamos más que uno en nuestra vida. ¿Se han sucedido esos rostros por mí sin transformarme? No lo sé; estuvieron aquí, se fueron: eso es todo. Sé que trastornaron mi horario y mis costumbres; o mejor, que ellos fueron mi horario y mis costumbres. Tengo presentes los momentos en que toqué su gloria con mis manos; en que su mirada me invistió de belleza; en que las brumas del amor enturbiaban nuestros hundimientos... Amaneció otra vez y estaba solo. Tengo un poco de derecho a pensar que lo seguiré estando.

Aquí está el té. Y el verano, que ha abierto las ventanas. *Siempre miras al pasado*, me dijeron hace poco. No es cierto: miro dentro de mí. *Pareces estar triste estos meses*, me dijeron: no es cierto, es que estoy mirando dentro de mí. ¿Por eso esta mañana se fijaron mis ojos en las fotografías? *¿Son necesarias?*, me pregunté. ¿Fueron necesarios estos rostros para traerme aquí? ¿Son eslabones de una cadena? Si lo son, ¿a qué me atan? ¿Me liberaron al desaparecer? ¿Es ésta la cadena del amor, su cadena perpetua? ¿Importa o no cada eslabón? ¿Por qué no me pregunto qué es de esta media docena de personas (y por qué escribo media docena, como si fueran huevos), si se enmendó su vida tras el contratiempo, si tuvieron la suerte de encontrarse con alguien más sensato...? *Después del arco iris, todo es gris*, dijo uno de estos amores añorándome. *¿Y después de la muerte?*, le interrogo yo a una de las fotografías.

No; no miro hacia atrás. Miro este té solitario y sereno. Si algo recuerdo, es la alegría. Ni siquiera el instante en que la flor del mundo trasminaba; en que la felicidad no era imprescindible, porque su olvido es una forma de ella; en que pedir lo imposible no fue excesivo, porque la eternidad era como un perro pequeño a nuestros pies. No recuerdo —o confundo— los amantes extravíos; recuerdo la alegría: viajes en coche, tan temprano, a solas; desayunos llenos de risa; la disponibilidad, compartida como un pan recién hecho... Aquí está el té.

Dicen que, si alguien no amó nunca, no sabe para lo que ha nacido. Puede que sea verdad, puede que no. «*La vida y el amor transcurren juntos, / o son quizás una sola / enfermedad mortal de la que no se acaba de morir.*» Tenía, cuando escribí estos versos, diecisiete años. Desde entonces siempre me sorprenden los amores tardíos. Los amores de seres casi póstumos que sienten la avidez de la juventud; que se buscan ansiosamente en ella: en su ternura, en su ímpetu, en su gracia. *Soy mayor que tu padre*, dije en cierta ocasión, y me miraron con ojos de no entender lo que decía. Con razón: el joven anhela otra cosa distinta de lo que él ya posee; ve otro tesoro al lado, no el suyo. Circunscribe el amante su mundo a lo que ama, distraído de la edad, de las torpes medidas del tiempo y sus marchitas huellas. El que nos ama es aliado nuestro: se refleja en nosotros con su mejor caudal. La juventud, para mí, siempre ha sido un adorno; no lo esencial ni muchísimo menos.

No volvería a revivir ningún amor. Todos fueron perfectos dentro de su color y de su hora; pero ni el corazón ni la memoria se detienen. ¿Tendría, pues, que aparecer otro amor nuevo para que, sobre la bandeja de té, hubiese dos servicios? En frío —quizá en frío— siento demasiada desgana para seducir, para darle importancia a lo que no la tiene. ¿No la tiene el amor? Sí, sí; pero cuando es sentido. Y ya es casi imposible sentir sin presentir; sin presentir que todo el amor acaba aquí disecado en un libro, o en un pequeño marco oval de plata. ¿Cómo hacer de nuevo los largos gestos minuciosos, igual que si tuviese toda la vida por delante, inmerso en un sentimiento excluyente e ingenuo, fingiendo ignorar que todo concluye, todo pasa y se olvida?

¿Se olvida? No, no del todo: cada vez que se convoca un juicio somos testigos de cargo en contra nuestra. Pero los rostros que miré esta mañana en las fotografías no existen ya; no corresponden en la actualidad a nadie en este mundo. Son rostros de personas que se sentaron a mi lado un día, soltaron carcajadas a mi lado, se tendieron desnudas junto a mí cuando ya las palabras y la risa fueron insuficientes. Durante mucho tiempo yacieron erguidos bajo un espejo, encima de una repisa de mi dormitorio. Nadie reparó en ellos, enmarcados. Hoy surgen otra vez, como una delicada alarma, como una insinuada invitación: ¿a qué? No los añoro, porque no me añoro. Ellos fueron más yo que yo mientras vivían, mientras eran como una cámara los inmovilizó; hoy yo, sin ellos, soy sólo yo. Hoy resucitan estos rostros porque yo reflexiono sobre ellos. Ante estas puertas abiertas del verano, ante esta calidez reiterativa de la vida, ante este té —ya enfriado— que me tomaré casi de un sorbo a solas...

Cae la tarde sobre la casa sosegada. La luz se filtra entre las ramas de los árboles, traspasa los cristales y se instala sobre un extremo de la mesa, sobre un marco dorado, sobre el pie de una lámpara... Es lo mismo que un silencioso pájaro que interrumpiera la penumbra. Sin querer, he vuelto el rostro hacia atrás. ¿Qué esperaba? No más que la venida de la noche, la pacífica y comprensiva tiniebla, la hora del descanso... Sin embargo, descubro en torno mío otros rostros no fotografiados, que la piadosa luz manifiesta suavizándolos. Son los que alumbraron mi vida, los bienamados ya inexistentes que todavía me asisten. Con la sombra el estudio se transmuda, como por un milagro ajeno al tiempo y a la distancia insalvable, en una atenta reunión de familia concurren, como otros anocheceres, los queridos fantasmas...

Alrededor de la ancha mesa, las manos que tan pródigas fueron en caricias. La última luz benevolente pisa sobre ellas sin pesar sobre ellas, y luego se retira. Sólo los ojos brillan y la expresión del rostro, amable y encantada. En esta imprevisible convocatoria comparecen los amores a los que el solitario sobrevivió. Y no son hojas caídas: son frutos que algo mantiene en total esplendor. ¿De dónde llegan? En la alcoba más apartada continúan vivos e inaprensibles, relegados tan sólo en apariencia, pero sosteniendo la trama de la vida como sostuvieron la vida cuando la protagonizaban. Los labios tan diversos, los pómulos en que la luz escarba, las pestañas que desploman su sombra... Son distintos y, no obstante, algo común —la similitud que da una prolongada convivencia o un profundo deseo compartido— los aproxima unos a otros, los funde, los confunde. Quiero detenerme de uno en uno, reconocer el tiempo en que cada cual irisó mi corazón como el cuello de una paloma. Pero yo también los fundo, los confundo. Recuerdo las caricias, no las manos, las miradas que ilustraban la creación, y no los ojos. Recuerdo la vida que recibí de ellos, su jovialidad, la sed inagotable de la almohada; recuerdo el agua, no la fuente. Porque, ¿qué otra cosa es la fuente sino el agua? ¿Qué es la vida sino la sed y la alegría? ¿Qué los labios sino la palabra y el beso?

He de cerrar los ojos para traer al presente sus facciones: las que distinguían aquellos rostros, que retornan desde un ayer más allá de la muerte y no sé bien por qué... Un detergente pálido ha limpiado las manchas que ajaron aquella hermosa urdimbre del amor; una mano invisible planchó las visibles arrugas. No hay ya disgustos, celos, desenfrenos, impetuosas reconciliaciones, huidas y reencuentros. Ya sólo queda el regusto de anocheceres como éste, en que los cuerpos se aproximan con la naturalidad con que asciende un perfume. Un cuerpo u otro cuerpo, da lo mismo: todos fueron jubilosos caminos que el amor transitó... Entre el solitario y ellos hoy, como un jarrón de flores, titila una sonrisa. Estuvo todo bien; fue bueno lo que colaboraron en hacer y el trayecto que del brazo cumplieron. No siempre la ardua tarea del amor se presentó asequible: exigió fuerzas, resolución, certeza... El solitario pasea sus ojos por las caras amadas. Busca entre ellas la que más vaciló, la que en ocasiones se negaba, la que se echó a veces para atrás. No tropieza con ella, pero sabe que está. Sin duda la muerte ha decidido. No es la muerte la peor enemiga del amor. No lo es cuando asegura ni cuando dulcifica. Y lo mejor es lo único que dura...

En torno a mi mesa de trabajo observo mis amores, con las manos que tanto amé dispuestas como para una imposible partida de naipes. Nadie va a repartir el juego aquí; nadie tendrá opción de ganar a los otros. Aquí son todos a un tiempo vencedor y vencido. Hace mucho que se levantó la deseable timba, que se extraviaron el mazo de las cartas y el tapete de fieltro sobre el que las apuestas subían hasta tocar las nubes... No queda nadie ya. Estos mudos testigos que el declive de la luz trajo tan suavemente, será la misma luz quien se los lleve a su guarida póstuma. Con ella se llevará los gruesos labios, las manos delicadas, los párpados plisados hacia arriba, los almendrados ojos, algunos de un color increíble... Se llevará con ella la memoria de tanta entrega y tanta sumisión y tanta rebeldía; de las encendidas mañanas rampantes y de las noches que nunca terminaban, como si una luz interior las inflamase; la memoria del jardín y del vino y de la fruta a medias saboreada; de los viajes en que un amanecer de primavera inauguraba el mundo... Se llevará la luz, cuando se aleje, el color de la piel de cada cuerpo, y el sabor de su lengua, y el tacto incomparable que en la más profunda oscuridad el corazón reconocía, y la cadencia y el timbre de las voces cuando susurraban mi nombre. Los frescos arriates del recuerdo se los llevará la luz en el momento en que la noche invada el cuarto último en donde yo, solitario, sólo espero la noche... Pero nada ni nadie podrá arrebatar de aquí el sentimiento que trajo desde tan lejos las presencias amadas, ni el que las rescató, ni tampoco el sentimiento con que ellas le correspondieron. Sentado sobre la serenidad, tengo la certidumbre de que la muerte es la aliada del amor: una aliada forzosa por miedo a ser vencida.

Y es que no; los veranos en el Sur no siempre fueron como éste. Ahora estamos solos los cipreses y yo... De acuerdo: hay jazmines, discretas plantas que embalsaman desde el atardecer, rosales que florecen sin mesura, el resto innumerable de los árboles que descienden al río... Pero prácticamente, cara a cara, los cipreses y yo. No me quejo. Está bien. Cada cual cumple su tarea. Lo único que digo es que no todos los veranos fueron como éste. Presentes están, sí, en él, pero ya sólo en el recuerdo, las ardientes horas por las playas de Almería o de Málaga, las noches en las tabernas interminables del Albaycín, las mañanas en la múltiple provincia de Jaén, las siestas sólidas de Córdoba... Mi corazón cantó entonces. ¿Y ahora? Ahora reflexiona, se contiene, musita, pero no canta. Y entonces se quedaba enredado en cualquier cosa: en un geranio blanco como la nieve, en una higuera constelada de frutos, en una parra cuyos racimos ya se amorataban, en unos labios levantados en el exacto gesto con que una flor se ofrece... Se quedaba distraído ante la implacable belleza de este mundo y su música. Nunca, en aquellos veranos, se encontró solo. Llegaba la noche, plateada y azul, y en ella todo era complicidades y fervores.

¿Los echo hoy de menos? ¿Echo de menos los rotundos veranos, huidos para siempre, entre el parpadeo del olivar, las femeninas curvas de la campiña y las facciones viriles de la sierra? No; los tengo y los llevo conmigo. Giro a veces la cara como si unos pasos conocidos resonasen, y les sonrío, aunque sé que no suenan. Porque todo es lo mismo hoy: todo, menos yo, que soy el mismo pero no lo mismo. Los anchos cielos gravosos al mediodía, cárdenos y espesos; el mar, reiterativo e insomne, invitándome y rechazándome; el todopoderoso sol de agosto y su incendiaria monarquía; las tipuanas de flores amarillas, los profundos laureles y los jacarandás enramados de azul; las lunas tan ajenas y sin embargo tan partícipes... Y el amor, que respira hondo para poder seguir viviendo y pronunciar un nombre saboreándolo... Todo duró algo menos que yo. Mientras lo tuve fue eterno. Y yo, inmortal a través de lo efímero. ¿Quién, por una simple amenaza de precariedad, habría dejado de emprender la aventura de aquellos veranos? ¿No es precaria la vida? Hay un tiempo para estremecerse, y hay otro para evocar el estremecimiento.

Sin miedo escuché los cantes destrenzados, cuyo esplendor agoniza y resurge en cada madrugada. Bebí en la copa en que acababan de beber otros labios, y los míos tropezaron con ellos en su filo. Jugué con el tiempo como con un collar de abalorios, cuyo hilo se rompe con facilidad y se derraman las cuentas con un ruido de risas. Malgasté, porque era mío, el tiempo, y porque es lo único que con él puede hacerse (con el amor también, a manos llenas). Devoré los alimentos terrestres y marinos que alguien terminaba de coger para que yo y quien me acompañaba —¿qué importa quién?— los devoráramos. Mordisqueé la menuda fruta de los besos con voracidad y a veces con desgana, como un aperitivo que se toma para así provocar el apetito. Olí la piel que el sudor humedecía y la acaricié con mano también húmeda, e hizo el sudor más largas las caricias. Miré bajo el plenilunio, a la vera del mar, unos ojos igual que joyas que a su vez me miraban: cara a cara ya, irresistibles ya, avanzando juntos entre la niebla de la felicidad escurridiza... Y sentí el calor, el calor, el calor con que se manifiesta en el Sur cualquier vida, y el hálito de alguna brisa alguna noche, y el aire quieto como el de una alcoba en que se ama...

¿Soy el mismo que entonces? Sí; el mismo. No lo mismo quizá, pero sí el mismo. Observo mis manos, y sé que fueron ellas las encargadas de transmitir mis mensajes y a mí. Frunzo los labios, y sé que fueron ellos los encargados de moverse del beso a la palabra, de la palabra al beso. Oigo mi corazón, y sé que él fue el que me extraviaba y me recuperaba, quien se entregó de una vez cada vez, derrochador de sí mismo, compañero, y quien en ocasiones no encontró recipiente donde cupiera toda su cargazón y su dulzura y su amargor también. Son mis oídos, éstos, los que escucharon las confidencias en voz tan baja que el alma no entendía. Y mis ojos los que se cerraban para descansar de tanta luz, de tan incesante amanecer... ¿Qué importa quién hubiese a mi lado mientras amanecía?: ¿habría cambiado el imperio del amanecer? Sí; soy el mismo que atravesó el candente pecho de otros veranos en el Sur. Ellos me hicieron y me deshicieron; ellos me reharán acaso si aún hay tiempo. Los veranos del Sur... Soy cosa suya, hecha a su semejanza y a su imagen. Ojalá no los defraude nunca, como ellos a mí nunca me defraudaron. Aún queda acaso tiempo...

Una profesora de una universidad japonesa, que se ocupa en un libro sobre mí, ayer se empestilló en enterarse de quién eres tú, Dama de Otoño, y de cuáles han sido nuestras relaciones amorosas. Por supuesto, la primavera vuelve loca a la gente. *Yo investigo sobre «El amor en la obra de Antonio Gala». Tiene usted que comprender que me sorprenda que alguien tan amable, en estricto sentido, y tan vivo, no esté enamorado... El tema en el que más me habría gustado trabajar era, en realidad, una edición comentada de sus cartas de amor. Daría cualquier cosa, aunque fuese tan sólo por leerlas.* Me callé y sonreí. No tengo —he dado toda clase de pruebas— ninguna afición a escribir cartas. Nunca me sentí atraído por el género, ni en mi vida privada ni en la pública. Para mí escribir es una profesión, no un trámite ni una exposición particular de sentimiento. Escribir, para mí, siempre es hacer literatura. Me he carteado sólo con mis lectores, y de una manera especialísima. Opino que el teléfono le ha sacado ventaja a la correspondencia. Yo envío notas taxativas, no cartas. Las cartas ni siquiera se sabe de quién son: si del remitente o del destinatario; ni se sabe adónde irán a parar, ni cómo serán utilizadas, ni si alguien —¿otro amor de nuestro amor?— acabará por reírse a mandíbula batiente de sus expresiones de pasión o sus reproches de abandono. Además, ¿qué representa una carta?: un estado de ánimo que, lábilmente, puede cambiar al opuesto durante el día que tarda la carta en recibirse. La rapidez del teléfono tiene que corregir, demasiado a menudo, la lentitud de los correos. Y está —¡claro!— por fin *«la herida / de amor, que no se cura / sino con la presencia y la figura.» Señorita, yo nunca jamás en mi vida he escrito una sola carta de amor.*

Sé que todos estamos invitados a la pasión pero el temor hace que nos detengamos ante su umbral. Atravesándolo, entramos en una guerra personal de la que regresaremos, en caso de hacerlo, con otros ojos, con un brillo distinto, con una mirada más comprensiva, porque hemos enterrado demasiada muerte en nuestro corazón. Sé que todos estamos invitados al amor, y que es difícil que antes o después no nos roce y nos asedie y nos invada. Hay, sin embargo, entre ellos, una diferencia: la pasión no va de dentro a fuera, sino al revés: es un choque entre el alma y el mundo, y salen chispas de él que nos achicharran. No es que la pasión tenga más fuerza que el amor, es que su fuerza se dirige a un fin por lo general ajeno y falso, imaginado o deificado por nosotros: de ahí vienen las heridas y el aire turbio que a la pasión rodea... El deseo del amor, cuyo fin es interior, parece más frío y más indiferente. Pero es porque, desde fuera, no se aprecian las llamas del fervor... A fin de cuentas, se ame como se ame, todo y siempre es arder. Siempre. Hoy también, hoy también...

Este libro se imprimió en
A&M Gràfic, S. L.
Santa Perpètua de Mogoda
(Barcelona)